Verborgenes im dunklen Garten der Vergangenheit – woher rühren Atemnot, Schwäche und Todesangst, die Agnes immer wieder überfallen? Welche Ängste, welche Ereignisse lösen diese Attacken aus – und was haben sie mit der deutschen Geschichte zu tun?

Bei der Suche nach Antworten auf im wahrsten Sinne lebensnotwendige Fragen erkennt Agnes den engen Zusammenhang dieser Fragen mit dem im Krieg vermissten Vater. In wechselnden Erzählperspektiven und in kunstvoller Verschränkung von Erinnerung, Rückblende und Therapiesitzung werden ihr Leben und die Geschichte ihrer Familie immer weiter ausgeleuchtet.

Die Suche nach dem normalen Leben, nach dem »Drumschen Garten« der Großeltern, wird so letztlich zur Auseinandersetzung mit der NS-Vergangenheit der Vätergeneration und mit Flucht und Vertreibung, zugleich aber auch zur Hommage an eine heute versunkene Zeit in Schlesien vor dem Zweiten Weltkrieg.

Sophie Brandes, 1943 in Breslau geboren und in Bayern aufgewachsen, war nach ihrer Ausbildung zunächst als Grafikdesignerin tätig. Während ihrer Tätigkeit als Illustratorin entstanden eigene Bilderbücher, außerdem Kinder- und Jugendromane. Aus der Feder von Sophie Brandes, die heute in Neckargemünd und auf Mallorca lebt, stammen auch Fernseh-Drehbücher und teilanimierte Bildergeschichten für das ZDF.

Sophie Brandes

Aus einem dunklen Garten

Roman

Der Allitera Verlag ist ein Books on Demand-Verlag der Buch & medi@ GmbH, München. Dieser Verlag publiziert ausschließlich Books on Demand in Zusammenarbeit mit der Books on Demand GmbH, Norderstedt, und dem Hamburger Buchgrossisten Libri. Die Bücher werden elektronisch gespeichert und auf Bestellung gedruckt, deshalb sind sie nie vergriffen. Die Bücher des Allitera Verlages sind über den klassischen Buchhandel und Internet-Buchhandlungen zu beziehen.

Weitere Informationen über den Verlag und sein Programm unter:
www.allitera.de

Oktober 2003
Allitera Verlag
Ein Books on Demand-Verlag der Buch & medi@ GmbH, München
© 2003 Sophie Brandes
Umschlaggestaltung: Kay Fretwurst, Spreeau
Herstellung: Books on Demand GmbH, Norderstedt
Printed in Germany · ISBN 3-86520-015-x

1

Noch vor nicht allzu langer Zeit war sie gern und schnell Auto gefahren. Hatte sich sogar für eine kurze Dauer einen unbequemen, aber schönen englischen Sportflitzer geleistet. Und der Versuchung mehr als einmal nachgegeben, sich mit Hilfe des Gaspedals und des Fahrtwindes, der an den Haaren zerrt und Stirn und Wangen vibrieren lässt, in jenen Zustand versetzen zu lassen, der einen vorübergehend aller Erdenschwere enthebt.

Sie betrachtet die Hand, die das Steuerrad umschließt: weiße Knöchel, eine schwarze Herrenuhr. Ihre Nackenmuskeln schmerzen.

Kann man sich das heute noch vorstellen, dass ihr damals die rasante Art der Fortbewegung mit dem Ausschlagen des Drehzahlmessers zu einem fast rauschhaften Zustand verholfen hat? Der Kilometerzähler zeigt an, dass sie bereits zweiundfünfzig Kilometer zurückgelegt hat von der Wohnung ihrer Mutter bis hierher. Bis vor wenigen Minuten hat sie auch eine unsichtbare Schutzmacht begleitet. Jetzt aber, während sie diese baumlose, verblasste Felderlandschaft an sich vorübergleiten sieht, fühlt sie sich auf einmal verloren. Mit dem gleichen Empfinden hätte sie auch durch eine Wüste reisen können.

Hatte es eben geblitzt? Das konnte wohl nicht sein Ende Dezember. Und wie war das? Ist dieser schwarze Wagen, den sie plötzlich im Rückspiegel wahrnimmt, ihr eigentlich schon länger gefolgt?

Langsam beginnt die Schleimhaut in ihrem Mund auszutrocknen, wahrscheinlich als Folge des Medikaments, das sie seit einiger Zeit einnimmt. Gern hätte sie ihre zunehmende Ruhelosigkeit durch konstante Körperbewegung abgebaut, aber sie sitzt in dem Wagen wie gefesselt und eine übergeordnete Macht treibt sie voran und verweigert ihr das Recht anzuhalten. In Gedanken klammert sie sich an das Bild der Mutter, sieht sie auf der Schwelle stehen und ihr nachblicken mit jenem vertrauten Ausdruck, einer Mischung aus Besorgnis und Zuversicht, der sie schon ein halbes Leben lang begleitet. So betrachtet man nur ein Kind, dem man nicht viel zumuten und wenig anvertrauen kann.

Ein wiederkehrender Reflex bewegt einen Wadenmuskel an ihrem linken Bein und in einer Geste, die ihr Luft verschaffen soll, schiebt sie eine Hand zwischen Sicherheitsgurt und Herzgegend. Ein wenig verringert sich der Druck. Aber da! Tierkadaver lagen am Wegesrand, wie kamen sie dorthin? Hat jemand die Tiere erschossen?

Das Empfinden, bald am Ort der Katastrophe zu sein, nimmt kontinuierlich zu. Sie beginnt damit, laut zu zählen.

Wenn du redest, wird es sekundenlang erträglich; dem Klang der eigenen Stimme zu lauschen beruhigt auf gewisse Weise und setzt für eine Weile die alte Ordnung in Kraft. »Mein Gott«, hörst du dich sagen, »hätte ich nur mein Haus nicht verlassen, jetzt fühle ich mich wie behindert. Deine Mutter kann dir auch nicht mehr helfen, wer übernimmt nun die Verantwortung für ein umherirrendes Kind?«

Die Felderlandschaft hat sie gerade noch bewältigt. Jetzt folgt das Waldstück, das sich schier endlos in die Länge zieht, von dem grauen Band der Straße in zwei gleichgroße Teile zersägt. Zwei schwarze Massen, die sich bedrohlich aufeinander zuschieben, immer enger an sie heranschieben – Angst kommt von Enge – da muss sie durch.

Bewegten sich die Räder unter ihr denn überhaupt noch oder stand sie nicht seit einiger Zeit einfach still? Den schwarzen Waldmassen ausgeliefert, die nur darauf warteten, sich über sie zu wälzen. Sie greift sich an die Brust, reibt, massiert mit den Fingerspitzen die Stelle, unter der sie das Herz vermutet. Herzangst.

Und das Fahrzeug hinter ihr, das ist plötzlich verschwunden. Verdammt, alles das zehrt die Kräfte auf. Jetzt nicht nachlassen, weitermassieren, über dem Herz, um das Herz.

Neunzig Schläge in der Minute, sicher viel zu viele, sie hat mitgezählt. Die Stimme, ihre eigene Stimme darf sie bloß nicht abreißen lassen. Bloß jetzt keine Stille, sonst würde man die Herzschläge hören. Unablässig treibt sie ihre Stimmbänder, ihre Zunge und Lippen an, Konsonanten und Vokale zu produzieren, Wortgebilde, »*Herr sei mir gnädig*«, »*Der Geist hilft unsrer Schwachheit auf*«, »*Denn wir wissen nicht, was wir beten sollen* ...«

Linkshändig steuern, die rechte Hand weiter auf dem Herzen und den Blick flehend zu dem weißen Streifen hoch über ihr gerichtet, so treibt es sie voran.

Einmal kommt auch ein Fahrzeug entgegen und blendet kurz auf.

Fremde, denkt sie, alles Fremde, und hat nicht die geringste Ahnung, wie sie in ihr einstiges Leben zurückkehren soll. Das ging nun schon so seit Wochen. Dass sich die Welt wie ein Geschoss an ihren Ohren und Augen vorbeibewegte. Und wenn sie mit vor Bestürzung heiserer Stimme jemandem davon erzählen wollte, dann versetzte sie der zweifelnde Blick, den ihr Gegenüber ihr gönnte – was erzählst du da? – in Panik.

Du glaubst mir also nicht? Dabei werden meine Fingerspitzen weiß, bis ich am Ende nichts mehr in ihnen spüre. Überhaupt spüre ich kaum noch etwas außer der zunehmenden Enge in meinem Hals und in der Brust. Glaub mir doch einer: Es ist, als müsse ich ersticken. Danach Leere, Erschöpfung. Wenn möglich versinken in einen Schlaf, der einer Ohnmacht gleicht. Es soll vorgekommen sein, dass sie im Schlaf redete. Jedenfalls hatte Ludwig das behauptet. Natürlich weiß sie nichts davon, kann sich auch an Träume nicht erinnern.

Jäh hört das kilometerlange Waldstück auf. Die Straße beschreibt seit Ewigkeiten zum ersten Mal wieder eine Kurve. Im Dämmerlicht tauchen die Würfel und Quader einer Gewerbefläche auf. Sie versucht, halb wach, sich auf das, was sie sieht, zu konzentrieren. Ein Autohaus, ein Getränkemarkt, die Tankstelle. Während sie vor der Waschanlage zum Stehen kommt, und sich dazu zwingt, ihren Verstand zu gebrauchen, erkennt ein Teil ihres Gehirns die Situation wieder, die sich in den vergangenen Wochen immer wieder auf ähnliche Weise abspielte.

Als sie wieder weiß, wo sie sich befindet, bewegt sich ihr Körper automatisch auf die Eingangstüre zu. Auf den ersten Blick ist niemand zu sehen.

»Hallo?«

Der Mann hinter der Kasse hat sich in dem Durcheinander aus Blumensträußen, Sandwichbergen und Erste-Hilfe-Kästen mit einer Zeitung auf einen ruhigen Abend eingerichtet.

»Was passiert?«

Seine Hand lässt die aufgeschlagene Zeitung fallen und starrt auf die Frau, die sich mit einem Ausdruck der Erschöpfung auf den einzigen Sitz im Raum fallen lässt.

»Könnten Sie mir bitte einen Notarzt bestellen?«

Er kommt hinter seinem Aufbau hervor, um sie genauer zu betrachten. »Einen Notarzt?«

»Ja bitte, es geht mir nicht gut.«

Er grinst ein wenig verlegen. Dieses Ersuchen gehört nicht in das Repertoire täglich gestellter Forderungen. Er hat sich die Frau angesehen, noch jung, keine Verletzung, es gibt in der Tat keinen Grund zur Eile. Trotzdem wirft sie ihm einen dankbaren Blick zu, als er mit abgewandtem Rücken eine Nummer wählt. Danach dauert es etwa zwanzig Minuten, bis das Geräusch eines Wagens sie aus dem Durcheinander ihrer Gedanken reißt. Bis jetzt hat ihr Zustand sich nicht verschlechtert.

Der Arzt ist noch jung, jünger als Ludwig, über dem weißen Kittel trägt er einen blauen Mantel. Ein Schwall von kalter Luft ist mit ihm in den Raum geflossen. Während er mit Handgriffen, die ihr vertraut sind, die gewohnten Utensilien aus seiner Tasche befördert, Blutdruckmesser und Abhörgerät, lässt er sich von ihr die aufgetretenen Symptome schildern. Es ist ihr wieder einmal ganz und gar gleichgültig, ob dieser fremde Mann sie für eine Verrückte hält oder nicht.

Erst jetzt, als sie die Ärmel ihrer Hemdbluse und ihres Jacketts hochschiebt, dringt der Geruch in ihre Nase, ihr eigener, dafür schämt sie sich allerdings.

Er betrachtet mit Ernst die gespreizten Finger ihrer Hand, die Fingerkuppen, aus denen das Blut gewichen ist, fühlt ihren Puls, lässt sich Zeit mit dem Messen, fünfundachtzig zu hundert, in der Tat ein wenig niedrig, sie hatte gerade das Gegenteil erwartet.

»Einen Herzinfarkt können wir mit Sicherheit ausschließen«, sagt er in einem Ton, der ihre Befürchtungen keineswegs der Lächerlichkeit preisgibt, »und die Tetanie wird sofort nachlassen, wenn ich Ihnen etwas Calcium gegeben habe.«

Sie hat ihn angesehen, ein ruhiger, überlegter Mensch, der sein Handwerk beherrscht, ihr nicht, wie es auch schon vorgekommen ist, eine Einweisung in die nächste Klinik empfiehlt, um die Verantwortung für eine möglicherweise falsche Diagnose abzutreten.

»Gleich spüren Sie, dass Ihnen ein wenig warm wird«, äußert er, während er die Spritze aufzieht. In der Tat, eine Welle von Hitze, die sich von der Körpermitte bis an die peripheren Teile ihres Körpers ergießt. Mit ausgebreiteten Armen lehnt sie sich gegen die Rückenstütze.

Diese Erlösung war dringend notwendig. Alles hat sich auf einen Schlag verändert. Der Blick, mit dem sie plötzlich ihre Umgebung anders wahrnimmt, das Geräusch in ihrem Ohr, die Anspannung in ihren Gliedern. Schwächere Farben, leisere Töne. Auch die Hitze ist verschwunden, zusammen mit etwas, das ihr wie eine immer wieder aufs Neue über sie verhängte Zerreißprobe erscheint.

»Mein Vater war auch Arzt«, hört sie sich sagen. Andächtig auf die darin verborgene Botschaft lauschend belässt sie es bei dem kommentarlosen Nicken des jungen Arztes, der mit der Äußerung gewiss nichts anzufangen weiß. Sie hätte ihre Mitteilung noch mit einem Bild unterstreichen können, einer Fotografie mit gezackter Kante, die einen Mann in Uniform zeigt, etwas älter als der Mann, der vor ihr saß. Das Foto trug sie ständig bei sich.

Es werden ihr dann noch einige Fragen gestellt – »Haben Sie solche Zustände schon öfters gehabt? Ist Ihr Hausarzt darüber informiert? Gibt es Ereignisse in Ihrem Leben, die Sie in Zusammenhang damit sehen würden?« Sie könnte ihm natürlich noch eine lange Geschichte darüber erzählen, wie das alles angefangen hat. Mit diesen Fahrten, ihrer plötzlich auftretenden Unsicherheit, die sie anfangs noch unterdrückt hatte, bis sie sich nicht mehr unterdrücken ließ. Ja, und dann in der Folge all die Zeichen einer immer gefährlicher werdenden Veränderung: Herzrhythmusstörung, rasender Puls, Licht und Farbe als Schmerzverstärker, das hatte sie alles ja schon geschildert. Ihrer Mutter hatte sie diese Geschichte heute auch schon erzählt. Auf dem rosenholzfarbenen Seidenpolster des Chippendalesofas.

Und das waren noch nicht alle Symptome, beileibe nicht.

Bitte, hilf mir, eine Lösung zu finden, denn auch wenn dies alles Einbildungen sind, wie du behauptest, haben sie doch etwas mit der Wirklichkeit zu tun. Einer anderen überdeckten Wirklichkeit, wenn du weißt, was ich meine.

Der Arzt hat sich gerade ihre Anschrift und Krankenkasse notiert.

»Vielleicht sollten Sie das doch einmal mit Ihrem Hausarzt besprechen.« Er reicht ihr mit einem Lächeln die Hand. »Bleiben Sie ruhig noch ein wenig so sitzen, danach können Sie unbesorgt nach Hause fahren.«

Noch während er sich zur Tür wendet, erhebt auch sie sich vom Sitz. Mit einem Gähnen kehrt sie in einen normalen Zustand zurück. *Wenn ich das zu Hause erzähle!*

Der Mann hinter der Zeitung schaut nur für Sekunden hoch, als sie ihm mit einem Dank eine Münze über die Theke schiebt.

Keine Reaktion.

Draußen liegt alles kühl und neutral unter einem dunklen Winterhimmel. Die Kirche, das Schulzentrum, die gelben Richtungspfeile, denen sie jetzt folgt.

Gestern hatte sie sich den Kopf zerbrochen über möglichst sachliche Formulierungen und sie hatte sich bemüht, ihrer Stimme einen entsprechend neutralen Klang zu verleihen. Tatsächlich war es ihr so gelungen, nicht nur angehört, sondern auch ernst genommen zu werden.

Nicht so wie beim ersten Mal, als ihre Mutter sie nur beschwichtigen wollte. Vielleicht nur aus dem Bedürfnis nach Selbstschutz heraus, und um die hauchdünne Schicht aus Sicherheit und Bequemlichkeit, die ihr Leben überzog, nicht zu gefährden.

Bei dem gestrigen Gespräch hatte ihre Mutter, so erschreckt sie auch sein mochte, schon eine Ahnung von der Art und Weise, wie die Hilfe für ihre Tochter aussehen könnte.

Der erste Schritt wird sein, sich an eine bestimmte Adresse zu wenden von einer Frau, die sich beruflich mit seelischen Leiden befasst. Dank der Frauenclubs,

Bridgevereinigungen und Wandergruppen, in denen ihre Mutter viel Zeit verbrachte, findet sich meist schnell jemand, der weiterhelfen kann.

»Übrigens eine sehr originelle Frau«, hatte ihre Mutter noch hinzugefügt, »die selbst ein wenig meschugge ist.« Mit etwas Bestürzung in der Stimme hatte sie sich Telefonnummer und Anschrift der Ärztin notiert und dabei gefragt: »Was meinst du mit meschugge?«

»Ich verstehe ja nichts von diesen Dingen«, hatte ihre Mutter geantwortet, »ich meine nur, dass jemand, der sich ausschließlich mit psychischen Defekten beschäftigt, selbst vielleicht auch einen gewissen Defekt hat.«

Anschließend hatte es noch eine Menge Überzeugungsarbeit gebraucht, um ihre Mutter von der Idee abzubringen, dass ihr eigener »Defekt« möglicherweise in Zusammenhang mit ihrer Beziehung zu Ludwig stehen könnte.

Das war gestern, oder vorgestern. Jedenfalls hatten sie sich bei einer Tasse grünen Tees gründlich ausgesprochen. Nebenbei war ihr noch der Gedanke gekommen, dass die Vorstellungen über Lebensinhalte von Frauen aus der Generation ihrer Mutter sich doch deutlich von denen ihrer eigenen Altersgruppe unterschieden. Die Vorstellung, in Angstzustände zu verfallen, bloß weil ein Mann einen nicht heiratete! Ziemlich absurd.

Aus Gewohnheit stellt sie, bevor sie ins Bad geht, den Tauchsieder an.

Sie duscht, betrachtet ihr Gesicht im Vergrößerungsspiegel. Reparaturen schienen dringend notwendig. Ein wenig zittern ihre Hände und ihre Knie, eine Begleiterscheinung des Medikaments, daran war leider nichts zu ändern, denn ohne ging es zurzeit nicht.

In der Küche kann man Ludwig mit Geschirr hantieren hören. Schubladen öffnen sich und werden mit unüberhörbarer Lautstärke wieder zugezogen. Sie stellt sich vor, dass er kurze Kontrollen durchführt. Ob sie sich an seine Bitte nach braunem Rohrzucker gehalten hat. Wasser bestellt, das weniger Natrium enthielt und die zwei zersprungenen Tassen durch neue ersetzt hat. Vielleicht unterstellt sie ihm dieses Kontrollverhalten aber auch nur.

Er sitzt auf seinem gewohnten Platz mit dem Blick in die leeren Baumkronen, auf die Hundehütte und den kleinen hölzernen Seitengiebel, in dem zu dieser Zeit noch das automatisch eingeschaltete Licht brennt.

Sie setzt sich zu ihm an den Frühstückstisch und nimmt sofort wie schon oft in der letzten Zeit die hauchdünne Abwehr in seiner Haltung und in dem verschlossenen Ausdruck seines Gesichts wahr. *Bitte sprich mich jetzt nicht an, es gibt etwas, auf das ich mich gerade konzentrieren muss.*

Trotzdem: »Guten Morgen!«

Statt einer Antwort legt er eine weiche Hand auf die ihre und drückt sie zerstreut. *Wenn seine Hände noch bei dir sind, kannst du beruhigt sein, dass alles Weitere auch nicht weit entfernt sein kann.*

Sie gibt vor, damit zufrieden zu sein, die grüngelbe Flüssigkeit in ihrem Teeglas zu betrachten, auf das Summen einer gänzlich unzeitgemäßen Stubenfliege zu lauschen und nebenbei der Frage nachzugehen, wann um Himmels Willen es angefangen hat, dass ihr gemeinsames Leben in eine andere Tonart gewechselt hat. Unhörbar, mit einer Phrasierung, die sich auf die nötigsten Zeichen beschränkte.

Mit einem unerklärlichen Widerwillen wendet sie sich der frugalen Mahlzeit zu, auf deren Zusammenstellung sie sich im Laufe der Zeit geeinigt haben, Vollkornflocken mit Magerjoghurt und lauem Tee. Gerade muss er den Denkvorgang abgeschlossen haben, denn nun reckt er den Oberkörper und sie fängt einen Hauch seines kostbaren Rasierwassers auf und einen verwunderten Blick.

»Du hast geschlafen, als ich gestern nach Hause kam.« Sie vermag nicht einzuordnen, wie er das meint.

»Ich weiß«, sagt sie »ich war einfach zu müde um aufzubleiben.«

Jetzt könnte er, wenn er wollte, nachfragen: ›Woher kommt es, dass du immer müde bist, deine Augen und die Oberfläche deiner Haut ihren Glanz verloren haben und dass deine Bewegungen nicht mehr dem Rhythmus gehorchen, den ich einst an dir bestaunt habe, von dem ich meine Blicke nicht lassen konnte.‹ Stattdessen sitzt er mit ruhigem Gesicht da.

Wie bringt er es nur fertig, so zu tun, als sei alles noch beim Alten? Scheinbar sah und fühlte er nichts. Dabei kann es an ihr eigentlich nicht gelegen haben. Von Anfang an hatte sie ihn über einige Schwächen hinreichend aufgeklärt. Dass Zeiten der Freude und Zeiten der Traurigkeit in ihrem Leben schon immer im Wechsel aufgetreten waren, hatte sie Ludwig in aller Offenheit dargelegt, daran hatte er in der Eröffnungsphase keinen Anstoß genommen.

Als sie aufschaut, begegnet sie dem abschweifenden Blick ihres Gegenübers.

Keine Angst, es wird nicht geklagt und gewinselt. Auch heute wirst du verschont bleiben von Bildern, deren Farben und Stimmungen gewiss auch bei dir ein Erschrecken hervorrufen würden, wenn du einen Blick hinter diese Stirne werfen könntest.

Sie selbst wusste ja auch nicht, was sie sah. Etwas Abstoßendes in jedem Fall, für das sogar die Sprache keine treffende Bezeichnung liefern konnte. Anfälle, Attacken. Obsessionen. Vor Jahren hatte sie angenommen, dass man einander liebte, und dass in dieser Liebe die Fähigkeit enthalten sei, den Schmerz und die Freude des anderen wahrzunehmen, als wären es die eigenen Empfindungen. Aber er denkt nicht daran. *Die Freude nehme ich dankbar an, den Rest kannst du behalten.*

Das halb volle Glas lässt er stehen, gerade läutete das Telefon.

Erbittert betrachtet sie seinen Rücken. Die Wichtigkeit, die er allem beimisst, was mit seiner geheiligten Praxis zu tun hat, kann sie einfach nicht begreifen. Gewiss ist er auch jetzt schon in Erfüllung seiner Mission in Gedanken vorausgeeilt in die strahlend weißen Räume, die seine Tage umschließen, einen um den anderen, in denen er im Fünfzehn-Minuten-Takt mit professioneller Gelassenheit den Berichten von Menschen lauscht, die doch am Ende immer das Gleiche beinhalten: Dramen der Einsamkeit, der Missachtung, des Hasses und der Angst, in der Maske von Bluthochdruck und Schlaflosigkeit.

Jetzt legt er den Hörer auf und ergreift den Notizzettel – drei, vier Hausbesuche, kein Vergnügen bei diesem feuchtkalten Wetter. Aus dem Wagen in die Kälte und von da in die überheizten Wohnungen, von da wieder in die Kälte und so weiter. Sie sitzen in ihren warmen Wohnungen und lassen sich von ihm befummeln.

Er wendet sich nach ihr um und nimmt in ihrem Ausdruck die Abscheu wahr, die seine Hingabe an seine Patienten in ihr wachruft.
Die Vortäuschung einer Umarmung. Mehr gibt es im Moment nicht. »Ich weiß noch nicht, wann ich heute nach Hause komme.«
Auf der Schwelle nach draußen sagt sie: »Gestern auf der Rückfahrt war es wieder einmal schlimm.«
Er stellt keine Fragen, aber er wusste wovon sie sprach. Erst vor einer Woche hatte sie ihm eine Schilderung geliefert, wie er sie auch aus seinem Berufsalltag kennt. Keine Daten, keine wirklichen Fakten, nur unzusammenhängend erzählte Fetzen von Ereignissen, bei denen man erst stundenlang nachfragen müsste, um wirklich Klarheit zu gewinnen.
Dabei wäre es ihr so wichtig, wenn er Notiz von etwas nehmen würde, das ihr Leben zu verändern droht. Kein Erschrecken, keine Gebrauchsanweisungen, nur etwas Mitgefühl, bitte schön. Aber wahrscheinlich konnte er nur Notverbände anlegen.
»Ich muss gehen«, sagt er kurzangebunden. Kälte strömt durch die geöffnete Haustür. Mit einer Geste, an die sich seine Augen gewöhnt haben, läuft sie ihm noch ein paar Schritte nach.
Meine Güte, was für ein Gehabe.
Geh mir doch nicht immer aus dem Weg.
»Lass mich bitte endlich gehen«, sagt er mit einem gequälten Lächeln, »im Wartezimmer sitzen schon vier Figuren, wie ich gerade erfahren habe.«
Die kalte Luft riecht nach verbranntem Holz. Kein Lüftchen und Inversionswetterlage.
Einen Moment verharrt sie vor der Tür und zieht die kalte Luft ein, die auf den Schleimhäuten brennt. Da hatte sie gehofft, mit einem Mann verbunden zu sein, mit dem sie mehr teilte als die wiederkehrenden alltäglichen Geschehnisse, sie dachte da an die Briefe, aus Ostfriesland, von der Front, wie er sich ausdrückte, in denen noch die Rede war von den Vogelgeräuschen, vom Bild der Wolken und den komischen Spielen, die die Menschen dieser weiten flachen Landschaft miteinander spielten. Erlebnisse, Bilder und Szenen, die ihr gezeigt hatten, dass es ihm um das Wesen der Dinge ging.
Jetzt ließ er sich nicht einmal mehr ihre Träume erzählen.
Der einsame grüne Gartentisch auf der Terrasse aus rotem Sandstein und der verlassene Kiesweg riefen Erinnerungen hervor, in denen der Alltag noch nicht getrennt war von dem, was sie in sich gespürt hatten, ein Verlangen nach Wärme, Lebendigkeit und Glanz. An hellen Tagen im Mai hatten sie unter dem Rhododendrengebüsch gesessen, eine Katze auf dem Schoß, und hatten einer Platte von Bob Dylan zugehört. *Hallo Max, dich hat es damals noch nicht gegeben.* Ein Windstoß treibt altes braunes Laub gegen die Scheiben und ihr fällt der Traum mit dem Wald ein und dem Holzhaus auf einer Lichtung. Man kennt das ja: Erst ist er da, zum Greifen nah, und noch während man die Füße auf den Bettvorleger setzt und sich den Schlaf aus den Augen reibt, ist alles verschwunden, ausgelöscht, und fast verzweifelt durchsucht man seine Erinnerung. So ist es ihr heute ergangen.

Aber jetzt ist der Traum wieder da. Sie verbringt dort ihre Zeit, in dem Holzhaus, draußen sind Schritte zu hören, ein leises Tasten, die Holzwand entlang. Und als sie gleichermaßen erschreckt wie erfreut hinausläuft um nachzusehen, entdeckt sie winzige Spuren von Kinderfüßchen im frischen Schnee. Aber kein Kind war zu sehen. Die Spuren führen vom Haus weg und in den Wald. Und es gelingt ihr nicht sie weiter zu verfolgen, weil in dem Augenblick die Nacht hereinbricht.

Ihre Hand zeichnet die Spuren auf der Fensterscheibe nach und ihr Gesichtsausdruck versteinert. Jetzt bei Tagesanbruch fiel ihr alles wieder ein. Als könnte man so ein Geschehen je aus seinem Bewusstsein verbannen. Plötzlich im trügerischen Licht einer matten Sonne sieht sie sich zusammengekauert, in einem Teppich aus roten Blättern, die Hände um einen Laubrechen gekrampft. Es ist Herbst. Ein Wochenende.

Ludwig hat bis zum Mittag mit Abrechnungen zu tun und sie hat sich vorgenommen, bis zum Mittag die Rasenfläche von der Laubdecke zu befreien. Man hätte blind und taub sein müssen, um nicht zu bemerken, dass etwas in der Organisation ihrer Weichteile durcheinander geraten war. Einerseits fühlt sie sich wie aufgebläht, andererseits scheint ihre ganze Muskelkraft ihr nichts zu nützen. Immer wieder und immer öfter muss sie sich erschöpft gegen einen Stamm lehnen. Dann steigen Fragen in ihr auf, die sie zum gegenwärtigen Zeitpunkt nicht länger aufschieben darf. Warum diese Besorgnis? Schließlich bist du doch daran gewöhnt, ein paar Tage mehr oder weniger auf eine Blutung zu warten. War das nicht schon immer so?

Gegen jede Regel, scheinbar alle Naturgesetze außer Kraft setzend, so ist doch alles gewesen, was man zu der Geschichte bei dir anmerken könnte. So hat jemand ihr Hymen durchstoßen, ohne dass sie die Begegnung mit einem männlichen Körper damit in Verbindung bringen konnte. Ein Kinderarzt, dämmerte es ihr viel später, gerufen, um sie wegen einer Blinddarmreizung zu untersuchen, wer hätte davon etwas ahnen können?

Aber dafür ist jetzt keine Zeit. Jetzt scheint es um etwas anderes zu gehen. Was spricht dagegen, dass sie schwanger ist? Außer der Tatsache, dass sie achtunddreißig ist und noch nie im Leben schwanger geworden ist. Ein Rätsel, sich selbst und anderen, über das sie bis zum heutigen Tag den Schleier des Schweigens gezogen hat.

Es verstreicht eine Stunde. Die roten Blätter, der säuerliche Geruch organischer Zersetzung, darüber ein blasser, lavendelfarbener Herbsthimmel, das ist alles, was sie zu dieser Stunde aufnehmen kann, alles andere ist Einbildung. Wirklich? Ein paar Augenblicke später presst sie die Faust auf den Mund um keinen Schrei auszustoßen. Es ist nicht so sehr der Schmerz an sich, als vielmehr dieses Gefühl zu zerbersten.

Laubrechen und Gartenhandschuhe lässt sie fallen und schließt die Handflächen um einen Leib, der in ihrer Empfindung weitaus besser zu einem Walfisch passen würde.

Erinnerst du dich noch? An Ludwigs spöttischen Mund mit der Bemerkung, dass doch nicht jede Regung ihres Leibes wert sei zum Tagesthema aufgeblasen zu werden. Vielleicht nicht wörtlich, aber dem Sinn nach. Sie weiß nicht mehr, was sie ihm daraufhin geantwortet hat.

Träge wird sie sich durch den Tag geschoben haben, mit verlangsamten Bewegungen und den Augen einer Kuh. Hat er nicht zum Spaß sein Ohr an ihre Brust gehalten? Alles normal, kein Grund zur Besorgnis. Schon als Kind war sie folgsam. Kein Getue oder Geschrei. Daran hat sich erst viel später etwas geändert. Im Feindesland, in der Fremde sollte man es vermeiden, Aufsehen zu erregen, das war eine Regel, die sie früh gelernt hat.

Einmal ganz aufrichtig – sie hat ihren Unterleib doch nie geliebt, sonst hätte sie gewiss früher, Jahre vor dem Geschehen, jemand um Aufschluss der Vorgänge oder Unterlassungen ihres Leibes gebeten.

Die Frage ist jetzt: Wie lange hält ein Körper dem Schmerz stand? Man kann ihn als Stich, als Hieb oder als ein dumpfes Pochen erleben, oder wie in einen Schraubstock gespannt. *Du hast ihn in Erinnerung als eine rot glühende Spur, die sich durch den Sonntag zieht.*

An dem darauf folgenden Tag, einem Spätherbsttag, der so blau und so golden ist wie auf Kalenderblättern, schleppt sie sich zu einem Gynäkologen, der ihr ohne weiteres das Aufstehen verbietet. Über eine Schicht mit ekelhaft kaltem Kontrastbrei, der ihren glühend heißen Bauch bedeckt hinweg, lässt er sie Einblick in ihr Leibesinneres nehmen, dem sie seit ein paar Tagen nicht mehr traute.

»Da haben wir es – das Ei!«, sagt er ohne eine Spur von Bewegtheit in der Stimme. Der Übeltäter, der sich nicht einnisten wollte, oder war es weiblich?

Nun wuchs es an falschem Ort heran, zerstörte das umliegende Gewebe und war bereits zu einem nicht mehr kalkulierbaren Risiko geworden, ein organischer Gau, wenn man so will. Noch nicht einmal wenn sie alt wäre, nicht einmal vor ihrem Tod, würde sie diesen Augenblick voll beißenden Schmerzes aus ihrer Biografie streichen können.

In dem Moment hat sie tatsächlich noch eine Frage auf den Lippen, eine sinnlose: ob nicht dieses winzige körpereigene Gebilde von dort, wo es jetzt war, auf irgendeine Weise in die naturbestimmte Nisthöhle der Gebärmutter umgeleitet werden könne.

Eine Stunde später, während derer man sie nicht mehr unbeaufsichtigt lässt, wird sie von zwei Sanitätern auf einer Trage in die Aufnahmestation der Universitätsklinik gebracht. Nur für die Dauer, die sie braucht, um die Aufnahmedokumente zu unterzeichnen, darf sie sich auf die Füße stellen. Die kommenden Stationen durcheilt sie, ohne dass ihr Gehirn mithalten kann. Einen Anästhesisten, der ihr eine weiche fleischige Hand hinstreckt, Beruhigungstabletten, ein paar weiße Strümpfe, um einer möglichen Thrombose vorzubeugen, eine Unterschrift auf einem Papier mit Überlegungen und Argumenten, die für eine Totaloperation sprächen. Am Ende eines sich hinziehenden Tages bleibt ihr nur noch der Blick auf ein paar schreiend orangefarbene Vorhänge und eine Nachtschwester, die ein Glas Rotwein für ein besseres Schlafmittel hält als Adumbran.

Noch eine Wahrnehmung: Sie ist nicht allein im Zimmer. Eine Frau, jünger als sie, stellt sich am Abend vor der Operation an ihr Bett. Ihre Worte bleiben wie Stücke aus einem Gedicht im Raum hängen. Verena, Lesbierin. »Nur der Tag danach ist ein verlorener. Trotzdem, kein Grund zur Angst. Wenn du willst, wenn ich darf, helfe ich dir.«

Was macht es jetzt noch aus, dass sie in vollkommen getrennten Welten mit ganz unterschiedlichen Erfahrungen großgeworden sind? Ein gepflegter Mann mit kleinen roten Pferdchen auf der Krawatte stattet ihr noch schnell einen Abendbesuch ab und gibt sich als ihr Operateur zu erkennen. Es ist nicht gerade der Augenblick für ausgedehnte Unterhaltungen, trotzdem gibt er ihr zu verstehen, dass für sie, gerade für sie in ihrem Alter, die Reproduktionsmedizin noch eine Lösung bereithält. In vitro. »Es steht Ihnen frei, sich in die ausgelegte Warteliste einzutragen. Dafür, dass knapp drei Liter Blut Ihre Gebärmutter füllen, sehen Sie übrigens noch recht gut aus – war nur als Scherz gemeint, entschuldigen Sie!«

Um die Stunden irgendwie herumzubringen, sahen sie sich noch einen Film über ein homosexuelles Liebespaar an, danach hatte sie ihre Gedanken und Empfindungen für sich allein. In den darauf folgenden grauen Morgen hinein: kein Schmerz, nur Gleichgültigkeit. Grüne Wände, grüne Wesen von einer Galaxie elf Millionen Lichtjahre entfernt. Versinken.

Als sie erwacht, hört sie Schreie, elf elf elf, unmenschlich, sicher wegen der Kälte auf einem anderen Stern. Elf, aufwachen! Hören Sie, Elf, aufwachen! Mit größter Willenskraft reißt sie die Augen auf. Braune und blassgraue Augenpaare sind mit dem Ausdruck tiefsten Ernstes auf sie gerichtet. So etwas träumt man doch nicht, oder doch?

Es folgt der Moment, in dem es einen unweigerlich überkommt, aufzustehen und wegzulaufen. Du bemühst dich darum, einen Arm zu heben und kannst nicht verstehen, warum du so schwer geworden bist, sogar deine Zunge, die früher, als du noch auf der Erde weiltest, so gelenkig und schnell über die Lippen geglitten ist. »Augen auf, sprechen Sie! Elf, elf, elf.«

»Jesus lass mich nach Hause!«, hast du gemurmelt, aber verstehen konnte dich keiner.

Ihr Gesicht, über das ein eiskalter Hauch streicht, ist nass und sie erlebt nicht zum ersten Mal, dass etwas, das zu ihr gehörte, ihr ein für alle Mal genommen worden ist.

Das Bedürfnis zu weinen hält dann stundenlang an.

Einen Tag später.

Ludwig tritt im Zeitlupentempo an ihr Bett. Ungläubig sieht sie, wie er ihr die Post aufs Leinzeug legt. *Du hast gelacht. Doch, gib es zu.*

Er sieht hilflos aus und sie dreht sich noch vor Ende der Besuchszeit zur Wand.

Als ihre Mutter kommt, beginnt sie eine lebhafte Unterhaltung mit Verena, deren Sinn Agnes verschlossen bleibt. Ihre Mutter lässt ihr eine entzückende Halskette norwegischer Provenienz mit fragilen blauen Emailtropfen da, die noch von der Urgroßmutter stammt.

»Der Malerin?«

Nein, ihrer Schwester.

Tage später lernt sie wieder den Gebrauch ihrer Beine und ihres Gehirns. Stundenlang starrt sie aus dem Fenster auf ein Gebäude, das der Frauenklinik unmittelbar gegenüber liegt. Wenn man genau hinsieht, kann man menschliche Gestalten von einem Raum in den danebenliegenden gehen sehen, in einem Raum befindet sich eine ganze Menschengruppe, über deren entfernte Aktivitäten sie fast lachen muss.

Die gesamte Atmosphäre in diesem Teil der Stadt hat ihrem Empfinden nach etwas Unwirkliches. *Wenn ich will, kann ich aufwachen.*
Man kann erschreckt sein, benommen oder überrascht, aber am Ende ist ein Traum doch nichts anderes als eine Aneinanderreihung von Einfällen, die man mit dem Erwachen zum Erlöschen bringt.
Verena hat es sich zur Aufgabe gemacht, mit ihr den kilometerlangen Flur auf- und abzuschreiten, an dessen Seiten sich flüsternde Blumensträuße nach ihnen umblicken. Im Augenblick fühlt sie sich in Verenas Nähe ganz gut aufgehoben. Es reicht ihr aus, gedankenverloren der Körperphilosophie einer Frau zu lauschen, der es nichts, aber rein gar nichts ausmacht, dass sie von nun an ohne einen wichtigen Teil des weiblichen Körpers weiterleben muss. Dass am Anfang dieser Geschichte die atemberaubenden und nur andeutungsweise erzählten Geschehnisse eines bis ins Mark getroffenen Kindes stehen mochten, kann sie nur vermuten.
»Siehst du, nun lachst du auch wieder.«
In einer Atmosphäre von Kameradschaftlichkeit wird dann über dieses und jenes gesprochen, besonders an den Abenden, wenn ihre Bettnachbarin, die Frau ohne Unterleib, wie sie sie schon scherzhaft genannt hat, von einer Frau mit Kindern Besuch erhält. Das Gesicht dieser Frau sieht im Dämmerlicht so leer und gleichgültig aus, dass ihre Erzählungen über den Vater, der im Hausmantel und mit Gläsern, in denen Coca-Cola und Cognac gemischt sind, an ihr Bett trat, um sich im Scherz ein bisschen mit dem Kind zu vergnügen, einen merkwürdig unberührt lassen. So weit die Abende. Wenn sie sich zurücklegt, die Hände über dem Verband gefaltet, lässt sie sich von dem Gefühl in den Schlaf begleiten, dass auch andere Frauen ein für Außenstehende unerklärliches Doppelleben führen.
Verena wird fünf Tage vor ihr entlassen. Am Abend vor der Entlassung ist ihr Blick sehr sanft und freundlich.
»Vergiss nicht, dass auch du unbesiegbar bist.«
Und sie stellt zwei Weingläser, die ihnen die Nachtschwester spendiert hat, auf den Tisch, der zwischen ihren Betten steht. Für eine gewisse Zeit ist es so, als habe man etwas Verlorenes wiedergefunden.
Am letzten Tag erhält sie dann noch einmal Besuch von ihrem Operateur, der mit dem Resultat seines Handwerks sehr zufrieden ist. Eine Bikininarbe, comme il faut, lautet sein heiterer Kommentar – gelbe Planeten zieren zu diesem Anlass seine Krawatte. Ein dem Leben zugewandter Mensch, kein Zweifel, so wie man sich als Patient seinen Arzt wünscht.
»Sie sollten es jetzt nicht aufgeben«, sagte er, ohne »es« beim Namen zu nennen, »halten Sie sich bloß vor Augen, dass Ihre Chance jetzt größer ist als je zuvor!«
Dass diese Chance von einer technischen Maßnahme mit der schwer aussprechbaren Bezeichnung Hysterosalpingografie flankiert werden sollte, nimmt sie, ohne weitere Fragen an ihn zu stellen, zur Kenntnis.
Nach zehn Tagen entlässt man sie nach Hause.

Als du wieder zu Hause warst, hattest du nicht die geringste Vorstellung davon, wie du wieder in dein normales Leben eintauchen solltest. Es war, als ob du von dem Tage an ein Gewicht mit dir herumschlepptest. Voller Argwohn betrachtetest du die vertraut geglaubten Räume, in denen jetzt ein trügerisches Licht zu herrschen schien, auch damals Winterlicht, so wie heute. Ungläubig legtest du eine Hand auf die Dinge, die bis dahin ganz selbstverständlich Teil deines Lebens gewesen waren. Die Kommode, den Glasschrank mit den Raritäten, das Kupfergeschirr an der Küchenwand. Wenn du dich heute zurückerinnerst, so musst du feststellen, dass es von Anfang an den Anschein hatte, als gehorchten die Dinge dir nicht mehr.

Zurückgekehrt in ihr Haus spürt sie das dringende Verlangen, sich selbst zu sehen, nicht der Eitelkeit wegen, sondern aus einem Bedürfnis nach Konfrontation heraus.

War die, die gestern unter einem unbarmherzigen Himmel atemlos vorangetrieben in einer drittklassigen Tankstelle um Hilfe gewinselt hat, noch dieselbe, die sich vormals mit einer scheinbaren Leichtigkeit durch die Jahre bewegt hatte, mit nicht viel mehr für die Anforderungen des Lebens ausgerüstet als einem Ohr für die Klänge der Welt, einer Hand, die mit ein paar geschickten Schwüngen eine Idee auf ein Blatt Papier bringen konnte und der uneingestandenen Freude an der eigenen Beweglichkeit. *Dein Körper und du sind unbesiegbar.* Schönheit war nicht ihre einzige Leidenschaft, aber doch so etwas wie das Gerüst, um das herum sie einige Bereiche ihres Lebensgebäudes angelegt hatte.

Eine Frau ist ein Kristall, ein spiegelndes Wasser, ein Rennpferd, ein Blumenstillleben, du könntest noch mehr aufzählen, lass es dabei bewenden.

Aber nun hat etwas den sinnvollen Plan von Natur und Begabung durchbrochen und eine Art Verwüstung angerichtet. Ein Geruch von Unlust und Heillosigkeit hat sich an deine Fersen geheftet. Und wenn sie das Gesicht in dem Oval des Spiegels betrachtet, das ihr entgegensieht, ähnelt das tatsächlich nicht mehr dem gewohnten Bild mit den heiteren Schwüngen von Augenbrauen und Lippen und den gespannten Linien von Wangen und Hals. Es fehlen die Glanzlichter auf allen Rundungen, die eine Anwesenheit von Wohlbefinden und Glück andeuten.

Sie tritt einen Schritt zurück, um einen Strahl des graurosa Lichts auf dieses Gesicht fallen zu lassen, das einer fragenden Maske gleicht. Doch das Seltsame darin bleibt und wird auch im Licht keineswegs vertrauter. Mit einer Mischung aus Ängstlichkeit und Rührung nimmt sie die Veränderung an der eigenen Person wahr.

Man kann sich selbst zum Rätsel werden.

Plötzlich fühlt sie, ich muss hier raus, aus dem Raum, dem Haus, erst einmal, um der Bedrohung durch die dunklen, monströsen Schränke und Sekretäre zu entkommen, die so aussehen, als würden sie gleich fallen.

Hastig stellt sie das Frühstücksgeschirr beiseite, zwängt ihre kalten Füße in gefütterte Schuhe und hüllt ihren steifen Körper in ein Männerjackett. Nachdem die Tür hinter ihr ins Schloss gefallen ist, läuft sie über den Kies bis zum Briefkasten und zurück.

Ein rührendes Augenpaar begegnet ihr und eine schnaubende Hundenase wird ihr mit der Gewalt einer Kinderfaust in die Seite gedrückt. Max, der Kinderersatz.

Ja, du und ich, wir haben schon Regen, Schnee und Sonne miteinander geteilt,

sogar einmal einen Gewittersturm, der uns gebrochene Äste um die Ohren trieb, wobei du dich als noch ängstlicher erwiesen hast als ich es war. Aber heute nicht, nicht jetzt, ich muss gleich gehen.
Gerührt blickt sie sich über die Schulter nach dem jungen Untier um.
Ja, mit einem Schlag ist dir klar, dass die Veränderungen am Ende dieses Winters etwas mit den Manipulationen an deinem Körper zu tun haben müssen. Die Entfernung jenes minutiösen Zellgebildes, das noch nicht einmal den Namen »Wesen« trug, hat bewirkt, dass du in Gedanken immer wieder zwanghaft an den Punkt zurückkehren musstest, wo daraus Leben hätte werden können. Der unabwendbare Wunsch nach einem eigenen Wesen, mit deinen Augen, von deiner Art, wie ließ sich das in Worte fassen?
Jemand drückt ihr ein Baby in den Arm, und sie verspürt den Wunsch, mit ihm zu fliehen. Mit dem Blick von jemand, der kurz davor ist, verrückt zu werden, starrt sie auf Frauen mit einem Kinderwagen. Zum ersten Mal nimmt sie die Bewegungen der Mütter wahr, ihre selbstvergessene traumhafte Abgewandtheit von dem, was man das »normale Leben« nennt. Mütter riechen anders, blicken anders, bewegen sich ganz anders in der Welt.
Es war darauf hinausgelaufen, dass sie damit begonnen hatte, Ludwig zu belauern. Ein bisschen mehr Farbe auf das Gesicht und die Haut, die Lippen mit der Zungenspitze befeuchtet und in die lockende Sphäre eines Duftes gehüllt, so tritt sie ihm am Abend entgegen. Und ihr vitales Lächeln soll andeuten, was mit Worten viel zu wenig rätselhaft wäre: Jetzt ist alles wieder wie früher. Aus Ludwigs Miene war zu entnehmen, dass er sich gar nicht sicher war, ob das, was er sah, auch der Wirklichkeit entsprach. Heute, aus ihren Träumereien aufgewacht, schämt sie sich ein wenig für das abgekartete Spiel. Merkwürdig, auf was für Touren man verfällt, um ein Ziel zu erreichen. Einmal spricht Ludwig aus, was er denkt: Wir waren uns doch am Anfang einig darin, dass auch ein Leben nur zu zweit eine vorstellbare Angelegenheit sein könnte.
Wie eine Verrückte ist sie hinter dem Mann hergerannt. Die richtigen Bewegungen, das richtige Lächeln, kurz: alle Geheimnisse, die das Ritual bestimmen, hat sie ihm ganz unverblümt dargeboten, mit der Folge, dass ihm der Atem stockte, wann immer sie den Blick in dieser direkten Weise auf ihn richtete. War es etwa verwunderlich, wenn Ludwig im Laufe der Zeit noch später nach Hause kam und noch länger arbeitete oder zu arbeiten vorgab als früher?
Es war vorgekommen, dass er mit todmüden Augen neben ihr eingeschlafen war und sie mit wachsender Verbitterung auf seine entrückte Miene gestarrt hatte, bevor sie das Licht löschte. Wer will ihr verübeln, wenn sie das Buch, in dem er kurz vor dem Einschlafen gelesen hatte, dabei auf die Erde schleuderte?
Im Dunkel hatte sie die Arme um den eigenen Leib gelegt und sich erschüttert eingestanden, dass dieser mehr oder minder zufällige Körper zu ihr und ihrem Leben gehören würde, und seine Funktionen, ob sie nun auf Ablehnung stießen oder nicht, unabwendbar die Aufgabe erhalten hatten, im Leben Ich zu sein. Ich, dieses rätselhafte Wort, das sie ins Dunkel flüsterte. Während sie in ihrer beklemmenden Erkenntnis versucht hatte, die Muskeln zu entspannen, hatte er

tief geschlafen. Manchmal wachte sie im Morgenlicht mit zusammengebissenen Zähnen auf.

So ist es Frühjahr und Sommer geworden und allmählich sieht es so aus, als ob sich die Situation beruhigt. Ihr Körper heilt, der kleine Schnitt ist tatsächlich so gekonnt platziert worden, dass sie sich weiterhin nur mit dem kleinsten Fetzen Stoff bekleidet in ein öffentliches Schwimmbad legen kann.

Es ist ein herrlicher Sommer, in dem sie drei Wochen lang täglich drei Mal im Meer schwimmen geht und sich trotz der Kenntnis über die verheerende Wirkung von Sonnenstrahlen so lange Sonne auf die Haut brennen lässt, bis der Gedanke, der sie eben noch quälte, in der Hitze zu erträglicher Größe geschrumpft zu sein scheint.

Sie ist nahe daran, mit der trägen Woge in Einklang zu kommen, die sie bis vor kurzem mitzureißen drohte.

Wie andere Gäste setzen sie sich an den Tisch, lassen sich Rosé und Schalentiere kommen, blicken auf die Wasserfläche im Mondlicht mit der träge schaukelnden Meute der Boote und sind sich wie seit langem nicht mehr einig, dass es im Augenblick keiner Worte bedarf. Für eine Weile hat sie das Denken gänzlich eingestellt. Es ist sogar so weit, dass ihr Freund seine Lippen auf die kleine rote Linie drückt, die die lächerlich braune Hautfläche unter dem Nabel begrenzt. Es war doch wieder alles beim Alten, oder?

Dann im Herbst, mit den ersten frühen Sonnenuntergängen und einer deutlichen Abkühlung der Atmosphäre passierte etwas mit ihr. Immer öfter spürte sie sich ergriffen, durchflutet, und von einer Kraft umschlossen, die sie in einen Abgrund zu reißen droht.

Bisher hatte sie nicht einmal gewusst, dass es sie gab. Es folgten furchtbare Wochen. Wolken, die Unheil bringen, Gerüche, die man nicht einatmen kann, brachliegende Landschaften, über denen Scharen von Saatkrähen kreuzen, bedrohen ihr Ich mit einemmal und beginnen, den Gedanken an den Tod in ihr wachzurufen.

Begräbnisse in fahrenden Zügen, Tunnels, zwischen Mauern.

Wo will sie eigentlich hin? Verloren betrachtet sie das Haus mit den dunklen Holzverkleidungen, seine verwinkelte und verschachtelte Bauweise, die ihr jetzt absurd erscheint. War das einmal ihr Haus? Das Einzige, worauf sie sich festlegen zu können glaubt, ist die Tatsache, dass es mit ihrem Einverständnis und einer kleinen Summe aus dem Nachlass ihrer Großmutter angeschafft und mitfinanziert worden ist. Das fremde Haus, unter den höchsten Bäumen, die weit und breit wachsen.

Was sie wusste war nur, dass sie morgens mit dem festen Vorhaben wachgeworden ist, das Haus möglichst schnell zu verlassen. Warum musste man unbedingt hier wohnen? In einer Landschaft, die eher rasch als langsam von der Stadt eingeholt und aufgesogen wurde. Ehemalige Feldwege, nun mit einer satten Schicht schwarzen Belags überworfen, auf die sich an Feiertagen Kinderwagenkolonnen ergossen.

Hatte sie etwa vorgehabt, hier ihr Leben zu verbringen?

Am Anfang, ja, da vielleicht, als es noch möglich schien, jahraus jahrein in immer die gleiche Liebe einzutauchen und in dem Bewusstsein, dass immer beim Einschlafen jemand ihre Hand hielt. Hinter geschlossenen Türen, hinter der Hauswand hört man das Telefon läuten.

Gerade noch rechtzeitig gelingt es ihr, den Schlüssel ins Schloss zu stecken und zu drehen. »Mutter?«

»Deine Mutter sorgt für dich!«

Weinsberg wird erwähnt, der Name der Fachärztin für Neurologie, die Abteilung 3d, als Tag des vereinbarten Termins Dienstag und zur Sicherheit noch eine Telefonnummer.

»Traust du dir zu allein hinzufahren?«

Die Tochter lacht beschämt auf, mein Gott, jetzt ist sie tatsächlich wieder ins Kleinkindzeitalter zurückgefallen. Die Mutter versucht dann noch, sie in ein Gespräch zu verwickeln, über die Wanderwege, die sie in Begleitung der Bekannten schon unternommen hat – Donauwanderweg, Eichstätt, Ellwangen, das Kloster Neuburg. Alles in Tagesetappen von fünfundzwanzig bis dreißig Kilometern. Kaum zu glauben, wenn man das Alter der beteiligten Damen bedenkt. Dann betont sie noch, dass in einer Welt, in der man sich ständig bewegt, das Zustandekommen von pathologischen Entgleisungen des Körpers auf ein Mindestmaß reduziert werde. In eine Gruppe von Gleichgesinnten ordnet man sich einfach ein und wird dann ein Teil von ihr. Man muss ihr glauben, trotzdem taucht in deiner Vorstellung das Bild fröhlich im Gleichschritt marschierender Hundertschaften auf. Nicht unerwähnt bleibt außerdem, mit was für fröhlich glänzenden Augen selbst noch Siebzigjährige, ein Stück festen Boden unter den Füßen, ihrem Ende entgegenwandern. *Mutter, wie sieht um Gottes Willen deine Vorstellung von meiner Wirklichkeit aus? Was mich betrifft, so bin ich weder Greisin noch fröhlich.*

Das sollte beileibe keine Belehrung darstellen, nur eine Ermutigung. Auch die anderen haben Geschichten aus dem Leben zu erzählen, eine um die andere einen Roman.

Noch etwas?

Ja, keiner bringt es fertig, zu den Sternen zu fliehen. »Und wenn du dich vielleicht erinnerst, was deine Mutter schon alles mitgemacht hat?«

Aus irgendeinem Grund war der Tochter die Bemerkung der Mutter zuwider.

»Ich kann mich im Augenblick nicht länger aufhalten«, sagt sie, »aber ich sage dir jetzt schon danke für deine Bemühungen.«

Dabei steht außer Zweifel: Ihre Mutter hat ein Anrecht darauf, gelobt zu werden. Darauf, wie sie die einzelnen Stationen ihres Lebens bewältigt hat, die Flucht, die Flüchtlingsmisere, die sie jahrelang mit dem Rest der Familie eingepfercht in einem einzigen Raum verbracht hat, dann die armseligen Kategorien eines Neuanfangs im Westen der Republik.

Monate als landwirtschaftliche Hilfskraft, gefolgt von dem Abenteuer des Eises in einem Brauereikeller mit dem Anrecht auf zehn Liter Bier pro Woche, das sie bekleidet mit Pelzjacke und schwarzen Chevreaulederstiefeln aus einer luxuriöseren Vergangenheit durchlebt. Ein paar Jahre danach: ihre Mutter als Krankenhausangestellte an der Seite eines einhändig operierenden Arztes, der erst kürzlich aus russischer Gefangenschaft entlassen worden ist, hakenhaltend, das Operationsfeld einer akuten Bauchfellentzündung und einen Zehnstundentag klar vor Augen. Und weiterhin? Dolmetscherexamen, eine mysteriöse Tätigkeit in den Räumen einer Behörde, die, den Augen der Öffentlichkeit entzogen, inmitten eines Forstes liegt. Spezialübersetzungen. Eine Beamtenanwärterschaft. Prüfungen. Keine Ehe mehr.

Was hat man selbst dagegen aufzuweisen?

Sie hatte sich die Frage eigentlich nur deshalb gestellt, weil der Mittelpunkt im Leben ihrer Mutter sich immer mehr auf ihre Person hin verschoben hatte.

Ein Moment der Nachdenklichkeit. Stille. Dann ergreift sie Handschuhe, ein Brillenetui – nebenbei bemerkt: ihre Augen scheinen seit der Operation an Sehkraft eingebüßt zu haben –, ein aufgeschlagenes Buch mit Reproduktionen von Gärten und Gebäuden.

Zehn nach neun. Jetzt öffnet sie das Tor zur Straße, eine Autofahrt von zehn Kilometern stellt zum Glück kein Problem für sie dar. Sie nimmt den Weg über die Uferstraße.

2 Die anderen arbeiten längst mit allen technischen Raffinessen, Jahr für Jahr optimierte grafische Softwareprogramme machen manches möglich, auch der Nachwuchs in der Agentur schwört darauf. Zugegeben, das Zeichnen wird dadurch zu einem ziemlich einfachen Handwerk. Du bist dabei, einer Kollegin über die Schulter zu blicken, die auf ihre Ellenbogen gestützt einer unsäglich lächerlichen Figur, halb Einstein, halb Affe, das Fliegen in kleinsten Zwischenschritten beizubringen versucht. Das, was dir als ein minderwertiges grafisches Produkt erscheint, soll auf Konsumenten faszinierend wirken, eine Spielerei, weiter nichts, aber wenn sich damit Geld verdienen lässt, warum nicht?

»Wo ist Henry?«

Das junge Ding musste erst überlegen. »Er ist schon weg«, antwortet sie nach ein paar Sekunden mit abwesender Stimme, eben ist ihr ein entscheidender Schritt gelungen. Du hast Zeit dich umzublicken und deine Nase fängt die Spuren seiner Gegenwart auf. Den Geruch, der zu erkennen gibt, dass man sich mehr als gründlich gereinigt und von Kopf bis Fuß eingecremt hat. Und nicht nur das, es ist ein Duft, der nach gefüllten Auftragsbüchern riecht, zufrieden gestellten Mitarbeitern, einem Dreiliterauto, einer reizenden Ehefrau und einer problemlosen Geliebten.

»Ich hätte gern gewusst ...«, beginnst du einen neuen Anlauf und eben wendet sich dir Ingrid, die rothaarige Zeichnerin, mit animierendem Lächeln zu.

»Wir haben heute eine Präsentation«, verrät sie, »er war nur kurz da, um in die Post zu schauen.«

Gut. Du stehst noch eine Weile traumverloren herum und siehst Einstein beim Erklimmen des Mondes zu, während Ingrid per Mausklick eine Reparatur ausführt, gegen angemessene Bezahlung, versteht sich. *Mein Gott, wie viele Jahre ist das doch her, dass wir uns damit abgeplagt haben, jede kleine Bewegungsphase einer Figur mit Spezialfarbe und wasserunlöslicher Tusche auf Filmmaterial zu zeichnen, vier Monate kalkulierter Arbeitszeit für die »Schneekönigin«, sechsundsechzig Tableaus, eine Hundearbeit.* Du blickst auf den einwandfreien Haarschnitt der jungen Kollegin und denkst dabei: *Trotzdem möchte ich nicht mit diesen Automatenmenschen tauschen.*

Die neue Sekretärin hält dir die Mappe mit den gewünschten Unterlagen hin. Aus ihrer geduckten Haltung schaut sie zu dir auf. Obwohl sie ein folgsames Gesicht zieht, hat ihr Blick etwas Schamloses. Unter ihrem Designerschreibtisch sabbert Henrys uralter Hund auf den weißen Teppichboden, beinahe wärst du auf ihn getreten. Wie konnte Henry, der so auf sein Äußeres hielt, das von kahlen Stellen durchzogene Fell des fetten Hundes bloß ertragen?

Sein verborgenes Selbst, geht dir durch den Sinn, während du dich an den Zeichentisch begibst.

Ach, Zeichnen, dein eigentlicher Lebensraum; die Spitzen der wasserlöslichen Schweizer Markenstifte – wie eine römische Kohorte in Reih und Glied. Daneben die Box mit den Röteln und Schwarzkreiden, am liebsten sind dir die Pastelle, eine

Hundertschaft steht dir zur Verfügung. Manche Farben sind noch fast unbenutzt, alle grellen und schrillen Töne.

Andere dagegen, die sanften, stillen hast du schon häufig bemüht. Graurosa, Lichtblau und Pale Ockre wird man in Kürze ersetzen müssen, Farben deiner Seelenlandschaft. Man hätte wirklich blind und taub sein müssen, um übersehen zu können, dass hier eine Liebe zur Materie am Werke war.

Und dann das Papier! Nach all den Jahren, die du bereits in seinem Dunstkreis zugebracht hast, lassen sich einige Sorten schon am Geruch erkennen – Puntsholing aus dem Himalaya etwa, in dem eine ganze Bergwelt mit braunen Blüten eingeschlossen ist. Oder du streichst sanft mit den Fingerkuppen über die Oberflächen. Mit geschlossenen Augen bist du todsicher, nur Tamayo und Posada vor dir zu haben. Feinrau, ruhig gekörnt, so sind eben nur die mexikanischen Bütten; seidig wie die Haut eines ganz jungen Mädchens fühlt sich dagegen burmesisches Maulbeerpapier an. Ach, es ist schon so, dass man ins Träumen gerät, wenn man nur ihre Namen aufsagt. Du brauchst täglich nur eine Stunde mit ihren braunen und naturweißen Oberflächen in Tuchfühlung zu bleiben, und der Fluss deiner inneren Bilder reißt nicht ab. Du nennst es Zeichenkultur und bist dir sicher, dass es nichts, aber auch gar nichts mit dem hektischen Umhergehüpfe in den virtuellen Niederungen knisternder Bildschirme gemein hat.

Für dich kann man getrost sagen, gelten andere Gesetze. Bravourös ausgeführt, folgen deine Zeichenstriche den Linien deiner Gedanken und Empfindungen und lassen geheimnisvolle Verbindungen erkennen zwischen deinem Pulsschlag und dem des Universums.

Und wenn es sich auch verrückt anhört: Nicht nur die sichtbare, unmittelbar wirkende Schönheit hat es dir angetan, sondern jene andere, viel geheimnisvollere Variante, die sich im bewegten Raum der Striche und im All der Pigmente verbirgt. Wenn du erst einmal dabei bist, dann füllt sich auf eine traumhafte Weise Quadratzentimeter um Quadratzentimeter Papier mit Zeichen, die die Bausteine deiner Welt sind. Man kann das getrost eine Form der Meditation nennen.

Als Kind, da hat sie gegen die Angst angezeichnet. Eine Form der Angst war die, von der Erde ins All zu stürzen. Eine andere, von einem sehr großen Daumen erdrückt zu werden. Es hat noch mehr gegeben, die vor schielenden Männern mit Hakennasen etwa, oder die Angst davor, ganz plötzlich Maulsperre zu bekommen und dann nie mehr seinen Mund schließen zu können. Was es auch sein mochte, mit Farben und Papier ließ sich jede Angst bannen.

Sie streckt sich und verschränkt die Hände hinter dem Kopf. Diesmal wird sie für einen englischen Schulbuchverlag zeichnen, eine Art von Enzyklopädie, in der Kindern die Welt erklärt werden soll. Sie liest die Worte »Nebel, Wind, Garten, Eltern, Traum, Schloss« und gibt sich im Moment damit zufrieden, auf die Bilder zu warten, die nacheinander hinter ihrer Stirn auftauchen. *Komm, zeichne was du siehst.*

Während man zeichnet, verkrampft sich das Herz nicht, beschleunigt sich kein Puls, tritt kein Stuhlzwang auf. Die Kunst hält sie am Leben, das ist schon immer so gewesen.

Keine Daten, keine Fakten ohne die Nachbarschaft einer zeichnend erhobenen

Hand. Aber heute will es irgendwie nicht gelingen, vielleicht liegt es nur an der Luft im Atelier, zum Schneiden dick. Elektrosmog legt sich wie Reif auf die Bronchien. Ein Augenblick des Atemholens. Vor der Tür das Faxgerät.
Ihrer Mutter war gewiss in keiner Hinsicht ein Vorwurf zu machen.
Stets hat es in ihrer Erinnerung ausreichend Farben und Papier gegeben, als Ersatz dafür, dass man sie so oft allein lassen musste. Es ging manchmal nicht anders. Als ihre Mutter aufbrach, um in den Vereinigten Staaten noch ein paar Semester zu studieren, als sie mit einer Augenverletzung im Krankenhaus lag, am Tage der ersten Monatsblutung, Stationen der Einsamkeit, aber was hätte ihre Mutter denn anders machen können?
Du bist gewiss auch nicht anders als andere Menschen, denen du täglich begegnest, und auch sie erleben ihre Tragödien. Nimm dich nicht so wichtig!
Draußen rastet die Schneidemaschine in die Rückbesinnung auf ihre Biografie. Ideal zum Arbeiten ist diese Umgebung nicht. Dabei zeichnet ihre Hand ohne nachzudenken.
Ein eigenes weißes Zeichenbüro zu haben, das wäre so eine Traum; ob sie auch ohne den klaren, scharfsinnigen Geschäftsinstinkt von Henry an Aufträge wie diese kommen könnte? Weiße Wände, weißer Zeichentisch, Papierablage, sonst nichts, ein leerer, stiller Raum, in den sich ihre Fantasie ausbreiten könnte. Und ab und zu in den Garten gehen oder eine Zeitung zur Hand nehmen und darin die neuesten Nachrichten durchblättern.
Manchmal kam es ihr so vor, als ob ihre Mutter doch Schuldgefühle hatte, sie als Kind vielleicht ein wenig benachteiligt zu haben. Ob die Frage: Was hast du geträumt?, gefolgt von der Aufforderung es zu malen, nur zu dem Zweck gedient haben mochte, ihrer Mutter eine Ruhepause zu verschaffen? Träume. Eine andere Form der Wirklichkeit. War es nicht so, dass kein Morgen verstrichen war, ohne dass das kleine Mädchen mit einem Traum vor der Mama erschien, ganz in der Gewissheit, ihr ein Geschenk zu machen. Vorbei, kein Grund zu nachträglicher Empörung. In ihrer Erinnerung an diese Zeit ist seltsamerweise immer Winter.
Die junge Frau mit dem kurz geschnittenen blauschwarzen Haar öffnet die Tür und legt ihr einen verschlossenen Umschlag auf die Tischplatte. »Das sollte ich Ihnen noch übergeben.«

Sie hatte schon eine Weile vor sich hingedämmert, ohne den Entschluss fassen zu können aufzustehen. Liegt Ludwig eigentlich noch neben ihr? Sie befühlt ihr Gesicht, bevor sie die Augen öffnet. Tastet die Wangen ab, berührt die Augen, zwei Erhebungen, die unter der Berührung zittern. Manchmal erschrickt man über die Schutzlosigkeit des eigenen Körpers. *Meine Augen!* Dass sie für all das verantwortlich sein sollte, dieses locker zusammengefügte Gebilde aus Sehnen, Fett, Bindegewebe und dem Gerüst aus Kalk darunter.
Mein Körper! In jäher Erkenntnis zieht sie die Knie hoch wie als Kind.
Du musst aufstehen, heute ist ein wichtiger Tag!, versucht sie sich zu mobilisieren. Aber ihre Glieder verweigern entschieden die Mitarbeit. Gerade fällt ihr ein, dass sie, als es schon spät war und sie immer noch nicht einschlafen konnte, dieses

Medikament eingenommen hat, trotz ihrer dezidierten Abneigung dagegen. Das Zeug war sicher stark und die Ursache für ihren benebelten Zustand. Ist es nicht überhaupt seltsam, dass man im Stande ist, sich jeden Morgen aufs Neue dafür zu programmieren, die Beine auf den Bettvorleger zu stellen und dann wie in einem Computerprogramm einen Vorgang nach dem anderen zu absolvieren, bis man exakt zum gleichen Zeitpunkt wie tags zuvor umsinkt, um nach Stunden der Umnachtung wieder von vorn zu beginnen?

Sie macht ihre Augen an dem Bild fest, das nicht weit entfernt an der Wand hängt. Eine Clair-obscure-Malerei ihrer Urgroßtante, die eine bekannte schlesische Malerin war, bevor der Weltkrieg das Land zertrümmerte und den größten Teil ihres Lebenswerkes zerstörte.

Auf dem Bild sind vier Frauen zu sehen, die Urgroßtanten und ihre Mutter, müßig im Waldschatten, und dahinter, auf einer Lichtung und mit dem Blick in eine andere Richtung: der Vater. Ein Bild, das einen seltsam berührte. Eine stumme, aber energiegeladene Familienszene, geeignet, um Psychologen auf die Dynamik in dieser Familie aufmerksam zu machen.

Eine Zeit lang hatten ihre Augen nichts anderes zu tun, als sie auf die raffinierten Möglichkeiten der Abstufung zwischen Hellgrau und Schwarz aufmerksam zu machen.

Ein grauer Morgen ohne Bewegung, damals wie heute.

Mit ziemlicher Anstrengung gelingt es ihr dann, ihre Glieder das Programm ausführen zu lassen, das sonst leichteste Routine darstellte. Benebelt wirft sie noch einen Blick in den Spiegel auf ihr ungepflegtes Gesicht. Keine Zweifel, kein Missverständnis, irgendwann weißt du, dass es keinen Sinn hat, sich gegen gewisse Erscheinungen und Ereignisse zu wehren. Du bist längst ein Teil von ihnen geworden. Am besten, man ließ einfach alles geschehen.

Ludwig hatte schon Tee zubereitet, sich aber nicht der Mühe unterzogen, das Frühstücksgeschirr aus der Küche in das Esszimmer zu tragen.

Sie ist schon ausgehbereit, den Pelzmantel über dem Arm, er sitzt am Küchentisch, eine Tasse in der Hand, und sieht ihr entgegen. Insgeheim hatte sie sich vorhin gewünscht, er sei schon gegangen. Er sieht, wie ihre Augen abschweifen. Bitte keine Erklärungen, auch keine Fragen. Ein um Verzeihung bittendes Lächeln.

Später, da erzähl ich dir vielleicht einmal alles.

Er denkt gewiss: Geh nur, ich trinke hier meinen Tee in aller Ruhe aus und verschwinde dann. Jeder hat nun mal sein eigenes Programm.

Sogar, als sie schon im Auto sitzt, findet sie sich nicht in ihrer Gegenwart zurecht.

Was werde ich dieser Frau bloß sagen?

Es ist doch so, dass sie dreißig Jahre lang vermieden hat, selbst den entferntesten Gedanken auf die Ereignisse einer Epoche zu richten, die in der Darstellung ihrer Verwandten in unterschiedlichen, sehr widersprüchlichen Bildern erschien. Eine Botschaft lautete: Wage nicht daran zu rühren, es ist eine ganz und gar schreckliche Geschichte.

Und was waren bitte diese Ereignisse?

Vater gefallen, Onkel gefallen, anderer Onkel verletzt, dritter Onkel erst spät aus russischer Gefangenschaft entlassen, Großvater gestorben, Flucht aus der Heimat, Familie in alle Winde zerstreut, alles verloren. Und weiter? Einzelkindschicksal. Flüchtlingsschicksal. Das hat doch fast jede deutsche Familie so erlebt, oder? Weiterleben in einer Umgebung, in der du eigentlich nichts verloren hast. Das so genannte wirkliche Leben hatte sich selten in ihre Angelegenheiten eingemischt. Es lief irgendwie in einem gewissen Abstand von einem ab. Ein Nebeneinander, vergleichbar dem einer verkehrsberuhigten Seitenstraße in Sichtweite der Autobahn. Etwas absurd, der Vergleich, der sich aber in ihrer augenblicklichen Situation anbot.

Dort drüben, da brüllt die Autobahn. Dröhnt, braust, kreischt die Autobahn, vor der sie sich seit einiger Zeit fürchtet, weil jede Fahrt auf ihr bisher böse endete. Die ist eher etwas für die Blinden, für die Hochmütigen und Fantasielosen, die um ihre Sterblichkeit nicht im Entferntesten besorgt zu sein scheinen.

Hinter den Scheiben zieht ein mattes Rosa herauf, Graurosa von Jaxon, wie sie sachlich bei sich feststellt, davor Strommasten, Hecken und gigantische Tankstellen, alles vor den Fassaden der ehrwürdigen, alten Kulturlandschaft aus Weinbergen und roten Sandsteinmauern. Man verbringt hier wahrhaftig ein Leben jenseits der Natur. Schau sich einer bloß diese Trümmer einer Landschaft an, in der jeder Quadratzentimeter Boden verbaut ist und wo, wenn immer sich eine sanftgeschwungene Hügelkette ins Blickfeld schiebt, die fünffache Diagonale einer Überlandleitung oder ein über Nacht emporgeschossener Großmarkt das Bild entstellt. Sie schenkt den mit Fachwerk aufgeputzten Dörfern keine große Beachtung, aus einer Laune heraus hat sie diese Nebenstrecke genommen. Ihre Augen, so scheint ihr, haben auch an Sehkraft verloren.

Es ist ausgesprochen früh, und doch scheinen alle Straßen überfüllt. Wie sollte das weitergehen – und die Kanaille nennt so etwas: Heimat.

Aus Gewohnheit legt sie ihre rechte Hand auf die Herzgegend. Ein gleichmäßiges Pochen. Leider gibt ihr Körper seit nun schon drei Jahren wenig Anlass zur Freude.

Halb zehn, noch eineinhalb Stunden Zeit. Zeit, um erstaunt auf die Fragen zu lauschen, die das eigene Unbewusste an einen richtete: *Macht so eine Operation einen unempfänglich für die Freuden der Sinne? Bin ich krank? Zu alt?* Sie fragt sich auch, was Ludwig denken mochte, bis jetzt hatte sie ihre Mimik stets kontrolliert.

Wie lange ist das her, dass er ihren Körper nicht an sich gezogen hat? Dabei bleibt es vorerst und nur eine vage Erinnerung an eine Zeit, in der die Haut sich straff um ihre Lenden spannte und sie sich in jeder Faser ihres Körpers zu Hause fühlte, streift ihre Gedanken. Sie verschiebt ihren Unterleib in plötzlichem Unbehagen und setzt den Fuß instinktlos auf das Gaspedal. *Du bist in keiner Weise mehr wie früher. Selbst deiner Fantasie hat man eine schwarze Kappe übergestreift und dein Bedürfnis, darüber zu weinen, ist auch verstummt.*

Das Bermuda-Dreieck aus Verkehrswegen. Direkt in seiner Mitte liegt das Landeskrankenhaus. Die Klapsmühle, machen wir uns doch nichts vor. Ein verwunschenes Fleckchen Erde, könnte man sagen, auf dem sich Menschen, denen ihre Mütter noch nie in die Augen geblickt haben, tummeln – wie Ausgesetzte auf einer Insel.

Die Anlage hatte wahrhaftig nichts Berauschendes, erst vor kurzem gepflanzte und jetzt kahle Bäumchen, ein paar größere Koniferen dazwischen, durch die sich in Schlangenlinien Teerwege winden. Sie fährt im Dreißigkilometertempo in die Nähe des Haupteingangs, wo ein vergessener Weihnachtsbaum in vollem Lichterglanz prangt wie in einem Stück von Böll. Sie bringt den Wagen zum Stehen, Handgelenke und Arme schmerzen und der Mantel aus kanadischen Flughörnchen, den sie nun zum ersten Mal seit Jahren wieder trägt, dieses zentnerschwere Stück, zieht ihre Schultern nach unten. Wie hat man sich darin früher bloß wohl fühlen können?

Um diese Zeit trifft sie an anderen Tagen in der Agentur ein. Meist reicht es gerade noch für eine Tasse Kaffee zusammen mit den jungen Kollegen, eine entspannte Angelegenheit, seit Henry den ultrateuren italienischen Kaffeeautomaten angeschafft hat. Meist hat jemand ihren Kaffeebecher schon mit auf den Tisch gestellt, dann gab einem dieses Zusammensein auf eine bescheidene und vertrauliche Art das Gefühl dazuzugehören.

War es ihr nicht seltsam erschienen, als Henry sie seit ein paar Wochen morgens stets mit solch auffälliger Fürsorglichkeit bedient hatte? Das war sein Schuldgefühl, ohne Frage. Er wusste es schon. Wahrscheinlich hat er sich schon seit langem mit dem Gedanken von ihrer Kündigung getragen. Das heißt, von einer gewöhnlichen Kündigung konnte in ihrem Fall eigentlich nicht gesprochen werden, gab es doch von Anfang an nur eine lockere Vereinbarung zwischen ihr und der Agentur, die ihr ein Mindesteinkommen garantierte.

Jetzt hatte Henry ihr mit Schreiben vom Soundsovielten eröffnet, dass im Zuge von Einsparungen auch an ihrem Budget Abstriche nötig wurden. Das war zwar, wie schon gesagt, keine echte Kündigung, trotzdem, sein Entgegenkommen, seine Bereitschaft in letzter Zeit, über jeden Einfall von ihr begeistert zu sein, erscheinen ihr jetzt in einem anderen Licht.

Der Feigling. Ihr diesen Brief aushändigen zu lassen, anstatt über die Angelegenheit mit ihr zu sprechen. Ob die anderen Kenntnis von diesem Schreiben hatten?

Es gelingt ihr nur schlecht, ihre Gedanken von diesem Vorfall zu lösen. Diese nüchterne Vorgehensweise hätte sie einem Manne nicht zugetraut, mit dem sie doch über all die Jahre, die sie nun zusammengearbeitet hatten, ein Gefühl der Kollegialität, wenn nicht gar der Freundschaft verband. Einen Augenblick! Man könnte es natürlich auch von einer anderen Seite sehen: Die verqualmten Räume, der ständig zunehmende Geräuschpegel und die Tatsache, dass man auf Grund der Position in einer der Hauptverkehrsstraßen kein Fenster öffnen konnte, hatten ihr doch schon seit langem zugesetzt. Vielleicht war diese Aufforderung, sich nach etwas anderem umzusehen, in einem Augenblick gekommen, in dem ohnehin alle Lebensbereiche in Frage zu stehen schienen. Wenn da nicht das Moment der Kränkung wäre – und das nagende Gefühl, in dieser persönlichen Frage zur Passivität verdammt zu werden.

Menschen, die sie anstarren, begegnen ihr. Auch eine Frau, ganz ohne Pigmente, kreuzt ihren Weg. Sie sucht in ihrem Gedächtnis nach einem Wort dafür, jedoch ohne Erfolg. Schimmel, fällt ihr soeben ein. Aber wie nannte man nur all die anderen weißen Tiere? Gedächtnissperre.

Man fühlt sich hier schon nach den ersten Schritten von der normalen Welt weit entfernt. Ringsumher die Albträume aus Kindertagen, von Gängen, Treppen und Türöffnungen, durch die gerade jemand entschwunden ist. Vorgeneigte Gesichter mit offenen Mündern, Magritte-Gestalten, die einem aus den Augenwinkeln bedeutungsgeladene Blicke zuwerfen. Natürlich wird man sie schon seit ihrem Eintreffen auf diesem Gelände beobachtet haben. Hier bleibt gewiss nichts dem reinen Zufall anheim gegeben. Der Mann da zum Beispiel, der seine Schritte in einer merkwürdig tänzelnden Manier setzt, der hatte sich doch eben erst neben ihr auf dem Parkplatz zu schaffen gemacht. Ein paarmal blickt sie sich drohend nach ihm um.

An der Eingangspforte läuft sie zwei kräftigen Pflegern in die Arme, die einen Entrückten in ihre Mitte genommen haben. *He, was willst du eigentlich, dies ist nun mal eine Nervenheilanstalt und nicht das Kempinski.*

Plötzlich wird sie sich der dünnen Linie bewusst, auf der sie selbst sich bewegt, zwischen der so genannten normalen Welt und der anderen, in der Menschen mit verwirrten Zügen umherirren und ihren Platz partout nicht finden können.

Sie betritt das Gebäude und gerät beim Anblick der Eingangshalle mit den dort Wartenden kurz in Zweifel. Sie fragt sich ernsthaft, ob das der rechte Ort für sie ist; beim Anblick von zuckenden Muskeln und unkontrolliert schlenkernden Gliedern versteift sich ihr Rücken, innerlich protestiert sie jetzt. Und sie schickt ihrer Mutter einen ärgerlichen Gedanken zu, der sie gewiss gerade beim Frühstück trifft. Warum hatte die Mutter diese Ärztin denn nicht kurzerhand zu sich nach Hause eingeladen, wie man eine Bekannte einlädt, und ihre Tochter ganz beiläufig ebenfalls? Ein Gespräch mit einem Rosenstrauß im Hintergrund bei einer Tasse grünen Tees, wie gewöhnlich. Es zieht einen wahrlich noch mehr herab, wenn man mit ansehen muss, wie diese Wesen, eingehüllt in ihr Unglück, ihren Helfern entgegen dämmern.

Nur eine Frau, die einen grünen Apfel mit einem Zipfel ihrer Jacke poliert und dafür kurz die Hände von den Griffen eines Rollstuhls genommen hat, unterhält sich lebhaft mit ihrem Schützling. Der Mann im Rollstuhl raucht mit kurzen, kräftigen Zügen und starrt dabei auf die Stelle, an der einmal seine Knie und die Unterschenkel gewesen sein müssen. Ein Kriegsversehrter oder eine Raucherkarriere in den allerletzten Zügen? Wer will verhindern, dass einem selbst beim Anblick schreienden Unglücks die lächerlichsten Gedanken durch den Kopf gehen? »*Ein Knie geht einsam durch die Welt*«, ist ihr soeben eingefallen, »*es ist ein Knie sonst nichts.*« Ein Lächeln huscht über ihre Züge.

Am Ende des Flurs im Erdgeschoss befindet sich das Behandlungszimmer der Ärztin. Plötzlich, als sie das Namensschild liest, überkommt sie der Wunsch wegzulaufen. Noch dreißig Minuten. Zeit, um noch ein paar Schritte durch die Anlagen zu machen; nicht nur der Wunsch nach Bewegung treibt sie ins Freie. Befreit vom Zwang in diese Gesichter starren zu müssen, wendet sie sich kurzerhand nach links, um in den folgenden dreißig Minuten darüber nachzudenken, auf welche Gesichtspunkte sie die Aufmerksamkeit der Ärztin lenken wird. An den Mann hat sie nicht mehr gedacht, jetzt tapert er plötzlich neben ihr her.

Siehst du, überall lauert dir hier jemand auf. Sie denkt nicht daran, ihren Blick vom Boden zu heben, aber ihn scheint das wenig zu stören. Schließlich läuft es auf ein ganz und gar sinnloses Gespräch hinaus.

»Sind Sie auch hier auf Station?«

Keine Antwort.

»Der Mantel, den Sie da tragen, der steht Ihnen aber gut, darf ich mal anfassen?«

Sie macht einen Schritt zur Seite, weg von ihm.

»Wissen Sie, warum ich hier bin?«

Wenn er doch sein Maul endlich halten würde.

»Wegen meiner Schenkel, sie haben sich so aufgeheizt, das habe ich nicht mehr ausgehalten. Mindestens auf achtzig Grad. Können Sie sich das vorstellen? Da geht man täglich durch eine Hölle aus Feuer.« Er betrachtet mit einem listigen Ausdruck ihr verschlossenes Gesicht von der Seite. »Von Beruf bin ich Landwirt und jedes Mal, wenn ich nach Hause bin, da war das mit dem Bein. Immer nach der Arbeit, immer zu Hause. Achtzig Grad, sag ich Ihnen, das reinste Fegefeuer.« Dass sie aufstöhnt, beachtet er nicht, jetzt überzieht ein schmutziges Grinsen sein Gesicht, ein ganz normales Gesicht, das einem auf der Straße nicht abnorm erscheinen würde.

»Die Ärzte meinen ja, es ist, weil meine Frau mich nicht mehr ranlässt. Wissen Sie, ich bin doch noch nicht alt, gut gebaut bin ich auch. Früher, da haben wir jeden Tag, auch sonntags, obwohl sie dann meistens in die Kirche ist …«

Mit etwas wie Bestürzung in der Stimme wiederholt er: »Immer in die Kirche, dieses Weib, und das war's dann. Und das soll alles sein? Ich frage Sie etwas!«

Sie spürt vage die Gefahr, die von ihm ausgeht und dass er gerade im Begriffe zu sein scheint, sie mit seiner Ehefrau zu verwechseln. Doch statt einer Antwort presst sie nur die Lippen aufeinander und obwohl sein unentwegtes Gefasel für sie keinen Sinn ergibt, nickt sie, nickt unentwegt, in der Hoffnung, dass ihn das beruhigt.

»Der Mantel, der steht Ihnen wirklich ausgezeichnet«, sagt er noch einmal, während sie sorgsam darauf achtet, weiterhin in Sichtweite des Haupteingangs zu bleiben. Und jetzt, genau in dem Augenblick, als der Weg eine kleine Biegung beschreibt rund um ein Wacholdergebüsch, sagt er: »Ich war gleich scharf auf Sie, das muss ich zugeben. Schauen Sie her, er steht mir schon!«

Ihr Herz setzt für Sekunden aus. Mit dem Empfinden, eine tonnenschwere Last auf den Schultern zu tragen, wendet sie sich ab, macht für ihn eine überraschend schnelle Kehrtwendung. Jetzt könnte sie sich ohrfeigen, natürlich hätte sie sich sofort, als er zu quatschen anfing, verdrücken sollen. Blitzschnell greift er nach ihrem Arm, seine Lippen enthüllen eine schreckliche Zunge und fabrizieren ein obszönes Geräusch. Und dann gelingt es ihm auch noch, seine behaarte Pranke um ihre Hand zu schließen und diese, nach einem hastigen Blick nach allen Seiten, seinem Körper zuzuführen. »Komm, reib ihn mir doch mal, stell dich nicht an, da ist doch nichts dabei.«

Halt! Da stößt sie einen Schrei aus, der über das äußerst stille Gelände hallt, einen selbst für ihr Empfinden überraschend durchdringenden Schrei. Augenblicklich lässt er ab von ihr, gewiss hat er schon einige Erfahrung im Auflauern von Frauen.

»Jetzt ist alles wieder in Ordnung«, ruft er noch mit halblauter Stimme hinter ihr her, »Sie können ganz beruhigt sein.«

Sie wirft ihren Kopf zurück. Nicht die Abneigung gegen diesen Menschen, gegen seine Distanzlosigkeit und dümmliche Geilheit verdoppeln im Moment ihren Pulsschlag, sondern die Erkenntnis, dass sie nicht in der Lage gewesen ist, sich adäquat zu verhalten.

Etwas außer Atem betritt sie pünktlich das Behandlungszimmer der Ärztin. Eine ältere Dame in Weiß tritt ihr entgegen, älter als ihre Mutter.
»Bitte nehmen Sie Platz.«
Ruhige Blicke, schmale blasse Hände, die sie auf dem Schoß übereinander legt. Ein aufgeräumter Schreibtisch, ein Berberteppich in Naturtönen auf dem Boden, an der Wand zwei schöne Farbholzschnitte, vielleicht von Hiroshige.
Zwei Fragen stellt sie ihrer Besucherin auf einmal: »Ist Ihnen kalt, was führt Sie zu mir?«
Insgeheim wundert sie sich darüber, dass sie noch in der Lage ist, nach einem Erlebnis, wie sie es eben gehabt hat, ihre Atmung zu regulieren und mit einer Stimme, der man nach eigener Ansicht die Erregung kaum anmerkt, mit einer gewissen Ausführlichkeit über die Ereignisse ihres bisherigen Lebens zu berichten. Es wird ein längerer Bericht.
Erst nachdem eine Stunde vergangen ist, kommt sie auf die Notwendigkeit ihres Besuches zu sprechen. Ein einziges Mal erwähnt sie die Geschichte mit den stürzenden Bäumen, dem schrillen Schrei der Züge, wenn sie in einen Tunnel rasen, und dem atemlosen Gekeuche im fahrenden Auto. Worte und Bilder, die immer eine Todesdrohung für sie enthalten, die ihr aber jetzt im Moment, in dem sie darüber spricht, selbst wie Blödsinn erscheinen, für den sie sich schämt. *Was redest du da bloß, Mädchen!*
Nun wäre ich aber ganz gern einen Augenblick still, vielleicht habe ich wirklich schon zu viel geredet. Mit dem Ausdruck beharrlichen Gleichmuts antwortet ihr die Frau gegenüber.
»In diesem Hause scheinen die Gesetze der realen Welt wenig zu gelten, deshalb ist für uns jede Äußerung von Bedeutung, so scheinbar abwegig sie auch sein mag. Machen Sie sich also deswegen keine Gedanken. Aber kommen wir jetzt zur Sache: Nach dem Gespräch mit Ihrer Mutter habe ich mir schon ein bisschen Gedanken gemacht und auch bereits mit einem Kollegen, den ich sehr schätze, über Sie gesprochen.«
Die Frau blickt auf ihre Armbanduhr und erhebt sich Ehrfurcht gebietend. Ein weißer Vogel, der bis dahin in einem Winkel gehockt hat, lässt sich auf ihrer Schulter nieder.
»Hier ist seine Telefonnummer, berufen Sie sich auf unser Gespräch.« Ein kurzer erstaunter Blick auf das Porträt mit weißem Vogel.
»Mein Lebensgefährte«, sagt die Ärztin noch und reibt ihre Wange an dem Kopfgefieder des exotischen Tiers, »er hat eine Leidenschaft für die Farbe Weiß. Anders ausgedrückt: Er würde sich niemals auf einer anderen Farbe als Weiß niederlassen.«
Wer ist schon so verrückt, es mit einem Vogel als Lebenspartner zu versuchen?

In Ordnung, ihre Zeit hier ist abgelaufen, während derer die Idee zur Gewissheit wurde, dass eine Psychotherapie in ihrem Fall die einzige Lösung darstellt.

»Ich hoffe, Sie haben Glück«, beendet die Frau in Weiß das interessante Gespräch. »Wie Sie wissen, fühle ich mich Ihrer Mutter sehr verbunden.«

Woher sollte man zum gegenwärtigen Zeitpunkt wissen, in welchem Zusammenhang die beiden Satzteile standen?

Bis zu diesem Augenblick hatte Agnes sich niemals ernsthaft mit der Möglichkeit einer Psychotherapie auseinander gesetzt, obwohl es immer wieder Situationen gegeben hatte von ihrer frühen Adoleszenz an bis zu ihrem Erwachsensein, in denen ihr Freunde oder nahe stehende Personen Hinweise erteilt hatten, die darauf hinausliefen, dass man sie für therapiebedürftig hielt. Zum Beispiel die Szene, wo sie während einer Party unter Gleichaltrigen eine Ohnmacht simuliert, indem sie sich, nicht ohne die Gefahr einer Verletzung zu riskieren, rücklings in die Badewanne des Hausherrn fallen lässt. Warum diese Inszenierung?

An den Grund kann sie sich heute nicht mehr erinnern. Jedenfalls scheint das unbewusst Beabsichtigte erreicht, als ein psychologisch interessierter Freund an jenem Abend mit Verständnis reagiert und ihr anschließend den ganzen Abend lang sehr spannende, ernste und ein bisschen geheimnisvolle Fragen stellt.

Später wendet sie sich eine Zeit lang einem Psychologiestudenten zu, der die Gewohnheit angenommen hat, die Nächte in ihrer Küche auf der Couch zu verbringen. Während er ihr ganze Passagen aus der pornografischen Weltliteratur vorliest, verspeist er Bratkartoffeln. Das geschieht noch vor der Zeit, in der er eigene, etwas abnorme sexuelle Wünsche anmeldet, die sie eine Weile widerstrebend erfüllt. Außerdem führt er ein geheimnisvolles Doppelleben, das davon gekennzeichnet ist, dass er an drei Tagen der Woche nicht bei ihr erscheint und sie ausdrücklich darauf hinweist, ihm niemals nachzuspionieren. An diesen Tagen dreht sich alles in ihren Gedanken nur um den rätselhaften Ort, zu dem ihr der Zutritt untersagt ist. Nicht lange und sie fährt ihm nach in einen Vorort, in eine baumbestandene Straße, zu einem zurückgesetzt in einem Park stehenden Haus, wo man ihn offenbar erwartete: Zu einer bestimmten Zeit öffneten sich für ihn die Türen und ein breitschultriger, viel älterer Mann legte ihm einen Arm um die Schultern.

Danach macht sie ihm eine Szene, in der sie ihm seine Homosexualität auf den Kopf zusagt und er wirft ihr vor, ihre besitzergreifende Art von Anfang an nicht ertragen zu haben. Sein Rat für ihre Zukunft: ihre Eifersucht durch eine Psychotherapie zu bekämpfen.

Agnes erinnert sich heute noch an das Gefühl der Verzweiflung, das sie nach der Trennung überkam. Für ganz kurze Zeit war sogar der Gedanke, sich das Leben zu nehmen, in ihr wachgeworden. Doch da trieb das Leben ihr einen jungen Mann in die Arme, der zufällig Medizin studierte. Ob sie sich in ihn auch verliebte, ist schwer zu sagen. Es ist mehr der Wunsch sich normal zu verhalten, der den Ausschlag für ihr mehrmonatiges Zusammensein gibt und eine Art von Geständnis, in dem er ihr anvertraut hat, dass er sie schon eine Weile in ihrem Zimmer mit einem Opernglas beobachtet.

Ein kleiner hagerer Bursche mit drahtigem Haar und Sommersprossen auf weiten Partien seines Körpers – jetzt hätte man sich darüber klar werden müssen, was das zu bedeuten hat, wenn man aus der Angst heraus wach zu werden und wieder niemand neben sich zu finden, jeden beliebigen Medizinstudenten in sein Zimmer und in sein Leben aufnimmt.

Übrigens verlief das Zusammensein mit diesem anspruchslosen Jungen in durchaus herzlicher Atmosphäre, trotzdem geht es in beiderseitigem Einverständnis nach ein paar Monaten zu Ende. Irgendetwas hatte gefehlt.

Den Tag heute hat sie für sich alleine. Ludwig ist zu seinen Eltern gefahren.

Wenn ich wollte, könnte ich herausbekommen, welches die Impulse sind, die hinter meinem Handeln stehen. Alle diese Pennäler, Studenten und angehenden Fachärzte, mit denen ich meine Zeit verbummelt habe. Und da gab es noch weitaus mehr. Der Schauspieler ganz in Schwarz mit dem ironischen Blick, den sie für die Schönheit in Person hielt. Für eine Verabredung mit ihm hätte sie auf der Stelle ein Jahr ihres Lebens gegeben. Und als es dann tatsächlich dazu kam? Nein, daran möchte sie sich nun wirklich nicht erinnern, der Mann hatte Leberzirrhose und faustgroße dunkelviolette Flecken auf seinem weißhäutigen Körper, wenn er sich das Hemd abstreifte. Interessant an dieser Beziehung ist im Nachhinein nur, dass sie wieder nicht das bekam, wonach sie so dringend verlangte – nichts Heilendes oder Heiles ist an dem Heldenkörper. Stattdessen saugt er ihre Jugend ein, um sich selbst dadurch zu heilen.

So im Nachhinein ist es schwer, Verantwortung für dieses Umherirren zwischen den Männern zu übernehmen. Sie versteht auch jetzt noch nichts von dem, was sie da getrieben hat. *Du hast nicht die geringste Idee,* oder doch? Hat es vielleicht doch etwas mit dem Vater zu tun, besser, mit dem Nichtvorhandensein eines Vaters. Vater – kann man von Zufall sprechen, wenn ausgerechnet der Mann, der vielleicht, mit einem großen Fragezeichen, ihr Therapeut werden könnte, den beziehungsvollen Namen »Altvater« trägt? Hirngespinste, weiter nichts.

Es gibt eben Tage, an denen du denkst, es soll alles anders werden. Anders, ja, wenn du nur wüsstest wie.

Sie lässt sich auf die Knie nieder, legt das Buch mit den aufgeschlagenen Seiten nach unten auf den Steinboden und dreht die Lautstärke der Musikanlage höher. Die Bässe tiefer, die Höhen transparenter. Rossinis *Messe Solenelle.* »*Et resurrexit tertia die*«.

Eine Weile bleibt sie im Kreuzfeuer der Lautsprecherboxen sitzen und taucht ein in das Klanggewebe nur aus menschlichen Stimmen – »*credo in unum deum*« – man könnte sich eine Farbfolge dazu denken – lichtgrau, indischgelb, graublau, ocker. Dieses Rauschen, das von allen Seiten kommt, über die Sinne in den Solarplexus dringt und einem einen leichten Schauer nach dem anderen über den Rücken rieseln lässt.

Mein Gott, denkt Agnes, man müsste auch wieder einmal singen.

Aber zurück zum Thema. Aus einer gewissen Distanz betrachtet sieht es aus, als ob sich bestimmte Momente in ihrem Leben wiederholen, ohne dass sie sich

dessen bewusst wird. Immer wieder findet sich jemand, der ihr mit einem Blick, der irgendwo in die Mitte ihres Körpers zielt, eine Liebeserklärung macht und mit dem Ton der Gewissheit in der Stimme verkündet: »Nur ich kann dich wirklich glücklich machen.«
Und dann ließ auch sie ihren Gefühlen freien Lauf.

Nicht zufällig konnte sie die aufeinander folgenden Umarmungen ohne weiteres Männern zuordnen, die in ihrem Berufsleben die Rolle von Ärzten, Psychologen und Heilern aller Art innehatten – mit nur zwei Ausnahmen. Und während sie ein paar Bücher im Regal ordnet, denkt sie verblüfft darüber nach, weshalb ihr diese Korrespondenzen nicht schon früher aufgefallen waren. Es ist nicht das Leben an sich, dem sie sich durch all die Jahre zugewandt hat, sondern ein Stück ausgesparter Kindheit, ein leerer Fleck auf einem Stück Papier, das mit Farbe gefüllt werden sollte. Die Psychotherapie würde gewiss auch Licht in jenes Fleckchen Vergangenheit werfen, das heute noch eine Grauzone ist.

Sie lauschte angespannt. *Mein Gott, was ist bloß in mich gefahren?* Über all die Jahre hinweg hat sie sich fast gedankenlos den sinnestäuschenden Beteuerungen hingegeben und jetzt auf einmal drängt es sie mit einer Ungeduld, die sie sonst nur im Umgang mit banalen Alltagsverrichtungen kennt, die Wahrheit zu erfahren.

Aus einem Buch fällt eine Fotografie auf den Boden, Agnes und Ludwig, in glücklichen Tagen. Ludwig mit einer Löwenmähne, sie ein schlankes dünnes Tier mit umrandeten Augen, das einen, immer ein wenig außer sich, anlächelt. Natürlich passte auch die Ära Ludwig ins Bild.

Eines Tages prophezeit er, nachdem er eine Schachtel Zigarillos und eine Flasche Rotwein auf ihren Tisch gestellt hat, dass er durchaus im Stande sei, sie glücklich zu machen. Darauf ihre Neugierde, wie er das wohl anstellen würde.

Ein Gedankensprung. Unter Psychotherapie stellt sie sich ein zwiespältiges Ereignis vor. Da sitzt ein Mensch einem anderen gegenüber oder liegt gar vor ihm auf der Couch, mehr als einmal pro Woche, in dem Bestreben, etwas in seinem Inneren umzukehren oder ganze Teile, die verloren gegangen sind, wiederzubeleben. Für Außenstehende so gut wie unbegreiflich, sich für Jahre, Tag um Tag, in die Abhängigkeit von jemandem zu begeben, den man nicht kennt.

Was tat dieser Jemand? Ob er einem wohl Fragen stellte? Blieb er stumm? Oder gab er einem Ratschläge? Was rechtfertigte sein Stundenhonorar von über achtzig Euro?

Sie kannte niemand, der ihr zufriedenstellende Antworten hätte geben können.

Eben lässt die automatische Schaltung das Licht in einigen Räumen angehen und gleichzeitig bricht Rossinis Messe jäh ab.

Noch ein nachgetragener Allgemeinplatz, der neugierig machte: Dass weit mehr als die Hälfte aller Hilfe Suchenden sich umgehend oder nach und nach in ihren Therapeuten verliebten. Und dass man für diese Liebe dann auch noch bezahlen sollte, erschien ihr zum augenblicklichen Zeitpunkt ganz und gar absurd.

Mit Ludwig war von Anfang an klar, dass man über bestimmte Dinge nicht würde reden können. Manches Thema schien ihm nicht geheuer. Auch wenn

Agnes sich eine Freundin ins Haus holte und er sah, wie sie sich mit angeregten Gesichtern und gedämpften Stimmen unterhielten, war seine ablehnende Haltung nicht zu übersehen.
Was hatte sie beide eigentlich zusammengeführt?
Eine jener täglich aufs Neue zelebrierten süchtigmachenden Nächte in einem Studentenclub, in dem ein wiederkehrendes pulsierendes Licht psychedelische Muster über die Tänzer streute. Ein schmaler, melancholisch blickender junger Mann, man könnte ihn sich als Enkel eines Valentino vorstellen, mit gelockter dunkler Mähne, der sich nicht gern mit dem Fußvolk mischt, aber trotzdem dabei sein möchte, hat sich in eine Ecke unter der Wendeltreppe verzogen, von wo aus man, ohne ständig angerempelt zu werden, das Geschehen gut im Auge behalten kann. Er sah, was er wollte: ein Wesen mit zurückgeworfenem Kopf und halbgeschlossenen Augen, auf die schweißglänzende Wange eine Mascara-Girlande aufgemalt, einigermaßen jung, ein wenig traurig und voller Gier nach Leben.
Ihr Tänzer, der sich wie ihr Eigentümer gebärdet, ist zu diesem Zeitpunkt gerade ein Beau von den Antillen, der sich in affektierter Weise in Szene setzt, indem er zu den unmöglichsten Gelegenheiten seinen schlangenhaften Unterleib in Aktion treten lässt. Dann fixiert er mit triumphalem Lächeln sein Publikum, während er seine grotesk gespreizten Hände über ihre Armkugeln und die Linie darunter, von der Achselbeuge bis zu den Hüften spazieren lässt.
Ein Dummbeutel, wie der Betrachter unter der Treppe nicht ohne Ärger feststellte, dabei so narzisstisch wie ein Pfauenhahn und so exotisch wie eine tropische Muschel.
Seit Tagen verfolgte er nun schon das Getue des ungleichen Paars mit hungrigen Blicken. Einmal, als das exotische Wüstentier sich für kurze Zeit verzogen hatte und das Objekt seiner Begierde sich mit energischem Schwung an ihm vorbeidrücken und die Treppe hochziehen wollte, hielt er sie am Arm fest. Es war eine der mutigsten Handlungen seines bisherigen Lebens. Sie setzte eine empörte Miene auf und blickte ihm über die Schulter strafend ins Gesicht. Sie war so durchgeschwitzt von der Tanzerei unter den Megalampen, dass ihre Bluse wie gemustert aussah ,bedeckt mit einer Landschaft aus helleren und dunkleren Flecken, die vom Schlüsselbein bis zum Nabel reichte.
Er suchte nach einem Gesprächsansatz und erkundigte sich dann höflich, ob er sie vielleicht zu einem Glas irgendwo einladen könnte. Sie musste erst überlegen, gleichgültig zog sie die Schultern hoch, noch im Nachbeben sozusagen durch die Tanzbewegungen brachte sie im Augenblick die Geduld nicht auf, jetzt noch länger stehen zu bleiben.
Vielleicht morgen, in einer Woche, irgendwann einmal.
Zu freuen schien sie sich aber trotzdem über sein Angebot.
»Warum denn nicht heute?«, fragte er noch wagemutig, aber sie hatte sich schon längst ein paar Stufen höher geschwungen, über seinen Kopf. Es nützte auch nichts, dass er sie noch schnell am Knöchel festhielt. Durch die Gitterstäbe des Geländers kündigte sie ihm an, gerade an dem Abend früh nach Hause zu müssen. Als er ihren Knöchel noch immer nicht freigab, wurde sie erst ein bisschen wütend, musste aber dann doch lachen. Er taxierte noch, bewusst auffällig, ihre Beine aus seiner

Froschperspektive – »Lass mich sofort los!« – und zog ein folgsames Gesicht. »Dann also bis morgen. Halt, sag mir noch deinen Namen!«

»Agnes Bärwald«, überbrüllte sie die Lautstärke der Tonverstärker.

Es rührte ihn, dass sie ihm ihren vollständigen Namen genannt hatte wie ein Schulmädchen. Weniger als eine Woche danach schloss er sich mit Agnes Bärwald für vierunddreißig Stunden in sein Studentenzimmer ein und seine beiden Kommilitonen, ein Schwarzwälder Bauernsohn und ein Jurist aus Basel, trommelten lechzend an die Tür.

Viele Möglichkeiten bot das Studentenzimmer nicht. Zunächst richteten sie sich also auf dem Junggesellenbett häuslich ein, ohne viel zu reden, und lauschten auf die Stadtgeräusche. Auf die Schreie von Katzen auf dem Dachboden, das viertelstündliche Schlagen der Kirchturmuhr, das durch die dünne Wand drang – nebenan wohnte ein alter Nazi.

Das Zimmer, das sie – so haben sie sich geschworen – erst verlassen wollen, wenn sie einander gründlich kennen gelernt hätten, besteht aus einem Spind, Bücherregalen und einem Bett. Ab und zu eine Bemerkung. Die Frage, wie das Wüstentier ihren fliegenden Wechsel aufgenommen habe, beantwortet sie mit einem lächelnden Achselzucken, dem er entnimmt, dass darüber bisher kein Wort gefallen und auch keine Entscheidung getroffen ist. Aber Stunden später, als er seine Lippen von der Stelle zwischen Schlüsselbein und Brustansatz nimmt, wo sie ein beachtlich großes Muttermal trägt, und seine hitzigen Hände eine kühle Zone auf ihrem aufgewärmten Leib hinterlassen, rollt sie sich auf die Seite, und indem sie mit schläfrigen Augen seine flachen weißen Füße und den beachtlichen Haarwuchs seines ganzen Körpers betrachtet, vertraut sie ihm überraschend an: »Er ist völlig unbehaart, stell dir vor, nicht einmal da unten hat seine Mutter ihn mit einem kleinen Dreieck ausgestattet.« Und sie legt dabei eine kleine kühle Hand über sein schwachgekrümmtes, auf einem Kissen aus Schamhaar ruhendes Glied.

Als es dämmerig wird, hört er sie plötzlich munter drauflosreden. Er blickt auf ihren unverschämt braunen Rücken, noch von Korsika, und sieht ihr dabei zu, wie sie aus ihrem fliegenden Haar einen ordentlichen kleinen Knoten zwirbelt.

Ihre Stimme hat einen metallischen Unterton. »Weißt du, eigentlich ertrage ich ihn schon eine Weile nicht mehr. Was soll man anfangen mit Männern, die sich selbst zerstören? Dieser strahlende Selbstbetrug, in dem er seine Tage verbringt, bringt mich immer wieder auf die Palme …« Eigentlich hat er keine gesteigerte Lust dazu, sich über die Psyche des Wüstentiers länger als unbedingt nötig zu unterhalten. Es interessiert ihn dann auch herzlich wenig, dass der gewesene Liebhaber von Agnes Bärwald seine Speisen gewöhnlich zu sehr pfeffert und einen Kaffee nach dem anderen trinkt, auch wenn das dem Magendurchbruch, den er vor zwei Jahren erlitten hat, nicht gut tut.

»Dabei war er schon kurz vor dem Abnippeln.«

Er unterbrach sie. »Seit wann bist du mit ihm zusammen?«

Sie überlegte kurz, womit sie anfangen sollte und spannte dabei ihre Muskeln, wie um sich besser zu konzentrieren. Dann aber, als habe es doch keinen Sinn, als würde sie in dem Wirrwarr ihrer Erinnerungen doch nicht schlau, ließ sie ihren

Oberkörper zusammensacken und bettete ihren Kopf auf die Knie. »Lass uns von etwas anderem reden«, sagte sie in einem griesgrämigen Ton, »ich habe schon eine Menge für ihn getan, wenn ich an all die Rollkuren denke, die ich mitgemacht habe, und an die Diät ... Er ist leider dumm.«

Das setzte einen Schlussstrich unter das Thema.

Sie rutschte zu ihm zurück und lehnte den Kopf gegen die Wand. Es sah so aus, als habe er gerade gegen den Rivalen gewonnen. Fast ist er enttäuscht darüber, dass er diese Frau so widerstandslos erobern sollte. Das Wüstentier, das seine langen Schenkel und schmalen Lenden so einzigartig zu bewegen wusste, ein magenkranker Wiederkäuer – das war beileibe kein Aufsehen erregender Sieg. Mit einem umfassenden Blick betrachtet er die Frau, deren Muskeln und Glieder so gut zu den Versenkungen und Erhebungen seines eigenen Körpers zu passen schienen. »Lass uns zu uns zurückkehren. Damit wir in Kürze alles voneinander erfahren, was wir erfahren sollten.«

Sie saß ganz aufrecht, Schulter, Hals, Kopf eine gerade Linie. Er hat schon eine Menge Flirts mit einer Reihe hübscher Mädchen hinter sich. Sie wird erst einmal beweisen müssen, dass sie mehr als nur gut aussehen und ihren Körper bewegen kann. Aber im Licht des untergehenden Tages findet er, dass er keine schlechte Wahl getroffen hat.

Zärtlicheres Licht. Von unten herauf hört man die Geräusche von Pferdehufen, einer Straßenbahn und dazu die aus erhitzten Kehlen gepressten Gesänge von Verbindungsstudenten.

»Ich bin eine musische Frau«, erklärt sie ganz träumerisch, »und du?«

Neue Liebkosungen. Mit den Beinen umschlingt sie seine Schenkel und er hält sie mit beiden Händen um die Taille. Erstaunt betrachtet sie die Bögen seiner Augenbrauen, die sich in der Mitte berühren, währenddessen er mit den Kenntnissen, die er sich inzwischen über sie angeeignet hat, ihre fließenden Bewegungen und tiefen langen Atemzüge auf sich wirken lässt. Er achtet darauf, den richtigen Zeitpunkt nicht zu verpassen.

Zeiten der Bewegung wechseln sich ab mit Zeiten der Stille. Augenblicke der Ergriffenheit. Mitten in der Nacht stellt sie sich entschlossen auf die Beine. Und während sie daran denkt, dass auch ihm einfallen könnte etwas Essbares oder Trinkbares herbeizuschaffen, streift sie sich das Kleid über, eine enge Hülle, und zieht es mit raschen, leichten Griffen an die richtigen Stellen. »Hast du keinen Hunger?«

Er richtet sich schließlich auf und kramt ihre Hinterlassenschaften von der Decke zusammen. Ein Paar Ohrringe, eine dieser widerwärtigen Strumpfhosen, deren Berührung ihm einen Schauer über den Rücken jagt. Ein bisschen besorgt um sich fragt er noch, warum sie so in Eile sei, ob sie nach ihm noch zu dem anderen wolle. Er treibt es gar so weit, sie zu einem Vergleich zwischen seiner Person und der des Vorgängers zu bewegen. Es soll wohl Spaß sein, aber was sie ihm dann auftischt, gibt ihm doch zu denken: »Du hast den dreifachen Vorteil«, spricht sie kühn, »dass du weiß bist, Arzt und Deutscher.«

Ungläubig sieht er zu, wie sie ihre Tasche auf und zu macht, um irgendetwas herauszuholen. An ihre realitätsnahe Art wird er sich erst gewöhnen müssen.

»Lass uns schnell zu einer Pizzeria eilen, du weißt schon nicht mehr, was du da sagst.« Nebeneinander auf der nächtlichen Straße haben beide gute Laune und empfinden eine Vertrautheit, die sich auf weit mehr zu begründen scheint als das zufällige Verlangen der hinter ihnen liegenden Stunden. Einige Berührungspunkte lassen sich locker ermitteln.

Kriegsgeburt, Einzelkindstatus, Väter beide Ärzte.

Er hat einen Stiefvater, sie nicht. Sein richtiger Vater ist gefallen wie der ihre. Auch seine Mutter teilt das Schicksal aller Frauen nach dem Krieg: Dass sie arbeiten geht und dabei ein Kind aufzieht – bis der Stiefvater auftaucht.

»Ich habe noch einiges im Leben vor«, vertraut sie ihm im schimmernden Licht der italienischen und asiatischen Kneipen an, an denen sie vorüberkommen. Und er verrät ihr im Gegenzug, dass er nach der Militärzeit, die ihm noch bevorstehe, mindestens ein Jahr in den Vereinigten Staaten zubringen wolle.

Der Marktplatz macht noch um ein Uhr nachts einen ausgesprochen belebten Eindruck und während ein paar Heimatlose, die mit geöffneten Flaschen um den Brunnen lungern, eine Schar Japaner und das Heer der jugendlichen Bummler sie mit leichten Blicken streifen, ist ihm etwas eingefallen, das er ihr mit gesenkter Stimme anvertraut. Dass er von dort oben herab – eine Geste hin zu dem Giebel, zu dem Fenster, wo sie sich bis eben aufgehalten haben – mit einem Luftgewehr auf den Arsch einer Kommandantin gezielt habe, oder nennt man sie Generalin?, jedenfalls einer Dame von der Heilsarmee, die genau hier auf dem Platz ihr Orchester dirigiert habe. Der Arsch sei so breit gewesen, dass er tatsächlich auch getroffen habe. Mitten im Staatsexamen, nichts im Magen und unausgeschlafen – und dann von unten so ein Getöse, *»Jesus, meine Zuversicht«* – wie soll man so etwas aushalten?

Unter Gelächter lässt sich die erwähnte Szene noch einmal zum Leben erwecken: Wie die Generalin nach dem Volltreffer ihre Hüften nach rechts und links verschoben habe, um das Brennen auf ihren Backen loszuwerden, ohne die Musik abbrechen oder den Dirigentenstab fallen zu lassen. Natürlich hatte die Tat Konsequenzen. Eine Hausdurchsuchung durch die Kriminalpolizei – schließlich fahndete man bundesweit gerade nach Mitgliedern der RAF – und eine beachtliche Titelzeile auf der zweiten Seite der Tageszeitung: unbekannter Heckenschütze etcetera, etcetera. Zum Glück hatten die Kommilitonen das Corpus Delicti unmittelbar nach der Tat zersägt und im Fluss versenkt.

Agnes tut ebenso amüsiert wie erschüttert. Lass mich dich noch einmal anschauen: Wie ist es möglich, dass hinter diesen gefühlvollen Augen und der Stirn eines Humanisten solche Abgründe der Seele schlummern?

»Was willst du, ich stamme aus einer echten Nazifamilie.« Ohne Gewissensbisse geht er zu anderen Themen über. Nach dem letzten Satz ist sie ein wenig nachdenklich geworden, obwohl sie sich im Stillen bereits für ihn entschieden hat.

Viel später hat er ihr einmal ein Foto gezeigt, auf dem eine Hand voll Leute zu sehen sind, die sich vor der Kulisse eines unbedeutenden Dorfes in Positur gestellt haben, die Gesichter zu todernsten Masken erstarrt, mit Haartrachten und Kostümierungen, die an Filme aus dem Dritten Reich erinnern: »Das ist mein Onkel, meine Mutter als junge Frau, daneben der Großvater und die Großmutter Lemberger. Und dies ist mein geliebter Urgroßvater, der mich als kleinen Bub vor den Wölfen bewahrt hat.« Im Hintergrund eine Hakenkreuzfahne.

Noch einmal taucht bei Agnes kurz das Bild von der Kommandantin auf, aber die mögliche Bedeutung, die dieser Vorfall haben könnte, wird zu dem Zeitpunkt von ihrer Verliebtheit außer Kraft gesetzt. Jeder hat seine shortcomings, denkt sie, wieso sollte er da eine Ausnahme machen. Und was hatte einem im Übrigen die Familie noch zu sagen, wenn man erwachsen war?

Man war sich unerwartet schnell einig geworden. Dass es vorerst dabei bleiben sollte, dass beide ihre Wohnungen im Zentrum behielten. Später wollte man dann Ausschau halten nach einem kleinen Haus irgendwo draußen an der Peripherie von Stadt und Land.

Im Verlauf eines Jahres hatte alles sich organisch weiterentwickelt. Ohne groß darüber nachzudenken oder zu sprechen, wie ein gemeinsames Leben beschaffen sein sollte, hatten sie ihre Haushalte und ihre Zukunft aneinander gebunden; von einer Heirat war nicht die Rede gewesen – geschweige denn von einem Kind.

Erst Jahre später. Da spricht Ludwig vage aus, was ihrer Meinung nach von Anfang an wenig Interesse bei ihm erweckt hatte – das Wort Familie, ein Unwort, deshalb auch mit Vorsicht zu behandeln. Und Agnes erklärt sich daraufhin einverstanden, alles Weitere dem Zufall zu überlassen.

3 In diesen Wochen lässt es sich schlecht schlafen.
Ist es die Störung in ihrem Gehirn oder die tagelange Ungewissheit darüber, ob der herbeigesehnte Therapieplatz am Ende einer vierwöchigen Wartezeit auch tatsächlich für sie frei sein würde? Die Kälte des Winters, das graue Licht hinter den Buchenzweigen oder der Wind aus Osten, der tagelang an den Läden rüttelt.
In dieser unheilvollen Atmosphäre gedeiht auch ihre Arbeit nicht recht. Nach zwei Stunden beständigen Ringens um die verfeinerte Form eines schon in der Anlage wie erstarrt wirkenden Bildes wirft sie entmutigt Pinsel und Feder beiseite.
Gib es doch auf, heute will dir einfach nichts gelingen.
Der Anblick, in dem die Welt sich ihr gegenwärtig darbietet, hat nur noch wenig Ähnlichkeit mit dem Bild, das sie sich von Jahren vor ihrem Leben gemacht hat.

Als das Telefon schrillt und eine Frauenstimme am anderen Ende der Leitung sie zu einer Geburtstagsfeier auffordert, ist sie so perplex, dass sie den Hörer auf die Gabel fallen lässt, ohne ab- oder zuzusagen oder sich das Datum zu merken.

Die Bestätigung, dass ihre Kräfte nicht mehr mit den Anforderungen Schritt halten können, die das Leben an sie stellt, wird ihr selbst da zuteil, wo sie sonst zwar gedankenabwesend, aber mit dem sicheren Griff eines Roboters die Dinge verrichtet, die zum täglichen Alltag zählen: das Aus- und Einräumen von Spülmaschinen, das Sortieren von Gläsern, Besteck oder Wäschestücken. Eines der kostspieligen hochbeinigen Kristallgläser ist ihr erst gestern buchstäblich unter den Händen zersprungen. Und heute ist über ihrem Kopf ohne ersichtlichen Grund eine Glühbirne mit einem Geräusch wie ein Luftballon zerplatzt.

Ihre blauen, unsteten Augen hatten die Situation sofort erfasst und so eingeordnet: Die Dinge, die sie umgeben, haben vor, endgültig aus ihrer Nähe zu verschwinden. Verstört kehrt sie die Scherben auf die Schaufel. Einmal wählt sie mit großem Kraftaufwand die Nummer der Frau, die ihr vor kurzem erst so hilfreich war. Zum gegenwärtigen Zeitpunkt erscheint sie Agnes als die Einzige, die sie aus einem anderen Leben wieder erkannte.

»Was ist mit dir? ... Erzähl doch!«

Und als sie mit einem Mitleid erregenden Tonfall beginnt, über ein paar zerbrochene Gläser, einen unheimlich pochenden Wasserhahn, den verschneiten Garten und eine Katze ohne Schwanz zu berichten, kommt sie sich ganz plötzlich wie eine Idiotin vor.

Abmachungen werden getroffen. »Weißt du was, du kommst am Sonntag einfach zu uns zum Essen, da lässt sich dann alles in Ruhe besprechen. Eine Art von Erschöpfung, was du da hast. An ein endokrinologisches Problem wäre auch zu denken.«

Obwohl ihren Schilderungen mit der Ernsthaftigkeit wahren Mitempfindens zugehört wird, gewinnt sie für sich den Eindruck, nur die Oberfläche von etwas gestreift zu haben, dessen Inhalt obendrein so wenig greifbar erscheint wie eine Tüte voll Luft.

Das unfassbare Unglück. Man kann es niederschreiben, erzählen oder für sich behalten. Man kann versuchen es abzubilden oder mit Musik zu unterlegen. Nur um am Ende festzustellen, dass es sich zu einer fließenden und zurückströmenden

Form entwickelt hat, die man einfach nicht loswird. Man braucht sich doch nur umzuschauen um festzustellen, dass sich durch so ein Gespräch nichts, aber rein gar nichts ändern lässt. Der Staub auf dem Zeug ringsumher, das Schweigen und die Dunkelheit, die hinter ihrem Rücken zusammenflossen und die Risse in der Wand, über Nacht entstanden. Bald würde sich Schicht um Schicht lösen. Die Dinge, die sie einst bewundert und geliebt hat, scheinen sich endgültig verabschieden zu wollen. Das war ja nicht zum Aushalten.

Und wenn sie den Unterton richtig interpretiert hat, dann wollte auch diese Frau im Grunde ihres Herzens eigentlich nichts mehr mit ihr zu tun haben.

Dies geschah alles am Ende einer die Gegenwart aushöhlenden Wartezeit.

Was Ludwig anging, so fragte man sich allen Ernstes, ob er denn überhaupt nichts bemerkte. Seine Hand am Henkel des dampfenden Teeglases, eine kleine Schnittwunde an der Wange sitzt er genauso seelenruhig wie vor Jahren unter diesem matt hereinsickernden Licht des noch immer nicht recht angebrochenen Tages. Kurz lächelt er ihr zu und betrachtet in aller Ruhe den silbernen Löffel, die Schale mit den Getreideflocken, die Zeitung, um ihr dann mit leicht zur Seite geneigtem Kopf zu verstehen zu geben, dass seine volle Aufmerksamkeit jetzt einem Streik der französischen Fluglotsen, dem neuerlichen Start der Ariane-Rakete und dem Misstrauensvotum galt, das die Opposition soeben gegen die Regierungspartei eingebracht hat.

»Nächste Woche ist mein Geburtstag«, sagt er beim Aufstehen, »hol dir doch den Hund ins Haus, wenn du dich einsam fühlst, mach einen Spaziergang.«

An der Tür zum Wohnzimmer wendet er sich noch einmal um. »Übrigens kommt heute jemand, der die Rohrleitung im Heizungskeller kontrolliert.«

Ist es nicht, gelinde ausgedrückt, äußerst seltsam, auf welch beiläufige Formeln sich die Sprache des Geliebten reduziert hat? Im Grunde genommen schreit das zum Himmel. Nur kurz begegnen sich ihre Blicke.

»Vielleicht fällt dir außerdem etwas ein, falls meine Eltern ihre Drohung wahrmachen und zu meinem Geburtstag kommen.«

An einem Donnerstag Anfang Februar wird sie zu einem Erstgespräch in die psychosomatische Klinik geladen. Am Morgen dieses Tages sieht man sie neben dem merkwürdigen Vorbau des Klinikgebäudes ihren Wagen abstellen. Sie blickt auf die Uhr, die sieben Minuten vor der Zeit anzeigt, kontrolliert in dem Rückspiegel ihr farbloses, schmal gewordenes Gesicht. Nimmt sich vor, noch hundertzwanzig gezählte Sekunden sitzen zu bleiben und ihr zurechtgelegtes Konzept dabei nicht aus den Augen zu verlieren.

Während ihre Gedanken die vorgefassten Sätze umkreisen, bewegt der Rest ihres Körpers sich durch die leeren Korridore des alten Gebäudes und bleibt nach einem kurzen Verharren vor dem Schreibtisch der Sekretärin stehen, die mit ihrem Einverständnis den heutigen Termin festgelegt hat.

Diese lächelte gewinnend, schlug anmutig die Beine übereinander, trotz der Kälte trug sie einen sehr kurzen Rock. Ein reizvoller Anblick, den der Professor sich da Tag für Tag gönnt, ist der erste Gedanke. Ihre Hand wies nach links, über Aktenordner, Pflanzen und einige Stahlstiche mit Szenen aus der griechischen Mythologie hinweg auf eine blaue Tür.

»Darf ich Sie bitten, dort kurz Platz zu nehmen?«

Ich wusste nicht, womit ich beginnen sollte.

Wer tagaus, tagein den Himmel betrachtet, ohne darin ein Zeichen der Hoffnung zu sehen, und seit Menschengedenken niemals in einen Aufzug oder einen Zug gestiegen ist, ohne dass der Schatten drohenden Unheils ihn begleitet hat, der hat vergessen, dass die Dinge ihren naturgemäßen Platz haben. Welches sind die Ursachen, was die Wirkungen? Ich setzte mich dahin, wo ich schon seit einiger Zeit in Gedanken Platz genommen hatte, und beschwor die Erinnerungen an die vergangene Zeit herauf, aber alles, was ich in diesem Augenblick zustandebrachte, war ein ungeordneter Haufen ohnmächtiger Klagen, die ich dem Manne, der sich mir gegenüber gesetzt hatte, ins Gesicht schleuderte.

Keine Spur mehr von dem Konzept, das ich mir noch vorhin im Wagen vorgebetet hatte.

In Abständen legte ich wiederholt eine Pause ein, um ihm Gelegenheit zu geben, etwas dazu zu sagen, aber da er nichts sagte, fuhr ich fort, mein Leben zu beklagen.

Dabei vermied ich ihn anzusehen und ließ stattdessen meine Blicke durch den Raum schweifen. Eine Fensterfront, hinter der aus dem gelblichen Wintersmog eine graue Fassade aufragte. An der Wand kühle, altertümliche Darstellungen klassizistischer Bauwerke, nicht ein einziger Teppich, eine Liege mit einem weißen Überwurf. Ein leerer Raum mit dem Allernötigsten möbliert. Meine Augen kehrten zurück zu dem hässlichen düsteren Gebäude, das ich aus dieser Perspektive noch nie betrachtet hatte, aber ohne Zweifel war dies die Frauenklinik. Möglicherweise hatte ich, ohne es zu wissen, die Stunden größter Verzweiflung dort drüben zugebracht, mit dem Blick auf eben die Fensterfront, hinter der ich gerade saß. Aus den Augenwinkeln versuchte ich zu ergründen, welches der vielen Fenster dort meines gewesen sein mochte. Am liebsten hätte ich ohne Umschweife das Thema darauf gebracht, aber ein letzter Rest von Selbstbeschränkung hielt mich dann davon ab.

Was hätte ich ihm sonst auch das nächste, das übernächste Mal erzählen sollen?

Wo war ich eben stehen geblieben? Richtig, was ich mir auch vornahm: zeichnen, singen, Auto fahren, fliegen, beten, es ist nicht dazu gekommen, weil sich vor jedes Tun der Gedanke schob: Du wirst krank werden.

Ich hätte jetzt gern gewusst, was er denkt. Zum ersten Mal, seit ich dieses Zimmer betreten hatte, hob ich meine Augen auf und richtete sie auf die Stirn des Mannes gegenüber.

Er betrachtete gerade seine Hände, und so konnte ich meine Augen für Sekunden auf ihm verweilen lassen. Was ich sah, verblüffte mich. Dieses Gesicht kannte ich doch, wo hatte ich es bloß schon einmal gesehen? Bei einem öffentlichen Vortrag?

Ich musste jedenfalls augenblicklich an meinen Vater denken, obwohl dieses Gesicht dem meines Vaters nicht ähnlich sah. Das gelbliche Licht von draußen fiel auf ihn, seine Augen, den breiten Mund. Das ganze Drum und Dran, Haarfarbe, Bart,

Krawatte tat nichts zur Sache. Es waren die Augen, die Augen und die Stimme, die ich jetzt zum ersten Mal zu hören bekam. Der, der dort saß und mich einer Anrede für wert befand, der, den ich gestern noch nicht gekannt hatte, erweckte sofort ein Gefühl der Liebe in mir. Nicht Verliebtheit, das war etwas anderes. Ein viel tieferes Gefühl, das ich nicht anders nennen konnte.

Was sein Interesse geweckt zu haben schien, war ein Detail, auf das ich im Verlauf dieser Stunde hingewiesen hatte, es handelte sich um eine kürzlich an mir gemachte Entdeckung: auf der weichen, weißen Innenseite meines linken Armes hatte ich einen neu entstandenen dunklen Hautfleck entdeckt, der sich vom Moment der ersten Wahrnehmung an zu vergrößern schien. Eine Angst von vielen. Vielleicht war es der Arzt in ihm, oder es fiel ihm ganz einfach leichter, sich auf diesen sichtbar existierenden Punkt zu konzentrieren, jedenfalls fragte er: »Ist dieser Flecken Ihnen eigentlich jetzt erst aufgefallen?«

»Es ist ein Muttermal, ich habe es schon lange«, sagte ich, »aber seit einiger Zeit wird es ständig größer.«

»Waren Sie schon bei einem Hautarzt?«

Irritiert durch sein augenscheinliches Interesse wollte ich dann von ihm wissen, wieso er sich ausgerechnet für diesen Fleck so interessierte, aber da blickte er statt einer Antwort auf seine Armbanduhr und sein Gesicht nahm sofort den Ausdruck größter Sachlichkeit an.

»Wir sind schon ein bisschen spät dran«, sagte er und erhob sich. »Vielleicht können wir miteinander in der nächsten Stunde ein paar organisatorische Fragen klären.«

Ich fühlte mich enttäuscht, dass er die Stunde so abrupt abbrach und dass er mir nicht mehr antworten wollte. Ich sah auf seine Hände, gepflegte, manikürte Gelehrtenhände, die in einem Terminbuch blätterten.

»Wäre Donnerstag Ihnen wieder recht?« Mit sachlichem Ernst blickte er mich an. Ich nickte, als hätte es mir die Sprache verschlagen. Dann reichte er mir eine Hand. Mein Gott, hast du ein Glück, dachte ich auf dem Weg zur Tür. Er hat blaue Augen und ich verdanke ihm, dass ich nach unübersehbaren Zeiten der Unsicherheit ein paar behütete Augenblicke erleben durfte. Sollte ich mich noch einmal umblicken?

Einen Moment lang blieb ich auf der Schwelle stehen. Es drängte mich, noch etwas Abschließendes zu sagen: »Wenn es sein müsste, würde ich es bestimmt jahrelang hier bei Ihnen aushalten.« Natürlich sagte ich es dann doch nicht. Stattdessen schaute ich mir alles hier genau an, das Treppenhaus und die blauen Türen darin; in eine offen stehende Tür warf ich einen Blick und sah Teilnehmer irgendeiner Gruppe, die teils sitzend, teils im Raum umherlaufend lebhaft miteinander diskutierten.

Sein Haus, kam mir in den Sinn. Alles hier, von den weißen Dolomitsteinböden angefangen, über die strengen vorhanglosen Glasfronten bis hin zu den klassizistischen Stichen – all das schien mir auf eine nicht erklärbare Weise seinen Geist zu atmen. Plötzlich glaubte ich zu verstehen, was mit Autorität gemeint ist. Die folgende Zeit über war ich mir nicht im Klaren, ob ich ihn wirklich verlassen hatte. Wie war so etwas nur möglich, dass ich in einem Zeitraum von nur sechsundfünfzig Minuten völlig aus dem Konzept geraten war?

Ich lauschte auf mein Seelchen und stellte fest: Im Augenblick ist jede Angst fern von dir. Heute fahre ich nicht den gewohnten Weg nach Hause.

Zeit, dachte ich, was ich jetzt brauchte, war noch genügend Zeit zum Nachdenken. Die Hügel mit den grauweißen Kuppen, die windzerzausten Bäume, die blauen Schleifen der Straße, die sich in unzähligen, beiläufigen Windungen hinauf zur Hügelspitze schwang, unter mir die umnebelten Städte der Ebene und über mir reinstes Licht. Ich brauchte mich nur umzusehen um festzustellen, dass etwas im Begriffe war, sich zu verändern.

Dort liegt das beleuchtete Schloss, mir schon zu Füßen, zu jeder Tages- und Jahreszeit von Touristen fotografiert und so oft abgebildet, dass man seine Besonderheiten schon lange nicht mehr wahrnimmt – heute ein verheißungsvoll strahlendes Erlebnis. Ich schaute mir auch die Häuser an, an denen ich heute vorüberkam, und dachte mich dabei in ihre Treppenhäuser, Erker und verborgenen Kammern und freute mich über die blauen Schatten, die die Bäume in ihre Gärten warfen. An einer Wegbiegung stieg ich aus. Augenblicke der Stille. Nur ein gleich bleibender Summton von unten aus der Ebene war zu hören und das auffrischende und abflauende Geräusch des Windes in den entlaubten Hainbuchen.

Mit Schwung öffnete ich das Tor zum Garten und Max kam mir in elastischen Sprüngen entgegen gestürmt. Du, mein gutes Tier, komm lass dich an den Ohren ziehen und dir einen Boxschlag auf deine dicke Nase gefallen, wie lange hast du diese Zärtlichkeiten schon entbehren müssen.

Über die dunklen Holzschuppen und die bizarren Arme der alten Obstbäume zog ein friedliches graues Rauchfähnchen aus dem Schornstein und stieg in den Abendhimmel auf.

Ob ich früher oder später doch noch entdecken würde: Das ist dein Haus, deine Jasminhecke und dein Rhododendrengebüsch, das dir, wenn du sechzig bist, übers Dach gewachsen sein wird, und vergessen, dass die Beete und Grasflächen, die deiner Fürsorge ihre Existenz verdanken, nichts weiter sind als eine sinnlose, nie enden wollende Plackerei?

Jetzt hatte ich Lust, alle möglichen Leute anzurufen – vielleicht nicht gerade Verena, der ich erst gestern in den Ohren gelegen hatte, aber Ulrike, eine alte Freundin, Mama, wen gab es denn außerdem?

Das muss ich euch noch erzählen: Wie ich heute, vor genau zwei Stunden, plötzlich in einen Garten geschaut habe, der mir bis jetzt verschlossen war.

Verschlossen ist er mir allerdings noch immer, doch wenigstens konnte ich ihn für einige kurze Augenblicke mit meinen Augen sehen. Nein, sehen ist vielleicht nicht das rechte Wort. Ich sollte vielleicht eher sagen: hören. Ich hatte an seine Stimme gedacht.

»Ich glaube, du hast dich verliebt«, sagte Ulrike als alte Psychologin mir auf den Kopf zu, »wenn die Sache mit der Übertragung bei dir so schnell funktioniert, dann kannst du dich schon in Kürze als geheilt betrachten. Bin schon gespannt, wann du mit ihm ins Bett gehst; allerdings steht er in dem Ruf, auch Männer nicht zu verachten. Mal sehen, wie er es mit der Abstinenz hält.«

Pfui, du Schandmaul! Hätte ich lieber nichts verraten. Jetzt kam mir meine übereilte Plauderei wie Blasphemie vor. Ich würde einige Bußübungen einlegen müssen wie jeder gläubige Mensch. Eine kleine Wallfahrt zu all den Orten, die mein Unglück schon mitangesehen haben. Ich war von mir selbst enttäuscht und nahm mir vor, in mich zu gehen.

Aber das Gefühl der vergangenen Stunden, das konnte mir keiner mehr nehmen. Ludwig gegenüber bewahrte ich Stillschweigen.

Sein Blick glitt an dem Strauß aus Winterastern, den eingelegten Oliven und funkelnden Kristallgläsern vorbei, ohne dass ihm etwas aufgefallen wäre, während sein Fuß automatisch den rosafarbenen Schweinchenbauch des Hundes massierte, der unter dem Tisch entrückt schnaubte. Hat er nicht gesehen, dass ich die gewohnten Kleinigkeiten, die ich so lange Zeit vernachlässigt hatte, zu einem kostbaren Stillleben arrangiert habe – »Hörst du nicht, wie der Kachelofen summt?«

Keine Leidenschaften zurzeit, keine Unruhe, nur ein Gefühl von zunehmender Müdigkeit und der Zufriedenheit mit einem warmen Haus und den Kürbiskernen auf einer frischen Brotkruste. Musste man an so einem Abend unbedingt unterhaltsam sein?

Max streckte seine struppigen Beine mit den zu groß geratenen Pfoten so steif von sich, als sei er gerade aus dem Leben geschieden, während der Mann an meiner Seite sich schwerfällig erhob und die aufgeschlagene Zeitschrift beiseite legte. »Der antarktische Eisgürtel schmilzt in letzter Zeit so schnell, dass die Oberfläche der Ozeane in nur drei Jahren um je einen Zentimeter ansteigt.«

Na und? Sein feuchtdunkler Blick, der jahrelang gewohnt war zu sagen: Komm zu mir, komm, leg deinen Bauch an meinen Rücken und deine Knie in meine Kniekehlen!, gleitet müde beiseite. Was willst du mir mitteilen? Etwa, dass sich dir der bevorstehende Besuch deiner Verwandten wie ein Eisgürtel um die Seele legt?

Warum sprachen wir nicht auch einmal nach all den verbrachten Jahren von uns? Über die uns versagt gebliebenen Wünsche und enttäuschten Hoffnungen und über eine Zeit, die sich wie eine Landschaft ohne sichtbare Erhebungen vor unseren Augen ausdehnte bis an den Horizont.

Morgen kommt der Steuerprüfer. Eine Computertomografie legt den Verdacht einer ernsthaften Erkrankung im Kopf des Mannes nahe – gemeint ist sein Vater –, wusstest du schon, dass das Grundstück gegenüber vom Bruder unseres Ministerpräsidenten angekauft worden ist?

Das war die Art der Kommunikation, an die wir uns gewöhnt hatten. Was für Kräfte halten uns so hartnäckig zusammen und wann ist eigentlich zum ersten Mal herausgekommen, dass die Dinge, mit denen wir uns umgaben, nichts, absolut nichts mit dem Gefühl jener ersten Stunden zu tun hatten, auf die wir wie auf ein verlorenes Stück Heimat zurückblickten.

Ausgang des Winters. Bedeutungsvoll aneinander gereihte Tage bis zum nächsten Donnerstag. Weiterhin vernachlässigte ich meinen Zeichentisch und tauschte dafür die mit Präzision niedergeschriebenen Beobachtungen in die leeren weißen Seiten eines Buches ein, das neugierig auf meine Geheimnisse wartete. Ich kam mir weiterhin wie eine Erwählte vor, die mehr als ein Geheimnis mit sich trägt. Natürlich hört sich das Wort »erwählt« ziemlich schwülstig an, das gebe ich zu, aber es hilft nichts, wenn ich die Hochstimmung verleugne, in die ich geraten war. Manchmal, wenn ich nach den Therapiesitzungen noch ein wenig im »Nachbeben« durch die Straßen lief, um langsam zur Ruhe zu kommen, und in die Gesichter der vorüberhastenden Mitmenschen sah, die redeten, lachten oder vor sich hingrollten, da war mir das alles nur halbwirklich. Ich hatte Empfindungen, die ich eher unbeholfen so umschreiben kann: Ihr armen Leute lauft hier nichtsahnend euren Alltagsbeschäftigungen nach und merkt dabei gar nicht, dass unter euch jemand ist, der gerade von Doktor A. aus der Therapie kommt.

Von allen Motiven, die meine momentane Euphorie bestimmten, war der Gedanke, unerwartet etwas wie einen Vater gefunden zu haben, und die Dankbarkeit dafür vielleicht das Vorherrschende. Dankbarkeit für meine seelische Lebensrettung. Ob die Angst so weit gegangen wäre, mich irgendwann in den Suizid zu treiben, ist natürlich nicht sicher. Doch auch wenn ich es nicht getan hätte, so wäre es doch ein ziemlich unerträgliches Leben gewesen, was ich da führte.

Wunderbar traumartig dahinziehende Tage waren das, unterbrochen nur durch kurze, ziemlich absurde Einschübe von Realität. Das rief dann ein kurzes Erstaunen hervor, das aber gleich wieder verschwand. Träume vermehrten sich in dieser Zeit auf bemerkenswerte Weise und hatten die gleiche Bedeutung wie all die anderen Dinge um mich her, die plötzlich auftauchten und wieder verschwanden. Kleine Episoden aus dem Leben meiner Mutter oder meiner Großmutter, die auf einmal eine Botschaft zu enthalten schienen. Kein Gedanke an die Zukunft. Auf einmal erhielt ich auch Geschenke: Eine Zeitschrift ließ mir einen Illustrationsauftrag zukommen, ein junges Mädchen überreichte mir mit einem Feenlächeln ein Parkticket, auf dem noch eineinhalb Stunden Zeit übrig waren, genug, um eine weitere Stunde im Haus der blauen Türen darin einzuhüllen. Sein frisches Morgengesicht und seine gleich bleibende Liebenswürdigkeit waren das größte Geschenk.

Wen verwundert es, wenn man in einer Zeit der Wunder seinen Orientierungssinn verliert? Ganz und gar die Zeit vergessen.

Du hast morgen Geburtstag, fiel mir plötzlich siedend heiß ein, als ich die Reifen von Ludwigs Auto auf den Schottersteinen der Auffahrt knirschen hörte. Ich hatte mich in einen Traum vertieft, ein kompliziertes Gebilde, in welchem vorerst nur zwei Felsmassive ins Auge gefallen waren, die sich in einem dazwischen hindurchfließenden Fluss spiegelten. Später hatte ich, immer noch im Traum, entdeckt, dass sie die monumentalen Abbilder eines Herrscherpaares enthielten: eines Königs und einer Königin, die sich mit blinden Augen gegenüber standen. Dass ich die Aufgabe hatte, mit den bloßen Händen einen Tunnel unter dem Flussbett zu graben und dabei Dutzende von Paaren verdreckter Schuhe und Handschuhe hinterließ, rief nicht so viel Verwunderung in mir hervor wie die Entdeckung, dass die Monumentalstatuen die versteinerten Gesichter meiner Eltern trugen.

Nächsten Donnerstag würde ich ihm etwas zu erzählen haben.

Bevor sie losfuhren, riefen Ludwigs Eltern kurz an.

Seit Jahren waren sie nicht auf eigenen Wunsch zum Geburtstag ihres Sohnes erschienen. Ich überlegte, was sie jetzt dazu bewogen hatte. Mein Entschluss stand fest: Ich bringe es mit Würde hinter mich, ohne Stöhnen und Zähneknirschen. Massiere eine ausreichende Menge der besten Nährcreme in mein Gesicht, nachdem ich geduscht und mich nach bestem Können frisiert habe. Ziehe eine schmale Linie um meinen Mund und meine Augen, die mir die Gewissheit geben, dass alles bestens in Form ist, wenigstens für die Dauer ihres Aufenthalts. Was konnte den zur Verfügung stehenden Zeitraum besser in verdaubare Portionen zerteilen als ein in der Dämmerung eingenommener Aperitif und ein frühes Abendessen? Dazwischen würde ich bis zu den Ellbogen eintauchen in Olivenöl, kaltgepresst, das ich mit Schalotten, Walnüssen und Kräutern aus der Provence anreichere, und das frisch gebackene Brot auf dem Küchenbrett schneiden, das noch von Ludwigs Großmutter stammte, der Lembergerin, die ihn so oft verdroschen hatte. Niemand sollte mir etwas nachsagen können.

Vielleicht wird es ja doch noch ein netter Abend. Und wenn dann der Geruch von Tannennadeln und Holzfeuerrauch dazukommt, wer weiß, vielleicht kann ich mich mit schmalgewordenen Augen wegstehlen zu den Käuzchen und dem tiefen Blau zwischen den Bäumen.

Ludwig, du nimmst es mir doch nicht übel, dass mir nichts, aber auch gar nichts für dich eingefallen ist als dieser in sinnloser Üppigkeit vor sich hin blühende Orchideenbusch. Du musst zugeben, dass wenigstens das Gefäß aus italienischer Fayence, das ihn umgibt, zwar nicht antik, aber doch wohlbedacht abgestimmt ist auf dein südländisches Profil.

Ich lehnte meinen Rücken an den aufgewärmten Ofen. Sein Interesse galt den Spinnweben, die in der aufsteigenden Warmluft waberten und der Staubschicht, die die Gläser bedeckte. Mit einem weichen Wischtuch in der Hand lief er kleine Runden in unserer Wohnstätte.

Plötzlich sanken seine Arme herab, er starrte mir ins Gesicht, mit einer Falte zwischen den Augenbrauen, die ich bis dahin noch nicht an ihm wahrgenommen hatte, und sagte: »Das Leben ist ein Eimer voll Scheiße.«

»Wie kommst du darauf so etwas zu sagen!«

Die Antwort unterschlug er. Eben war das Kreischen des Hoftors zu vernehmen, zusammen mit dem ersten, noch im Traum ausgestoßenen Hundelaut.

Dass wir uns zu dem Zeitpunkt in voneinander getrennten Welten bewegten, daran besteht nicht der geringste Zweifel. Ich ging aus dem Haus in der Absicht, jemandem, den ich nur flüchtig kannte, meine intimsten Dinge zu verraten, und seine Geheimnisse behielt er für sich. Anderntags erfuhr ich, dass man ihn am Morgen seines Geburtstags zu einem jungen Mann gerufen hatte, den er seit langem kannte und der an dem Morgen mit einem Plastikgürtel um den Hals geschlungen von der Decke seines Zimmers baumelte. Ludwig hatte ihm nur noch einen Totenschein mit auf die Reise geben können.

Sie sind da. Ich hörte, wie Mann und Frau miteinander redeten. Auf die immer gleiche Weise, in einem nicht abreißenden Ton der Klage.

»Kinder, was für eine schreckliche Fahrt!«

Sie belästigen ihren Sohn. Sie bedrängen ihn mit Verwandten, die ihnen noch etwas Respekt schulden und Bekannten, die ihm seit langem unbekannt sind. Mit Todesfällen, Briefen, die keiner lesen will und einem Bankenhochhaus, das in ihrer Nachbarschaft geplant ist.

Er sah mich an, aber ich lief mit einem Lächeln davon. *Das ist jetzt deine ureigene Angelegenheit, mein Lieber. Auch wenn dich das aus den Angeln wirft, mit der Fotografie deiner Familie vom Vogelsberg habe ich nichts zu tun.*

Ich hüllte mich in den Dunst von Fenchelwurz, Kalbsbries und Pommes au four zu dem klagenden Geräusch des Absaugfilters und dachte an die blauen und die blinden Augen in meinen Träumen. An ein totes Rotkehlchen, das ich auf unserer Treppe gefunden hatte, und daran, wie viele verkrustete Schuhe ich noch würde hinter mir lassen müssen, bis zu einem Tag, an dem ich alles über mich wissen würde und den ich herbeisehnte.

Die Ärmel meines grünen Kleides hochgekrempelt, war ich zurückgekommen, um die Teller mit den blauen Girlanden vor sie zu stellen. Ihre Stimmen waren jetzt lauter als zuvor und ich hörte sie mit Hingabe und einer Art, die mich erregte, über die Dummheiten und Fehlleistungen der anderen herziehen. Sie zankten sich ein wenig, während Ludwig weiter schwieg. Plötzlich richteten sich wie auf ein stummes Kommando hin alle Augen auf mich.

Vielleicht, ging es mir dabei durch den Kopf, halten sie mich für die fiese Hexe, die ihren einzigen Prinzen verzaubert hat und nun Anlass zu ihrem Schmerz gibt. Vielleicht war ich das Feuer, das in den Jahren nur so geschwelt hatte, in das man aber nur einmal kräftig hineinblasen musste, um einen Steppenbrand zu entzünden.

Ich weiß noch, wie ich einen unsichtbaren Stahlvorhang zwischen sie und mein Lächeln rückte. Wozu diese nur leicht verdeckten Feindseligkeiten, die Widerstände und das Auftrumpfen hinter den verschlossenen Mienen? *Geht es etwa um mein Kind, das euer Enkel hätte sein können, von dem ihr jetzt kein Foto in euren Kreisen herumreichen könnt.*

Ich weiß, ich habe da meine Empfindlichkeiten, niemals wird euch die ganze Tragödie erzählt worden sein. Von den ersten Anzeichen für etwas, das nicht stimmte, über das ängstliche Wegschauen eures Sohnes bis zu meinen erneuten Steh- und Gehversuchen auf den ins Unendliche verlängerten Fluren der Klinik. Wo die Blumen stöhnten und die Nachtschwestern ihren Dienst nur aushielten, weil sie durch ihre Kopfhörer dem Akkord der Sonne und dem Unisono der Wüste lauschten.

Halt! Noch eine Aufnahme von uns allen, mit Selbstauslöser. Und dann: Unterhaltet euch ruhig noch ein Weilchen, ihr seht euch ja auch nur alle Jubeljahre für ein paar Stunden. Lasst euch Zeit und wisst, dass ich euch, entgegen Ludwigs Wunsch, die Laken aufgezogen habe.

Zeit, das maßlose Rätsel, das sich unserem Verständnis entzieht.

Ich hatte mich verabschiedet und Ludwig schenkte den letzten Rest Wein in die Gläser ein. Oben hatte ich mich auf das Bett gelegt und noch eine Weile auf das Gemurmel unter mir gelauscht. Eine Zeit lang, dann ging es nur noch um den Wind und um die Himmelskörper. Kaum andere Geräusche, gelegentlich Max, wenn eine Katze ihm sein Futter stehlen wollte. Dann plötzlich laute Stimmen, Ludwig schrie erregt, die Mutter, kaum zu glauben, schluchzte fast. Auf dem Wecker nebenan war es zwanzig vor elf.

Ich erschrak und hatte zugleich den heftigen Impuls, davonzulaufen. Worüber waren sie bloß aneinander geraten?

Aus dem Fenster des Badezimmers überblickte ich den beleuchteten Hof, gerade wurde die Tür aufgerissen und die wilde Jagd stürzte aus dem Licht ins Dunkel.

»Komm Vater, man wagt ja überhaupt nichts mehr zu sagen«, hörte ich Ludwigs Mutter. »Der Bub ist doch …! Aber so war er schon immer.«

Als ob ich's geahnt hätte: Dieselgeräusch und diesmal alle Hunde der Umgebung gleichzeitig, knirschender Kies und Türenschlagen. *Ludwig, das war also der Geburtstag, wie Leid mir alles für dich tut. Wo ist nun der alte Mann mit der Flinte, der mit seinen Hosenbeinen ein Tor geformt hat, durch das der kleine Übeltäter hurtig wie ein Tier geschlüpft ist, um sich vor der Meute zu verstecken? Und ich kann dir ebenso wenig helfen wie du mir dereinst.*

Tatenlos sehe ich Zeit verfließen. Seine ist kostbar, er gehört Gremien und Ausschüssen an, betreut Doktoranden und hält Vorlesungen über die Vorteile der Psychoanalyse im Vergleich zu anderen psychotherapeutischen Verfahren. Aus der Zeit der einstündigen Therapie habe ich nicht viele deutliche Erinnerungen. Als der Wortsturm der ersten Periode abgeklungen war und wir uns manchmal eine Weile stumm gegenüber saßen, wusste ich nicht, wohin mit meinen Augen und Händen. Ich war mir sicher, sie würden ihm verraten, womit meine Gedanken sich seit ein paar Stunden ausschließlich beschäftigten: mit seiner Person. An ihm vorbei konnte ich plötzlich an nichts denken, kein Einfall, kein Traum, der ihn nicht wenigstens streifte, wenn er ihn nicht zum Mittelpunkt hatte. Es war unfassbar.

Die Gedanken sahen etwa so aus: Wie mag es unter diesem blauen Boss-Hemd aussehen? Und wie würde es sich anfühlen, wenn ich die Arme in Höhe seiner Hüfte um ihn legte?

Ich kann sehen, wie er sich in einer bequemen Haltung in seinem Drehstuhl zurücklehnt. Er musste längst mitbekommen haben, in was für einer Bredouille ich mich befand, kam mir aber nicht zu Hilfe. So blieb mir einfach nichts anderes übrig, als Zuflucht bei den Bildern der Frühzeit zu suchen. Meine Herkunft von dem großen Mann, der ein greinendes Neugeborenes auf dem Arm hält, nicht gerade vorsichtig, eher etwas respektlos, wie mir scheint. Oder wie sollte man das verstehen, wenn ein Säugling mittels eines unter das Kinn gehaltenen Kitzelfingers zum Lachen bewegt werden soll.

Zwischendurch Selbstzweifel. Vielleicht ist meine reale Vergangenheit ganz uninteressant. Wahrscheinlich bin ich keine Zeitgenossin, deren bloße Biografie wichtig wäre. Entschuldigen Sie mich also, aber leider fällt mir sonst nichts weiter ein.

Während ich das Foto von mir, das mich auf dem Arm meines Vaters zeigt, beschrieb, geschah es immer häufiger, dass ich verstohlen, aber voller Sehnsucht zur Couch hinübersah. Ein fast unwiderstehlicher Impuls umzusinken war über mich gekommen. Umzusinken in den Arm meines Therapeuten, und weil das nicht möglich war, stattdessen eben auf die Couch da drüben. Einmal folgten seine Augen meinem Blick.

In der Tat, er hat es mir nicht verübelt, er hat es sogar verstanden und mir am Ende einer ganz sinnlos verflossenen Stunde, wie mir schien, eine Brücke gebaut.

»Nicht wahr, manchmal wäre es einfach schöner, ein bisschen in Papis Armen zu liegen?«, hat er in der Hosenmatzsprache zu mir gesagt, die er offensichtlich ebenfalls beherrschte.

Und da verlor ich endgültig die Kontrolle und weinte gegen Ende der mir gegebenen Zeit ganz hemmungslos.

Auf diese Weise gelangte ich auf die Couch. Wenn ich mir aber eingebildet hatte, dass er aus dieser Perspektive meinen Wünschen leichter zugänglich wäre, so hatte ich mich getäuscht. Der Blick ins Leere über mir, der Geruch von fremdem Parfum, das aus dem Kissen unter meinem Kopf strömte und als einzige Bodenhaftung die drei Punkte meines Gesäßes, der Waden und des Fersenbeins waren zu wenig, um mich weiterhin in der Sicherheit der »Auserwählten« zu wiegen. Die Folge war, dass ich zurückfiel ins Babyzeitalter, manchmal war schon das Mundöffnen zu anstrengend, manchmal kamen einfach nur Klagelaute, stundenlanges Klagen. Ich hörte mich mit einigem Abscheu wimmern, über das Nicht-weiter-können, die Kälte im Raum, meine Hoffnungslosigkeit. Hinter einer primitiven Geborgenheit in seiner Nähe tat sich ein Gefühl des Abgrunds auf. Warum sagte er denn nichts?!

Einmal war es so weit, dass ich mich nach einer Viertelstunde unfreiwilligen Schweigens fast aufgegeben hatte. Ich tastete mein Gesicht ab. Gehörten die Stirn, der Mund noch zu mir? Meine Arme strichen über meinen eingezogenen Bauch, als ob ich wissen wollte, was jetzt noch von mir übrig geblieben war. Ich litt an einer immensen Kränkbarkeit, das war als Einziges sicher. Nach Äonen ein Atemzug, das Rascheln einer leichten Bewegung im Raum, als habe er seine Position verändert. Hatte er sich etwa über mich gebeugt?

Seine Stimme ist ein bisschen heiser, als er mich nun fragt: »Wie war das denn da auf dem Arm des Vaters?«

Erleichterung. Mit geöffneten Augen versuchte ich, meine Atmung zu regulieren. Himmel nochmal, er war also bereit, sich weiterhin meine Lebensgeschichte anzuhören. Es verstrich ein Moment der Stille, und mit dem neugewonnenen Vertrauen kehrte ich noch einmal zu dem Bild von damals zurück. Vielleicht ist es bloße Einbildung, vielleicht hat man es mir nur wieder und wieder erzählt, aber ich kann plötzlich alles ganz deutlich vor mir sehen. Licht und Farbe, den weißen Rand der Verandamauer, weiße Möbel hinter dem Kopf meines Vaters, eine Glyzinie und über allem den Sonnenschein. Es ist August, ein heißer, typisch schlesischer Landsommer, viel zu heiß für die Hüllen, die man dem Wickelkind umgelegt hat. Alles andere als Einbildung. Ich hörte mich sagen: »Es war das erste und zugleich letzte Mal, dass mein Vater mich in den Armen hält.« Wie sollte ich mich in der kurzen Zeit an dieses neue Gefühl seiner Gegenwart gewöhnen? Mein Vater hatte sehr spät, erst vier Monate nach meiner Geburt Fronturlaub erhalten, nur mit Mühen hatte er sich diesen Urlaub erwirkt, denn die Front war während der vergangenen

Monate laufend begradigt worden, wie die verlustreichen Rückzugsbewegungen der deutschen Wehrmacht verharmlosend umschrieben wurden. Und als Stabsarzt war ihm und seinem Freund Richard die Aufgabe zugefallen, die von Minen, Mörsern und Gewehren übel zugerichteten Körper der Soldaten seiner Einheit so gut es ging zusammen zu flicken. Verständlich, dass man nicht auf ihn verzichten konnte. So lange wie er stand keiner auf den Beinen und keiner konnte so hoffnungsvoll Skalpell und Opium einsetzen wie er. Nach Ablauf dieses letzten Urlaubs hatte es, wie Mutter mir berichtet hatte, kein »Lebenszeichen« mehr von ihm gegeben.

Ich sann dem monotonen Singsang meiner Stimme nach. Einer körperlosen Stimme. Um mich herum war es nun ebenso still wie in der Leere des Universums. Es war eine Stimme, die auf eine Weise zur Abwesenheit passte. So hatte ich schon als kleines Mädchen die immergleichen Formeln, die meine Mutter mir eingetrichtert hatte, heruntergeleiert. Mein Vater ist vermisst (*was bedeutete dieses »Mist«?*). Mein Vater ist gefallen in den Sümpfen des Ural. Im Kessel von Witebsk. Mein Vater ist für tot erklärt, toterklärt, erklärt. Für einen Extraschlag Suppe nach dem Kindergottesdienst hatte ich das den Flüchtlingshelfern, für eine frisch gebackene Brezel den Bäckergesellen aus der Bäckerei im Erdgeschoss, die mich auf ihren Schoß zogen, um mich »nach der Schrift« reden zu hören, hundert Mal heruntergebetet. Hat der Mann hinter mir dazu etwas gesagt? Ich weiß es nicht, im Moment war es nicht wichtig. Ich richtete mich plötzlich auf und presste meine Hand gegen die Lippen, vielleicht um einen Schrei zu unterdrücken.

Die Stunde war zu Ende, das hatte ich instinktiv wahrgenommen.

Anschließend wurden noch einige Fragen an mich gerichtet mit der routinierten Stimme, die mein Therapeut für die Organisation der Therapie einzusetzen pflegte. Die Pfingstferien stehen bevor, werden einen Filmriss bewirken auf dem Streifen Erinnerungsarbeit, der träge begonnen hat sich abzuspulen, und bis heute hat die Krankenkasse eine Antwort auf den Antrag einer Therapie im Liegen, wie der Professor es nennt, verweigert.

Hundertundsechzig Stunden, eine Ewigkeit, von der gerade nur die ersten Sekunden verflossen sind.

Unter dem Eindruck, dass ich gleich einschlummern würde, setzte ich meinen Namenszug unter ein Dokument, das ich nicht gelesen hatte. Es schien, als habe etwas in den vergangenen fünfzig Minuten ungeheuer viel Kraft gekostet – was nur? Und zugleich schien eine gewaltige Woge mich zu durchfluten und mitzureißen.

Unterwegs, auf dem Weg über den Berg, der mir seit ein paar Wochen zur Gewohnheit geworden war, wurde mir plötzlich klar, dass ich die Person meines Vaters zum ersten Mal in meinem Leben als eine real existierende Form in ihrer Leiblichkeit wahrgenommen hatte: versehen mit Haut und Muskeln, einem Bewegungsablauf, dem lebendigen Mienenspiel eines menschlichen Wesens und einem Herz, das hinter der Wand schlug, an die ich meinen Kopf gelehnt hatte. Verblüffend, aber bisher hatte ich nichts weiter besessen als das Bild eines Mannes, den die Darstellung seiner Verwandten, was sein Wesen und sein Wirken betraf, zu einer Art Monument hatten wachsen lassen, dem ich einen verborgenen Platz in den hinteren Räumen meines Bewusstseins zugewiesen hatte. Die Ikone eines Vaters, deren Oberfläche es zu bewahren galt. Ich ertappte mich dabei, wie ich ihre Gesichter verglich: das des Analytikers mit dem meines Vaters. Hier wie da die heilenden Augen, dachte ich, und ihrer beider Arzthände. Noch ganz unter dem Eindruck der vergangenen Stunde spürte ich ihre Gegenwart, nahm ihren Atem wahr.

So reiste ich nach Hause mit dem Blick aus dem Wagenfenster hinaus auf eine irreale Welt außerhalb von mir, abgetrieben in eine Zeit, die bisher so gut wie verschlossen war.

Die Bäume hatten sich unmerklich begrünt und die Hänge rosa verkleidet mit den Blüten des Fingerhuts. Wie war es möglich, dass einem das Atemholen des Frühlings so gründlich entgangen war?

Keiner der anderen wird sich mit dieser Geschichte befassen. Keiner von ihnen wird verstehen, dass der Mann, von dem ich gerade komme, das Gesicht meines Vaters hat, der mir so vertraut ist, wie er mir bisher fremd war. Und gewiss wird auch keiner begreifen, dass ich jetzt, wo sich mir die Möglichkeit eröffnet, Ordnung herstellen möchte, wo Chaos war.

Dieses Holzkästchen und darunter dieser Stoß dünner gefalteter Papierseiten – wie lange das schon hier aufbewahrt wurde, ohne dass ein interessiertes Auge darauf gefallen war. Einladung zum Festessen, gegeben bei der Hochzeit von Fräulein Amalie Schley mit Herrn Primärarzt Doktor Walther Giersbach, Hotel Bayrischer Hof zu Lindau, 27. August 1939, geschrieben in der Kalligrafie des Glücks, flankiert von Bodenseemöwen zu beiden Seiten. Die Verlobungsanzeige neben einem Schreiben des Deutschen Roten Kreuzes, mit Stempel Salzburg, den 2. Juli 1953, über einen Vermissten, der Ende des Jahres 1944 gefallen war während er seine Pflicht ausübte, eingekesselt in Witebsk. Auf manche der Dokumente waren mit Bleistift Anmerkungen, Randnotizen gekritzelt – Walthers Postsparbuch und »dieses ist die Reiseversicherung, die ich für die in Klotzsche aufgegebenen Koffer am 12. 3. 45 abschloss.« Wie war das alles nur in meine Hände gelangt, das Dokumentenkästchen und diese Briefe? Einiges davon war auf den Boden gefallen.

Während ich die Papiere auflas und gedankenverloren zu einem Stoß ordnete, dämmerte mir ganz allmählich, dass dies das Vermächtnis der Mutter des Gefallenen darstellte, neben dem Kelim mit Paradiesvögeln, auf dem meine bloßen Füße ruhten. Wem hätte sie die durch Tränen verwischten Dokumente auch sonst anvertrauen sollen, wenn nicht der Tochter des Betroffenen? Plötzlich empfand ich ein Gefühl der Schuld dieser Frau gegenüber, die ihren Sohn so geliebt und dann verloren hatte. Im Spiegel blickten mich ihre Augen an, immer etwas rot gerändert wie von Tränen, die Augen, die auch die meines Vaters waren.

Schuldbewusst erinnerte ich mich nun auch an den Tag ihrer Beerdigung, zu der ich junges leichtlebiges Ding zu spät gekommen war – in einem offenen Sportauto.

Und weil es so spät gewesen war und aller Trauergäste Augen sich nach mir umwandten, hatte ich damals nicht den Mut besessen, das blaue Kunstseidenband mit dem Goldaufdruck »Meiner geliebten Großmutter in steter Erinnerung« auf den Kranz zu legen, den ich für sie bestellt hatte. Dazu wäre nötig gewesen, unter einem Berg von Kränzen denjenigen ausfindig zu machen, der noch ohne Trauerband war.

Nachträglich bat ich die alte Frau um Entschuldigung und starrte auf das blaugoldene Stück Stoff, das ich zusammengefaltet zwischen die Briefe ihres Sohnes gelegt hatte. *Hier ist noch mehr aus deiner Vergangenheit, nur getrennt durch den Tod.* Ich spürte ihn als dünne Schicht zwischen mir und diesen steilen geraden Buchstaben in blassem Bleiglanz.

Während das Bett, der Tisch, das Fenster zwischen den vier Wänden im Halbdunkel versinken, eilen deine Gedanken, deine Augen der Dämmerung voraus, in der Sommer wie Winter, Festtage wie Trauertage zu einer einzigen verblassten Fotografie verschmelzen, der deiner Vergangenheit. Der Vergangenheit auch deiner Verwandten, all dieser im Schatten lehnenden Männer und Frauen, deren Name, Sterbealter und Kinderzahl eine fleißige Hand in ein schmales Heft fein säuberlich aufgeschrieben hat.

Ich hatte gar nicht danach gesucht und doch war mir das alles nicht zufällig jetzt in die Hände gefallen. Jetzt, wo ich zurückgelehnt unter diesem Dach voller ungelüfteter Geheimnisse saß und wo für jedes Ereignis und jede Person genügend Raum ist. Raum, um gedankenverloren darin herumzuwandeln wie einst in jenem Garten, dessen Wege selbst in Hochsommertagen in dunklem Schatten lagen. Man vermutet ohne weiteres den professionellen Fotografen hinter diesen Fotoarbeiten, die ich in Händen hielt. Der sorgfältig wählt, bis er die einzig richtige Position für seine Kamera entdeckt hat, der lange belichtet, damit man auch all die stillen Winkel, die beiläufig arrangierten Gerätschaften und kleinen Stillleben in ihrer prachtvollen Verlassenheit erkennen kann. Jeder Gegenstand spielt hier eine geheimnisvolle Rolle, jede Stelle war schon einmal Schauplatz erinnerungswürdiger Szenen. Eine sechseckige Bank, die den Stamm einer blühenden Katalpa umrundet und von wo man in respektvollem Abstand auf das große dreistöckige Haus der Familie blickt, auf das alle weißbekiesten Wege wie Strahlen eines Gestirns zulaufen. Von rechts und links schieben Kastanien ihre Blattfächer vor sein ehrwürdiges Antlitz. Das alles ist so groß und großstädtisch und gleichzeitig so märchenhaft verträumt. Wäre ich da zu Hause gewesen, hätte ich die Fenster geöffnet und mit einer Kantate von Bach oder einem Madrigal von Pachelbel die Ordnung am Ende jeden Tages wieder hergestellt. Menschen begegnet man allerdings nicht auf diesen ehrwürdigen Daguerrotypien, nur einer Schar aufgeplusterter Hühner samt Hahn in einem gepflasterten Hof, wo sich, von Holunderbüschen eingerahmt, auch das legendäre Atelierhaus befindet. Die Großmutter hatte oft davon erzählt, die andere, auch mit rot geweinten Augen. An zentraler Stelle tauchte in diesen Erzählungen die Urgroßtante auf, eine beeindruckende Erscheinung mit einer Palette und einem Bündel Pinseln ausgerüstet, dem Gerät, dem sie schon in frühen Jahren ihren Erfolg verdankte. Trotz des komfortablen geräumigen Elternhauses wird das Atelierhaus ihr immer währendes Zuhause, in dem sie in Wintertagen ihre menschenfernen Landschaftsbilder vollendet, die sie im Sommer an den Meeren und in den Gebirgen begonnen hat. Dort war allerdings auch ausreichend Platz, um jungen, noch gänzlich unbekannten Malern eine Unterkunft zu geben, Kost und Logis, versteht sich, daher auch die Hühner. Die blassen jungen Maler haben sie zum Dank gefüttert und den Hof mittels eines breiten Reisigbesens von ihrem Kot befreit. Die Malerin hatte sich keinen Mann gesucht. Sie liebte die Weite und die Ungebundenheit. Den Wellengang der Ostsee und die Schaumkronen darauf, das dunkle Grün der Riesengebirgswälder, die Kornfelder, wenn sie reif waren und die Tupfer von Mohn darin. All das bedeutete ihr mehr als Gebundensein an eine Familie, und es würde alles andere überdauern, wäre immer noch da, wenn sie und ihre Schwester, die sie begleitet und ihr den Haushalt führt, längst nicht mehr wären. Leidenschaftlich gern reist sie, in Glacéhandschuhen und Tournüre, im Gepäck die Federbetten von Zuhause. Bis an die dänische Grenze, bis zu den Alpen, nach Ostpreußen. Deutschland ist für sie ein in einzelne Sommerreisen zerfallender Kontinent, jede Reise hat ihre eigenen Gerüche, ihre besonderen Himmel und Farben. Immer berühmter wird sie im Lauf der Jahre und ihre Bilder werden in Abständen auf großen Ausstellungen gezeigt. Den Kindern, die in diesem Garten spielen, wird gesagt, dass sie die große dunkle Frau mit ihrem Gebrabbel und Herumgerenne ja nicht stören sollen. Künstler sind der Familie heilig.

Oh, dieser zauberhafte Garten, der gute und schlechte Ereignisse gesehen hat, die geliebten Verstorbenen sind darin begraben, weiße Tanzmäuse, ein Familiendackel und die verdursteten Azorenzeisige. Und einmal, da hat in dem Streifen zwischen Atelierrückwand und der Straße der SA ein Toter gelegen. Mit schwarzem Hut, den die Verwandten Schabbesdeckel nannten, aber ohne Papiere. Vermutlich hatte man seinen Leib über die alles umfassende Mauer gewuchtet, mit einem Loch im Rücken, wie hinter vorgehaltener Hand gemunkelt wird.

Für diese eine Dämmerstunde stand die heilige Vergangenheit unserer Familie auf aus dunkelbraunen Fotohintergründen. Man glaubt kaum, dass der schattenverhangene Park inmitten einer vibrierenden Großstadt gelegen ist mit Gehupe, Bremsengekreisch der »Elektrischen« und einem rußgeschwärzten Gesicht, das die hundertjährigen Bäume gnädig verhüllen und vor die Grenzen des Grundstücks verbannen.

Ich wusste nicht mehr, wie ich mich losreißen sollte, plötzlich umgaben mich alle, die durch den Garten gewandelt waren, mit ihren Schatten und mit Augen, die mir bedeutsam zulächelten. Nicht etwa, dass sie den Eindruck von Ruhe und Sicherheit in mir erweckten, nach dem es mich verlangte, eher war mir, als sei ich auf einen fahrenden Zug aufgesprungen, ohne das Ziel zu kennen. Wenn etwas mich in dieser Stunde kalt ließ, so war es die bis dahin vollzogene Trennung in Falsch und Richtig, in Bedeutungsvoll und Unwichtig. Vielleicht waren es ja gerade die Momente im Leben, denen ich bisher keine oder viel zu wenig Aufmerksamkeit geschenkt hatte, stellte ich erschrocken fest, die für meine Gesundheit und Zukunft von wahrhaftiger Bedeutung waren. Ein Blitzschlag in den Giebel eines Bauernhauses, in dem ich einem fiesen Teufel begegnet war, oder der Fluss, der einen ganzen Sommer lang kein Wasser geführt hatte.

Und dann, hinter einem meterhohen Maschendrahtzaun die hageren Gesichter von vielen fremden Männern, ihre hochgereckten Arme und großen Hände, mit denen sie die verbeulten Aluminiumkannen voll lauwarmer, grünlicher Molke in

Empfang nahmen, behutsam wie in einer heiligen Handlung, um den Inhalt der kostbaren Kannen nicht zu verschütten. Die Kannen meiner Großmutter. Und zum Dank schnitzten sie dem Kind an Großmutters Hand ein Reh und ein Pferdchen, das sie mit ebensolcher Behutsamkeit durch die Zwischenräume der Drähte schoben. Hatte sie mir gesagt, dass es Kriegsgefangene waren? Deutsche Kriegsgefangene in Bayern, wie war das möglich? Hatten denn die Alliierten Kriegsgefangene im Land gemacht und interniert? Doch ich schweife ab, Erinnerungsarbeit führt einen wie auf der Hasenjagd über Zäune und Grenzen hinweg, dass man den Standort bald aus den Augen verliert. Ach, könnte ich die alte Frau doch fragen!

Überhaupt, meine Großmutter, die mit einer Agnes, die ihr erst bis an die Taille reicht, über die abgeernteten Felder und von da in die wüsten Wälder zigeunert, um am Ende des Tages in einer Art Erntedankfest all die aufgelesenen Gaben auf den Küchentisch zu schütten. Gut ein Kilo Ähren, alle noch im Korn, die kleine Kanne voll Himbeeren, die Zweiliterkanne voll Blaubeeren, dazu Pilze, gelbe und braune, bis sie einem zu den Ohren rauswachsen. Gott lässt die Seinen nicht verhungern, auch wenn sie wie Großmutter sonntags nicht in die Kirche gehen.

Ihr Gesicht wird stets groß und fröhlich, wenn sie ihre Schätze betrachtet. Nur in der Nähe zu den Männern am Zaun, oder wenn sie im letzten Abendlicht noch einmal an mein Bett tritt, legt sich diese Traurigkeit wie ein graues Tuch über ihr Gesicht. Diese alte Frau, die nie einen Hut aufsetzt und ihren Ehrgeiz dareinsetzt, bis in den späten Oktober mit bloßen Beinen zu gehen, flößt dem Kind, wenn sie »trübetimplig« wird, Angst ein. Besonders unter der Woche, wenn es die Nächte allein mit ihr verbringen muss. Erinnerst du dich? Wie ich mich mit trotziger Munterkeit auf der harten Matratze aus strohgefüllten Hopfensäcken gerollt habe, die immer knisterten, wenn man sich bewegte? Besonders der Kopf kann und kann nicht still liegen.

»Gib bloß Acht, dass dir nicht alle Haare nacheinander ausfallen«, hat sie manchmal gedroht, und blitzschnell wurde aus dem Bewegungsdrang Ratlosigkeit.

»Dann wärst du nämlich ein kleines Glatzköpfchen wie der Pastor Ritter, stell dir das vor!« Eine Glatze zu bekommen schreckte mich allerdings nicht so sehr wie die Vorstellung, meine Mutter kehrte nicht mehr aus der fernen Stadt zurück. Wo war sie eigentlich, wenn sie dort war? Bei einem Verehrer, der sie in eine Schwabinger Kneipe zum Essen ausgeführt hatte. Als ich sie, schon erwachsen, danach fragte, hat sie es mir gestanden. Natürlich nur mit dem Fernziel, dem vaterlosen Kind wieder einen Vater zu suchen.

Eine neue Erinnerung.

Einmal nahm sie mich an der Hand, um mich dem prospektiven Vater vorzustellen.

Wo sie und ich aus dem Zug steigen, steht die Sonne steil über der Landschaft. Ein Ort mit niedrigen Häusern und kleinlichen Beeten voll Maßliebchen und Petunien davor.

Das Kind freut sich an den im Wind wehenden weißgelbgeteilten Fahnen, die sich knatternd in wildem Tanz um die ebenso gelbe Kirchenfassade scharen. Das Kind wird, nachdem es von dem fremden Mann eine kurze Weile in Augenschein genommen worden ist, zum Spielen und Warten auf einen Anger geschickt, der zwischen der Kirche und dem Flüsschen liegt. Dort irrt es eine Weile ziel- und tatenlos umher, bis sich eine Schar von Gänsen an seine Fersen heften, die alles dransetzen, es in Stücke zu zerreißen. Ihr Anführer hat Augen, die in tödlichem Grimm leuchten. Noch ganz unter dem Schock der tödlichen Gefahr rennt das Kind die Gasse entlang zurück zu dem grauen Haus mit weißen Fensterläden, wo es die Mutter zurückgelassen hat. Erst jetzt erkennt das Kind, dass auch diese sich in tödlicher Gefahr befindet: mit einem Blick auf den riesigen Kerl, halb Stier, halb Wahnsinniger, das Hemd bis zum Bauchnabel geöffnet, der es mit der Frage überfällt: »Willst du einmal bis zum Watzmann schauen?«

Das Kind lächelt schüchtern.

»Was ist, willst du?«

Lieber doch nicht. Zu spät, er hatte den Kopf schon in Angriffshaltung gebeugt und setzte sich blitzschnell in Bewegung. In voller Breite kam er auf das Kind zu und nahm es auf die Hörner. Hob das Kind, das ja nicht viel wog, in die Luft, fast so hoch wie die Kirchenfahnen von Rain am Lech, über die es nun nicht mehr lachen kann. Nicht etwa unter den Armen hob er es auf, sondern unter dem Kinn, die Augen des Kindes hatten sich angstvoll geweitet und es wimmerte ganz leise, bis es wieder Boden unter den Füßen spürte, vom Watzmann hatte es keine Spur gesehen.

Dies war dann unter anderem auch ein Anlass für meine Mutter, den Mann von der Liste möglicher Väter zu streichen.

Es hat noch ein, zwei Onkel gegeben, von denen einer ein Motorrad besaß. Damit tauchte er in gewissen Abständen vor unserer Gartentür auf, um meine Mutter zu einem kleinen Sprint aufsitzen zu lassen. Aus meiner Kleinmädchenperspektive war auch er einer aus dem Geschlecht der Riesen. Und da er immer gerade dann kam, wenn meine Mutter mir einen Ausflug zu einer eiskalten grünen Gumpe oder zu den freundlichen Rüsseltieren in Aussicht gestellt hatte, die unseren Wald bevölkerten, wünschte ich ihm mit aller Kraft die Pest an den Hals. Einmal wurde er dann tatsächlich auch in einen Verkehrsunfall verwickelt und ich verstand genug von der greifbaren Welt, um zu erkennen, dass ich Schuld auf mich geladen hatte. Danach musste ich mich in Verstecken aufhalten, wenn er bei uns auftauchte, denn ich fürchtete seine Rache. Nach einer Weile tauchte er dann nicht mehr auf.

In dem Alter, in dem Heranwachsende die Wahrheit vertragen, hatte meine Mutter mir noch ein paar Kleinigkeiten zu den Onkels anvertraut, die in unser Leben getreten waren, um es ebenso eilig wieder zu verlassen. Im Einzelnen erinnere ich mich nicht daran, aber im Endeffekt lauteten sie etwa so: Eine Flüchtlingsfrau zu heiraten, das sei an sich schon eine glanzvolle Leistung, aber eine mit Bankert, das grenze an Selbstaufgabe.

Zu Zeiten der Onkel hat es zum ersten Mal auch Spuren meines Vaters gegeben. So erfuhr ich, dass die Uniform, die er auf Fotografien trug, nicht die eines Polizisten, sondern eines Offiziers gewesen sei. Die ganze Wahrheit dämmerte mir erst zwanzig Jahre später, als ich in meiner Peergroup friedensbewegt plötzlich das Verlangen spürte, etwas mehr über die Vergangenheit der Deutschen im Allgemeinen und meine eigene im Besonderen zu erfahren. Die Vergrößerung jenes Porträts auf

Postkartenformat machte deutlich, was ich schon lange geahnt hatte: dass die weißen Pünktchen auf den Kragenecken tatsächlich das teuflische Runenzeichen darstellten. Vielleicht hatte ich in der Vergangenheit einfach nicht hingehört, vielleicht aber auch das Gehörte unbewusst bis zur Unkenntlichkeit verwischt. Von da an trug ich ein Drachenei mit mir herum, das noch lange brauchen würde, um ausgebrütet zu werden. Was es von Anfang an tat: Es streute Zwietracht in das Geschlecht der Gedanken – war der Uniformierte nun der düstere SS-Mann, als den ihn seine Verkleidung auswies, oder der liebevolle Ehemann und treue Sohn, der seinen Eltern täglich einen Brief aus dem Feld gesendet hat, der glückliche Kindsvater und wahre Kamerad, der selbst dann an die Front zurückeilte, als eine Krankheit ihn von dieser Pflicht entbunden hatte, einfach, weil er sich seinem ärztlichen Freund und den ihm Unterstellten bis in den Tod verbunden fühlte. Ebenso wie dem Schmerz und der Heilung. Der Wahrheit und dem Schicksal, denen er nicht zu entkommen trachtete. Ist der Mann ein Held oder ein Teufel?

In erster Linie ist er ein Geheimnis, das irgendwo begraben liegt. Ein Trost für ein kleines Mädchen, dem irgendwann klar wird, dass es seine Herkunft verheimlichen muss, um leichter zu überleben. Die Sache mit der Kameradschaft, Sibirien und den Sümpfen ließ sich lange Zeit auf vertrauliche Fragen hin weitergeben, ohne für zweifelnde Rückfragen Anlass zu geben. Er ist dein Vater.

In einem heißen Sommer kauerten wir in den Furchen eines Kartoffelackers, dicht zusammengedrängt, eines Ackers, der sich bis zu den zwei alten Birnbäumen, nein, bis zum Horizont hinstreckte, und wendeten Blatt für Blatt der dunkelgrünen Büschel um. Dafür gab es ein paar Tage schulfrei. Tatsächlich saßen die Käfer zu Tausenden auf den Blättern.

Unter einem erdrückend blauen Himmelszelt zerquetschten die Schulkinder jeden Einzelnen der hübschen kleinen Kerlchen mit den gestreiften Panzern durch den kräftigen Schlag eines Steines. Ich sah ein, dass die Bösewichte vernichtet werden mussten, die schon allenthalben grobe Lochmuster in das Laub genagt hatten. Trotzdem brachte ich das nicht fertig – so zuzuschlagen. Ob es weniger schmerzhaft für sie war, in einen Eimer voll Wasser geworfen zu werden? Während ich ihren nicht allzu eifrigen Schwimmbewegungen zusah, dachte ich häufig über meinen Vater nach, der sich nach meiner Vorstellung einen Weg durch Urwälder bahnen musste, Ural und Urwald waren eins für mich. Oder mit tropfenden Stiefeln durch Sümpfe waten. Warum tat er das, einsam wie ein Wolf und kam nicht endlich zu uns?

Abends gab es zur Belohnung Kartoffelpuffer, die in Schmalz gebraten waren. Einmal kam ein Bote aus dem Landratsamt keuchend auf dem Fahrrad die Anhöhe hochgefahren und fragte mich nach unserer Adresse. In der Hand schwenkte er eine rosaverschlossene Botschaft auf Wunschzettelpapier.

Meine Mutter hatte geweint, obwohl ihre Augen jetzt schon wieder trocken waren, als ich aus den Kartoffeläckern zurückkehrte. Ich traf sie auf der Rückseite des Hauses, wo wir wohnten, Friedensheim 6a, und wo eines schönen Tages eine Terrasse angelegt werden sollte.

»Jetzt ist dein Papi für tot erklärt worden«, sagte sie zu mir ohne richtig aufzuschauen.

»Warum sagst du so was?«, fragte ich und betrachtete ängstlich den bitteren Ausdruck ihres Mundes. Irgendwie hatte ich es schon geahnt, da draußen beim Kartoffelkäferklauben. Ich war sieben, bald acht und hatte auch schon Angst vor dem Tod.

Sie hob die Arme in einer müden Geste und zog mich an sich. »So, weil es wahr ist, und jetzt auch gewiss ist.«

Mein Kopf lag dicht unter ihrer Brust und ich lauschte ängstlich auf ihren Pulsschlag.

An diesem Abend im Bett – und ich kann mir diesen Abend genau in Erinnerung rufen – hatte ich nicht das Gefühl, dass dies die Wahrheit und das wirkliche Geschehen war, wenn ich hoch auf den funkelnden Sternenhimmel blickte. Ich verstand nichts von den Dingen und legte mich auf die rechte Seite um einzuschlafen, aber ich war mir sicher, dass eines schönen Tages mein Vater zwar mit schleppenden Schritten und ganz und gar ausgehöhlt, trotzdem aber wie ein Held zu uns zurückkehren würde. Den Freundinnen von damals, Brandner Grete und Maier Monika erzählte ich in den Tagen darauf nichts vom Tod meines Vaters. Sie hatten gerade heilige Kommunion gefeiert und hielten mir ihre Ohren hin unter den blonden Zöpfen. In den Ohrläppchen konnte man kleine, rotverkrustete Einstiche sehen und hellblaue Blümchen, in Gold gefasst, die darin steckten. »Von meinem Papa«, protzte Maier Monika.

»Und das Stechen, tut das eigentlich weh?«, habe ich gefragt.

Aber wem erzähle ich das alles? Mir selbst? Ist es von Bedeutung?

Haben sie im Dorf nicht hinter mir hergeschaut – mitleidig, gleichgültig oder neugierig? Das ist das Kind, dessen Vater einfach verschwunden ist.

Ich hatte mir jedenfalls vorgenommen, den Tod meines Vaters unter keinen Umständen preiszugeben, weil ich dachte, das würde mir schaden. Es musste schön sein, einen Vater zu haben, selbst wenn er kein Held war. Man setzte sich zu ihm in den VW und bekam anschließend blaue Blümchen für die Ohren geschenkt.

Mädchenträume. Auch wenn Gretels und Monikas Väter keineswegs immer nur lieb und gut waren. Ich hatte nicht vergessen, wie einer hinter dem Haus ein Schwein geschlachtet und ihm erst einen Eisenhammer über den Schädel und anschließend ein Messer in die Kehle gerammt hatte. Ganz zu schweigen davon, wie es um Hilfe geschrien hatte, bevor es verblutet war.

Es geht ganz gut ohne Papa war alles, was ich danach gedacht hatte. Aber jetzt? Blaue Blümchen schenkte einem eben nur der Papa. Meiner hatte mir nur blaue Augen vermacht. Wovor ich so Angst gehabt hatte, wusste ich heute nicht mehr. Dass wir eine arme Familie waren, vielleicht. Ohnehin war nicht mehr viel übrig von dem, was man Familie nennt. Armsein schien wie Kranksein, Angsthaben etwas Entsetzliches zu sein. Auch das Wort »Flüchtlinge« hatte etwas Niederschmetterndes. Wir sind eben Flüchtlinge.

Fortan hieß es sich vor den Nachbarn und Freundinnen drücken. Freiwillig lief ich den Hacken der Großmutter hinterher, zwischen den heißen, ausgetrockneten Banketten des Hohlwegs zu den Schlehenhecken. Neuntöter nisteten in knäuelartigen Nestern mitten in den Dornen, ihre Beute, Mäusebälger und große Käfer hingen aufgespießt in den Stacheln. Oder, falls nicht mehr als eine Stunde Zeit war, zum Friedhof. Dort geschah es eines schönen Tages.

Das Ungeheuerliche, das mich schon früh an Wunder glauben ließ. Dort begegnete mir ein Wesen, das es gut mit mir meinte und mir zeigte, indem es meinen Kopf in beide Hände nahm und meine Blicke zur Erde lenkte, dass dort etwas Wunderbares auf mich wartete.

Heftiges Herzklopfen. Vergessen zu atmen. Was ist das für ein Geblitze zwischen den grauen Steinchen? Zwei blaue Augensterne, die Augen meines Vaters. Hab ich nicht von Anfang an gewusst, dass er mir, wenn die Zeit gekommen war, eine Botschaft senden würde?

Ich hob sie auf, ganz vorsichtig nahm ich jeden von ihnen in die Finger und hielt sie mir nah vor die Augen: Sie waren geschliffen und durchsichtig wie blaues Wasser. Blaue Ovale in schmalen goldenen Fassungen. Die Krampen waren leicht verbiegbar, das Ganze nach heutigem Ermessen aus billigem Glas, Jahrmarktsanhänger, in einer Schießbude von der Wand geschossen, aber damals, da waren es Diamanten, blaue, ganz besonders wertvolle. Ich zeigte sie auf der flachen Hand meiner Großmutter, die dabei war, mit nassen Farben die Pfarrkirche auf ein Stück weißes Papier zu malen, aber sie war damit beschäftigt, ein schnelles Antrocknen der Aquarellfarbe zu verhindern und zeigte sich wenig verwundert. Ich setzte mich auf einen Weihwasserkessel und stellte mir vor, wie es sein würde, in meiner Klasse zu sitzen, mit den blauen Ohrringen an den Ohren.

Keine Erfindung das Ganze, die reine Wahrheit. Ein kleines Problem nur: Die Steinchen meines Vaters hatten keinerlei Vorrichtung zum Stechen oder Stecken, aber was machte das schon, Stechen tat ohnehin nur weh. Im Nähkorb meiner Großmutter fand sich am Abend jenes wunderbaren Tages blaue Nähseide, mit deren Hilfe man sich, nicht ohne Mühe, das Geschenk an die Ohren hängen konnte. Ich dürfte nicht vergessen am nächsten Tag stillzustehen im Schulhof, herumzuspringen, das war mir klar, empfahl sich mit solch fragilem Gebaumel nicht, sonst würde schnell alles über die Ohrmuscheln rutschen und peinliches Erstaunen ernten. Als der Tag kam, näherte ich mich vorsichtig, mit steifem Hals meinen Freundinnen, auf einer unsichtbaren Schnur balancierte ich. Sie sahen mir erwartungsvoll entgegen.

»Jetzt habe ich auch welche«, erklärte ich ihnen. »Ohrringe, von meinem Vater geschenkt.« Ich hob eine Haarsträhne nur so weit als nötig. Monika kam mir ganz nahe und roch nach saurer Milch. Ohne großen Beifall zu spenden sagte sie: »Die sind aber nicht echt, echte sind gestochen.«

Dieser Schlag saß. Sie sammelte einen Tropfen Spucke, ließ ihn vor mir auf den Erdboden fallen, spannte ihren dicken Zopf und bewegte ihr Gesicht mit dem Ohrring am Ohr langsam vor meinen Augen hin und her. Dieser Typ Kind hat nichts übrig für Wolken, Sterne und Wunder aller Art. Wenn es dich anschaut mit vorgeschobener Unterlippe, liegt primitive Prahlerei in seinen Zügen und du wendest den Blick beschämt ab.

Nun war ich doch enttäuscht worden von meinem Vater. Plötzlich spürte ich Angst. So aus der Ferne, das war nun klar, konnte mein Vater mich nicht beschützen.

4 In der Folgezeit wurde es mir zwar nicht immer leicht gemacht, meine bisher brachliegenden Tochtergefühle mit einem Erstaunen wahrzunehmen und bis zu einem gewissen Grade auch auszuleben, aber dies hat gewiss nur zu einem Teil an ihm gelegen.

Wie soll es denn auch eine achtunddreißigjährige Frau nicht mit Verwunderung erfüllen, wenn sie sich in Gedanken plötzlich mit den Grabschhänden einer Drei- oder Vierjährigen an den Knien von Vater A. hochzuziehen versucht, um endlich da oben auf Vaters Schoß zu sitzen und stolz in die Runde zu blicken.

Wenn das alles erst einmal geschafft war, nämlich einerseits die Regression ins Kleinkindalter und daraus folgend, sich einigermaßen stolz und zufrieden mit der eigenen Leistung zu fühlen, nämlich ohne fremde Hilfe auf Papas Schoß geklettert zu sein, stellte es ein Leichtes dar, von hier aus auch die anderen Regionen von Papas beeindruckendem Leib in Augenschein zu nehmen. Da ist die Brust, breit wie eine Wand (oder entartet: wie die eines Stiers), an die ein kleines Mädchen sich anlehnen kann; die schützende Front im Rücken ermutigt zum ersten Mal frech in die Welt zu schauen, ist man sich doch des väterlichen Schutzes sicher. Dann gibt es aber auch noch die andere Perspektive, nämlich Mädchenbauch gegen Vaterbrust. Und was man aus diesem Blickwinkel zu sehen bekommt, ist mindestens ebenso atemberaubend wie der Blick in die weite Welt und in den Himmel. Da sind die rauen Hügel der Wangen und nur ein paar Zentimeter entfernt: der vorstehende Erker der Nase mit den Härchen, die bei jedem Atemzug in eine Richtung geblasen werden wie bei einer Wiese, über die der Wind streicht. Man braucht schon eine ganze Weile, um diese neuen Eindrücke zu verdauen und von da ist es noch ein weiter Weg, bis man mutig genug wird, die eigenen Finger zu benutzen, um noch mehr von dieser neuen Landschaft zu erkunden. Das Kinn fühlt sich ebenso rau an wie die Wangen und man zieht seine Finger schnell wieder zurück.

Ein bisschen Furcht einflößend ist auch die riesige Höhle des Mundes, besonders dann, wenn sie sich öffnet und den Blick auf eine Reihe hässlicher, weil erschreckend naher Zähne freigibt und auf die rötlichglänzenden Abgründe dahinter. Sicher würde einem das Untier die Hand abbeißen, wenn man sie da hineinhielte.

Aber das Untier lässt sich von der Tochter schelten, überhaupt legt es eine beispielhafte Fügsamkeit an den Tag, und weil man glaubt geschafft zu haben, dass dieses grimmige Wesen einen nicht verschlungen hat, fühlt man sich als kleines Mädchen wie der heilige Georg sich gefühlt haben mag, als er dem Drachen einen Fuß auf die Kehle setzte.

Es dauert Stunden, sprich Wochen, bis ich den Mut fand, mit Doktor Altvater über diese von mir selbst als lächerlich und peinlich eingestuften Empfindungen zu sprechen. Wie ich mir in Gedanken an seinem Körper zu schaffen machte, kostete mich Stunden unendlicher, schamvoller Seufzer. Als ich ihn aber endlich doch »in Besitz nahm«, an einem frühen Morgen, inmitten fein abgestimmter Düfte, die von ihm aufstiegen, hat er mir nur mit einem väterlich-bärenhaften Brummton auf mein Geständnis geantwortet. Danach fiel er wieder in träumerisches Schweigen.

Hatte nicht eben noch in jedem Winkel meines Unbewussten die Angst gelauert? Und ist es da einem Kind nicht zu verdenken, dass es gelegentlich aus einer Verstimmtheit heraus schweigt, manchmal sogar bis zum bitteren Augenblick am Ende der Therapiestunde, wenn der Bär hinter einem brummt: »Unsere Zeit ist nun leider zu Ende.«

Täuschte ich mich, oder war seiner Stimme dann auch ein Ton der Enttäuschung zu entnehmen, weil ich ihn sozusagen akustisch hatte »verhungern« lassen, oder vielleicht, darüber noch hinausgehend, weil ich ihm all die angenehmen kleinen Berührungen vorenthalten hatte, die ein kleines Mädchen seinem Vater zuteil werden lassen kann, wenn es will. Man sollte doch einmal bedenken, welche Wohltat für den Mann das sein musste.

Manchmal hat er mein schamvolles Schweigen, nachdem er erst feinfühlig abgewartet hatte, nach angemessener Frist mit einem kleinen Hilfsangebot unterbrochen:

»Möchten Sie, dass ich etwas sage, oder wollen Sie lieber weiter schweigen?«

An einem dieser Tage setzte ich mich dann auf den Arm meines leiblichen Vaters. Auf einer der wenigen Fotografien, die ich von ihm besitze, hat er seine winzige, etwa vier Monate alte Tochter auf dem Arm. Mit ein wenig abgespreizten Ellenbogen hält er das unhandliche kleine Paket in gehörigem Abstand, etwa so, wie man auch eine junge Katze halten würde, unsicher, ob sie einen nicht gleich vollpisst. Das Baby auf dem Foto kann die Wohltat des väterlichen Griffes keineswegs würdigen, das wird schnell klar, wenn man sein Gesichtchen betrachtet, das zu einer ärgerlichen Grimasse zusammengezogen ist. Für beide Teile ist ja die Beziehung ganz neu und ungewohnt. Bisher haben ausschließlich mütterliche, selten großmütterliche Arme den kleinen Körper umfasst, nur weibliche Blicke sich ihm zugewendet. Und nun schnuppern seine empfindlichen Nüstern einen ganz fremden Geruch, der einem Angst einflößt. Kein Wunder, wenn das zu Enttäuschungen auf beiden Seiten führt. Niemand ist vor dieser Empfindung gefeit.

Nun, Enttäuschung hat vielleicht auch sein Kommentar zu meiner ersten Vater-Tochter-Beziehung ausgelöst, als er frech und frei assoziiert: »Könnte es vielleicht auch so gewesen sein, dass Ihr Vater Sie nur deshalb so weit von sich hielt, weil Sie gerade die Hosen voll hatten?«

Unnütz, nach solch einer Äußerung mehr von seinem Vater zu erwarten. Schon gar nicht, wenn er glaubt, durch die Weitergabe solchen Wissens, das ja leere Vermutung war, seinen erzieherischen Pflichten nachzukommen. Es fiel mir dazu im wahrsten Wortsinne nichts mehr ein und ich konnte darauf nur mit einer weiteren Runde des Schweigens antworten.

Trotzdem war inzwischen etwas mit mir geschehen. Hatte doch sein unerwünschter Kommentar meine Aufmerksamkeit auf eine Körperregion gelenkt, die bis dahin ausgespart geblieben war von jeder Betrachtung, geschweige denn von einer Vereinnahmung. Es ist der Bereich verbotener Tätigkeiten, Spiele und Gedanken. Die reinste Wildnis, in die bisher kein Licht der Erleuchtung gefallen ist. Ein dunkler Ort, um den man erst einmal einen großen Bogen schlagen musste. Am Ende dieses unfreiwilligen Rundgangs steht eine Einsicht, die zwar die Beziehung des Wickelkindes zum Vater nicht weiter berührt, wohl aber andere Vorfälle, die sein Leben sehr maßgeblich beeinträchtigt haben, ins Zentrum rückt.

Die Erinnerung an eine Bemerkung der Mutter: dass ihr Kind ein sehr früh »sauberes« gewesen sei. Und ein kluges dazu, habe es doch das Verbot der Mutter mit weniger als zwei Lebensjahren begriffen, »von heute ab« – dem Tag des Fluchtbeginns nämlich – weiter in die Windeln zu machen. Es mag für so ein »Verbot« mütterlicherseits verständliche Gründe gegeben haben, beispielsweise das tagelange Unterwegssein in Zügen, das Eingewiesenwerden in fremde Wohnungen und die unmittelbare Nähe zu wildfremden Menschen, mit denen man gezwungenermaßen ein Zimmer teilte – für das Wickelkind muss es mit Angst und Entsetzen verbunden gewesen sein, das starke Bedürfnis nach Entleerung, den Drang, es einfach strömen zu lassen, zu unterdrücken.

Mein Gott, was haben Sie da angerichtet! Mich zu zwingen eine Tabuzone zu betreten und peinliche Geständnisse zu beschwören: Noch im Teenageralter hat Ihre Patientin sich gelegentlich fast in die Hosen gemacht, im unbewussten Bemühen, den Drang so lange wie möglich auszuhalten, bis es endlich nicht mehr länger ging.

Wer muss da nicht auf den nahe liegenden Gedanken kommen, dass das eine mit dem anderen in ursächlichem Zusammenhang steht? Da musste ja wieder eine weitere teure Runde des Schweigens verstreichen!

Die Strecke vom übel riechenden Hintereingang zur mindestens ebenso peinlichen Vordertür bringt die Patientin in zwei Schweigestunden hinter sich. Es hätte hierher auch einen anderen Weg geben können. Wenn das inzwischen wieder gealterte Kleinkind bei seinem Rundgang über den väterlichen Körper plötzlich zwischen die zwei Halt gebenden Balken der Schenkel gestürzt wäre, wie beim Hoppe-hoppe-Reiter-Spiel. Sehr schnell hätte es sich dann einem Gebilde gegenüber gesehen, das ihm mit seiner gelegentlich aufrechten, meist aber baumelnden Form bisher nicht ins Auge gefallen war.

Gut. All diese »hätte« und »wäre«, das ahnt man schon, kennzeichnen nur den erwähnten Widerstand, diesen dunklen Ort einmal genauer anzuschauen oder gar ihn sich zugänglich zu machen. Du sträubtest dich, schautest geflissentlich darüber hinweg. Bei dem Spaziergang in den Hügeln rings um den dunklen Ort kanntest du alle Blumen, nanntest alle Pflanzen und Schmetterlinge beim Namen, so als wolltest du dich ab heute nur noch einem Spezialgebiet zuwenden, dem der Botanik. Und dann wieder endlose Minuten mühseligen Zurückhaltens in Form von Schweigen, während du dich fortwährend über den Mann, deinen Vater ärgerst, wie er da gelassen sitzt und dir in einer Haltung, die besagt, »ich kann abwarten« gerade jetzt nicht einen Zentimeter entgegenkommt. Hat er nicht sogar die Impertinenz besessen (allerdings erst, nachdem er sich eine Genehmigung eingeholt hat), gemütlich eine Zigarette in die Wartezeit hinein zu rauchen?

Der Rauch seiner Zigarette staute sich einen Augenblick und umgab Herrn Altvater mit einem flüchtigen Nimbus. Ich schwieg also weiter, von einem Augenblick an, als die Empfindung des Hingezogenseins zu seinem Geschlecht deutlich wurde und sich von da ab nicht mehr bändigen ließ und alles, was ich hätte sagen können, nur noch mein Verlangen nach Nähe beleuchtet hätte. Dass mit Nähe nun nicht mehr väterlich-kindliche Körperspiele gemeint waren oder das Bedürfnis nach Schutz und Aufgefangensein, setzte mir selbst wahrhaftig am meisten zu. Das Verbotene daran quälte mich so, dass ich mich in eine Fantasie absetzte, in der die glühende Asche seiner Zigarette in das dürre Gras in unserer Umgebung fiel und nach kurzem Glimmen dann alles um uns herum in Brand setzte.

Erst als die fantasierte Feuersbrunst knapp vor unserem Haus war – tatsächlich stand unseren Therapiestunden als reales Äquivalent die große Sommerpause als alles zum Stillstand bringende Barriere bevor –, erst da musste ich mich kläglich ergeben, musste, Entschuldigungen stammelnd meine schamlosen Triebe eingestehen, meinen gar nicht mehr kleinmädchenhaften Wunsch, seinen Penis einmal in die Hand zu nehmen, nur um zu erfahren, wie er sich anfühlte. Vielleicht war an alldem nur die benebelnde Wirkung seiner Zigarette schuld, vielleicht aber auch das schon erwähnte Verbot. Oder litt ich unter den Folgen meiner preußisch-protestantischen Erziehung, die alles Natürlich-Instinkthafte ausklammerte und wurden gerade dadurch, dass man die dunklen triebhaften Regungen verleugnete und verdrängte, ihnen gegenüber die Angst und die Schuldgefühle nur vermehrt?

Du erinnerst dich jetzt: Über Erotik und Sexualität hat nie jemand mit dir gesprochen, zu dem Zeitpunkt, als dies erforderlich gewesen wäre, und niemals hattest du das Bild eines Paares beim Geschlechtsakt gesehen vor deinem eigenen ersten Mal.

Der Mann hinter mir hatte natürlich längst durchschaut, dass der ganze Aufwand, den ich in letzter Zeit betrieben hatte, ihm galt. Aber anstatt mich Respekt gebietend in meine Grenzen zu weisen, wie ich erwartet hatte, sagte er ganz ruhig: »Na also, endlich!«

Oder hatte ich mir das am Ende eingebildet? Wollte ich etwa, dass durch diese eher banale Äußerung die Augenblicke einer fühlbar vibrierenden Spannung zunichte gemacht wurden, die sich in den letzten Stunden vor den Ferien förmlich aufgestaut hatten? Und die nun schmerzhaft abbrechen würden, wenn die kostbaren Minuten aufgebraucht waren. Plötzlich ging es nicht mehr um die Annäherung an den unbekannten leiblichen Vater, sondern um die Trennung von meinem momentan viel greifbareren »Vater«.

Gib es zu: Du wolltest ihn zu einem Offenbarungseid verleiten. Zu einem Geständnis, dass es ihm genau wie dir ging und ihn nur die unumstößliche Regel der Abstinenz, die zwischen Arzt und Patient besteht, davon zurückhalte, dich ein für alle Mal in die Arme zu schließen und damit alle bisherigen Entbehrungen, was Vaterliebe anging, wieder gutzumachen.

Er hat dir daraufhin im Gegenzuge ein Märchen mit auf den Weg gegeben, eine rätselhafte Geschichte von den zwei Brüdern, die sich immer tiefer im Wald verirrten, bis sie gänzlich die Orientierung verloren. Immer, wenn wir in einen neuen Lebensabschnitt hineingestoßen werden, sagte er, müssten wir drei Phasen eines Reifeprozesses bewältigen: Die Trennung von der bisherigen Daseinsweise, der eine Einweihung in eine neue Daseinsweise und eine Wiedergeburt darin folgt. Nun begegneten in dieser Geschichte die zwei Brüder mitten im undurchdringlichen Wald einem Jäger, der sie mit nach Hause nahm und ihnen versprach: »Ich will euer Vater sein und euch großziehen.«

Mich irritierte die Geschichte. Der Jäger als Erzieher – war er der Jäger und ich die zwei Brüder? Das Bild, das ich mir von unserer Beziehung machte, ähnelte in keiner Weise dem, was diese Geschichte in mir wachrief, und ich grübelte eine Weile darüber nach, ob er mir in der verschlüsselten Sprache dieses Märchens nur einen Einblick in die Art seines Gedankengebäudes dargeboten hatte, das mir eher zur steifen unlebendigen Denkweise eines alten Mannes zu passen schien. Das war er in meiner Vorstellung aber nicht. Er eignete sich je nach Bedarf sowohl als rücksichtsvoller Vater wie auch als – lediglich verhinderter – Liebhaber.

Wobei die Art und Weise, wie er sich mit gesenktem Blick und gedämpfter Stimme zu verabschieden pflegte, in meiner Vorstellung nur einen Weg darstellte, seine aufgeflammte Leidenschaft zu verbergen.

Dass er sich mit seiner Patientin verbunden fühlen musste, schien die vertrauliche Mitteilung zu bestätigen, in der er ihr anvertraute, dass er ein kleines Haus mit einem Olivenhain in der Gegend besitze, in die sie während der Sommerferien zu verreisen vorhatte.

Für diesen Schatz an Intimität dankte ich ihm in den grauen Morgenstunden eines Julitages ergriffen. Nun hatten meine Gedanken einen Raum erhalten, sich darin auszubreiten.

Und weiter: dass man doch keine Schatztruhe an Fantasie brauchte um zu erkennen, dass hier eine Nische für die Liebe zu finden sei, die er mir so offen nie hätte eingestehen können. Das beruhigte und versöhnte mich ein wenig mit dem zweimonatigen Liebesentzug, dem ich entgegensah, und ich vergaß bei all dem die mystisch-dunkle Zwei-Brüdergeschichte.

Der kurvenreiche Weg hinter Menaggio, einspurig und nur in den Kehren, die sich wie Sprungschanzen ins Leere schieben, aufs Nötigste verbreitert, hat etwas Ausweisloses. Der einzige Fluchtweg, sagt ihr das Unbewusste. Ludwig hatte das Haus am Hang aus dem Anzeigenteil einer Ärztezeitung ausgesucht, wo Kollegen ihre Ferienhäuser an Kollegen vermieteten. Das Schwalbennest da oben musste es sein. Dort, in der vierunddreißigsten Kehre, wenn sie richtig mitgezählt hatte.

Gelbverbranntes Gras, das lange auf Regen wartet, ein Feigenbaum, der sich mit Luftwurzeln wie Schlangen um Steine einer brüchigen Mauer windet. Ludwig behauptete, dass der Hausinhaber ihm noch weitere botanische Kuriositäten in Aussicht gestellt habe.

In der letzten Kurve begegnen ihnen barfüßige halbnackte Kinder, die mit Stöcken zwei Ziegen vor sich hertreiben. Übers Dach, das sich in eine Mulde duckt, breiten uralte Oleanderbäume einen purpurfarbenen Blütenvorhang.

Ludwig hat den Wagen an der einzig denkbaren Stelle geparkt und das Gepäck abgeladen, die Tasche mit der Urlaubslektüre, ihre Regenmäntel, die man hier nicht brauchen würde, ihre Reisetaschen. »Schau dich um, ist das nichts, über dir nur noch der Himmel und da unten der See.«

Er breitet das Panorama vor ihr aus wie ein Zauberer, der es sich gerade aus dem Ärmel gezogen hat. Und genauso unwirklich sieht es auch aus. Wahrhaftig Grund genug, findet sie, ihm zu misstrauen. Sie streift die Schuhe von den geschwollenen

Füßen, setzt ein paar unsichere Schritte auf die glühend heißen Steinplatten der Terrasse. In dem Raum, den sie mit einem überdimensionalen Schlüssel aufgesperrt haben, riecht es dumpf und heiß und so, als sei hier Ewigkeiten niemand ein- und ausgegangen. Und während Ludwig nach einem Korkenzieher sucht, um die zu ihrem Empfang bereitgestellte Flasche Rotwein zu entkorken, übrigens Rioja, wie er belustigt feststellt, als ob man in dieser Region nicht etwas ganz anderes erwarten könnte, fragt sie sich, ob es denn hier möglich sein würde, die Morgenluft einzuatmen und die Nachtluft, und in den dazwischen verstreichenden Stunden flach im Wasser zu liegen, Beine und Arme wie Ruder ausgestellt und nur beschützt vom Licht und der Farbe eines südlichen Tages. Sie neigt den Kopf zur Seite, wie es ihre Art ist, wenn sie nachdenkt.

Eine Mauer aus Tagebucheintragungen würde sie, wenn es nichts anderes für sie zu tun gäbe, um sich errichten. Auf einem Bogen Maulbeerpapier würde sie ihre Farben prüfen und mit ungeheuer gefühlvollen Bildern auf das ungewohnte Leben hier reagieren. »Gefällt es dir hier?« Er reicht ihr ein Glas und legt einen Arm auf ihre Schulter. Sie wird ihm die Antwort darauf bis zum nächsten Tage schuldig bleiben, was ihn offenbar nicht weiter stört. Kurze Zeit, nachdem er mit ihr angestoßen und auf erholsame Ferientage getrunken hat, nehmen die Weinreben in der Nachbarschaft und der Korkeichenwald seine ganze Aufmerksamkeit gefangen. Er rüttelt an dem Tor, »das Holztor wird auch irgendwann einmal zusammenfallen«, und kundschaftet Wege aus, wie man von dem Haus auf den Berg dahinter, zu einer Aussichtskanzel, in ein bestimmtes Dorf, dessen Wegweiser sie gelesen haben, gelangt. »Willst du wirklich jetzt zu Fuß gehen? Mir scheint es herrscht eine ganz und gar ungesunde Hitze«, sagt Agnes.

Um den Garten zu verlassen, gab es zwei Möglichkeiten. Entweder man ging durch das Haus und eine kleine, zum Berg hinführende Pforte, die zu einem Pfad führt, oder man bewegte sich durch das Eingangstor zu der Teerstraße, über die sie gekommen waren.

Sie blickt ihm aus den Augenwinkeln nach und nimmt, als er verschwunden ist, den Platz, den sie für zwei Wochen gemietet haben, ein wenig in Augenschein.

Die Hitze würde bleiben. Südseite und mit Ausnahme von Oleanderbüschen kein Baum, der Schatten spendet. Das Haus beherbergt Ameisen, große rötliche Exemplare, die einer gewohnten Route folgend teils außerhalb, teils innerhalb der Mauern alles Mögliche transportieren. Sie verfolgt ihr Treiben mit eher abwesendem Blick, während ihre Gedanken sich hin zu dem Ort bewegen, wo sein Haus stehen musste. Wie mochte man wohl dahingelangen? Über den zu den Weingärten und Eichenhainen führenden Weg, schwebte ihr vor, inmitten von Düften und dem gesegneten Schweigen, das dem Lärmen der Zikaden vorausgeht, wahrlich eine rettende Route. Man glaube bloß nicht, man könne mitten aus einer mächtigen Übertragung heraus so unvermittelt in seine reale Beziehung hinüberwechseln.

Das beginnt schon bei dem Haus, das ja viel mehr ist als nur vier Mauern, die das Fremde vom Vertrauten trennen. Wo man schlafen gehen, essen und trinken kann, die Zeitung aufnehmen oder in den Garten gehen. Dieses Haus hier besteht nur aus einem einzigen Raum und einer Stiege, die zu einer glühend heißen Schlafkammer hinaufführt. Und der Garten, wenn man das viel tiefer gelegene, mit gelbversengtem Gras und wucherndem Gestrüpp bedeckte Gelände überhaupt so bezeichnen konnte, ist die reinste Wildnis. Nach allen Seiten hin scheint es kein Entkommen zu geben. Man musste sich schon einen Dreh einfallen lassen, um sich nicht wieder einmal der Gefahr drohender Fallen ausgesetzt zu sehen, die, auch wenn man das nicht für möglich halten mochte, überall auf dieser Welt auf jemanden wie Agnes lauerten.

Der Abend stimmt versöhnlich. Ein Glockengeläut von engelhafter Schönheit tönt in die lavendelfarbene Dämmerung hinein, dem bald schon mildere, sanftere, weil weiter entfernte, antworten. »Weißt du, dass wir hier oben ganz allein sind«, lässt Ludwig sich nach beendetem Erkundungsgang in die Abendstille hinein vernehmen. Keine Spur von einem Dorf oder irgendeiner anderen menschlichen Siedlungsstätte. Von einem Haus in einem Olivenhain einmal ganz zu schweigen. Ein paar Schafställe allenfalls, räumt Ludwig ein, für Wanderer vielleicht auch als Schlafstätten brauchbar.

»Und woher kamen dann die Kinder?«, fragt Agnes erschreckt und starrt auf die wie Silber glänzende Schlange des Sees tief unter ihnen. Später stürzt sie sich in die Lektüre eines Buches über Trennung, dem Ludwig an ihrer Seite nur einen flüchtigen Blick zollt. Das Fenster weit offen mit den jetzt schwarzblauen Bergspitzen davor, geben sich beide stumm und ein wenig eingeschüchtert durch die grandiose Einsamkeit ihren Gedanken hin und lauschen auf die leise absterbenden Töne der Vogelwelt und die Geräusche ihrer leeren Magenwände. Agnes hatte sich geweigert, heute noch einmal die kurvenreichen acht oder zehn Kilometer abwärts zu fahren, und so waren ihnen beiden nur die Reste des Reiseproviants zum Verzehr geblieben.

Mit geradezu beispielhafter Fügsamkeit hatte Ludwig ihr den Platz am Fenster zum Schlafen überlassen und sich auf die Innenseite begeben. In einer Mischung aus Tiefsinnigkeit und Erschöpfung von der Reise lässt er seine Augen noch eine Weile auf dem gewaltigen Querbalken über ihnen ruhen, der das Dach trägt. Mag er sich auch in Verleugnung gewisser Lebensumstände zur Seite drehen, die Augen reiben oder schließen, so wird doch die Erkenntnis von ihm Besitz ergriffen haben, dass sein Lebensweg fortan mit allerlei unvorhersehbaren Tücken gepflastert sein würde, wobei die unübersehbare Veränderung im Wesen der Frau neben ihm nur einen Teil davon ausmachte.

Zum ersten Mal mochte ihn in die Leere der vertauschten Umgebung hinein auch der Gedanke an den Vater bewegt haben, in dessen Schädel ein kleiner, aber inoperabler Tumor Platz genommen hat. Der Mann, den er als Kind lange Zeit mit der Härte und dem Durchsetzungsvermögen eines Eisbrechers wahrgenommen hat, würde schon in Kürze, so die medizinische Vorhersage der Kopfklinik, hilflos wie ein Kind sein.

Seine Mutter hatte den Sohn noch vor seiner Abreise mit ihrem Gefühl ohnmächtiger Verzweiflung und Wut konfrontiert über den Umstand, nun bald für alle Lebensprobleme eigene Entscheidungen und Lösungen bereithalten zu müssen.

Nacht in dem einsam gelegenen Haus. Das klägliche Ächzen von Holz, das im Wind aneinander scheuert. Wogen von Oleanderduft und ein Gehusche und Gerangel in den Gebüschen ums Haus, das an eine Verfolgungsjagd denken lässt. Wildes Kreischen beendet an einem Ort die Attacke, um gleich darauf an einem anderen neu zu beginnen.

Krause Träume, von denen als Einziger einer mit dem Anblick der sich perspektivisch verengenden Straße und Bäumen, die zu beiden Seiten vorüberfliegen, hängen bleibt.

Am Morgen wecken Stimmen sie und ein Pochen an der Außentür. Ein alter Mann und seine beiden Söhne sind es, mit einem betagten blauen Kleintransporter, auf dem Gartengeräte liegen. Gärtner seien sie und vom Hauseigentümer beauftragt, Ordnung in den verwilderten Garten zu bringen.

Agnes sitzt ganz versunken in die Betrachtung einer blauen Linie, die sich durch Kilometer von Gedanken zieht, auf den Stufen, während sie auf den Singsang der Malcantoneser Stimmen in ihrer Nähe lauscht und auf Ludwig wartet, der sich noch rasiert.

Sie haben beschlossen, ihr erstes Frühstück am Ufer des Sees einzunehmen. »Attenzione Signori!«

Und als sie sich schon jenseits der Gartenpforte umwenden das archaische Bild, wie einer der stiernackigen Jünglinge mit entblößtem Oberkörper eine Mistgabel im Kreis schwenkt, auf die er eine Schlange gespießt hat, die noch um ihr Leben zappelt. Agnes wird diesen Blick, in dem wilde Freude flackert, nicht so schnell loswerden. Er begleitet den Moment, in dem der Jüngling die Schlange mit einer Machete enthauptet. Dann wirft einer die noch zuckenden Teile über die Mauer, während der andere sie noch einmal zurückwinkt. Mit dem Ausruf »Vipern« erklärt er sein Tun und zeigt, indem er die Machetenklinge auf den Kiefer des Reptils presst, auf die nadelfeinen Giftzähne.

Zwölf Uhr mittags. Das Wasser des Sees ist grau und plätschert mit weit abgesunkenem Pegel in der Hitze. Kein Gedanke daran, sich mit ausgebreiteten Armen ihm anzuvertrauen. Kein Grund weiter auf die träge schwappende Suppe zu starren.

Unheimliche Bilder begleiten weiterhin die Tage. Der starre Basiliskenblick einer ausgemergelten schwarzweißen Katze, die hechelnd vor Durst am äußersten Rand der Terrasse erscheint – näher wagt sie sich nicht, auch dann nicht, als Agnes ihr eine Schale voll Milch ein paar Schritt weit entfernt hingestellt hat.

Die Sonne wirkt wie eine Strafe, vor der es kein Entrinnen gibt. »*Dann erhob sich Zeus in seinem Zorn und wandte die Schritte der Sterne zurück, die Sonne wandte sich rückwärts mit der Geißel ihres Zorns, den Sterblichen in Not und Elend heimzahlend.*«

Warum quält auch noch die Erinnerung an ein Stück Klassikerlektüre das Gehirn?

Am Ende eines glutheißen Nachmittags tauchen andere Katzen auf, mit abgerissenen Ohren und unterschiedlichen erschreckenden Blessuren, die die Tiere sich gewiss in der Nacht gegenseitig beigebracht haben. Hinter den Gardinen verfolgt Agnes ihre Kämpfe um einen Teller voll Polenta. Es werden von Tag zu Tag mehr dieser apokalyptisch erscheinenden Kreaturen. Auf eine mysteriöse Weise muss es sich verbreitet haben, dass es einen Platz auf diesem höllischen Berg gibt, wo in der Affenhitze Nahrung ausgeschenkt wird.

Andächtig, wie hypnotisiert erwartet nun die Meute mit vorgerecktem Hals, was die Frau vor die Tür stellt. Ludwig, den Strohhut auf dem Kopf und mit Sommerhemd und Leinenhose bekleidet, hat es sich in einem Korbsessel bequem gemacht. Die Krempe zieht er umso tiefer in die Stirn, je greller das Licht ist. Wenn er nicht über den Rand der Zeitung hinweg die Geschehnisse des Tages verfolgt, die wahrhaft bemerkenswerten Gemeinschaftsleistungen der Ameisenkolonne, das Schwirren der Taubenschwänze und das Erscheinen großer, grünblau schillernder Echsen, von Agnes als Smaragdeidechsen eingestuft, begibt er sich auf kleine Rundgänge ums Haus, begleitet vom an- und abschwellenden Klang einer Mahler-Sinfonie. Gelegentlich lässt er Agnes, die sich an einem kleinen weißen Terrassentisch abmüht, ihre divergierenden Empfindungen einem Heft aus handgeschöpftem Lokhtapapier anzuvertrauen, auch an ausgewählten Sätzen seiner Lektüre teilhaben, die er in beziehungsvollem Tonfall zitiert. *»Menschen, die vor geschlossenen Räumen Angst haben«*, liest er vor, *»oder durch weite offene Flächen in Panik versetzt werden, ließen auf diese Weise atavistische Ängste erkennen, die auf Katastrophenerlebnisse ferner Ahnen zurückgehen.«*

Agnes blickt zerstreut auf. Es geht noch weiter.

»Und wie in der Biologie des Körperbaus das Auftreten eines sechsten Fingers häufig auf dieselbe Missbildung bei einem Vorfahr zurückgeführt werden könne, so könnte auch eine psychische Anomalie mehrere Generationen überspringen, um sich erneut zu manifestieren.« Was wollte er ihr denn damit sagen? Glaubte er, ihrer Familie eine Geisteskrankheit andichten zu müssen?

Sie starrt eine Weile in Erwartung erhellender Äußerungen auf sein im Schatten der Hutkrempe liegendes Gesicht, aber das scheint es schon gewesen zu sein. Jetzt hat er sie ganz unnütz mitten in ihrem Gedankengang, der sich mit dem Phänomen der Trennung auseinander setzt, unterbrochen.

Je weiter der Vormittag vorrückt, desto öfter und unruhiger blickt der Mann auf. Schließlich verlässt er seinen Posten kurz vor der Essenszeit, um sich einen Campari zu genehmigen und weist Agnes mit Sätzen wie »du brauchst aber keine Umstände zu machen« auf ihre Aufgabe hin. In der drückendsten Hitze des Nachmittags, wenn die gepeinigte Luft flimmert wie die Luft über offenem Feuer, lassen beide an getrennten Standorten sich in eine ausgedehnte Siesta fallen. Bei Einbruch der Nacht verjagt dann eine Wolke von Mücken die vereint Getrennten.

Zu der Zeit einigt man sich auf ein Abendessen am See.

Erholt sich Agnes jetzt? Erinnert sie sich etwa, dass es noch eine Welt der Berge und Seen gibt, die sie sich zu Eigen machen konnte, wann immer es sie danach verlangte? Unter Umständen, in denen es ihr freistand, zu kommen und zu gehen?

Eben lauscht sie über ein Stück rosafarbenen Fisch gebeugt auf eine Melodie, von kunstlosen italienischen Mädchenstimmen gesungen. »*Mama non vuole, Papa ne meno, come faremo a fare l amore?*«, und denkt dabei plötzlich: *Da hat es doch noch etwas gegeben* ... Merkwürdig auch der Umstand, dass sie begonnen hat, sich in Gedanken von ihrem Therapeutenvater zu entfernen.

Ludwig, mit den Farben eines Navajo, kehrt zurück von seinem Gang zur Telefonzelle. Etwas umwölkt seine Stirn, aber wenn sie nicht gezielte Fragen an ihn richtete, würde sie weiter nichts erfahren. Er war der Typ, es einfach dabei zu belassen, ohne die geringste Erklärung abzugeben. Aber heute nicht.

Sie hatten seinen Vater irgendwo aufgefunden, von wo er nicht mehr nach Hause fand. »Es gibt öfters solche Fälle von Gedächtnisverlust«, lässt Ludwig sich dann vernehmen und hält den Augenblick für gekommen, sich noch eine zweite Flasche Rotwein bringen zu lassen. »Die Folge eines körperlichen oder seelischen Schocks oder von plötzlichem Blutandrang.« Im Falle seines Vaters sei wohl zu erwarten, dass die Geschwulst im Kopf begonnen hatte, die gesunden Zellen zu verdrängen.

Am Ende dieses Abends fahren sie wieder dem makellos blauen Himmel entgegen, der den ersprießlichen Abstecher in eine andere Welt lohnenswert erscheinen lässt, und während ihr Schweigen noch vor Gedanken surrt, lassen sie sich gegenseitig in der Abgeschiedenheit ihres Klosters in Beschlag nehmen.

Fiebrige Haut und ein harter Sporn in der Unterlage, der den Schmerz auf ihrem Rücken noch vervielfachte, den die Sonne verursacht hatte. Ahh.

Auf der Schwelle zum Nichts lassen beide für eine kurze Zeit die Bürde des Menschseins zurück und eine bruchstückhafte Vorstellung von Leben begleitet sie in den Schlaf.

Diese Unruhe.

Ohne auf seinen gewohnten Milchkaffee zu verzichten, verlässt er gegen elf seinen gewohnten Posten. Es ist nicht kühler geworden. In einem Notizbuch, das er aus der Tasche zieht, vermerkt er im Stehen etwas. Die Mitteilung, die er gestern erhalten hat, setzt ihm zu und er sagt, er müsse über »all das« noch einmal die Klinik befragen. Mit dem Arm beschreibt er eine viel sagende Geste, mit der er den Himmel, die Wolken und den kleinen Globus aus wucherndem Gewebe im Kopf des Vaters umschließt.

Als Agnes sich erbietet, ihn zu begleiten, um währenddessen unten am Seeufer Platz zu nehmen und schweigend die stille Wasserfläche zu betrachten, lehnt er das geistesabwesend ab. Also lässt sie ihn, die ihr Buch von Caruso gegen eines von Hermann Hesse eingetauscht hat, schweigend ziehen.

Du denkst, deine Sinne trügen dich. Du verlässt deine frühmorgendliche Abgeschlagenheit, den Schutz des Sonnenschirms und deinen Ärger über Gott und die Welt. Plötzlich bist du hellwach und ganz bei Sinnen und bringst es nicht fertig, deinen Blick von der Stelle zu lösen, wo eben noch, wie schon vor zwei Tagen, die blauen Drachen getanzt haben. Hatten sie dort vor der Silhouette der Schweizer Berge gekämpft oder sich vereinigt? Es tut nichts zur Sache, wie sehr das eine dem anderen auch ähnelt, denn alles hat nur Sekunden gedauert und so wirst du wieder nichts erfahren, auch wenn die Idee zur Gewissheit wird, dass neben uns, ganz nahe, aber unerkannt, noch andere geheimnisvolle Leben existieren.

Stunden vergehen, ohne dass Ludwig zurückkehrt.

Sie hat sich in einem luftigen fessellangen Kleid im Lavendelton auf die Mauer gesetzt, die den oberen vom unteren Garten trennt, mit einer provisorischen Mahlzeit neben sich und dem tadellosen Rechteck eines Aquarellpapiers vor sich, dem sie mit Wasser und Farbe zu dem gedämpften durchscheinenden Leuchten verhelfen will, das sie schon seit einer Woche fesselt.

Sie lässt den Blick über den Buchsbaum gleiten, den die Gärtner gestutzt haben, und muss jetzt dabei an Tod und Begräbnis denken. Wie sie an der Seite ihrer Großmutter an heißen Tagen von Grab zu Grab gezogen ist. Die alte Frau in ihrem verwaschenen Kleid mit kurzen Ärmeln, die braune, vielfach gefältelte Unterarme und überraschend weiße Oberarme freigaben. Mal hatte sie seufzend eine vom Wind umgestoßene Blumenvase aufgerichtet, mal riss sie irgendwo ein Büschel Unkraut heraus oder stellte mit viel Fingerspitzengefühl einen Strauß zurecht. Nach dem Heldentod ihres geliebten Sohnes hatte sie ganz fremde Gräber gepflegt, in der Hoffnung, andernorts würde eine fremde Mutter ihrem Sohn die gleiche Wohltat erweisen. Der Krieg der Toten, den ihre Väter nicht überlebt haben. Jetzt war Ludwigs Vater, der munter und tatendurstig mit der Kamera losgezogen war, sozusagen als Spätfolge dran. Seine Fotos waren in Frontzeitungen veröffentlicht worden und nach Ludwigs Aussage musste er den Kriegsschauplatz wie einen Abenteuerspielplatz durchstreift haben. Dazu hatte nach seiner Vorstellung wohl auch gehört, wenn hie und da ein paar Gliedmaßen durch die Luft wirbelten. Immer war er mittendrin gewesen und hat doch wie durch ein Wunder weiter nichts abbekommen als einen Streifschuss in die Wade. Er selbst hatte sich auch fotografieren lassen, auf dem Kubanbrückenkopf, das Gewehr albern wie bei einem Indianerspiel mit ausgestrecktem Arm aufgepflanzt, auf einem Panzer stehend.

Wie kommt sie jetzt bloß darauf?

Mitten in ihre abschweifenden Gedanken zieht eine Bewegung im gelben Gras ihre Aufmerksamkeit auf sich, in einer pechschwarzen dünnen Linie, die sich auf der knochentrockenen Erde in gemächlichen Windungen schlängelt. Dass dieses Land mit seiner Erde verbrannt ist und nur noch von Drachen bewohnbar, erscheint immer wahrhaftiger.

Die Frau oben auf der Mauer muss sich an dieses Bild erst einmal gewöhnen, den Anblick einer zwei Meter langen lackschwarzen Schlange, der auch stärkeren Naturen ordentlich zusetzen könnte. Um was für ein Reptil handelt es sich hier und was treibt es da in der gelben Wildnis? Den Blick starr nach unten gerichtet versucht Agnes jede Bewegung zu vermeiden, um dieses Wesen nicht auf sich aufmerksam zu machen, aber ihre Fantasie spielt verrückt. Wer kann ihr glaubhaft versichern, dass sie es hier nicht mit einem Wesen vom Baum der Erkenntnis zu tun hat, das nun gleich seine Stimme erheben und sie prüfen wird, oder mit einem Fabeltier, das ein goldenes Gebiss enthüllen würde, sobald man es dazu brächte, seinen Rachen zu öffnen. Nein, keines von beiden.

Trotzdem spürt Agnes am Aussetzen der Zikaden, an der flirrenden Hitze, die den See in Dunst gehüllt hat und in diesen Minuten, in denen die Zeit in Bewegungslosigkeit erstarrt ist, dass sie es hier mit dem wahren Besitzer des abschüssigen Stückes Land zu tun hat, in das sie unrechtmäßig eingedrungen ist.

Abscheu und Faszination halten ihren Blick gefangen. Zu wenig Zeit, um sich mit dieser verblüffenden Erscheinungsform der Natur vertraut zu machen.

Die Schlange gleitet auf die Stützmauer zu, schwarz, immer noch pechschwarz

auf Gelb. *Wenn du dich jetzt vorbeugst, um auch noch die letzten Windungen fest zu halten, drohst du vornüber zu stürzen. Bleib einfach reglos wie bisher und sieh zu, wie das letzte Glied des Monstrums aus deinem Gesichtsfeld schwindet. In einer Nische zwei Meter unter dir, wo es sich, begleitet von deiner Fantasie, mit den anderen Kreaturen dieser Steinwelt vereint.*
    Genau in der Sekunde setzen auch die Zikaden wieder ein, eine Windbö streift über den Berg und lässt die Unterseiten der Blätter silbern aufleuchten.
    Entweder du hast zu viel Kaffee getrunken oder zu lange in der Sonne gesessen, jedenfalls hast du das Empfinden, in Kürze krank zu werden.

Ludwig wollte jetzt den Dingen ihren Lauf nicht lassen. Er hat auch kein Ohr für das Märchen von der Äskulapschlange. Für eine Weile verdrückt er sich ohne etwas zu reden ins Haus, was Agnes ziemlich rücksichtslos findet, nach einer Stunde entschließt er sich, wieder die Tür zu öffnen. In einer Anwandlung von schlechter Laune, Furcht oder Schuld teilt er ihr seinen Entschluss zu einer verfrühten Abreise mit. Sie pflichtet ihm darin in Anbetracht der Lage bei, auch wenn sie nicht wie er findet, die Möglichkeiten der hiesigen Macchia seien ohnehin ausgeschöpft. Die Frage: »Brennt es irgendwo?«, wird sie sich verkneifen, wenn sie in seine besorgten Augen blickt. In der untergehenden Sonne leuchten die Gläser vor ihnen wie Blutflecken. Schon nach ein paar Schlucken und in ihre Gedanken hinein, man habe die Zeit hier ein wenig vergeudet, beginnt Ludwig über die Umstände zu sprechen, in denen sich der verstörte alte Mann in der Klinik befindet. »Das Schlimme für ihn ist, dass er seine Sprache verloren hat.«

Gegen drei Uhr Nachmittag des nächsten Tages lotst Ludwig das Auto in die schmale Einfahrt vor seinem Elternhaus. Seine Mutter kehrt ihnen bei ihrer Ankunft den Rücken zu, damit beschäftigt, im Vorgarten verblühte Rosen abzuschneiden. Mit vorgeneigtem Kopf hält sie dem Sohn eine spröde Wange zum Kuss hin, die er nur flüchtig streift. Ihre Lippen spitzen sich dabei zu einem unsinnigen Kuss ins Leere.
    Agnes fällt auf, dass die Frau vor ihr schon den Ausdruck einer Witwe in den Zügen trägt. Als Erstes führt sie die beiden Besucher in die Garage, wo neben einem auf Hochglanz polierten Diesel ein Herrenfahrrad mit verdrehter Lenkstange und verbogenen Schutzblechen an der Wand lehnt und einen merkwürdig verschämten Anblick bietet.
    »Gestürzt wird er sein«, erklärt sie in vorwurfsvollem Tonfall, »das Rad hat mir ein Pole nach Hause gebracht, schau dir das an!«
    Der Sohn blickt nur flüchtig darauf und fragt auch nicht nach den Zusammenhängen. Der weitere Weg zu den einzelnen Passionsstationen führt dann ins Haus: der von Ludwigs Mutter gewiesenen Richtung folgend betrachten sie danach den Sessel im Wohnzimmer, der mit der Rückenlehne zum Fenster steht. »Dort hat er immer gesessen.«
    Ein weißes Tuch ist darüber gebreitet, als sei der Stuhl bereits jeder weiteren Benutzung entzogen.

»Er ist doch noch nicht im Reich der Toten«, lässt Ludwig sich ärgerlich vernehmen, aber seine Mutter stellt sich taub. Als sei ein Teil von ihr von der Krankheit mitbetroffen, starrt sie einen sekundenlang mit dem erschreckend abwesenden Ausdruck eines Menschen an, der die letzten Lebensstationen hinter sich gelassen hat.

Agnes hält sich hinter Ludwigs Rücken. Die Gefühlsarmut seiner Mutter machte einem eine Annäherung an diese Frau und eine Äußerung von Mitgefühl nicht gerade leicht. Unwillig lässt Ludwig sich von ihr in die Küche lotsen.

»Wollt ihr noch etwas trinken?«

Schon hat der Sohn wieder die Hand auf der Türklinke. »Ich möchte das eigentlich gern hinter mich bringen«, sagt er, ohne auf die Frage seiner Mutter zu antworten.

Agnes lässt zerstreut die Augen schweifen. Hier war der Mann an ihrer Seite aufgewachsen, hinter den schweren, anmaßend pompösen Portieren, mit Blick auf einen Autostellplatz, den Stadtbach und das alles beherrschende Gebäude der Brauerei, die der kleinen Stadt ihre Arbeitsplätze bescherte.

Im Haus erklingt ein nervöser Uhrenschlag und Ludwig kehrt mit einer Flasche Mineralwasser aus der Küche zurück. Agnes' Blick ruht eine Weile auf dem aufgeschlagenen Prospekt einer Schifffahrtslinie und dabei fällt ihr die übertriebene Sorgfalt auf, mit der Ludwigs Mutter die Gegenstände des täglichen Gebrauchs um sich ordnet.

»Hier steht seine Musikanlage«, daneben, alphabetisch geordnet, die Schallplattenaufnahmen zahlreicher Opern, zum Teil in drei Einspielungen, von verschiedenen Dirigenten.

Im Silberrahmen eine Aufnahme der Eltern in bayrischen Kostümen und eine von Ludwig als Vierzehnjährigem. Ohne es zu wollen vergleicht Agnes das Gesicht von damals mit dem heutigen. Das zaghafte Lächeln des Knaben ist einem dauerhaften Ausdruck der Melancholie gewichen, stellt sie fest. Einen Augenblick lang versucht sie, seine Haltung zu begreifen, die Abneigung, die er gegenüber seinem Vater, sämtlichen Frauen der Familie und deren Nachkommen hegt, ja selbst gegenüber seinen Großeltern – die einzige Person, die von dieser umfassenden Ablehnung ausgenommen ist, der Urgroßvater, musste schließlich einen Grund gehabt haben, den Urenkel vor dem Zugriff der Verwandtschaft zu schützen.

Wenn der kleine Junge tränenreich zu ihm gelaufen kam, um die Ungerechtigkeit der Welt anzuprangern, war er nach Ludwigs Darstellung der Einzige, der die Arme ausstreckte, um den Kleinen aufzufangen. Er schwang auch mit grimmigem Gesicht seinen Krückstock um zu verhindern, dass jemand den Schützling antastete.

Die Wandtäfelung leuchtet in der Nachmittagssonne rot auf, als Ludwigs Mutter, nun für einen Krankenbesuch angekleidet, im Wohnzimmer erscheint.

Sie wirft einen misstrauischen Blick hinüber zu Agnes, die die Verandatür geöffnet hat. Als könnte der Luftzug den vorweggenommenen Erinnerungen an ihren Mann etwas anhaben.

»Wir haben immer viel für unsere Gesundheit getan«, sagt die Frau in einem Ton der Rechtfertigung, als habe jemand ihr einen Vorwurf gemacht. »Jede Woche ein langer Spaziergang, jedes zweite Jahr eine Kur.«

So sichert sie sich ohne viel Aufwand das Wohlwollen ihrer Umgebung und mit gefalteten Händen blickt sie auf die Reminiszenzen des gemeinsamen Daseins, als bete sie um Vergebung für eine uneingestandene Schuld. Trotzdem. Dieser Augenblick ist nicht eingebildet. Sie ist zornig und verübelt es ihrem Mann, sich so der Verantwortung zu entziehen.

Dreißig Minuten Autofahrt, plötzlich regnet es heftig und die Scheibenwischer hinterlassen auf dem Glas ein fächerförmiges Geschmier aus zermahlenen Insekten. Zwischen Abfahrt und Ankunft gibt es noch einiges aus dem Mund seiner Mutter zu hören, das Ludwig nicht weiß. Dass sein Vater in letzter Zeit öfters ein Kloster aufgesucht habe, den Grund hierfür jedoch seiner Frau verschwieg. Nach ihrer Einschätzung habe er das Gespräch mit einem dort lebenden Ordensbruder gesucht, einem Kriegs- und Schicksalskamerad aus lange zurückliegender Zeit, der ihm stets ein offenes Ohr geliehen habe. Zögernd gibt sie ihrer Vermutung Ausdruck, ihr Mann habe im Kloster gebeichtet. Von dort sei er jedenfalls immer ganz ruhig zurückgekommen. Mit dem Klosterinsassen habe ihr Mann auch für das kommende Jahr eine Reise in die Sowjetunion geplant, an die Schauplätze ihrer gemeinsamen Kriegserinnerungen. Nicht nur, um so einen Abstecher in eine andere Welt zu machen, wie es bei Urlaubsreisen der Fall ist, sondern eine sorgfältig vorbereitete, in der Abgeschiedenheit des Klosters bis aufs Kleinste vorhergeplante Reise.

Agnes erinnert sich an die Abbildungen großer weißer Schiffe im Prospekt auf dem Sekretär. Den Kommentar, den Ludwig zu dieser Neuigkeit abgibt, kann sie im Fond des Wagens nicht verstehen.

Es ist kurz nach drei, als sie in die Auffahrt vor dem Hospital einbiegen. Der Asphalt dampft, nachdem es aufgehört hat zu regnen, und sie folgen einem kleinen Besuchertrupp die Treppen hoch.

»Es ist die beste Klinik weit und breit«, erwähnt Ludwigs Mutter, »hierher gehen wir immer und werden meist gut behandelt.«

Eine Schwester führt sie den wispernden Gang entlang zu dem Manne, der halbaufgerichtet in einem Bett sitzt. Agnes fallen als Erstes Vorrichtungen auf, die zur Fesselung des Patienten an das Bett dienen mochten, momentan aber ohne Funktion über die Bettkante baumeln. Der zweite Blick gilt dem Patienten selbst, der mit offenem Mund, den Schädel von einem Verband wie eine Badehaube bedeckt, ihrem Eintreten entgegenstarrt. Seine Augen spiegeln für einen Moment die Unordnung, die in seinem Kopf eingetreten ist.

Ludwig lässt sich von der Schwester, die wie eine geborene Lehrerin redet, die Operationsmaßnahmen erläutern, die man an seinem Vater vorgenommen hat. Der Tumor, zuletzt kinderfaustgroß und eine wahre Entgleisung der Natur, sei allerdings eine Metastase des viel kleineren Herdes im linken Lungenflügel.

Die resolute Kraft, die an diesem Tag den Stationsarzt ersetzt, gibt sich dennoch zuversichtlich. »Auch wenn Ihr Vater so kurz nach seiner Operation unansprechbar ist, werden wir dafür sorgen, dass er bald schon das Wichtigste wieder erlernt, wir haben hier eine erstklassige Logopädin.«

Der Mann im Bett wirft scheue flüchtige Blicke nach allen Seiten – Agnes hat den spontanen Einfall, dass die Lautstärke menschlicher Stimmen seinem Gehör schmerzhaft zusetze –, dann richtet er seinen Blick auf die eigenen blassen, dünnen Hände, betrachtet die Krümmung der Gelenke, die gespreizten Finger, weiße Finger, als sei er bemüht, sie als die seinen wiederzuerkennen. Kurz hintereinander durchlaufen Schauer diese Hände, die nicht nur den Grundstein für ein ganzes Haus mit Praxis gelegt und dieses auch zum Teil selbst aufgebaut haben, nachdem sie ein paar Jahre zuvor noch in der Pflicht des einen Herrn ein Gewehr angelegt, gezielt und gewiss auch getroffen haben.

Der Körper, der im Rhythmus seiner eintönigen Gedanken, die vielleicht nur Klopfzeichen ähneln, hin- und herwackelt, hat auch einmal strammgestanden, mit stolzgeschwellter Brust die Auszeichnungen darauf der Kamera eines Wehrmachtsfotografen vorgehalten. Der Fuß, den Kälteschauer durchlaufen, ist einst im Takt einheitlich ausgerichteter Bewegung siegesgewiss über unmenschliche Grenzen geschritten.

Vielleicht, denkt Agnes, machten ihm seine eigenen Gliedmaßen, die eigenen Hände voran jetzt Angst, weil da etwas Nebulöses und Abstruses aus den Resten seines Hirns heraufquoll und je näher es rückte, desto argwöhnischer musste der Mann seine Hände betrachten und durfte sie keine Sekunde aus dem Blick verlieren.

Spekulationen einer Nachgeborenen.

Vielleicht ist alles ganz anders und dieser gestörte Körper ist zurückgefallen auf die Stufe eines autistischen Kindes und muss nun wie das Pendel einer Uhr seine Zeit abpendeln.

Was wusste man schon von den Geschehnissen hinter der Stirn des Gestürzten? Agnes fällt auf, dass Ludwig vermeidet, seine Mutter anzuschauen. Auf ihrem Gesicht zeichnet sich nicht gerade ein Ausdruck der Liebe ab, höchstens der Verlegenheit, vielleicht auch des Abscheus. Als davon die Rede ist, dass man dem katastrophalen Gebrechen ihres Gatten jeden Gedankenschritt erst wieder beibringen muss, legt sie in einer Gebärde der Abwehr sekundenlang die Hand mit dem Siegelring über die Augen.

Unerwartet knickt der Hals des Patienten plötzlich ab, als habe jemand ihm von hinten einen Schlag versetzt, und sein Kopf kommt auf den linken Unterarm zu liegen. Die blau gekleidete Schwester, die sich eben zum Gehen angeschickt hatte, kehrt entschlossen noch einmal zurück und ergreift den erschlafften Körper unter den Achseln, nachdem sie mit routinierter Hand das Kopfteil des Bettes flachgestellt hat. Blaugeäderte Lider sind über die unruhigen Augen des Leidenden gefallen, für die Besucher ein Zeichen zum Aufbruch.

Hinter der zugefallenen Tür ein allgemeines Aufatmen. Mehr Auskünfte zu dem Thema gab es nicht, dafür würde es später umso mehr Probleme geben. Jedenfalls nach Ansicht von Ludwigs Mutter. »Mein Gott, wie soll das noch einmal besser werden!«, jammert sie auf dem Gang in einer Art, dass man hätte meinen können, ihr sei nicht viel an der Rehabilitation des Mannes gelegen.

Nachdem der Sohn der Mutter Hilfe zugesagt und so das Gefühl ohnmächtiger Wut und Verzweiflung ein wenig zurückgedrängt hat, fallen noch ein paar Sätze, die sich ausschließlich auf die Bewältigung alltäglicher Lebensaufgaben beziehen, der Reparatur eines Hoftores, dem Kraftaufwand des Rasenmähens, der Frage nach

Rückforderung der schon geleisteten Anzahlung auf eine Schiffspassage nach St. Petersburg. Alles Dinge, die der Frau zu Zeiten des Wohlergehens ihres Mannes wie ein Kinderspiel vorgekommen waren. Die er mit der Kraft bewältigt hatte, über die Männer nun einmal verfügen.

Agnes täuscht sich wohl nicht: Die Hauptsorgen der Frau gelten den Tücken, mit denen, wie sie richtig vermutet, ihr Lebensweg fortan gepflastert sein wird.

Der Höflichkeit halber wird vor der Heimfahrt noch ein Kaffee im Hause der Eltern eingenommen. Agnes schaltet ab, versinkt in Gedanken, die aber immer wieder zu dem armseligen Dasein des Mannes zurückkehren, der zweifelsohne eben seine letzte Station erreicht hat. Geboren in Böhmen, zum Studium in eine mitteldeutsche Universitätsstadt geschickt, wo ihn mitten hinein in Jugend und Ausbildungszeit Hitlers Mobilmachung und kurz darauf die Einberufung erreichen. Verlorene Jahre im Kampf und später, was sie fast vergessen hätte, drei wiederum verlorene Jahre in russischer Kriegsgefangenschaft. Zwei Jahre später beendet er sein unterbrochenes Studium und ist mit vierzig Jahren gerade so weit, sich eine eigene Praxis einzurichten. Es folgen mehr als zwanzig Jahre harter Arbeit, die nun ein jähes Ende gefunden hat. Ist das nicht ein Drama?

Neben einer Anzeige im Lokalblatt, die ihnen zur Beurteilung vorgelegt wird, zeugt auch ein Schild am Praxiseingang gleichen Inhalts vom Ende einer Berufskarriere.

Ludwig vertritt die Auffassung, dass die Krankheit, die seinen Vater ereilt hat, nur die konsequente Folge der jahrelangen Verdrängung nicht bewältigter Lebensereignisse darstellt. Und wie ist das nun für ihn, seinen Sohn?

»Es kommt für mich nicht überraschend«, sagt der Sohn, immer wieder sei er in seiner eigenen Praxis mit ähnlichen Fällen konfrontiert worden. Während Agnes ihn von der Seite betrachtet und feststellt, dass er mit hoher Geschwindigkeit auf der Überholspur fährt, überlegt sie, ob der Gleichmut, der aus seiner Stimme klingt einer ererbten Gefühlsarmut entspringt oder auch, was ihr wahrscheinlicher vorkommt, eine Form von Verdrängung darstellt.

Widerstand kennzeichnet nach den Sommerferien über längere Zeit den Umgang mit dem Therapeuten. Fast scheint es, als müsse Agnes sich rächen für die Peinlichkeit, die ihr im Nachhinein das Bekennen ihrer im Frühsommer erwachten Wünsche und Triebe verursacht. Und die ihr jetzt, aus einiger Distanz betrachtet, als verachtenswerte Schwäche erscheinen. Dabei wehrt sie sich mit Leibeskräften gegen deren erneuten Ansturm.

Wochenlang versucht sie mit nicht geringem Energieaufwand, den heftigen Impuls zu unterdrücken, sich die Körperlichkeit des Therapeuten erneut ins Bewusstsein zu rufen. Immer wenn eine Versuchung sie überkommt, in ihrem Helfer den männlichen Körper zu sehen, stellt sie ihn sich unförmig, von nicht menschlicher Gestalt vor. Und einmal, als sie den leisen Hauch eines wohlriechenden Rasierwassers wahrnimmt, überkommt sie plötzlich ein heftiger Schnupfen, der jede sinnliche Wahrnehmung zum Erliegen bringt.

Die ganze Unsicherheit in Bezug auf den männlichen Körper bricht plötzlich noch einmal massiv auf. *Wer bin ich in meinem Leib und wie fühlt sich das an gegen den Leib des anderen, genauer: den meines Vaters?*

Manchmal krümmt Agnes sich vor Scham davor, etwas auszusprechen wie »Schultern«, »Brust«, »Bauch«, ganz zu schweigen von der unzugänglichsten Zone, der Gegend der Scham. Oft stammelt sie verlegen herum oder bemüht sich um eine besonders sachliche Sprache, um die Verfänglichkeit der Situation zu bewältigen.

Es bleibt im Dunkel, ob in dieser Phase der Therapeut ebenso schwer zu tragen hat. Sicher ist es auch für ihn nicht leicht, seiner Patientin in jene abgelegene Landschaft zu folgen, die er selbst ist, natürlich, das sollte man sich stets vor Augen halten, immer in Stellvertretung des anderen. Soll er sie jetzt ermutigen, noch einen Schritt weiter zu gehen und nun auch noch den Penis in seiner universellen Existenz wahrzunehmen, ganz zu schweigen davon, diesen etwa gar noch mit der Hand zu umfassen? Alles immer weiter nur in der Fantasie, versteht sich. Mit einem Räuspern an der falschen Stelle, einem rätselhaften Schnaufen oder Stuhlrücken seinerseits könnte die Patientin verschreckt und der Fall für beide rasch zu den Akten gelegt werden, und kein Mensch würde dagegen Einspruch erheben.

Ein erfahrener Therapeut, still und verschwiegen wie ein Grab und dennoch umgeben von einer Aura des Wohlwollens – so nimmt, von Stunde zu Stunde, die Frau den Mann hinter sich wahr. Kein Zweifel mehr, dass er weiß, was sie nötig hat. Im Lauf der Zeit erkennt Agnes immer deutlicher, dass ihre Scham in diesem Raum fehl am Platze ist. Ist es denn verwunderlich, wenn die Topografie des männlichen Körpers ihr trotz jahrelangen Umgangs mit männlichen Wesen eine Grauzone geblieben ist, in der sie eine geraume Weile unsicher umherirrte? Schließlich laufen alle Fantasien der letzten Monate in der einen entscheidenden Erkenntnis zusammen, der einer »nicht gemachten« Erfahrung.

Einer Erfahrung, die jedes Kleinkind einmal in seinem Leben macht: auf dem unbekannten, ausgedehnten Gelände des väterlichen Körpers herumzuklettern und jede verborgene Partie in Augenschein zu nehmen.

Am Ende könnte man sich gewiss fragen, ob solches, in der Fantasie durchlebt, überhaupt einen Sinn hat, und wenn ja, welchen. Für den Außenstehenden mag vieles absurd erscheinen, was ein Mensch im Laufe einer Therapie auf sich nimmt, gezwungenermaßen auf sich nehmen muss, wenn er eine übergangene Entwicklungsstufe nachzuholen beginnt. Andernorts mag es nur allgemeines Gelächter auslösen, wenn eine Frau Ende Dreißig nach einem entsetzlich weiten Weg der Überwindung ihre Fantasie mit den Worten zum Ausdruck bringt: »Ich stelle mir gerade vor, wie ich über den Leib meines Vaters krieche«, und der Therapeut daraufhin die Mitteilung mit der Gegenfrage aufgreift: »Und wie fühlt sich das an?«

Immer noch mit Gefühlen der Lächerlichkeit und Peinlichkeit kämpfend, antwortet sie daraufhin: »Oh, es ist immer dasselbe. Ich kann nichts spüren, sein Körper steckt wie immer in einem Panzer, der alles bedeckt. Und die Stelle an seiner Schulter, diese Mulde, in die ich meinen Kopf legen könnte, ist schon vereinnahmt, irgendetwas drückt mich am Hinterkopf und quetscht meine Wange. Mein Vater ist in Uniform und wahrscheinlich drücken mich seine Orden oder Rangabzeichen, ich habe keine Ahnung. Jedenfalls ist es eher unangenehm, an seinen Oberkörper gedrückt zu werden, deshalb schreie ich.«

Die Fantasie findet noch ihre Fortsetzung darin, dass ihr Vater sie mit ausgestreckten Armen hoch in das fahle Licht des anbrechenden Tages und dann in die Arme der Mutter sinken lässt, wo das Baby alsbald gierig zu saugen beginnt. Beim Gedanken an das dunkle Uniformtuch fällt ihr noch als Nachtrag ein: »Wahrscheinlich war der Mann besorgt, dass sich ihm ein Schwall von Milch auf die geheiligte Wehrmachtstracht ergießt.«

Nach dieser Stunde zwinkerte Herr Altvater ihr zu wie ein alter Kumpel und Agnes geht nach Beendigung der unbefriedigenden Kletterpartie mit ambivalenten Gefühlen nach Hause.

Die Frage, ob sie nun ihrem Vater und sich selbst ein Stück näher gekommen ist, muss sie zögernd verneinen, aber ihrem Therapeuten scheint die vergangene Stunde offensichtlich Spaß bereitet zu haben.

Eine Zeit lang noch springt Agnes in Gedanken und unter Aufsicht vor und zurück und ihr Therapeut lässt sie ungehindert in uralten Erinnerungen herumstöbern. Aber der rote Faden der Erinnerung reißt immer wieder ab.

Es ist schwierig ihr zu folgen, denn sie durchlebt ihre Vergangenheit nicht kontinuierlich. Glaubt sie sich nah bei ihrem Vater und in der Pflicht, seinen Tod zu beweinen, taucht in der nächsten Stunde etwas Obskures in ihren Gedanken auf, für das sie keine Worte findet und das sie an die Sprachlosigkeit von Ludwigs Vater erinnert. Dann scheint nur noch zu stimmen, was sie in dem Bild zusammenfasst: »Es ist, als ob ich im Kaffeesatz rührte um nach Wahrheit zu suchen, aber ich kann und kann nichts entdecken.«

Nach dieser Zeit lernt sie das Unglück in allen möglichen Spielarten kennen.

5

Es fing damit an, dass ich mich erneut zu fürchten begann. Zuerst dachte ich, das habe etwas mit einem Treppensturz zu tun, den ich vor ein paar Tagen erlitten hatte. Erneut begann ich, gegen die Angstzustände Medikamente einzunehmen. Doch das war es nicht, die Ursache blieb weiterhin verborgen, so sehr ich mein Gehirn auch anspornte, eine plausible Erklärung zu finden.

Zwischen Wolkenfetzen fuhr ich einmal im Frühherbst über die nasse Uferstraße, wo vor meinen Augen Kastanien zerplatzten, zur gewohnten Klausur.

Ein fahrender Eisenbahnzug, von dem ich geträumt hatte, beschäftigte meine Gedanken und wurde zum Inhalt einer ganzen Stunde. War es zum ersten Mal, dass ich in meiner Rückenlage dieses Gefühl einer unvorstellbar schwer auf mir lastenden Materie wahrnahm – die Weltkugel fiel mir zum Vergleich ein – ? Nein, nicht im Liegen, in aufrechter Haltung musste mir das widerfahren sein – jemand lehnt sich gegen mich, presst meinen Körper gegen eine Wand, bis ich nicht mehr atmen kann.

Mit dem Gefühl des Erdrücktwerdens verband sich eine Form von Tumult um mich her, ich glaubte, dass Namen gebrüllt und Schreie ausgestoßen wurden, auch Kindergeheul war zu hören. Meine Stimme verwandelte sich in ein hohes Kinderwimmern, als ich wahrnahm, wie die Couch sich unter mir in Bewegung setzte. Beim Fahren, beim Kreischen der Räder auf Schienen, beim Seufzen ringsum in absoluter Dunkelheit mache ich die Erfahrung, meine Blase plötzlich nicht mehr kontrollieren zu können, um meine Hüften wird es warm.

Und einmal flammen helle Lichtpunkte am abgrundschwarzen Himmel auf, die tückisch schnell größer werden und ängstliches Geflatter rings um mich auslösen.

Nacht in meiner Erinnerung – raus aus dem Zug! – nein, nicht die Art von Erinnerung im Sinne bewusst gedachter Gedanken, dokumentierter Bilder und Worte, eher eine Form von Wiedererkennen, die jede einzelne Körperzelle erfährt, ohne jede Kontrolle und Einordnung von »oben«, aus dem Gehirn. Um diese Empfindung zu beschreiben, ist man wirklich um Worte verlegen, aber sie hat sich mir als eine archaische Form des Erinnerns der gesamten Körperoberfläche eingeprägt, so als sei jede Zelle unabhängig von ihrer Lage im Stande, zu riechen, zu hören und zu fühlen. Nacht in meiner Erinnerung, Nacht im Zug aus Dresden in den Morgenstunden des dreizehnten Februar 1945. Kann das sein? Erinnerst du dich wirklich? Natürlich. Der Zug hielt mit einem Ruck an. Und wir flogen, flogen durchs Dunkel in absolutes Nichts. Eiskalte Luft stach uns in die Augen und in die Lungen. Es hagelte Steine, die ringsum mit dumpfem Geräusch aufprallten. Über meine Ohren legten sich zum Schutz Hände, trotzdem war das Splittern und Pfeifen über mir nicht zu überhören. Hat nicht auch jemand aufgeschluchzt, das Wort »Totengräber« geschrieen? Als alles vorüber war, wurde ich aufgerichtet, trampelten Füße in meiner Nähe vorbei und der fahrbare Untergrund setzte sich wieder in Bewegung, unendlich mühsam, in absoluter Kälte und Finsternis.

Um mir die Sache zu erleichtern und nicht zuletzt, um Klarheit in meinem Kopf zu schaffen, gönnte ich mir ein wenig Zeit zum Verschnaufen. Ich merke, dass ich irgendeine Melodie summe, das habe ich immer getan, wenn die Angst mich zu verschlingen drohte. Natürlich wusste man nicht, ob das Durchstandene ein ausgetüfteltes Machwerk meiner Fantasie war oder ob darin ein reales, wenn auch nicht bewusst erlebtes Ereignis zu sehen war. Wer kann schon mit Sicherheit sagen, wie ausgeprägt das Wahrnehmungsvermögen eines Eineinhalbjährigen ist?

Eine Weile grüble ich dem Gesehenen hinterher, das auch im Nachhinein betrachtet nicht veränderbar ist, seine Farben, Gerüche und die Abfolge seiner Bilder beibehält wie ein Film, der sich einem nur in der einen besonderen Weise eingeprägt hat.

»Ich brauche Bedenkzeit«, sagte ich auf die nach angemessener Zeit geäußerte Frage des Therapeuten, was mir zu dem Erlebnis noch einfiele.

Ich fühlte mich erschöpft wie nach einer körperlichen Anstrengung und hatte den Wunsch, mich auf eine eigene sichere Domäne zurückzuziehen. Zu den erforderlichen Verrichtungen würde vor allem gehören, meine Mutter als Zeugin zu befragen.

In den folgenden Tagen war es ein Schmerz, der mir blitzartig in Erinnerung rief, dass ich auch in der Gegenwart lebte. Wie im Delirium sah ich Smaragdeidechsen die Wände hochklettern und das Ende einer Äskulapnatter, die sich unter dem Küchenherd verbarg.

Einen Moment lang ein Zaudern, um dem Schmerz keinen Anlass zu gewähren, sich erneut zu meiden. So stand ich mitten in der Küche in Erwartung von etwas Unvorhersehbarem.

Ich hatte das Klappfenster geöffnet, draußen regnete es leise in das Blätterdach und die Atmosphäre kühlte ab.

Ich hatte angenommen, dass ich in der Lage wäre, das erste Alarmzeichen zu erkennen, wenn die Zeit erneut gekommen sein sollte. Der Versuch, in einer Zeitung zu lesen um mich abzulenken, scheiterte. Die Neuigkeiten der Welt haben zurzeit für mich keine Gültigkeit.

Geh nicht hin, war mein erster Gedanke, als nebenan das Telefon klingelte, solange du nichts hörst, bleibt alles beim Alten. Nichts davon.

Dich überrascht auch nicht, als die Sekretärin der endokrinologischen Abteilung dir den Bescheid: positiv, schwanger erteilt. Als ob all das rein zufällig wäre.

Mein Gott, bald jährt es sich wieder, dachte ich beim Betrachten eines angeschnittenen dunklen Brotlaibes, eines schmutzigen Messers und einer halb vollen Kaffeetasse.

Ludwig schaute zur Seite und nahm kommentarlos die überraschende Botschaft auf. Wir standen beide mitten im Zimmer, ich weiterhin in der Erwartung einer Kleinigkeit mehr als nur eines Schweigens. Als er immer noch keine Anstalten machte zu reden, erinnerte ich mich, dass ihm an der Vorstellung von einem Kind weniger gelegen war als mir. Er entschuldigte sich mit den Worten, er habe zurzeit den Kopf ganz woanders – als wenn ich das nicht wüsste – und dabei sprach aus seinen ewig kummervollen Augen einen Moment lang ein Zaudern.

Das Unwirkliche bleibt. Wenn es gestern Angst war, so ist es heute Hoffnung. Ich trete einen Schritt zurück und erinnere mich wieder an meine Freundinnen aus dem Krankenzimmer. Im Schneidersitz nehme ich vor dem Telefon Platz.

»Darf ich euch etwas erzählen?«

»Wir packen gerade die Koffer, aber wenn du uns besuchen willst, zögern wir die Abfahrt hinaus.«

Ich wollte ihnen erzählen, dass ich nicht mehr im Stande war Kraft zu vergeuden, so wie beim ersten Mal, und die beiden Freundinnen verstanden mich und nickten und nickten.

»Niemand denkt wirklich daran, seine Wünsche so einfach aufzugeben«, sagte Verena vieldeutig bei einer Tasse grünem Tee und ließ ihren Blick von mir zu ihrer Lebensgefährtin schweifen, als käme es auf deren Zustimmung an.

»Dein Körper ist, was du bist«, fügte die andere Freundin geradezu pathetisch hinzu, »kehr einfach in ihn zurück.«

Vielleicht beschäftigten sich die beiden seit Neuestem mit transzendentaler Meditation oder was ich dafür hielt, ging es mir durch den Kopf, fragte sie aber nicht danach. Stattdessen plusterte ich mich noch ein bisschen auf, nichts weiter als eine kontraphobische Reaktion, und sagte: »Wenn es schief geht, gehe ich auch ein Jahr auf Reisen.«

Wie kam ich nur auf die Idee? Wenn Ludwig mich hören könnte. Ganz gewiss würde er meinen Besuch bei den Nonnen ohnehin nicht gutheißen.

Wie vorhergesehen, brachte ich es nicht fertig, mich der Flut von aufsteigenden Gefühlen zu entziehen. Alle Gedanken waren wie auf einen Schlag abgezogen von dem Stadium, in das meine Therapie eingemündet war, und leider fand sich weiterhin keiner, der den Blitz von mir abgewendet hätte.

Unter der vierhundertfachen Vergrößerung durch das Mikroskop hat sich bereits drei Tage nach der Zeugung ein zwölfzelliger Menschenkeim entwickelt und vierzig Tage danach lassen sich bekanntlich bereits Ohren, Nase und Mund erkennen.

Ich hatte nicht mehr im Sinn, etwas Reales zu verdrängen, das Beste ist immer noch, sich den Tatsachen zu stellen.

Beim Durchblättern eines Wissenschaftsmagazins verlor ich mich in der Betrachtung der schlafenden Augen eines Fötus, der so ruhig aussah, als wisse er längst alles Wissenswerte von der Welt, in die er erst eintreten würde. Die ganzen Verwandlungen, die ihm noch bevorstehen! Träume vom Weltenbaum, las ich, seien nichts anderes als nur Bilder, die der wachschlafende Fötus hat, wenn er in die Verästelung der Plazenta blickt, die über seinem Kopf aufragt. Guter Gott, dieser Zellhaufen hat sich in mein Leben eingeschlichen, um mich davon abzuhalten, endlich ICH zu werden.

In den Klinikfluren begegnete ich jungen Frauen mit zur Groteske herangewachsenen Bäuchen, die sich langsam wie Kühe bewegten und mit nach innen gerichteten Augen auf die Ultraschalluntersuchung warteten. War ich nicht sowieso längst viel zu alt für ein Kind?

Ich nahm mir erschrocken vor, wieder das Malen anzufangen, wenn das alles vorüber war. Alles in eine rote Farbfläche zu verwandeln, in großem Format und mit ausholenden Pinselbewegungen. Die Werte der Hormonbestimmung würde ich mir bewusst nicht merken, nahm ich mir vor. Ich hatte wenig Hoffnung, ich hatte viel Hoffnung.

Dem ersten Impuls, Doktor Altvater wie eine Tochter anzurufen, gab ich nicht nach. Welch theatralische Anwandlung war über mich gekommen?

Als ich am Abend ein Bad nahm, trat Ludwig leise hinter mich, strich mir über die Stirn und sagte: »Wenn du es willst, können wir heiraten.«

»Bist du übergeschnappt? Wie kannst du mir das bloß gerade jetzt vorschlagen!« Wasser stieg mir in die Augen. Dabei konnte er Frauentränen absolut nicht ausstehen. Nachts schlief ich auf dem Rücken, um nichts in meinem Innern in Unordnung zu bringen und mehrmals wachte ich erschreckt auf. »Du hast eben im Schlaf gesprochen.«

Die Testwerte hätten längst steigen müssen, nicht langsam, sondern explosiv, von vierzig auf viertausend im Verlauf von vierundzwanzig Stunden. Das hatten sie nicht getan.

In einer weiteren Nacht träumte ich von Bäumen, aus denen blutige Tropfen fielen. Als ich es, mich am Rande des Wahnsinns wähnend nicht länger aushielt und die ganze vernichtende Wahrheit meinem Therapeuten anvertraute, hörte ich ihn am anderen Ende der Leitung tief aus- und einatmen, bevor er antwortete: »Ich kann mir ausmalen, wie nahe Ihnen jetzt alles geht.« Es war zu spüren, dass er um Tröstung bemüht war, als er meinen Blick in eine andere Richtung wies, indem er mir erklärte, mein Traum sei ein Bild, das auch in den *Metamorphosen* des Ovid vorkomme, und so solle ich doch den ganzen Prozess auch begreifen: Als einen Schritt der Wandlung, in die ich ja ohnehin längst eingetreten sei. Gewiss sollte ich ihm für diesen Hinweis dankbar sein. Ich aber hatte wie als Kind nur den Wunsch, mich einfach auf die Seite zu legen und zusammenzukrümmen.

Vom Zeitpunkt der Diagnose an gerechnet, geschieht alles sehr schnell, eine Ausschabung ist nach Ansicht der Ärzte keine große Sache. Es ist dazu nur eine leichte Narkose nötig, aus der man schon nach ein, zwei Stunden erwacht.

Mit großer Energie versuchte ich, das Gefühl der Verzweiflung zu ertragen, gedankenlos packte ich ein paar Sachen in meine Reisetasche – auf diese Neuauflage derselben Tragödie war ich einfach nicht vorbereitet. Mit dem Gefühl für die Zerbrechlichkeit der menschlichen Existenz ließ ich mich an einem Herbstmorgen abholen wie auf einen Gang zum elektrischen Stuhl. Eine sanfte Asiatin mit weichen Händen nahm mich in Empfang und begleitete mich auf dem Weg durch die Schleuse.

Zwei Tage später war ich bereits wieder auf den Beinen und machte die ersten Gehversuche, angeführt von einem sorgsam Fuß vor Fuß setzenden alten Ehepaar, der Richtung zum Ausgang folgend und einem makellos blauen Himmel entgegen, der diesen stillen Sonntag überzog. Ach, diese Stille in den Gängen und diese Gerüche nach Sagrotan, Körperaussonderungen und nach dem Sonntagsmenu der Krankenhausküche.

Als ich mit kleinen schlurfenden Schritten zurückkehrte, lagen auf meinem Bett eine Hand voll ungeordneter gelber Gartenrosen und ein unbeschriftetes Kuvert, dessen Inhalt ich mir so sehr gewünscht hatte. Er hatte für mich tatsächlich die

Regeln gebrochen und war an diesem Sonntag mit dem Vorhaben aufgestanden, mich zu besuchen.

Den Duft der Rosen einatmend stellte ich ihn mir in seinem Garten vor, wie er mit sorgsamen Händen Blüte um Blüte schnitt, und diese Vorstellung versetzte mich in einen Zustand des Glücks.

Ich weiß nicht, was mit mir geschehen ist.

Die einleuchtendste Erklärung war die, dass ich, wohl ohne mir dessen bewusst zu sein, ein Stück Leben übersprungen hatte. Diese Grauzonen und die weißen Flecke, die sich in unregelmäßiger Wiederkehr in meiner Lebenslandschaft auftaten, schienen zu diesem Leben zu gehören wie die knappen blendenden Partien des Glücks. Aneinander gereiht müssten die übersprungenen Zeiten schon eine beachtliche Strecke Lebens ausmachen – ungelebten Lebens. So wie die Zeiten des Schlafes am Ende fast ein halbes Leben ausmachen.

Ein bisschen Zeit, sagte ich mir, wirst du schon noch brauchen, um dieser wiederholt aufsteigenden Verzweiflung Herr zu werden. Ihre Wellen rollen zwar jetzt flacher als noch vor einigen Wochen, doch kann es vorkommen, dass du plötzlich und unerwartet vor den Augen deiner Nächsten, in die auch der Therapeut miteingeschlossen ist, in einer Untiefe versinkst, aus der du erst nach einem Tag abgrundtiefen Schweigens wieder auftauchst. Worum ging es zurzeit eigentlich? Ach ja, immer noch um meinen Leib.

Kaum konnte man von Verheilung sprechen, hatte er unter dem Röntgenschirm eines seiner Geheimnisse preisgegeben und in einer feinen, für Laienaugen kaum sichtbaren Linie den Erfolg eines gynäkologischen Eingriffs bestätigt, mit dem die Medizin weiterhin meine Hoffnung auf Reproduktion nähren wollte.

Du bist davon hin- und hergerissen. Zugegebenermaßen: die Episode war bitter und, mach dir nichts vor, sie markiert einen Tiefpunkt deines Daseins. Aber sollte man sie denn weiterhin zum Anlass nehmen, die kostbare Zeit, die noch bleibt, mit wiederkehrenden Klagen zu füllen? Warum gelingt die Reproduktion menschlichen Lebens nur und ausschließlich auf geschlechtlichem Wege, fragst du dich und fragst du auch deinen Schöpfer. Warum nicht kraft eines Gedankens? Und dann hängst du Träumen nach, die dir weismachen wollen, dass gewisse kleine Ausstülpungen deines Körpers sich zu Leibesfrüchten entwickeln könnten, unter bestimmten Bedingungen, die dir nur noch nicht bekannt sind.

Unter den wachen Augen und Ohren des Therapeuten grübelte ich darüber nach, wann ich schon einmal mit diesem Phänomen konfrontiert gewesen war. Und erinnerte mich: Biologie – der alte grüne Schmeil! Sie hießen Süßwasserpolypen und vermehrten sich durch Knospung, neben der geschlechtlichen eine sich sehr fantasiereich ausnehmende Methode. Was man darunter zu verstehen hat, ist nichts anderes als die rasant vonstatten gehende Zellteilung an der gallertigen Hülle dieser Fabelwesen, für die ich schon zu Schulzeiten große Bewunderung hegte, weil sie ein wundersames Zwischenreich zwischen tierischem und pflanzlichem Leben bevölkern. Sobald die Ausstülpung an ihrer Außenhaut groß genug ist, fällt sie einfach und ohne Wunden zu hinterlassen ab und beginnt ein ebenso wundersames Eigenleben.

Mit solchen für meine weitere Existenz eher unbrauchbaren Gedanken hielt ich mich noch eine Weile im Schutzraum meiner Fantasie auf, bis ich von Herrn Altvater an einem herbstlich gefärbten Morgen mit der übertrieben diesseitigen Frage: »Was gibt's Neues?«, aus dem Paradies vertrieben wurde. Natürlich setzte das Unbewusste sich gegen solcherlei Austreibung vehement zur Wehr, dagegen sah das tagespolitische Bewusstsein diesen Aufruf als eine notwendige Maßnahme ein, um aus dem Ursumpf unerfüllbarer biologischer Wünsche wieder in die frische Luft des Machbaren zurückzufinden.

»Mir leuchtet die Idee mit der Knospung ein«, ließ der gute Therapeut mich später wissen. Ob in meinem Falle nicht auch eine andere als die rein biologische denkbar wäre.

Tatsächlich hatte er mit der scheinbar naiven Ausgangsfrage nur meine brachliegenden kreativen Impulse anstacheln wollen. Das rührte mich, denn es zeigte mir, wie sehr er sich bemühte, in meiner Denkweise auf neue Lösungen zu stoßen. Ich hatte ihn richtig verstanden – er spielte auf meine musischen Neigungen an. Vielleicht erschienen sie ihm als ein möglicher Ausweg aus einer Lebenskrise. Gleichzeitig aber deutete ich seine Hilfestellung als Vorboten eines bevorstehenden Abschieds. Es war richtig: Ich näherte mich in der Anzahl bezogener Therapiestunden unaufhaltsam dem von der Krankenkasse bewilligten und finanzierten Kontingent von achtzig Stunden. Und das warf neue konkrete Fragen auf, Fragen nach dem Stand der Therapie, Fragen nach dem Wie und Warum meiner Ängste: Waren sie nun eigentlich geklärt und was für einen Platz nahm mein Vater darin ein? Meine Mutter? Der fahrende Zug? Es war, als blicke man durch eine angelehnte Tür in einen Raum, der jedoch dem ganzen Überblick entzogen war. Hier ein Teil von einem Stuhl, da der Zipfel eines Vorhangs, das Ticken einer nicht sichtbaren Uhr – man ahnte die Dinge in diesem Raum ohne zu wissen, wie es nun wirklich in ihm aussah.

Zeit also, einen Rückblick zu tun.

Am Ende einer blauen Stunde siehst du den Mann an, der dir, machen wir uns nichts vor, zurzeit am Nächsten steht und weißt genau, dass du nun nicht mehr ihm die Schuld zuweisen kannst, wenn du versinkst und er dir nichts als wohlwollendes Schweigen anzubieten hat.

In solch einem Augenblick erinnerst du dich zwar an das Kraftfeld der gelben Rosen und die wärmende Wirkung jenes freundlichen Stückes Papier an jenem Sonntagmorgen, aber eine Generation von verborgenen Gedanken wirft weiter ihre Schatten voraus, in die Zeit, die vor dir liegt. Was ist bisher erreicht? Du kannst es einfach nicht sagen. Stattdessen ein tiefer Seufzer: »Es ist wahr, wie lange schon habe ich keinen Zeichenstift mehr in den Fingern gehalten.«

6

Drei Monate waren vergangen – die Zeit, innerhalb derer ich noch einmal hätte schwanger werden sollen. Nur noch mit halber Kraft hat diese Botschaft aus dem Gehirn mich getroffen. Gewiss hätte ich unmittelbar nach dem Ereignis die Dinge noch einmal mit Elan in die Hand nehmen sollen und an bestimmten Tagen meine Lippen und Wangen rot anmalen, einen kurzen engen Rock anziehen und was es noch so gibt, um mit Vorbedacht jene Stimmung zu erzeugen, die nötig gewesen wäre, um die Erschütterung und die Scham, welche noch immer in der Luft lagen, zu überwinden.

Aber für diese Art von Betrug war ich nicht geeignet, waren wir beide nicht gemacht. Niemand hatte mir gesagt, wie viel Zeit ich für diese Geschichte haben würde. Noch war es nicht allzu lange her, dass es überall dazu hatte kommen können. Ein bedenkenlos zu viel getrunkenes Glas Wein, ein paar beunruhigend direkte Blicke deines Gegenübers oder nur ein bestimmtes Licht zu einer bestimmten Stunde hatten ausgereicht, um sich hemmungslos treiben zu lassen. Erhitzt, ohne sich im Geringsten von irgendetwas um dich herum stören zu lassen, total hingegeben an den Augenblick.

Irgendwann kommst du ganz nebenbei darauf, dass diese atemlose Zeit vorüber ist, und dein Anblick im Spiegel, in einem bestimmten Licht macht dir deutlich, dass dein schöner Körper nicht mehr das ist, was er vor Zeiten einmal war. Gewiss kein Anlass zur Ausgelassenheit, aber auch kein Drama, besonders vom kosmischen Standpunkt aus betrachtet.

Für mich gab es diese Vergangenheit nicht mehr, mit einem wartenden Sportcoupé gleich um die Ecke und dem Gekeuche hinter beschlagenen Scheiben, mit dem lächerlichen Gefummel und all den heimlichen Anrufen und Verabredungen.

Am besten, du mischt dich auch gar nicht mehr hinein, sagte ich mir, in das, was man als das so genannte wirkliche Leben bezeichnet. Stattdessen tätest du gut daran, dir die anderen noch in dir schlummernden Kräfte zu Nutze zu machen.

Schließlich ist man mit der Zeit sensibel geworden und hat schon manches begriffen. Vielleicht auch das eine, dass es Heilung auch auf anderem Wege, nicht nur durch die Macht der Triebe geben muss. Ich dachte an Verse, Bücher, an Musik. Ich dachte dabei auch an meinen Vater. An meinen Vater, den Sänger. An meinen Vater, den glänzenden Zeichner.

Ich bin froh darüber, dass ich jetzt allein bin, dass ich es nur dir erzählen brauche, wie ich dich bewundert habe für deine Darstellung des Springreiters, für Sonne und Schatten auf der kleinen Gebirgslandschaft und die stille Trauer über dem Moor. Du wusstest das alles aus dir heraus und ganz ohne den Blödsinn, den man in Kunstschulen verzapft bekommt. Was mich anbelangt, so habe ich mich dir dank meines Talents immer nahe gefühlt, des einen und des anderen. Unser gemeinsames Talent, das war die Beschwörungsformel, mit der ich zwanzig Jahre lang selbst den entferntesten Gedanken an deine immerwährende Abwesenheit zu vermeiden verstanden habe. Und an die damit verbundene Trauer.

Aber das weißt du schon, und auch, dass du nun zu einem Teil meiner Geschichte geworden bist, einer Geschichte, die noch ganz am Anfang steht.

Noch nie zuvor haben meine Finger eines der grauen und vergilbten Papiere berührt, die mir die Mutter vor Jahren einmal verschämt in die Hände gelegt hatte. Ein Stoß Briefe und Postkarten von dir, die ich in eine Schublade gelegt und mit der Zeit fast in Vergessenheit hatte geraten lassen.

Ich blätterte in dem Stoß, dessen Seiten mit Bleistift bis an die Ränder voll geschrieben waren, gewiss ein Zeichen dafür, wie rar und kostbar jedes einzelne Fetzchen Papier in jenen Zeiten des Krieges gewesen sein muss. Die Zeilen dicht vor den Augen roch ich daran und atmete den modrig faden Geruch alten Gerümpels ein, der mich, wie ich ahnte, in Zukunft ein Stück begleiten würde. Ich versuchte mir auch, sein Schriftbild einzuprägen, als hätte ich eine Pflicht zu erfüllen. Klarheit, ein geordnetes Gewebe von Auf- und Abstrichen, das man von nah oder aus ein paar Handspannen Entfernung betrachten konnte, ohne dass es etwas von dem preisgab, was sein Verfasser gefühlt oder gedacht haben mochte.

Vergeblich begann ich immer wieder aufs Neue damit, einen Brief von Anfang an zu lesen. An dem Vorhang aus Geschriebenem musste mir doch das eine oder andere Wort Einlass verschaffen in die geheimnistuerische Botschaft.

Was half es, dass die klösterliche Stille in diesem Raum, sein weißgestrichenes Lattenwerk und Dachluken voller Spinnweben den geeignetsten Rahmen abzugeben schienen für das Vorhaben, in ein Stück Vergangenheit einzudringen, wenn die ungeduldige Elevin, nicht vertraut mit der deutschen Einheitsschrift, sich bei jedem Wort die Frage nach dessen Bedeutung stellen muss. Wie schwer es ist, sich nahe zu kommen, daran hatten wir nicht gedacht, er nicht und ich nicht.

Du hast mir nicht gesagt, wie viel Zeit ich mir für diese Sache nehmen muss.

Ungeduldig und mit verwirrend ambivalenten Empfindungen blätterte ich die Seiten durch, ein paar Postkarten fielen aus dem Stoß. »*Das deutsche Volk ist sich bewusst, dass es dazu berufen ist, die gesamte Kulturwelt von den tödlichen Gefahren des Bolschewismus zu retten.*« Das war der einzige von Anfang bis Ende leserliche Satz auf einer mit Panzern in zarten Aquarelltönen gemalten Karte aus Lodz. Er stammte nicht von meinem Vater, sondern vermutlich von dem Verführer und war, wie ich mich rasch vergewisserte, sozusagen als Kernsatz und Motto und um den Sinn aller kriegerischen Aktionen ein für alle Mal klar zu stellen, auf all den mit Wehrmachtsmotiven geschmückten Postkarten, die in dem Stapel lagen, eingedruckt. Man konnte sich den Satz auch über einen mit Hundertschaften vollgestellten Platz gebrüllt, von Lautsprechern vervielfacht vorstellen. Aber das führte jetzt auch nicht weiter. Eines stand von Anfang an fest, darüber machte ich mir keine Illusionen: Zwischen zwei Erledigungen würde ich meinen Vater nicht zu fassen kriegen.

Warum willst du mir diese allerletzte Gefälligkeit einfach nicht erweisen und entziehst dich dem Zugriff aufs Neue, wie du dich schon, seit ich dich nicht kenne, mir entzogen hast. Das fragte ich ihn, bedrückt auf meinem Stuhl sitzend, den Rücken leicht gekrümmt, und blickte durch eine der Dachluken in den dämmrigen Garten. Es passte zu meinem Gemütszustand, dass schon seit einer Stunde Regen gegen die Außengalerie schlug und mit einschläferndem Geräusch Wasserblasen auf dem Glas zersprangen. Auch das übte einen Zwang aus, mich in aller Ruhe auszuweinen.

Aber ich werde mir die Entdeckung der Klarheit nicht nehmen lassen, auch wenn ich jeden Tag nur einen Satz entziffern sollte. Irgendwann will ich diese Art von Glück erleben und in die Seele deiner Sprache eintauchen.

Es war schon später Nachmittag und die Frau hatte noch immer kein Lebenszeichen von sich gegeben. Das war nicht ihre Art, denn auch wenn sie ihre Unabhängigkeit seit einiger Zeit stets aufs Neue betont, fürchtete sie doch die Einsamkeit viel zu sehr, um nicht von Zeit zu Zeit seine Gesellschaft zu suchen oder wenigstens ein Lebenszeichen von ihm einzufordern.

Eine hauchdünne Wand verband und trennte sie beide gleichzeitig seit dem Ereignis, das er nicht bereit war, ein Unglück zu nennen.

Ludwig stand in der grünen Regenjacke, das Gesicht nach oben gereckt am Treppenabsatz. »Agnes?«

Von draußen hörte man das freudige Aufjaulen von Max, der mit seinem wachen Instinkt schon begriffen hatte, dass gleich seine Stunde kam. Sie erschien und sah ihn mit dem Blick von Menschen an, die einen eigentlich nicht sehen, weil sie mit ihren Gedanken ganz woanders sind. Ludwig betrachtete sie prüfend aus sicherer Distanz.

»Kommst du mit?«

Er lässt die Haustür für sie offen und greift nach der Hundeleine.

Für Max, der in einer merkwürdig erstarrten Pose mit gestreckten Vorderbeinen und hochgerecktem Hinterteil schon eine Weile wartet, ist das das Erkennungszeichen. Kaum ist die Leine gelöst, stürmt der Hund mit unglaublicher Kraftentfaltung los, springt mit einem Krachen gegen das hölzerne Gartentor und kommt dann wieder den Gartenweg hochgerannt. Das wiederholt er mehrere Male. Ungeduldig zwängt er sich als Erster durch den Türspalt, seinen dicken Schädel zuerst und dann den ganzen kraftstrotzenden Körper hinterher. Max! Beide Augenpaare sind auf diese schwarze Kreatur gerichtet, die seit einiger Zeit das Einzige ist, das einen zum Lachen bringt.

Was ging eigentlich hinter ihrer Stirn vor? Warum ließ sie ihren zierlichen Körper in dieser immergleichen unauffälligen Kluft versacken, bestehend aus irgendwelchen grauen oder schwarzen Hosen und einem sackartigen Pullover darüber? Und warum hatte sie seit Neuestem diese scheue Zurückhaltung im Blick und verschwand, selbst wenn er zu Hause war, stundenlang in der Dachkammer, wo sie sich so still verhielt, als sei sie eingeschlafen? Was trieb sie dort die ganze Zeit? Manchmal lauschte er nach oben in die Totenstille. Was hielt ihre Aufmerksamkeit so gefangen, dass sie kaum aufsah und nicht antwortete, wenn man nach ihr rief? Mit einer Hingabe, die sie seiner Meinung nach bei den nebensächlichsten Tätigkeiten walten ließ, nur nicht bei der Hausarbeit, die sie wie im Zeitraffer und mit einer Miene, als wäre alles reine Zeitverschwendung, hinter sich brachte. Es grenzte schon an ein Wunder, dass sie sich seinem Spaziergang überhaupt noch anschloss.

Es war immer noch November. Die Sonne spielte auf den goldenen Blättern des Ahorns, im Schatten der Zäune sah man jedoch weiße Reifspuren, die sich auch tagsüber nur zögernd auflösten. Das Thema Adoption, das sie vor kurzem ins Gespräch gebracht hatte, schien ihm nicht der Grund für ihr abgewandtes Wesen zu sein. Ein Thema, das sie sich gewiss nicht scheuen würde, wieder aufzugreifen, sobald ihr danach war.

Er hatte es sich in den vergangenen Tagen noch einmal durch den Kopf gehen lassen, mehr noch, er hatte es sich gründlich überlegt. Aber die Vorstellung, ein Loch zu stopfen, indem man sich ein neues Problem ins Haus holte, fand zum augenblicklichen Zeitpunkt ebenso wenig seine Zustimmung wie vor einem Jahr, als schon einmal die Rede darauf kam. Was ihn betraf, so würde er sich davor hüten, das heikle Thema noch ein weiteres Mal anzuschneiden.

Max hatte sich nach einem Spielzeug umgesehen und ein Stück Holz gefunden, das er nun mit seiner breiten Schnauze hochwarf und mit den Zähnen auffing, schüttelte und wieder fallen ließ, um das Spiel noch einmal von vorn zu beginnen. Eine gelungene Darbietung.

Vor ihnen der lange gerade Wirtschaftsweg durch die abgeernteten Maisfelder, links davon die letzte Ausstülpung der Stadt, das Neubaugebiet mit den weißen, nach einer Seite aufsteigenden Rauchfahnen über all den engstehenden Behausungen. Die Stimmung scheint durch die Darbietung des Hundes nun so weit gefestigt, dass er eine Bemerkung riskiert, etwas über Farben, Geruch und Temperatur dieses Nachmittags äußert und dann auf ein Zeichen der Zustimmung wartet. Aber Agnes antwortet:

»Wenn ich ganz ehrlich bin, habe ich die ganze Gegend hier satt. Dieses Restchen von Natur, wo längst keine mehr ist, diese Enge und die begrenzten Möglichkeiten. Und die Menschen, denen man begegnet, von denen ich keinen kenne und eigentlich auch nicht kennen lernen möchte.«

Ludwig war über diese Äußerung keineswegs überrascht. Schon früher hat sie über ihren Mangel an Zugehörigkeit zu diesem Landstrich, dieser Stadt und ihren Bewohnern gesprochen. Das Fehlen eines Bezuges, das man auch getrost als Heimatlosigkeit bezeichnen konnte. Doch dann hatte sie wenigstens voller Eifer jede Pflanze und jeden Schmetterling beim Namen genannt, denn für Botanik interessierte sie sich. Ihre Kenntnisse habe sie durch ihre Großmutter erlangt, ließ sie ihn wissen, und während sie Arm in Arm mit ihm durch die Felder spazierte, deutete sie auf diese und jene Pflanze, verkündete kurz und bündig »Borretsch« oder »Hirtentäschel« und schwieg dann wieder. Vielleicht war das Ganze nur als ein Versuch zu verstehen gewesen, ihn an etwas teilhaben zu lassen, das ihr wichtig war. Ludwig blickte mit Andacht vor sich hin und er rief sich ihre Gespräche in Erinnerung, als sie vor Jahren hier unter den Birken spaziert waren. Worüber hatten sie beide sich unterhalten? Oh, über alles. Über Literatur und Psychologie und über die geologische Frühgeschichte dieser Gegend. Auch über ihre eigene Vergangenheit und dass sie beide Kriegskinder waren, ein Schicksal, das sie verband, ohne dass man es näher erläuterte.

Das Hauptthema ihrer Debatten aber bildete die Welt mit all ihrem Unglück. Und sie hatten sich zusammen Lösungen zurechtgezimmert, die ihrer Meinung nach eine Verbesserung zur Folge haben würden. Nun gab es seit einiger Zeit nur dieses Schweigen neben Agnes und diesen angespannten Blick, mit dem sie hinter den Horizont in ein anderes Land, das nur sie sah, zu schauen schien.

»Warum fährst du nicht wieder einmal deine Mutter besuchen?«

Etwas anderes war ihm nicht eingefallen und er wusste auch nicht zu sagen, aus welchem Grund er es gesagt hatte. Vielleicht wollte er für eine Weile die Verantwortung für ein Wesen abgeben, das ihm Kopfzerbrechen bereitete.

»Wenn du willst, können wir ruhig noch etwas weiter über unsere Seelenlandschaften sprechen«, hört er sie unvermittelt sagen. Ihre Blicke sind auf die fernen Hügel geheftet, bis wohin die Ausläufer der Stadt noch nicht reichen.

»Auch du gehörst doch zu den umherirrenden Individuen, die ihre eigentliche Heimat nicht kennen.« Und Ludwig hält den Moment für gekommen darauf hinzuweisen, dass er, von teils rheinländischer, teils österreichischer Abkunft, keinen der beiden Landstriche als das, was man im engsten Sinne »Heimat« nennt, betrachte und sich vorstellen könne, mit ebenso viel Gefühl für Land und Leute auch in Irland, dem Tessin oder in Schleswig-Holstein zu leben.

Aber darin stimmt sie mit ihm nicht überein.

»Was unser Empfinden für Heimat bestimmt«, sagt sie mit einer gewissen Überzeugungskraft, »sind die Bilder, die sich uns von Geburt an eingeprägt und durch ein halbes Erdzeitalter hindurch noch gefestigt haben. Unter ›Bilder‹ verstehe ich nicht nur Landschaften, sondern auch ihre Gerüche, Geräusche, ihre Jahreszeiten, ihre Sprache und ihre Menschen, alles das zusammen ist Heimat.«

Er sieht keinen Grund ihr zu widersprechen, findet aber wie immer das eben Gehörte ein bisschen dick aufgetragen. »Im Grund hat der Begriff Heimat ja sein Existenzrecht verloren«, gibt er zu verstehen.

»Wer nimmt ihn heutzutage schon noch in den Mund ohne Scheu und ohne sich verdächtig zu machen, zu den Ewig-Gestrigen zu gehören«, sagt er in einem Anflug von schlechter Laune. »Gottlob gibt es heute andere Begriffe für das Gefühlsgemisch, das wir mit dem Wort ›Heimat‹ verbinden. Was ist schon dabei, sich ein wenig in der Welt umzusehen, seine Erfahrungen zu erweitern und jeweils den Platz zu seinem Standort zu machen, der einem die besten Lebensmöglichkeiten bietet.«

»Du sprichst in Klischees, mein Guter, und scheinst außerdem zu vergessen, dass du weißt, wo dein Geburtshaus steht und dass es noch genauso dort steht, wie du es in Erinnerung hast. Und auch wenn heute eine Leasingfirma in eurer Mühle untergebracht ist, von der aus du als Knirps auf dem Brauwagen deines Onkels Karl in die weite Welt hinein aufgebrochen bist, so kannst du doch getrost immer wieder einmal, wenn es dir danach ist, dorthin zurückkehren und vor dem ehemaligen Backhaus, das heute gewiss unter Denkmalsschutz steht, ein paar freundliche Gedanken für die Frauen hegen, die über deinen Kinderkopf hinweg samstags ihre Bleche voll Zwetschgenkuchen aus der Glut hoben. Ist es etwa nicht so?«

Es musste wohl etwas Wahres dran sein, kam er nicht umhin zuzugeben, wenn er sie so reden hörte. Natürlich wusste er nur zu gut, dass sie auf ihre Herkunft aus einem Land anspielte, dessen Grenzverlauf unwiderruflich dem Beschluss der Siegermächte anheim gegeben war. Dass es jetzt zu Polen gehörte, eine unumstößliche Wahrheit, aber bitte, Deutschland hatte es schließlich nicht anders verdient. Und er betont noch einmal – »bitte, auch wenn du nicht mit mir einverstanden bist« –, dass er die hartnäckigen Bemühungen gewisser Vertriebenenverbände und ihrer

Funktionäre, den Grenzverlauf im Osten in Frage zu stellen oder gar aufzuheben, für ein Zeichen von geschichtlicher Ignoranz und Altmännerstarrsinn halte.
Agnes empfahl, das Gespräch hier einzustellen. Für sie sei es absolut sinnlos, beteuerte sie, den bis zum Erbrechen oft gegangenen Rundweg noch dadurch zu verschlimmern, dass sie sich auf eine peinigende Diskussion einlasse, in der sie nicht mit seinem Verständnis für ihre Gefühle rechnen könne. Dann lieber Schweigen und eine Rückkehr auf dem schnellsten Wege durch das Brachland, das die Bebauungsfläche von der Felderlandschaft trennt.

»Bald wird der Platz, auf dem ich jetzt liege, leer sein!«
Ein bisschen Provokation gegen Ende der Therapiezeit würde auch ihm nicht schaden. Im Grunde konnte ich es noch gar nicht fassen, dass heute die vorletzte Stunde angebrochen war. Das klägliche Gefühl, die wichtigsten Dinge nicht genügend erörtert und bearbeitet zu haben, machten es unmöglich, in diesen letzten kostbaren Minuten die richtigen Worte zu finden.

Er hatte um die Erlaubnis gebeten, sich eine Zigarette anzuzünden, für mich ein sicheres Zeichen dafür, dass auch er von Abschiedsempfindungen gebeutelt wurde, die er mittels der dämpfenden Wirkung des Nikotins unter Verschluss hielt.

In den letzten Tagen hatte ich den Entschluss gefasst, mir ein Klavier anzuschaffen und hörte mich jetzt wie einen Verkäufer in einer Musikalienhandlung über das Für und Wider bestimmter Klavierfabrikate konferieren, nachdem ich mich gestern ein wenig kundig gemacht hatte. Ein Luxus, solch ein Instrument, zugegeben, der eigentlich in völliger Unvereinbarkeit mit meinen derzeitigen Einkünften aus selbstständiger Arbeit stand und er war nicht ganz unschuldig daran. Letzten Endes hatte er mich durch sein Eingehen auf das Thema »Süßwasserpolypen« mit der Folge seelischer »Knospungen« erst richtig auf die Idee gebracht.

Japanische Klaviere sind im Klang voll und nachhallend wie Flügel, standen aber unter dem Verdacht, nach relativ kurzer Zeit an Klang zu verlieren. Außerdem war die Garantiefrist von nur zwei Jahren kläglich im Vergleich zu derjenigen inländischer Instrumente.

»Wissen Sie, wie sich ein deutsches Klavier dagegen anhört?«
Ob er sich sehr langweilte? Ob er auf etwas wartete, das ihn noch einmal zusammengefasst die ganze Bandbreite von Empfindungen spüren ließ, deren ich fähig war? – *Offen gestanden kann ich mir eine Zeit ohne Gespräche mit Ihnen gar nicht mehr denken. Ohne die Gewohnheit, jeden Einfall und jeden Traum mit Ihnen zu teilen. Ohne wenigstens für kurze Zeit in Ihr Gesicht zu schauen und Ihre Hand in der meinen zu halten. Ich muss Ihnen nicht noch einmal versichern, wie tief meine Zuneigung zu Ihnen ist, erst recht seit jenem denkwürdigen Sonntag mit dem Brief und den Blumen auf meinem Bett. Dass Sie mit sich gerungen und dann doch dafür entschlossen haben – das war für mich das größte Geschenk. Wie sehr Sie mir nach alldem fehlen werden, brauche ich wohl nicht extra zu betonen. –*
Er atmete hörbar. Er weiß, was ich gerade denke.
Deutsche Klaviere, besonders solche, die aus Liegnitz stammen, sind zwar weniger spektakulär im Klang, dafür aber von verlässlicher Dauer. Im Grunde ist ihre

Modulation auch inniger und wärmer gestimmt, das kann man ohne Übertreibung sagen. »*Oh Täler weit, oh Höhen*‹, der Eichendorff-Text von Brahms vertont – gewiss kennen Sie das Lied und werden mit mir darin übereinstimmen, dass man es nur auf einem deutschen Klavier spielen kann.«

Auf Umwegen gelang es mir so wenigstens, doch noch zu einem Ausdruck von tiefen Gefühlen zu kommen. In der verschlüsselten Sprache meiner Fantasie teilte ich ihm mit, was ich direkt nicht sagen konnte.

Der Rauch benebelte mich etwas und aus den Augenwinkeln sah ich ein Stück Himmelsblau im Fensterrahmen, der November zeichnete sich in diesem Jahr durch eine unerwartet langanhaltende Hochphase aus. Je weiter die Stunde vorrückte, desto hilfloser sah ich mich meinen Empfindungen der Trauer und der Angst vor unserer Trennung ausgesetzt. Plötzlich wurde mir bewusst, dass wir über dieses unfreiwillige gewaltsame Auseinandergehen, mehr noch: Auseinandergerissenwerden kaum, schon gar nicht ausreichend gesprochen hatten. Und in einem jäh aufflammenden Schmerz hatte ich in diesen allerletzten Minuten plötzlich meinen Vater vor Augen, wie er sich verabschiedet, in Uniform und mit Marschgepäck und schon an der Gartenpforte sich noch einmal umdreht mit jenem schmerzlichen Lächeln in den Zügen, dem man entnehmen musste, was ihm bevorstand und womit man rechnen müsse. In einem Meer von Tränen verließ ich am Ende der Stunde meinen Posten.

Vor der letzten Stunde ließ mein Therapeut mich sechs Minuten über die Zeit warten. Dass wir daraufhin gemeinsam noch einmal unseren Blick auf jenen Traum gerichtet haben, der ganz zu Anfang meiner Zeit in diesem Hause stand – an mehr kann ich mich beim besten Willen nicht erinnern. Dieser Traum mit den in Stein gehauenen Monumenten von Vater und Mutter, getrennt durch einen Fluss, durch den ich mir erst einen Tunnel mit den Händen graben muss ... Ich vermute, dass wir an jenem Tage beide vor der Symbolgewalt der Bildsprache kapitulierten. Was hatte ich erreichen wollen in diesem Jahr der Therapie, was hatte er als Ziel für mich vorgesehen? Mit dem allumfassenden Gefühl des Verlierens, von dem ich nicht sagen konnte, ob es die Ursache oder die Folge dieser Therapie war, verließ ich das Zimmer, betäubt schritt ich über den Flur, bewegte mich wie in einem Albtraum und als habe ich das Wichtigste vergessen die Treppe hinab, kam durch die Doppeltür, den Windfang, die Pforte ins Freie und vor zur Straße, wo ich mein Auto geparkt hatte.

Du bist betäubt wie kurz nach der Narkose. Ohne die Fähigkeit, den Ablauf deiner Bewegungen zu koordinieren, wiedererlangt zu haben, steckst du den Schlüssel ins Schloss, das leicht klemmt, dann reißt deine Hand die angeiste Tür auf – und wieder zu. Sekunden eines Black-outs folgen.

Erst viel später wirst du begreifen, dass das, was dir eben widerfährt, eine begreifliche Reaktion deines Körpers auf eine Unterlassung ist. Deiner Gefühle nicht sicher – was ist es, Trauer, Enttäuschung, Schmerz um eine verlorene Liebe, das deine Hand so unsicher macht?

Du hast die Tür aufgerissen und kurz darauf zufallen lassen, und dazwischen war deine eigene Hand. Der Schmerz reißt dich ins Schwarze und als du wieder zu dir kommst, wirst du eins mit deinem pochenden Puls, du ziehst dir den Schal von den Schultern, etwas anderes ist nicht zur Hand und schnürst die blutenden Finger damit ein. Eigentlich bist du verkehrsuntauglich, unter Tränen siehst du alles doppelt, die Lichter des Gegenverkehrs, die Geländer der Ausflugsschiffe, die sich im Winterschlaf an die Kaimauer lehnen, dein eigenes erschrockenes Gesicht im Rückspiegel. Das erinnert dich an die Aufregung eines großen Unfalls in Kindertagen, als du von den Armen eines Mannes hochgestemmt dein blutendes Gesicht im Spiegel ansehen musstest und glaubtest, du müssest sterben, weil du noch nicht wusstest, dass Schmerzen Zeichen von Leben sind.

Tagelang versenkte ich das Gesicht in das Gedankenbuch aus Lokhtapapier, den wiederkehrenden Refrain des Schmerzes vor mich hersagend.
  Zeige- und Mittelfinger sind im oberen Glied gebrochen, eine unglaubliche Behinderung. Ludwig hat sie, wie mir scheint, fachmännisch geschient und gewickelt, nicht sonderlich beeindruckt von dem, was er eine Ungeschicklichkeit nennt. Ich habe meinen Vater verloren! Den unsinnigen Satz schrieb ich immer wieder in einer Kalligrafie kindlicher Verzweiflung mit zittrigen Arabesken – auch die rechte Hand schien etwas abbekommen zu haben.
  Was für schwarze Tage, Ludwig, was für eine bleiche Sonne! Ich hatte mir angewöhnt mich schwarz zu kleiden. Auch die Luft hinter dem Fenster, aus dem ich mein Gesicht streckte, bestand aus einem Gemisch aus Moder und Fäulnis, der Garten war dabei zu sterben.
  Das einzig Lebendige in der Umgebung stellt Max dar, wenn er mir die bovistartige Nase in die Kniekehlen stößt und mich mit einem Ausdruck unzerstörbarer Erwartung ansieht.
  Ich weiß, du willst fressen, Tier, und ich beneide dich um dein System funktionierender Instinkte. Es braucht so wenig, um dich fröhlich zu stimmen, dein Kissen in der dunklen Höhle, das du manchmal zwischen die Zähne nimmst und es unter begeistertem Japsen zärtlich beutelst, neben deinem gefüllten schwarzen Topf und dem täglichen Galopp durch die öde Umgebung. Kann ein Hund einem neuen Lebensmut geben? Nur unsere Gattung stellt sich solcherlei unsinnige Fragen. Während ich zusah wie er schlang, mit kräftigen ruckartigen Bewegungen des Nackens und nachdem er sich seinen Körnerbrei mit der Schnauze zu einem gelungenen Kegel in der Topfmitte angehäufelt hatte, kehrte ein Traum in mein Bewusstsein zurück, den ich schon verloren geglaubt hatte. Mein Haus ist von einer Bande überfallen worden und ich finde die Möbel aufgeschnitten, die Teppiche verbrannt und alles unter einem Wust von Scherben und Trümmern. Am meisten traf mich, dass die romantische Waldlandschaft, ein Bild der Urgroßtante, mit Messerstichen zur Unkenntlichkeit zerstört war. Die Uhr zeigte zehn vor zehn. Komm, reiß dich endlich los von den Bildern, Orakeln und Gerüchen, die den Tod ankündigen. Betrachte den Traum als eine Aufforderung aus deinem Unbewussten, das Chaos der Gefühle in Ordnung zu bringen. Einen Überblick über den Stand deines Lebens zu gewinnen. Am besten du gewöhnst dich beizeiten an den Gedanken, von jetzt an

alles selbst tun zu müssen. Geh nach oben, setz dir einen Hut auf, kauf dir unter Missachtung deines Kontostandes endlich das Klavier, ein weißes, die Enge des Raumes verträgt nichts anderes. Wartet nur: Es kommt die Zeit, in der selbst ich über Veränderungen nachdenke. Wie wäre es mit einem Arbeitszimmer an einem entfernt gelegenen Ort?
Ludwig träumte in letzter Zeit auch von Hauserweiterungen. Ein Zimmer für all die Bücher, ein Glasdach, ein Patio. Und ließ mich wissen, es sei besser, ein äußeres sichtbares Werk zu schaffen als immer neue Schächte und Verliese in sich selbst aufzuspüren – Goethe sei auch kein Verfechter der Selbstanalyse gewesen.
Zeit der Träume, Zeit der Monologe. Ab und an ein Vorhang aus Regen draußen ins Laub, danach ist die Stille wie eine klingende Saite. Scharf, schrill und hell.
Die Fingernägel an Zeige- und Mittelfinger lösen sich, fallen ab, ich erneuere mich und wünsche mir dabei autonom zu werden.

»Wozu brauchst du ein Zimmer?«
»Du sagtest, ich solle dir etwas von mir erzählen, und wenn ich damit beginne, wendest du den Kopf beiseite und bleibst schweigsam. Zu den unmöglichsten Gelegenheiten schweigst du, damit will ich mich nicht mehr zufrieden geben.« Oder: »Meiner Meinung nach merkst du nicht einmal, ob ich da bin oder nicht.«
Zeiten geprobter Autonomie. »Du täuscht dich, wenn du denkst, ich habe vor, über Nacht wegzubleiben.«
»Und warum nimmst du dir dann ein Zimmer?«
Wir stritten uns, Max bellte uns wütend an und Ludwig ließ mich allein das Essen abtragen. Später kam er mit reumütigem Ausdruck zurück.
»Ich quäle dich«, sagte er demütig, »warum ist unser Zusammenleben bloß so schwierig geworden?«
»Weil ich keinen Vater mehr habe«, antwortete ich.
»Ach du und deine Vaterneurose.«

So wird es für uns Winter. Als der Schnee kommt, über Nacht, ist es wie eine riesige weiße Hand. Morgens tritt Ludwig ins Freie und muss sich mit Besen und Schneeschippe erst einmal einen Weg zu seinem Fahrzeug freischippen. Er lässt den Motor laufen und kratzt das Eis von den Scheiben.
»Siehst du jetzt die Notwendigkeit einer Garage ein?«, schnauzt er hinter einer Wolke blauweißen Atems. Ich hatte mich gegen Baumaßnahmen gewehrt.
Im Januar wird es plötzlich so kalt wie am Polarkreis und tagelang schleudert uns ein scharfer Ostwind Eiskristalle ins Gesicht. Immer noch trage ich Schwarz, als wir die Nachricht vom Tode von Ludwigs Vater erhalten.
Ein Nebel, der mit Salz und Motoröl vermischt ist, hindert uns daran, auf der Autobahn schnell voranzukommen und verursacht grotesk angelegte Auffahrunfälle. Beim Folgen einer Umleitungsempfehlung verfahren wir uns. Verspätet stoßen wir zu der Trauergemeinde in der Bestattungskapelle, wo sich dann auch aller Köpfe nach uns umwenden.
Jemand, den Ludwig nicht mit Namen kennt, berichtet mit angemessenem Pathos

von den kameradschaftlichen Verdiensten des Verstorbenen. Die Worte »Kamerad«, Freundschaft« und »Partei« fallen häufiger, während ich meine Blicke über die Trauergäste schweifen lasse. Ihre Mienen reichen von verschämt bis verbittert, die Witwe sehe ich nicht.

Einen Satz des Redners bekam ich in voller Länge zu hören. »Zusammen mit Partei und Staat wurde eine Siegesveranstaltung in Wetzlar vorbereitet und Josef war an der Seite des Kommandeurs ganz in seinem Element – Sie kennen ihn vielleicht noch, er war doch Gardepionier im Ersten Weltkrieg ...«

Ich hatte mich bemüht, den Namen zu verstehen, ihn aber wohl überhört »... solche Demonstrationen liebte mein Freund Josef, ja, und darin ging er auf.«

Hatte jemand sich geräuspert, gehüstelt oder einen bedeutungsvollen Seitenblick riskiert? Nicht, dass ich wüsste. Alles nahm nur seinen ordnungsgemäßen Verlauf, und dazu gehörte sicher auch, dass ein Kriegskamerad von 39/40 im Erinnerungstaumel schwelgte. Wir sind Nachkömmlinge, wir haben nicht die Art heroischer Erinnerung an eine schon fast als mythisch beschriebene Zeit, mein Lieber, und außerdem denken wir nur, dass wir alles wissen.

Ich betrachtete Ludwigs Miene neben mir, sie machte seinem todesmutigen Vater alle Ehre. Stell dir vor, du müsstest in diesen eisigen Tagen in Schlauchbooten über den Dnjepr setzen und dann in hartem Nahkampf mit deinem Zug auf Insel 36 Quartier nehmen – was das wohl heißt, glücklicher Nachgeborener!

Plötzlich überflutete mich eine Welle der Trauer und des Mitleids mit dem armen Verstorbenen. Mit Männern überhaupt. Ich musste mich sehr zusammenreißen, um nicht laut zu schluchzen. Später begrüßte uns eine stattliche rotwangige Frau, die Ludwig mit »Tante Lotti« vorstellte und die sich mit einem weißen Spitzentaschentuch immer wieder über die Augen wischte. »Nein, was habe ich Tränen vergießen müssen!«

Ludwigs Mutter sah aus wie ein Geist. Ob sie trauerte?

»Eine Kälte wie damals in Jakoblewka«, hörte ich jemand, der einen Kranz niederlegte in der gefliesten Halle, sagen – »der Boden war so hart gefroren, dass wir die Gefallenen nicht bestatten konnten ...«

Ich wurde mit der Macht der Wiederholung an meinen Vater erinnert, an das Lazarett am Ilmensee, das die letzte Station seines mythischen Lebens darstellte, und fühlte mich am Ende ganz ausgelaugt. Auch wenn mein Mitleiden sich um einen Irrtum rankte, blieb doch die unumstößliche Gewissheit, dass wir wieder einen Vater verloren hatten.

Ludwigs Miene bleibt für Tage undurchdringlich.

Zeiten des Abschieds. Als am Montagmorgen das Telefon klingelte, noch in unseren gemeinsamen Schlaf hinein, musste der Ärmste ohne Frühstück in die Kleider.

Im Langenzeller Hof liegt ein Toter, der Klaus heißt und gerade erst zweiundzwanzig Jahre alt geworden ist. Einen Alkoholiker hatte er zum Vater, der Bruder sitzt im Knast und seine Mutter verdient den Lebensunterhalt als Putzfrau in Ludwigs Praxis.

»An der ganzen Sache am schlimmsten«, sagte Ludwig, »ist, dass der suizidale Junge erst vor ein paar Tagen bei mir war und es schien, als ob er Vertrauen zu mir gefasst habe.«

Auf den ersten Blick habe man bei dem Jungen keine Todesursache feststellen können, trotzdem müsse man davon ausgehen, dass er sich selbst getötet hat. Gut, nicht mehr und nicht weniger habe er mir sagen wollen. Ja, das konnte ich sehr gut verstehen. Plötzlich begriff ich, dass es auch für Ludwig schwer sein musste, sich in seinem Leben zurechtzufinden.

Und mit Bedrückung nahm ich die Tatsache zur Kenntnis, dass es so weitergehen sollte – mit dieser Schwere, dieser Last. Und jeden Tag würde einer von uns beiden eine jener Geschichten erzählen, die eigentlich keiner hören wollte. Auch das würde fortan zu der Art von Leben gehören, für die ich mich irgendwann einmal entschieden hatte.

Er liest noch rasch ein paar Seiten. Eine Gewohnheit, ohne die er nicht einschlafen kann. Sie kam immer erst lange nach ihm in das kleine Mansardenzimmer, in das sie neuerdings das breite helle Bett aus Kiefernholz gestellt hatten, mitten zwischen die Bücherregale.

Nach der unglückseligen Zeit waren sie übereingekommen den Standortwechsel vorzunehmen, um quasi auch äußerlich Abstand zu dem Ereignis zu schaffen.

Wo steckt sie so lange? Warum kommt sie nicht endlich und gibt Ruhe? Als wenn sie nicht wüsste, dass seine Nacht in sechseinhalb Stunden zu Ende ist und er ohne sie schlecht einschlafen kann. Sein Blick fällt auf die Türe mit dem genoppten Glaseinsatz, im rechten unteren Feld fehlt ein Stück Glas in Form eines gleichschenkeligen Dreiecks. Ein umgestürzter Kleiderständer, der stets und ständig mit ihren Sachen viel zu voll geladen war, hatte das Loch geschlagen. Wenn sie sich wenigstens umgehend um Reparaturen kümmern würde! Aber daran ist kein Denken. Monate, wenn nicht gar Jahre sind ins Land gezogen, ohne dass sie je auf den Gedanken gekommen wäre, etwas in der Sache zu unternehmen. Stattdessen spielt sie seit neuestem Klavier.

Eine unerwünschte Welle von Ärger droht die einsetzende Entspannung zunichte zu machen. Erschreckt stellt er es fest, er klappt das Buch zu und zieht die Uhr auf. Man kennt sich schon so lange, zehn Jahre. Und er ist einfach nicht vorbereitet gewesen auf die Komplikationen ihres gemeinsamen Lebens. Nur einmal, nach den stürmischen Zeiten ihres Kennenlernens, erinnerte er sich, richtig in sie verliebt gewesen zu sein. Als er an Deutschlands Nordflanke im Range eines Stabsarztes seinen Dienst im Geschwader Richthofen absolvieren musste.

Die unsinnige Leere der Kasernentage hatte er zum Glück damit füllen können, dass er die Vertretung des abwesenden Allgemeinarztes übernahm. Die Tage also waren einigermaßen ausgefüllt, die Nächte dagegen öde und leer. Deshalb hatte er damit begonnen, ihr ganz entgegen seiner Gewohnheit Briefe zu schreiben, die sie in sprachloses Erstaunen versetzten. Dabei gelangen ihm großartige Landschaftsschilderungen und auch sonst hatte er nach ein paar Gläsern Jever große Worte gefunden. Du bist Licht in meinem Leben und ohne dich will ich mir eine Zukunft nicht mehr vorstellen. Er war selbst erstaunt über sich, darüber, dass er das unbestimmte Gefühl, das er bis dahin für sie gehegt hatte, plötzlich zur Liebe erklärt hatte. Und das war ein schönes Gefühl gewesen und hatte ihm gut getan. Ja, sogar den uneingeschränkten Wunsch, sie zu heiraten, hatte er verspürt.

Die Dielenbretter knarren leise, ohne dass ein Schritt zu hören wäre. Ihre Eigenart beginnt wie ein Geist durchs Haus zu wehen.

Er brauchte sie. Aber wie war es dann zu verstehen, dass er sich manchmal mit ganzer Seele nach der Zeit zurücksehnte, als sie einander noch nicht kannten.

Da waren ihre diffusen Ängste, in die er sich manchmal mit hineingerissen fühlte, ihre depressiven Verstimmungen, die seine wenigen Stunden Zuhause bedrohten. Im Grunde war er davon überzeugt, dass sich hinter all dem Angstgehusche und Getue eine gehörige Portion Wut verbarg. Ein glühender Zorn, den man einer so zierlichen Person niemals zutrauen würde. Zorn darüber, dass er ihre Wünsche nicht erfüllte und dass er sich immer öfter verweigerte.

Er war auch überzeugt davon, dass sie sich diesen Therapeuten nur deshalb ausgesucht hatte, weil der bedingungslos auf all ihre Liebesdefizite einging. Mit geschlossenen Augen spürte er den Luftzug, als sie sich durchs Zimmer bewegte, und er lauschte auf das leise Abstreifen ihrer Kleider.

Später steht er dann noch einmal auf. Er hat es sich zur Gewohnheit gemacht, bei leichten Störungen ein Präparat aus der KavaKava-Wurzel einzunehmen, auf deren entspannende Wirkung er schwört. Belustigt war er kürzlich auf eine Stelle in dem Roman von Melville gestoßen, den er gerade las. Die Polynesier wussten auch, was es mit Piper methysticum auf sich hatte, las er da. Sie zerrieben den Wurzelstock des Rauschpfeffers und zerkauten bei rituellen Zusammenkünften den trüben Brei, der erst unter dem Einfluss des Speichels die volle Wirkung entfaltet. KavaKava wirkt beruhigend und führt außerdem zu erhöhter geistiger Aktivität, weiß er aus dem Lehrbuch für Phytotherapie. Auch an Patienten empfiehlt er dieses Präparat weiter, und zwar nicht nur an diejenigen, die sich mit psychischen Störungen an ihn wenden. Immer wieder macht er die Erfahrung, dass nur wenige seiner Patienten in der Lage sind, ihre Beschwerden so auf den Punkt zu bringen, dass sie sagen können: »Herr Doktor, ich habe Angst.« Angst vor dieser Kälte im Weltraum, Angst vor meiner Vergänglichkeit, dem Alter, Schmerzen, der Lieblosigkeit, der ich mich ausgesetzt sehe, Angst vor dem Sterben. Die Scham derlei Gefühlen gegenüber hindert sie daran, sie auszusprechen. Stattdessen zeigen sie ihre Angst als körperliche Symptome, in der Form von Schlaflosigkeit, Herzrasen oder andauernden Schmerzen. Der Tod, denkt er, während er eine kleine gelbe Pille mit viel Wasser schluckt, ist nichts und mit dem Tod hört jedes Nachdenken und Fühlen auf. Er kann über das Ereignis deshalb auch wenig Trauer empfinden, nicht bei seinem Vater und auch selbst bei dem Jungen nicht, höchstens so etwas wie Leere.

Sie ist froh darüber, ihrer Gegenwart zu entkommen. Zurückgelehnt in ihren Sitz lässt sie die Vorstadthäuser, die Strommasten vorbeigleiten, die zweispurige Straße, die kilometerlang ganz gerade auf die Anhöhe zusteuert. Ein pfeilschneller Wind fegt von links und klatscht Schneeregen auf die Scheibe. Kurz vor ihrem Aufbruch hat ihre Mutter bei ihr angerufen, die jetzt ihr Ziel ist, und sie mit besorgten Worten auf den beginnenden Wetterumschwung aufmerksam gemacht. Es war ihre Idee gewesen die Tochter einzuladen. Dass dies zeitgleich mit dem Wunsch geschah, den Agnes ihrerseits seit Tagen hegte, war als eines jener Geheimnisse anzusehen, für die wir auf Anhieb keine schlüssige Erklärung bereithalten. Aber auch ohne diese Aufforderung der Mutter hätte Agnes sich nicht von ihrem Konzept abbringen lassen. Schließlich ging es ihr um etwas mehr als die Briefe ihres Vaters.

Auf dem Scheitel der Anhöhe ist es glatt. Bis zur Weggabelung muss sie sich entscheiden, ob sie links abbiegen und dem Auf und Ab der hiesigen Hügellandschaft folgen oder sich auf die weniger riskante Straße begeben soll, die hin zur Autobahn führt.

Als sie sich entschieden hat, fährt sie nur noch automatisch. Die Zeit tut etwas mit der draußen sichtbaren Welt, bis diese zu einem flüchtigen langen Ding wird, das sich dehnt oder schrumpft, ganz nach ihrem Belieben. Geschwindigkeit oder Trägheit – beide bestimmen den Verlauf der Bilder da draußen. Gegenwärtiges entfällt, in der ständigen Bewegung wird Zukunft zur rasch eingeholten Vergangenheit. Ein Turm am Horizont, eine Brücke voraus, flüchtende Baumgruppen wie Schafherden. Das alles sind die Versatzstücke einer typischen deutschen Landschaft, in der sie sich seit Menschengedenken bewegt, ohne dass diese ihr zur Heimat geworden ist. Es fängt dichter an zu schneien, so einen Winter hat es lange nicht gegeben. Während sie von einem Bundesland in ein anderes fährt und der Schnee immer dichter fällt, überlässt sie sich den flüchtigen ephemeren Bildern, die ihr Gehirn ohne das geringste Zutun des Willens produziert und die in Sekundenschnelle wechseln.

Die Straße vor dem Haus ihrer Mutter lag verschneit da. Als Agnes über den Plattenweg zur Haustür lief, stand ihre Mutter bereits wartend davor, im Gesicht das unausrottbar freundliche Lächeln, das sie immer vor sich herträgt und das ihre Tochter nur für wenige Augenblicke in ihrer gemeinsamen Vergangenheit hat erlöschen sehen.

Sie hatte trotz des Schneeregens eine Gartenschere in der Hand und sah viel jünger aus, als man sich die Mutter einer so betagten Tochter wie Agnes es mittlerweile war, vorstellen würde.

»Endlich!«, sagte sie und umarmte ihr Kind. »Diese Straßen, der Wetterbericht, ich habe mir natürlich schon Sorgen gemacht.«

Aus der halb offenen Tür zum Wohnzimmer fiel ein Lichtschein, ein plötzlich aus den Wolken blitzendes Streifchen Sonne, das sich irgendwo brach und einen kleinen Regenbogen auf die Solnhofer Platten malte.

»Das brauchst du jetzt nicht mehr«, sagt die Tochter, »erstens, weil ich Winterreifen habe und zweitens, weil ich inzwischen erwachsen bin.«

»Ich weiß«, sagte die Mutter mit einem entschuldigenden Lächeln und lief ihr ins Zimmer voraus, »aber wenn man nur das eine Kind hat, hört man nie auf, sich Sorgen zu machen.« Im Zimmer nichts, was den Blick stört. Weiße bourbonische Lilien auf altrosa Chippendale, das breite Bett, das tagsüber als Aufbewahrungsort zahlloser kleiner Erinnerungen an die letzten Ereignisse in diesem ruhig dahinfließenden Frauenleben dient, sorgsam glatt gestrichen. Auch ein unvollendetes Patiencespiel, das durch ihre Ankunft unterbrochen wurde.

»Hast du Hunger oder möchtest du lieber gleich Tee? Schau dir vor allem diese Papiere an, vielleicht interessiert dich etwas davon.«

Als Agnes sich mit interessiertem Gesicht auf den Lilienstuhl setzt, ist sie nicht ganz bei der Sache, durchblättert zerstreut den kleinen Stoß von Zeitungsartikeln, Familienpost und Fotos und fragt sich, was es sein mochte, das sie störte. Eine Landschaft mit Rapsfeldern, durch die ein kleiner bunter Menschentrupp zieht, ein paar Frauen in Wanderkleidung, die miteinander lachten. Plötzlich fällt es ihr ein. Es ist die Art und Weise, mit der sich die Lebensereignisse ihrer Mutter vor ihre eigenen schieben. In nicht weniger als sechzig Sekunden bringt sie es fertig, von ihren Vorlieben und Abneigungen, ihren Erlebnissen und Einschätzungen von Ereignissen in ihrer Umgebung zu erzählen, ohne dass etwas davon verloren ging. Egal, ob man bei solchem Wetter den Garten bereits in der ersten Dezemberhälfte frühjahrsfertig macht, oder die Freifrau mit Ahnensitz in den Ausläufern der Rhön drei Generalsfrauen, zwei Professorinnen und eine Ministergattin zum traditionellen Adventsempfang bat, oder ein Siebenschläfer seit Neuestem sein Unwesen unter dem Dache treibt, es findet sich immer noch etwas, das sich zum Erzählen eignet. Dabei lächelt sie ihrer Tochter, die eine Falte zwischen den Augenbrauen hat, sehr liebevoll zu.

Agnes spürt, wie ihr ein wenig der Schweiß ausbricht. Ist das immer so gewesen?

Nachdem sie nun bald zwei Jahre durch die Höhen und Tiefen ihrer Vergangenheit geschwirrt war, erkannte sie jetzt sehr wohl ihre eigenen Bedürfnisse und Abneigungen. Und plötzlich dachte sie an die Tage ihrer Kindheit, in der die Ereignisse kreuz und quer gelaufen waren und sie hinter dem kleinen Fenster ungeduldig auf das Erscheinen ihrer Mutter gewartet hatte, um ihr von dem Orkan hinter dem Haus, den Reißnägeln im Kohl der Großmutter und einem Mann aus der Nachbarschaft zu erzählen, der Kinder zum Spaß mit einem Brotmesser bedroht und den man nun selbst aufgeknüpft an einen Baum gefunden hatte. All die Ereignisse einer absolut irrealen Welt da draußen, die keiner dem Kind je recht erklärt hatte.

Und wenn die Herbeigesehnte dann endlich da war, zum Greifen und Ansehen nah, dann verblasste und verflüchtigte sich alles. Der Albtraum verschwand, von Mama mit bewegten Erzählungen aus dem eigenen Leben hinweggefegt. So ist es gewesen. Schicht um Schicht hatte sich so im Tempo des Wechsels von Mamas Gehen und Kommen in einer Region ihres Unbewussten angehäuft, in die sie erst vor zwei Jahren begonnen hatte, einen Tunnel zu graben, und in die vorher kein Licht gefallen war.

Agnes ist beim Gedanken daran ganz schwindelig. Ob es wohl noch möglich ist, die Vergangenheit zu berichten? Objektive Erkenntnisse, klare Argumente, Neubewertungen vorzubringen? »Mama ...?«, begann Agnes ihrer Mutter ins Wort zu fallen und wollte damit verhindern, dass ihr Vorhaben, mit Beihilfe ihrer Mutter aus flüchtigen Gedankenbildern und bisher unbeleuchteten Räumen ein plastisches Stück Vergangenheit zu schaffen, in Vergessenheit geriet.

»Einen Augenblick, Agnes, ich werde dafür sorgen, dass wir erst einmal eine Tasse Tee bekommen. Meine Güte, du musst ja auch Hunger haben.«

Ja, das stimmte. Neben der Erkenntnis, dass es schwer ist, aus dem eigenen Bild je heraus zu treten, und der Neugier auf ein Stück Wahrheit war es das vorherrschende Gefühl dieses Augenblicks. Agnes zog das kleine Bündel von Briefen aus ihrer Tasche, das den eigentlichen Anlass zu diesem Besuch gegeben hatte, und ließ ihre Augen darauf ruhen.

»*Meine geliebte Seele, bevor ich mich nach vierstündigem Halbschlaf wieder in das Lazarett begebe, will ich mich dir in innigsten Gedanken zuwenden. Wir haben hier in der Baracke zurzeit vier Grad trotz der Bemühungen unseres Heizers am Kanonenofen ... Stirn und Wange glühen dennoch, weil ich bis auf den Grund meines Blutes fühle, was mich mit dir verbindet ...*« Bestürzt hielt Agnes inne. Sie schlug die Augen auf und fragte sich: Wie ist das möglich, dass sich mir plötzlich und ohne mein Zutun Worte und Bilder eröffnen, die mir beim ersten Mal verschlossen waren?

Aber noch bevor sie eine tiefsinnige Theorie entwickeln konnte und bevor sie sich weiter den Aufenthaltsort ihres Vaters ins Bewusstsein rufen konnte, trat ihre Mutter mit dem Silbertablett aus dem Flur. In einer kurz gefassten Entscheidung und noch bevor das Tablett vor sie hingestellt wird, lässt sie mit einem raschen Handgriff die Briefe wieder in ihrer Tasche verschwinden.

»Tee und Kuchen«, sagte ihre Mutter, »selbst gemachten.« Und gleich darauf in leicht verändertem Tonfall und als ob sie in der Lage sei, Gedanken zu lesen: »Du weißt ja, dass es nie mein Fall war, in der Vergangenheit zu verharren, denn ich gehöre dort nicht mehr hin. Wenn ich es dennoch tue, dann tu ich das nur für dich.«

Der Geruch von Pflaumenkuchen stieg Agnes in die Nase.

»Auch ist Klagen nicht meine Sache, so wie andere Vertriebene, die ein Leben lang nicht damit aufhören. Du kennst ja den Satz: Fürs Gewesene gibt der Jude nichts.«

Agnes erwiderte nichts. Sie schaute auf das Bild, das nicht weit von ihr an der Wand hing und das ein Mohnfeld mit großen lila und lachsfarbenen Blüten zeigte, einen umbrechenden Zaun, dahinter den Abbruch eines Stückes Küste um eine halbrunde Bucht und die sich am Horizont auflösende Linie des Meeres, auch ein Bild der genialen Malerin, dessen Anblick ihr seit Kindertagen vertraut ist. Ist es nicht erstaunlich, mit welcher Freiheit diese Frau sich der Kraft der Farbe bedient und wie sie zu einer Zeit, in der andere Frauen sich über eine Handarbeit beugen, mit ein paar energischen Pinselstrichen das Bild von hauchfeinen Blütenblättern, von zerstäubendem Wasser und der Feuchtigkeit eines Himmels in der Vorstellung des Betrachters entstehen lässt?

Ihre Mutter ist ihren Blicken gefolgt und Agnes kann aus dieser Perspektive den Ausdruck von Melancholie in ihrem stets zum Lächeln neigenden Gesicht wahrnehmen; wie eine stille Wasserfläche, unter der sie ihre eigene ferne Trauer, die überwundene Not und die in jungen Jahren empfundene Schmach des Abstiegs auf den Status einer Flüchtlingsfrau verborgen hielt. Den Geschmack des unfermentierten Tees, der in den dünnen Chinatassen tatsächlich eine grüne Farbe besitzt, wird Agnes nie mehr vergessen.

Gedankenverloren sitzen die beiden Frauen sich eine Weile gegenüber.

»Wer fragt uns heute schon noch danach«, begann ihre Mutter einen Satz in einem Ton von plötzlicher Bitterkeit, »wie dieses eine Bild hierher gelangt ist!«

Ich weiß es, dachte Agnes. Du hast das Bild in Ermangelung des richtigen Werkzeugs einen Tag vor der Flucht mit einem Rasiermesser aus seinem prachtvollen Goldrahmen geschnitten, die Leinwand mit der Malseite nach unten in den Koffer gelegt, unter das Plumeau, die Zuckerbeutel und das Abendkleid, mit dem du nach deiner Flucht in den Westen einen Neuanfang wagen wolltest. Ich weiß es, denn du hast es mir schon als Kind erzählt.

Nur damals hatte das Erzählte einen anderen Unterton. Im Laufe von vierzig Jahren ändern Menschen Adressen, Meinungen und Namen. Ihr Herz verkrampfte sich. Wenn sie sich die Miene der Frau von damals in Erinnerung rief, mit ihren straff aus der Stirn zurückgekämmten schwarzen Haaren und dem »spanischen« Knoten am Hinterkopf, so wird vieles um sie weiter ein Geheimnis bleiben, ihre Tätigkeit, über die sie den Mantel des Schweigens gebreitet hat ebenso wie das, was sie wirklich empfunden hat, damals, als ihr jener Amtsbrief durch einen frischbestallten Beamten der deutschen Bundespost zugestellt wurde, in dem unter dem Aktenzeichen UK II 5/51 stand: »*Im Aufgebotsverfahren Ihres Gatten, Doktor August Wilhelm Walther ist bisher keine Nachricht von dessen Leben eingetroffen. Es wird Ihnen hiermit Gelegenheit zur Stellungnahme geboten. Falls binnen einer Woche keine Äußerung eingeht, wird angenommen, dass Sie auf Ihrem Antrage auf Todeserklärung beharren.*«

Als Kind, erinnert sich Agnes, hat sie die Toterklärung ihres Vaters durch ihre Mutter als einen Akt der Liquidierung betrachtet, so als sei ihre Mutter die eigentliche Schuldige am Nicht-Heimkehren ihres Vaters. Schweigen. Man weiß doch so wenig von den Menschen, mit denen man zusammenlebt. Draußen der grelle Sonnenschein zwischen zwei Schneewolken.

Agnes trinkt ihre Tasse hastig aus und verspürt im Nachhinein das Gefühl von Verzweiflung, das die Zeit nach der Toterklärung ihres Vaters durchzog, als diese Frau, deren Haltung die eines tapferen Soldaten ist, nachts mit kalten Füßen zu ihr ins Bett kroch, ihren Leib an den Rücken des Kindes legte und sagte: »Von jetzt an müssen wir für uns selbst sorgen.«

Nur ihre Großmutter sieht sie weinen, wenn sie über den bayrischen Friedhof gehen, durch die Reihen der Gräber, in denen gar keine Soldaten begraben sind.

»Ich möchte dir von etwas Erfreulichem berichten«, sagte ihre Mutter in die Stille hinein und schob die Tasse ein Stück weit von sich, um sie nicht umzustoßen. Dann schaltete sie die Stehlampe ein und wies ihre Tochter auf eine schmale, rot eingebundene Broschüre hin, die beim Durchblättern einige zu schwach gedruckte Abbildungen romantischer Landschaften auf schlechtem Papier zeigte. Ein Löschblatt fiel zu Boden mit einer polnischen Anschrift. »Erkennst du sie wieder, unsere Malerin?«

Und gleich berichtete sie mit neu erwachter Lebhaftigkeit von einem Ereignis von größerer Bedeutung. »Ich muss dir das erzählen von Anfang an. Wie ich von der Arbeit dieses Mannes erfahren und mich mit der Bitte um Nachforschung in allen polnischen Museen an ihn gewandt habe. Und nun das Ergebnis: Es gibt sie noch, sie wird sogar in einem Warschauer Museum ausgestellt und wenn man sie dort ausstellt, ist ihr Werk nicht vergessen und ihr Name wird fortbestehen.«

Am Ende lag ein Hauch von Pathos in ihrer Ausführung und Agnes lauscht ihr mit aufgestützten Ellenbogen interessiert, aber auch ein wenig amüsiert über ihr plötzlich so lebhaftes Engagement für die vor fast sechzig Jahren verstorbene Künstlerin. Für eine Weile beschäftigten sich Mutter und Tochter damit, die grauweißen Abbildungen des aus Polen stammenden Kataloges zu betrachten, in denen man nur schwer die erstaunlichen Großformate mit den lockenden Schluchten, den Gartenwegen unter Holländerstauden und dunkelgesäumten Bachläufe wiedererkannte, in denen große rundgeschliffene Steine liegen – alles wiederkehrende Motive der schlesischen Malerin.

»Schau dir das an, wie sie Wasser malt und Wolken oder diese einzigartigen Felsenpfade, die auf den Riesengebirgskamm führen.«

Am Ende dieses Nachmittags fühlte Agnes sich ein wenig schwindelig werden und strich sich ein paarmal über die Augen.

»Ist etwas?«, fragte ihre Mutter sie und nahm ihr den aufgeschlagenen Katalog aus der Hand. »Bitte«, sagte sie freundlich, »ich dachte, es würde dich auch interessieren. Schließlich bist auch du Geist von ihrem Geiste und hast ein Stück von ihrer Begabung.«

»Das tut es auch«, versicherte Agnes, und mit dem Empfinden, dass es hier nur zu einem kleinen Teil um ihre Person ging, erhob sie sich aus dem Lehnstuhl.

Ihre Mutter begann ein wenig aufzuräumen, obwohl der Raum einen aufgeräumten Eindruck machte; hier einen Teppichwulst, den Agnes aufgeworfen hatte, glatt zu streichen, da ein Kissen aufzuschütteln.

»Erfreulich ist«, sagte ihre Mutter während all dieser Aktivitäten, »dass der Mann aus Königswinter nicht abgeneigt erscheint, unsere Malerin aus Polen in den Westen zu holen.«

»Heim ins Reich«, murmelte Agnes automatisch, es war ihr albernerweise so herausgerutscht. Plötzlich hatte sie es eilig, ins Freie zu treten. »Mir fehlt es nur ein wenig an Bewegung.«

»Ich werde unterdessen meine Patience zu Ende legen«, sagte ihre Mutter ruhig.

Dein Blick gleitet über den bleiernen Fluss und die beleuchteten Fassaden auf dem gegenüber liegenden Ufer. Als du deine Mädchenjahre hier verbrachtest, wurden die Pappeln und Platanen gerade angepflanzt, durch deren unbelaubte Kronen nun der Wind streift. Aber an die Nadelbäume kannst du dich nicht erinnern. Und noch etwas anderes streift deine Gedanken, weißt du noch: der Verfolger, oder hat dein Unterbewusstsein das Ereignis bereits gestrichen? Das wäre nach all den Jahren auch zu erwarten. Der Kerl mit der breiten Nase und den klobigen Händen, du kanntest sogar den Spitznamen, den sie ihm in dem Provinzgymnasium, in das er ging, verpasst hatten: Belmondo.

Warum hast du eigentlich nicht den Schulweg gewechselt, als er damit anfing dich zu belagern? Als wenn du nicht von Anfang an gewusst hättest, welche Gedanken hinter dieser Schlägerstirn lauerten. Das Verfolgerspiel zog sich eine Ewigkeit hin, bis in deine Träume. Bis zu dem prophezeiten Ereignis kurz vor Beendigung der Schulzeit, als er dich dazu zwang, dich unter ihn zu legen und deine Beine mit einem Knie aus Eisen spaltete. Was hinderte dich daran, um Hilfe zu schreien? Es blieb nur eine Lösung, die Stadt so schnell wie möglich zu verlassen, und das tatest du auch. Um was ging es da eigentlich? Vielleicht um eine Art von Erleichterung, dass du wenigstens für eine Weile nicht dein früheres Ich zu sein brauchtest. Der Körper, den er dir genommen hatte, und den du gerade erst begonnen hattest selbst zu entdecken. Das Überraschende war: Man konnte ihm nichts ansehen. Er glich immer weiter dem, den du früher hattest. Und dann? Dann krochst du unter die Bettdecke um zu weinen, brachtest aber keine einzige Träne zu Stande. Nur der Analytiker hatte sich nicht beirren lassen und immer weiter in dem Trümmerfeld verschütteter Erinnerungen nach verwendbarem Material gesucht. Erst jetzt, wo du fast tot bist, musst du weinen.

Wieso diese Dinge nicht früher herauskamen, kannst du dir bis heute nicht erklären, es war, als hätten alle, denen du es hättest sagen können, den Schleier des Stillschweigens darüber gezogen. Aber lass gut sein, die Zeit ist ja vorbei. Jedenfalls bist du gegangen, ohne ein Wort zu verlieren. Übrigens: hat es dich dann eigentlich noch berührt, als du von Belmondos Unfall erfahren hast? Noch eine Woche im Krankenhaus und ohne das Bewusstsein wiederzuerlangen, bevor er seinen Geist ganz aufgab? Keine Ahnung.

Ein leises Gelächter unter den Bäumen in der Dämmerung und das Scharren von Schritten. Du tätest gut daran, dich hier nicht mehr blicken zu lassen.

An der Brücke angelangt, machte sie kehrt. Ein Rettungswagen fuhr mit ohrenbetäubendem Jaulen an ihr vorüber und für einen kurzen Moment tauchte das Bild einer darin liegenden, von einem Notarzt beatmeten Gestalt auf, die sie selber war.

Der Weg zurück führte weg von diesem Kupferhimmel in ein mattes, auslaufendes Blaugrau, in dem alle Konturen ertranken. Mich verbindet mit dieser Stadt ebenso wenig wie mit der anderen, in der ich jetzt zufällig wohne, dachte Agnes. Warum ausgerechnet hier ihre Mutter so dauerhaft ihre Zelte aufgeschlagen hatte? Einmal hat sie nachgezählt und ist dabei auf die Zahl Neunzehn gekommen. Neunzehn aufs Neue unternommene Versuche, wieder Fuß zu fassen, nachdem ein unendlich langer, verdunkelter Güterzug sie zusammen mit ihrer Mutter und ihrer Großmutter und einem Haufen Gepäck auf einem kalten Bahnsteig ausgespien hatte.

Sie fand ihre Mutter auf dem Boden sitzend wie eine Sechzehnjährige vor dem Mohnfeld, das plötzlich ein magisches Leuchten überzog. Vor ihr auf dem weichen Teppich lagen aufgeschlagene Bücher mit Abbildungen schlesischer Landschaften, den ehrwürdigen Aufnahmen des Fotografen Pistorius, einem Freund der Malerin, von dem schon die Rede war.

Im Zweifel, ob sie noch in der Lage sein würde, etwas über das hinaus aufzunehmen, worin sie selbst zurzeit verstrickt war, setzte Agnes sich neben ihrer Mutter auf den Boden.

»Komm, erzähl mir noch ein bisschen, wie es war«, sagte sie dann doch in den Abend hinein. Vielleicht würde das helfen, die Orte, in denen ihre Gedanken sich verirrt hatten, zu vergessen.

Ein helles Sonnenviereck im Hof und darin, wie ertappt, der junge Mann in den

Kleidern eines alten Mannes, schwer beladen mit seinem gesamten Gepäck, einem Koffer wie für eine Überseepassage und der sperrigen Fotoausrüstung. Er hatte keine Zeit mehr gefunden seine Mimik zu kontrollieren.

»War er Jude?«

Ihre Mutter schüttelte den Kopf und sagte, dass sie über seine Herkunft nicht viel wisse. Als junger Mensch, der aus rußgeschwärzter Vorstadt kam, mag ihn der große dunkle Garten, mitten im lärmigen Herzen der Großstadt gelegen, verzaubert haben, wo man bereits nach wenigen Metern von der normalen Welt weit entfernt war.

»Woher kannte die Malerin den Fotografen?«, unterbrach Agnes die beginnende Schilderung in Erwartung einer Romanze, in der die beiden Beteiligten sich nicht nur damit begnügen würden, Rosen zu beschneiden oder die Hühner zu füttern, aber darüber wusste ihre Mutter wenig, auch nicht, aus wessen Hand das Bild des jungen Mannes stammte.

»Zu der Zeit war ich acht«, sagte sie, »und die Malerin hatte wohl schon ihr sechzigstes Lebensjahr erreicht.« Also doch keine Romanze. Nein, eher so etwas wie ein gefundener Sohn, meinte ihre Mutter, als sie Agnes von Neuem in den Garten hineinführte, in dem sie aufgewachsen war. Du musst dir das so vorstellen: Du hörst den Straßenlärm hinter den Fliederhecken verklingen, das Gebimmel der Elektrischen, das Gehupe der schon zahlreichen Autos und das Gerumpel der Pferdefuhrwerke. Den jungen Mann, an den zu dieser Zeit ein Teil des Ateliers vermietet ist, beglücken die beiden älteren Schwestern wetteifernd mit ihren Kochkünsten, meine Güte, er ist so blass und dünn, dass man ihn erst einmal richtig aufpäppeln muss. Man wärmt ihm die Milch auf im Töppel, die die Kinder wegen der Haut darauf verabscheuten, und trägt ihm sonntags die Reste des »Schlesischen Himmelreichs« hinüber, in der Kasserolle. Nur die Malerin hält sich zurück bei all diesem mütterlichen Getue. Ihre Beziehung zu dem jungen Mann ist eine andere, eine transzendentere. Vielleicht fühlt sie sich hochgestimmt durch die offensichtliche Verehrung, die ihr entgegengebracht wird, jedenfalls arbeitet sie Tag für Tag in der Nähe, an der Seite des Mannes. Sie hat nichts anderes im Sinn als zu malen, Tag für Tag, in größter Konzentration, mit ungebrochener Leidenschaft. Mein Gott, was für ein wunderbares Licht durchflutet gerade wieder den Raum, das muss man nutzen.

Ein Leben wie im Traum. Wie kann man es machen, gerade diesen einen kostbaren Augenblick, den die Sonne geschaffen hat, für immer zu bannen? Was kümmert sie das Getändel und verschämte Gekicher ihrer Schwestern Amalie und Elise und der schmachtende Blick von Herrn Pistorius. Auch die Nachwelt in Gestalt von Agnes' Großmutter, Mutter, Onkel und Tanten ist ihr herzlich gleichgültig geblieben. Und die Liebe? An ihr vorübergegangen. Was in ihrem Leben zählt, sind nur die gemalten Stunden, besonders jene, in denen sie aus dem Staub und Gestank der Stadt in ihr Gebirge fährt, das in die Nähe des Geistes Rübezahl führt. Mit seinem Melzergrund, der blauen Stunde bei der Großen Teichbaude und den samtenen Weideflächen voller Tiere wartet es auf sie. Oder in den tausend Kilometer entfernten Südwesten, mit den viel höheren schneebedeckten Zacken, den sie jedes zweite Jahr mit ihrer Schwester bereiste und wo dann für Wochen die Staffelei sich in einem bayerischen Moränensee spiegelte.

Agnes blickte auf ihre Fingerspitzen, mit denen sie die Porträtaufnahmen und Landschaftsidyllen beiseite schob, und blieb schweigsam.

Sicher eine glücklich zu nennende Frau, ihre Urgroßtante. Von der Liebe eines großzügigen Vaters, der das Talent seiner malwütigen Tochter ernst nimmt und sie gewähren lässt, getragen, muss sie auch ohne je eine eigene Familie zu haben nie allein in ein Eisenbahncoupé steigen, nie ganz einsam eine Wolke oder Blüte betrachten, ohne sicher zu sein, dass irgendwann eine Hand die ihre drückt, ein Ohr sich ihr zuneigt, das geduldig ihren Ausführungen über Licht und Schatten folgt. Zudem muss sie sich mit keinem Gedanken um so ein banales Thema wie das der Haushaltsführung abgeben. Auf Schwester Martha, die geduldig für alles Praktische sorgt, ist kaum je ein Licht gefallen, auch das des Fotografen nicht, sie scheint im Schatten der Schwester verblasst zu sein. Was für eine seltsame Liebe und welch seltsame Gewaltenteilung: Trude malt nur, während Amalie fürs Geschäftliche zuständig ist.

Ihre Mutter warf Agnes ab und zu ein ernsthaftes Lächeln zu, während sie ihr die Bilder erklärte. Das ist die Katalpa, der Amazonasbaum, den der Urgroßvater zur Geburt seiner ersten Tochter gepflanzt hat und der wunderbarerweise auch auf der anderen Seite des Globus im Kontinentalklima der niederschlesischen Landschaft gedieh. Wer hat sich nicht unter seinem meterdicken Stamm auf die Zehenspitzen gestellt, in die Krone hochgeblickt, die Augen geschlossen, um sich dem atemberaubenden Duft der weißen Schmetterlingsblüten hinzugeben, und dem einschläfernden Gesumme der Bienenvölker. Richtig, ein Bienenhaus, das war's, was sich der Ahnherr für sein Pensionsalter errichten ließ. Dort verbringt er, in Imkerausrüstung, über die sich die Enkel lustig machen, die Nachmittagsstunden. Nach seinem Tod verwildern die Völker und lassen sich dort nieder, wo es ihnen in den Sinn kommt, einmal sogar im Atelierhaus.

Einmal muss sich die Katalpa das Weinen von Agnes' junger Großmutter anhören, eben hat die Nachricht sie erreicht, dass ihr geliebter Hans durch einen Bajonettstich an der Somme ums Leben gekommen ist. Siebenundzwanzig Jahre ist sie alt und nach damaligem Ermessen schon reichlich gealtert für eine junge Braut. Nie wieder, schwört sie dem Baum, wird sie jemand so lieben wie den Gefallenen, aus und vorbei für immer, aber die Tanten haben es sich in den Kopf gesetzt, aus der späten Jungfrau doch noch eine stattliche Braut zu machen. Der, den sie für ihre Nichte ins Auge gefasst haben, ist ein ansehnlicher Assessor bei Gericht, auch schon ein wenig in die Jahre gekommen, denn seine erste Frau, die Arme, ist an Schwindsucht gestorben – Agnes' Mutter trug zum Gedenken ihren Namen.

Sieh ihn dir doch erst einmal an, bevor du »Nein« sagst, beschwören die altjüngferlichen Tanten die Trauernde. Die lehnt erst vehement, dann immer zögernder ab, was Amalie, Trude und Martha ihr vorschlagen, schließlich kommt es dazu, dass der Assessor seinen Antrittsbesuch macht. An einem Sonntagmorgen spazieren die beiden Trauernden – ein Schicksal, das sie von Anfang an verbindet – durch den klatschnassen Garten. Von ihren Lehnstühlen aus starren die Tanten wie gebannt in das glitzernde Grün. Eine Hand über die Augen gelegt, verkündet Amalie nach einer guten Stunde: Sie kommen, und nach einer weiteren halben Stunde verschränken sie befriedigt die Arme über der Brust und die ansonsten gänzlich abstinenten Damen sagen: »Jetzt ist es aber an der Zeit, eine Flasche Tokajer zu öffnen, denn das muss begossen werden.« Man konnte das kaum eine romantische Szene nennen, Großmutter, deine Verkuppelung durch die energischen Tanten. Es ging wohl ziemlich nüchtern zu, auch danach, als der junge Assessor schon gegangen war.

Wir sind im Bilde, und wenn du gestattest, wird hier nur deine Äußerung wiedergegeben, die du angeblich an die Tanten gerichtet haben sollst: »Glaubt ihr denn«, sagtest du frei und ohne Umschweife zu ihnen, »glaubt ihr, dass ich gesunde Kinder von ihm bekommen kann?«

Und du dachtest dabei an die unglückselige Vorgängerin, die so früh, so schrecklich dahingeschwunden war. Aber gewiss doch!, versicherten die alten Damen mit einer Stimme. Für einen Augenblick sah Agnes ihre Mutter zufrieden aufblicken. Solange es ihr gelingt, Abstand zu halten von der jüngeren deutschen Geschichte, ist nichts in ihrem Ausdruck zu finden, was auf ein gewolltes Vergessen der Vergangenheit schließen lässt.

Später dann erzählte sie von dem Fest, das der wunderbare Garten sich anschickt zu feiern. Als sich alle Türen des großen Hauses öffneten und Licht auf das Phloxbeet, die Rosenhochstämmchen und den glücklichen Rittersporn fiel, und ihr später so »zugeknöpfter« Vater ihre hitzeglühende Mutter im Walzertakt über die Terrasse schwenkte.

Und ob er Kinder zeugen konnte! Im Ganzen fünf, im Abstand von ein bis zwei Jahren.

Kein Ausruf der Verwunderung bei den Tanten – woher haben sie es bloß so sicher gewusst? Aber das junge Paar mit seinem sich ständig vergrößernden Kinderstall zieht nicht ein in das große Familienhaus. Vielleicht wollte der frisch gebackene Ehemann nicht so eingehend von den energischen alten Damen in Augenschein genommen werden. Vielleicht habt ihr als triftigen Grund für eure Entscheidung, euch eine eigene Wohnung zu suchen, angegeben, dass der Weg zum Gericht von der Augustastraße aus ein wenig näher ist. Dorthin seid ihr gezogen, und habt dabei dem grünen Haus in dem Zaubergarten jenen unpoetischen Namen gegeben, der als feststehender Begriff in den Köpfen von Enkeln und Urenkeln weiterlebt: die »Drums«, eine Verballhornung der »Drübigen«. Zu den »Drums« spaziert die Familie von nun an zu allen Sonn- und Feiertagen und natürlich zu allen Geburtstagen der Kinder. Und auch später noch, wenn die Tanten deutschnational geflaggt haben und sich weit aus den Fenstern lehnen, um durch den Feldstecher wenigstens ein kleines Zipfelchen von unserem Führer zu erspähen. Das Echo vom Stechschritt seiner, unserer stahlharten Jungs trifft nur noch gebrochen durch hundertfaches Geäst ihr Ohr, sie sind auch schon betagt; auf einen der Plätze, wo der Mann manchmal so enthusiastisch zu der Bevölkerung redet, würden sie nicht gehen.

Ach, aber bis dahin ist noch etwas Zeit.

Ein verstecktes Gähnen. Agnes streckte sich lang und ergiebig, ihr linker Fuß war eingeschlafen. Es ist fast sieben Uhr.

»Eines verstehe ich nicht«, begann Agnes nach all den atemberaubenden Ereignissen einen Satz, den ihre Mutter durch einen bewundernswert mühelosen Aufschwung aus der Hocke in die Senkrechte unterbrach, indem sie ankündigte, dass sie das Abendessen vorbereiten wolle. Gewiss ahnte sie, was gleich folgen würde, nämlich die schon zu anderen Gelegenheiten stereotyp von der Tochter gestellte Frage nach der Lebensweise und politischen Haltung der Familie in der sich anbahnenden Zeit, die sie ihr stets ein wenig ausweichend und für das Empfinden der Tochter nie zufriedenstellend beantwortet.

In ihrer Küche, die nach Pflaumenmus duftet, möchte sie nicht, unter gar keinen Umständen gestört werden. Die Geschäfte des Kochens und der Speisenzubereitung überhaupt sind ganz entgegen allgemein herrschender Vorurteile nach ihrem Dafürhalten Tätigkeiten, die der ungeteilten Konzentration ebenso bedürfen wie es die Diskussion über ein derart brisantes Thema erfordert. Mama hat Pellkartoffeln mit grüner Sauce, Goethes und Agnes' Leibgericht, und Salat vorbereitet und während sie sich in der Küche zu schaffen machte, betrachtete Agnes Sommerbilder aus dem Familienalbum: Ihre Großmutter in einem Wasserbassin stehend, wie sie mit einem spöttischen Lächeln ihre breiten weißen Schenkel entblößt, die in geradezu groteskem Gegensatz zu den kräftigen braun gebrannten Armen stehen.

Wer, so fragte sich Agnes, mochte dieses freizügige Foto aufgenommen haben? Herr Pistorius? Gewiss nicht der Großvater, von dem bekannt war, dass er eines von seiner Frau verlangte – nämlich keine öffentlichen Enthüllungen. Und das sowohl im ganz konkreten wie auch im übertragenen Sinne.

Um sie herum quirlendes Leben. Die Mädchen in Gartenkleidern und offenen Sandalen, mit riesigen Propellerschleifen auf den Köpfen, allen voran die Größte, ihre Mutter, und einen Kopf kleiner die jüngeren Schwestern. Der Junge mit der Botanisiertrommel, die er für den Fotografen hochhält und mit dem Ausdruck einer frühen Ernsthaftigkeit, das musste Onkel Hannes sein. Vielleicht war es gerade an jenem Tag, als ihr Räuber- und Gendarmspiel in Abgründe führte. Als Hannes beim Verstecken hinter den wild wuchernden Cotoneastersträuchern auf die Hand eines Toten stieß und nach kurzem Wegschauen erkannte, dass zu der Hand auch ein Körper gehörte, der halb mit Laub zugeweht war. Eine richtige Leiche, die erste seines Lebens. Hans schrie nicht, wie man weiß, erstens, weil er Räuber war und Räuber immer mutig sind, und zweitens, weil man in der Nähe eines Toten lieber still ist, wer weiß, was sonst noch geschieht, es sollte ja Fälle geben, wo der Mörder noch in der Nähe weilte.

Mit zitterigen Knien lief Hannes Richtung Haus um den Vorfall zu melden. Deshalb dann die vielen Gendarmen im Garten, die echten, und ihr Kinder durftet nicht hin, obwohl ihr so neugierig wart. Aber ihr habt dann doch erspäht, was ihr nicht hättet sehen sollen. Dass der Tote wirklich tot war und dass er eine Brille trug, die ihm grotesk auf der Nase hing, eine kleine goldgefasste mit ganz runden Gläsern, wie sehr kurzsichtige Leute sie tragen. Die Gendarmen hatten eine Decke über ihn gebreitet und gewartet, bis der Arzt kam. Einer von euch hat auch gehört, was sie zueinander gesagt haben, nämlich den Namen des Toten – Chaim Rosenauer – ein jüdischer Name, das war euch Größeren gleich klar, denn in eure Schulklassen im Lyceum gingen jüdische Klassenkameraden mit ähnlich lautenden Namen. Wie Chaim Rosenauer in euren schönen Garten gelangt war, wusste niemand so recht, auch eine Todesursache konnte der Arzt nicht auf Anhieb feststellen.

Vielleicht ein Herumtreiber – es trieben sich zu der Zeit ja viele ohne Arbeit herum. Vielleicht einer, der von einem anderen Habenichts eins über den Schädel bekommen hatte, mutmaßten die Gendarmen, weil er noch ein paar Groschen in der Tasche hatte.

Er wurde jedenfalls weggebracht und die Tanten ließen für teures Geld den Zaun dort durch eine Rolle Maschendraht erhöhen. So etwas sollte nicht nochmal passieren. Eine Zeit lang seid ihr dann nicht zu den »Drums« gegangen.

Estragon, Schnittlauch, Zitronenmelisse und Dill, erläuterte die Köchin die Zusammensetzung der grünen Sauce, und das zu der Jahreszeit! Alles frisch und wann immer man es braucht, davon hatte man vor Zeiten nur träumen können; uns geht's so gut wie nie. Diese Form von Feststellung, die als wiederkehrendes Element in vielen ihrer Unterhaltungen auftauchte wie eine Art Beschwörungsformel, läutete das Ende des Abends ein.

Danach wird noch über dieses und jenes gesprochen, ein paar Banalitäten, nichts Aufregendes, das sollte man vor dem Schlafengehen auch vermeiden. Noch ein paar Anrufe an die Adresse der Wanderfrauen, ein Glas Melissentee, dann ist auch für Agnes in der benebelnden Atmosphäre von Vertrautheit und Beruhigungstee klar, dass das Anschneiden eines weiteren Themas für heute nicht mehr in Frage kommt. Trotzdem: diese innere Unruhe.

Dass es schwer sein würde, mit ihrer Mutter über ganz bestimmte Dinge zu sprechen, war von Anfang an klar und ihr Ärger darüber die reinste Kraftvergeudung. Schließlich musste sie ja sehen, dass Agnes noch mit irgendetwas beschäftigt war, dass ihre Tochter an einem tieferen Gedanken oder einer Erinnerung zu kauen hatte. Nun würde sie sich angewöhnen müssen Selbstgespräche zu führen, oder vielleicht sollte sie dazu übergehen, neben ihrer Mutter auch noch nach anderen Zeitzeugen Ausschau zu halten, wenngleich in ihrem Falle dafür nur wenige Personen in Frage kämen.

Mit einem Blick auf den Schnee im Garten und die Aura aus Lichtern, die über der Stadt lag, gingen sie auseinander.

Sie hatte sich nach einem Tag und einer Nacht dazu entschlossen zurückzufahren, getrieben von einer Ungeduld, die sie selbst noch nicht einzuschätzen weiß. Ihre Mutter traf sie in einer unbequemen Kauerstellung und noch im Hausanzug auf der Terrasse an. Die Andeutung einer Umarmung. »Sieh dir das an, jetzt blüht schon die Schneeheide. Noch ein, zwei kalte Wochen, dann ist dieser Winter auch wieder vorüber.«

Ein Stirnrunzeln. Genau das ist es, dachte Agnes. Dieses fortgesetzte Ausblenden unerwünschter Eigenschaften und unerfreulicher Umstände, die ihr unangenehm aufstießen und die eine Unterhaltung zwischen ihnen so beschwerlich machte. Das Leben reduziert nur auf seine Sonnenseiten, diese Betrachtungsweise kam für sie seit geraumer Zeit nicht mehr in Frage. Aber sie scheute sich auch davor, der Frau, die so entspannt aussah und mit einem Ausdruck der Selbstgenügsamkeit ihre Tage verbrachte, mit unbequemen Fragen zuzusetzen.

Vielleicht war das gewollte Vergessen ja ihre Art von Therapie.

Die blauen Schatten hinter der Festungsanlage, die Bäume, das Morgenlicht. Sie brauchte sich doch nur umzuschauen um festzustellen, dass sie mit ihren Gedanken hier nicht herpasste. *Was hat meinen Vater veranlasst, in die SS einzutreten? Wie hat er seine Teilnahme an dem Verein dir gegenüber gerechtfertigt? Was hast du darüber gedacht? Wie kann man den Gedanken daran aushalten und mit dem Wissen darum leben? All diese unsäglichen Fragen, die ich mit mir herumschleppe! Die ich im Gepäck mit hierher gebracht habe, in der unsinnigen Annahme, dass du sie mir gestern, heute, irgendwann einmal beantworten würdest. Mein Gott, nun sag doch endlich etwas!*

Ich weiß, ich bin ein plumpes Tier. Und meine Gedanken sind wie eine Axt. Ein edles Bildwerk lässt sich mit so einem Instrument nicht gestalten – was einem alles im Verlauf von Sekunden so durch den Kopf geht, während sie einen ansieht. Aber keine Angst, ich werde mich hüten etwas zu sagen, auch wenn die Geschichte nicht weiterkommt.

Und um trotzdem noch etwas zu sagen, begann Agnes die Sache mit dem Klavier zu erzählen und vergaß auch nicht zu erwähnen, dass ihr seit neuestem ein Geschäftszimmer vorschwebe, im Zentrum der Stadt. Es schien, als müsse sie noch eine Zeit lang dieses Doppelleben weiterführen. Über die Mitteilung ihrer frühzeitigen Rückfahrt schien ihre Mutter nicht sonderlich überrascht zu sein. Ohne gleich darauf zu antworten lief sie ihrer Tochter voraus an den gedeckten Frühstückstisch. Mit einem kurzen Gedanken an ihren wunderbaren Therapeuten und einem Blick auf die Sammlung alter Bunzlauer Keramiktöpfe dachte Agnes plötzlich: Eines Tages werde ich die ganze geheime Geschichte einer x-beliebigen Person erzählen, dann nämlich, wenn mir das alles anfängt, zu viel zu werden.

Der Entschluss ihrer Tochter heute schon wieder abzufahren, hat sie nicht etwa erschreckt, nein, nicht einmal sonderlich überrascht. In einem langen Umgewöhnungsprozess, der eingesetzt hatte, nachdem das Kind ein paar Monate in dieser Behandlung war, hat sie gelernt, dass spontane Handlungen oder Entscheidungen entgegen vorheriger anders lautender Abmachungen zu dem Verlauf einer Psychotherapie gehören und nichts Ungewöhnliches darstellen. Das Schlimmste, was eintreten könne, so weiß sie von ihrer Klubfreundin, der Neurologin, sei, wenn es bisweilen nach Phasen heftiger Vorwürfe zur völligen Ablehnung der Eltern komme mit der Folge jahrelanger Kontaktverweigerung.

Das war in ihrem Falle nicht so. Zum Glück hatte Agnes nach einer kurzen Periode des Nachfragens und des Zweifelns, wohlgemerkt stets sachlich, selten emotionsgeladen, wieder ihre gewohnten Umgangsformen angenommen. Den Kontakt zu ihrer Tochter würde sie als unverändert herzlich bezeichnen, mit Besuchen in Sechs- bis Achtwochenintervallen und zwei bis drei Anrufen pro Woche. Das Schlimmste hatten sie gewiss überwunden, sie fand, dass Agnes zum gegenwärtigen Zeitpunkt wieder viel besser aussah als vor ein, zwei Jahren, jener Zeit der missglückten Schwangerschaft, als man ihr nicht helfen konnte, nicht einmal als Mutter, und mit ansehen musste, wie ihr Schmerz ein Jahr lang schwelte, bevor dann die Depression ausbrach. Als Mutter leidet man natürlich mit.

Da glaubte man, das Kind sei ein Teil von einem und folglich sei einem sein Handeln so vertraut wie das eigene – aber das schien wohl ein Irrtum zu sein. Es sieht so aus, als hätten sich ganze Passagen ihres gemeinsamen Lebens auf unterschiedliche Weise ereignet; was Agnes in den dunklen Ecken ihrer Erinnerung zu sehen bekam, ähnelte in keiner Weise den Bildern, die sie selbst sich von den gleichen Ereignissen gemacht hatte.

Ist das nicht äußerst seltsam? Aber das ist schon immer so gewesen. Schon als Kind erschien sie Morgen für Morgen mit einem Traum im Gepäck am Frühstückstisch.

Gedankenverloren schaute sie auf.

»Warum verwendest du für dein Teewasser eigentlich kein Filtergerät?«, fragte Agnes in diesem Augenblick, und die Frage ihrer Tochter schien genau um den Punkt zu kreisen, den ihre Gedanken selbst gerade berührt hatten.

Die Stimme, die antwortet, ist ruhig, freundlich.

»Siehst du, auch darin scheinen wir uns gründlich zu unterscheiden. Während du dich dem fortwährenden Diktat ersonnener Krankheiten unterwirfst, habe ich gelernt, auf meinen guten Kern zu vertrauen oder die gesunden Gene meiner Vorfahren – wie du willst.«

Die Augen von Agnes werden zu schmalen Strichen, voller Argwohn starrt sie auf die harmlosen blauen Girlanden auf ihrer Teetasse.

»Ich kann mich noch gut daran erinnern ...«, begann ihre Mutter einen Satz, während Agnes von einem zum anderen Moment das Gefühl hat, ein Gewicht auf Nacken und Schultern zu spüren wie schon oft, wenn man ihr weismachen will, dass ihr gerade etwas Lächerliches passiert ist, ihr gesunder Menschenverstand ihr abhanden gekommen ist oder ihr Seelchen gerade wieder einmal verrückt spielt.

»... daran erinnern, wie ich dich einmal mit zu einem Besuch ins Krankenhaus genommen habe, du warst damals ungefähr acht, zu einem Freund, der dir eine Orange anbot, aus einer Kiste voll Orangen, die unter seinem Bett stand. Und du wolltest sie nicht annehmen, natürlich hast du sie vehement abgelehnt, dabei roch das ganze Zimmer nach Orangen – ein Duft, der sich uns armen Flüchtlingen nur selten bot – und dann hat er dir sogar angeboten, so viele Orangen mitzunehmen, wie du willst ...«

»Ich erinnere mich auch daran«, unterbrach Agnes und spürte mit Schrecken, dass sie wütend wurde, »er hatte spinale Kinderlähmung und ich war alt genug um zu wissen, was das bedeutet, ich sah das Fiebrige in seinem Blick und spürte genau, dass er bald sterben würde.«

Ihre Mutter sah sie erstaunt an.

»Vielleicht weißt du auch noch«, fuhr Agnes mit einer ihr unerklärlichen Erregung in der Stimme fort, »dass ich mir wünschte, das verseuchte Zimmer augenblicklich zu verlassen und dass ich den Rest der Zeit vor dem Waschbecken zugebracht habe, um mir die Bazillen von den Händen zu waschen.«

Sprachlos öffnete ihre Mutter den Mund. »Davon hast du mir ja nie etwas erzählt.«

»Wir haben uns vieles nicht erzählt«, sagte Agnes klagend und plötzlich wieder ganz sanft. Und jetzt? War es nicht an der Zeit, Abschied zu nehmen? Agnes sah auf die Uhr.

Ein flüchtiger Sonnenstrahl malte ein paar zitternde Kringel auf den blank polierten Boden.

»Jetzt muss ich gehen.«

Noch einmal fing ihre Mutter an, auf eine nostalgische Art ein Stück Gemeinsamkeit herauf zu beschwören. Forstete ihr Gedächtnis noch eine Weile durch, um all die kleinen Zuwendungen ans Tageslicht zu bringen, die ihre Tochter offenbar vergessen hatte.

Ein Schiff im Hamburger Hafen, auf dem man von einer großen Seereise geträumt hat, und die Eisschollen auf einem Gebirgsfluss, unter die eine Wasseramsel ihr Nest baute.

Du kannst alles so oder auch ganz anders sehen. Auf dem Schauplatz meiner Kindertage hat es auch Männer in weißen Schuhen gegeben, die einer Katze den Hals umdrehten, einen Karpfen in unserer Zinkbadewanne, der sich über Nacht zu Tode wand und jahrelang, das kannst du mir glauben, hat mich ein abgehackter Männerdaumen bedroht, den irgendeiner von euch Witzbolden auf den Küchentisch gelegt hatte.

Bevor ihre Mutter noch auf ein paar weitere übersehene Glückseligkeiten zu sprechen kam, stand Agnes vom Frühstückstisch auf und packte unter dem Blick ihrer Mutter noch ein paar Kleinigkeiten in ihre Tasche. Und dann? Mit ihren schwarzen Stiefeln lief sie neben ihrer Tochter bis zur Straße. Ihr Arm wies noch auf ein Rosenbeet und ein Rotkehlchenpaar unter dem Apfelbaum, gleich würden Freundinnen sie zu einem Winterspaziergang abholen.

Und sonst? Auf beiden Seiten keinerlei Beschwerden, ausgenommen vielleicht ein paar kleine Enttäuschungen, die sich aber mit der Zeit, mit den Jahren verlieren würden.

Raus aus der Stadt, nach links muss sie und merkt, dass sie irgendeine Melodie vor sich hinsummt, ein paar bittersüße Töne. Sie wagt nicht, in den Rückspiegel zu schauen, nur nach vorn. Jetzt wäre es an der Zeit, denkt sie, für ein fünfzigminütiges Gespräch, das letzte liegt schon drei Monate zurück. Dein Vater, sagte sie sich, hat dich alleingelassen, alle lassen dich allein, aber dann verbietet sie sich diese desolate Art der Selbstbetrachtung, die alles lahm legt.

Zurück nahm sie den anderen Weg. Und hatte plötzlich die Idee, genau zu prüfen, wie ihre Empfindungen sein würden, wenn sie wieder durch jenes kilometerlange schnurgerade Waldstück käme, das sie vor einiger Zeit um den klaren Verstand gebracht hat.

Gott wie blöd, alle Angst war unbegründet. Ganz ruhig kann sie atmen und sich darüber freuen, den langsamen Puls, bis zum tiefsten Punkt in ihrem Innern.

Siehst du, diese Wolken und Äcker. Eine Landschaft, die ausstaffiert ist mit allem, was nötig ist, um die Ruhe zu bewahren. Ohne Hektik lässt sich die Waldmauer durchqueren. Alles steht auf seinem angestammten Platz – wenn das kein Erfolg der zweijährigen Therapie ist. Keine schwankenden Kronen, einstürzenden Himmel, der Boden unter den Füßen bebt nicht.

Schön, dachte sie, in einer Stunde bin ich zu Hause.

Zuhause. Ist das der Ort mit den schrägen Wänden unter den düsteren Baumkronen, an dem man stets etwas gebeugt geht, um nicht mit dem Kopf an etwas zu stoßen, das auch heute wieder ein wenig an einen Käfig erinnert. Zuhause, ist das die gewohnte Unordnung, die sie ohne Umschweife beginnt mit automatischen Handbewegungen zu beseitigen.

Mein Gott, was ist das bloß? Dieser Wunsch, einen Schlussstrich unter alles Bisherige zu ziehen? Anstandshalber wird sie ein weißes Tischtuch auflegen, die Kerzen im Ständer erneuern, sich duschen und ein frisches Hemd anziehen, aber nur unter der einen Bedingung, dass sich ab morgen etwas ändern wird. Wie war es nur möglich, dass es Menschen gab, für die das Leben wegen all dieser kleinen bedeutungslosen Dinge lebenswert war?

Zum Glück gab es nun das Klavier, da steht es, ein Reiz, ein kleines Wunder. Sie schlug ein paar Töne darauf an und nahm sich vor, ab morgen stets zu der gleichen Zeit, sagen wir: eine Stunde, Geläufigkeitsübungen darauf zu machen. Erst jetzt entdeckte sie den Brief, Weiß auf Weiß und eine von Ludwig recht unleserlich notierte Nachricht. Ist etwas?

Nein, nein, es ist wirklich nichts. Oder liegt nicht doch ein fröhlicher Ausdruck auf ihren Zügen, als sie den Brief öffnet und denkt: Na, das ist aber nun schon lange her, dass mir jemand einen echten Brief schreibt. Dann schlug ihr Herz doch ein wenig schneller, als sie die Worte las: »*Liebe, verehrte Frau ...! Seit Sie gegangen sind, wird mir immer schmerzlicher bewusst, wie viel mir Ihre Freundschaft bedeutet hat. Während der Zeit Ihres Aufenthalts im Hause der blauen Türen durfte auch ich viel von Ihnen lernen, so wie Sie umgekehrt gewiss auch manches gelernt haben, nur das möchte ich Sie heute wissen lassen, wo ich hier die zwei letzten Tage meines Winterurlaubs unter dem Ölbaum vor dem Haus in der Sonne sitze, unter mir die Dächer von Gargnano und vor mir ausgebreitet die Silberschlange des Lago. Ich hoffe, dass Sie die Zeit seit Therapieende gut für sich nutzen konnten und mit der Kraft und Fantasie, die Ihnen eigen sind, Ihr Leben neu arrangieren. Mit Wünschen für ein gutes Jahr, Ihr alter Walter A.*«

Hast du Kummer gehabt, so ist der im Nu wie verflogen, im Moment vergisst du sogar die Toten, das banale Jetzt ausgelöscht. Du siehst nur einen Mann vor dir, vielleicht im selbst gestrickten Pullover – seine Frau hatte solche altmodischen Züge –, dessen Zuneigung (wenn nicht gar Liebe) dir ab heute sicher ist, das Beweisstück dafür hältst du schließlich in Händen.

Jetzt kannst auch du wieder großzügig sein und mit frisch eingeöltem Gesicht und einer Schnelligkeit, die man dir vor einer Stunde gar nicht zugetraut hätte, den Tisch decken, die Kerzen anzünden und eine Bach-Kantate auflegen. Manchmal entscheiden Zufälligkeiten über den Verlauf unseres weiteren Schicksals.

»Ach, du bist schon zurück?!«

Noch im Mantel und ohne die Glastür des Windfangs hinter sich zu schließen, schaltete er das Fernsehgerät ein und murmelte etwas von »Wissenschaftssendung«. Und als das Bild nicht augenblicklich in gewohnter Schärfe erschien, versuchte er es mit einem Hieb von oben. Ein durchaus überzeugender Akt, denn gleich darauf sah man in einer Kameraeinstellung schräg von oben ein Stück Geografie von großer

Präzision und Schönheit, das Franz-Josephs-Land, ein Meer aus geriffeltem Eis, in das, wie die orakelnde Stimme des Sprechers aus dem All mitteilte, der Tod schon oft Einzug gehalten habe. Und wie zum Beweis dafür hielt die flüchtige, weil fahrende oder fliegende Kamera Momentaufnahmen grotesker Gestalten fest, unter deren eisverkrusteter Oberfläche man sich menschliche Wesen denken sollte.

Es herrsche Totenstille in jenem riesigen eisigen Landstrich jenseits des 79. nördlichen Breitengrades, die jetzt jedoch durch ein Orchester, war es nicht das London Chamber Orchestra?, mit Musik von Jan Sibelius vorübergehend außer Kraft gesetzt wurde.

Eine Weile verfolgte Agnes noch an der Seite von Ludwig, der sich inzwischen wenigstens seines Mantels entledigt hatte, die unsinnige und zum Scheitern verurteilte Nordpolexpedition aus dem Jahr 1872, die ein gewisser Julius Payer angezettelt hatte, wobei sie eher die armen Schlittenhunde bedauerte, die dabei umgekommen waren, als die verrückten Männer. Dann wandte sie ihr Interesse wieder dem Manne zu, der gerade erst eingetroffen war. Es gab Tage, da kam ihr sein Verhalten wirklich unbegreiflich vor. War das nun wirkliches Interesse für ein Stück Land, das aussah wie auf dem Mond und ein Ding wie ein Raumfahrzeug, das sich darauf bewegte, oder war sein Interesse nur vorgeschoben und in Wirklichkeit ein provokativer Akt mit unklarer Zielsetzung. Das hätte sie nun wirklich gern gewusst. Was kann es nur sein?

Ohne ein Wort zu sagen starrte Ludwig auf den blauschwarzen Himmel, über der Eiseskälte da vorn, während er sich langsam eine Dreiviertelflasche lauwarmen Dornfelder hinter die Binde kippte.

Eine Stunde lang ertrug er den prüfenden Blick von der Seite, um nach Beendigung der Fernsehsendung, von der er sich mehr versprochen hatte, festzustellen, dass sie sehr entspannt aussah, wenn nicht sogar ein wenig geheimnisvoll. Dabei hatte er gedacht, alles würde sich einspielen, wenn erst diese Therapie vorüber wäre. Psychoanalyse. Uneingestanden hasste er dieses Wort. Nach seiner Ansicht bedeutete das nur Unruhe, ewiges Hinterfragen von Vorgängen und Zuständen, die man sowieso nicht ändern kann.

Sie sollte bloß nicht glauben, dass er eifersüchtig sei. Trotzdem. Ob diese Dialoge über ihre Vorfahren, Gott und das pränatale Leben wohl nun ein Ende hatten? Die Plazenta als Baum der Erkenntnis! Andere Frauen kauften sich ein neues Kleid, bei Agnes musste es ein Klavier sein. Wer weiß, was noch alles auf ihn warten würde. Jetzt auch noch diese Briefe und Anrufe von irgendwelchen Individuen, die wieder nur ihre, seine Ruhe stören würden, wann wollte sie endlich einen Schlussstrich unter die unerfreulichen Themen der letzten Jahre ziehen?

»Wenn du dich sehen könntest!«, sagte sie und schlug, während sie sich bequem zurücklehnte, die Beine übereinander. Er sah, dass sie eine anliegende Hose und neue Stiefeletten trug. Wenigstens keinen dieser schwarzen Säcke mehr.

»Wieso, was ist an mir so sehenswert?«

»Du siehst aus wie der Kapitän der ›Admiral Tegethoff‹ als er merkt, dass sein Schiff im Packeis festsitzt.«

Sehr witzig, wirklich. Muss er sich nach einem Arbeitstag voller Patiententermine der banalsten Art und einem Dutzend Hausbesuche, alles in allem unumgängliche Schwerarbeit, solchen Unsinn anhören? Schließlich ist er jemand. Achtzehnhundert Scheine, mit einem wachsenden Anteil an Privatpatienten innerhalb von vier Jahren und fünf Helferinnen, die ihm die Füße küssen würden – das sollte ihm erstmal jemand nachmachen.

»Schenk mir noch etwas Wein ein!«

»Mit Vergnügen. Trotzdem, könntest du mir vielleicht verraten, wer die Anrufer waren, die du mit deiner Charakterschrift notiert hast? Während sein Blick kurz über ihr cremeglänzendes Gesicht streicht und dann auf dem kräftigen Handgelenk mit der Männeruhr liegen bleibt, spürt er diese träge warme Müdigkeit, die sich langsam in all seinen Gliedern ausbreitet, und wie er auf sehr angenehme Weise langsam betrunken wird. Du brauchst nicht so zu grinsen, immer noch ist das hier mein Haus und mein Tisch, unter den du deine Füße streckst. Du bist nur ein Flüchtlingskind!

Er ließ noch eine Weile verstreichen, bevor er bekannt gab, dass es ihre dubiose Freundin aus dem Krankenhaus war, die sie sprechen wollte und weiter: die Johann-Wolfgang-Goethe-Universität – was will die eigentlich von dir?«

Es war schon nach elf, als Agnes begann, das Geschirr zusammenzustellen. Mit vor Müdigkeit kleinen, aber freundlichen Augen sagte sie: »Oh, eben dämmert mir etwas. Könnte es vielleicht sein, dass wir heute Vollmond haben?«

Statt einer Antwort erhob sich Ludwig abrupt, öffnete die Außentür, dass ein Schwall von feuchtkalter Außenluft mit einem Schlag der zweifelhaften Gemütlichkeit im Inneren ein Ende setzte und pfiff nach dem Hund, der auch augenblicklich aus dem Dunkel getrottet kam. Wenigstens ein Wesen, das ihm treu ergeben ist.

Er kniff den verschlafen schnaubenden Max vehement ins Ohr, sodass er aufjaulte, und schickte ihn gleich darauf, nachdem er seine Nase kurz und kräftig an der Nase des Rüsseltiers gerieben hatte, wieder in die Dunkelheit zurück.

Später sah er über den Buchrand hinweg Agnes beim Auskleiden zu.

Noch immer wechselte sie ihre Wäsche nur alle drei bis vier Tage, was er verabscheute, trotzdem hatte er sich an ihren Duft gewöhnt, der ihn an ein Stück Honig erinnerte. Unkonzentriert las er noch ein paar Abschnitte in dem Buch, das ihn Abend für Abend über vereiste Pässe, windige Einöden, Ozeane und dann auch Wolkenbänke hinweg in immer entlegenere Landschaften entführte, wobei er sich stets insgeheim der Illusion hingab, dass selbst das Entlegenste und Entfernteste ihm ohne weiteres zugänglich sei, wenn er es nur wollte, wenn er dereinst seine Arbeitszeiten reduziert und sich dazu durchgerungen hätte, in ein Flugzeug zu steigen. Eigentlich ein unmögliches Fortbewegungsmittel, denn, so fand er, physiognomisch gesehen sind wir Menschen naturbedingt Fußgänger und Läufer.

Dann löschte er das Licht.

In der Dunkelheit rollte sie sich auf die rechte Seite, eine Gewohnheit, die sie nach der Operation angenommen hatte, weil es links immer etwas kniff.

Probeweise legte er einen Arm auf ihre Hüfte, den sie nach einer Weile beiseite schob. Er wiederholte die Geste noch einmal und wieder und wieder, bis sie lachen musste. Gleich darauf rollte sie sich auf die andere Seite, ihm zu, und während er den Lufthauch ihres Atems in seinem Gesicht spürt und die Spitzen ihrer kleinen Brüste gegen seine Haut gerichtet sind, ist es so, als übernehme sie plötzlich die Führung.

Du bist ein plumpes faules Tier, ohne die Spur eines Geheimnisses. Bloß um das zu bekommen, was dein Instinkt fordert, geht deine Hand auf die Suche und entschließt du dich, dein Rückgrat ein wenig zu bewegen. Du kennst mich ja. Gut, ich gehe darauf ein, ich komme dir sogar entgegen. Wie du aus Erfahrung weißt, kann ich diese subtile Art der Misshandlung sogar genießen. Was du nicht weißt und auch nie erfahren wirst: In meinen Gedanken bist du heute ein anderer, meine Arme legen sich um den Körper eines Mannes, der mein Vater sein könnte, ich weiß selbst nicht zu sagen, warum es jetzt dieser Typus Mann sein muss, jetzt in dieser Minute.

Meinen Ernst und die Entschlossenheit zu dieser Art von Glückseligkeit kann keiner mir nehmen, da keiner sie kennt.

Kein Gefühl von Schuld, nur Schwerelosigkeit, eben bist du dabei, ein Tabu aufzuheben. Deine Obsession. Und dann fliegst du, fliegst mit einem Lächeln und ohne Flügelschlag, rücksichtslos und rückhaltlos selig. Nichts kann dich mehr aufhalten.

Ich sollte nicht mehr aufstehen, bloß weil du aufstehst. Weshalb nur glaubt man das einander schuldig zu sein? Deine Tasse grünen Darjeeling könntest du dir ebenso gut selbst aufbrühen.

Manchmal entscheidet eine Bagatelle über jeden weiteren Tag. Wie eben, als du mir gebieterisch das Zeichen gabst zu schweigen, weil dir die Frühnachrichten wichtiger sind als ein harmloser Satz aus meinem Mund.

Wir lauschen.

Die Vertriebenenverbände mit ihrem Vorsitzenden, Herrn Doktor C., erheben erneut Einspruch gegen die Erklärung der Bundesregierung, die polnische Westgrenze von 1945 ohne erneute Ansprüche anzuerkennen. Als wenn es nichts Besseres zu bereden gäbe als das, was ein Funktionär glaubt der Öffentlichkeit schuldig zu sein.

Gib Acht auf das, was du sagst. Während du vorgibst, liberal und großzügig zu denken, greifst du mich an. Uns an, meine Mutter und Großmütter, die gefallenen Onkel.

Vorläufig rufen die Dinge, die er sagt, nur ein kurzes Erstaunen hervor, vielleicht ist alles nur Luft, aber wenn er so weitermachen will, dann schwindet am Ende noch der letzte Rest von Zuneigung. Wie kann er nur so taktlos sein.

Als er sich jäh erhebt, lässt er alles so stehen und liegen, wie es ist. Er holt sich eine dicke Jacke, ohne Gruß verlässt er das Haus, geht in das Grau, in das eiskalte Licht eines Januartages, das zu dieser Lieblosigkeit zu passen scheint.

Ich saß da wie ein Geist.

Kann mir bitte jemand erklären, weshalb ich meine Anhänglichkeit an einen Mann verschwende, der sich gar nichts daraus macht, mich schlecht zu behandeln? Ich mache mich auf den Weg, war mein erster Gedanke, ich verreise. Nicht mehr lange, und du wirst hinter mir herweinen. Gleich gehe ich eine Freundin besuchen, dann in den Zirkus, morgen trete ich in einen Chor ein und übermorgen kannst du mich in meinem Büro anrufen, wo ich endlich, endlich wieder einmal eine Zeichenfeder in die Finger nehmen werde.

Zuerst allerdings werde ich noch ein paar nötige Telefonate erledigen.

7

Verena war vor mir her in die Küche gegangen. Wie immer trug sie Hosen, darüber ein weiches Lederhemd. Ich betrachtete ihren Rücken und verfolgte ihre robusten Handgriffe, die schon beim ersten Mal eine unerklärliche Zuversicht in mir geweckt hatten. Wie diese Frau aus kleinen und überaus problematischen Verhältnissen ihr Leben arrangiert hat, erzeugt bei mir Anerkennung und Respekt. Wie sie einem Bruder, der im Mondphasenrhythmus zwischen Euphorie und der Zwangseinweisung in die Nervenheilanstalt pendelt, konstant die Treue hält, dazu einen früher gewalttätigen, heute in Altersdemenz verloren dahindämmernden Stiefvater erträgt und es auch noch fertig bringt, zwei Mal im Jahr ihre anklammernde Mutter in ein schönes heilgebliebenes Dorf zu begleiten und dort ihrer Lebensklage zu lauschen, erscheint mir bewundernswert.

Die Freundin wandte sich um und musterte mich interessiert.

»Du hast eine neue hochinteressante Haarsträhne und Wangen wie Goldparmänen.«

Und während sie den Tee durchlaufen ließ, legte sie mir eine kleine rote Hand auf die Schulter. Die Nägel daran waren bis auf die Wurzel gekürzt.

»Ja, du siehst leider ganz recht – ich habe wieder gekratzt.« Und mit einem Anflug von Scham und Selbstverachtung wies sie mir den roten schorfigen Handrücken vor, ihr seelisches Ventil in allen kritischen Lebenslagen. Die alten Wunden heilten eben doch nicht oder brachen, wenn sie gerade vernarbt zu sein schienen, erneut auf.

»Besonders nachts«, sagte sie, »da bricht es bei mir durch, wilder als die Krallen eines Tigers. Glaubst du, ich schäme mich dafür.«

Es hätte keiner vertraulichen Mitteilungen bedurft, ich wusste Bescheid. Ihre Freundschaft zu der anderen Frau, eine dämonische Beziehung zwischen euphorischen Hochs und Zerstörung wie alles, was ihr Familienleben bestimmte, war gerade wieder in die Untergangsphase geraten. Verena hob den Teefilter aus der Kanne.

»Im Augenblick trinkt sie wieder«, erklärte sie ruhig und stellte die Musikanlage auf Lautstärke. »Und als wenn das nicht schon genug wäre, kifft sie sich auch noch zu.«

Das Porträt der Freundin blickte uns aus einem merkwürdig unpassenden Goldrahmen mit großen melancholischen Augen an, die mich an etwas oder an jemand erinnerten – ich wusste nur nicht an was und wen. Gewiss hatte sie jüdische Vorfahren, war mein plötzlicher Gedanke. »Und du?«

»Was uns beide verbindet, ist nichts anderes als die gleiche Leidensbereitschaft und eine unerklärliche Neigung, unsere frühesten Schrecken bis in alle Ewigkeit zu wiederholen.«

Verena nickte zu meiner umständlichen Erklärung.

Und ist es nicht seltsam, dabei sehnen wir uns beide nach nichts weiter als einem harmonischen Miteinander. Und ich stelle mir vor, wie sie denkt: warum eigentlich nicht wir zwei?

Doch daraus kann nichts werden, meine Liebe. Zwei Feuerzeichen wie wir beide, das würde nicht lange gut gehen. Ganz abgesehen davon, dass Zärtlichkeiten von Frauen mir nicht nur peinlich, sondern fast schon unangenehm sind.

Eine Zeit lang hatten unsere Augen nichts anderes zu tun, als den geheimnisvollen Rauchzeichen aus der Teekanne und den verschlungenen Linien auf den dampfenden Tassen zu folgen und ab und zu den Blick auf das Fenster zu richten, hinter dem heftige Windstöße die Jalousien zum Klappern brachten.

Bestimmte Triebe sind mir einfach fremd. Und insgeheim wunderte ich mich über Verena, diese in allen Lebensbereichen so erfahren und tüchtig erscheinende Frau. Warum brachte sie es nicht fertig, die Person neben sich weiter ein Rätsel sein zu lassen? Und zu Zeiten, wenn das schlafende Wesen sich anfing zu wandeln, einfach zu alten Freunden zu gehen oder auf eine provozierende Äußerung von ihr weiter zu schweigen? Ein Augenblick des Nachdenkens – darauf gibt sie mir zu erkennen, dass es in ihrem speziellen Fall um das Gefühl der Macht gehe, eine tatsächliche oder eingebildete, die diese Frau auf sie ausübe. All die Schuldzuweisungen, Weinkrämpfe und Abhängigkeiten.

Und als sie mir nun anfing zu erzählen, woher ihrer Meinung nach die Impulse stammten, die ihr Tun und Lassen steuerten, ertappte ich mich dabei, wie ich mich mit Hilfe einer schaukelnden Bewegung, in die mein Körper automatisch verfällt, wenn etwas mir zu nahe geht, von der Bereitschaft sie in Gedanken zu begleiten, entfernte.

Schon einmal hatte sie mir alles Mögliche erklären wollen, angefangen von dem Unglück, wenn das Unwesen, das sie Vater nannte, nachts dröhnend im Flur stand. Der, wenn sein Geist sich im Alkohol aufgelöst hatte, schrie, spuckte und schlug, über das Erschrecken, wenn er Hemd und Hose fallen ließ, um sich über einen Bruder herzumachen. Und wenn nicht über ihn, dann über ihre Mutter, die gehorsam stillhielt. Bis hin zu dem unfassbaren Bild, das die Mutter am Fluss zeigte, in der Strömung stehend, die an ihren Kleidern zerrte.

Weshalb diese Abneigung weiter zuzuhören? Dieses Gefühl der vergangenen Stunde, meinen Besuch in jedem Augenblick abzubrechen? Hatte sie mir etwa ein Gebiet gezeigt, das mir bisher verschlossen gewesen war, ja, noch verschlossen ist? In dem es um die Gewalt von Männern ging, die erdachte und die wirkliche.

Ich sah in die bewegten Baumkronen vor dem Fenster und auf die breite Bahn von Dunkelheit dahinter, in der herumirrende Lichter ihre Spuren zogen. Die Stadt war von hier oben betrachtet ein wahres Feuerwerk. Hatte ich eben recht gehört? Und die Frau hatte einen Laut von sich gegeben, wie ich ihn von ihr zu hören nicht gewohnt war. Der sich anhörte wie von einem Kind, und der gleichzeitig ein Ausdruck des Schmerzes war.

Gerade denke ich: ob ich es wagen kann, deinen Kopf in meine Hände zu nehmen? Doch bevor ich vor Rührung feuchte Augen bekomme, gibt sie ihrer Stimme eine andere Wendung. Komm, hier ist Gewürzkuchen, da ein Stück Likörtorte, nimm, wozu du Lust hast. Denkst du auch: das Chaos, aus dem wir beide kommen?

Ich hatte mich schon fest dazu entschlossen, das Wirrwarr meiner eigenen Gefühle nicht vor ihr auszubreiten, auch wenn der Vergleich sich anbot: Gerade hatte ich daran denken müssen, dass meine Mutter im Unterschied zu ihrer genug Lebenswillen besessen hatte, eine aussichtslos scheinende Flucht zu wagen mitten im tödlichen Winter 45, ohne den Schutz eines Mannes. Und dass es nur dem unausrottbaren Lebenswillen dieser Frau zu verdanken ist, dass ich jetzt und hier lebe. Und im Geiste sehe ich mich alle Stationen noch einmal aufsuchen, die zu dieser Flucht gehören, bis heute.

So sehen die Geheimnisse aus, die ich vor dir verberge.

»Noch Tee? Nimm nachher bitte die Hälfte der Sahnetorte mit nach Hause!«

»Genug«, sagte ich und meinte damit auch die Fülle an Erinnerungsbildern, die gerade aufgestiegen waren. Eben fing es an zu regnen und ich suchte mir einen festen Punkt auf der anlaufenden Glasscheibe, einen Regentropfen, und folgte mit den Augen seinem Lauf, während ich den Abstand zwischen Verenas und meiner Lebensgeschichte wahrnahm.

Könnte sie meiner verirrten Liebe zu einem Manne von achtundsechzig Jahren Verständnis entgegenbringen oder dem an die Sterne gerichteten Wunsch, doch noch einmal Kinder und Enkel zu zeugen? Wie sollte gerade sie meine Suche nach etwas begreifen, das ich ein wenig hilflos mit dem Wort »Heimat« umschrieb, sie, die nur ein paar Kilometer von dem Ort zu Hause ist, an dem sie das Licht der Welt erblickt hat?

Ich suchte nach ein paar passenden Worten, um meinen Besuch zu beenden. Da fiel mir ihr Bruder ein, an dem sie hing. Und während ich aufstand und ihr den Rücken zuwandte, erzählte sie mir die Geschichte von den Liebesbriefen, die der arme Irre an eine Frau auf der anderen Seite des Globus schrieb, deren Bekanntschaft er durch einen Brieffreundschaftsclub gemacht hatte. Und wie er, dessen Zurechnungsfähigkeit mit der Menge der eingenommenen Medikamente steige und falle, die angebetete Fremde in jedem dieser Briefe aufs Neue zu einer Deutschlandreise bewegen wolle. Er habe fest vor sie zu heiraten, mit der wilden Entschlossenheit des Wahnsinnigen habe er bereits einen Schleier und die Brautschuhe gekauft. Ich musste schallend lachen, übertrieben, wie mir gleich darauf bewusst wurde.

Aber meine Fantasie hatte ohne mein Zutun gerade ein Bild von dem absurden Ereignis entworfen, dabei musste ich zugeben, dass die Szene für alle Beteiligten keineswegs zum Lachen war.

»Stell dir vor«, sagte Verena und griff nach ihrem Feuerzeug, »wenn die Dame hierher kommt und erfährt, dass die Adresse, an die sie geschrieben hat, ein Irrenhaus ist!«

»Ich muss mich beeilen«, sagte ich, bevor sie ihre Zigarette anzündete und bevor sie damit begann, erneut über ihr verzweifeltes Bemühen zu sprechen, dem verirrten Bruder mittels integrativer Familientherapie in die Normalität zurückzuhelfen.

Wir standen einen Augenblick lang am Fenster, während sie mir einen Arm um die Schulter legte, und starrten auf die Stadt. »Denkst du noch manchmal an den Tag zurück, als wir uns kennen gelernt haben?«

Nun, das tat ich, aber gewiss nicht auf die Weise, auf die sie anspielte. Und außerdem ... aber ich hatte mich bereits entschieden zu schweigen und zu gehen.

»Du willst mich schon wieder verlassen und hast doch noch gar nichts von dir erzählt.« Sympathie, Tee und die Notwendigkeit, sich in die eigenen Dimensionen zurückzuziehen.

In der darauf folgenden Woche gelang mir einiges von dem, was mir mein geliebter

Therapeut von ferne zugetraut hatte. Beim ersten Morgenlicht aufzustehen, dem Stern in meinem Innern zu folgen und mich an die Arbeit zu machen. Dank seines Zuspruchs hatte ich mir ein Herz gefasst und mich telefonisch auf eine Anzeige beworben, die in gleichem Wortlaut schon einmal vor Weihnachten in der Lokalzeitung gestanden hatte. Und in der ein kleiner A-cappella-Chor mit dem wohlklingenden Namen »Vocal Aureo« um Mitsänger warb, vornehmlich Tenöre.

Mir war, als sei ich dabei, einen Schatz zu finden, den ich für immer verloren glaubte. Mit ein wenig Nervosität lauschte ich der Stimme am anderen Ende:

»Und wie sieht es mit Ihren Chorerfahrungen aus, können Sie vom Blatt singen? Ist Ihnen die Musik von Gesualdo da Venosa ein Begriff? Wissen Sie, was ein Cluster ist und wie man musikalisch damit umgeht?«

Was würde ich antworten, wenn er mich gleich auch noch nach meinem Alter fragen sollte?

Einem Drang folgend, mich nicht einschüchtern zu lassen, antwortete ich ausweichend. Mir sei bekannt, dass elektromagnetische Wellen von Mutter Erde einen anderen Klang erzeugten als die der Sonne, und dass Granit tiefer klinge als Basalt oder Glimmerschiefer. Ja, auch könne ich ohne Schwierigkeiten den Gesang der Buckelwale vom Klange, nun, sagen wir mal eines Alphorns oder Dudelsacks unterscheiden.

»Das letzte Mal«, sagte ich, »dass ich in einem Chor mitgesungen habe, liegt schon ein paar Jahre zurück, wenn Sie wissen, was ich damit sagen will. Damals in der Stimmlage Mezzosopran, *Weihnachtsoratorium* Teil eins bis sechs. Ein Cluster? Verzeihen Sie, da muss ich passen. Ebenso wie bei Venosa. Hört sich irgendwie giftig an.«

»Sie meinen: Venenum«, unterbrach mich mein Telefonpartner. »Nein, Gift war wohl nicht im Spiel, als Gesualdo seine Frau umbrachte. Ich glaube, er erwürgte sie mit einem Seidenstrang. Ganz sicher bin ich mir da aber nicht, kann auch ein Stilettstich gewesen sein.«

Es sah ganz so aus, als sei der Chorleiter oder wen immer ich an der Strippe hatte, ein Humorist, was ich als sehr ermutigend empfand. Ich unterschlug die Mitteilung, dass so genanntes Vom-Blatt-Singen nicht zu meinen Stärken zählte und beendete meine Bewerbung mit dem ebenso musikalischen wie mutigen Satz: »Die Welt ist Klang.«

Da vernahm ich ein freundliches Grunzen auf der anderen Seite, das nicht sehr künstlerisch klang. »Am besten wird sein, wenn Sie einmal probeweise mitsingen«, meinte mein Sängerknabe, »doch muss ich Sie im Vorhinein warnen, denn wir singen ohne einen Dirigenten, darauf reagieren manche Sänger allergisch.«

Also, nächsten Donnerstag um sieben im Seitenschiff der Michaeliskirche. Ich war stolz auf mich, gewiss hätte mein Vater mich gelobt. Schließlich hatte ich ja seine schöne Stimme geerbt, oder wenigstens einen Abklang davon.

Die Schätze, die ich in mir trage.

Während ihrer Verlobungszeit, die nicht einmal zwei Jahre gedauert hatte, erhielt die junge Frau hinreichend Gelegenheit, sich von der Brillanz seines Bariton zu überzeugen.

In schwarze Kriegseleganz eines im Altkleiderhandel erworbenen Prinzessmantels gehüllt, die schwarze Lockenfülle linksseitig gescheitelt, das Kinn wegen der Eiseskälte in der Magdalenenkirche tief in den Persianerkragen gesenkt, die Hände im dazugehörigen Muff, so lauscht sie tief bewegt. An diesem Tag singt er. »Bestelle dein Haus, denn du wirst sterben und nicht lebendig bleiben« aus der Bach-Kantate *Gottes Zeit ist die allerbeste Zeit*. Als er singt »*Pleni sunt coeli et terra*« und den weiten Kirchenraum mit dem metallischen Glanz seiner Stimme füllt, läuft es ihr eiskalt den Rücken runter, wobei sie nicht zu sagen wüsste, ob die Kälte im Kirchenraum oder ihre Rührung die Ursache dafür sind. Ihm zur Seite eine in den Nachkriegsjahren gefeierte Oratoriensängerin. Mozarts Totenmesse wird aufgeführt. *Lux aeterna*. »*Quia pius est*« singt er und dabei treffen sich ihre Augen und sie kneift sich in ihrem Muff fest in die Finger, um nicht Opfer ihrer dummen Rührseligkeit zu werden. Er ist gerade zweiunddreißig geworden und seine Stimme hat nun die Fülle und Reife, die es zu einem solchen Werk braucht und die bei den Zuhörern sowohl Bewunderung als auch Ergriffenheit erzeugt.

Nicht nur bei seiner jungen Verlobten. Auch bei den anderen, den Freunden und Fremden, die gekommen sind, um sich trösten zu lassen. Oder um sich zurückzuziehen aus einer Welt, die anfängt, bedrohliche Züge anzunehmen. Ist es schon so weit?

Hat der Führer nicht schon damit begonnen, sein Reich aufzurunden? Als Erstes ist Österreich dran, als Nächstes werden die Tschechen zur Kasse gebeten und anschließend ist Polen an der Reihe, hier und da wird sogar schon Abschied gefeiert.

Zu dem Zeitpunkt gibst du dich noch ganz den hochtrabenden Fantasien von einer »besseren« Welt hin, die nach deinem Ermessen nur durch eine geistige Elite zu Stande kommen kann. Was ich wissen will: Wer gehört zu dieser Elite? Natürlich, die arische Rasse, ein Glanzstück menschlicher Evolution, aber so ganz ernst scheinst du es damit doch nicht zu halten, sonst wäre wohl dein bester Freund nicht ausgerechnet einer gewesen, der einen »Webfehler« hat. Er ist zwar nur Vierteljude, sein Blut längst bis auf homöopathische Dosen verdünnt, aber als ganz koscher kann man Richard gewiss nicht bezeichnen. Und den neuen Usurpator kann er nicht leiden – während du weder besonders für noch gegen ihn bist.

Aber das steht heute, im glanzvollen Augenblick deines feierlichen Auftritts, auch nicht zur Debatte. Als du, mein Vater, zum vorerst letzten Mal in einem Kirchenkonzert singst.

In dem flüchtigen Licht dieses Abends scheint es, als flüsterten sich die ehrwürdigen Epitaphen in den Seitenschiffen der Breslauer Magdalenenkirche die drohende Botschaft zu:

Bald wird die deutsche Wehrmacht in Holland, Belgien und Frankreich einfallen – und er wird mit dabei sein.

Am Abend nach der Aufführung des Mozart-Requiems drängen Freunde und Verwandte sich in der festlich erleuchteten Halle des Zwinger um das junge glückliche Paar und lassen Vater mit Verve hochleben. Er blickt der noch so jungen Verlobten in die Augen und sagt: »Ich bin ganz im Zweifel mit mir, ob ich nicht doch meinen Beruf als Arzt an den Nagel hänge und mich mit Haut und Haar der Musik verschreibe. Kannst du das verstehen?«

Das kann sie, aber sie bewundert ihn dafür, dass er beides kann, ein guter Arzt und dazu ein begnadeter Sänger sein. Und in seiner Uniform sieht er obendrein auch noch gut aus. Schließlich ist es noch gar nicht lange her, seit er es sich aus dem Kopf geschlagen hat, die vorerst eingeschlagene Laufbahn eines Offiziers der deutschen Wehrmacht weiter zu verfolgen. Aber auch als Offizier der Reserve macht dieser Mann, wie man sieht, eine »gute Figur«. Ein Glas, das ihm an diesem gefeierten Abend unter den Händen zerspringt, gibt zurzeit noch niemand Anlass, an ein Unheil zu glauben.

Momente der Stille und der Nachdenklichkeit.

Das waren wunderbare Augenblicke, die Tage nach ihrem musikalischen Erwachen, als sie in einem knappen, wie sie glaubte poetischen Antwortbrief an Herrn Altvater schrieb, mit Rohrertusche und mittels einer genialisch klecksenden Zeichenfeder, die nach ihrem Gefühl den Worten auch grafisch das rechte Gepränge verlieh. Alles auf braunem, tibetanischem Papier. »*Ich bin überzeugt davon, dass Sie staunen würden, wenn Sie mich hier so sitzen sähen. Ja, ganz recht: ich habe mir ein Zimmer genommen, noch dazu eines, das ganz in Ihrer Nähe liegt.*«

Gleich ist es vier Uhr.

Sie blickte durch die weißen Rollos aus Reispapier auf den marmorierten Himmel über den kahlen Platanen, die schon beschnitten waren und nun aussahen wie Hände von Leprakranken. Gerade verschloss sie ihren Brief mit Siegellack.

Zum ersten Mal genoss sie die neue Freiheit eines frisch gestrichenen, Weiß in Weiß gehaltenen Arbeitszimmers, auch wenn darin noch manches fehlte, was ihre Professionalität unter Beweis stellte. Aber die Woche hatte ja erst begonnen.

Kurz nach vier erschien tatsächlich noch jemand von der Telefongesellschaft und lieferte ein weißes futuristisch anmutendes Telefon, das vorerst auf dem abgeschliffenen Dielenboden Platz fand. Da stand es nun einladend und geheimnisvoll wie ein abgehobenes Kunstobjekt in irgendeiner Ausstellung. Zeit, um noch ein paar Anrufe zu erledigen.

In den Jahren, die hinter dir liegen, hast du manches vernachlässigt, ging ihr durch den Kopf, als sie auf das Freizeichen lauschte. Was ist schon dabei, einen alten Freund aufzusuchen? Das heißt, so weit ist es noch gar nicht. Vorerst geht es nur darum festzustellen, ob diese Spuren fremden Lebens noch mit irgendetwas in Verbindung stehen, das sie in allerletzter Zeit gedacht oder gefügt hat. *Bist du aufgeregt? Nicht ein bisschen.* Auf ihrem Gesicht muss ein gelassener, leicht spöttischer Ausdruck gelegen haben, als nach dem sechsten Signalton abgenommen wurde. Merkwürdig, dass er tatsächlich dran ist.

»Wie kamst du nur auf die Idee, mich anzurufen?«

Hörst du, das ist noch das gleiche leicht hämische Lachen von damals.

»Es war reiner Zufall. Wie ich vor ein paar Tagen durch deine Stadt gelaufen bin, Stadtgraben, Landgericht, Residenzplatz, stand ich plötzlich auch vor deiner Schule.

Ich stellte mir dein Gesicht von damals vor und plötzlich überkam mich eine Welle von Liebe, das geschieht mir nicht alle Tage.«

Eine anrührende, eine komische Erklärung. »Sentimentalität, ist das ein neuer Zug an dir?« Egal. Ihr ging es doch nur darum zu wissen, mit welchen Augen sie heute ihre Welt von damals sehen würde. Keine Lehren, keine Rache und keine gemeinsamen Pläne. Ihre Zeiten sind lange vorbei, und die, mit der er heute redet, hat nur noch entfernte Ähnlichkeit mit dem maskierten Geschöpf von damals. Jetzt, da sich ihr Leben auf eine vernünftige Umlaufbahn zuzubewegen scheint, wäre es doch noch einmal interessant, einen Blick auf diese Liebe zu werfen. »*Ich wünsche mir einen Lampenschirm aus deiner Haut*«, hat der Siebzehnjährigen in Riesenlettern ins Poesiealbum geschrieben. »Weißt du noch?« Er trugt einen handgestrickten Pullover, der nach Zigaretten und nach Schweiß roch. Auf einer Moto Guzzi, dem einzig wahren Objekt seiner Liebe, fuhr er mit ihr auf einer Waldstraße in ein Tal, das demnächst geflutet werden sollte um einer Großstadt Wasser zu geben – seine Anwohner kämpften mittels Volksabstimmung dagegen an.

Mittlerweile hatte sie der Wald aufgesogen, eine verwunschene und unberührte Landschaft wie aus dem Märchen. In dieser Oase taumelten sie durch das Gesumme wie zwei Wilde. Natürlich sieht sie auch den Bienenstock noch vor sich, der ihr solche Angst einjagte.

Ach Gott, wenn ihr eines dieser gefährlichen Geschöpfe in den Mund geriete! Und sie verschloss ihre Lippen zu einer schmalen dünnen Linie und antwortete auf keine seiner Fragen mehr. Seltsam, dass sie sich erst jetzt an ihre Angst erinnerte.

Er hat gegrinst. Und sie hat sich in einem Anflug von Fieber und Benommenheit mitten ins Blaubeerlaub fallen lassen und dabei gedacht: *Von mir aus können jetzt zehn oder zwanzig Jahre vergehen, ich lasse es einfach geschehen.*

Diese blonden Borsten auf ihrer Haut, die weißen Wimpern. Was ist das für ein Typ, für den sie ihre Leidenschaft entdeckt hat? Gerade war sie im Begriff sich vorzustellen, dass er von nun an den Mittelpunkt ihres Daseins ausmachen könnte, da drehte er sich auf die Seite und begann damit, ihr eine Geschichte von einer Mühle, einem verdorrten Garten und einer Verpflichtung, die er einem Kind gegenüber habe, zu erzählen.

Von Anfang an steht fest, dass er von Erlebnissen umgeben ist, die sie nicht teilt. Irgendwo hält jemand ein zweites Nest für ihn warm, eine kleine Frau, die an den Wochenenden Polenta kocht und werktags für ihr zweites Staatsexamen büffelt, die ab und zu ihr Kleid aufmacht, damit er etwas an ihr gutmachen oder nur einfach seinen unersättlichen Trieb stillen kann.

Man konnte glauben, er höre ihr mit Andacht zu.

Doch irgendwann, während er ihr noch lächelnd auf die Lippen schaute, spürte sie, dass seine Gedanken sich auf Abwege begaben, sein abwärts gleitender Blick kündigte an, dass er im Begriffe war sich auszumalen, wie er sie wohl diesmal nehmen könnte, vielleicht zur Abwechslung einmal auf den Knien. Nichts als Gelächter, wenn sie sich über die Frechheit beschwerte, ihren Problemen nicht mehr zuzuhören.

Wenn sie in Zeitabständen, die immer größer wurden, zusammenkamen, so war das jedes Mal wie ein Ausflug ins Weltall und hatte nichts mit der beschämenden Nichtigkeit des Alltags zu tun. Diese Kraft einen mitzureißen. Nebenbei vertraut er ihr das eine oder andere aus seinem Leben an: Andeutungen über die Schwierigkeiten einer Universitätskarriere und die Canossagänge zu den Gralshütern. Über den chronischen Geldmangel und die Vorliebe für Schulden aller Art. Und sonst? Jeden Freitag spielte er mit sizilianischen Gastarbeitern der zweiten Generation in einem aufgelassenen Kinosaal Theater, dabei belauschte und lernte er ihre Dialekte. Mein Gott, war dazu ein sechsjähriges Romanistikstudium vonnöten? Und wenn er heimlich ihre Telefongespräche abhörte, um sie auf Band zu nehmen – wen in aller Welt sollte das interessieren? Sie hat nicht nachgefragt und auch keine Witze darüber gemacht. Genauso wenig wollte sie über die gesichtslose Andere wissen, die manches Mal Dinge hinterließ, die Zeugnis ablegten von ihrem Vorhandensein. Eine Tube Cold Cream. Ein Paar Schuhe mit Riemchen um die Fesseln Größe siebenunddreißig. Ein zerknittertes Papier im Papierkorb mit einer Botschaft für ihren gemeinsamen Liebhaber.

Trotzdem, du kamst mir schon immer sehr verschlossen vor.

Nichts von deinen geheimen höchstpersönlichen Dingen fand Platz in unseren Unterhaltungen. Warum es dein Schicksal ist, zu betrügen? Und warum du am Ende eines Sommers plötzlich und in allerletzter Minute die Mitteilung von deinem bevorstehenden Standortwechsel fallen lässt? Warum dann nicht gleich auf die allereinfachste Weise mitsamt der Moto Guzzi verschwinden?

Als ob nicht schon vorher klar war, dass diese Obsession schlecht enden würde. Und doch habe ich an diesem Abend möglicherweise Dinge gesagt, die Menschen unter solchen Umständen eben sagen und dabei zugesehen, wie sich alles um uns veränderte, die Farben der Abenddämmerung, ihre Temperaturen und Geräusche. Und ich selbst auch.

Ich vermute im Nachhinein, dass du dir unseren Abschied als eine absehbar letzte Folge von wogenden Bäuchen, Brüsten und Armen gedacht hattest.

Ich jedoch zog mich vor Ablauf der Gnadenfrist zurück, ernüchtert durch die Vorgehensweise dieses Mannes. Total blauäugig. Dabei folgte er doch nur einer Regie, der auch ich mich bis dahin ohne Einwände unterworfen hatte.

Es ist seltsam. Aber die Erinnerung an Lust ist wohl die flüchtigste, die es gibt, und je mehr ich versuche, sie noch einmal heraufzubeschwören, umso weiter zieht sie sich zurück.

Hinter meinen Augenlidern schien die Sonne, obwohl es auch ein bisschen neblig war. Flüchtig stellte sich mir die Frage, ob auch diese abrupt beendete Beziehung etwas mit der geheim gehaltenen Suche nach meinem Vater zu tun gehabt haben könnte.

Glaubt er nun, sie könne nach all dem, was geschehen ist, wieder damit beginnen, Sympathien für ihn zu hegen?

»Kannst du mir verraten, wo du gesteckt hast in all den Jahren?«

»Vorerst im achten Stock eines Hochhauses über Lyon, mit Blick auf die Rhone.«

Später kam noch heraus, dass die Firma, die ihm das Büro zur Verfügung stellte, dem Vater der Anderen gehörte. Gefolgt von der Schilderung einer Art Odyssee durch die Vereinigten Staaten und von da zurück nach Europa, zuerst Italien, dann Saarbrücken und jetzt Frankfurt.

Sie legte die Beine auf den Zeichentisch, um es einigermaßen bequem zu haben, solange sie sich weiter seine Lebensgeschichte anhörte. Im Moment ist er gerade wieder dabei, eine Brücke hinter sich abzubrechen. Sie versuchte sich den Motorradfreak in Militärstiefeln am Schreibtisch einer ehrwürdigen Alma Mater vorzustellen.

Er sagte, er habe nun endlich auch die Quotenfrauen ausgebootet, die ihm in den Gängen der Lehranstalten mit Fußangeln aufzulauern pflegten, jedenfalls hörte es sich nach seiner Schilderung so an. Und am Ende noch die eine, alles einschließende Frage. »Bist du glücklich?«

Was soll der Quatsch? Sie hat sich zusammen mit einem Mann ein Haus gekauft und dann ist noch so einiges passiert in ihrem Leben, das sie nicht vorhatte ihm zu erzählen.

»Das hält mich nicht ab, dich wieder zu sehen«, sagte er, »ein bisschen Verführung muss sein.«

»Und die Andere?«, fragte sie mit einem Anflug von Spott.

»Wie immer«, antwortete er, »eben ist sie in einen Bus gestiegen, um nach Frankreich zu fahren.« Na also, nichts hatte sich verändert. Manche bringen es tatsächlich fertig, ein Leben lang der eine atemberaubende Lover zu bleiben.

Sie notierte sich seine Anschrift und Telefonnummer. Plötzlich hatte sie es eilig, das Gespräch zu beenden.

Das dubiose Zeichenbüro, das Agnes sich vor kurzem eingerichtet hat, ist Ludwig, ohne dass er es sich eingestehen will, von Anfang an ein Dorn im Auge gewesen. Gerade stellte er sich ihre freudige Überraschung vor, wenn er ihr seinen Plan einer Hauserweiterung erläutern würde, einer Lichtkuppel aus Glas, die sich als Verbindung von Haus und Remise gut machen würde und in der sie ihre Arbeiten verrichten könnte.

Als er die Haustüre öffnet, hört er sie telefonieren. Eigentlich sollte er darüber stehen, aber sofort stellt sich dieses Misstrauen ein. Das Gefühl hintergangen zu werden kann er sich nicht erklären. Aus der Art, wie sie mit Bedacht und einem Ton der Zuversicht Worte produziert, kann er erkennen, dass sie mit ihrer Mutter spricht. Der flüchtige Blick, den er auffängt, während Agnes weitertelefoniert, kann Ludwig aber nicht beruhigen. Außerdem hat sie die merkwürdige Gewohnheit angenommen, in schwierigen Lebenslagen die Schultern hochzuziehen.

Trotzdem will er sich heute nicht von dem Vorhaben, vernünftig und großzügig zu denken, abbringen lassen und ihr im Tausch gegen ein freundliches Gesicht eine Einladung zum Abendessen anbieten.

»Agnes, was ist mit dir?«

Was soll schon sein?

Sie macht eine wegwerfende Handbewegung und sagt zögernd »Ja« zu einer Essenseinladung, »obwohl ich eigentlich keinen Appetit habe.«

Sie weiß um seine Empfindlichkeit, wenn sie sich in einem Restaurant, in das er sie in einer großzügigen Geste geführt hat, nur einen Salatteller bestellt.

Vogelgeräusche und eine leichte Wellenbewegung in dem noch kahlen Geäst der Birkenallee. Die meisten Parkplätze unter den Bäumen sind frei, es ist auch erst Freitag und der große Run auf das Fleckchen Romantik, das die zum Ausflugsziel erklärte mittelalterliche Ringsiedlung darstellt, setzt erst zum Wochenende ein. Dann brausen Reisebusse aus Leiden und Bitterfeld die neunprozentige Steigung hoch und verpesten die Luft, die heute glasklar und bewegungslos über dem Talboden schwebt. Die kleine Backsteinkirche auf historischem Gelände hat ihren Platz unmittelbar unter dem Himmel und die gleiche Farbe wie die gegenüberliegenden Felswände. In einem geologischen Fachbuch, das sich mit der Entstehungsgeschichte dieser Landschaft befasst, wird der weitläufige Graben, der aus dem Flussbett abzweigt und nach einer Umrundung des Hügels wieder dort einmündet, als »Bärenstückschleife« bezeichnet und wie der pelzige Rücken eines großen Bären sieht tatsächlich der Hügel schräg unterhalb aus, der dem Urstrom seinen Namen gegeben hat. Dort unten, von filigranem Netzwerk halb verborgen, liegt ihr gemeinsames Haus.

Zu anderen Zeiten hätte Ludwig, der sich für die Geschichte einer Landschaft begeistern kann, weil darin die gewaltigen Urkräfte der Schöpfung sichtbar werden, Agnes angehalten und sie aufgefordert, doch einmal nachzuempfinden, wie gewaltig der Strom zu Urzeiten ihren Hügel umbraust haben mochte und wie er Baumstämme, Gesteinsbrocken und Eisplatten in gurgelndem Strudel durcheinander wirbeln ließ, bis alles geschmolzen war, Wasser war, eine träge lehmige Wassermasse mit unvorstellbarer Vernichtungskraft, aus der nur hier und da ein paar schrundige Inseln auftauchten.

Und Agnes hätte dann vielleicht von der Taube erzählt, die aus den Wassern aufgestiegen war, um ein Stück neues Land zu suchen, auf dem die ersten oder letzten Erdenbewohner leben könnten – denn die Geschichten von Agnes hatten meistens etwas mit Flucht und der Suche nach neuer Heimat zu tun. Aber nicht heute. Mit leerem Blick lässt sie heute das Panorama hinter seinem Rücken vorüberziehen und stöhnt dabei ein wenig wegen der Steigung auf diesen letzten paar Metern. Und Ludwig kann sich des Bildes nicht erwehren, das sich ihm aufdrängt: diese Frau an seiner Seite in zehn oder zwanzig Jahren.

Weil er sein eigenes Wohlbefinden retten will und um das Bild, das Agnes in diesem matten Zustand bietet, zu vertreiben, fasst er sie an den Händen wie ein Kind und zieht die Widerstrebende, die das von Ludwig eingeschlagene Tempo als Zumutung empfindet, mit ungeheurem Elan hinter sich her.

Ein Déjà-vu-Erlebnis – genauso, mit dem gleichen verschmitzten Ausdruck im Gesicht von Ludwig und dem gleichen gequälten Lachen von Agnes hat der Mann die Frau, als beide noch nicht hier lebten, diese Anhöhe hochgezogen. Eine alte Erinnerung an die frühe Liebe.

Damals hatten sie auf dem Scheitelpunkt der Anhöhe mit dem Blick auf den Fluss von ihrer Zukunft gesprochen, mit der Lebhaftigkeit und den glühenden Wangen der Frischverliebten. Und während Agnes sich auch heute genau wie damals zu einem Lachen hinreißen lässt, beginnt Ludwig ihr die schon bekannte Geschichte von Klara, der Postbotin, zu erzählen, die mit ihrer gelbgetigerten Katze in dem schmalen Haus wohnte, an dem sie gerade vorüberkommen, mit dem Epitaph von 1780, bei dessen Anblick alle japanischen Touristen ihre Kameras zücken. Und wie daraufhin Klara, die Postbotin, auf die Idee gekommen sei, ein Hinweisschild vor ihrem Eingang aufzustellen mit der Aufschrift: Fotografieren ohne Katze 5 DM, mit Katze 10 DM, und tatsächlich einen ganzen Sonntag lang Geld eingenommen habe.

Im Restaurant, das am Wochenende Hochzeitsgesellschaften und Jubilare bevölkern, sind sie dann fast allein und Ludwig gießt Agnes das Glas mit Spätburgunder viel zu voll, sodass sie es gar nicht zum Munde führen kann. Vielleicht werden seine verdeckten Aggressionen doch auf diese Weise deutlich.

Sie nippt daran, als ob es Essig wäre. Später erzählt sie im Gegenzug eine Geschichte, die ihre Mutter erlebt hat, beginnend mit einem mysteriösen Anrufer aus Warschau, der seinen Namen nicht preisgeben wollte und dem Angebot, das er ihr zu machen habe – das Gemälde einer Malerin schlesischer Herkunft mit roten Blumen gegen angemessenes Geld.

Eine komplizierte Geschichte, fand auch Ludwig, in deren Verlauf der Anbieter Ostberlin als Treffpunkt und Ort der Übergabe festgesetzt hat, ohne Agnes' Mutter die Möglichkeit zu bieten, das Gemälde erst einmal auf einem Foto zu begutachten.

Natürlich hat Ludwig längst begriffen, dass es sich bei dem Gemälde um ein Werk der Familienmalerin handeln musste und es schien, als sei während des Erzählens die Erregung auf Agnes übergesprungen, die ihre Mutter bei der geheimnisvollen Angelegenheit ergriffen hatte. Ein Pendant zu dem bekannten Mohnfeldmotiv – sie ist ganz aufgeregt geworden bei der Schilderung der Umstände, hält den Kopf immer wieder anders und schaut ihn aus wechselnden Blickrichtungen an. Ob er nachempfinden kann, was das für sie, ihre Mutter, ja, die ganze über Gesamtdeutschland verstreut lebende Nachkommenschaft bedeutet?

Und Ludwig legt seine Hand beschwichtigend über ihre unentwegt zappelnde Hand und gibt dabei zu erkennen, dass er ihre große Aufregung nicht ganz begreift.

Natürlich nicht, wie sollte er auch. Wieder das alte Thema.

»Ihr habt schließlich ja nichts verloren«, sagt Agnes und ihre Stimme hat plötzlich einen bitteren und vorwurfsvollen Klang, »deswegen hast du auch keine Ahnung, wie das ist und die Geschichte macht dir auch keine Sorgen.«

Und indem sie ihre Augen auf einen festen Punkt zwischen Blumenvase und Speisekarte richtet, fährt sie noch eine Weile fort, über das Flüchtlingsdasein zu reden, den Verlust eines warmen Hauses, einer Sprache und all dessen, was ein Mensch braucht, um ein Minimum an Geborgenheit in dieser Welt zu verspüren.

»Warum grinst du so?«, fragt sie.

»Hab ich das? Entschuldige, aber ich bin nur verwundert. So warst du doch früher nicht.« Ein kurzes bitteres Lachen und sie dreht den Kopf zur Seite.

»Ja, schade. Hätte ich mich nur eher ausgeheult, Grund genug habe ich mein Leben lang gehabt.«

Darauf weiß er nichts zu antworten und beginnt deshalb das Gespräch auf ein Thema zu lenken, von dem er sich mehr verspricht. Über den warmen Ton des örtlichen Sandsteins, die Notwendigkeit der Wärmedämmung in einem Glashaus und die Utopie einer Wendeltreppe, die aus einem einzigen Betonguss erstehen soll.

Dass Agnes ihm dabei mit einem Ausdruck der Rebellion und nur mit halbem Ohr zuhört, nimmt er hin, ohne in der Begeisterung für sein Projekt nachzulassen.

Nachts hört Ludwig sie stöhnen und legt noch einen Arm auf ihre Hüfte, aber danach bewegt sie sich nicht mehr, atmet auch nicht, und so schläft er wieder ein.

Im Morgengrauen sieht er Agnes blass und ohne ein Lächeln vor sich stehen. Sie habe einen Arzttermin, lässt sie ihn wissen, als gehe es wieder um Leben und Tod.

Während er ein paar gewohnte morgendliche Handgriffe tut, das Fenster öffnet, die Decken zurückschlägt, schaut sie ihn immer weiter mit diesem todernsten Ausdruck an.

»Das ist doch alles nur ganz normal!«

Ganz normal, das sagt sich so leicht. Wie ein Kind, so lässt sie sich mit einem plötzlichen Plumps auf das Bett fallen. Die feste Entschlossenheit, das zu bekommen, was sie braucht. Und während er sich vor ihr auf die Knie niederlässt, klammert sie sich an seinen Hals und er spürt beklommen, dass jetzt nur eine Kleinigkeit geschehen muss und sie bricht in einen Strom von Tränen aus. Was ist bloß mit ihr los?

Nach einer Routineuntersuchung, die nicht länger und nicht kürzer ausfällt, als es der Situation angemessen ist, kommt der Mann, der stets großen Wert auf fantasievolle Krawattenmuster legt, auf das Thema zu sprechen, das Agnes eine schlaflose Nacht bereitet hat.

Das Angebot, mittels einiger geeigneter technischer Schritte in der sterilen Abgeschiedenheit der klinischen Zelle doch noch zu dem Objekt zu gelangen, von dem sie lange Zeit glaubte, dass ihr Seelenheil davon abhinge. Invitrosterilisation hieß das Zauberwort, das allein schon ein Zungenbrecher ist und dem die Kompliziertheit des Vorgangs, für den es steht, anzuhören war. Auch wenn es dem Arzt leicht über die Lippen ging und er mit ihr in einer Weise darüber sprach, als handle es sich um die Empfehlung zu mehr Schlaf, einer neuen Frisur oder dem Entschluss, häufiger mal ins Theater zu gehen. Es bestehe kein Grund zur Aufregung, die kleine Folge von Eingriffen sei mittlerweile ärztliche Routine, das könne man schon an der Geschwindigkeit ablesen, mit der sie, vor einem Jahr noch auf Platz siebenundachtzig der Warteliste, in die vorderste Kolonne gerückt sei – zur Verifizierung dieser Behauptung warf er einen raschen Blick auf ein Stück Papier, während die Augen von Agnes nicht von dem Muster auf seiner Krawatte loskommen, kleine Giraffen im Wechsel mit Palmen. Mein Gott, die Gilde der Designer oder wie immer sich heutzutage diese Fachleute nannten, lassen sich wirklich allerlei einfallen, dachte sie.

Gewiss nur um zu vermeiden, an das andere zu denken. Die Entschlossenheit, etwas nach Plan auszuführen, das in den Bereich der Sinne gehört. Das geheimnisvolle Getue – oder das Gegenteil: ein nüchternes Vorgehen unter Ausschaltung sämtlicher Empfindungen. Hinzu käme noch die Zeit als kategorischer Imperativ,

ein Blick auf die Uhr: *Bitte, könntest du jetzt deinen Samen bereitstellen, es ist an der Zeit in die Klinik zu gehen.*
Agnes blickte zur Seite und sah, dass es an die Scheiben regnete. Der Geschlechtsakt als Ritual der Reproduktionsmedizin erforderte gewiss eine ganze Folge von taktischen Schritten. Und sie sah all die einsamen Frauen vor sich, sah ihre Körper, wie sie sich wanden unter dem Makel der Unfruchtbarkeit. Es war nicht schwer sich vorzustellen, dass das Angebot des Arztes, den Geplagten doch noch zu einem Kind zu verhelfen, zu den Erfolgsnummern des Berufsstandes zählte. Der Blick des Arztes streifte dezent seine Armbanduhr. Was ist nun? So Leute, das ist eure letzte Chance, macht damit was ihr wollt, mehr kann ich nicht für euch tun. Nein, gesagt hat er das nicht.

Braucht sie Bedenkzeit? Und wenn ja, wie lange? Und noch eine Frage: »Wie kommen Sie an die Eizellen?«

Sie lässt sich noch sagen, dass dies das kleinste aller Probleme darstelle. Per Bauchspiegelung könne man zu der gewünschten Zeit das Gewünschte entnehmen, nicht nur eine Eizelle, sondern sozusagen im Fünferpack. Im Glas befruchtet kehrt alles wieder auf umgekehrtem Wege dahin zurück, wo es herkam. Und wenn es nicht gefruchtet hat, dann eben das Ganze noch einmal. Zugegeben, nicht eben der einfachste Weg, aber nicht zu vergessen: das Ziel. Agnes versuchte sich vorzustellen, wie es wäre, wenn sie Zwillinge bekäme.

Auf ihrer Netzhaut tobte eine kleine Schar von roten Teufeln. So viel Hoffnung, doch irgendwie hatte sich gerade eine Ahnung vom Sterben eingeschlichen.

Ich will hier weg. Was nehmen die sich eigentlich noch alles heraus, um der Natur ein Schnippchen zu schlagen. Mit humanen weiblichen Versuchstieren den aktuellen Stand der Reproduktionstechnik unter Beweis zu stellen. Und überhaupt: verdammter Wunsch, sich zu vervielfältigen! Und wenn unbedingt: wieso dann nicht durch Abschnürung oder Parthenogenese wie bei den Zahnkarpfen oder Rennechsen? Was für ein wunderbarer Vermehrungsstil, ganz ohne Beziehungsstress, das müssen Sie zugeben.

Nur bei den höheren Tieren scheint der Fortpflanzungserfolg so wichtig zu werden, dass sie sich in solchermaßen abartige Situationen begeben.

Alles Rationalisierungen. Auch der Gedanke, dass jede Minute, die auf der großen Weltenuhr verstreicht, global millionenfach gezeugt und geboren wird trotz der nachweislichen Sinnlosigkeit der meisten dieser Leben. *Überall von Männerblicken vereinnahmte Frauenkörper, Schenkel, Bäuche, Brüste in konvulsivischem Zucken. Rechts und links von dir wird gekeucht und gestöhnt. Und dann, kaum geboren, wird schon wieder gestorben.*

Was ist der Globus anderes als ein Konglomerat von Gewebeflüssigkeit, Sperma und Blutplasma. Willst du wirklich, Agnes? Willst du dir das antun und mit all den anderen unvollständigen Weichtieren dir noch einmal die Anwärterschaft auf Selbstverewigung erkaufen? Was sagt ihr dazu? Und was würde mein Vater sagen?

»Ich gehe jetzt zu mir nach Hause«, sagte sie. Oder vielleicht hatte sie es auch nur gedacht. Dem Arzt war das recht, eine sofortige Entscheidung war nicht nötig, die meisten Frauen brauchten noch ein paar Tage oder Wochen, um sich auf den Eingriff vorzubereiten.

Die Gänge lagen verlassen, und ihre einsamen Schritte hallten auf den polierten Platten.

Durch einen Vorhang aus Regen blickte Agnes auf das Gebäude an der gegenüberliegenden Seite des Platzes, das ihr zwei Jahre lang Heimat gewesen war. Noch stand ihre endgültige Entscheidung nicht fest. Es würde gut tun mit jemand darüber zu sprechen, auch wenn keiner einem diese Entscheidung abnehmen konnte. Sie blieb stehen und zählte die Fenster da drüben auf der anderen Seite. Ob er sich hinter dem Vorhang verschanzt hatte? Nein, es war ja vor Ostern und ihr fiel ein, dass er auch die Jahre zuvor, wenn die ersten Frühlingsstürme übers Gebirge rasten, ins Engadinertal gereist war, das er allein und ohne Anhang auf schmalen Langlaufbrettern umrundete.

Zurück fuhr sie per Taxi, mit einem serbischen Chauffeur, der es sich in den Kopf gesetzt hatte, mit ihr über Gegenwartskunst zu diskutieren, speziell die Farbe Blau, wovon er mehr zu verstehen schien als die meisten anderen Taxichauffeure, die sie je befördert hatten.

Gelber Staub bedeckte die Kühlerhaube und als sie über die Allee am Flussufer fuhren, musste Agnes drei Mal hintereinander niesen. *Das haben Sie jetzt von Ihrer Farbtheorie, Blau sei die Farbe der Ferne und der unerfüllten Sehnsüchte, Herr Milovic.*

Während ihre Gedanken das Gespräch, das hinter ihr lag, noch einmal Wort für Wort Revue passieren ließen, tauchte ganz von allein der Wunsch auf, sich von ihrer Mutter gewisse Ereignisse noch einmal erzählen zu lassen, die sie zwar schon kannte, die ihr aber zum gegenwärtigen Zeitpunkt in einem ganz anderen Licht zu leuchten schienen.

Sommer 1942. Als die junge Frau erfährt, dass sie schwanger ist, gerät sie nicht in Panik. Ich habe es doch gewusst, denkt sie, und ich habe es so gewollt. Als Erste soll ihre Freundin Lilo davon erfahren. Und während sie weiße Damastservietten auf den Teetisch legt, lächelt sie still vor sich hin. Wenn Lilo wieder gegangen ist, wird sie sich drüben an den Sekretär setzen und Walther die Neuigkeit ins Feld schreiben. Und dabei stellt sie sich das Gesicht ihres Mannes vor, der jetzt schon längst wieder sein Reiseziel erreicht haben muss. Über Pleskau, von wo er vor sechs Wochen per Flugzeug zu ihr gestartet war. Von dort aus im stets Richtung Osten rollenden Fronturlauberzug durch Litauen bis an die alte russische Grenze. Walther, der schon fast zwei Jahre als Stabsarzt bei der Deutschen Wehrmacht dient, der wird aber Augen machen! Ein paar Fragen schwirrten ihr durch den Kopf. Wie wirst du es regeln, ganz allein und auf dich gestellt, die Zeit bis zu dem Ereignis, vor allem im Winter, das wird eine harte Zeit. Sie hat zuerst geduscht und sich dann ihr letztes Paar Seidenstrümpfe und das weichfließende Wollkleid übergestreift. Die schulterlangen schwarzen Haare trägt sie hoch gesteckt und taxiert nun ihr Abbild in dem dreiteiligen Spiegel, der noch vor kurzem ein Paar gespiegelt hat, gleich drei Mal aus den unterschiedlichsten Perspektiven.

Nichts, das dieser Spiegel hätte fest halten können. Diese Stirnen, offenen Lippen und vielen Hände ein Trugbild. Auch Walthers vom Fleckfieber hohle Wangen. Du bist doch nichts weiter als ein glitzernder stummer Diener aller Herren.

Und für einen Augenblick gibt sie der schmerzlichen Erinnerung nach und legt ihre warme Stirn an die glatte kühle Fläche und ihre unzähligen Hände streichen sekundenlang über die Stelle, die heute leer bleibt. Eigentlich hätte die Härte eines Kriegsschicksals sie beide gar nicht voll treffen müssen, denn Walther hätte als Rekonvaleszent das Recht beanspruchen können, die Folgen des Fleckfiebers zu Hause auszukurieren. Er war trotz seines abgehalfterten Zustands durchaus noch zu Späßen aufgelegt gewesen. »Da sind wir dem Tod doch wieder mal von der Schippe gesprungen«, hatte er vor den Freunden gescherzt, und seine Angebetete hatte zum Spaß ihr Ohr an sein Herz gelegt, wie um festzustellen, dass er wirklich und leibhaftig am Leben sei. Dann war ihr allerdings aufgegangen, dass dieser Scherz bitter ernst war. Die Haut um seine Nase war tatsächlich leichenblass. Und überhaupt sah es so aus, als habe jemand die Haut seiner Gesichtshälften straff gezogen, man konnte sämtliche Knochen darunter sehen. Ganz zu schweigen davon, dass ja bereits für das große Vaterland hundert- und tausendfach überall gestorben wurde. Erst vor einer Woche hatten die armen Ehrmanns aus der Nachbarschaft die Nachricht vom Heldentod ihres einzigen Sohnes erhalten. Der Junge, der partout hatte Funker werden wollen. Kaum hatte er die Grundausbildung und den Hörtest hinter sich, war er auch schon an die kroatische Grenze abkommandiert worden.

Da heißt es immer: ein befreites Land, und da reißt eine einzige Maschinengewehrsalve den Horchwagen, auf dem sich der Junge befindet, in Stücke. Man darf gar nicht daran denken, besonders nicht, wenn man in solchem Zustand ist wie sie.

Aber nun schiebt sie einen Stuhl zurück und setzt sich drauf. Es wäre sicher besser, die Zeit anders herumzubringen als mit destruktiven Gedanken, aber so leicht fällt einem das nicht. Da ist noch Peter, der schweigsam und ganz verändert zurück gekommen war, ohne einen Funken Wiedersehensfreude, wie ihr schien. Ein Freund von Walther. Er ist Offizier und war abberufen, um die Leitung in einem Konzentrationslager im Osten Schlesiens zu übernehmen. Und nach vier Wochen war er wieder da. Hatte sich, wie er mitteilte, zurückversetzen lassen. »Ich kann das einfach nicht«, hatte er gesagt, hier an dem Tisch, an dem sie sitzt, und als sie ihn mit Fragen nach dem Warum gelöchert hat, hat er Geschichten von sich gegeben, die ihm hier keiner glaubt. Wieso Todesstationen? Es seien doch nur Arbeitslager, für politisch missliebige Zeitgenossen, hatte sie entgegnet. Erst wollte er ja nicht raus damit, aber dann hatte er doch darüber gesprochen. Arbeit ja, sagte er, sogar bis zum Verrecken. Wenn man darunter verstehe, dass Tag für Tag Lastwagen mit Toten unterwegs seien zu einem Riesengrab in den Wäldern. Ach, sollte man das glauben? Möglich schien alles zu sein in dieser Zeit, die nicht mehr die gute alte Zeit war. Wer hatte denn vor ein paar Jahren schon an Krieg gedacht? Vielleicht musste man das, was Peter als »aufgewärmtes Mittelalter« bezeichnete, als Rassenjagd und Hexenverbrennung, vielleicht musste man das einfach als einen Teil des Krieges betrachten. Was ist nun mit Peter? Nicht jeder ist zum Held geboren. Der Gedanke beruhigt sie, ihr Liebster ist jedenfalls kein Drückeberger, ganz im Gegenteil.

Dabei stammt er noch nicht einmal von einem Vater ab, für den Hitler ein Gott ist, und auch von keiner Mutter, die zu allem Ja und Amen sagt. Es sind bewährte Tugenden, die für ihn zählen. Schutz für die, die einem anvertraut sind. Die Verantwortung gegenüber dem Staat und seinen legitimen Vertretern und Treue gegenüber seinen Kameraden.

Eben hat sie eine Erinnerung: Vor zwei Jahren, an einem Sonntagmorgen, da ließ sich Walther, den Kopfhörer des Detektorempfängers noch in der Hand, auf die Bettkante fallen, wobei er das Frühstückstablett in gefährliche Schräglage brachte. Es ist der 20. Juni, ein richtig schöner Sommertag, den sie auf dem Zobtenberg verbringen wollten.

Sie weiß noch, dass er ihr den Kopfhörer aufs Ohr drückte und sie eine wohl bekannte Stimme hörte: die von Goebbels. Und dass sie keineswegs so überrascht war wie Walther, sie ist nicht der Typ einer Träumerin. Das Zimmer im Morgenlicht, ihr Bett, auch dieser Quatschkopf im Radio, das alles ist für sie Wirklichkeit. Und jetzt auch noch die Kriegserklärung an Russland. Als ob sie's geahnt hätte, schon seit Tagen war ihr so, als ob es zu einem Eklat kommen würde. Auf der Fahrt durch die blühenden Wiesen, vorbei an den Domänenhöfen, diskutierten sie über Gott und die Welt und auch über die möglichen Gefahren für ihren Standort, die ihr Mann nicht für gegeben hielt. Damals wagte sie mit der Nonchalance ihrer einundzwanzig Jahre einige kritische Bemerkungen über die geistigen Fähigkeiten der Führungsspitzen, die doch offensichtlich zu gering seien, um etwas aus der Geschichte zu lernen. Aber da stößt sie bei Walther auf Widerstand. »Mein liebes Kind«, sagt er nur, »ich glaube, in der Angelegenheit steht uns keine Beurteilung zu.« So ist er eben, ein typischer Idealist.

Und natürlich ist es dann für ihn auch reine Ehrensache, als er die Aufforderung erhält, seinen Dienst als Primärarzt im Bunzlauer Krankenhaus zu quittieren und sich dem Marschbefehl zu unterwerfen, als Offizier der Reserve, der ihn in die entlegensten Teile Russlands diktiert, wo schon planmäßig das Unternehmen Barbarossa läuft, unaufhaltsam Panzerspitzen vorstoßen, einkesseln und Zehntausende von Gefangenen gemacht werden.

Walther hat es fertig gebracht, sie mit seiner unausrottbaren Zuversicht anzustecken. Das Thema Sinn und Zweck dieses Angriffskrieges wird nicht mehr angeschnitten. Es war ihr immer schon ein Leichtes, ihre Gefühle mit wenig Zurückhaltung auf die seinen abzustimmen. Und die junge Ehefrau hat sich vorgenommen, ihren Haushalt stets so zu führen, dass ihr Mann jederzeit unverhofft durch die Tür treten könnte.

In ihrem Alter schiebt man die Frage, ob und wann man eine Familie gründen wolle, weit in die Zukunft. Als gläubig konnte man ihren Mann eigentlich nicht bezeichnen, aber vom Glauben abgewandt hat er sich auch nicht. Wenn er ihr nun aus dem Feld schreibt, wundert sie sich täglich aufs Neue, dass er ihr immer etwas zu erzählen hat über Gott, das Göttliche, wie er es in der weiten Landschaft wieder findet und über die Liebe. Nur den Tod spart er aus, jedenfalls so lange das möglich ist.

Sie wendet sich ab von ihrem Spiegelbild und als ihr Blick auf das Bücherregal fällt, sieht sie, dass es ganz verstaubt ist. Die Flügeltür, die auf die Rotunde der

Terrasse führt, steht angelehnt und ab und zu weht eine warme Wolke herein, die nach getrockneten Pflaumen und nach gewaschener Wäsche riecht, und bewegt die Gardinen aus Brüsseler Spitzen.

Es ist schon seltsam, denkt sie, diese plötzliche Eingebung damals an dem Abend bei Richard. Ausgelöst durch Walthers nassforsche Äußerung.

Sie erinnert sich daran, wie sie Walther von da ab mit anderen Augen angesehen hat. Er ist im Juli fünfunddreißig geworden und in der schrägfallenden Nachmittagssonne sieht man, dass sein weiches Gesicht Kanten und Kerben bekommen hat, sieht man, wie stumpf sein dunkelblondes Haar geworden ist. Zwei scharfe Falten haben sich neben den meist spöttisch hochgezogenen Mundwinkeln eingegraben und es kommt ihr vor, als verdüstere sich seine heitere Miene, sobald er sich unbeobachtet glaubt. Obwohl er behauptet, das Fleckfieber gut überstanden zu haben, ist sein Körper immer noch geschwächt.

Auf einem Spaziergang über den Marktplatz und am Café Gallus vorbei, wo sie von einigen Leuten herzlich begrüßt werden, bleibt Walther alle paar hundert Meter stehen, mager und verschwitzt, und sie ist versucht, ihn zum Kehrtmachen zu bewegen.

Vor dem Theater, wo er auch schon manchmal gesungen hat, bleibt er einen Moment mit geschlossenen Augen stehen und hält sie am Arm fest.

Er sagt: »Wenn mir die Sonne ins Gesicht scheint, dann fühle ich mich gleich wieder ganz wohl und gestärkt, kein Unterschied zu früher.« Und mit Entschlossenheit setzt er seinen Weg fort, bis an das Ufer des Bober, wo sich die Wege in bloßen Spuren verlieren und sie Tümpel und Pfützen umrunden müssen. Es ist ein ganz ruhiger Abend, eine Spur von Abkühlung liegt in der Luft, sie halten sich wie vor Jahren an den Händen, lauschen auf den Wind im Schilfgestrüpp, kaum kann man sich vorstellen, dass in diesem Moment irgendwo dort im Osten gekämpft wird. Walther legt ihr seine Pläne dar.

»Wenn erst der Krieg zu Ende ist«, sagt er zu seiner jungen Frau, »dann schauen wir uns nach einem kleinen Bauernhaus um zur Sommerfrische, an dem ein Gemüsegarten angelegt werden kann. Wenn keine da sind, dann pflanzen wir ein paar Obstbäume und sobald es dunkel wird, Liebste, dann hören wir auf die Nachtigall, die in unserem Holunderbusch singt.«

Sie lächelt und schweigt dazu. Warum geht ihr jetzt manches im Kopf herum, worum sie sich vorher nicht im Geringsten geschert hat. Ist es eine Vorahnung oder nur ein Ausdruck gesunden Menschenverstandes? Den ganzen Abend lang muss sie über das Rätsel von Tod und Leben nachdenken, bis ihr der Kopf zu platzen droht. Eine Wiege in dem Haus, in dem sie wohnen, das kann sie sich gar nicht vorstellen.

Als sie ihn nachts weckt, um ihm von ihrer plötzlichen Eingebung – ein Kind zu zeugen – zu erzählen, schlägt weit entfernt eine Kirchturmuhr. Vielleicht war er auch wach, weil ihn ähnliche Gedanken bewegt hatten. Er fährt seiner noch so jungen Frau mit den Fingern durch die dunkle Haarpracht und betrachtet kopfschüttelnd die ernste Entschlossenheit im Gesicht seiner Geliebten. Immer wieder aufs Neue fühlt er sich durch ihre Art in Erstaunen versetzt, aber wahrscheinlich ist es gerade diese Art, ihr erdverbundener Sinn für die Wirklichkeit, die auch das Leben ist, was ihn von Anfang an zu diesem Mädchen hingezogen hat.

Sie weiß noch gut, wie er darauf reagiert hat. Er sagte nämlich »Jetzt nicht« – sanft und gegenwärtig, und drückte ihr einen Kuss auf die Wange und sie darauf, indem sie rot anlief, so habe sie's auch nicht gemeint.

Wenn man jetzt darüber nachdachte – und sich wie als Film alles noch einmal vor ihren Augen abspielte, die Gespräche, Spaziergänge, das Essen am Sonntagmittag mit ihren Geschwistern und Mämmi, die extra aus Breslau angereist war, um ihren Schwiegersohn zu sehen, die verträumten Nachmittage auf der Veranda, die Hitze, die Liebesszenen ...

Als es dann geschieht, glaubt sie es zu spüren.

Ja, und wie man sieht, hat das auch gestimmt, den Beweis dafür hält sie seit gestern in den Händen. Es ist ein spannendes prickelndes Gefühl, dem sie noch gar nicht recht trauen kann. Sie lehnt sich gegen die Säule am Ende der Veranda und hört mit einem Ohr den Wind in der Ferne zu- und abnehmen und mit dem anderen nach innen, als könne sich da schon etwas regen und Töne hervorbringen. Sie hat keine Angst davor allein zu sein, ihre Augen gleiten über die beschnittenen Buchsbaumhecken und das große Beet mit den bunten Klecksen von Phlox und Rittersporn. Eine reine Freude, die sie auch immer an den großen prächtigen Garten ihrer Kindheit erinnert. Hier in der Kleinstadt ist alles kleiner, überschaubarer, aus den Angeln wirft einen hier nichts, aber das hat auch seine Vorteile. Walther ist in der ganzen Stadt angesehen und einen guten Freundeskreis haben sie auch.

Außerdem hat sie ja noch Hilde im Haus, das Dienstmädchen aus Waldenburg, dem sie am Wochenende aber freigibt, damit Hilde zu ihrer Familie kann.

Wenn alle Stricke reißen, ist da immer noch Mämmi, von Breslau dauert die Bahnfahrt hierher eine Stunde. Natürlich weiß die noch von nichts und wird gewiss Augen machen, wenn sie die große Neuigkeit erfährt. Einen Moment lang überzieht ein Schleier von Traurigkeit ihr Gesicht wie eine Wolke, wenn sie an ihren Vater denkt, der vor vier Jahren gestorben ist – obwohl alle sich heute einig sind, dass es auch sein Gutes hatte, da er den Kriegsbeginn auf diese Weise nicht mehr miterleben musste. Armer Vater, er war lange Zeit so krank gewesen. Aber woran er zuletzt wirklich gestorben war, vermochte keiner zu sagen, da er sich bis zuletzt geweigert hatte, einen Arzt hinzuzuziehen, selbst sein Schwiegersohn hatte ihn nicht dazu bewegen können. Armer guter Vater, bevor es noch zu einem Dahinvegetieren kam, bei dem das Leben sich in die äußersten Körperbereiche zurückzieht, wie Haar-, Bart- und Nagelwuchs, hatte sein Organismus, allem voran seine Niere gestreikt. Wirklich traurig, wenn man bedenkt, was für eine Freude ihm das Erscheinen eines neuen zarten Sprosses an dem weitverzweigten, bis ins siebzehnte Jahrhundert zurückreichenden Stamm des Familienbaumes bereitet hätte. Und von ihrem Vater spazieren die Gedanken zurück zu Mämmi, die die frohe Botschaft gewiss stante pede an Ursel weitergeben wird, die familieneigene Hebamme, die ihr selbst auch schon zum Eintritt in diese Welt verholfen hat. Das wird was geben!

Wie erst werden sich die Schwestern Sophie und Gertraud die frechen Mäuler zerreißen. Dann ist da noch Hannes, mit dem sie sich durch besondere Gedanken verbunden weiß. Was der dazu sagen wird, kann sie sich schon denken. Schon dass sie einen eigenen Hausstand gründete, hatte bei ihm keine sonderliche Zustimmung gefunden.

Endlich kommt Lilo und steigt mit ihren hochhackigen Schuhen über den blumenbewachsenen Randstreifen, die Verrückte, als wenn sie nicht wie alle vernünftigen Menschen den Weg benutzen konnte. Es folgt dann ein Gespräch unter Freundinnen, unter Frauen. Darüber, wie es ist, wenn man dicker wird. Ob man sich dann noch ins Schwimmbad wagen könne, ob man durch die Geburt eines Kindes seine Figur verliere, »aus dem Leim geht«, wie Lilo sich respektlos auszudrücken beliebt und wie man der zu erwartenden Appetitzunahme begegnen solle, schließlich gab es ja kaum noch etwas in den Läden zu kaufen und die auf Lebensmittelmarken zu beziehenden Nahrungsmittel – die machten bekanntlich keinen satt. »Hast du denn keine Angst?«, fragt die Freundin am Ende und schlingt ein zweites Stück von der Möhrentorte in sich hinein, übrigens die einzige Torte, die man in diesen Zeiten noch auf den Tisch bringen kann, weil man statt der Mandeln darin eben Haselnüsse nimmt, die gottlob im eigenen Garten wachsen.

Ob sie mit der Frage auf die Geburtsschmerzen oder die wildbewegten Zeiten anspielt, wird nicht deutlich. Was soll man darauf antworten? Doch nur das eine, dass man keine Angst hat. »Schließlich habe ich hier alles, was ich brauche. Ein schönes, ziemlich großes Haus, bestickte Tischdecken, ein Dienstmädchen, sogar einen Speiseaufzug, den Hilde bedient, wir sind ziemlich wohlhabend, warum sollte ich Angst haben?«

Lilo sitzt mit anmutig übergeschlagenen Beinen, als würde sie gerade für ein Modejournal posieren, einen »kleinen Russen« ein wenig affektiert zwischen den polierten Fingernägeln und zieht die ausgezupften Brauen zu geradezu makellos gewölbten Bögen hoch. »Ich meine, wenn er nicht mehr wiederkommt ...«, sagt Lilo sehr ruhig und langsam.

»Ach so«, antwortet die werdende Mutter.

Dann geht sie zu einem anderen Thema über. »Komm, lass uns in den Garten gehen, die Goldaugen sind im Augenblick wunderschön und zum ersten Mal ist endlich auch der Enzian in Blüte. Du weißt schon, von unserem Ausflug letztes Jahr ins Riesengebirge. Kannst du dich noch an die Blaubeeren mit Schlagsahne erinnern?«

Nach einer Pause und sehr geheimnisvollen Vorbereitungen erscheint dann als Knalleffekt eine Flasche Schampus auf dem Tisch, schon gekühlt. »Komm, lass uns anstoßen!«

»Also dann, auf dich. Und auf unser Vaterland ...«

Und als Lilo dann noch einmal die Lippen spitzt, um, wie es üblich ist, die politische Elite in ihr Vivat mit einzubeziehen, wird sie schnell unterbrochen. »Untersteh dich!«

»Weißt du noch, unsere liebe Frau Doktor Dehnhardt? Mit den unterschiedlichen Brüsten und den dicken Waden, die in gerader Linie zu den Schuhen abfielen? Wie sie uns vor dem andren Geschlecht warnte?« Und Lilo zitiert: »Mädels, meidet den Alkohol, denn er tötet die Hemmungszellen!«

Darauf Gläserklirren und ein Riesengelächter. »Und weißt du noch, wie du im Kochunterricht statt des gewünschten Dresdner Stollens einen Mann gebacken hast? Du hast dieses magere Männchen aus Teig Willy Birgel genannt, und ihm ein Riesending verpasst.«
»Quatsch, nicht ich, die Hefe hat das gemacht.«
»Egal, wunderbar jedenfalls besonders das Gesicht unsrer lieben Frau Dehnhardt. Du hast es schon immer fertig gebracht, für Aufmerksamkeit zu sorgen.«
Ein kurzes Atemholen, noch ein Schluck.
»Und dann hast du auch noch vor dem Abitur geheiratet. Großartig. Und dich um die ganze braune Kacke gedrückt. Keine Zeit für BDM, kein Aufstieg zur Jungscharführerin. Stattdessen mit zwanzig Arztehefrau und Hausherrin. Na, dann prost.«
Ach, in Lilos Augenwinkeln bilden sich sogar ein paar Tränen und jede der beiden jungen Frauen hängt einen Augenblick den Erinnerungen nach. Ausgelassenheit, Prahlerei, Widerspenstigkeit, so im Nachhinein betrachtet hatten sie beide doch eine schöne Jugend.
Aber wie war das eigentlich damals, als Hertha Kohn zum Direx gerufen wurde und nach den Sommerferien plötzlich auch Sarahs Platz frei blieb? Haben sie da Sehen und Wissen nicht miteinander in Verbindung gebracht? Oder Ostern 38, als Anne Wagenbach, auch Jüdin, ihr Vater Rechtsanwalt, als dieses magere ernste Mädchen, das nie Aufsehen erregt hatte, sich an einem denkwürdig stillen grauen Tag mitten in die Deutschstunde hinein zum Waschbecken begibt. Das grüne Ding mit den Rostflecken, über dem immer ein Geruch nach flüssiger Schmierseife hing. Sich die Hände wäscht und diese darin demonstrativ und nach der Klasse gewandt ausschüttelt, dass die Tropfen fliegen und laut in die Klasse ruft: »So, das war's dann wohl, meine germanischen Schwestern!« Und daraufhin mitten in der Deutschstunde ihre Schulmappe ergreift und aus der Klasse geht. Auch wenn einen bei solcher Gelegenheit die Information aus dem Gehirn nicht mit voller Kraft getroffen hat – was war es dann, was in den Köpfen der Kameradinnen ablief? Kein Zweifel, kein Mitleid, kein Gefühl von Schuld oder Verrat? Nur der Wunsch, sich mit aller Kraft an die freundliche Welt der Träume zu klammern. Und das Bewusstsein, dass die Dinge rings um dich geschehen ohne dein Zutun. Also kein Grund, sich allzu sehr darum zu scheren. »Ach Lilo, wir wollten doch damals nur verliebt sein, sonst nichts. Da hat man einfach kein Auge für die kleinen Stücke fremden Lebens dicht neben einem.«

8 *Rein äußerlich gesehen ist nichts geschehen. Aber still und unbemerkt hattest du doch Gestalt angenommen und mich in Gedanken begleitet. In dem behüteten Raum meiner Fantasie konntest du dich nach Belieben wandeln. Manchmal spieltest du etwa vierjährig mit deinem strohgefüllten Bären auf dem bunten Teppich meiner Großmutter. Ein andermal stolziertest du an deinem zweiten Geburtstag nur mit einer roten Holzkette bekleidet durch eine Wiese und die Sonne verlieh dir im Gegenlicht einen kleinen Heiligenkranz, mein Engel.*

An meiner Hand stapftest du bereits durch unseren ersten gemeinsamen Schnee, und wir hatten längst beschlossen, die dunkle Farbe im Obergeschoss zu ignorieren und dir dort ein Zimmer einzurichten. Deine kleinen, von der Sonne gebräunten Beinchen unter dem blauen Russenkittel sind mir so vertraut, als hätte ich selbst darauf den Weg in die Welt angetreten. In schweren Stunden habe ich deinen kleinen Körper an meine Brust gedrückt und du gabst mir im Tausch zu meiner Fürsorge Lebenssinn.

An meiner Seite bist du eingeschlafen, aber manchmal noch richtest du dich verdutzt auf und blickst schlaftrunken um dich, als wollest du dich vergewissern, dass dies noch deine Welt ist. Aber was war das? Statt zu wachsen, wurdest du mit der Zeit immer kleiner.

Gegen Ende der Traumzeit verblassten die Dinge, die dich umgaben und verflüchtigten sich. Einiges trat dafür in den Vordergrund, anderes verschwand ganz. Du warst jetzt so klein, dass man dich eigentlich niemals hätte allein lassen dürfen. Ich sehe dich hellwach, jedoch mucksmäuschenstill in deinem Ställchen stehen, mitten im Mondschein und mit der wachen Neugierde eines spielenden Tieres. Und noch weiter, weiter zurück, da hat man dich in dem typisch grauen Licht einer Zeit, die zu den Rändern hin an Schärfe verliert, in Positur gesetzt. Aufrecht und wohlgenährt nimmst du die beifälligen Äußerungen deiner Bewunderer auf.

Du bist einfach überall, auf einem Arm, in einem Schoß liegend, rund an ein weißes gestärktes Taufkissen gefesselt, das dir schon eine Vorahnung von der Gefangenschaft des Lebens gibt. Überall habe ich dich gesucht. In den Wäldern. In dunklen Zimmern und fahrenden Zügen. Nun bist du nicht mehr da und ich weiß nicht, ob du mich verlassen hast oder ob ich es war, die dich in deiner Traumzeit zurückließ, in dem Wissen, dass du dort gut aufgehoben sein würdest. Ich muss jetzt damit aufhören, noch weiter nach dir zu suchen, mein nie geborenes Kind, du kleine Kopie meines Selbstbildes. Die Zeit ist gekommen, um von dir Abschied zu nehmen. Lass dich bitte nicht durch meine Tränen beeindrucken.

Es vergingen Stunden und Tage, in denen ich sehr traurig und sehr ruhig umherlief wie eine Schlafwandlerin.

Ob ohne das Geschöpf die Landschaft in Braun- und Grüntönen, in die ich zufällig geraten war, mir noch einmal Heimat werden würde? Der Garten, das Haus, ja selbst die Sprache sind mir hier fremd geblieben, und ich fürchte, selbst wenn ich alt und fast tot sein werde, wird es hier kein Zuhause geben.

Du bist ein Ding, eine Hülse, ein Objekt, das zufällig für die Dauer eines Menschenlebens hier abgelegt wurde. Aber was heißt das schon, ein Menschenleben? Meines würde vermutlich frühzeitig verblassen. Überall Risse in einem bröckelnden Selbst, hat nicht die Wucht der Ereignisse schon das Fundament getroffen?

Er und ich würden andere Wege gehen müssen, er wird nie Vater werden, lebenslang dazu verdammt, Kind und Sohn zu bleiben. Und noch mit fünfzig wird man sich irritiert anhören müssen, was man selbst einst für ein einzigartiges Kleinkind gewesen ist – ohne Kopie seinesgleichen. Oh Leere ohne Aussicht auf Veränderung, nur lokal spürt man ab und zu noch etwas.

»Hast du dir für Ostern schon etwas vorgenommen?«, fragt Ludwig.

Aber ich sage kein Wort, lege stattdessen die Hände über mein Gesicht und versuche mir vorzustellen, wie er die Freude meiner alten Tage werden wird.

Leg dich in dein Zelt! Geh schlafen. Ich glaube es war ein Fehler, für dieses Wochenende Leute einzuladen. Und hör unterdessen Ibrahim zu, dem bald trommelnden, bald flüsternden Wunder aus Südafrika. Oder verschaff dir Bewegung, geh mit dem Hund spazieren.

Er begreift das nicht. Sie sah aus wie ein Kind, das nicht alleingelassen werden wollte, und schlich sich dennoch nachts heimlich fort in die weiße Mansarde, die sie sich als Kemenate eingerichtet hatte. Ihm fehlten ihre warme Kehrseite und ihr weicher Arm und er kann nicht umhin, ihr einmal in den frühen Morgenstunden nachzugehen. Stille. Außer einem knarrenden Dielenbrett ist nichts zu vernehmen, und der Mond steht noch am Himmel.

Die Tür stand angelehnt. Mit einer Ahnung davon, dass ihm der Eintritt verwehrt sei, betrat er das Zimmer. Tatsächlich hatte sich hier einiges verändert. Den Tisch hatte sie unter das Fenster gerückt, Bilder von den Wänden genommen, Briefe, aufgeschlagene Partituren. Auf dem Tisch ein großes gerahmtes Foto ihres Vaters. Erstaunt blickt er auf ihr schlummerndes Gesicht. Erst später bemerkt er auch den Bären, den sie im Arm hält. Meine Güte, was ist eigentlich in sie gefahren? Er macht noch einen verbotenen Schritt nach vorn und liest, was am Nächsten liegt: Mämmis Aufzeichnungen. Einen Moment schaut er auf ihre Finger, die das abgewetzte Plüschtier umklammern. Wenn sie sich noch mit irgendeinem Kerl eingelassen hätte, dann wäre das etwas, womit er sich seinen Ärger erklären könnte.

Aber das hier, dieser stumme Rückzug auf ein Terrain, das außerhalb ihres gemeinsamen Lebens lag und das etwas mit dem Abstecken von Grenzen zu tun hatte, machte, dass er sich hilflos fühlte. Außerdem, die Art, wie diese Frau still litt und dieses Leiden für sich behielt, kam einer Anklage gleich und sollte wohl ihr Vorhaben rechtfertigen, sich irgendwann von ihm abzusetzen. Aber bevor das geschieht, hätte er gern noch einige Erläuterungen gehabt. Und er hat noch ihren Blick im Sinn, mit dem sie manchmal durch ihn hindurch schaut, so als stehe er zwischen ihr und etwas für sie Bedeutungsvollem.

Manchmal, wenn er mit großem Schwung aus der Garage fuhr, dann kurz bremste und mit quietschenden Reifen davon schoss, sah sie ihm erschüttert nach. Für kurze Zeit überlagert dann ein Bild das andere. Der zugige Bahnsteig, jeden Sonntagabend, wenn es anfängt dämmerig zu werden. Aus der Traum von Licht und Lebendigkeit. Die Angst, die sie vor diesem Augenblick empfindet, ist sehr groß. Wenn ihre Mutter sich aus ihrer Umklammerung löst und mit Entschlossenheit auf die nächste Abteiltür zusteuert. Das Abteilfenster ist heruntergelassen. Und man sieht, wie das Kind sich auf die Lippen beißen muss, an Stelle zu schreien.

»Du darfst nicht immer weinen, wenn ich in die Stadt fahre.«

Gehorsam schaut sie zur Mutter auf, die sich gern irreführen lässt. »Du weißt doch, dass es nur für ein paar Tage ist, sei vernünftig, rechne schön, ich denk auch an dich«, sagt die schöne, braun gebrannte Frau, während der Zug langsam anfährt, dumpf über die Gleise rollt, schneller, immer schneller, bis das Bild der winkenden Frau verwischt und schließlich auch das des fahrenden Ungetüms.

Ja ja, es ist ein Glück, dass man ihrer Mutter diese Stelle als Dolmetscherin offeriert hat, keiner wird sich ihr in den Weg stellen. Die alte Frau, die ihre frostige Kinderhand ergreift, ist schweigsam wie ein Grab. Man mag gar nicht in ihr Gesicht schauen, in das ein nicht endender Albtraum seine Spuren gegraben hat. Kriegserklärung, das Leiden ihres Mannes, das sich hinzieht, sein Tod, dann wird Hannes eingezogen, ganz gegen seinen Willen, er war doch Pazifist – und solange sie lebt, wird sie nie den Ausdruck der Resignation vergessen, mit dem er sich noch einmal umgewendet hat. Und dann die Nachricht von seinem Tod, Juni 44. Das Unglück hat sie von einem Tag auf den anderen weiß werden lassen, da macht es ihr dann schon fast nichts mehr aus, als man sie anderthalb Jahre später aus ihrer Stadt, ihrer Wohnung, ihrem behüteten Dasein verjagt. Ihr die schönen Sachen wegnimmt und fast alle Rechte, die zum Menschsein gehören.

Als der Krieg vorüber ist und sie sich mit Tochter und Enkelin tausend Kilometer weiter südlich wiederfindet, ist die alte Frau im Schmerz erstarrt. Ob sie überhaupt merkt, dass sie ein Kind an der Hand hält?

Das Kind und die alte Frau kehren in Agnes' Erinnerung Woche für Woche jeden Sonntagabend allein in das Haus, in das Zimmer zurück, das man ihnen zugewiesen hat. Ein Haus, das nie von einem warmen Licht erhellt ist und in dem der schwarze Eisenofen keine Wärme ausstrahlt. Vielleicht kommt das nur von der mangelnden Qualität der Eierkohlen, aber in der Vorstellung des Kindes ist es ein böser Zauber, der über allem liegt. Beim Anblick der grauen Asche morgens vor dem Ofen wähnt sie sich für Momente Aschenputtel und träumt sich eine Erlösung durch einen hellen Prinzen, der nie kommt. Die besten Zeiten sind die, in denen es draußen so warm ist, dass man in einer Zinkbadewanne voll lauwarmem Wasser den dunklen Stunden entkommt. Ein Schmetterling fliegt taumelnd vorüber und man malt mit dem Finger seinen unvorhersehbaren Flugweg in der Luft nach und bestaunt die eigenen Glieder, die unter der Wasseroberfläche zu schrumpfen scheinen. Wenn die Großmutter auftaucht, sagt sie: »Hier steckst du also«, und deutet mit einem krummen Finger auf die Insekten: »Ein Trauermantel, ein Admiral, ein großer Segelfalter.« Die Bilder prägen sich dem Kind ein, bevor eine kaffeebraune knochige Hand ihr über den Scheitel streicht, in einer gutmütigen Gebärde. »Komm, lass uns in den Wald gehen.«

Die Sonne steht hoch und brennt in den Hohlweg, brennt auf den Armen, plötzlich fängt das Kind an, vor Hitze zu glühen, es hat keine Ahnung, wie es mit dem Gefühl dieser Todesangst fertig werden soll. Endlich legt sich der Wald wie eine kühle Kutte um die Schultern.
»Jetzt hast du was zu tun, schau dir nur diese Blaubeerstellen an.«
Die Großmutter ist nun von ihrer Tätigkeit gefangen genommen, fünfzig Meter weiter kämmt sie die Büsche durch. Ihre blaue Bluse hängt sie an einen Baum und pflückt, hier kann es ja keiner sehn, im Hemde. Sie hockt vor den Büschen, ein langer Schlumperrock umhüllt die Beine, die trotzdem am Ende ganz zerstochen sind. Jetzt weiß die Enkelin, die ihr von ferne zusieht, dass es noch Stunden dauern wird, bis zum Schluss alle Kannen gefüllt sein werden. Den Wald bevölkern wuselnde Tiere, vor einer halben Stunde sah man noch die Sonne oben in Büscheln durch das Grün, jetzt ist die Luft so drückend, dass einem der Schweiß aus allen Poren bricht. Etwas drückt sie so auf die Brust, immer wieder, wenn man sich nur in einen Fluss legen könnte. »Großmutter, ich bekomme keine Luft mehr.«
Ächzend erhebt sich die Frau aus den Brombeerranken und tritt auf ein helles Viereck aus Licht, die Hände über die Augen gelegt. Ein Gewitterbaum, nicht der erste in einem unendlich heißen Sommer. »Wie spät mag es wohl sein«, murmelt die Frau und wischt die blutroten Fingerspitzen an einem Büschel Moos sauber. In aller Ruhe und mit einem Blick, der zu sagen scheint: »Kind, was gehen mich denn die Wolken an«, pflückt diese Frau noch die letzte Kanne voll. Was war das? Das Dröhnen eines Flugzeugs, das durch die Wolken stieß, oder Donner? Das Kind späht in alle Ecken, um rechtzeitig in ein Versteck zu schlüpfen. Plötzlich ein metallisches Glänzen, der Blitzschlag und der Geschmack von Zitronensaft auf der Zunge. In der Erinnerung endet stets alles in einem Wolkenguss, der Ahne und Kind bis auf die Haut durchweicht.

Ich erschrak, wie genau ich mich an alle Einzelheiten erinnerte.

Schlimmer als der Wald sind die dunklen Zimmer. Abends auf der Matratze, einem mit knisterndem Stroh gefüllten Hopfensack, ist es fast so kalt wie in der Antarktis, die man auf glänzenden Sammelbildern einer Margarinefirma bestaunen kann, und gewiss auch so still wie in der Einsamkeit des Eises, in das keine Menschenseele sich verirrt. Das Kind rollt vor dem Einschlafen seinen Kopf auf der knisternden Matte hin und her, bis ihm schwindelig wird.

Einmal kam ein Mann in unsere Einöde, mit Stiefeln, wuchernden schwarzen Haaren und einem Bart, in dem Vögel ihr Nest bauen könnten. Ich kannte ihn nicht, noch nie hatte ich einen solchen Menschen gesehen. »Das hier ist dein Onkel«, erklärte die Großmutter. Er musste vom Krieg etwas abbekommen haben, keinen Volltreffer, aber einen Schuss in die Wade, der ihm vielleicht das Leben gerettet hatte. Auf einem Wagen voller Holzfässer war er aus dem Kriegsgebiet in ein österreichisches Lazarett transportiert worden und noch in Uniform zu uns. Von seinem Gesicht war nichts zu sehen außer seinen Augen, und die Luft um ihn herum hatte etwas von der Gewitterstimmung, die ich so gut kannte. Wenn man ihn etwas fragte, wich er der Antwort aus und machte eine Handbewegung, als wische er etwas weg, wovon er nichts mehr wissen wollte. Seit er bei uns war, hatte sich Großmutters Miene aufgehellt, denn bis dahin hatte sie geglaubt, dass auch ihr jüngster Sohn nicht mehr unter den Lebenden weilte. Er war ständig in Bewegung, ein kalter Luftzug begleitete ihn und mit diesem Auf und Ab hatte er eine Schranke zwischen sich und der Welt, die ihn umgab, aufgerichtet. Sein beharrliches Schweigen und die Art, jemanden anzusehen ohne ihn wirklich zu sehen, schufen um ihn eine Sperrzone, in die keiner eindringen durfte.

Manchmal stieg er auf den Speicher und wir hörten ihn über unseren Köpfen hin- und hergehen, seine Mutter selbst wagte nicht zu fragen, was er da oben trieb. Dass er zu diesem Zeitpunkt erst neunzehn war, war erst spät zu erfahren. Für das Kind war er ein alter Mann, der das Sprechen verlernt hatte. Er stöhnte, rieb die Hände, wartete nur ab, lauschte dem Krieg nach, in den man ihn in der Untersekunda abkommandiert hatte. Am Morgen Latein und Euripides und am Nachmittag Schützengräben ausheben und ein Flakgeschütz bedienen. Das hatte ihn in eine Art Delirium getrieben.

Sehen und hören, manchmal schaukelt man sich hin und her, wenn die Angst einen zu ersticken droht.

Unter den Fittichen eines Pastors aus Olmütz und den knatternden Fahnen, die vor dem Gemeindesaal des protestantischen Sprengels aus lauter Flüchtlingen aufgezogen waren, hatte das Kind sich ein kleines Nest gebaut. Ein Stück blauer Himmel am Sonntag, Glasfenster, die in der Sonne blitzen, Lieder, *»Geh aus mein Herz und suche Freud in dieser schönen Sommerzeit«* und Geschichten aus der Heimat, vom großen Dichter in Agnetendorf, der heiligen Hedwig und den Aposteln, die wohl wie Papa und Onkel Hannes alle im Krieg gefallen sind. Kindergottesdienst mit ein paar anderen Kindern, an deren Gesichter keine Erinnerung existiert. Nur an die aus Herzenslust erzählten Geschichten und die weißbemehlten Finger des Mannes aus Olmütz, der wie der liebe Gott aussah und nach dem Gottesdienst Drops an die kleinen Gläubigen verteilte.

Einmal, als das Kind in einem finsteren Winkel der Küche von dem hellen lichten Raum des Pastors erzählt, mitten in den Rhythmus ihrer eintönigen Gedanken und in den Pendelschritt des unheimlichen Mannes hinein etwas über die Güte der Heiligen verlauten lässt, bleibt der Onkel plötzlich stehen und seine Augen sprühen Funken. Niemals, lässt er verlauten, niemals wieder möchte er solch katastrophalen Unsinn hören, denn göttliches Wohlwollen existiere nicht, wofür der verdammte Krieg genug Beweis sei, und habe auch zu anderen Zeiten nie existiert. Da erschrickt das Kind zu Tode, hat Widerwillen gegen das Essen, weint aus ganzer Kraft und geht dem Manne, der wieder seinen Marsch angetreten hat, aus dem Wege, so gut es kann. Wie soll man denn wissen, als Kind, was diesen Mann so in Rage versetzt? Dass sich an seinen verhärteten Zügen ablesen lässt, wie hart das Schicksal ihn getroffen hat, allein schon dadurch, dass es dem Ahnungslosen den Tod in der Etappe vor Augen gestellt hat, den grinsenden heulenden sinnlosen Tod von Gleichaltrigen. Und das im allerletzten Kriegshalbjahr. Dem Kind bleibt die Angst vor Soldaten, Gefallenen, Toten und Männern aller Art. Wieso sollte man ihnen trauen, und warum trauerten Frauen um sie, wenn sie so unfreundlich waren? Den Kindergottesdienst mit den Blumen und den Liedern besucht es heimlich weiter und erzählt keinem Menschen mehr davon.

Wer weiß schon, was hier um einen her vorgeht? Kann das einer begreifen, wenn immer wieder von ausgemergelten Heimkehrern die Rede ist, die monatelang durch das Heideland gekrochen sind, weil sie im Krieg den Verstand verloren hatten.

Zweifellos hat man dem Kind die schlimmsten Leiden vorenthalten wollen, aber das verhindert nicht, dass seine Sinne etwas von dem Schrecken aufsaugen, in den alles getaucht ist, und es verhindert liebevolle Pflege, die es nötig hätte. Auf einer daumenlangen Mundharmonika, für deren Anschaffung Mutter schwer schuften musste, bläst es sich selbst Melodien ins Ohr.

Noch ein paar Bildfetzen, Filmriss, Dunkelheit.

Danach fällt es schwer, die alte Zeit zu verlassen. Aber du bist dir sicher, sie hat dir etwas genommen, worauf du Anrecht gehabt hättest.

Ich will wiederhaben, was ich verloren habe, denkt die gegenwärtige Agnes in aufflammendem Entsetzen über die alten Erinnerungen. Eine brauchbare Gegenwart. Stattdessen dieser Zorn, diese neue Angst im Tausch gegen eine alte. Diese Enttäuschung. *Mein Gott, woher nur kommt diese Atemnot?*

Alles in ihr schreit nach Dauer und Ewigkeit. Eine Hand, die einen nie wieder loslässt, eine Umarmung, die Tage überdauert.

Ich wollte mich wirklich nicht hängen lassen. Und einmal, bevor dieser Körper, der da saß, nachdachte, atmete und schlief, sich von der Seele trennte, musste es doch zu einem Zustand kommen, befreit von Begierde, von Angst und allem, was das klare Denken behindert.

Was war es, das einen daran hinderte? Es ist das Wort Abschied, das sich wie eine chinesische Mauer durch deine Lebenslandschaft zieht. Abschied muss schließlich jeder nehmen, von dem Moment an, wenn er in diese Welt eingetreten ist. Von dem Schutzraum Kindheit, von den Jahren, in denen studiert, wenig geschlafen und viel getanzt wird, von dem heimlich gehegten Wunsch, jemand Besonderes zu werden. Und dann von deinem schönen Körper, der langsam anfängt zu verblühen, schließlich von den Eltern, dem Partner, dem Schauplatz deines Lebens.

Allesamt Stationen ohne Umkehr.

Und wie, frage ich mich, kann man von jemand Abschied nehmen, in dessen Auge man sich nie gespiegelt hat? Von einem Vater, der einem außer einer musikalischen Begabung, der Veranlagung jähzornig zu werden und zwei verblassten Zeichnungen nur ein Bündel unleserlicher Briefe hinterlassen hat.

O Gott, wie soll man sich so jemand vorstellen? Der, als man nach ihm fahndet, nicht unter den Toten zu finden ist, die in Listen geführt und in Hunderttausenden gezählt werden. Unter den Lebenden ist er aber auch nicht.

In einem Zwischenreich scheint er sich aufzuhalten, das keiner kennt.

In den Wäldern jenseits der Hopfenfelder hat deine Tochter dich leben lassen. Gewiss hattest du dir ein Baumhaus eingerichtet und ernährtest dich wie wir von Blaubeeren und Birkenpilzen. Sich dich als eine Art Robinson Crusoe vorzustellen war tröstlich, auch nachdem schon eine Zeit zwischen der amtlichen Erklärung und dem Eingang jener Postkarte lag, aus einem unbekannten Ort namens Hackenstedt. Der Schreiber, ein Herr Englisch, will dich gekannt haben und berichtet mit der ungelenken Schrift eines aus der Bahn Geworfenen. »*Sehr geehrte Frau, ich kenne Herrn Doktor seit 1940 und war in seiner Kompanie mit etwa 150 Verwundeten in einem Wald, 40 Kilometer von Minsk. Wir waren eingekesselt und den Russen ausgeliefert, das sagte uns der Stabsarzt, als er seine letzten Worte zu uns sprach und uns dann mit ›Rette sich wer kann‹ entließ. Herr Doktor wollte allein bei den Verwundeten bleiben und hat dies auch getan. Ich gedenke seiner in tiefer Verehrung und wünsche Ihnen alles Gute für Ihr weiteres Leben.*«

Meine Mutter hatte mir schon damals das kleine Stück grauen Papiers mit Ort und Datum gezeigt, das ich in Händen hielt. Vielleicht, weil sie es für richtig hielt, mich aus meinen wunderlichen Träumereien zu befreien. Aber das hatte wohl nichts genützt.

Die vergangenen Tage und meine Zukunft.

Ich streckte meine Beine unter den Tisch und fragte mich, wie ich in diese Lage geraten konnte. Es war mir ein Bedürfnis ganz allein draufzukommen. Immer öfter kam es vor, dass ich in Augenblicken, die sich in nichts ähnelten, plötzlich in Atemnot geriet. Es lauert hinter geschlossenen Türen ebenso wie in der brütenden Hitze der Mittagsstunden, die in diesem Jahr besonders heftig ausgefallen ist. Es stürzt sich auf dich, wenn du in einen mit Menschen zum Brechen gefüllten Saal trittst oder dein Gesicht in die Kissen tauchst. Das Unfassbare folgt keiner Ordnung und kennt kein Prinzip. Manchmal überrascht es dich beim Frühstück mit einer wohlgezielten Attacke. Du weißt nicht einmal, welches Sinnesorgan es als Erstes befällt, wenn sich beim Schlucken die Kehle zusammenzieht?

Du weißt nur, es geschieht ganz plötzlich, beim Atemholen. Betroffen sind Nasenflügel, Luftröhre, Kehle, Gaumen, Hals. In Sekundenschnelle produzieren alle Körperzellen Flüssigkeit. Zähe, schleimige Fäden, die alle Öffnungen füllen. In dieser Sekunde lässt die Hand alles los und die Augen drücken sich aus den Höhlen. Die Finger am Hals, auf der Brust starrst du durch eine Türöffnung nach draußen, wo alle Konturen allmählich unscharf werden und verwischen. Und während du nach Luft ringst, nimmt dich eine Welle auf und reißt dich mit einer Kraft fort, von der du nur eines sagen kannst, dass du eben die Züge des Todes gesehen hast.

Dann ist es für diesmal vorüber, der Tod, die Welle, der Albtraum – und während deine Hände noch damit zu tun haben, die Spuren von Schleim und Spucke zu entfernen, siehst du jemand im Spiegel, den du längst vergessen glaubtest.

Kann mir jemand erklären, warum ich nicht zu den gewöhnlichen Menschen gehörte, die fest in einem System verankert sind, das man normales Leben nennt?

Einmal fragte ich das Ludwig, und er meinte, dass so etwas Leuten geschähe, die mit ihren Gedanken ganz woanders als bei sich seien. Und immer dann, wenn etwas in ihrer Nähe an einen geheimen Bereich ihrer Person rühre. Gedankenlosigkeit, Verdrängung, oder wie man dergleichen bezeichnen mochte. Ich sah ihn groß an und fühlte mich gedemütigt.

Vor einiger Zeit hatte man mich in den Chor aufgenommen, ohne meine Stimme auf Klangfarbe, Stimmlage oder die Fähigkeit vom Blatt zu singen zu testen. Gesumm in der Gruppe, Lachen, ich merke, dass auch ich irgendeine Melodie vor mich hinsumme. Rings herum die freundliche halbrunde Formation von jungen Theologiestudenten und jungen Lehrern. Wenn ein neues Gesicht auftaucht, so ist es bei den Sängern Brauch, wird eine Flasche geöffnet.

Schütz wird gesungen, ein Passionsstück, das Ostern zur Aufführung kommen soll. Trägheit wechselt sich mit Schnelligkeit ab, Musik, die der Linie der Gedanken folgt. *Du bist wirklich ganz woanders, Ludwig hat ganz Recht, siehst die hellen Gesichter der Sänger in den Hinterhöfen von Häusern auftauchen, in denen du einst gewohnt hast. Ein Pfeifen, ein Quietschen, dann setzte der Zug sich fast geräuschlos in Bewegung. Mein Gott, du hast die Pause nicht gehalten!*

Manchmal trifft sie ein Blick, der gleich wieder von ihr ablässt. Oder hat sie zu laut eingesetzt? Ist es das, hat sie vielleicht einen Viertelton danebengesungen? Schütz ist nichts für Gedankenlose, konsequent muss man eine Motette durchzählen. Trotzdem, etwas von dem wahren Charakter dieser Musik zeigt sich erst darin, ob man in ganzen Noten oder in halben denkt. Die verordnete Rhythmik hat etwas Sinnestäuschendes. Fetzen einer sachverständigen Auseinandersetzung. Agogik, eine Art Unordnung. Es ist wieder einmal so heiß im Raum, an einem Frühlingstag wie diesem sollte man die Fenster weit aufmachen, auch wenn der Cantus firmus die vom technischen Überwachungsverein zugelassene Lautstärke an einigen Stellen überschreitet.

Nachdem mein Onkel zu uns gezogen war, fing er an Gesangsunterricht zu nehmen und uns mit Tonleitern zu quälen, später kam noch das Kreischen einer Violine hinzu. Noch später setzte er sich nach Regensburg ab und soll dort Organist geworden sein. Sie nannten ihn den Reserve-Christus, allem Anschein nach muss er auch einigen Gläubigen auf der Kirchentreppe heilbringend erschienen sein. Ich konnte das lange Zeit nicht glauben, da ich doch wusste, wie gottlos er war.

Habe ich etwas falsch gemacht? Nein, meine Stuhlnachbarin findet nur, dass ich so angestrengt aussehe. Es stimmte. Ich war nicht bei der Sache. Aber es brauchten nicht alle mein Problem mitzuhören.

Die Sache mit dem Halbrund hat den Nachteil, dass man sich stets im Kreuzfeuer aller Blicke sieht. Von ihren Kirchenstühlen aus starren sie mich an, dass die Luft mir wegzubleiben beginnt. Das Fenster zum Innenhof ist nun zwar geöffnet, aber das ändert nichts mehr an der Tatsache, dass es eben, gerade in diesem Augenblick anfängt. Noch einmal, ein letztes Mal, versuchte ich, das zu vertuschen, hoch–tief, lang–kurz, mit geradezu hirnrissiger Willenskraft befehle ich meiner Stimme, Töne zu produzieren.

Das wird heute nichts mehr, eigentlich müsste ich längst aufstehen, weggehen.

Im Chor ist man sich nicht einig, ob in einem Konzert, das nicht mehr in die

Passionszeit fällt, ein *Sanctus* gesungen werden darf. Oder war es das *Benedictus*? Irgendetwas blockiert die Weitergabe von Informationen. »*Oh Tod*«, wird gesungen, »*wie wohl tust du dem Dürftigen.*« Ich bekomme keine Luft mehr und mein Herzschlag verhaspelt sich. »*Oh Tod, wie bitter bist du.*«

In Augenblicken wie diesen hältst du dein Gesicht in den Wind, siehst auf die Armbanduhr und zählst die Anzahl deiner Atemzüge, die bei einem normalen Menschen zwölf bis zwanzig Züge pro Minute ausmachen. Bei dir auch. Doch du schenkst dem keine Beachtung. Es ist und bleibt so, dass etwas dir nach dem Leben trachtet.

Auf was der verwirrte Geist nicht alles verfällt, um sich von der würgenden Angst zu befreien. Du greifst nach dem Fieberthermometer, legst eine alphabetisch geordnete Liste aller Symptome an, trinkst literweise grünen Tee und zählst die Muttermale auf deinen Armen. Aber weder die Lektüre esoterischer Heilmethoden noch die sekundengenau ausgeführte Technik des heilsamen Atmens führt zu Veränderungen. Wenn all das Zählen, Summen, Massieren und Messen nicht mehr weiterhilft, lässt du dich mit ausgestreckten Armen und Beinen fallen, auf das weißbezogene Bett, den Teppich oder ein Stück feuchter dunkler Erde.

Auf dem Höhepunkt der Krise, es ist noch früh am Morgen, ein sanfter Morgen im April, findet dich jemand in der Nähe einer Tankstelle, die zu einem Haufen verwahrloster Gebäude gehört, wie du neben deinem weitgeöffneten Auto auf dem Rücken liegst. Er muss gedacht haben, dass du Opfer eines Unfalls oder fremder Gewalt geworden bist. Plötzlich starren deine Augen, die bis eben noch den blauen Himmel angesehen haben, in ein fremdes Gesicht.

»Nein, es ist nichts«, sagst du mit keuchender Brust, »und die Polizei müssen Sie deswegen gewiss nicht holen, auch keinen anderen Hilfsdienst. Es ist nur so, dass ich mit Schwung durch ein paar Schlaglöcher gefahren bin und nun habe ich ein wenig Sauerstoffmangel, eine leichte Benommenheit, wenn Sie so wollen, ein Prickeln, das gewiss gleich vergeht.«

Er glaubt dir nicht, will dich partout dem nächsten Arzt vorführen, vielleicht zweifelt er auch an deinem Geisteszustand. Er fragt dich noch: »Wo müssen Sie denn hin?«

Du richtest dich wieder auf. »Nicht weit«, sagst du und siehst, hinter seinem Rücken hat ein Witzbold mit Farbe aus der Sprühdose den Zapfsäulen menschliche Züge verliehen.

Die Situation ist grotesk, aber endlich klappen die Türen seines Wagens zu und während die Gesichter anderer Vorüberfahrender dir gleichgültige Blicke zuwerfen, fällt dir noch auf, dass jemand in den Himmel, zweifellos ein göttliches Wesen, groß und weiß das eine, nun auseinanderfließende Wort »Love« geschrieben hat.

Wie wunderbar. Und dieses eine göttliche Wort rückt von einem Moment zum anderen alles an seinen Platz.

Du bist dir selbst ein Rätsel geworden, vielleicht fehlt dir tatsächlich ein Molekül. Irgendeinem solltest du dich vielleicht anvertrauen.

Nicht Ludwig. Ihn wollte ich unter allen Umständen raushalten, das war gewiss.

Mir war zum gegenwärtigen Zeitpunkt klar, dass auch beim zweiten Mal nur eine Adresse in Frage kam. Anderntags rief ich dort an und erhielt rasch einen Termin.

Nach fast einem Jahr, während dessen ich ihn nicht mehr gesehen hatte, sah er mit

Brille anders aus, etwas vornüber gebeugt und gealtert. Er fragte unumwunden, ob ich mich gleich auf die Couch legen wollte oder ob das, was ich ihm mitzuteilen hätte, sich auch sitzend erörtern ließe. Ich zögerte und während er ans Fenster ging, um es zu öffnen, entschied ich mich trotz langjähriger Übung im Liegen für den schwarzen Besucherstuhl, auf dem ich in den allerersten Tagen vor langer Zeit auch Platz genommen hatte.

Fast schäme ich mich einzugestehen, dass ich an jenem Tag glücklich war.

Da weder ein Gebet noch die vielen anderen Versuche solche Augenblicke schrecklicher Angst gelindert, geschweige denn behoben hatten, sah ich in dem Gespräch, das gleich folgen würde, wiederum den einzigen Weg, in ein normales Leben zurückzufinden.

Irgendwie wusste ich von Anfang an, dass, wenn ich beginnen würde, etwas zwischen uns sich verändert hätte. Versteckte Hinweise darauf hatte ich schon erhalten. Hatte ich nicht mehr Herzlichkeit erwartet? Das stets etwas verlegene, aber dennoch verschmitzte Lächeln, wo war das?

Die Aura der Verschwiegenheit, die bisher all unsere Zusammenkünfte in ein geheimnisvolles Licht gerückt hatte, erschien mir plötzlich als eine Verzerrung der Realität. Wie auch immer, nach einem Moment der Verlegenheit, in dem ich nicht wusste, wie ich beginnen sollte, war er es, der das Gespräch eröffnete. Er fragte mich nach Einzelheiten aus meinem Beruf, dann nach meiner Mutter und schließlich, genau in der Reihenfolge, nach meinem Befinden.

Das ärgerte mich, es ärgerte mich von Anfang an. Er musste schließlich sehen, warum ich hier war. Das nach Atem ringende Gesicht, das bin ich, Herr Professor. Ich könnte mit ihm streiten, aber nur unter der Voraussetzung, dass es mir weniger schlecht ginge, ich nicht so sehr auf seine Hilfe aus wäre. Zu Anfang erklärte ich ihm meine Symptome. »Ich kann das Tageslicht nicht mehr sehen. Mein Gehör für Musik habe ich seit kurzem verloren. Das alles hängt zusammen mit den Klammern um meine Brust, wie bei Heinrich, Sie kennen doch das Märchen? Und deshalb brauche ich noch einmal Ihre Hilfe und will zu Ihnen.«

Niemand antwortete, so als hätte ich ein Tabu gebrochen.

Auch wenn es kaum nach außen durchdrang, glaubte ich zu spüren, wie die Unruhe in seinem Körper zunahm. Ich war blauäugig zu glauben, dass er tröstend eine Hand auf meine legen würde. Des Rätsels Lösung würde ich erst lange danach begreifen. Dass nicht ich mit meinen neuerlichen Angstanfällen das Zentrum seiner Irritationen bildete, sondern seine Erkenntnis, dass etwas falsch gelaufen sein musste in dieser bis vor kurzem als erfolgreich eingeschätzten Therapie.

Der Augenblick, als er mir mitteilte, dass er mich nicht weiter behandeln könnte, zog sich endlos in die Länge und indem ich die Dinge auf seinem Schreibtisch wahrnahm und mir einprägte – dunkelrote Fresien, ein Messinggewicht und eine keramische Kleinplastik von zweifelhafter Qualität – indem ich mit dem Blick darauf verharrte, versuchte ich mich zu sammeln und Haltung zu bewahren.

»Was ich für Sie tun kann, ist, Ihnen bei der Suche nach einem Behandlungsplatz behilflich zu sein«, sagte er höflich. Ich hörte nicht mehr zu. Sagte ich noch etwas?

Habe ich ihn vielleicht doch angefleht? Er wischte seine Brillengläser sauber und wiederholte dann noch einmal, was er schon gesagt hatte. Terminnot. Kongresse. Bald würde er die Pensionsgrenze erreichen. Nichts von dem Zauber vergangener Zeiten erhellte den Raum. Ich stand auf und bewegte meine Beine. Der Mann, den ich jahrelang mit meinem Vater verwechselt hatte, gab mir die Worte nicht zurück, die ich für ihn erfunden hatte. Er hatte sie sich einverleibt, vielleicht waren sie nun ein Teil neuer Verheißungen geworden für andere Ohren und andere kranke Seelen.

Wer legt jetzt die Hand auf meine Schläfen?

Einen Zettel mit seiner Handschrift und einer Adresse darauf, die im Westen der Stadt zu suchen sein würde, so rannte ich eine Zeit lang wie eine Verrückte in den Anlagen auf und ab. Erst nach einer Weile las ich die Zeilen und sah, dass es der Name einer Frau war.

Einen halben Tag verbrachte ich unter dem weißen Lattenwerk meiner Kemenate und hing der Aversion nach, die ich, ohne sie zu kennen, gegen diese Frau hatte. Zum dritten Mal an diesem Tag nahm ich den Telefonhörer in die Hand, um ihn kurz darauf wieder hinzulegen.

Wenn ich nicht den Verstand verlieren wollte, musste ich zu einem Entschluss kommen. Vielleicht hatte ich eine Gedächtnislücke, für kurze Zelt schien sogar mein Leiden in den Hintergrund zu treten. Oder war es nur die Erschütterung, die mich überraschend getroffen hatte? Selbst wenn man die geliebte Leiche vor Augen hat, kann man nicht an ihren Tod glauben.

Kurze Zeit darauf betrat ich ein verwahrlostes, einst prunkvolles Haus aus den Gründerjahren, das in der Weststadt lag.

Die Praxisräume sind im Dachgeschoss untergebracht. Eine Grünpflanze, die sich zu strecken scheint, um dem Licht des schrägen Dachfensters näher zu sein, weiße Plastiksessel. Eine Wand, auf die das Sickerwasser aus dem Kamin eine rätselhafte Schattengestalt gezeichnet hatte. Ein Stoß mit geografischen Magazinen, das Gesicht unserer Welt.

An einem bewölkten Tag sitze ich, das Gesicht wie die Pflanze neben mir nach oben gerichtet, den Antrag der Krankenkasse in Händen und in einem unergründlichen Gefühlsgemisch aus Rachegedanken, Angst und Trauer da und warte darauf, dass die Tür gegenüber sich öffnet.

Eine Frau mit einem Gesicht, an dem nichts besonders auffällt. Eine Mittvierzigerin, dunkler Blazer, wadenlanger Faltenrock, nichts, woran sich die Aversion festhaken könnte.

Sie entschuldigt sich noch für ein paar Minuten Verspätung und die freundliche, zurückhaltende Intonation ihrer Stimme wird von mir sofort als Zeichen der Schwachheit eingestuft.

Ich habe lange genug gewartet, zu lange, meine Liebe.

Ich wende mich der fremden Person zu und sage ihr, dass ich hier nach etwas suche, aber was bloß? Vielleicht einen Ort, an dem ich die Wut und Verzweiflung lassen kann, die mich überflutet haben. Wie kam diese Frau eigentlich dazu, wildfremden Menschen Ratschläge für ihr Leben zu erteilen und dazu auch noch eine

Uhr einzuschalten? Nein, keine Taschenuhr, keine dezente Armbanduhr, sondern einen richtigen »Seeger«, wie es im Dialekt meines Herkunftslandes für eine solche Wanduhr heißen würde, auf der die Zeiger ruckartig und gebieterisch voranschritten und einen unablässig daran erinnerten, dass man schon wieder ein gutes Stück seines Lebens vertrödelt hatte.

»Ich vermute, Sie wissen, was Sie erwartet?«

»Wenn Sie damit die Frage an mich stellen, ob ich über den Anlass Ihres Kommens informiert bin, so kann ich mit Ja antworten.«

Sie kümmern sich also nicht um meine Kriegserklärung? Weibliche Bücherwürmer wie Sie waren mir schon immer ein Graus. Trotzdem: wissen Sie, dass ich seit drei Wochen auf diesen Augenblick gewartet habe?

Eine härtere Sitzunterlage als bei ihm, ein engerer Raum, dazu eine Luft zum Schneiden dick.

Auf die Frage: »Wie fühlen Sie sich jetzt?«, hatte ich Lust zu antworten: »Und warum kleiden Sie sich wie ein Sack?«, unterließ es jedoch. Stattdessen sagte ich noch einmal: »Was jetzt auf Sie zukommt, wissen Sie wohl?«

»Nein, woher sollte ich das?«

»Sagen wir: es wird gewiss unangenehm. Vermutlich werden Sie es sein, die jetzt all das abbekommt, was dieser Softie nicht abgekriegt hat.« Hinter mir ein leises Atemholen.

Ich war mir nicht ganz sicher, ob diese Frau einem Gefühlssturm standhalten würde. »Dann mal los!«, sagte sie da.

Einen emotionalen Ausbeuter, einen Falschspieler und eitlen Narzissten nannte ich ihn. Einen Säusler für kleine Mädchen und für Tunten (wie kam ich nur darauf?). Ich musste wüten und ihn verhöhnen, um die stets wieder aufflackernden Gefühle meiner enttäuschten Liebe unter der Decke zu halten. Meistens hörte Frau Jordan kommentarlos zu.

Die Beschimpfungen zogen sich über ein paar Therapiestunden hin, seltsamerweise überlagerten sie die eigentlichen Gründe meines Hierseins. Einmal sagte die leise Stimme hinter mir, sozusagen das Kapitel abschließend: »Ich sehe vor allem, wie Sie sich quälen und das Gute kaputtmachen.« Als Antwort darauf konnte ich nur drauflos heulen.

Daraufhin lenkte sie meine Aufmerksamkeit in eine andere Blickrichtung. Von jetzt ab geht es nur noch um das Wie, Wo und Warum der aufgetretenen Symptome. Mit detektivischer Genauigkeit lässt sie sich Orte, Zeitpunkte und Umstände schildern, an denen es zum Kollaps kommt. Eine Frau, die mehr fürs Praktische ist.

Später wies ihre Hand mir noch einmal den Platz am Schreibtisch ihr gegenüber. Mit vorgeneigtem Kopf, hochgezogenen Schultern und einem Blick, dem man begegnen kann ohne Herzklopfen zu bekommen, fragte sie: »Haben Sie eigentlich schon einmal einen Allergietest vornehmen lassen?«

An einem der folgenden Tage hatte ich einen Traum, in dem ich wie Jonas im Bauch eines Walfisches herumspaziert war und dabei all die Kammern und Gänge besichtigte, die im Halbdunkel verborgen lagen. Wie ein Kind ein neubezogenes Haus in Augenschein nimmt, bis es sein Zimmer, seine Ecke entdeckt.

Ich sehe, höre und rieche. Ich strecke die Hände aus, um die Wände abzutasten. Versuche die Dimensionen zu ergründen und stelle fest, dass die Wände begonnen haben auf mich zuzuwachsen und alle Ausgänge verschlossen sind. Noch etwas, das einem den Atem verschlägt: Ein rhythmisches Dröhnen, das den ganzen Körper wie einen Resonanzboden vibrieren lässt. Die Masse ringsum ist beängstigend groß. Soll ich mir etwa Nase und Mund zuhalten? Die Augen zukneifen? Ich befürchte, der Bauch des Walfisches ist zu einem bedrohlichen Gefängnis geworden, das mich zermalmen wird.

Vor diesem qualvollen Ende war ich erwacht.

Der Ausflug nach innen öffnet dann eine ganz neue Tür in dem Museum der alten Bilder. Das Einzige, was du tun kannst, der unerreichbaren Realität der Dinge näher zu kommen ist, ihr eine ganz andere gegenüber zu stellen. Du wechselst vom Walfischbauch in den Mutterleib. Aus teils verschütteten, teils nur halberzählten Ereignissen entsteht wie von unsichtbarer Hand geschaffen ein weiteres Bild.

Spätsommer 1942. Die junge Frau spürt noch nicht viel von den Veränderungen, die sich in ihrem Körper andeuten. Sie geht gewohnten Tätigkeiten nach. Den täglichen Spaziergängen über den Marktplatz mit gelegentlicher Einkehr im Bezugsamt und in dem schmucken Backsteinhaus mit weißen Fensterumrandungen an der Südseite des Rings, in dem das einst so elegante Wäschegeschäft ihrer Freunde Lucie und Bobby selbst jetzt noch jenen Vorkriegsflair von Luxus aufrechterhält, obwohl es doch an allem mangelt. Aber die Inhaberin hat es immer verstanden, aus wenig etwas zu machen. Jetzt beschäftigt sie eine junge Weißnäherin aus der Ukraine, die aus alten Beständen sündhaft schöne Negligees näht, Hemdchen und was das weibliche Herz sonst noch begehrt. Die anonymen Textilien, aus denen brauchbares Neues entsteht, werden monatlich einmal in einem versteckten Altwarengeschäft angekauft, für relativ wenig Geld und in verblüffend guter Qualität.

In der Kleinstadt kennt man sich, man grüßt sich und kauft, was es noch oder gerade gibt. Frau Doktor, wir haben wieder etwas für Sie. Ganz frisch reingekommen. Tischleinen, Spitzenvorhänge, Servietten aus reinem Damast. Das Letzte hinter vorgehaltener Hand geflüstert. Ist es etwa ein Geheimnis? Wenn man wollte, könnte man es vielleicht erfahren: Es sind wieder Haushalte aufgelöst worden, jüdische, das geht immer weiter so. Das Geld ist sonst ja auch zu nichts nütze. Trotzdem blüht noch immer der Handel. Ein Kilo Butter für hundert RM, ein Liter Sonnenblumenöl für fünfundsiebzig und Süßstoff für zwanzig. Es ist gut ein paar Beziehungen zu haben, so wie die junge Arztfrau.

Auf dem Nachhauseweg eine kleine Einkehr im Café Gallus. Die Stimmung ist in letzter Zeit etwas verhaltener als in zurückliegenden Jahren, die Gesprächsthemen sind zeitgemäß: Markendilemma, die neuesten politischen Witze. Ein nassforscher Jüngling mit Flachshaar, der eigentlich an die Front gehört, erzählt wie es dazu kam, dass er durch einen kleinen Schwindel mit Urlaubsscheinen eine ganze schöne Woche Nachsommer bei seiner Liebsten im Gebirge ergattert hat. Wie unvorsichtig von dem Kerl, wenn das auffliegt. Trotzdem ein Grund darauf anzustoßen. Eine Flasche Sekt gibt es immer noch, wenn auch nicht auf Bezugsschein. Wohl bekomm's! Und ein klappriges Grammofon spielt auf einmal verbotene Teddy Stauffer-Platten, *Ich warte auf dich* und später, *Blue Moon*. Auf dem Gesicht der jungen Frau, die sich gerade im Spiegel ihre Lippen nachzieht, erscheint ein wehmütiger Ausdruck. Ach Gott, es ist noch gar nicht lange her, dass jemand sie in den Armen gehalten und auf diese Klänge mit ihr getanzt hat.

Wenn Elise nach Hause kommt, hat das Dienstmädchen schon die nötigen Arbeiten verrichtet. Hilde ist eine grobgelenkige kräftige Blondine aus Oberschreiberhau mit Sommersprossen und einem breiten, gutmütigen Gesicht. Seit einem Jahr ist sie erst in dem Arzthaushalt, ihre Eltern sind beide krank und angewiesen auf das Geld, das sie heimbringt.»Herr Leutnant hat vorgesprochen, gnä' Frau, ich sag Ihnen: ein schöner Mann, und er lässt fragen, ob Sie nachmittags reiten wollen?«

Die junge Frau freut sich über das Angebot, das sie nur zum Teil Walther zu verdanken hat. Peter ist zwar Walthers Freund und von Walther angehalten, sich ein bisschen um seine junge Frau zu kümmern, aber wenn sie sich nicht täuscht, ist dieser Mann auch ein wenig in sie verknallt. Ha, noch etwas! »Vorhin hat Ihr Bruder angerufen, er würde gern für ein paar Tage in der Löwenberger Straße Quartier nehmen.«

Überhaupt: bei ihr geben sich die Lieben die Klinke in die Hand.

Ein komfortables, sonniges Gästezimmer, immer noch ausreichend zu futtern – die voll geschriebenen Seiten in ihrem Gästebuch legen Zeugnis ab von fröhlichen verplanten Tagen. Fröhlich?

Vor dem Spiegel prüft sie ihr Gesicht. Wie geht man mit einer Welt um, die sich im Kriegsfieber dreht? Wie hat man sich wohl die Zukunft vorzustellen, in die das Kleine in ihrem Leib hineinwächst? Merkwürdig unpolitisch ist die junge Frau, aber das scheint wohl in der Familie zu liegen. Sie hat sich bisher aus allem rausgehalten, war die Einzige in ihrer Schulklasse, die nicht zu den Veranstaltungen des BDM erschienen ist. Zu Anfang hatte ihr Vater es ihr verboten und sie hatte sich dran gehalten, und später, als sie alt genug war, um selbst zu entscheiden, da hatte sie keine Lust. Hat ihr das irgendwie geschadet? Ein wenig schon, man hat ihr untersagt, die Abschlussrede zu halten, die es zu jeder Abiturfeier üblicherweise gibt. Die Rede durfte Gisela Krische halten, obwohl nur Zweitbeste, aber eine Größe beim BDM.

Elise glaubt zu wissen: Vom Nordkap bis zu den Pyrenäen ist Europa fest in deutscher Hand, Italien Bundesgenosse, im Kaukasus weht die Hakenkreuzfahne, die Russen, so sagte doch der Volksempfänger, seien am Ende. Zwar ist ihr das Großmannsgetue der Führerclique ein wenig unheimlich, vielleicht schaut sie deshalb manchmal fast ein wenig traumverloren über manches hinweg, aber wer zieht in diesen Monaten denn schon einen schlechten Ausgang in Erwägung? Das grenzte ja an Hochverrat. Man hatte diesen Krieg begonnen, zwanzig Jahre nach dem verlorenen ersten Krieg, eine Kapitulation durfte es einfach nicht geben. Konzentrationslager? Nürnberger Gesetze? Natürlich hatte man darüber im Freundeskreis diskutiert. »Hältst du es denn für richtig, dass Intelligenz, Reichtum und Erfolg bestraft wird, wenn einer Jude ist?«

Natürlich nicht, das war auch Walthers Meinung.
»Aber es geht auch nicht gut, wenn 55 Millionen Deutsche sich von einigen Hunderttausend Juden herum kommandieren lassen.«
Ihr Mann hatte wahrscheinlich Recht, das sah sie ein.
Gäbe es einen jüdischen Staat, würden die sich auch nicht von ein paar Deutschen beherrschen lassen. Trotzdem, sah nicht die Rassenhetze auch aus wie eine Hexenverfolgung? Aufgewärmtes Mittelalter, eine Art Inquisition?
Aber was kann man als junge Frau schon gegen die politischen Machenschaften dieser Herren tun? Die Hauptsache, Walther passierte nichts.
Auf dem Bord vor dem Garderobespiegel lagen fünf langstielige rote Rosen.
»Von Ihrem Verehrer, gnä' Frau.« Daneben der erste Feldpostbrief nach Walthers Abschied.
Sie hat es nicht gern, wenn jemand im Raum ist, wenn sie einen Brief von ihm liest. Mit ihren Gedanken an ihn möchte sie allein sein. Einen Moment lang klammert sie sich mit aller Kraft an die Erinnerung. Sie setzt sich raus auf die überdeckte Veranda, schafft sich ein kleines, intimes Revier für sich und ihn. Dann liest sie:
»*3. September. Meine Inniggeliebte, das war ein bitterer Abschied. Erst als ich durch die herrliche Mondnacht fuhr, wurde mir etwas leichter ums Herz, weil ich hoffen konnte, dass du jetzt wohl schliefest. Auf dem Wege zum Bahnhof stellte ich mir vor, dass ich nun ganz in Gedanken und der Hoffnung auf ein Wiedersehen leben würde. Wenn ich dich bloß nicht gar so lieb hätte ...«* Elises Augen füllten sich beim Lesen nur ein einziges Mal ganz kurz mit Tränen, sie verbat sich Sentimentalität – eine Soldatenfrau hat zuversichtlich zu sein.
»*... Zwar gibt es hier keine Polsterklasse, aber Gott sei dank auch keine Läuse ...«*
Sich Walther im Fronturlauberzug vorzustellen, hat sie schon hinter sich, lässt sich aber in Gedanken mitnehmen zu den Ufern der ostpreußischen Seen, an denen er vorüberfährt, auf die Anfang September 42 die Sonne glüht, und weiter, unablässig an der alten russischen Grenze entlang durch litauische Wälder nordwärts. Bis Wirballen, wo die Fahrt endet.
Einmal muss sie herzlich auflachen »*... In Wirballen noch einmal ins Soldatenkino ...«*, schreibt Walther, »*... gespielt wurde: ›Immer nur du‹, also das passendste Thema, und ich war so gegenwartentrückt, dass ich dem Soldaten neben mir, der vor Aufregung im Dunkel an meinem Sitz nestelte, die Hand streichelte, im Glauben, wir zwei säßen zusammen im Kino ...«*
Mein Gott, Walther, du Träumer.
Es macht ihr keine Mühe, ihn sich zu vergegenwärtigen, wie er in der Uniform vor dem Spiegelschrank steht und sie entrückt mit seinen blauen Augen anstarrt.
»*Ich glaube, ich würde das Leben da draußen nicht aushalten, wenn ich nicht jeden Tag eine Nachricht von dir erhielte.«*
Fest versprochen haben sie sich dieses tägliche Briefeschreiben und bis jetzt hat Elise für ihren Teil dieses Versprechen auch eingehalten. Walthers Briefe jedoch treffen nicht täglich ein, meist wird ihr ein ganzer Stoß in den Kasten gesteckt, fünf, sechs Briefe auf einmal und dann wieder zehn Tage kein einziger.

Einen Augenblick lang hebt sie die Augen. Draußen auf der Straße sieht sie im Mittagslicht eine Frau schleppenden Schrittes einen Kinderwagen schieben. Einen Moment stöhnt sie auf.
Wie wird das nur werden, immer weiter ganz allein? Ab und zu die Gardinen waschen, die Zimmer lüften und die mit dem Familienmonogramm bestickten Tischtücher und Servietten sortieren und zählen. Und ihre Jugendjahre wartend vor einer Fotografie und einem Stapel Briefen verbringen. Weiß Gott, so hatte sie sich ihr Leben nicht vorgestellt.
Seine Zahnbürste hat sie im Glas stehen lassen, sein Morgenrock über dem Garderobeständer bewacht weiterhin ihren Schlummer, aber ob das auf die Dauer reicht? Das sorglose Beieinanderliegen, die warme Hand, die er ihr nachts hinüberstreckt nur als Erinnerung? Und jeden Morgen schlägt man wieder die Augen auf, streicht sich mit den Fingerspitzen über den Hals, die Brüste und den Bauch und denkt: wieder allein.
Mit Schrecken wird sie sich ihrer Gedanken bewusst. Nein, in die Kategorie der Egoisten sollte man sie nicht einstufen können. Und auch wenn sie keine Heilige ist, käme ihr doch das andere nie in den Sinn. *Nein, Walther, du musst keine Angst haben, dass ich die gelungene Ordnung in unserem Leben je zerstörte. Mach also nicht so ein verwirrtes Gesicht, es sieht wirklich nur so aus, als ob ich Angst vor der Zukunft hätte.*
Elises Augen finden wieder zurück zu den Bildern des Reisenden.
»... *Du Liebste, hier ist gerade die Ernte in vollem Gang, und ich staune aus meinem Abteilfenster heraus, wie viel hier angebaut worden ist. Da wird es hoffentlich winters zu Hause mehr Brot geben ...*«
Nur ein einziger Satz über das, was vom Krieg zu ahnen ist:
»... *Weiterhin besteht hier wohl ein kesselartiges Gebilde, denn heute fuhr SS-Artillerie von Woltow her an uns vorbei und ich sah, wie die JU-Flotte über unseren Zug hinweg nach Osten brauste. Nun wird die Bahn noch eineinhalb Tage meine Heimat sein, bis ich endlich bei meiner Einheit bin ...*«
Dieses Gefühl: ihn sich drei Tagesreisen weit, macht dreitausend Kilometer, entfernt vorzustellen! Dann, beim Lesen seiner letzten Worte lacht sie still in sich hinein. »*Übrigens, unterwegs habe ich Dutzende von Störchen gesehen. Wenn das nichts zu bedeuten hat!*«
Sie fühlt, wie ein Luftzug an ihr vorbei streicht und muss gähnen – so macht sich ein verdrängtes Gefühl Luft. Sorgfältig faltet sie den Brief, während noch der letzte Gruß »... *mein lieber Engel, es schreibt sich so schlecht im rollenden Zug, für heute Lebewohl ...*« wie eine Wolke über der Veranda schwebt. Unwillkürlich legen sich ihre Hände auf ihren Leib. Aus dem Haus erklingt ein Uhrenschlag und ein Dielenbrett knarrt in ihrer Nähe wie unter einem unsichtbaren Schritt.
Du wirst nicht allein sein, sagt ihr eine innere Stimme und über diese theatralische Anwandlung muss sie sich wundern.

Ein Stück Erinnerungsarbeit, jetzt müsste man weitermachen. Irgendwo ist etwas versteckt in dir, das bisher überhaupt nicht zum Leben gekommen ist. Du bist ein

Kind, das irgendwie nie gelebt hat. Du bist auch ein Opfer des Stillschweigens, das über all die Jahre über alles gedeckt wurde.

Ich muss gestöhnt haben. Das alles war ja nicht Selbsterlebtes, sondern nur beiläufig Gehörtes, das nicht erzählt worden war mit dem Ziel der Aufklärung von Ereignissen oder gar der Bewältigung der Vergangenheit. Am ehesten noch glaubte ich einen Ton der Rechtfertigung gehört zu haben, wenn dann und wann von der Restfamilie ein Erlebnisbrocken ans Tageslicht befördert worden war. In gewisser Weise hat dieses Heraufbefördern tatsächlich etwas von Bergwerkerarbeit an sich. Das sagte ich auch der Frau, die hinter mir saß, ohne dass ein Lebenszeichen, eine Bewegung oder ein Laut ihre Gegenwart verraten hätte.

»Schlafen Sie?«, fragte ich, ohne es beleidigend zu meinen.

»Nein, ich lausche nur aufmerksam«, sagte Frau Jordan. »Ich wollte Ihren Gedankenfluss nicht unterbrechen Aber jetzt, am Ende der Stunde möchte ich etwas bemerken, was mir auffiel: Kann es sein, dass Sie im Augenblick sehr gut und frei atmen?«

Ich war verblüfft über ihre Wahrnehmung. Tatsächlich. Seit Wochen waren meine Nasenschleimhäute so angeschwollen gewesen, dass es mir nur möglich gewesen war, durch den Mund zu atmen. Und heute: mit geschlossenen Lippen atmen und ein Geruch nach Flieder durch einen Fensterritz, das war wie ein neugewonnenes Stück Freiheit.

Trotzdem fiel es mir in dem Augenblick schwer, mit dieser Frau darüber zu sprechen. Ich fühlte mich erschöpft und außerdem erschien mir meine Beziehung zu der Analytikerin längst noch nicht zuverlässig und fest genug, um mich auf ihre Vorschläge oder Gedanken einzulassen. Was ich bisher hier tat, hatte eher etwas mit Ballastabwerfen zu tun, ohne Rücksicht auf etwas anderes.

Ich hatte einen anderen Weg als früher, und während ich langsam am Fluss entlang fuhr und auf das Wasser schaute, hatte ich das zuversichtliche Gefühl, jetzt auf dem richtigen Weg zu sein. Jetzt, nachdem ich keine Rücksicht mehr auf ihn nehmen musste.

Mit einem Stich im Herzen erinnerte ich mich an sein Gesicht, an seine weichen Gelehrtenhände und wie ich nachts, wenn es stürmte, mit meiner Wange an Ludwigs Schulter dalag und dachte: Von mir aus können fünf oder zehn Jahre vergehen, ich werde ihn immer so lieben. Wie ich mich damit doch vergaloppiert habe. Ludwig möge mir meinen Betrug verzeihen.

Er hat mir vor ein paar Tagen gesagt, ich käme ihm so unlebendig vor wie die weiblichen Figuren aus einem Drama von Ibsen. Ob sich in der Bemerkung sein Ärger über meine zeitweise innere Abwesenheit ausdrückt?

Aber vielleicht ist dies nun wieder ein Stück Projektion meinerseits, denn mit all den Gedanken an meinen Vater verknüpfte sich in meinem Bewusstsein doch auch viel Schuldhaftes, so als sei mir zwar einerseits aufgetragen, von anderer Seite aber verboten, mich mit der Vergangenheit auseinander zu setzen.

Er und ich, wir kennen uns wohl schon seit langem recht gut, doch unsere Geheimnisse können wir weiterhin nicht teilen. Worüber sollten wir auch reden?

Über die einstigen Liebesbeziehungen, die Verdauung des Hundes oder den Kram aus Möbeln, Pflanzen und Büchern, hinter dem wir uns stumm und sprachlos verschanzen?
Das ist ja kein Drama, oder? Falls er aber einmal wirklich wissen wollte, wie es gerade um mich steht, nicht aus eigennützigem Kalkül, sondern aus spürbarer Empathie, würde ich die Letzte sein, die ihm ihre Geheimnisse nicht anvertraute. Zum Beispiel dieses: warum bei bestimmten Arten der motorisierten Fortbewegung bei mir jener Vorgang schnellerer Atmung einsetzte, eine Art Hecheln, was nach einer gewissen Zeit, etwa einer halben Stunde, in einen Zustand der Starre führte, der mir Todesangst einflößte.
Oder das andere, wenn ich an einem strahlend hellen Morgen, während ringsum die Amseln sangen, drohte, an einem Tropfen Spucke zu ersticken. Und mit vor Anstrengung aus den Höhlen tretenden Augen auf einen leblosen Planeten geschleudert wurde, der keine Trauer kannte, es sei denn die Trauer darüber, dass alles Lebende schon lange von ihm gewichen war. Ich kam nicht darauf. Manchmal weiß ich mir auf all meine Fragen keine Antworten, auch wenn ich Stunden darüber hinbringe.
So sahen die Geheimnisse aus, zwischen denen ich meine Tage zubrachte.
»Bleiben Sie sich selbst auf der Spur!« Diesen Spruch hatte mir die Frau mit auf den Weg gegeben, mit der ich seit kurzem meine Geheimnisse teilte, und dann fügte sie noch hinzu: »Aber vergessen Sie nicht, zwischendurch auch einmal auf die Vögel, die Wolken und den Sonnenschein zu schauen.«
Das sagte sich so leicht, gewiss wäre es vernünftig gewesen, langsam durch den Wald zu laufen und all die kleinen vertrauten Zeichen von Leben zu sehen, langsamer zu gehen, stehen zu bleiben oder auf den Klang der Sterne zu hören. Aber wer bringt das fertig zu einer Zeit, in der die Erkenntnisse über gewisse Zusammenhänge jeden Tag ein wenig wachsen. In der ich die Nase in Biografien steckte, die einem merkwürdigen Drehbuch zu folgen schienen, in dem sich Erfolg und Unglück auf undurchschaubare Weise mischten. Seit Tagen war ich in Gedanken bei der Frau, die mir am nächsten stand. Seit ein prachtvoller, flammender Sommer angebrochen war, wartete ich auf ein Lebenszeichen von ihr. Ich hatte die Idee, dass ihr mein ganzes rätselhaftes Leiden zuwider war. Warum hatte sie so lange in scheinbarer Erinnerungslosigkeit geschwiegen?
Innere Unrast, Rekonstruktionen, Bilder, die ohne Rücksicht auf Tag und Nacht vorüberziehen. Wenn nicht diese Briefe wären, ich würde wohl nie erfahren, was ich erfahren muss, aber jeder dieser Briefe stellt eine Tagesarbeit dar. Ich hatte konkrete Maßnahmen getroffen, mich für eine Weile von Freunden und Arbeitspartnern verabschiedet, als sei ich auf Reisen gegangen, und in gewisser Weise war ich das ja auch.
Über den Bäumen kreischten Krähen und an dem Gartentor vorüber sah ich junge Mütter mit schreiend buntem Schwimmbadzubehör ziehen. Sommer. Ist das nicht verrückt? Und ich hatte mich abgemeldet von dieser Welt, um mich in den Dunstkreis meines Vaters zu begeben und ihm an den Riffen und Graten seiner unzugänglichen Schrift entlang ein Stück weit auf dem beschwerlichen Weg zu

folgen. Sonntag ist es und so still, dass du plötzlich glaubst, allein übrig geblieben zu sein nach einer Katastrophe, aber du weißt, dass es nur deine eigene ist. Ludwig hatte sich mit dem Hund auf den Weg gemacht. Ja, wie still es nun war.

»14. September 42. Heute ist Sonntag und schon zwei Wochen sind vergangen seit unserer Trennung. Herbstlich und ruhig ist es draußen, nur ab und zu böllert die Artillerie. Mäuse rumoren in unserem Bunker, an der Wand tickt die Zeit weg und von fern hört man den Lärm der Rollbahn. Richard verbindet nebenan seine Verwundeten, die manchmal aufstöhnen.

Gestern haben wir bis halb eins nachts operiert und um drei musste ich wieder aufstehen, um von neuem zu beginnen. Gestern war es auch, dass ich mit der Feldbahn einen Schwerverwundeten zur Rollbahnstrecke gebracht habe. Die Fahrt führte an russischen Dorfstellen vorbei, von denen nur ein paar Laubbaumskelette stehen. Schierling und Gras wogen jetzt über die vom Erdboden gewischten russischen Menschensiedlungen. Zerrissenes Herz, und doch, welch anregende Fahrt, am Abendhimmel die herrlichsten Wolkenbilder. Wie gutherzig ist die Natur, das denke ich jeden Abend.«

»Am 10. Oktober 42. Geliebtes Herz, nun wächst der Sumpf schon bis an unsere Zäune, und Stürme pfeifen um unseren Bunker. Du findest mich hier bei einer Kerze sitzend, während draußen ein großes Feuerwerk mit buntem Flakfeuer veranstaltet wird, alles wegen einem russischen ›lahmen Heinrich‹. Das Geld möchte ich haben, das in einer Nacht an der Front verpulvert wird.

Im Wehrmachtsbericht hörten wir, dass nun die Russen Ostdeutschland überflogen und bombardiert haben. Geliebtes Kind, wie gut dich in Sicherheit zu wissen. Du ahnst nicht, was es für uns Männer hier draußen, in Dreck und Verkommenheit bei dauernder Beschäftigung mit todesnahem Leben bedeutet zu wissen, dass zu Hause von der geliebten Frau die Zukunft unter dem Herzen gehütet wird. Das richtet einen wieder auf, wenn man gerade verzweifeln möchte ...«

Es geht noch weiter.
Warum ist es hier bloß so still?
Vater, ich versuche deinen Gedanken zu folgen, entschuldige, dass ich so verheult bin. Warum nennst du die Wanzen, die über deinen Brief laufen, verharmlosend »kleine schwarze Käfer, die leider stinken?« Es scheint, als habest du gegen Würmer und Dreck ebenso zu kämpfen wie gegen die Erkenntnis, dass all dein Tun von sinnloser Willkürlichkeit gesteuert wird und du bemühst dich dabei auch noch tapfer um einen angemessen guten Schreibstil. Ja, selbst da, wo es um Verwundung und Tod geht, liest sich das bei dir wie die Beschreibung einer Idylle.

»... Die schwarzen Silhouetten der Wälder in erhabenem Ernst vor der Feuersglut, die die Batterien der Wehrmacht entfacht haben ...« Nein, das kann nicht dein Ernst sein, was zum Teufel geht hier vor? Irgendwo in diesen Briefen war etwas versteckt, was ich nicht verstand. Etwas, das an Schizophrenie grenzt, eine Botschaft hinter der Botschaft. Vielleicht sind diese Briefe damals zensiert worden, oder du hast nur das geschrieben, wovon du wusstest, dass es jeder Kontrolle standhalten würde. Ja, das musste es sein.

»*30. Oktober. Heute riss die Kette der Verwundeten nicht ab. Gestern hielt der General unseren Sanitätsbunker eines Besuches für würdig und verteilte dabei Eiserne Kreuze an die armen Seelen ...* [Hättest du ihn doch umgebracht] ... *hoffentlich kommen die also Bedachten durch. Sieben Bauchschüsse haben wir hier liegen, drei davon mit Nierenentnahme, ein Junge erst achtzehn mit Augen wie dein Bruder Hannes. Da habe ich die Zähne wieder mal zusammengebissen, um nicht zu fluchen ...*«

Die weiteren Worte verschwammen vor meinen Augen, eine Weile konnte ich nicht weiterlesen. Ich schob den Stuhl zurück und starrte mit blinden Augen auf den Sommertag da draußen. Augen von meinem Vater.

Wie war das denn? Hatte er seinen Tod einkalkuliert oder sich tatsächlich Illusionen gemacht? Fühlte er sich zu diesem Zeitpunkt noch als Held oder selbst nur noch als Opfer?

Fragen, die allesamt wie schon so viele in meinem Leben ohne Antwort bleiben würden. Plötzlich nahmen meine Gedanken eine andere Richtung. Mein Vater hat keine Vorsorge getroffen, dachte ich. Er hat nichts für mich hinterlassen.

»Du hast deinen Tod nicht bedacht«, sagte ich laut an meinen Vater gerichtet. »Jetzt habe ich nichts Konkretes von dir nach deinem Tod außer diesen Briefen. Du hast mir den Schutz versagt, den ich von dir erwartet hätte, vielleicht hast du auch gedacht: Ich sterbe, und mit mir stirbt wahrscheinlich alles. Du hast einfach nicht daran gedacht, dass ich ja weiterleben muss.« Als mir die Postkarte aus Hackstedt einfiel, fügte ich noch hinzu: »Du bist einfach aus dem Leben hinausgegangen, als ob du hier keine Verpflichtung mehr gehabt hättest. Sag, was ging da in dir vor?«

Ich stelle mir sein Gesicht vor, dem mein Gesicht immer ähnlicher wird, die gebogene Nase, die Augen, ja sogar die abstehenden Ohren hatte er mir vermacht. Ich bin sein Kind, seine Tochter, auch wenn man die Ähnlichkeit zwischen Vater und Tochter nicht so deutlich sieht, wie es zwischen Mutter und Tochter geschieht. Erschüttert hielt ich inne.

Ich musste noch ein paar Handlungen absolvieren, um wieder zur Ruhe zu kommen. Mein verheultes Gesicht waschen, das Fenster öffnen – von irgendwoher läutete eine Glocke – die Falte zwischen meinen Augenbrauen glatt streichen.

Langsam kam ich wieder zur Ruhe. Vater ... sagte ich traurig und sehr ruhig. Jeden Tag hatte er einen Brief geschrieben, das muss man sich einmal vorstellen. Nachdem er sechs Stunden nichts anderes zu tun hat als zu betäuben, zu amputieren, zu nähen und Ströme von Blut aufzuwischen, wäscht er sich die Hände, begibt sich in den Wärmedunst des Kanonenofens und schreibt einen Brief.

Ich betrachtete lange das graue Papier und stellte mir dabei vor, was für Wege es genommen hatte, bis es hier vor mir lag, vierzig Jahre danach.

Ich las: »*... wenn du im Radio hörst, südostwärts des Ilmensees scheiterten feindliche Angriffe, örtliche Einbrüche wurden im Gegenzug bereinigt, dann* kannst du annehmen, dass ich hier verkürzte Schlafzeit habe – erst greifen die Russen an, dann folgt unser Gegenangriff und jedes Mal kostet das eine Menge junger Männer das Leben oder die gesunden Glieder, dabei geht es immer nur um etliche hundert Meter verfilzten sumpfigen Waldbodens ...«

Glaubtest du eigentlich an Gott? Lass mich für dich antworten. Vielleicht hättest du gesagt: »Alles in der Natur unterliegt gewissen Gesetzmäßigkeiten, also müssen diese Gesetze irgendwann einmal gemacht worden sein. Da wir sie nicht geschaffen haben, mag es wohl Gott gewesen sein. Ich halte es aber für Blödsinn, uns einzubilden, ihn mit Gebeten oder frommen Gesängen behelligen zu können, um ihn gnädig zu stimmen. Religionen sind doch nur Krücken für den armen menschlichen Verstand.«

Nein, das hätte ich gesagt. Du hättest deine Farbstifte in die Hand genommen und wärest, während dein Freund Richard noch operiert, hinausgegangen unter den unvergleichlich blauen Oktoberhimmel und hättest, was du in deinen Briefen beschreibst, gemalt: die flammendroten Wälder und den Himmel, Blau der Unendlichkeit über dir, davor in einer lichten Reihe die Birkenstämme. Das ist deine Art von Religion, wenn du keine Magdalenenkirche in der Nähe hast. »*Miserere nobis, qui tollis peccata mundi.*«

Die schönen blassen Zeichnungen in einem Winkel des Esszimmers nahm ich mir vor, neu rahmen zu lassen.

Mein Vater ist noch lange nicht am Ende. Er wechselt nur den Standort und erhält eine neue Feldpostnummer. Komp.F.P.45604. Weiterhin scheint er nur Ausschnitte des Krieges zu Gesicht zu bekommen, von den vier Wänden der Sanitätsbaracke eingefasst.

»... *Die jetzige Tätigkeit mit Richard, Schoeps und einigen zwanzig Mann ist besser als alles da Gewesene, denn hier bekommt man die ganz frischen Verletzungen und sieht, wie oft man noch Leben retten kann ...*[!] *Heute kamen auch Überläufer aus Kasachstan, die selbst kein Wort Russisch konnten, aussehend wie die Teufel auf unseren mittelalterlichen Votivbildern, Alter etwa fünfzig, jedoch mit unwahrscheinlich guten Gebissen ...*«

Weißt du, ich könnte verzweifeln, weil du mich von einem Gefühl in ein anderes reißt. Wer bist du bloß, frage ich dich. Bist du nichts weiter als ein Medikus, der seinen Heilauftrag über alles andere stellt? Oder bist du ein Täter, auch wenn deine Komplizenschaft mir verborgen bleibt? Bist du nur der nüchterne Chronist einer Zeit des Schreckens oder nicht selbst das Opfer? Wer erklärt mir deinen bedingungslosen Gehorsam und wer kann mir die andere Frage beantworten: Ob es eine Lust in all dem zu entdecken gibt, zum Beispiel die der totalen Unterwerfung unter einen anderen Willen? Sag mir doch, wie ich diese auseinander klaffenden Gefühle Abscheu und Mitleid, Entsetzen und nachgetragene Liebe, wie ich sie ertragen soll?!

Es war, als hätte mich eine Woge ergriffen und auf einen fremden Landstrich geworfen.

Da lag ich ohnmächtig, aber mit weithin hörbar pochendem Herzen und die Tränen liefen mir über das Gesicht. In der einen Hand hielt ich noch den Brief, den ich nicht weiterlesen konnte, in dem du von dem russischen Mädchen schreibst, sechzehn Jahre alt (deine Frau war achtzehn, als du sie heiratetest), dunkle Augen, die dich mit Todesverachtung anschauen, das Mädchen, dem deine, eure, unsere Landser gerade mit einem Bajonett den Bauch aufgeschlitzt haben, bis aufs Bauchfell und die Blase. Sie sah deiner Frau so ähnlich, Vater, und du bist zu Tode erschrocken, endlich!

Du warst so wütend, gib's zu! Jetzt hast du begriffen, dass auch Frauen und Kinder in eurem verfluchten Krieg umkommen. Endlich.

Bis jetzt hattest du nur die Jungen aus den eigenen Reihen zusammengeflickt, achtzig oder dreihundert, eine Schar von Todgeweihten, die halb besinnungslos auf deinem Tisch gelandet sind, nachdem sie, um eines Hügels willen, den sie einen Tag zuvor aufgeben mussten, in diesen mörderischen Gegenangriff geraten sind Das hieß: Amputation vorbereiten, Äther, Morphium, wenn noch genug davon da war. Manchmal muss man es dosiert einsetzen, nach Schmerzintensität oder Todesnähe, aber manchmal auch dann, wenn ihr die Schmerzensschreie nicht mehr aushaltet, die so laut sind, dass man sich am liebsten die Ohren zuhalten würde. Doch selbst unter der Betäubung wird noch gebrüllt. Eine Handgranate ist auf einem Hintern geplatzt, Hoden sind weggerissen, unglaublich, was alles aus einem Menschen quillt, wenn erst einmal gewaltsam eine Öffnung in ihn erzwungen ist, das lässt sich kaum mit zwei Händen halten.

Und während du mit Tetanusspritze, Rivanolpuder und Skalpell hantiertest wie ein Roboter gegen den Tod, konntest du deinen verzweifelten Zorn gegen den Feind richten, dem du noch nicht Auge in Auge gegenüberstandest. Aber das hier auf der Bahre, mit den Brüsten und Augen einer jungen Frau und einem zum Verzweifeln großen Loch im Bauch ist kein Feind, nur ein Mädchen, das vielleicht verliebt war, gern mit Katzen spielte und sonntags ein Kirchenlied sang.

Und obwohl du so erschrocken bist, schreibst du noch, an Stelle mit mir zu weinen: »... *Ich tat mein Bestes, so etwas heilt hier oft ohne weiteres, die Leute sind eben robuster als bei uns zu Hause, da gingen solcherart schwer Verletzte gewiss drauf ...*«

Die Sprache des Krieges.

Gewiss ließ der Führer danken in Form einer Extraration Ölsardinen.

Wir beide stecken noch im Höllensumpf, du und ich, in dem das schmutzige Wasser Schuhe und Verstand aufweicht, und grübeln darüber nach, wie es nur so weit mit uns hat kommen können und wo bei alldem der Sinn zu sehen ist. So schreibst du in einem anderen Brief, als du gerade einen Artikel des Berliner Psychologen Schultz gelesen hattest über menschliche Geistesentwicklung: »... *Mir wurde erschreckend klar, wie man im Kriegsgeschehen draußen und drinnen verdummt und verflacht. Wenn man hier keine Bücher mehr hätte, käme man um vor Stumpfsinn ...*«

Ja, ich kann nicht anders als dir beipflichten. Aber Bücher als Mittel der Verdrängung? Ich weiß nicht. Wäre es nicht längst an der Zeit auszusprechen, was du schon lange denkst. *Dieser Krieg führt einfach zu weit, lasst uns aufhören!* Wärst du doch aufgestanden, hättest dein Handwerkszeug hingeworfen, und auf und davon gegangen.

Ich weiß, Wunschgedanken einer Nachgeborenen.

Um uns ist es unterdessen dunkel geworden. Du machtest das Licht an und nahmst dir den Stift zur Hand, um wieder einen Brief zu schreiben. Oder du ließest das Licht ausgeschaltet und starrtest mit dem Ausdruck eines Blinden hoch in den unendlichen Sternenhimmel. Seltsames Geschehen.

Was ist das nur für eine Zeit, in der die Zeit sich nicht bewegt und ich dir nahe sein kann, ohne dass wir uns sehen. Zwar konnte ich nicht jedes deiner Worte lesen, trotzdem bist du mir jetzt vertrauter als je zuvor. Wenn ich will, kann ich mir dich sehr gut vorstellen, mit deiner Freude über einen Sonnenuntergang, trotz Latrinengestank und täglicher Entlausung. Denn ich bin deine Tochter. So gespalten wie du, so widersprüchlich wie du, so vermessen und so hoffnungslos romantisch gestimmt, wie du es bist.

Wenn ich weiter darüber nachdenke: Du hättest zu Hause bleiben können, du hattest das Recht, dem Krieg, über den inzwischen bei dir Zweifel aufgekommen sind, nachdem du die Fleckfieber-Katastrophe überstanden hattest, Lebewohl zu sagen.

Du hättest bei uns bleiben sollen, im freundlichen tannenumstandenen Kreiskrankenhaus nach geregeltem Dienstplan operieren, Bücher lesen, Lieder von Hugo Wolf singen und manchmal dein kleines Kind in den Armen schaukeln.

Aber das geht nicht, das kannst du nicht. Da ist die verdammte Pflicht. Und die vielbeschworene Kameradentreue, schon allein Richard gegenüber. Oder ging es in jenen entscheidenden Jahren deines Lebens noch um etwas anderes? Eine absurde Herausforderung etwa, den Dingen, die da kommen, gewachsen zu sein? Und was du tust – geschieht es etwa aus der Überzeugung, etwas Großes, Geschichtsträchtiges für das unaussprechbare Reich und seine Herren zu tun, ohne groß drüber nachzudenken, wer die Leute eigentlich sind, nach deren Maßstäben du handeln musst? Gib's zu, du musst doch an deren Geisteszustand gezweifelt haben, du, der humanistische Schwärmer – vor allem an ihrer Menschlichkeit.

Wer lässt denn seine Söhne im eisigen Schlamm umkommen, überall stürzende, zusammenbrechende Gestalten, gekrümmt vor Schmerzen, im Artilleriefeuer noch einmal hochgeschleudert, bevor ein letztes Röcheln sie durchbebt. Wer, frage ich dich, der auch noch einen Funken Humanität in den Adern hat?

Natürlich musst du gezweifelt haben. Kann sein.

»... *Kann sein* ...«, schreibst du in deinem vorweihnachtlichen Brief an Mama, »... *kann sein, dass das ewig alte Lied: Verwundete, Verstümmelte, Sterbende einem auf die Nerven drückt, umso eher als man sich vorzustellen vermag, was an so einer Verwundung alles hängt: Künftiges Schicksal, Beruf, Angehörige* ...« Ob du dabei auch an dich gedacht hast, an uns?

Du kanntest doch bereits das Geheimnis, das Mama preisgegeben hatte: Dass ich unterwegs ins Leben war. Wenn du jetzt da wärest, würdest du vielleicht schließen mit dem Satz:

»Ja, ich glaube, ich habe wirklich alles, aber auch alles falsch gemacht.«

Fast ärgerlich sah ich auf die Buchstaben. Findest du dich noch in seinen Zeilen zurecht? Ich wollte nicht mehr weiterlesen, keine Zeit mehr für noch mehr Worte. Die Vögel draußen waren unterdessen mit ihnen schlafen gegangen. Ich stand auf

und riss mich los von meinem Vater. »Du gehörst jetzt zur Vergangenheit«, sagte ich ihm.
Ich betrachtete mein umschattetes Gesicht im Spiegel, um mich her eine Aura von Scham, Schuld und Trostlosigkeit. Ich fuhr mir mit den Fingern durch die Haare. Agnes, ein Mitläuferkind?
Es hätte zum gegenwärtigen Zeitpunkt keiner Urteilsverkündung mehr bedurft. Trotzdem brachte ich es fertig, nach einem geregelten Plan mehrere Male tief ein- und auszuatmen.
Von unten kam Ludwigs Stimme: »Agnes?«

»Warum sitzt du da im Dunkeln? Und warum ist der Tisch noch nicht gedeckt?«
Als sei die Aufnahme von Nahrung an einem solchen Tag von Bedeutung.
Stattdessen schwebt sie von oben wie eine Erscheinung und starrt ihn bloß mit abwesenden Augen an. Etwas, das nicht weiter erklärbar ist, hat sich zwischen sie und ihn geschoben. Eine Art gläserne Wand. Hinter der summt sie vor sich hin.
»Tut mir Leid.«
Und überhaupt stieß man in ihrem Umfeld auf mancherlei Ungereimtheiten, wie etwa eine mit geöffneten Seiten daliegende Broschüre über die richtige Atmung, auch Tiefenatmung oder Dreiphasenatmung genannt.
Einen Moment lang überfliegen seine Augen die schematischen Darstellungen und das Vorwort des Verfassers. Natürlich eine Frau, gleich lässt er das Buch angewidert fallen.
Es fällt ihm sichtlich schwer, sich und ihr zu verhehlen, dass er etwas wütend ist, zumindest leicht gereizt. Während er die ungelesene Post überfliegt, sieht er ihr aus dem Esszimmer bei den rasch nachgeholten Essensvorbereitungen zu.
Ihren Mund hielt sie fest zusammengepresst, trotzdem brachte sie es fertig zu lächeln. Nein, so etwas nennt man Grinsen. Vor Jahren hatte sie ihn mit diesen Lippen manchmal auf so besinnungslose Weise geküsst, dass er sagen musste: »Ist ja gut, nun übertreibst du aber.« Verbittert stellt er fest, dass sie ihm jetzt nicht ein Hundertstel von der Wärme zukommen ließ, die er zu Anfang bei ihr gewittert hatte.
»Du siehst aus wie deine Mutter«, sagt er zusammenhanglos. Aber Agnes scheint das nicht zu hören. Tatsächlich denkt er an seine eigene Mutter, die ihn gestern mitten in seiner Behandlungszeit mit einem Anruf erschreckt hat. Es ging um ein Gesundheitsproblem, sein Wartezimmer saß voll hustender Patienten und er sah sich gezwungen, ihr in einem Gemisch aus Verständnis und Unmut in gebotener Eile ein paar Anweisungen zu erteilen.
Agnes könnte ihn doch wenigstens einmal ansehen und fragen, wie er sich so fühlte. Was glaubte sie denn? Dass nur sie Anrecht auf immer währende Rücksichtnahme hatte?
Für sie ist es der Krieg, der an allem schuld war. Auch an ihrer Atemnot. Und wenn schon. Zugegeben, ihre Beziehung stand von Anfang an unter einem unglücklichen Stern. In ihrer Anfangszeit, erinnert sich Ludwig, als er noch als Medizinalassistent bei Pumas Operationen die Klammern zu halten hatte, kam es zum ersten Mal bei Agnes zu einem dieser Krämpfe. Er war schon im Verzug, da

hatte sie sich an irgendetwas verschluckt. Springt auf, würgt und stößt dabei auch noch die Tasse um. Die Augen weit aufgerissen, als sähe sie ein Gespenst, und mit einem Röcheln in der Kehle, dass einem das Gruseln kam. Ein Hochziehn und Würgen ist das, ein Krampfen in den Bronchien, dabei die Sehnen an ihrem Hals wie Drahtseile gespannt. Und während er ihr hilflos auf den Rücken trommelte, ließ sie den Oberkörper nach vorn abknicken und riss sich das Hemd bis zur Taille auf, dass man denken konnte, sie sei wahrhaftig dabei zu ersticken. Natürlich ist er da erschrocken.

Von Zeit zu Zeit kam es leider immer wieder dazu. Es ist merkwürdig, am Ende weint sie, zittert und auch seine Versicherungen, dass selbst dann, wenn das Schlimmste geschähe, sie aus Atemnot besinnungslos würde, ihr nichts geschehen könne – aus dem einfachen Grund, weil in besinnungslosem Zustand die Muskeln sofort erschlaffen, der Krampf sich sofort lösen würde –, können sie dann nicht beruhigen.

Ludwig erbietet sich das Brot zu schneiden.

Eine Frau, die scheinbar die Liebenswürdigkeit in Person darstellt. Bis er bemerkte, dass hinter der Fassade etwas mit ihr vorging, das mit alltäglichen Geschehnissen nichts zu tun hatte. Die langen Gespräche mit gedämpfter Stimme, die sie mit ihrer Mutter führte, ihre durchgefrorenen Hände, die er manchmal in seine genommen hatte, um sie so lange zu reiben, bis sie feuerrot wurden. Die Kälte, die aus der Einsamkeit kommt.

»Du bist mir unheimlich«, möchte er ihr manchmal sagen, »trotz der Körperwärme, in die du mich mit Vorbedacht hüllst.«

Wie und wann diese Ereignisse auf sie eingewirkt haben mussten, hatte sie vor Jahren schon erwähnt. Krieg, Vertreibung und Flucht hat sie als Gründe für ihre angstbesetzten Ausfälle angegeben. Das mochte ja sein, schließlich verband sich für Millionen heute noch lebender Menschen mit der Zeit vor dem Krieg und während des Krieges viel an Leid, Entwurzelung und Schuldverstrickung, aber über die Dauer solch einer neurotischen Phase – man könnte sie auch als Vergangenheitsbewältigung bezeichnen – da hatte er sich doch getäuscht. Zwei Jahre Psychotherapie, als ob das nicht reichte. *Sieh mich an, wenn ich mit dir sprechen will!*

Krieg oder nicht Krieg, mir wäre von Zeit zu Zeit an einem weißen Tischtuch, Bündnerfleisch mit Pfeffer aus der Mühle und deiner einst so berühmten Avocadocreme gelegen, falls du dich noch an dein Rezept erinnerst. Und übrigens: vergiss nicht, dass auch ich ein Kriegskind bin.

Jetzt hat sie wieder dieses Lächeln aufgesetzt, unter ihren slawischen Backenknochen. Wie ihre Mutter, ihre Großmutter und all die anderen schlesisch-böhmisch-kroatischen Ahnfrauen, von denen sie abstammte. Dieses Lächeln, das besagt, dass du ruhig weiterreden kannst, aber egal, was du auch sagst, nichts bei ihr ankommen wird.

Ich weiß wirklich nicht mehr, wie das mit uns jetzt weitergehen soll.

9 Am Morgen danach hatte ich es schwer einen Anfang zu finden und begriff den unwiderlegbaren Zusammenhang zwischen Leidensdruck und Therapiebedarf. »Die Erforschung des Traumas der Naziopfer und der nachfolgenden Generationen ist viel weiter fortgeschritten als die Erforschung der versteinert erscheinenden Psyche der Täter und ihrer Kinder.« Dieser Satz, der mir zufällig beim Durchblättern der Zeitung in die Hände gefallen war, und der Artikel, der sich mit ihm befasste, hatte mich in Aufruhr versetzt. Ich dachte an den Tod. Den millionenfachen, den die dämonischen Führer und Verführer über diesen Planeten gebracht hatten, den einzig belebten, wie wir seit einiger Zeit wissen, denn nur wo Leben ist, kann auch Tod sein. Und Uranus, Venus, Mars und Neptun können weiter in fünf Milliarden Kilometern Entfernung träumen, ohne dass ein Gedanke an Schuld sie in ihrem Kern erschüttert. Andererseits sieht aus dem Weltall betrachtet auch unsere schmerzgebeutelte Erde eher wie eine harmlose, blaugrün marmorierte Murmel aus, denn als Plattform für brennende Scheiterhaufen, im Bombenhagel zerschmetterte Städte und den Gemarterten am Kreuz. Tod hat die Eigenschaft sich zu verflüchtigen, nach kurzen Stadien der Starre und der anschließenden Zersetzung. Ein Gas, eine Wolke kosmischen Lichts, bestehend aus einst gequälten und nun gereinigten Seelen. Aber auch die Todbringer selbst wie Himmler, Hitler oder Stalin sind zu nichts weiter als einer Hand voll Staub zerfallen. Lediglich die Zeitung in meinen Händen mit ihren aufgeregten gegenwartsbezogenen Analysen verhinderte, dass Opfer wie Täter den einzigen endgültigen Tod erlitten, den des globalen Vergessens.

So weit war ich also, und da ein Gedanke unweigerlich einen anderen nach sich zieht, kam mir die Idee, dass es wohl an mir sei, das Rätsel vom Tod meines Vaters zu erkunden. »Uns allein zurück zu lassen und sich mit Hilfe von ein paar physikalischen Eigenschaften, die Materie nun einmal besitzt, in den hintersten Winkel des Weltalls abzusetzen, das war für mich zum gegenwärtigen Zeitpunkt ein unerträglicher Gedanke. Bevor ich wieder einschlummerte, wäre noch die Frage zu klären, ob ich meine neue Hilfstherapeutin zur Mitwisserin meiner Gedankenkette machen sollte. Nicht noch einmal würde ich in eine Therapiefalle laufen wie beim ersten Mal, als ich in einer Mischung von Leiden und Leidenschaften für den alten Mann mitten in meiner Suche nach Identität stecken blieb, mit dem demütig dummen Ausdruck im Gesicht, der sich als ergebener Diener der Verliebtheit einstellt.

Nur mein von Minute zu Minute immer mehr juckender Arm verhinderte, dass ich mich für eine kurze Runde in Morpheus Arme legte.

Ich hatte mit Ludwig geschlafen wie schon lange nicht mehr und überlegte, ob die überhitzte Reaktion meines Körpers wohl darauf zurückzuführen sei oder nur die schon angekündigte Folge der Wirkstoffe, mit der ein verrückter Hautarzt Reaktionen auf meiner Haut erzeugen wollte. Während er pausenlos mit halblauter Stimme Opernarien sang, hatte er mir mit einem Filzstift kleine Kreise auf die Haut gemalt und mit einem ausgesprochen lustvollen Gesichtsausdruck immer neue Einstiche mittels seines vielseitigen Spritzenbestecks zugefügt. Drei Abende pro Woche stehe er auf der Bühne seiner kleinen Provinzstadt, Besucherzahl und Popularität zeigten zunehmende Tendenz.

Ich gähnte und betrachtete die kleinen unregelmäßigen Kreise auf meiner Haut in Farbabstufungen zarten Gelbs, Blaus und Grüns, was auf gewisse Weise sehr harmonisch aussah. Dieser Arzt arbeitete in einer Gemeinschaftspraxis mit einer Kinderärztin und beide hatten sich überrascht gezeigt über das Ergebnis all der kleinen Handgriffe, die im Rahmen der Testanordnung an mir vollzogen worden waren: dass der Körper einer Frau um Vierzig sich sozusagen über Nacht dazu entschlossen hatte, sich gegen alles zu wehren, das von draußen kam und die Tendenz zeigte, in irgendeine Köperöffnung einzudringen. Allem voran in die Nase. Das Ergebnis war auch für mich verblüffend, denn nicht weniger als acht verschiedene Wirkstoffe hatten sich verbündet, um mein Immunsystem zu einem wilden Gegenangriff, der mehr als nur eine Rebellion war, anzustacheln.

Sie nacheinander alle aufzuzählen und in ihrer lächerlichen Nichtigkeit mit Namen zu versehen, weigere ich mich. Mein Gott, und ebenso sehr weigere ich mich, diese unsichtbare kleine Armada als eine Macht anzuerkennen, die mir das Recht zu atmen verwehrt.

Auch wenn nun zum Teil damit die plötzlichen heimtückischen Attacken von Atemnot geklärt zu sein scheinen, die meine Hautärzte irgendwie mit dem Echoraum der Gebärmutter in Verbindung zu sehen glaubten, so bleibt immer noch offen, was es mit dem Gehechel, feiner ausgedrückt: mit Hyperventilation und dem Todesschlucken auf sich hat.

Während ich auf eine stockfleckige Lithografie von Sigmund Freud starrte, dem man noch nach all den Jahren die Leidenschaft ansah, wusste ich, dass der Atemstrom als solcher mein heutiges Stundenthema ausmachen würde. Ein atemberaubendes Thema mit vielen Aspekten. Jetzt, da ich wieder wusste, wo ich mich befand, konnte ich ohne Umstände auch meinen Verstand wieder gebrauchen, die neuen unerwünschten Lebensbegleiter von Angesicht zu Angesicht betrachten.

Hyposensibilisierung. Eine Behandlung, die an die Folter der Inquisition anknüpfte, wie mir schien, jedenfalls, wenn Patienten in meinem Lebensalter sich dazu entschlossen. Eine Behandlung, bei der dem Patienten in wöchentlichem Abstand über zwei Jahre verteilt in immer höheren Verdünnungen die Stoffe zugeführt werden, gegen die sein Organismus rebelliert.

Da wäre noch die Tetanie. Ich habe im Wörterbuch nachgeschlagen. Auf Ausfall oder Unterfunktion der Nebenschilddrüsen beruhende Verschiebung des Stoffwechselgleichgewichts mit einer Herabsetzung des Blutkalziums. Ursache für Muskelkrämpfe und das Gefühl, als ob eine Gewalt einem die Luftröhre abschnürte. Immer wieder die Angst zu ersticken.

Aber jetzt nicht. Mechanisch, ohne mein Zutun öffnen und schließen sich alle dafür vorgesehenen Organe. Ich atme, öffne und schließe meine Augen und kann meine Umgebung wahrnehmen. Das Fenster ist geöffnet, über einem Stuhl hängt meine Jacke, das Philodendron hat sich mit seinem eingeschränkten Dasein abgefunden. Ohne weiteres lassen sich die Dinge in meiner Umgebung diesem Raum zuordnen, der für mich ohne Bedeutung ist.

Trotzdem blieb es dabei: wenn ich nicht in der intimen Nähe eines Männerkörpers weiterhin wehrlos und kindlich bedürftig bleiben wollte, und wenn nicht eine Infusionsnadel, allwöchentlich in den Arm geschoben, und ein Schuss Kalcium am Ende jeder noch so kurzen Reise mein Schicksal besiegeln sollten, dann käme ich nicht darum herum – und sei es auch unter Qualen –, das Labyrinth in meinem Innern noch einmal zu betreten. Auch wenn manche Leute, meine Mutter eingeschlossen, mich für einen der rätselhaftesten Menschen halten, die in dieser Welt herumlaufen.

Heute gerate ich nicht in Panik, in Ruhe betrachte ich die Hände auf meinem Schoß und die Leere in meinem Inneren. Niemand spricht. Im Augenblick bin ich beschäftigt damit, tiefer einzuatmen, den Atemstrom in den Bauch zu leiten, den Raum, der alle Geheimnisse beherbergt wie Bäume, Wolken, Gestirne und Tiere.

Von dort über den Solarplexus in die Brust. Etwas sticht, das Herz schmerzt, aber keine Angst, das sind nur angespannte Muskeln, du bist nicht krank und schon gar nicht in Todesnöten. Mit der Anwendung der Dreiphasenatmung stellt sich nach einiger Zeit ein Zustand ein, den man getrost als harmonisch bezeichnen kann. Dann ist es ein Kinderspiel, die inneren Bilder aufzufangen, die rasch wie ein Film vorübereilen: Lachsfarbige Dahlien, eine Straße in Paris, Vogelgeräusche aus einem Baum, ein frisch gebackener Kuchen, eine Uferböschung, korinthische Säulen, eine Bucht, zwei Sängerinnen im Duett, das Gesicht des Zahnarztes, ein alter Geliebter, Ludwigs Augen, eine Cousine, die lacht, die beiden Großmütter nacheinander, der Bart von Bismarck und der Schnauzbart des Großvaters, ein Hund, der ihm ähnlich sieht, Tante Helen, Mutters hohe Stirn als junge Frau, rotleuchtende Kiefernstämme.

Mutter in seltsam gepluderten Skihosen an eine Kiefer gelehnt, ohne Oberteil, obschon mitten im Winter. Genau hier hielt der Film an.

Eine Tür öffnet sich, gibt den Blick auf italienische Schuhe, einen Dahlienstrauß, japanische Reispapierjalousien und einen hässlichen Heizkörper frei, den du bisher noch nicht wahrgenommen hattest, und die Therapeutin fragt dich, ob du etwas dagegen hättest, wenn sie die heutige Stunde auf Tonband aufnehmen würde. Ich nicke.

»Aber warum tun Sie das?«

Ein verlegenes Lächeln erschien auf ihrem blassen Gesicht und auf einer tieferen Bewusstseinsebene registrierte ich, dass es ihr schwer fiel, mir in die Augen zu sehen.

Mit ihrer leisen Stimme und so, als ginge es tatsächlich um etwas Verbotenes, antwortete sie mir: »Ich vertrete in meiner Berufsgruppe die These, dass die Geschichte sich an den Deutschen noch in der zweiten und dritten Generation rächt, und zwar durch das Ausmaß lange Zeit unerkannter psychischer Leiden.« Hier holte sie tief Luft. »Und die Zusammenhänge würde ich gern aufzeigen und dokumentieren.«

Schon wieder einer, dachte ich ärgerlich, der drauf aus ist, sein eigenes narzisstisches Süppchen zu kochen, auch wenn es sich in dem Fall um eine Frau handelt.

Ich drehte mich um zum Fenster und traf Anstalten, mich auf ihre Couch zu legen, da sagte sie noch: »Aber Sie brauchen nur zuzustimmen, wenn Sie es wirklich wollen.«

Ich glaubte, Unsicherheit in ihrer Stimme gehört zu haben. Während ich für meinen Rücken und meinen Kopf die beste Lage suchte, überlegte ich, dass mich die Inaussichtstellung eines Zeugen meiner Aussagen, in dem Fall ein Tonbandgerät, beeinflussen würde. Gewiss würde ich erst einmal überlegen, was ich zu Protokoll geben sollte und was nicht. Mir würde die anstrengende Aufgabe zufallen, jeden Satz auf seine Verwendbarkeit hin abzutasten.

Ich verschränkte die Hände unter dem Kopf und dachte dabei an die Willkür der Gedanken und die Freiheit, etwas auszusprechen oder nicht.

Alles in allem entsprach es wohl dem Gesetz der Serie, dass ich wieder mal im Begriff war, mich »aufzuopfern«. Schwer zu sagen wofür. Für eine gute Sache, für jemand, den man nicht brüskieren will, um des lieben Friedens willen. Die Anlässe sind vielfältig, aber eines ist ihnen gemeinsam, dass es zu Lasten der eigenen Freiheit oder des eigenen Zieles geht.

Plötzlich hörte ich mich sagen: »Vielleicht geht es mir gar nicht mehr darum, Rache und Hass unterzubringen, indem ich wie ein Bluthund alle Spuren nach rückwärts verfolge. Oder wie ein Staatsanwalt, verstehen Sie?«

»Ja«, sagte sie.

»Es geht vielleicht nur um etwas Persönliches, auch wenn mein Vater zufällig ein Mitglied der SS gewesen ist.«

Ich lauschte. Schaltete sie nun das Gerät ein oder nicht?

Stille. Nur ein Vogelgezwitscher, das Rattern einer Straßenbahn, eine verirrte Melodie, vielleicht Mozart, mir aber unbekannt. Ich war mir plötzlich ganz sicher, dass sich in den Fragen »Wie war er?«, »Wie waren sie?« und »Wie konnte es dazu kommen?« nur der Wunsch nach Wahrheit zeigte und sich in der Antwort darauf Wut und Enttäuschung neutralisierten. Das sagte ich ihr. »Ja«, sagte sie einsilbig.

Ich ließ eine Weile verstreichen und lauschte auf die Geräusche, die von außen hereindrangen. Meine Stimme wurde einen Ton tiefer.

»Könnte es nicht sein, dass es einfach nur darum geht, die Liebe zu den Eltern oder den Großeltern, wie belastet sie immer waren, noch einmal möglich zu machen? Indem ich in ihre Geschichte eintauche, begegnet mir etwas, das ich verstehen und auch billigen kann.

Einerseits geht es also um Liebe. Andererseits versuche ich mir die Familie, zu der ich gehört hätte und die durch den Krieg zerstört worden ist, wirklichkeitsgetreu vorzustellen. Nicht unbedingt nur die Idylle, von der ich gehört habe, sondern das, was hinter der Idylle verborgen ist.

Freilich geht es auch um Schuld und darum, weshalb alle so lange geschwiegen haben, immer noch schweigen. Aber mein vorherrschendes Gefühl, wenn ich an meine Familie denke, ist Mitleid, jawohl Mitleid, verstehen Sie, nicht Hass!«

Ich richtete mich von der Couch auf. Plötzlich musste ich weinen. Eben war das Bild meiner Mutter vor mir aufgetaucht und ich überlegte, wie sie mit den alten Geschichten zurechtgekommen war. Was hatte sie meinem Vater auf alle seine Briefe geantwortet? Übrigens war ich auch überzeugt, dass mein Vater tatsächlich niemand hatte, der ihn verstand. Und dann malte ich mir noch aus, wie es gewesen wäre, in dieser großen, weit verzweigten Familie aufgewachsen zu sein, von der ich wusste, dass es sie einmal gegeben hatte.

Ich sehe sie vor mir, auf einer Fotografie, die zur Weihnachtszeit aufgenommen war, die Tanten Gertrude, Sophie, den gefallenen Onkel Hannes und Ernst, damals noch ein Kind, jenen finsteren bärtigen Burschen, der mich als Kind erschreckt hatte. Den Großvater hatte es auch noch gegeben, Großmutter ist trotz der ernsten Miene, die vielleicht auch feierlich sein soll, ganz faltenlos. Irgendjemand saß am Klavier, nur der Rücken war zu sehen, mein Vater vielleicht? Ja, und am rechten Rand, da hatten sich die großen Mädchen zusammengedrängt, gewiss teilten sie ein Geheimnis, Elise blickt nach oben und Janne mit dem Schwanenhals – ein mattglänzender Schimmer wie ein Heiligenschein, die spätere Schwägerin.

Mich hatte es an diesem Weihnachtsfest noch nicht gegeben, aber ein paar Jahre danach wäre das Format schon nicht mehr ausreichend gewesen für die im Laufe eines Jahres erfolgte Neuauflage der Familie: drei Kinder in drei Monaten – das hatte auch der Krieg mit sich gebracht. Und weiter; wie wäre das Leben in einer schlesischen Stadt gewesen?

Während ich noch liegen blieb, spürte ich an einer leichten Bewegung, einem Räuspern, einem Geraschel von Papier (oder bildete ich mir das bloß ein?), dass die Stunde ihrem Ende entgegenging. Dann erhob ich mich ohne Aufforderung.

»Übrigens war das Mikrofon nicht eingeschaltet«, sagte die Therapeutin ohne sichtliche Erregung. Das verstand ich nicht.

Kurz nach Weihnachten 42. Zwei hoch gewachsene Mädchen von sehr unterschiedlichem Aussehen und Wesen.

Elise steht an eine Kiefer gelehnt in der Wintersonne, die Augen hält sie geschlossen, ebenso den zufriedenen Mund, ihr Bauch unter der dunklen Skihose ist schon sanft gewölbt, Janne hat den Fotoapparat gezückt und ist noch flach wie ein Bügelbrett, obwohl auch sie schon schwanger ist, ihr Kind wird erst im August auf die Welt kommen.

Unabwendbar war Jannes Schicksal in Elises eingemündet, die sich im Nachhinein fragt, ob dies etwa das Verdienst ihrer gemeinsamen Mathematiklehrerin ist, denn dass einer von Janne nicht verstandenen Gleichung eine Schlüsselrolle zugeschrieben werden muss, steht außer Zweifel. Elise hat die Aufgabe erhalten, Janne die Rechnung zu erklären. Und weil Elise gerade keine Zeit hat, reicht sie die nordische Schönheit, die Arnold Breker begeistert, an ihren älteren Bruder weiter. Man sieht, so will es die Familienchronik, das Paar in Hannes' Studierzimmer entschwinden, wo sie gewiss eine Gleichung nach der anderen lösen. Bis in die Dämmerung hinein. Und sich gegen Abend der erstaunten Familie Janne mit Sternenblick zeigt (was zufällig gut mit Hannes' Neigung zur Astronomie harmoniert). Mit schwärmerischem Pathos und nordischem »St« versichert sie: »Hannes hat mir eben noch die St-erne erklärt, nicht wahr Hannes?«

So hatte Jannes Einzug begonnen, der Elises geliebten Bruder zu einem fast willenlosen Wesen wandelte, indem dieser sich selbst zu vergessen schien. Man könnte sagen, der sanfte dunkeläugige Mensch, der Gedichte von Rilkeschem Format schrieb, habe sich in die gletscheräugige nordische Norne verliebt. Ebenso könnte man behaupten, er sei von ihr umgarnt worden. Beides traf zu. Es war, als habe sich mit dem ersten Schnee, Winter 38, ihres Bruders Schicksal erfüllt. Eines Sonntagmorgens. Väti, Mämmi mit den Kindern Gertrude, Sophie und Ernst am Frühstückstisch und Hannes, noch etwas schwerelos, der bis gestern ein vorgezogenes Abitur absolviert hat, vier Tage Schriftliches, Mündliches später ...

Da klingelt es draußen Sturm und Selma, das Hausmädchen, hat nicht einmal mehr Zeit Janne anzumelden, schon steht sie mitten im Esszimmer. Ist sie so blöde, fragen sich die Schwestern später, nur naiv, oder einfach so unverschämt? Ganz schlicht klingen ihre Worte vor versammelter Familie: »Hannes, ich hab's mir überlegt, glaub mir, es geht nicht anders, bevor du zum Arbeitsdienst gehst, musst du dich mit mir verloben.«

Oder hatte sie gar »heiraten« gesagt? So genau kann Elise sich nicht mehr erinnern.

Und Janne im schwarzen Pelzkragen und mit Schneekristallen in den Madonnenhaaren ist einfach schön, das ist die ebenso simple wie eindeutige Erklärung für Hannes' nur gemurmelte Einwilligung. Oder ist da noch etwas? Etwa Hannes' düstere Gedanken in die Zukunft.

Bald würde eine straffere Etappe im »Dienst fürs Vaterland« beginnen. Diese Pflichtübungen in körperlicher Betätigung zum Wohle der Volksgemeinschaft, ohne die man jetzt nicht mehr zum Studium zugelassen wird. Streichholzlanger Haarschnitt, stumpfsinniger Spatendrill, peinliche Knochenarbeit in irgendeinem Moorgelände – alles andere als die artgerechte Tätigkeit für einen Jungen, der sich besser zurechtfindet in den *Historiae* des Tacitus als in seinen eigenen Zeiten und dem ein Hexameter als rechtes Maß einleuchtender ist als die kreischende Gestalt, die sich jetzt als Maß aller Dinge feiern lässt.

Jetzt kommt der heikle Moment, wo er sich mit einer Körpergröße von einsundsiebzig auch noch öffentlich abtaxieren lassen muss als »von schmächtiger Statur, jedoch wehrtauglich«. Elise weiß nur zu gut, wie ihrem Bruder vor der Wehrmacht graut, aber er muss die sechs Monate Arbeitsdienst hinter sich bringen, denn er hat, vor so schnell wie möglich zu studieren. Medizin, genau wie Walther. Vielleicht hat auch Hannes' Getriebensein die ganze Sache beschleunigt. Während seine Mutter sich anschickt »Ja, aber ...« zu sagen, »der Junge hat doch gerade erst Abitur gemacht«, kapituliert Väti ohne Einwände vor Jannes Charme.

In der Silvesternacht 39 hat das wunderschöne Paar sich unter dem Christbaum verlobt und sie selbst, Elise, hat in dieser Neujahrsnacht ein paar Tränen vergossen, weil ihr geliebter Bruder, den sie doch schon in ihren Kleinmädchenträumen einmal selbst hatte heiraten wollen, nun in den Armen dieser Schneekönigin gelandet war.

»Schwesterchen«, hat Hannes ihr nach einem Spaziergang durch den sternenüberdachten Südpark mit einer Milchstraße wie eine astrale Brücke über die Oder erklärt, »so ein inniges Verhältnis wie zwischen mir und dir wird es mit keinem Menschen je geben, selbst mit Janne nicht.« Aber da war schon alles gelaufen. Da hat ihr Bruder seine Verse, durch die Wand des Mädchenzimmers gut hörbar, als

Erstes für Janne skandiert und wenn Elise später in den Genuss seiner Dichtkunst kam, da war das nun nicht mehr so wie einst vor Jannes Zeit der »Gleichklang der Seelen«, es kam ihr gar so vor, als hätten Hannes' Verse jetzt etwas an Kraft und Genialität eingebüßt.

Der Not gehorchend hat Elise sich aber mit Janne angefreundet, anders als Sophie, die ihrer Verachtung für Familienzuwachs keine Zügel anlegte. »Der fehlen einfach ein paar Gramm Hirnmasse«, war Sophies Meinung, besonders nach einem gewissen Ereignis, in dem es um ein ausgetauschtes Kleid geht, eine kreuzpeinliche Angelegenheit, die nur die beiden Mädchen betrifft, aber darüber schweigt die Chronik diskret. Es existieren noch eine Reihe von Anekdoten über Janne, und Elise konnte sich im Nachhinein eigentlich nur darüber wundern, dass ihre Eltern den peinlichen Vorkommnissen so wenig Beachtung schenkten, aber es kam ihr auch vor, als seien beide merkwürdig wenig präsent gewesen in jenen Jahren.

Mämmi, bereits müde durch die Aufzucht von fünf Kindern, wofür sie das Mutterkreuz am Band erhalten hatte, ging jetzt viel öfter wieder hinüber in das umschattete Atelierhaus, um sich bei der alten Malerin auszuruhen, indem sie ihr bei der Arbeit zusah. Mit dem Spachtel eine Bahn von Jadegrün, neben violetten Kreisformen, in denen man nur aus gehöriger Entfernung die Wolkenbänke über der über die Ufer getretenen Oder wiederzuerkennen vermochte. Ihre Malweise ist in den vergangenen Jahren nicht mehr so detailgetreu, sondern flächiger, kraftvoller, eben modern. Obwohl Mämmi der alte Malstil besser gefallen hat, wenn sie ehrlich sein soll. Wer weiß, ob die Moderne nicht nur der Ausweg aus einem Dilemma ist, in das die Künstlerin mit ihrer nachlassenden Sehkraft geraten war, und der wilde Pinselstrich nur die Eile andeutet, mit der die Achtzigjährige gegen ihren Tod anmalt.

Väti jedenfalls hat sie kaum je begleitet und nahm auch sonst immer weniger am Treiben der Familie teil. Spät abends kam er vom Gericht, mit einem Berg von Akten bepackt, mit denen er sofort in seinem Arbeitszimmer verschwand. Seine Miene ist nach Elises Beobachtung immer kummervoller geworden, mag sein in Vorausahnung seines eigenen kurzen, aber endgültigen Leidens. Oder des sich ankündigenden weitaus größeren Leidens seines geliebten Silesia. Möglicherweise hatte ihn aber auch das Übergangenwerden bei der dienstlichen Beförderung ins Mark getroffen. Als preußischer Staatsbeamter hatte er standhaft den Eintritt in die braune Partei verweigert, im Familienkreis äußerte er noch »Diese Männer haben ja gar keine Köpfe« – und das hatte Folgen. Immer mehr hatte Väti sich zurückgezogen in eine Welt, in der Schiffe, Steine und die Köpfe der Ahnen eine Bedeutung hatten und in die er kaum je einem aus der Familie Einblick gewährte.

Vermutlich hingen all diese Entwicklungen ja als dünne Fäden unsichtbar zusammen und bildeten so den einen starken Strang von Ursachen, der zu seinem frühen Sterben im neunundfünfzigsten Jahr führte.

Elises Kleines, das in vier Monaten zu erwarten war, würde seinen Großvater nur aus Erzählungen kennen lernen. Aber ein Gutes, darüber ist man sich laut Familienchronik einig, hat Vätis vorzeitiges Abtreten doch. So musste er den Irrsinn des Krieges und den Tod seines Sohnes nicht mehr erleben.

Das Foto. Rechts der Riesengebirgskamm. Die Sonne auf den glatten Mädchenstirnen, im Hintergrund glitzernder Schnee. Zusammen sind sie aufgestiegen, nachdem sie sich in Hirschberg getroffen hatten und bis zur Kirche Wang im Pferdeschlitten gezogen worden waren. Mit Skiern und dem Rucksack sind es drei Stunden bis ganz oben. Die Baude, ein seltener Fall, ist voll an diesem schönen Wintersonntag, die runden Köpfe da, das sind Leute von der tschechischen Seite.

»Schau, hier drin gibt's sogar noch ein Stück Rosinenbrot und einen Becher voll Milch, wie zu Friedenszeiten.«

Das Leben ist weiterhin lebenswert, spürt Elise am Nachmittag dieses Wintertages, mit ein wenig Selbstgenügsamkeit geht alles seinen geregelten Gang. Jannes Gesicht mit einer Haut wie Porzellan wendet sich ihr zu, breitbeinig steht sie da.

»Woran denkst du gerade?«, fragt sie, »immer in Gedanken an Walther?«

»Eigentlich nicht«, murmelt Elise, »mehr an die kleinen Dinge, an die Landschaft, die Sonne im Gesicht, das Stumpehaus. Das letzte Mal, wo wir da waren, muss fünf Jahre her sein.« Janne formt mit den Fingern ein Loch, eine Fotolinse. Eine neckische Geste.

»So muss ich dich mal verewigen, Elise die Denkerin, nur deine Stirn ist zu kahl.« Scheinbar entkräftet lässt sie die Arme sinken. »Ernsthaft, du solltest dir die Haare anders kämmen, das macht dich so alt.«

Die dumme Gans – ich hätte allein fahren sollen.

»Gleich wirst du wegen schlechten Benehmens verstoßen!«, droht Elise und sieht aus, als ob sie auf etwas lauschte, das von fern herüberkam. Das Stumpehaus in Oberschreiberhau ist immer schon so etwas wie eine zweite Heimat gewesen. Die Katzen an der Sonnenseite, geneckt und verfolgt von den drei Ritschla – mein Gott, die mussten jetzt auch schon dreizehn, vierzehn sein. Plötzlich war ihr, als könnte sie sehen, wie sich die Sommerlandschaft ihrer Kindheit vor die tausendundeine Jugenderinnerung schob, allem voran das Bild des Engländers Charlie, der ihnen wie ein Trugbild auf einer Kammwanderung begegnet war und Mämmi, die gerade keinen Schlüpfer anhatte, weil ihr so heiß war, nach dem Weg zu irgendeinem Ort fragte. Wie Mämmi, lebhaft, geschäftig und mit schalkhaftem Blick – ganz ohne Schlüpfer – dem Gentleman anbot, dass er sich ihnen anschließen könne. Man musste Angst haben, als Kind, einer der gefürchteten Aufwinde von der tschechischen Seite, wie oft bei Wetterumschwüngen, möge plötzlich unter den mütterlichen Rock fahren und den Blick auf ihre Kehrseite freigeben. Der Fremde, der ihnen schon am Abend wie ein alter Bekannter erschienen war, hatte sich ihnen in den folgenden Tagen mit Vergnügen überallhin angeschlossen, war bald in gestrecktem Galopp zur Freude der Kinder hinter einer Ziege hergelaufen, bald wie ein närrischer Spaniel über einen gut einen Meter hohen Zaun gesprungen. Ganz schön hatte Mämmi mit ihm kokettiert und sich nicht einmal von dem Hörrohr, das er als Tonverstärker jedem, der ihm etwas mitzuteilen hatte, entgegenhielt, davon abhalten lassen, mit ihm in die unsinnigsten Unterhaltungen zu verfallen. Abends waren sie jedemal glücklich, die Federbetten bis ans Kinn hochgezogen, in die Stumpebetten gefallen. An die zehn Mal ist man da gewesen, zwei Mal sogar mit der dicken Selma. Man wirtschaftete zusammen mit der alten Stumpe, Stippmilch gab's, jeden Tag ein Hühnerei und die Federbetten wurden selbstverständlich aus Breslau mitgebracht. Kinder, das waren Zeiten.

Dank segensreicher Verordnungen der Obrigkeit gab es die wundervolle Kinderreichenermäßigung, sodass alle sieben auf nur dreieinhalb Fahrscheine reisen konnten. »Sag bloß nicht, unsere Zeiten hätten nicht auch ihr Gutes.«

»Gehabt«, fügt Janne hinzu.

»Ach, man muss nicht so defätistisch sein«, entgegnete ihr Elise und ließ durch den Ton, in dem sie das sagte, durchblicken, dass sie sich ein wenig ärgerte.

»Hast du etwa noch nie was über Auschwitz gehört?«, fragt die Schwägerin, »oder das andere Lager, Majdanek?«

»Nie davon gehört, was soll dort sein?« Sie begreift, dass Janne dabei ist, etwas in ihr aufzuwiegeln, umzustoßen.

»Auch nicht über BBC?«

»Unsinn, ich sag dir doch, dass diese Namen, wie hießen sie noch?, böhmische Dörfer für mich sind.«

Inzwischen ist die Sonne ein Stück weitergerückt, ein Schatten fällt nun auf die glatten Gesichter. Elise zieht sich den Sweater über, knöpft ihn über der Brust zu, in letzter Zeit werden ihr alle Sachen eng. Janne hebt den Abstand zwischen sich und ihr auf, rückt ihr noch näher, was Elise auch nicht leiden kann.

»Ich hab's auch nicht gewusst, aber ich kenne jemand und die kennt wieder jemand, der dort als Lagerverwalter eingesetzt war.«

»Und?« Eigentlich liegt Elise nichts daran, das Thema weiter zu verfolgen, diese Geheimniskrämerei und Besserwisserei ist nicht ihre Sache, Neugierde auch nicht. Es scheint überhaupt, dass Jannes halb fertige Ideen und Behauptungen einer von ihrem eigenen Denken getrennten Welt angehörten. Janne hält sich beim Sprechen die Hand vor den Mund, als könne ihnen jemand hier oben, weit entfernt von der Großen Teichbaude, zuhören.

»Hast du Angst vor Rübezahl?«, spottet Elise.

»Nein, aber es ist streng geheim, und es ist auch klar warum, denn sie bringen dort die Juden um die Ecke und zwar auf ganz bestialische Weise.«

Elise richtet sich ganz gerade auf und sucht sich einen festen Punkt in der Ferne, auf den sie blicken kann. Das, was Janne da behauptet, lässt sie vor Erregung und Wut starr werden.

Die Zeit für Einsprüche scheint gekommen, »das sind doch nur Gerüchte, die irgendjemand verbreitet, der sich wichtig macht.« *Am besten ich gehe, gleich hau ich ab.*

»Ich geb nichts auf das Gefasel«, sagt Elise knapp, »das sind doch leere Behauptungen.«

»Ich glaub's«, erklärt Janne mit Entschiedenheit, »denk doch bloß an die vielen geleerten Judenwohnungen in Breslau.«

Etwas wie bei einer chemischen Reaktion ging jetzt bei ihr vonstatten, wobei ein Gefühl sich mit einem anderen verband. Was dabei herauskam, war nur noch schwer zu kontrollieren.

»Bei uns gibt's keine leeren Judenwohnungen.« Eine Wahnidee, gegen die man sich zur Wehr setzen muss. Elise bückt sich, um die Schnürsenkel der Skistiefel zuzubinden.

»Wird Zeit, dass wir abfahren.«

»Dein Wort in Gottes Ohr«, sagt Janne noch und macht sich an die mühselige Arbeit, die Skier anzuschnallen. Und weil sie sieht, dass in Elise etwas vorgeht, setzt sie noch hinzu: »Warum glaubst du so was eigentlich nicht?! Dass die SS in Polen jede Menge Verbrechen begeht, weiß man doch längst, wozu gibt es denn den Feindsender?«

Mit rotem Kopf kommt die Schwägerin aus der Hocke hoch, bis sie dann endlich dasteht, breitbeinig, sie anstarrt, dass etwas sie erblassen lässt.

Elise mit ganz gerunzelter Stirn: »Du solltest mir so etwas nicht erzählen, Polen ist schließlich etwas anderes, nicht unser Land, in unserem Land könnte so etwas gar nicht vorkommen.« Hat die Temperatur angezogen, ist es kalt oder noch warm? Was will diese Angeheiratete eigentlich von ihr? Wie sind sie überhaupt auf dieses abwegige Thema verfallen?

Jannes Mund zieht sich zusammen. »Oranienburg«, sagt sie »liegt meines Wissens in Deutschland, und Sachsenhausen ebenfalls.«

Ich fahr jetzt ab, denkt Elise, sonst bekomme ich von der Höhenluft noch Kopfschmerzen.

Ihr Mann wäre doch der Erste, der von alldem Kenntnis haben müsste, worüber Janne sprach. »Du weißt doch, dass Walther …«, faucht sie die Schwägerin wütend an, »… dass er auch der SS angehört.« Sie fühlt sich mit angegriffen und ist bereit, sich und ihn zu verteidigen.

»Aber nicht der Waffen-SS«, lenkt Janne ein, »das ist doch ein ganz besonderer Verein, dein Mann ist Arzt, natürlich ist das etwas anderes.«

»Er ist der beste Mensch, den ich kenne«, sagt Elise mit Nachdruck.

»Daran hat ja hier niemand gezweifelt.«

Elise dreht sich noch einmal kurz um, das Panorama hinter Jannes Rücken blendet; die Hänge und Schluchten in ein sattes Heiderosa gehüllt und ein Fenster in der Baude blitzt in der sinkenden Sonne auf wie ein Diamant.

»Wollen wir den Ziehweg fahren oder zwischen den Bäumen?«

»Den Ziehweg«, ruft Elise über die Schulter, »den nimmt man mit ein paar Christianias.«

Schnee, der aufstäubt, es zieht an, die Beläge kratzen auf dem angefrorenen Untergrund. Doch diese Gedanken, diese Bilder von eben, die würde sie weiter mit sich herumschleppen müssen. Was wusste sie eigentlich schon von den Zusammenhängen? Das, was einem aus dem Volksempfänger, sofern man ihn einschaltete, täglich entgegenschallte. Da war von der äußersten Entschlossenheit im Vorgehen gegen den Feind die Rede, ja, von barbarischer Härte, und der übermenschlichen Tapferkeit der eigenen Soldaten, manchmal sprach die Propaganda auch von den Volksverhetzern aus den eigenen Reihen, vor denen man sich zu hüten habe, den Quertreibern und Volksfeinden. Eigentlich wusste man nicht, woran man war, Misstrauen gegenüber jedermann schien geboten.

Ja, so sah es in ihrer Welt aus. Vieles von dem, woran sie glaubt oder was sie

denkt, ist vom Denken des Mannes abgeleitet, für den sie tiefe, bewundernde Gefühle hegte.
»Fahr nicht so schnell, denk an das Kleine!«
Stimmt. Jetzt trägt sie ja die Verantwortung für zwei. Was das bedeutet, ist ihr eigentlich noch nie so recht bewusst geworden. Also, das hieß in ihrem konkreten Fall: Schneepflug, den ganzen kurvenreichen Weg ins Tal. Mit vorgestrecktem Kopf und vom Fahrtwind tränenden Augen, mit einsatzbereiten Skistöcken und angewinkelten Knien. Über die baumlosen glitzernden Hänge wehte ein pfeilschneller Wind, der sich im Gesicht festbiss, die Hände anfraß und durch alle Hüllen hindurch bis an den warmen Bauch drang.

Mein Gott, was musste ein Mann wie Walther bloß aushalten. Wenn man nur an so eine Fahrt auf der Draisine durch die russische Landschaft dachte, ganz allein mit dem Verwundeten. Ob so ein Verwundeter still war oder ob er stöhnte? Man kommt auf die unwahrscheinlichsten Nebengedanken, wenn man sich so wie sie ständig bewegt, ohne festen Boden unter den Füßen. Und zusammenhanglos springen ihre Gedanken auf ihr Haus über, ihr Bett kommt ihr in den Sinn, mit dem weißen Spitzenüberwurf vor den rosa Gardinen.

Eigentlich ist ihr nun doch danach, in ihrem eigenen Bett zu übernachten, vielleicht treiben sie da unten noch jemanden auf, der sie bis Hirschberg mitnimmt. Es wäre schön, nach den Anstrengungen die Schuhe auszuziehen, die Füße hochzulegen und mit dem letzten Tageslicht unter dem messingnen Kronleuchter die Trennungslinie zwischen ihrer Gegenwart und der von Walther aufzuheben und ihm mit ihren kleinen rundlichen Buchstaben das zu sagen, was ihr durch den Kopf zieht. Dann hätte die Stumpe eben umsonst die Betten bezogen, ob man ihr das zumuten konnte? Eine Christiania an der nächsten Wegkehre.

Sie würde der guten Herbergsmutter gleich morgen eine schöne Ansichtskarte zuschicken mit dem Rathaus am Bunzlauer Ring. Der Schnee vereiste bereits, es musste einige Grad minus haben. Bei dem gerade aufgehenden Mond sieht die unberührte Natur mit einem Heiligenschein aus schwebenden Kristallen wie ein Traumbild aus. »Bist du noch da?«

Janne mit zusammengekniffenen Augen, juchzend und mit in den Himmel gestreckten Skistöcken: »Ja, mein Führer, ich folge dir!«

Sie sollte sich was schämen, über solche Autoritäten macht man keine Witze.

Der kurvenreiche Weg, der manchmal steil, manchmal nur sanft abfiel, hatte etwas Mitreißendes und man war sich am Ende des Tages einig, dass das Ziel des Ausflugs seine Mühe wert gewesen war. Janne ist ganz friedlich, ihre Augen blitzen hellblau. Mit der Programmänderung ist sie auch einverstanden. »Sieh dir bloß die tief verschneiten Wälder an, die hingeduckten Holzhäuser mit ihren Rauchwölkchen wie Nachtvögel.«

Stille, nur ein Bachrauschen, hier lässt sich gut ein Leben verbringen und es gibt einem auf eine vertrauliche liebenswerte Art das Gefühl, eine Heimat zu haben.

Von Hirschberg nach Bunzlau und dann noch die Aussicht auf einen Abend vor einem warmen Ofen, vielleicht mit einem Gläschen Eierlikör, es konnte aber auch Stonsdorfer sein, zwischen den gespreizten Fingern einen »kleinen Russen«, mit dem sich so wunderschöne Ringe blasen ließen. Kinder, genießt den Krieg, der Frieden wird schrecklich!

Wo bleibt nur die Hilde so lange mit der Wäsche?

Elise trinkt im Stehen eine Tasse Kaffee, Zichorie, dem man unendlich viel Zucker beigeben muss, um so etwas wie einen Geschmack zu erzeugen. Bohnenkaffee ist selbst an den geheimsten Quellen des Tauschhandels nicht mehr aufzutreiben. Was würde sie jetzt für eine Tasse geben, um den darnieder liegenden Kreislauf in Gang zu bringen. Die langanhaltenden Darmbeschwerden haben ihr arg zugesetzt, und ob Walthers Rezept ihr wirklich nützt, bleibt fraglich. Zwei Löffel Rizinusöl, ein wollenes Tuch auf den Bauch und dazu schluckweise von dem Rotwein trinken, den sie noch aus französischen Beständen haben, ein paar Flaschen, die man gedacht hat, für die Friedensfeiern aufzubewahren. Dazu drei Mal drei Eisentabletten und am Abend außerdem zwei Opiumtabletten, das Ganze zwei Tage lang. Ein dubioses Gemisch.

Einen weiteren Tag im Bett konnte sie sich nicht leisten – wie Walther sich das vorstellte? Hilde mit der ganzen Arbeit allein lassen. Das Mädchen war zwar kräftig, aber doch kein Berserker. Und Mämmi? Die hatte zurzeit selbst Beschwerden, mit Asthma.

Was für ein Winter! Elise konnte sich die schwarze Glocke aus Rauch und Ruß über den Dächern von Breslau vorstellen. Ihr Blick aus dem Fenster: ein goldenes Viereck in einer blauen Farbfläche. Gut, dass sie so zentral wohnt. Sie hatten bis vor zur Straße Schlacke auf den Weg streuen müssen, und wenn es nachts so weiterschneite, müssten sie das morgen noch einmal tun. Ach, diese Sisyphusarbeit, und alles ohne Mann.

Draußen zogen zwei graue Schimmel einen Schlitten und bliesen Dunstwolken in den Winterhimmel. Jetzt hatten sie bald Februar und es war so kalt wie in der sibirischen Taiga, mit anhaltendem Ostwind, der die Wände auskühlte, bei den begrenzten Brennvorräten ein Albtraum. Seit zwei Wochen heizten Elise und das Mädchen, um Kohle zu sparen, nur noch den einen zentralen Ofen, der durch Wärmeklappen wenigstens das Schlafzimmer etwas temperierte. Dagegen war das Untergeschoss ein Eiskeller.

Im Erker stapelt Elise die Bücher, die Walther sich ins Feld bestellt hat, zu einem handlichen Paket. Den Pschyrembel und zwei weitere medizinische Fachbücher, eines davon ein chirurgisches. Dort wo er praktizierte, gab es keinen einzigen Fachkollegen, den er um Rat fragen konnte, außer Richard, der ja das Staatsexamen noch nicht allzu lange hinter sich hatte und noch weniger Erfahrung als er selbst.

Sie tut für Walther, was sie kann, schickt Plätzchen, Bücher, getrocknete Glückskleeblätter und Handschuhe, die Hildes Mutter aus Schafwolle gestrickt hat.

»*Walther, zwar kann ich dir meine intimsten Dinge anvertrauen, aber du bist nicht da, um meine ständig kalten Hände zu wärmen. Das muss ich dir erzählen, wie ich mit Janne bei der Großen Teichbaude war. Sehr nett im Ganzen, wenn mir auch die Ansichten von Janne manches Mal Sorgen bereiten. Du hättest sie hören sollen, ich möchte sie aber nicht per Brief verbreiten. Dass Helen schwanger ist,*

ist kein Geheimnis mehr, nun gesellt sich Janne aber auch dazu, und auch meine Schwester Sophie, ich schrieb dir ja, dass die Einheit ihres Mannes nach Odessa verlegt wurde. So werden wir in diesem denkwürdigen Jahr ein vierblättriges Kleeblatt zur Welt bringen, alle zwei Monate ein neues Blättchen, allen voran deine Frau.« Gedankenvoll lehnt Elise sich zurück, mit dem Rücken gegen den lauwarmen Ofen, mit den Händen stützt sie sich in der Mitte ab und zieht den Geruch von Holz und Asche ein, der im Raum schwebt. Draußen glänzt der Schneegarten im Mondlicht.

Alles konnte sie sich mühelos wieder vor Augen rufen, den Abend, an dem ein wildfremder Mann sie unter der Laterne anspricht, ihre geheimen Treffen während des Religionsunterrichts, die dröhnende Musikkapelle, die den Abschluss des Hochzeitszuges bildete und den Wind von der Schweizer Seite des Bodensees, der ihren zehn Meter langen Schleier wie eine Friedensfahne hinter dem Coupé herwehen ließ. All die Orte, Personen und kleinen vertrauten Zeichen, die ihren gemeinsam begonnenen Weg flankierten.

Dieses Bedürfnis zu weinen musste wohl etwas mit der Schwangerschaft zu tun haben. Wo blieb nur Hilde?

Eben hört man ihre Schritte, das einzige bisschen Leben in dem großen leeren Haus.

Das Mädchen stolpert in die gute Stube, die von Elise Salon genannt wird, lässt den Wäschekorb zu Boden gleiten, ihre Augen baden in Flüssigkeit, als habe sie eben geweint.

»Hilde, was ist denn mit Ihnen los?«

»Ich hab Halsweh, gnä' Frau, Aspirin hat nicht geholfen, hier ist Ihre saubere Wäsche.«

Elise legt in einer bösen Ahnung die Hand auf Hildes Stirn. »Mein Gott, Sie haben ja hohes Fieber!« Das kam ihr außerordentlich ungelegen. Woher kommt eigentlich der Eindruck, dass Hildes Beschwerden etwas anderes sind als die gewohnten Vorboten der üblichen Erkältungskrankheiten? »Ich mach Ihnen Tee, legen Sie sich ins Bett!«, befiehlt Elise, »und messen Sie Fieber!« Besser jetzt eine Schonzeit als morgen.

Das Heulen des Windes ließ an diesem Abend alle anderen Geräusche verstummen, auch das Stöhnen von Hilde. Es fing sich im Kamin und rumorte auf dem Dachboden wie eine Brut von Siebenschläfern. Hatte er nicht sogar eben eine Taste des Klaviers angeschlagen?

Es folgte nichts mehr, nur dieser einzige Ton, an dem sich die nachträgliche Stille messen ließ, dann fiel auch der Ton weg. Es hatte doch so etwas wie ein Familienrezept gegen Fieber gegeben, von den Tanten Mämmis als unersetzbares Eau die Vie gepriesen, aus Heilkräutern, die von den Tanten genauso gepflegt wurden wie ihre unverwechselbaren Blumenrabatten. Was war es nur, Holunder und Johannisbeerkraut, oder war es Johanniskraut mit Melisse? Sie schworen jedenfalls darauf, dass jedes Fieber, allem voran die Mattigkeit, sich im Verlauf von ein paar Stunden entfernte.

Aber vierzig Grad! Später, als Elise mit der dampfenden Teekanne in Hildes

Kammer tritt, hört sie das Mädchen stöhnen. Gehorsam öffnet noch Hilde auf Elises Geheiß ihren Mund, das runde Landmädchengesicht blassrot im Fieberglanz, und Elise hält ihr die Nachttischlampe vors Gesicht, sodass sie in die Mundhöhle leuchtet. Was zu sehen ist, lädt nicht ein zu langen Unterhaltungen. Der Gaumen, das Zäpfchen ganz zugeschwollen, eine blutrote, weißbekleckste Angelegenheit, die ein sofortiges Handeln erforderlich macht.

Eine mittelschwere Mandelentzündung, diagnostiziert die junge Arztfrau. Hilde ist unansprechbar, mit großen Schweißflecken, die sich wie Meere auf einer Landkarte auf ihrem Hemde ausbreiten. Blitzschnell bewegt Elise sich die Treppe herab, lässt sich dabei ein wenig von Stufe zu Stufe fallen, das Kindchen ist schon schwer und macht sie immer unbeweglicher.

Plötzlich aufflammender Ärger, in dem sie sich auf die Lippen beißen muss. Wenn man jetzt noch das Auto hätte, wäre Hildes Transport zum Krankenhaus kein Problem, aber der schöne Adler, den Walther anlässlich seiner Ernennung zum Primärarzt angeschafft hatte, ist bereits im vergangenen Jahr im Zuge der Reichswehrbeschaffungsmaßnahmen – welch ein Wort – konfisziert worden, dieser Staat verlangte einem schon einiges an Opfern ab.

Nur einen Moment blitzschneller Ratlosigkeit, erfahrungsgemäß weiß Elise sich zu helfen. Den Arzt aus der Klinik, in der auch Walther vor dem Krieg gearbeitet hat, kennt sie nicht, Dr. Grevenbroich, eine Stadt irgendwo im Westen. Erst versucht er noch, Elise zu bewegen, mit Hilde die Viertelstunde in die Klinik zu laufen.

»Sie sind wohl verrückt«, bemerkt sie daraufhin respektlos und schildert noch einmal, diesmal mit etwas mehr Dramatik, Hildes Symptome. Da verspricht er zu kommen, schließlich ist sie Kollegenfrau.

Er hat Hilde nur kurz untersucht. Schließlich war er in gewisser Eile und mit ernster Miene wieder in ihr Blickfeld getreten. »Haben Sie Desinfektionsmittel im Haus?«

Sie macht eine erschöpfte Gebärde. »Ich muss nachsehen, wieso?«

Während der Arzt sich am Spülbecken in der Küche die Hände wäscht, sagt er über die Schulter hinweg: »Weil ich Verdacht auf Diphtherie habe. Und jetzt zu Ihnen: Hatten Sie Kontakt zu der Frau? Gemeinsames Essen, Wäsche, waren Sie in ihrer Nähe?«

Mein Gott, was heißt Kontakt. Natürlich. Man lebte schließlich zusammen.

Momente des Schreckens, die blitzschnell in Aktionismus umschlagen. Noch am gleichen Abend, nachdem Hilde schon ihren Weg ins Krankenhaus eingeschlagen hat, stellt Elise sich vor den Küchenherd, in dem Gott sei Dank noch Glut glimmt, und lässt ein Wäschestück nach dem anderen in den großen Einwecktopf sinken, zwanzig Liter, gerade ausreichend für die Bettwäsche. Die Unterwäsche und zwei Handtücher verbrennt sie.

Ganz kurz legt sie ihre Stirn an die kühle angelaufene Fensterscheibe. Was ist jetzt noch zu tun? Zerstreut und müde von den Ereignissen starrt sie vor sich hin.

Und plötzlich war ihr, als könne sie sehen, wie ein Schlitten mit zwei Schimmeln noch ein zweites Mal, diesmal in entgegengesetzter Richtung, an ihrem Zaun vorüberzog. Ein Albtraum.

Die Zeichen, die uns ein bevorstehendes Ereignis ankündigen.

Ruhig, wie es ihre Art ist, verschließt sie am Ende des Tages nun auch noch die andere, die gereinigte Wäsche in dem großen Reisekoffer. Eines Tages, beim Auffrischen des ersten Frühlingslüftchens, würde sie all das draußen auf dem Rasen ausbreiten.

Eine Tasse Tee zum Einschlafen. Ihre Nägel sind vom Waschen leuchtend rosa geworden, ihre Augenlider sind schwer vor Müdigkeit. In den Mauern ihres Hauses ist sie nun wirklich ganz allein und lauscht den Geräuschen, die der Wind verursacht. Beine und Arme weit von sich gestreckt lauscht sie später auf die Geräusche in ihrem Innern. Das unsichtbare Wesen regt sich und ist auf einmal putzmunter, so als wolle es Elise mitteilen: »Sieh her, du bist keineswegs allein.«

Ob etwas von hier draußen in sein Dämmerdasein eingedrungen ist? Nein, gewiss nicht, es spürt ja noch nichts, keinen Schmerz, keine Angst, nichts von dem, womit wir uns hier in der Welt abfinden müssen. Nur Träume und matte geheimnisvolle Bilder von einem Baum, der mit seiner weit verzweigten Krone in den Himmel über seinem Kopf ragt.

Am Vormittag des folgenden Tages meldet Elise sich in der Aufnahmestation des Krankenhauses um anzufragen, was sie Hilde mitbringen soll. Das Erste, woran sie denkt, ist seltsamerweise ein Almanach der Heiligen, den Hilde in ihrem Nachtkästchen aufbewahrt, denn sie kennt die Gläubigkeit des Mädchens, ein Wesenszug, der ihr selbst fremd ist, jedenfalls in der Form, in der die Kirche sie verordnet. Sie verließ sich eher auf ihre eigenen Methoden, zum Seelenheil zu gelangen, so wie ihre ganze Sippschaft auch.

Vielleicht sollte ich einen Mundschutz tragen, denkt sie noch, im Falle dass sich's bewahrheitet, was dieser Grevenbroich vermutet hatte.

Von einem Besuch wird Elise jedoch mit Entschiedenheit abgeraten.

Tagsüber müht sie sich mit dem frischgefallenen Schnee ab und legt ihre feuchten Sachen auf den warmen Ofen. Noch am Abend des gleichen Tages wird ihr mitgeteilt, dass Hilde soeben verstorben ist, an Diphtherie, und man fragt an, wer vom Tode des Mädchens außerdem Mitteilung erhalten soll.

Was hat sie danach als Erstes getan? Die Eltern benachrichtigt, die sie erst einmal gesehen hatte, freundliche ältere Leute, die ihre Gesichter in die Ärmel ihrer schwarzen Mäntel tauchten, und dann hat sie festgestellt, dass sie selbst nicht ein schwarzes Stück besaß, in das sie sich hätte hüllen können, denn der taillierte Mantel, den sie zur Beisetzung ihres Vaters getragen hatte, ließ sich jetzt schon nicht mehr schließen.

Nach diesem schwarzen Freitag war es, als ob die Stille und die Finsternis zusammenliefen und eine dunkle Spur in den Schnee zeichneten. Der Tod von Hilde war für uns ein großer Verlust, besonders für dich, gern hättest du dich dem heiligen Christophorus anvertraut, damit er dir hilft dein Kind zu tragen, aber nach der kürzlichen Erfahrung wusstest du, dass kein Heiliger dir deine Lasten abnehmen konnte, eher schon Mämmi, die sich auch für die ersten etwas wärmeren Tage angekündigt hatte. Bis dahin lebst du dein Leben, schürst den Ofen und hältst das Haus in so einem Zustand, dass jederzeit dein Mann darin Einzug halten könnte, was er aber vorerst nicht tut. Du lädst sogar Freunde ein, Peter Kaminski, der jetzt häufiger in deiner Nähe zu tun hat, in geheimnisvoller Mission, über die er nur Andeutungen macht; nur, dass er häufiger ins Protektorat Böhmen und Mähren abberufen wird, ist verbürgt. Ein seltsamer Mann, nicht Fisch nicht Fleisch, Parteimitglied ja, aber doch voller Kritik, nicht für Hitler, aber noch weniger gegen ihn. Auf jeden Fall aber einer, der es gut mit dir meint. Du lädst Lilo mit ihm zusammen ein, weil das besser aussieht und während du lächelnd ihren Gesprächen lauschst, spürst du, wie schwer du in den vergangenen Wochen geworden bist.

Hattest du Angst? Du zuckst die Schultern, behältst dieses Lächeln im Gesicht, das ich auch heute noch an dir kenne, hinter dem sich alles verbergen lässt. Gewiss bist du in diesen Zeiten keine unglückliche Frau gewesen, aber in einem Punkt muss ich dich berichtigen: Natürlich habe ich mit dir zusammen schon damals in meiner Abgeschiedenheit die Nähe des Todes gespürt, die du verleugnet hast.

10 Ich rollte mich auf die Seite.
Ich fühlte mich winzig auf der Couch. Ich fror. Hatten wir gerade Februar? Nein, wir haben Sommer, eine Amsel singt auf dem Strommasten vor dem Fenster, davor ein Dahlienstrauß, mir war, als sei ich gerade dabei gewesen auf die Welt zu kommen. Während ich auf meinen Herzschlag lauschte und auf meine Atemfrequenz achtete, dachte ich: *Ich unterscheide mich wirklich in keinem Punkt von dem Wesen im Mutterleib.* Meine Haut fühlte sich an wie die eines Regenwurms, der sich im Trockenen windet. Und wie er hatte ich nur einen Wunsch, in eine dunkle warme Höhle zu kriechen.

Es ist kurz vor Stundenende, da geschieht etwas Unerwartetes.

Die Hand in der Handtasche auf der Suche nach etwas, womit sich Tränen abtrocknen lassen, dann eine heftige Armbewegung und der Tascheninhalt ergießt sich auf den Teppichboden, Utensilien der Körperpflege, Münzen, Papiere, die das Dasein dokumentieren, eine peinliche Sache, aus Unachtsamkeit entstanden. Und du?

Du wendest mit Widerwillen dem lächerlichen Ereignis deine Aufmerksamkeit zu und suchst mit eiligen Fingern den Boden ab, bis du für eine Sekunde erschrocken innehältst, denn da zwischen Impfbescheinigung und den letzten Bankauszügen hingestreut liegt auch das Passfoto deines Vaters: schwarze Uniform, die Arme in einer Herrengeste verschränkt, die Augen im Schatten des Mützenschildes merkwürdig verschwommen, darunter das Lächeln.

Bück dich! Zwei, drei rasche Handbewegungen, alles ist wieder an Ort und Stelle. Sie sieht dir zerstreut dabei zu, sieht unbewegt zu, wie du alles wieder zurück an seinen Platz schiebst. Und als du dich noch einmal auf dem Leder ausstreckst, am Ende der Stunde, bist du dir nicht sicher, wie viel von deiner Hinterlassenschaft ihrer Aufmerksamkeit zum Opfer gefallen ist. Es könnte einem ja egal sein, du bist niemand Rechenschaft schuldig und doch – die Zeiten waren vorbei, wo man einfach über ein Ereignis wie dieses hinweggehen kann. Dein Alltag lässt sich nicht mehr trennen von jedem noch so beliebigen Zwischenfall.

Ich hatte angenommen, dass sie das Gespräch noch einmal aufnehmen würde, dass sie fragen würde, warum ihr jetzt dieses kleine Abschiedsgeschenk gemacht wird, aber sie äußert keinen Ton. Sie stellt dich auf die Probe, sagte ich mir. Aber bilde dir nicht ein, dass die blauen Augen die Situation nicht sofort durchschaut haben.

»Habe ich eigentlich schon einmal erwähnt, dass mein Vater der SS angehörte?«
»Nein«, sagt die Frauenstimme ruhig, »Sie haben nur erzählt, dass er Arzt war.«
Stille.
»Erzählen Sie doch.«
»Ich weiß darüber nichts. Außer dass die SS als Idealtruppe für die Verwirklichung der Rassenlehre galt und dass es eine allgemeine SS für Zivilisten gab, der auch mein Vater angehörte.«
»Und?«
»Weiter weiß ich nichts. Aber einmal habe ich einen Film über Goebbels gesehen. Weiß gekleidete Kinder, lebendig im Garten einer Villa, die heile deutsche Familie.

Und später ein Foto von sechs toten Kindern, die allesamt am Boden lagen, auch in Weiß.«

Gedankensprünge. Ihr Tod. Ihr Vater hat sie getötet. Der Tod ihres Vaters. Der Tod meines Vaters. Mein Tod. Wie kommt man nur auf so etwas?

Ich lauschte auf meine Stimme, eine fremde Stimme wie aus dem Jenseits. Ich blieb ganz still liegen, um mich an einen Gedanken zu gewöhnen, ich sei vielleicht jemand anders. Eine der Goebbelstöchter. Plötzlich tödliche Angst. Es ist das erste Mal, dass ich es zu erzählen versuche. Ich schämte mich, immer habe ich mich deswegen geschämt und es fällt mir nicht leicht, darüber zu sprechen. Die Idee: du bist an einen riesengroßen Vater angelehnt, die Bilder überschneiden sich, mein Vater vor Goebbels, am Ende werden sie identisch. Du bist allein und schutzlos, hast aber noch den riesigen Vater, von dem du abhängig bist.

Und weiter? Todesschrecken, denn väterlicher Schutz scheint verbunden mit Tod.

Ich wagte noch immer nicht mich zu bewegen. Lange Zeit blieb ich so liegen und versuchte, wieder ruhig zu werden. Lange Zeit, ohne dass ein Wort fiel.

Die Frauenstimme sagte: »Wie fühlen Sie sich?«

»Schuldig«, sagte ich, »Vater gegenüber.«

»Die Stunde geht zu Ende«, sagte sie. Umständlich erhob ich mich, wir sahen uns nicht an und ich schlich aus dem Zimmer. An jenem Morgen hatte ich etwas zum Nachdenken, über diese Sache von Leben und Tod. Mit dem Gefühl, jemand ganz anderes gewesen sein zu können, jenes Mädchen im weißen Kleid etwa, das seinen Vater geliebt hat und gar nicht wusste, in welch tödlicher Hand ihre Kindesliebe lag. Mit jenem Gefühl einer ging bald ein anderes, ein Gefühl der Erleichterung nämlich, dass mein Vater nicht so weit gegangen war, ja, und dass er sich nie in die Nähe der Großen begeben hatte. Aber was hatte ihn in den Bannkreis jener Truppe geführt, in deren Namen, wie ich wusste, so viele Grausamkeiten begangen worden waren?

Ich sah das Lächeln meines Vaters, das schmerzliche, melancholische, und konnte es mir nicht erklären.

Ich gab dir die Schuld für vieles, Vater, das in meinem Leben eine ungünstige Wendung genommen hatte. Und auch dafür, dass man mich, wie ich zu spüren glaubte, vielerorts nicht ernst nahm. Es musste doch am Vater liegen, an wem sonst? An der Vielzahl von Vätern, die Gesetze, Parteien, Terror und Vertreibung geschaffen haben.

Ihr seid es gewesen, die uns der Angst und Demütigung ausgesetzt haben. Ihr habt uns, entschuldige das banale Wort, den Boden unter den Füßen weggezogen, der Schutzlosigkeit preisgegeben, ihr habt aus uns Kindern Heimatlose gemacht, die ihr Leben lang im neuen Land entwurzelt bleiben. Warte ab, die Beschimpfung ist noch lange nicht zu Ende. Weiter geht es auch noch um euren Größenwahn, hörst du, den ich verachte, um eure Überheblichkeit und die Lächerlichkeit eurer strammsitzenden Uniformen. Ganz zu schweigen von eurer Sprache, die nichts weiter ist als eine Sprache der Einschüchterung und der Hörigkeit.

Alles, was ich von dir nicht wusste, Vater, plagte mich lange Zeit und plagt mich auch noch heute. Du bist gekommen und gegangen, wie es den Männerbünden, denen du die Treue hieltest, beliebte. Du warst nicht da, Vater, ich weiß, du konntest es nicht. Nur ein einziges Mal, da hast du mich in deinen Armen gehalten, die mir doch ein Leben lang Schutz geben sollten. Hoch über deinen Kopf hast du mich noch einmal geschwungen. Und von da in die weite Welt, wie einen Bumerang. Jawohl. Uns allein lassen! Und von weit weg noch schnell ein paar Briefe schreiben. Wenn du da gewesen wärst, hättest du mir gewiss auch Antworten auf meine Fragen geben können. Gewiss hättest du mir eine Erklärung gewusst für die Auswüchse dieser Männerwelt, in die ich geraten war und in der ich noch herumirre.

Es bleibt nur eine Lösung: Entschlossen ein Stück nach dem andern abzusuchen nach den verloren gegangenen Bildern, die ich noch für meine Biografie brauche.

Wie sollte ich das nur meinen Freunden erklären? Dass ich sie noch eine Weile nicht einladen konnte, weil ich nicht da war. Weil ich auf seltsame Art und Weise verschollen war, auf einer Reise, die mangels besserer Möglichkeiten nur in meinem Kopf stattfand und in dem kleinen Terrain ringsum, bestehend aus einem Stapel Briefen, ein paar Büchern und der Stimme des Radiosprechers, die mir manchmal eine lächerliche Botschaft aus der realen Welt sendet. Das dauert seine Zeit.

März 1943. Zurück zu Elise. Die Frau, die sich im Lauf von zwei Jahren an die Abwesenheit ihres Mannes gewöhnt hat. Daran gewöhnt hat allein zu essen, daran gewöhnt hat, in einem Bett zu schlafen, das man allein verlässt, um es am Abend allein wieder aufzusuchen. Elise kann sich nicht daran gewöhnen, dass Hildes lebendige Gestalt nun nicht mehr in ihrer Nähe ist. Hinter den Gardinen wirbelt ein Schneegestöber, das hoffentlich das letzte ist.

Manchmal zieht sie die Nacht dem Tag vor.

In einem Haus umherzuwandeln, in dem außer dem Uhrenschlag und einem gelegentlichen Knistern im Untergeschoss, das gewiss von kleinen grauen Nagetieren herrührt, kein Geräusch zu hören ist, das die Gegenwart eines lebendigen Wesens anzeigt, fällt ihr schwer.

Zudem hat ihr Körper sich im vorletzten Monat ihrer Schwangerschaft, die in jeder Hinsicht bis jetzt normal verlaufen war, als Folge der Gewichtszunahme mit einer gewissen Trägheit und Mattigkeit abzufinden. Manchmal legt sie die Hände auf ihren Bauch, streckt die Beine weit von sich und beginnt nachzurechnen. Sechsunddreißig Tage noch.

Es ist immer noch kalt, ein Umstand, der nicht erwähnt zu werden brauchte, solange Hilde die vollen Kohleeimer trug. Auch andere Lasten wie das Wäschemachen und Reinigen der Polster und Parkettböden hat sie nun selbst zu tragen. Ach Gott, die vielen Räume. Als sie heiratete, hatte sie Luxus erwartet und für eine Weile auch gehabt.

In die Waschküche setzt Elise seit Hildes Tod keinen Fuß und in die Küche, die so leer und aufgeräumt aussieht, geht sie auch nur noch, wenn Hunger sie antreibt. Früher hatte sie sich manchmal an den Türpfosten gelehnt und Hilde bei ihren gekonnten Handgriffen zugesehen. Sie hatte es fertig gebracht, einem Hasen das Fell abzuziehen und einen Karpfen auszunehmen, auf dem weißgescheuerten Tisch sah man sie Teig kneten oder breitbeinig auf dem Hocker einen Berg Pflaumen entsteinen für die Pflaumenklöße, die wieder einmal fällig waren. Manchmal hat

Elise sich vor ihr aufgebaut mit Stücken aus ihrer Garderobe, die sie sich mit spitzen Fingern vor die Brust hielt. »Was soll ich anziehen, sag, Hilde?«

Drama hin, Drama her, das Leben ging weiter. Täglich lüftet sie alle Zimmer, mit ihrer säuberlichen Handschrift trägt sie ins Gästebuch ein, wer zu Besuch da war. Lilo, Ernst mit dem Fahrrad trotz Eis und Schnee, Peter und das Ehepaar, dem das Wäschegeschäft gehört. Jeden zweiten Tag ein Brief an Walther, jetzt unter der neuen Feldpostnummer.

Die Beförderung der Post zum und vom neuen Standort scheint noch nicht vortrefflich zu laufen, denn es sind nun schon fast drei Wochen, in denen sie keinen Antwortbrief erhalten hat. Wie weit, geht ihr jetzt durch den Kopf, mochte Stalingrad von Walthers Frontabschnitt entfernt sein? Und was sollte man glauben? Der alte Luferseder, ein ehemaliger Patient von Walther, den sie vor ein paar Tagen auf der Reichsverpflegungsstelle zufällig getroffen hat, behauptete, die gesamte Sechste Armee sei vor Stalingrad verblutet und nannte auch Zahlen, über zweihunderttausend gefallen, hunderttausend in Gefangenschaft. Das sagte er ganz gefasst und so, als ginge es ihm nicht um den einen Toten, den er persönlich zu beklagen hat. Nicht einmal eine Landkarte gibt es zu kaufen, mit der sie sich Gewissheit über die unklaren geografischen Gegebenheiten verschaffen konnte. Der heutige Brief:

»Liebster Walther, es geht mir so weit gut, wenngleich ich bald jemand an Stelle der armen Hilde ausfindig machen muss. Aber grüble da nicht drüber nach, mir wird gewiss etwas einfallen. Vielleicht hilft die gute Kretschmer, sie soll so eine fabelhaft saubere Ukrainerin in ihrem Haus beschäftigen. Ich mache mir Sorgen um dich. Von Luferseder habe ich gehört, dass die Rote Armee sagenhafte Verluste erlitten haben soll, aber leider hörte ich auch von hohen eigenen Verlusten und dem Heldentod von Fritz Luferseder, du weißt, der gutmütige Riesenmensch, der doch keiner Fliege was zu Leide tun konnte. Ach, es ist doch ein Jammer. Auch von Janne keine erfreulichen Nachrichten: Hannes hat schon zwei Monate lang nicht geschrieben.

Außerdem sind die Nächte so schwarz unter der Verdunkelung. Aber keine Sorge, denn ich habe mich mit Mämmi dahingehend geeinigt, dass ich in zwei Wochen nach Breslau fahre und das Haus hier für einige Wochen verschließe, nur das Aufblühen der Schneeglöckchen und der Winterlinge möchte ich noch genießen, der echte Jasmin fängt rührenderweise auch schon an zu blühen. Mein Liebster, vergiss nicht, mir dann nach Breslau zu schreiben und auch die Ölsardinen dorthin zu schicken. Gewiss werde ich dich in den kommenden Wochen sehr vermissen, du müsstest mich mal sehen: dicker Bauch, Riesenbusen. Gewiss würdest du bei meinem Anblick in schallendes Gelächter ausbrechen. Nein, noch einmal, keine Sorge, denn ich werde ja Mämmi, meine Schwestern und die Friedrich um mich haben, du weißt, die alte Babuschka, die schon mich und sogar meine Mutter ans Licht der Welt geholt hat. Ich werde also in besten Händen sein. Für heute adieu mit meinen innigsten Gedanken an dich.

Deine Elise«

Mit einer Tasse Tee, die stets in ihrer Nähe steht, taucht nun Elise in die Gedankenwelt eines Buches ein, das zur Vorbereitung auf die Geburt dient und von der verrückten Janne stammt. Die richtige Atmung, das passte zu Janne. »*Das Übergangsatmen gleicht dem Eröffnungsatmen mit kräftigem Ausblasen in bestimmten Abständen. Wenn die Kontraktionen zu überwältigend werden* ...« das Stück überfliegt sie »*... wenn eine Frau die Kontrolle verliert, hilft es, wenn der Arzt ihren Kopf zwischen die Hände nimmt, Augenkontakt herstellt und ihr bei der Atmung hilft.*« Unsinn, ich verliere nicht die Kontrolle, sagt sich Elise und ein bisschen Angst ist nun doch dabei, wenn ihr verstärkter Herzschlag jetzt mehr Blut als sonst durch ihre Adern pumpt.

Walther in der Nähe zu haben wäre zwar angenehm. Dass er aber anwesend sein könnte, wie Janne das von einem anderen Paar erzählt hatte, und seiner Frau bei den Presswehen zusähe, kann sie sich nicht vorstellen. Männerwelt ist Männerwelt, und Frauen haben die ihre.

Vielleicht ist es für den Augenblick besser, das Buch wegzulegen, sich in einen weiten Mantel zu hüllen und mit langsamen Trippelschritten am Fluss entlang zu laufen, der zurzeit Tauwasser führt und an manchen Stellen eine ziemliche Strömung hat.

Ihre Laune bessert sich. Gewiss würde es gut tun, in das neutrale graue Licht zu treten, um die Stunden irgendwie herumzukriegen und darüber nachzudenken, was sie mit dem fernen Geliebten verband. Sie schiebt den Sessel zurück und legt die Handfläche auf ihre Brust. Ein gleichmäßiges Pochen.

Auf dem Bürgersteig vor ihrem Haus läuft sie einem Mann in die Arme, den sie nicht leiden kann. Er bewohnt das Haus schräg gegenüber. Nie verraten seine Stimme, seine Augen, sein Mund, seine Gestik die geringste Gemütsbewegung. Ein Gruppenführer, ehemals Schullehrer, nunmehr Gefreiter des Führers, der unter seiner geringen Körpergröße leidet und von dem man hört, dass er seine Untergebenen schleift. Es empfiehlt sich wohl einen laxen Gruß anzudeuten, obwohl Elise lieber auf Tauchstation gehen würde, aber man wusste nie, wozu so einer ...

Es hieß, er habe jüdische Kollegen auffliegen lassen.

Elise bemüht sich um ein freundliches Gesicht und erntet einen unverschämten Blick. Das war das Schlimme an dieser Zeit, dass man sich genötigt sah, die Kunst der totalen Verstellung zu erlernen, zur reibungslosen Abwicklung des zwischenmenschlichen Verkehrs.

Wenn man darüber hinwegsah, dass hier jetzt am Ende des Winters alles etwas verwahrlost wirkte, konnte man sich nur freuen über das plötzlich aufbrechende Stückchen Hellblau, den fast runden Teich im Park mit unregelmäßig gezackten Eisrändern, ein Auge mit dem Wimpernschlag des Vorfrühlings, wenn die Enten darauf mit kleinen Wellen alles ein wenig in Bewegung brachten. Man wurde wieder leichten Herzens, unsinnig, über Zukunft und Vergangenheit nachzudenken, es hilft doch nichts, alles geschieht einfach, mag man darüber staunen oder nicht, und verschwindet wieder.

Ich könnte ein Buch schreiben, denkt Elise und betrachtet das Gras, das vor ihren

Augen die letzten Schneeflecken aufzusaugen scheint, ein Buch mit meinen Erinnerungen und gegenwärtigen Gedanken, angefangen von den Sommertagen bei »Drums« mit den hellvioletten Trauben der Glyzinien über der Veranda, über die kleinen, aber aufregenden Banalitäten, die man in den Geschwisterzimmern ausgetauscht hat bis hin zu den regelmäßigen Besuchen auf dem großen Breslauer Friedhof, bei Mämmis Vorgängerin, der armen an Schwindsucht Dahingegangenen, deren Namen sie zu ihrem Überdruss heute tragen musste. Ein seltsamer Mensch, ihr Vater, dessen Wunsch sie sich aus Pietät aber mit einigem Abscheu gebeugt hatte. Und dann das Bild von seinem eigenen Tod, wie er zwischen seinen Schiffen, Steinen und Flaggen aufgebahrt liegt, mit Lippen, über die schon vor seinem endgültigen Schweigen selten ein Wort oder eine Gefühlsäußerung kam. Sie könnte wahrhaftig ein Buch schreiben. So springt sie in Gedanken vor und zurück und geht dabei die alten Pfade bis hin zu jener Stelle, wo ihr an einem glühend heißen Augustnachmittag zum ersten Mal der Gedanke an ihre Fortpflanzung gekommen war. Jetzt macht sie ein gerührtes Gesicht. Man kehrt immer wieder dahin zurück, wenn man so kurz vor dem Ereignis steht.

Und nun verharrt sie bei der Frage nach dem Geschlecht ihres zukünftigen Kindes. Ein Satz fiel ihr ein aus dem Bericht einer Frau, der ihr zu denken gegeben hat. Sie hatte sich im Glauben gewiegt, einen Jungen zu bekommen und dann doch ein Mädchen auf die Welt gebracht. *»Ich hatte Angst, es fallen zu lassen oder zu verletzen, als ich es zum ersten Mal im Arm hielt. Im Nachhinein kommt mir die Zeit wie ein einziger Wutanfall vor, bei dem ich mich ständig beherrscht habe.«* Der Bericht hatte sie erschreckt.

Elise überprüft ihr eigenes Gefühl. Vielleicht würde sie lieber einen Sohn bekommen, Mämmis erstes Kind war auch ein Sohn, Hannes, den sie vergötterte.

Walther dagegen hatte kein Hehl daraus gemacht, dass er sich ein Mädchen wünschte.

»Nichts Schöneres kann ich mir ausmalen«, hatte er geschrieben, *»als dein dunkles Haupt und keckes Näschen verdoppelt zu sehen, ganz zu schweigen vom Schimmer der Augen, die dürften jedoch auch blau sein.«*

Vierundzwanzig Tage nach Walthers letztem Brief wird ein dickes Bündel mit Briefen gewaltsam durch die Klappe gepresst und fällt raschelnd zu Boden. Elise, noch im Schlafrock, bückt sich stöhnend, hebt sie auf und streicht sie glatt. Im Morgenlicht zählt sie, einem inneren Drang zur Ordnung folgend, Walthers Briefe, dreizehn an der Zahl, und legt sie, sofern der Eingangsstempel lesbar ist, in richtiger Reihenfolge. Den ersten öffnet und liest sie, die Schrift ist an manchen Stellen verwischt »*... Stalingrad liegt nun schon eine Weile zurück und so hoch, wie behauptet, scheinen die Verluste doch nicht zu sein. Sind ja an die 50 Tausend Mann herausgeholt worden, auch wenn so gegen 120 Tausend im Ring geblieben sind. Wir haben Grund zu der Annahme, dass die Russen Gefangene machen, schon weil sie Arbeitskräfte brauchen ...«* Lesend sucht Elise den Salon auf, wo es ein wenig wärmer ist als im Entree mit den Majolikakacheln auf dem Boden. Was ihr Mann weiterschreibt, überfliegt sie, auf der Suche nach einer privaten Botschaft »*... Bei dem Vernichtungskrieg muss man eben auch einmal eine große Niederlage* *erwarten und verdauen können. Es bleibt uns doch gar nichts weiter übrig, als zu Offensivzeiten so weit wie möglich vorzustoßen, um Versorgungsbasen des Gegners zu gewinnen, auch auf die Gefahr hin, in Defensivzeiten wieder viel zu verlieren. Wenn wir nichts wagen oder uns sofort wieder vorsorglich zurückziehen, werden wir hier ja nie fertig* ...« Ist das nicht verrückt, was dieser Mann schreibt?! Eine Tragödie. Kaum vorstellbar, dass es derselbe ist, der einmal so traumverloren und hingebungsvoll auf dem Flügel dort musiziert hat. In einem plötzlichen Impuls nach Leben und dem Laut einer Stimme schaltet sie den kleinen schwarzen Volksempfänger ein, vielleicht aber auch, um ein wenig die Erregung in ihrem Inneren zu dämpfen, die ganz allmählich während der Lektüre auf sie übergegriffen hat. *Einmal wirst du wieder bei mir sein. Ich liebe die Sonne, den Mond und die Sterne. Sing, Nachtigall, sing.* Hört doch auf damit! Elise presst sekundenlang die Fäuste auf die Ohren. Diese armen Schweine da oben im Osten sitzen im Dreck und waren dabei, morgen oder übermorgen verheizt zu werden, und die in der Sendestation sülzen von Liebe!

Plötzlich ist das Gefühl, das in den vergangenen Wochen etwas unterkühlt war, da. Die Verbindung, die unterbrochen war. Mit einer Hand fährt sie sich über die Augen. Walther und sie in Jannowitz, wie er die sanften Bergkuppen bestaunte und mit Maleraugen beschrieb, was er sah: Einer versucht, dem anderen über die Schulter zu blicken. Oder am Ufer sitzend und zusammen in das schwarzglänzende Wasser der Tiefe geschaut. Herrje, wie reich war damals noch ihre Welt. Ein langsames Kopfschütteln. ... »*24. Februar. Mein geliebtes Herz, was die Russen sich jetzt alles leisten! Gestern kamen sie über den Ilmensee, besetzten nachts einige Uferdörfer. Am Tag waren sie ganz nah der großen Nachschubstraße, wurden aber von unseren Trosseinheiten ordentlich zusammengehauen. Am Vormittag, im hellsten Licht nun kamen sie, deutlich vom erhöhten Ufer aus zu sehen, über das Seeeis anmarschiert. Ohne die geringste Deckung und ohne schwere Waffen. Da hinein ein Stukaangriff! Du kannst dir vorstellen, was für Verluste bei solcher Kampfweise entstehen. Man konnte es wie einen Film abrollen sehen. Unter den Gefangenen waren Sechzehnjährige. Ja, und in einem halben Monat müssten wir in der Schlammperiode sein, dann hört jeder große Angriff auf und es kommt wieder unsere Zeit* ...« Welche Zeit meint er wohl? Die des Reiches oder eine persönliche, eine, die Elise sich heute kaum mehr vorzustellen vermag.

Ich bin so müde, denkt Elise, zum ersten Mal in ihrer Ehe denkt sie, diese Art von Briefen bin ich so leid. Und auch diese Art Leben! Zeichen einer immer schwerer werdenden Vergangenheit. Ist dieser Mann denn verrückt? Und mit ihm all die anderen am Abgrund des Wahnsinns. Wenn man daran dachte, dass sich da auch noch einige Freiwillige zur Wehrmacht gemeldet hatten, mit dem prüfungslosen Heldenabitur direkt in den Tod, Plötzlich muss sie an ihren Bruder Hannes denken, sich ihn in der rüden Welt eines Soldatencamps vorzustellen oder in einem Feldlazarett, undenkbar.

In der Woche vor ihrer Abfahrt nach Breslau schläft Elise unruhig, träumt schwer und schreckt manchmal kurz vor Sonnenaufgang empor, weil ihr Kind wie mit Fäusten gegen ihre Bauchdecke trommelt. Ein paar Nächte später taucht in ihren Träumen Walther auf seinem Totenbett auf. Erschrocken kriecht sie nach einem fröstelnden Gang zum Klosett wieder unter die Bettdecke und legt schützend die Arme um ihren gewaltigen Bauch.

Aber etwas in ihr verhindert den Drang zu weinen. Auch du bist nicht mehr die Alte, spürt Elise am Ende dieses langen Winters. Ausgerechnet jetzt fallen ihr die Entbehrungen und Zurückweisungen ihrer eigenen Kindheit ein, als Mämmi ihren Bruder vorzog und sie ein hässliches Entlein nannte. Damals war ihr die Zurücksetzung nicht so aufgefallen.

Was einen so bewegt in diesen Zeiten des Umbruchs.

In Jannes schlauem Buch steht: »*Die Geburtserfahrung kann in uns Gedanken an die frühe Kindheit und auch an den Tod, unseren eigenen oder den nahe stehender Verwandter, auslösen.*« Deshalb also. Obwohl es doch noch gar nicht so weit ist.

Vor der Abreise. Elise zählt Wäschestücke ab und hält Hemdchen und Strampelhosen hoch, lässt sie in Augenhöhe baumeln, immer noch mit ungläubigen Augen. Das Zusammenräumen und Einpacken verlangt Kräfte, fünfzig Minuten Arbeit, zehn Minuten Sitzen. Sie erwägt, der Heintzen aufzutragen, ab und zu nach ihrem Haus zu schauen. Melancholie liegt auf ihren Zügen, aus irgendeinem Grund ist ihr zu Mute, als müsse sie sich von diesem Raum, von diesem Licht für immer trennen. Im Salon breitet sie Schutzhüllen über die Damastbezüge und staunt darüber, wie schnell doch ein Raum unwirtlich aussieht, auf dem Sekretär stapeln sich Walthers unzählige Briefe. Ein Moment des Zögerns. Dann entscheidet ihr praktischer Verstand, dass es Unsinn wäre, das alles mitzuschleppen.

Öfter war ihr in den vergangenen Tagen der Gedanke an einen gewissen Herrn gekommen und eine Weile schon grübelt sie über der Frage, ob sie auf ein bestehendes Angebot zurückgreifen soll, das ihr, falls erforderlich, Hilfe zugesagt hat. Paul ist ein Mann Anfang vierzig, auch ein Freund Walthers, ein gutartiger Bursche, der einen anlächelt und einem zuhört, sofern er sich nicht gerade seiner Leidenschaft zum Schachspiel hingibt. Oder seiner zweiten Passion, dem Köpfen von Flaschen. Leider war er auch für einen außerordentlichen Liebeshunger bekannt. Das war's im Wesentlichen auch, was sie zögern ließ, ihn um einen Dienst zu bitten, schlafende Hunde sollte man lieber nicht wecken. Auch sonst, hatte Walther durchblicken lassen, gab's im Leben dieses Freundes einige Ungereimtheiten. So hieß es, er sei ein unehelicher Sohn irgendeiner hoch gestellten politischen Persönlichkeit, die aber im Dunkel blieb. Zudem hatte er sein juristisches Schlussexamen nicht geschafft, was wohl an seinem Selbstgefühl nagte. Mag sein, dass er auch deswegen unverheiratet geblieben war. Ihr Vater würde Paul eine verkrachte Existenz nennen – sein Konsum geistiger Getränke passte ins Bild. Auch, dass dem Mann auf Grund eines Herzfehlers der ruhmreiche Dienst am Vaterland, zumindest mit der Waffe, vorenthalten blieb. Dafür hielt er seit Ausbruch des Krieges einen Posten besetzt, auf dem er für die Versorgung Wehrmachtsangehöriger zuständig war. Ein weiteres Rätsel für seine Umgebung. Es gibt Existenzen, die fallen immer wieder auf die Beine. Mag sein, dass er irgendwo einen potenten Fürsprecher hatte, das Wort Drückeberger mochte Elise nicht gern in den Mund nehmen. Durfte man die Hilfe eines solchen Mannes überhaupt in Anspruch nehmen?

Elises Gedanken beschäftigt vor allen Dingen ein Ereignis, das nun schon fast ein Jahr zurückliegt. Damals hatte sie ein so genanntes Angebot angenommen: das Reiten auf einem der Wehrmachtspferde, zu denen Paul Zugang hatte und auch bis zum heutigen Tage noch hat. Ein Pferd hatte es ihr angetan: ein fuchsfarbener Wallach mit so gutartigen schwarzen Augen. Nach dem Ritt hatte Paul beim Absatteln geholfen und sie dann plötzlich und gänzlich unerwartet in die Arme geschlossen. Ein paar Sekunden hatte das Ganze gedauert, während derer Elise erschrocken feststellte, wie schwer es ihr fiel sich aus dieser Umarmung zu lösen. Sie musste sich damals zusammenreißen, um nicht noch weitere Liebesbeweise heraufzubeschwören, auf weitere Ausritte musste wohl oder übel verzichtet werden. So sah das aus mit Paul. Jetzt werde ich aber erst einmal einen Kaffee aufsetzen und mir dazu ein Gläschen genehmigen, denkt Elise. Wahrscheinlich wäre jetzt alles ganz anders zwischen ihnen und – bei dem Gedanken überzieht ein schalkhaftes Lächeln ihre Züge – bei dem Bauch!

Ich könnte meinen Mann nie um eines anderen Mannes Willen verlassen, überlegt sie an diesem Nachmittag vor ihrer Abreise. *Wer seit Jahren eine solche Liebe erfahren hat, der ist sich bewusst, dass er nie etwas tut oder lässt, ohne dass eine ferne Hand sich einem auf den Arm, die Schulter, das Herz legt. Ich weiß nicht, wie manche anderen Frauen das fertig bringen.*

Und sie nimmt sich vor, dieses Thema bei Gelegenheit bei ihrer Schwester oder den Schwägerinnen auf den Tisch zu bringen.

Als sie kurzentschlossen vor Dienstschluss doch noch die eine Amtsnummer wählt, denkt sie noch schnell, vielleicht ist er versetzt worden, aber da ertönt bereits die bekannte Stimme.

Übermütig geht sie los, um eine Abschiedsrunde zu drehen. Sucht die Heintzen in ihrem Wäscheladen auf, lässt sich lachend von ihr über den Bauch streichen, später das Café Gallus, wo ein neuer, ihr unbekannter tschechischer Ober mit einer Beinverletzung ihr ein Glas Kroatzbeere einschenkt. Am Schluss in einer Art Eilmarsch mit einem Brief an Walther zum Postamt und noch zu Lilo. Es fällt ihr auf, wie verlassen die Straßen im Abendlicht daliegen.

Es ist ein sanfter Morgen, noch sehr früh, als ein nagelneuer Opel Spitz in grüner Farbe vor Elises Gartenpforte hält. Die Sonne kommt gerade mit den ersten Strahlenbündeln über die im Frühtau träumenden Gärten, als sich besagter Paul in voller Montur ihrem Hause nähert. Natürlich war es für ihn keine Frage, die Frau seines Freundes, obendrein in so schöner Hoffnung, seiner Dienste zu versichern. Es fügt sich außerdem wunderbar, dass er mit der Fahrt nach Breslau noch eine geschäftliche Erledigung verbinden kann.

Während Elise auf das Klingelsignal wartet, denkt sie mit leichter Bitterkeit: *Es gibt doch einige, die die misslichen Zeiten so angenehm wie möglich verstreichen lassen. Welcher zivile Mensch fährt denn noch ein Auto zu solchen Zeiten?*

Paul Nietschke schlägt die Hacken zusammen. »Hallo, kleine Frau, schön, Sie auf diese Weise wiederzusehen.«

Ein kurzer Blickwechsel. Keine weiteren Vertraulichkeiten.

Er greift nach ihrem Koffer, dem größten, den Walther und sie besitzen. Paul lacht und gibt vor, ihn nicht vom Boden hochzukriegen. »Nanu, haben Sie etwa vor, nach Amerika auszuwandern?« Ihre gemurmelte Erklärung übergeht er. »Sie können von Glück sagen, nächste Woche hätten Sie mich nicht mehr angetroffen.«

Elise wirft noch schnell ihrem Frühlingsbeet mit Primeln und Traubenhyazinthen einen letzten zärtlichen Blick zu, »Ach ja?«, sagt sie zerstreut.

»Ich löse dann einen greisen vertrottelten Hauptmann ab und übernehme den Posten eines Lagerkommandanten. Es tut einem Manne nicht gut, in Kriegszeiten wie ein Trottel herumzusitzen.«

Elise lächelt. Ihr liegt noch etwas auf der Zunge, eine Frage, Art und Lage des Lagers betreffend. Sofort ist ihr das Gespräch mit Janne eingefallen. Ein Konzentrationslager, denkt sie, aber eine Scheu hält sie davon ab, die Frage dann auszusprechen. Es ging sie schließlich nichts an. Mit einem leisen Seufzer und einem letzten Blick auf ihr stilles Haus lässt sie sich zurück in den Sitz fallen und ist nun doch dem Mann neben ihr dankbar, dass sie auf die angenehmste Weise zu ihrem Zielort transportiert wird.

Sie hat Einzug gehalten in die Welt ihrer Kindheit und bewohnt ihr altes Zimmer wieder, das sie aber nun nicht mehr mit Sophie teilen muss.

Herzlich Willkommen! Sicher war es Mämmi, die sie mit diesem fröhlichen, kunstlos fabrizierten Pappschild erneut in den Schoß der Familie aufnahm.

»Ist hier alles noch beim Alten?« In der ersten Stunde steckt Elise ihre Nase in jede Türöffnung. Küsse auf die Wangen der sechzehnjährigen Gertrude. »Verdammt, wie hübsch du doch geworden bist!«

»Du auch«, entgegnet das freche Ding und formt mit ihren großen Händen einen Elefantenbauch, als Sechzehnjährige kann es nichts auf der Welt geben, vor dem einem mehr graut. Als Nächste Sophie. Die blickt sie gänzlich ernst an, aber beim gegenseitigen In-Augenschein-nehmen der Bäuche müssen beide gleichzeitig lachen.

»Wir sind kaum wiederzuerkennen, Schwesterherz. Darauf kannst du einen lassen.«

Sophie, durchsichtig blaue Augen, Flachshaar, ganz helle Haut, von den Großtanten früher liebevoll Silberfischel genannt, ist ein Jahr jünger als Elise; als Kinder waren sie das, was man in der Familie eine »dicke Tunke« nennt, ein anderer Ausdruck für unzertrennlich.

»Du warst neun und ich zehn, weißt du noch, als die Gabische ihr Kind bekam, und wir machten uns lustig darüber. Wir fragten uns außerdem, wie das da hineingekommen war.«

»Du hattest die höchstpersönliche Vorstellung, dass ein Kuss die Ursache sei.«

»Womit ich ja fast Recht hatte.« Geschäker und ein ersticktes Lachen, aus der Küche dringt Geschirrgeklapper.

»Wir fragten uns damals auch schon, ob's sehr wehtun wird«, sagt Sophie. »Machst du dir Sorgen?«

»Iwo, wird schon schief gehen, wann ist es denn so weit bei dir?«
»In zwölf Tagen, wenn alles mit rechten Dingen zugeht.«
»Und bei dir?«
»Ich habe noch acht Wochen Zeit.«
Die Schwestern betrachten sich in dem schönen großen Garderobenspiegel, legen die Bäuche aneinander. »Hier ist noch jemand, der dich begrüßen will.«
Eine Hand streckt sich im dunklen Flur Elise entgegen. Mämmi schiebt die widerstrebende Selma vor sich her.
»Ich schäme mich, weil ich noch Küchenzeug anhabe.«
Selma ist seit Menschengedenken in der Familie. Sie ist die Sorte Frau, die nie richtig jung war, aber auch niemals wirklich alt aussieht. Bald war sie Köchin, bald Kindermädchen gewesen, auf den Knien schrubbte sie den Boden sauber, verschwand gleich darauf in der Nähstube, um Kinderkleider zu kürzen oder zu verlängern. Ihrer großen Herzlichkeit, die man dem gutmütigen breiten Gesicht von weitem ansah, war Elise schon in Kinderzeiten verfallen. Alles um sie herum schien auf erfreuliche Weise belebt, auch die Gegenstände, die sie in der Küche verwandte. In der Kittelschürze wischt sie sich die Hände ab.
»Hibsch sind Sie, Elise, trotz Bauch, herrjeh, man misste wohl Frau Doktern zu Ihnen sagen.« Elise schüttelt gerührt eine große feuchte Hand. Es ist, als sei man gestern erst aus dem Haus gegangen. Das Miteinander beruhigt, der Atem der anderen teilt sich einem mit, und innerhalb weniger Sekunden verwandelt sie sich in das Mädchen, das sie einmal war. Eingehüllt in die Wärme und die Gerüche des Hauses lässt sie sich in eine leichte Sorglosigkeit gleiten, die ihr seit langem fremd geworden ist.
Und Mämmi? Ein großes Hallo war noch nie ihre Art, auch Zärtlichkeiten unter nahen Verwandten sind ihr eher peinlich, mit Ausnahme der Jungen, die konnte sie schon immer herzlich küssen. Die Zeiten, in denen ihr Nestinstinkt vorherrschte, sind vorbei, seit dem Tod ihres Mannes zieht die behäbig gewordene Frau sich gern ein wenig zurück, um einigen kleinen Freuden nachzugehen, die ihr zu Zeiten der Aufzucht der Kinder und danach der Krankheit ihres Mannes verwehrt waren. Eine kleine Königspatience hier – kriegen sie sich oder kriegen sie sich nicht? –, ein Kreuzworträtsel da, oder eine Stickerei, seit kurzem hat sie auch wieder mit der Aquarellmalerei begonnen. »Halb vier«, sagt sie mit einem Blick auf Selma und lässt durchblicken, dass die Zeit für den Kaffeeklatsch gekommen ist.
»Ich werd gleich den Kaffee aufsetzen«, beeilt sich Selma zu versichern und zieht sich, mit dem Hinterteil zuerst, in die Küche zurück.
»Vergisst du auch die Großel nicht?«, mahnt Mämmi Elise, »sie hat in letzter Zeit viel mitgemacht, ihr Herz klappert viel zu langsam und irgendetwas stimmt auch mit ihrer Verdauung nicht.«
»So ist das eben in dem Alter«, sagt Elise, »es ist nichts Ungewöhnliches.«
Mämmis Gesicht verzog sich.
»Wir bräuchten eigentlich dauernd einen Arzt«, sagt sie, »und ausgerechnet jetzt haben wir keinen zur Hand, Sohn und Schwiegersohn im Krieg ...«
»Und Doktor Klein?«, fragt Elise.

»Den haben die Braunen abgeholt, vor vier Monaten etwa, in einer Nacht- und Nebelaktion.« Sie zieht eine düstere Miene, und Elise grübelt darüber nach, ob etwas Anklagendes in diesem Ausdruck liegt.

»Und?«, fragt sie.

»Na, du weißt doch, was das heißt«, sagt Mämmi und formt mit der flachen Hand eine Klinge, ein Messer, irgendein Instrument, das sie an ihrem Hals vorbeiführt.

»Es gibt jetzt fast keine Juden mehr in unserer Straße«, fährt sie fort, »Honigmanns, Gabionskis, Schweidnitzers, alle in den letzten paar Monaten verschwunden, jetzt auch noch Arnold, du weißt, er war ein Kollege von Väti am Gericht, den er sehr schätzte. Die Wohnungen stehen jetzt leer, aber in einige sind auch Nazigrößen eingezogen, es ist eine Schande.«

»Wie sieht es hier mit der Versorgung aus?«, wechselt Elise rasch das Thema, das ihr so unheimlich ist und dem man nirgends mehr zu entrinnen scheint.

»Wir sind ziemlich viel unterwegs«, antwortet Mämmi, »überall steht man an, aber ich habe über eine Kränzchen-Freundin jetzt eine private Verbindung, über die ich manchmal zu Eiern, Butter und auch zu Kalbsleber komme, die die Großel braucht wegen ihrer schlechten Leber. Geh jetzt mal zu ihr!«

Im Flurzimmer, vor dem wie zu alten Zeiten ein ewiges Licht brennt, streicht Elise über die aderndurchzogene alte Hand ihrer Großmutter, die ihr Zimmer nun nicht mehr verlässt. »Kennst du mich denn noch, Großel?«

Zu dem Gesicht der alten Frau muss sie sich hinabbeugen, ein Gesicht, das lächelt und dich ansieht, ohne dass darin ein Zeichen des Wiedererkennens sichtbar wurde.

»Macht nichts, ich bin die Elise.«

Papierdünn die feingefältete Haut. Als sie klein waren, hat die Großel ihnen oft aus den schlesischen Dichtern vorgelesen, nein rezitiert, Martin Opitz, Eichendorff und Friedrich Bischoff, den sie als Kinder besonders gern anhören mochten, weil dieser Dichter ganz nach Kindergeschmack zu dichten verstand, was die anderen schlesischen Dichter, den großen Gerhart Hauptmann aus Agnetendorf eingeschlossen, nicht fertig brachten »*... Der sie trug wie ein Gewölbe, immer ist es noch derselbe, in der buntbetressten Jacke, braun gebrannter Bosniake, an den Hosen Samtgallons, alle Taschen voll Bonbons ...*« Kinder, wie lange ist das schon her. Mämmis Mutter ist die einzig Übriggebliebene aus dem Kleeblatt der vier Schwestern, ihre Jugendzeit muss idyllisch gewesen sein, erinnert sich Elise, voller Sommergartenfeste und herrlicher Eislaufnachmittage auf der stets wochenlang zugefrorenen Oder. Zudem hatte sie das Glück, dass ihr fortschrittlicher Vater, der eine Großhandlung für Samen aller Art betrieb, sie Schauspielunterricht hatte nehmen lassen, weil sie so eine schöne Stimme besaß. Die Stimme, der Elise und Hannes so gern gelauscht hatten, die nun verstummt war und eingesperrt wie ein Vogel im Käfig hinter den papierdünnen Lippen lag. Nur Ernst, der missratene Nachkömmling, hatte sich mit der Großmutter nie anfreunden wollen, sondern ihr auf vielfältige Weise übel mitgespielt, indem er zum Beispiel beim gemeinsamen Essen mit seiner Serviette auf Großels Suppenteller zielte und tatsächlich auch traf.

Elise schaut durch die hochgezogenen Fenster des Mädchenzimmers, die von den

Ausdünstungen der Kohleöfen rußig sind wie gewöhnlich. Sie blickt hinunter auf die Straße, die, seit die Nazis an der Macht sind, Straße der S.A. heißt, schaut auf die Baumkronen, die im Laufe der Jahre hoch und dicht gewachsen sind, die Rasenflächen und Hecken dazwischen, über die sie, mit Sophie um die Wette reitend, den armen Hektor hatten springen lassen, der auf Grund seines Alters prompt gestolpert war – sie hat das Gefühl zu Hause zu sein.

Eine vorüberfahrende Elektrische, ein ganz und gar neues Wartehäuschen, bei dem merkwürdig erstarrt und mit dem Blick in eine Richtung gewandt ein paar Schlemmersche Figuren stehen, und Elise gibt dem Bild auch schnell einen Titel: »Warten auf die neue Zeit«, oder »Warten auf das Ende?«

Sie verrenkt sich fast den Hals. Vergebens, die Allee ist mittlerweile so hoch gewachsen, dass das Haus der Großtanten von hier aus nicht mehr ins Blickfeld rückt.

Es ist gut, jetzt hierher zurückgekehrt zu sein, in die Stadt, in der schon deine Vorfahren geboren worden sind. Mämmi, die sich seit dem Tod ihres Mannes aus Pietät mit Vätis großer Leidenschaft befasst, könnte dir alle Namen hersagen, fünf Generationen weit zurück aus der Görlitzlinie. Und auch die andere, die väterliche lässt sich zurückverfolgen bis ins Rokokozeitalter. Ein paar Namen haben sich selbst dir eingeprägt, nachdem dein Vater sich immer sehr bemüht hatte, sein Interesse für die Vorfahren an dich weiterzugeben. So ist dir Professor Ludwig Philipp in Erinnerung, einer von Vätis Großonkels, weil er einst Leiter der Mädchenschule Maria Magdalena war, die du auch kurz besucht hast. Und dessen Vater, Anton Staats, von Beruf Zöllner am Oderstrom und dessen Vater wiederum, Meister Just Dittrich, Syndikus in Breslau und Vater von zehn Kindern. Kinderreich waren sie übrigens allesamt und eigentlich fand sich schon lange, schon vor der Geburt von Gertrude und Ernst, kein Plätzchen mehr auf dem Papier für weitere Verzweigungen der ausladenden Familieneiche, aber nun hat Mämmi kurzerhand seitlich ein Stück angeklebt, groß genug, um wenigstens noch ihre Enkel zu verewigen. *Also keine Sorge, mein Kind, du wirst schon einen Platz finden, Hauptsache, du erblickst das Licht der Welt in der Stadt deiner Vorväter.*

Später, nach dem Kaffee fragt Sophie: »Möchtest du nicht den Drumsgarten sehen?« Natürlich. Schon wegen der Bewegung. Aber auch wegen der Erinnerungen, der verwehten Träume. Während die Schwestern mit langsamen Schritten in den Vorfrühlingsabend hineinschreiten, gibt es so viel zu erzählen. »Es bleibt wohl vorerst dabei, dass wir gegenwärtig nur eine Weiberfamilie darstellen. In wechselnder Besetzung du, ich, Janne, diese Wahnsinnige, die kleine große Gertrude, Mämmi, die Seele Selma, unsere arme Großel, und manchmal Helen, deine Schwägerin. Sie hat sich übrigens für nächste Woche angekündigt.«

Über einen mit Krokussen bewachsenen Grünstreifen und langsam die Straße stadtauswärts. Ist es nicht verrückt? Da hat man sein eben begonnenes Leben in die Hand eines Mannes gelegt wie ein Kartenspiel, und von einem Augenblick auf den anderen ist alles anders, alles neu gemischt und du findest dich nicht mehr zurecht.

»Und du – hast du Nachricht von Hans?«, fragt Elise.

Sophie lacht. »Er hatte Glück, im Moment ist er noch in Braunlage, natürlich gibt's immer was zu klagen, die feuchte Kälte winterlicher Harzluft, grässlich viel Schnee, Unterkunft saukalt, ja, und natürlich besonders das eine: Er hatte schnurstracks Skiläufer zu werden.«

Weiß Gott ein Grund zum Lachen, sich Hans, den »Jong von die Waaterkant« auf Schiern vorzustellen und wie er damit über schändlich unebenes Gelände stolperte. Gleich darauf aber wieder Ernsthaftigkeit.

»Leider wird der Spaß bald schon vorüber sein«, sagt Sophie, »denn es sieht so aus, als würde seine Einheit demnächst nach Norwegen verlegt, dann ade.«

»Immer noch besser als Russland«, seufzt Elise, »ich werde eigenhändig zwanzig Kerzen auf den Annaberg tragen, wenn Walther heil da wieder rauskommt.«

Ein Moment des Schweigens, in dem beide sich in Gedanken an ihre Hoffnungen klammern. Da sind sie. Die rostige Tür ist aus den Angeln gehoben, jetzt kann jeder in das grüne Paradies einsteigen. Elise bückt sich, schiebt die Hände unter einen Farn.

Im Garten sind noch keine Blätter an den Bäumen und deshalb wirkt er lichter, als Elise ihn in Erinnerung hat. Der gepflegte Eindruck von einst ist dahin, wenngleich noch immer etwas Bezauberndes, äußerst Liebenswertes in der Luft liegt. Unter den Platanen wächst ein Teppich aus Winterlingen und inmitten der Wege haben Frühlingsknotenblumen sich ausgesät.

Die Hühnerställe existieren noch, jedoch stehen die Türen jetzt weit offen, davor die Bank ist auch zusammengebrochen. Seit dem Tod der Tanten greift sichtbar Verwahrlosung um sich. Aber überraschend dringt ein gelbwarmer Lichtschimmer nach draußen.

»Wohnt jemand da?«

Sophie nickt und legt einen zum Schweigen mahnenden Finger auf die Lippen. »Ein verrückter Künstler wie eh und je.«

Elise lässt den Blick schweifen. »Und was wird jetzt mit dem Haus?«

Immer noch groß und majestätisch erscheint es ihr unter seinem Vorhang aus Efeu.

»Immer noch wird eine Etage vermietet«, antwortet die Schwester, »an eine Lehrerfamilie, das andere steht leer.« Dann mit geheimnisvoll gedämpfter Stimme: »Es hat jedoch Anfragen gegeben aus der Parteizentrale, im Namen irgendeines Na-du-weißt-schon. Gewiss werden sie uns bald so einen Leuteschinder da reinsetzen und man wird noch nicht einmal Einspruch erheben können.«

Der Blick geht nach oben, dorthin, wo die Tanten an Sommertagen unter einer Markise im Freien wachten, dass das Kindertreiben nicht ausartete.

»Allerdings sind die Mauern auch mürbe«, fährt Sophie fort, »alles müsste renoviert werden, aber du weißt doch selbst ... die Inflation, keinen Pfennig haben die Tanten hinterlassen und Mämmi hat erst recht keines.«

»Schade«, sagt Elise mit leiser Stimme, »schade, dass wir alle zusammen es nicht beziehen können, dann würden unsere Kinder so wie wir damals in diesem Garten groß, dort neben der Böschung lag doch der Sandkasten.«

Plötzlich eifrige Schritte, mit ein paar Sätzen über die Böschung – als sie nachsehen will, durchfährt sie mit einem Mal dieser niederschmetternde Schmerz. Sie krallt sich die Hände in den Leib, wird bleich und gleich darauf rot im Gesicht.

»Wehen«, sagt Sophie und legt die Arme um den Rücken ihrer Schwester, »komm, ich zieh dich bis nach Hause. Wirst sehen, es fängt schon an bei dir.«
»März, Ende März«, sagt Elise mit etwas gepresster Stimme, »kann doch noch gar nicht sein.«

Doch keine Wehen, nur ein fehlgeleiteter Furz.

Am Abend versetzt ihre falsche Voraussage die Schwestern in erleichterte Heiterkeit und vor dem Zubettgehen vergleichen sie noch mit leisem Gelächter Bäuche, Brüste und was sonst noch an Körperveränderungen zu begutachten ist.
»Und wo steckt Ernst die ganze Zeit?«
Plötzlich, auf der Bettkante sitzend, ist Elise die dauerhafte Abwesenheit ihres jüngsten Bruders aufgefallen, »man kriegt ihn ja gar nicht zu Gesicht.«
»Och, der arme Junge«, sagt daraufhin Sophie und fährt sich mit den Fingern durch die Haare, »was dem jetzt alles blüht! Früh um sieben zum Flaggenappell, bis eins Latein und Mathematik, danach Exerzierdienst, Flickstube und Singen.«
»Meine Güte, dabei wollte er doch partout nichts mit dem Verein zu tun haben ...«
Mit einer gewissen Genugtuung in der Stimme, wie es Elise scheint, fährt ihre Schwester fort: »... ja, und spät am Abend dann noch die rassekundlichen Erbauungsstunden auf den Heimabenden der HJ.«
»Ist das nicht etwas übertrieben – bei einem Fünfzehnjährigen?«
»Das ist denen doch egal, was sie Kindern antun«, sagt Sophie bitter. »Was die schon zu sehen und zu hören kriegen, lauter begonnene Gruselgeschichten.«
»Und wie schafft er das?«, will Elise wissen, während sie die von Mämmi gestrickten Strampelanzüge vorsichtig in die Schublade der Kommode schiebt, die seit neuestem vorausschauend mit einem Wickelaufsatz versehen ist.
»Die Folge ist, dass er sich nicht mehr für ein Kind hält und nur widerwillig jeden Tag ins Gymnasium zieht, übrigens fällt die Schule auch immer öfter aus, du würdest dich wundern, wie verwandelt unser Brüderchen erscheint, nicht mehr lange, dann hat er das Klassenziel erreicht – hart wie Kruppstahl und so weiter.«
So geht es dann noch eine ganze Weile weiter mit Gerüchten und Tatsachen, die den Schwestern stets von neuem die Gelegenheit bieten, über die Verrückten zu lästern, die Kindern so was antun. Das Gespräch schließt damit, dass Sophie ihrer Schwester nahe legt, das Thema unter gar keinen Umständen vor Mämmi zu erörtern, die schon schlaflose Nächte deswegen verbringt und im Geiste ihren Jüngsten am Ende auch noch von der Wehrmacht eingezogen sieht.
»Hoffentlich hat der Albtraum endlich mal ein Ende«, äußert Elise abschließend. »Ich kann die Grabgesänge im Rundfunk selbst bald nicht mehr hören.«

Die ersten Wehen setzen am Morgen des sechzehnten April ein.
Alles ist reiflich vorbereitet, alte saubere Handtücher, Windeln, eine Waage, Zentimetermaß. Und natürlich das Übliche an Hemdchen, Jäckchen und Strampelhosen.
Elise sitzt auf dem Rande des Mädchenbetts, vor sich ein Buch aus rotem Kunstle-

der, einst Gästebuch, aber mit noch einer Menge freier Seiten. Sie hat es dafür ausersehen, alles, was sie jetzt erlebt, aufzunehmen, um zu einem späteren Zeitpunkt die weite Reise zu Walther anzutreten. So wird er verspätet dreitausend Kilometer weiter an der Geburt seines ersten Kindes teilhaben.

Die behäbige alte Hebamme namens Friedrich, die schon sämtliche Familienmitglieder ans Licht der Welt befördert hat, legt sich Utensilien wie Zellstoff, sterile Watte, in diesen Zeiten schwerstens zu ergattern, und Sagrotan zurecht. Bei jeder Kontraktion hält Elise mit dem Schreiben inne, legt die Hände gegen die Innenseiten ihrer Schenkel und macht ein paar tiefe Atemzüge. Der Rest der Weiberfamilie drängelt sich mehr oder minder aufgeregt an der Tür herum. Eine Hausgeburt versetzt eben alle in einen Ausnahmezustand.

Um halb zwei bringt Selma für alle eine sehr dünne Brühe als Mittagsmahl.

Gegen fünfzehn Uhr werden bei Elise die Kontraktionen so stark, dass sie Schwierigkeiten mit dem Atmen bekommt. Die Friedrich ruft nun mit feldwebelhafter Befehlsgewalt nach Mämmi und weist sie an, Elise mit kräftigem Druck im Rücken zu stützen, während sie selbst ihr hilft, die Beine hochzuhalten. Nach sechsmaligem Pressen wird der Kopf geboren, ein blaues Gesichtchen voller Kummerfalten, dem ohne weitere Komplikationen der Rest folgt.

Agnes Marie erblickt das Licht der Welt im Beisein von vier Frauen, denn Selma hat das aufgeregte Stimmengewirr richtig interpretiert und ist rechtzeitig zur Begrüßung zur Stelle. Große Erleichterung, eine kaum unterdrückte Freude. Alle, mit Ausnahme von Elise und der Friedrich heulen, es ist ein wahrlich bewegender Augenblick.

Das glitschige kleine Ding ist bald abgewischt, in ein Tuch gewickelt und Elise in die Arme gelegt. Ein gesundes großes Mädchen mit blauen Augen, die aber noch braun werden könnten, wie Mämmi und die Hebamme übereinstimmend versichern. Wie bei jungen Hunden.

Als es vor dem Fenster beginnt dämmerig zu werden, legt die junge Mutter ihr Kind an die Brust und nimmt mit Rührung zur Kenntnis, wie das kleine Wesen schnappt, drückt, saugt und atmet. Man könnte unentwegt nur staunen.

All das wird sie in dem zweckentfremdeten Gästebuch vermerken, damit Walther ihnen von Ferne zuschauen kann.

11 Ludwig hat behauptet, ich lebte seit langem schon nicht mehr in meiner Gegenwart. Wie soll ich dir das erklären, mein Freund?
Diesen im Laufe der Zeit immer stärker werdenden Drang, mir über sehr weit zurückliegende Ereignisse und Zustände ein Bild zu machen. Nichts und niemand wird mich daran hindern. Kein Lebender und kein Toter mich zurückhalten.

Lass mich, ich bin nur dabei, Erinnerungsstücke, die wie Inseln in einem Meer unbekannter Ereignisse schwimmen, zusammenzutragen. Und mit Hilfe eines wachsamen dritten Auges und einer Menge Fantasie gelingt es mir von Tag zu Tag besser, Brücken von einer Insel zur anderen zu schlagen.

»Aber es würde uns gut tun, wenn du die Reihenfolge der inneren Ereignisse von Zeit zu Zeit unterbrechen könntest, um ein wenig Ordnung zu schaffen.«

»Bring mich bitte nicht dazu, Meineide zu schwören! Lass mich stattdessen noch eine Weile untertauchen.« Wer einmal die Gestalt eines Detektivs angenommen hat, muss auch den Schatten des Unverstandes ertragen, der gegenwärtig auf ihn fällt.

»Verstehst du immer noch nicht? Ich brauche alles auf, was von meiner Vergangenheit noch übrig bleibt. Die Plätze, die Menschen und Straßenszenen, ich will mich darin wiederfinden und tatsächlich, da bin ich. Wenn ich jetzt, heute Abend oder morgen Früh wieder dorthin gehe, tu ich es nicht aus Lust oder einem Hang zum Masochismus, sondern einzig und allein aus Gründen der Verifizierung. Ich kann dir sagen – wenn ich all meine Orte und meine Verwandten wiedersehe, kostet mich das jedes Mal große Energie. Immer wieder diese Veränderungen und Szenenwechsel. Hinterher hat man das Gefühl, man habe gerade mit letzter Kraft den Ärmelkanal durchquert.«

Vielleicht hat Ludwig ja Recht und ich sollte lernen, die Zeiten auseinander zu halten und ab und zu hinauszugehen um mir einen neuen Hut zu kaufen, Bücherläden zu durchstöbern oder mich oben in die Kühle setzen und von da aus das Labyrinth der alten Stadt zu meinen Füßen betrachten. Ja, und außerdem, um einfach dazwischen Atem zu schöpfen.

»Du weißt doch: deine Atemnot.«

Als ob ich sie vergessen könnte. Um ihr zu entgehen, tu ich doch alles. Atmen, eine so selbstverständliche Handlung, dass der Vorgang nicht einmal im Lexikon Erwähnung findet. An seinen Atem wird man erst dann erinnert, wenn irgendetwas seinen unentwegten Strom blockiert. Du hörst, wie jemand sagt: Ich habe schon drei Tage nichts gegessen, ich habe schon seit Stunden nichts getrunken. Aber keinen, der dir anvertraut: Ich habe schon eine Stunde lang keinen Sauerstoff zu mir genommen. Wenn man bedenkt: Ein paar Moleküle weniger und augenblicklich bricht alles Leben auf unserem Planeten zusammen.

Hat man einmal damit begonnen, die Dauer seiner Atemzüge zu zählen, die Anzahl von Sekunden, die der Luftstrom braucht, um durch ein kompliziertes Ventilationssystem ins Innere unseres Körpers und von da wieder ins Freie zu gelangen, begreift man langsam, dass Leben Schwerarbeit ist. Luftmangel: alle Sinneseindrücke verschärfen sich, ein leichter, aber bedrohlicher Schwindel erfasst einen und der Pulsschlag beginnt zu stolpern. Was ist das? Die Schrecken der Unterwelt? Verfolgungswahn? In jedem Fall eine schreckliche Angst zu ersticken. »Kannst du das verstehen? Es muss Ursachen geben.«

Und weil du es keinem sagen willst und auch auf gar keinen Fall möchtest, dass man dir was anmerkt oder einfach glaubt, du seist wahnsinnig, hast du dir dieses unausgesetzte Lächeln angewöhnt, das auch getrost als Grinsen bezeichnet werden könnte, eine Art Maske, mit der du die Außenwelt über dein wahres Gesicht im Zweifel lässt. So ist es wohl immer bei mir gewesen.

»Meiner Meinung nach bist du trotzdem ein bisschen meschugge«, sagt Ludwig, »aber in der Kunst der Selbstanalyse bist du schon immer stark gewesen.«

Ihr vierzigster Geburtstag fällt auf einen Samstag. Ende der ansteigenden Lebenslinie, die man als Jugend bezeichnet. Anfangs beunruhigt sie der Termin. Ist das nicht der Moment, an dem andere zurückgelehnt und mit Genugtuung auf das schon Erreichte blicken? Ihre Kinder oder ihr Vermögen zählen und genügend Platz finden, um jedes Lebensereignis gebührend zu würdigen? Der Moment, endlich wieder Einladungen auszusprechen, lange nicht gepflegte Kontakte zum Leben zu erwecken und Verwandten wie Freunden zu zeigen, dass man noch immer keinen Zentimeter zugelegt hat und das Haar noch die gleiche Konsistenz und Farbe von früher besitzt.

Immer noch unterwegs von einer Unterkunft zur nächsten bietet sich kein Anlass zum Feiern. Oder nur für jemanden, der das Absurde liebte.

»Später werde ich dir alles genau erklären«, lässt sie ihre Mutter am Telefon wissen, die sich nach ihrem Befinden erkundigt, vielleicht gar die Hoffnung gehegt hat auf einen weißgedeckten Tisch und einen farbenfrohen Nachmittag. Gewiss lässt sich alles zur gegebenen Stunde nachholen. Ohne eine Spur verwundert zu sein, sagte ihre Mutter:

»Ich wollte dir auch nur erzählen, wie ich auf diese Auktion gelangt bin, und stell dir vor, es gelang mir doch tatsächlich, ein Bild von unserer Malerin zu ersteigern. Ein großzügiges, eher spätes Werk, fast expressionistisch in seiner Malweise. Wenn du noch mehr wissen willst, es ist ein Sommerbild, über einem Rasenhang hinter den Dünen tauchen rote und violette Farbflecken auf, die man als Mohn betrachten könnte. Ein wahnsinnig interessantes Bild. Leider ganz ohne Signatur, was gar nicht ihrer Art entsprach, vielleicht wurde es nach dem Krieg behandelt, möglicherweise wurde die Signatur übermalt.«

»Welch freudige Erregung bei dem Gedanken, dass noch etwas von uns existiert, über Tod und Kriegsgeschichte hinaus weiterlebt.«

Das wollte sie ihr nur sagen, und dann noch, quasi philosophisch: Dass man den Mut finden sollte, auch ungewöhnliche Wege zu beschreiten. Manches Mal wird dann ein ganz gewöhnlicher Tag zu einem, den man in seinem Kalender drei Mal rot unterstreicht.

»Sei ganz beruhigt, wir werden uns schon sehr bald sehen, wie wär's mit einem Dorf wie aus dem Bilderbuch, das gerade in der Mitte zwischen deinem und meinem Wohnort liegt.«

Die Tochter stand noch im Bademantel und antwortete nicht sofort.

»Ich würde gern ein paar Dinge in meinem Rucksack verstauen, mir einen Plan machen und ausrechnen, in wie viel Tagen ich den Punkt auf der Landkarte erreichen könnte. Mir den Himmel betrachten und die Weite und, indem ich einen Fuß vor den anderen setze, siebzig, achtzig Kilometer zurücklegen.«

Für eine Frau wie ihre Mutter schien dies ohne weiteres eine angemessene Art der Fortbewegung.

Am Abend vor ihrem Geburtstag gibt es überraschenderweise eine totale Mondfinsternis zu bestaunen, und nachdem sie miteinander die beste Beobachtungsposition erforscht haben und sich der Schatten der Erde über das Meer der Stille und das Mare Serenitatis legt und nach und nach die ganze Mondoberfläche einnimmt, beginnt sie ungefragt und überraschend von einer Reise zu erzählen, die lange zurückliegt und bei deren Beschreibung Ludwig immer mehr begreift, weshalb es ausgerechnet einer Mondfinsternis bedurfte, um darüber zu sprechen. Es musste die ungewohnt tiefe Stille und Schwärze der Nacht sein.

Während er auf das völlige Verschwinden des Himmelskörpers achtet und ihm die Bestürzung in ihrer Stimme auffällt, fragt er sich, ob das Gefühl, das in ihm aufkommt, nicht doch eine gewandelte Form der Liebe darstellte.

»Ich hatte mir gedacht«, gelingt es ihm in eine Atempause hinein zu sagen, »dass wir noch in aller Ruhe über den Ablauf des morgigen Tages sprechen könnten. Wie wär's zur Feier des Tages mit dem französischen Restaurant? Oder auch einem Theaterbesuch, ich lasse mich sogar zu einem Ausflug auf gänzlich unbekanntes Gelände überreden.«

Sie aber bleibt dabei die Umstände zu schildern, unter denen die Ereignisse ihres Lebens begannen kreuz und quer durcheinander zu laufen.

Ein Haus in einer Stadt, die seit langem in Polen liegt. Einmal fiel dort eine junge Frau aus einem Fenster des vierten Stockes in den Lichtschacht. Sie stürzte nicht in gerader Linie, sondern in einer Zickzackbewegung, während derer sie mehrmals gegen die Mauer stieß und dabei auch ein Fenster einschlug, auf dem ein blutiger Streifen kleben blieb. Agnes folgerte aus der Art, wie der Körper an mehreren Stellen gegen die Hauswände geschleudert worden war, dass die Frau möglicherweise aus dem Fenster gestoßen wurde. Eine Art von Monolog über ein Ereignis, das ihm so aus dem Zusammenhang gerissen völlig irreal erscheint. Sie wolle damit nur sagen, erklärt sie Ludwig in der absoluten Dunkelheit, dass es Umstände gäbe, unter denen ein Leben schon früh eine ungünstige Wendung nehmen könne und fährt dann fort, den Zusammenbruch des Hauses im Februar 44 zu beschreiben: durch die Druckwelle einer einzigen Bombe, die auf die gegenüberliegende Straßenseite gefallen war.

Ludwig schüttelt etwas verwirrt den Kopf. Kann man auf eine harmlose, gänzlich wohlmeinende Frage so eine Antwort erwarten? Während der Schatten der Erde sich langsam nach rechts in die Schwärze der Nacht verschiebt, streicht er ihr noch einmal übers Haar. Nachdenklich sucht er nach einer Erklärung, warum er sich nun doch zurückziehen wolle.

Einen Augenblick noch. »Wusstest du eigentlich, dass ich kurz vor meinem sechsten Geburtstag dann auch noch einen Unfall hatte? Nein, nicht mit einem Auto, sondern mit einem Stacheldrahtzaun. Er riss mein Gesicht einen Zentimeter unter den Augen von rechts nach links auf. Stell dir vor, um ein Haar wäre ich blind geworden, bloß weil ich wieder einmal einem bunten Mann hinterhergelaufen bin, mit einer goldbetressten Jacke und knallblauen Augen.«

Die Geschichte ist ihm nicht fremd, sicher hat sie sie ihm schon etliche Male erzählt. »Ich weiß doch, ich weiß alles, dabei wollte ich dir nur ein Angebot unterbreiten.« Vielleicht ist es doch der Kraft des Mondes zu verdanken, die einen an manchen Tagen wie eine gewaltige Woge zu durchfluten schien und mit grässlichen Bildern den Gedanken an den Tod in einem wachrief. Unheilswolken, Kriege, Inquisition, wer weiß schon, wobei er nicht noch mitgewirkt hat.

Da gibt es auch noch den Chor.

Es ist schon spät und alle zwanzig stehen mit einem Ausdruck der Ernsthaftigkeit und der Erwartung im Halbkreis. *Möchte jemand wissen, woher ich komme?*

Keiner. Alle stehen verstreut über den gesamten Raum und doch nahe genug beieinander, um in ein gemeinsames Konzert einzustimmen. *Woran ich im Augenblick denke?*

An eine Reise in eine Region, drei Millionen Lichtjahre von hier. Nicht schleppend, kurz innehalten.

»*Moro, lasso, e chi mi puo dar vita ahi che m' ancide e non vuol dar vita*« – »ach, ich sterbe, und der mir einst das Leben schenkte, tötet mich und lässt mich nicht leben ...«

Sie lässt sich von der Wucht des Klanges mitreißen, hochtragen, ihre Stimme eine kostbare metallische Konstruktion, die irgendwo zwischen den Pfeilern und Verstrebungen hängen bleibt und in der Kälte des Kirchenraumes weiterklingt. Gesualdo, ein Mörder, mit der himmlischsten Musik, die das Abendland im vergangenen Jahrtausend zu hören bekam.

Singt, woran ihr denkt, umgekehrt: Denkt, was ihr singt. Die Augen nach oben gerichtet – »*o dolorosa sorte, chi mi da vita, mi da morte.*«

Ehrfürchtig vereint singen sie, ergebene Diener dieser oszilierenden Art von Musik, in einer Komposition, die sich anhört wie ein Schrei und die zu ihrem größten Erstaunen zu allem passt, was ihr in letzter Zeit durch den Kopf geht. *Wenn dein Vater dich hören könnte.* Stunden später folgt ein erleichterter Gedankenaustausch über Nichtigkeiten. Und der noch jugendliche Chorleiter wendet sich nun direkt an Agnes und sagt etwas gestelzt: »Mir kommt es so vor, als ob dir diese Musik richtig Spaß macht, wenn man dich so beobachtet.«

Sie schaut auf Bart und Brille, bevor ihre Augen sich in den grauweißen Abstraktionen seines mit Sicherheit von einer Ökofreundin gestrickten Pullovers verfangen, und alles ist ihr ein wenig peinlich. Sollte doch keiner sehen, was sie in diesen Zeiten bewegte.

Es ist etwas Ehrerbietiges in seiner Haltung, das sie unangenehm berührt. *Bin ich schon so alt?*

»Schön jedenfalls, dass du jetzt bei uns bist und mit uns das nächste Programm singen wirst.« Zum ersten Mal nach Tagen, Wochen strahlt doch so etwas wie ein helles Licht in ihr Dämmerdunkel.

»Ich freu mich auch«, hört sie sich sagen, »ich freue mich wirklich.«

Die Aussicht auf unendliche Konzerte war gewiss reizvoller als die quälende Schreckensherrschaft des stetigen Sich-Erinnerns. Im Stillen freut sie sich auch ganz schlicht über die ihr entgegengebrachte Anerkennung.

Am Morgen ohne Schminke und Tabu – so sah man eben mit Vierzig aus, nicht gerade ein Anlass zum Feiern. Trotzdem möchte ich bekannt geben, dass heute der erste Tag eines ganz normalen, wenn nicht sogar interessanten Lebens beginnt.

Ludwig hat Tee zubereitet, eine Kerze ist angezündet.

»Leider hat die Zeit für Blumen nicht gereicht.«

»Dann betrachte ich mir eben den Wildwuchs in unserem Garten, den Himmel, den du mir zu Ehren blau gemalt hast, ohne Wenn und Aber, und schere mich im Übrigen nicht um die laue Region deiner Seele. Ich bin auch nicht enttäuscht, und schon gar nicht verzweifelt.«

Sieh da, da ist auch schon das Geschenk.

»Und ich versichere dir: Ich finde es wirklich schön!«

Ein kleiner silberner Halbmond mit einem lunatisch schillernden Opal und einem Tropfen Türkisblut. Sie legt das Geschmeide probeweise um den Hals, mehr Sehnen als früher, gewiss, betrachtet mit neuerwachtem Interesse das eigene Gesicht, von dem sie sagen würde, dass Irgendjemand die obere und die untere Hälfte auseinander gezogen haben muss, so lang ist es ihr vorher nicht erschienen. *Wollen wir es dabei bewenden lassen, das bist du eben und wirst es auch weiterhin bleiben, und über die merkwürdigen Veränderungen, die das Älterwerden mit sich bringt, möchte ich jetzt nicht sprechen.*

Was gibt es noch? Ah, Glückwünsche von Verena, ein liebevolles, etwas wirres Gekritzel, das von Tante Helen stammt, die Gute ist bereits fünfundachtzig, und weiter eine Fun-Karte aus der Agentur. Zufällig befindet sich in der heutigen Post auch eine Mitteilung der Vereinigung, die sich um Gräber deutscher Soldaten im Ausland kümmert. Ausgerechnet heute. Die liest sie, als handle es sich um eine persönlich an sie gerichtete Botschaft, das Drum und Dran der Aufmachung tut nichts zur Sache. Dann wird es Zeit, die Tür zum Garten aufzureißen. Festtagslicht strömt in den Raum und ergießt sich über die Dielenbretter, die dringend eine frische Wachsschicht nötig gehabt hätten. Ein schwarzes Tier, das seinen Schädel hereinschiebt, wirft einen absurd langen Schatten ins Zimmer.

Das Barbarische in diesem Gesicht erweckt große Zuneigung in ihr. Was war nur los? Irgendetwas, das sie nicht deuten konnte, ist dazugekommen. Etwas ist passiert, ohne dass sie weiß, was. Der klatschnasse Garten mit Spinnennetzen, in denen der Tau hängt, glänzt in der Morgensonne. Was für ein Tag, was für ein prächtiger Geburtstag. Wenn man das Wunder dieses Tages doch für eine Weile festhalten könnte.

Gratulantenanruf um zehn nach zehn, Max bellt den Anrufer wütend an, deshalb ist er auch vorerst nicht zu identifizieren. »Einen Moment, ich bin gerade dabei, die Tür zu schließen.« Hinter verschlossenen Türen muss Max weiterbellen.

Jetzt. Eine dunkle spöttische Stimme. »Du siehst, ich denke an bestimmten Tagen an dich.«

»Wer bist du?«

Gleich darauf setzt das Gedächtnis ein. Ah, der alte Liebhaber, Moto Guzzi, Brauerei im Spessart, Uni Konstanz mit Lehrauftrag für romanische Sprachen. »Was plätschert so im Hintergrund?«

»Ist doch klar: der Bodensee – nein, in Wirklichkeit liege ich in der Badewanne, rauche eine Gauloise, trinke dabei eine Tasse Kaffee. Und denke an dich. Wunderbar.«

Und sie lässt sich zum ersten Mal in diesem Jahr der Gnade den nie da gewesenen Gedanken durch den Kopf gehen, einen alten Freund aufzusuchen. Mir geht es auch gut, ich fange gerade an wieder richtig zu atmen. Leichten Herzens wechseln sie ein paar wunderbare unzusammenhängende Sätze und sagen sich ein Wiedersehen zu.

Und als Nächstes werde ich mir in der Gärtnerei einen Geburtstagsstrauß kaufen, mit Max um die Pferdekoppel rennen und abends etwas Schwarzes überstreifen, das an gute alte Zeiten erinnert.

Notgedrungen wird Ludwig mit ihr essen gehen.

Als er gegen acht nach Hause kommt, betrachtet er prüfend ihr Gesicht und stellt erleichtert fest, dass sie jung und zufrieden aussieht. Ein wenig zerstreut blickt er auf die Rosen, die sie sich selbst geschenkt hat, und auf den Saum des schwarzen Kleides, der überraschend viel Bein freigibt, greift sich eine von den Calamata-Oliven und stürzt mit einem Zug den Campari hinunter, den sie vorsorglich bereitgestellt hat.

»Du siehst so aus, als hättest du einen schönen Tag gehabt.«

Er lächelt sie konfus an. Wenn er nicht heute gerade die unerfreuliche Nachricht erhalten hätte, der er schon seit ein paar Tagen, seit seine Mutter ihn während der Sprechstunde angerufen hat, mit wachsendem Unbehagen entgegensieht, dann wäre mit dem heutigen Abend gewiss ein geeigneter Augenblick in Sicht, um nach langer Zeit wieder einmal seine Hände auf ihre Hüfte und um die immer noch ansehnliche Mitte zu legen, mit den Fingern ihre Brustspitzen zu berühren und dann sein Gesicht und sein Geschlecht in den Vertiefungen zu versenken, die eine großartige Planung der Natur dafür vorgesehen hatte.

Wenn er nicht schon wieder in Sorgen stecken würde, könnte der Abend, würde der Abend ein wirklich viel versprechender werden.

Kurz darauf fahren sie den Lichtern der Stadt entgegen, wandernde Glühwürmchen auf dunklem Grund. Während der unvermeidlichen Autofahrt taxiert er ihr Aussehen von der Seite. Schwarz steht ihr gut. Anfangs, als er richtig verliebt in sie war, trug sie oft Schwarz, eine Gewohnheit, die sie später, als er wieder leidlich normal war, fallen gelassen hat, er hätte nicht sagen können warum und nimmt sich vor, sie irgendwann einmal, aber nicht gerade heute nach dem Grund zu fragen. Ob sie ihn immer noch gern heiraten wollte?

Vor zehn Jahren wurde ringsum geheiratet, Ralf nahm Charlotte, Michael nahm Grete oder besser: Grete nahm Michael und zog mit ihm in den Norden, nur er wollte noch ein Weilchen frei bleiben, und Agnes ließ das Thema fallen. Vielleicht, geht ihm gerade durch den Sinn, vielleicht verschwand damals schon das unwiderstehlich Fröhliche aus ihrem Blick, das zu Anfang ihre Augen funkeln ließ und ihn anzog. Endgültig aber zu dem Zeitpunkt, als sie ihn mit ihren Wünschen nach einem Kind bedrängte, da bekamen ihre Augen plötzlich diesen dringlichen fordernden Blick, der ihm Angst einflößte und im Widerspruch zu der Sanftheit und vorsichtigen Taktiererei stand, mit denen sie ihn zu dirigieren versuchte. Zugegeben, vieles hätte sich besser entwickeln können, ein undurchschaubares Schicksal hatte ihnen wiederholt übel mitgespielt und den Eindruck von Ruhe und Sicherheit, den jedes menschliche Wesen braucht, ziemlich durcheinander gewirbelt, vielleicht kehrte jetzt langsam wieder Ruhe ein, wo schon so lange Chaos herrschte. Gewisse Anzeichen auf Hoffnung ließen sich durchaus erkennen.

Sie sitzt schon eine ganze Weile da wie eine Schaufensterpuppe, sie schlägt die Beine einmal von links, dann wieder von rechts übereinander, trinkt den Wein, einen Chardonnay aus dem großen Glas, in lächerlich kleinen Schlucken und lächelt vor sich hin, mit diesem rätselhaft leeren Ausdruck, hinter dem sich mit Sicherheit ein ganzes Arsenal aufgeregter Gefühle verbarg. Was hält einen bei dieser Frau, was ist es, das einen immer noch weiter anzieht? Ihre Art von Weiblichkeit, die grazile Statur, hinter der sich vielleicht eine enorme Kraft verbirgt? Die Mischung aus kleinen Geheimnissen und pathetischen Gefühlsregungen, die sie für sich kultiviert hat? Mit der Zeit gewöhnte man sich daran, ebenso gut wie man sich an ihre Abwesenheiten gewöhnte. Übrigens hält er diese Art von Pathos für eine typische Eigenschaft ihrer Landsleute, genauso wie diese Aura von Melancholie.

Oder war das eher ein Attribut von zu früh Alleingelassenen?

»Bist du denn auch zufrieden? Der Zander ist nicht ganz durchgebraten, trink als Nächstes einen Weißwein.« Gerade ist er dabei sich vorzustellen, was sie wohl dazu sagen würde, wenn er ihr heute einen Heiratsantrag machte.

Plötzlich lässt sie ihr Grinsen und fragt ihn mit unerwartetem Ernst: »Und wie geht es dir eigentlich?«

Du und ich, Himmel nochmal, wir haben wirklich schon Einiges durchgestanden.

Das Unglück, das einen so apathisch macht. Und während sie auf sein flaches Hinterteil starrt, wünscht sie sich, es möge eine Mechanik geben, die alles Unglück im Gedächtnis auslöschen könnte, in Worte gefasst: Flüchtlingsleid, Einsamkeit, Bauchhöhlenelend und Lieblosigkeit.

Unter all diesem Erinnerungsschrott müsste doch noch etwas zu finden sein, das dem Gefühl der frühen Jahre ähnelt.

Gähnend streckt sie ihre Beine auf dem eiskalten Laken aus, ein wenig kippt die Achse des Raumes unter der Einwirkung des Chardonnay und sie legt verständnisvoll eine kleine sanfte Hand auf den Arm ihres Liebsten, der leise gähnt, weil der Tag wirklich sehr lang war.

Mag sein, dass in der Stunde des Wolfs wie schon manches Mal das kleine Tier wach wird, das die Träume ablöst. Im ersten grauen Licht des anbrechenden Tages, wenn sie an seinen warmen Körper rückte und seine verschlafen suchenden Lippen in ihrem Gesicht Spuren hinterließen wie Schnauzen ganz junger Tiere. Sie lässt ihre Hand da liegen, wo sie liegt.

Auf der Dorfstraße sahen sich ein paar Leute nach ihr um. Einer hob die Hand wie im Fluch und ein weißer Gaul warf den Kopf hoch und fletschte sein gelbes Gebiss.

Wenn erst der graugrüne Fluss hinter einem liegt, schraubt sich die Straße in sechs atemberaubenden Schlingen in die Höhe. Wind auf der höchsten Stelle, wo der Wald aufhört, eine Bö wirbelt rostbraunes Laub vom vergangenen Jahr über den Asphalt. Noch eine Kreuzung mit Wegemarken nach allen Richtungen und ein Hinweis auf den Galgen, an dem der Geschichte nach sieben Taugenichtse auf einmal ins Jenseits befördert werden konnten, allesamt Wegelagerer, Landfriedensbrecher, Revoluzzer. Gelegentlich auch ein Weib, wie zum Beispiel das letzte Opfer dieses Marterinstruments, eine Frau, die ihrem Mann Hörner aufgesetzt hat und dafür im Jahr 1856 an den Galgen gezerrt wurde.

Ein Zwang zu zählen überkommt sie, Motorräder, Pferde, Fachwerkhäuser. Das Dorf, das sie sich zum Ziel gesetzt haben, ist bekannt für seine Stutenzucht und deren Produkt, die Stutenmilch, die Krebskranke trinken. Pferde, Fachwerkhäuser und Kreuze. Wer kennt sie nicht, die kleinen dunkelbraunen Holzkreuze an den Böschungen beiderseits der Fahrstraße, sie ducken sich unter Sanddornzweige, kauern neben hohen Stämmen und sind plötzlich auch da, wo eigentlich kein Hindernis den Blick verstellt. Mit viel zu bunten Blumenbuketten erinnern sie an die viel zu jungen Toten, Söhne und Töchter, nach nächtlichen Rasereien vom Weg abgekommen, es gab wieder ein paar neue, elf konnte man bis jetzt zählen. Dennoch nimmt einer ausgeklügelten Rechnung zufolge die Zahl der Unfälle mit tödlichem Ausgang ab.

Ein Feld mit Tausenden von weißen Kreuzen, die alle nach Westen blicken, kommt ihr in den Sinn. Tatsächlich ist es ihr gelungen sich aufzuraffen und einen Brief zu schreiben, mit der Bitte um Hilfe bei der Suche nach dem Toterklärten.

Eine Frau von achtundsechzig, die immer noch gut fünfundzwanzig Kilometer am Tag zurücklegen kann. Ihre Mutter hat sich ausgerechnet, dass ein Dreitagesmarsch sie an den gewünschten Ort bringen würde.

Wie immer trifft sie eine herzliche, mit sich zufriedene Frau, die ihr von dem kleinen Dorfplatz aus entgegenwinkt.

»Das muss ich dir als Erstes erzählen. Wie ich zwei Tage im April durch ein wahnsinniges Schneetreiben gelaufen bin.«

Riesengroße Schuhe, etwas gebeugte Schultern, auf ihre immer noch guterhaltenen Beine mit den beweglichen Rundungen der Muskeln ist sie stolz. Und sie beginnt nach einer kurzen Umarmung der Tochter einen Bericht über den späten Schnee: »Der erste Tag bitterkalt, keine Spur von Frühling weit und breit, und als ich endlich mit hängender Zunge in ein Dorf hineinlaufe, ist das einzige Gasthaus abgebrannt bis auf die Grundmauern und es blieb mir gar nichts anderes übrig, als im Mondlicht acht Kilometer bis ins nächste Dorf zu laufen. Agnes lässt ihre Mutter erzählen, ihr Interesse jedoch gilt der Frage, was diese Frau dazu bewegen

mochte, an fünf, acht oder noch mehr Tagen im Monat einen Rucksack von vier Kilo Gewicht auf ihre Schultern zu laden, zu deren Inhalt eine alubeschichtete Überlebensdecke, ein Paket Traubenzucker und eine Literkanne Tee zählten. Eine Nacht auf freier Strecke?
Zum Glück noch nie, obwohl zugegeben, das Abenteuer sie schon einmal gereizt hätte.
Und dann die Frage: was tut man, wenn man fernab einer Menschensiedlung, am Rande einer Lichtung einem fremden Mann begegnet?
»Du weißt nur das eine, der gehört dort nicht hin. Ein blonder Mann in Jeans, ein Jedermann, ich lief mit äußerster Konzentration, mit anderen Worten: Ich lief weit schneller, als mir gut tat und mein Herzschlag beschleunigte sich auf beängstigende Weise. Als ich an eine Weggabelung kam, tat ich ein paar Schritte zur Seite, um mich hinter einer Eiche zu verstecken. So stand ich dort eine Weile, stell dir vor, deine Mutter.«
Das war das Ende der Geschichte, es geschah weiter nichts, niemand verfolgte sie. Die Angst vor Männern hat sie mir vererbt, denkt Agnes daraufhin.
Schrittweise haben sie sich aus dem Dorf entfernt, an einer Umzäunung entlang, die das ganze Tal umrandet. Auf den Weiden dahinter die falbfarbenen Tiere. Manche trabten gemächlich in kleinen Gruppen zu dreien oder vieren durch den graubraunen Staub, bliesen Dunstwolken in die blassblaue Luft. Den kleinen See am Ausgang des Tales suchen sie vergebens. Eine meterhohe Mauer aus gefällten Baumstämmen, von einer Sprinkleranlage berieselt, versperrt die Sicht. Vor der Barriere bleiben die Frauen unschlüssig stehen und Agnes fragt sich, ob dies der Augenblick ist, ihrer Mutter noch ein paar Fragen zu stellen.
Agnes schaut mitten in die Sonne und sieht eine Weile schwarze Flecken, wenn sie die Augen schließt. Die Tränen wischt sie mit dem Handrücken beiseite.
»Du kannst es auch heute wieder drehen und wenden wie du willst, über Anfang und Ende dieser Unzeit lässt sich nicht mehr sagen und über deinen Vater nur das eine: Dass er sich zu einer Denkweise hingezogen fühlte, der als leuchtendes Ziel hoch entwickelte Menschen in einer verbesserten Welt vorschwebten. Nein, das ist nicht lächerlich, weder heute noch damals, und es war nicht das, was die Nationalsozialisten dann aus dem Begriff gemacht haben.«
Das war's, mehr gab es nicht, nichts Neues aus dem alten Reich. Die Probleme hatten ohne weiteres wieder den Geschmack und Geruch ihrer Jugendzeit angenommen. Vater ist und bleibt ein aufrechter, moralisch intakter Mensch und es blieb am Ende nur die Frage, was zu seinem Untergang geführt hat.

Sie saßen in einer Waldhütte im grünlichen Licht. Die Augen unter den grauweißen Brauen meinen es ehrlich. »Wirklich, du kannst es mir getrost glauben, so war es und nicht anders.«
Ihre Mutter macht eine gutmeinende Gebärde.
»Gib doch endlich Ruhe, kannst du nicht begreifen, dass eine am Anfang verheißungsvolle Zeit unter dem Einfluss einer Hand voll Wahnsinniger entartete?«
»Ich weiß nicht«, sagt Agnes.

Warum fiel ihr bloß immer wieder ein Bild ein, eine grobkörnige Fotografie aus der Zeit, als sie gerade geboren war. SS-Truppen scheuchen Frauen und Kinder aus einem Bunker, ein untersetzter SS-Mann, der mit ausdrucksloser Miene ein Gewehr anlegt, in der Mitte des Bildes steht ein kleiner Junge mit hochgehobenen Händen, wo hatte er diese Geste bloß gelernt? Und die Frauen: starke, klare, entschlossene Gesichter haben sie, in denen sich Gedanken und Gefühle spiegln wie auf Masken der griechischen Tragödie.

Der Junge war ganz ordentlich angezogen, so wie seine Mutter gewohnt war ihn anzuziehen. Irgendjemand, sicher auch ein SS-Mann, fotografiert, die Kamera klickt und was dann geschieht, nachdem das skandalöse Porträt einen kleinen Aufschub gewährt hat, kann man sich denken ...

Sie hatte sich das Bild aus der Zeitschrift gerissen und es war wie ein Zwang: Immer wieder musste sie es heimlich betrachten und Tränen darüber vergießen.

»So wie die Frauen auf deinem Foto«, sagt die Mutter, »genauso haben wir auch ausgesehen, als die Russen uns aus unseren Häusern jagten.«

Plötzlich begreift Agnes, dass dies die Antwort war. Dass ihre eigenen Vorstellungen über die Ereignisse jener Zeit mit Bildern wie diesem einen verschmolzen.

»Weißt du, dass ich mich als Zehnjährige verzweifelt dagegen gewehrt habe, auf eine Leinwand zu schauen in unserem Stadtteilkino, wohin unsere Lehrer uns kleine Kinder geführt hatten. Wo Menschen die Kleider weggerissen wurden, Gewehre auf die Schädel sausten und sie dann in eine Grube fielen. Da haben wir geschrieen. Wir wollten aus dem Kino, wir Kinder hatten solche Angst. Der Film hieß: mein Kampf.«

Agnes bricht plötzlich in Tränen aus, es schüttelt sie nur so. »Ich war genauso alt wie die Kinder, die erschossen wurden, kannst du das verstehen?«

Ihre Mutter geht allerdings gelassener mit der Angst ihrer Tochter um. Eine Hand auf ihrem Arm sagt sie: »Darüber hast du nie etwas berichtet.«

»Du hättest sowieso nichts unternommen«, sagt Agnes. Eine Weile bleiben sie noch so sitzen, beim leisen Zwitschern einer Meise, dem fernen Brummen eines Flugzeuges und den vielen kleinen Geräuschen, die der Wald hervorbringt, und überdenken ihr Leben. Das ist schon lange kein Ausflug mehr, sondern ein aus der Dunkelheit gezerrtes Geheimnis ihrer verdammten Vergangenheit.

»Lass uns zurückgehen«, sagt die Ältere zur Jüngeren, steht auf und legt im Vorbeigehen kurz ihre Hand auf das Haar ihrer Tochter, »ob du nicht anfangen solltest, die Vergangenheit ruhen zu lassen«, in einem Tonfall, als spräche sie mit sich selber. »In der Gegenwart leben – das ist mein Prinzip und mir geht es damit ausgezeichnet.«

Ja gewiss, solange sich einem nichts in den Weg stellt. Und wenn irgendwo etwas beginnt zu drücken und zu kneifen, greift man nach dem Rucksack, zieht die Wanderschuhe an und läuft mit der Vergangenheit um die Wette, manchmal läuft man ihr auch davon. Es ist nur eine Frage der Kondition.

Die Überlegung scheint der Tochter stimmig und könnte so tatsächlich als Erklärung für diesen Hang zu fortgesetzter Mobilität dienen. *Aber kein Wort darüber, ich schweige und sehe ein, dass jeder sich selbst die Therapie verordnet, die er*

198

braucht. Ich muss reden, du musst laufen, jemand anderes Theaterspielen, am Sonntag vor den Altar treten oder ein Bild nach dem anderen malen.
Sie setzten ihre Beine wieder in Bewegung.
»Das Wetter ist schön, doch endlich wieder ein wirklicher Sommer. Sieh dir das an: diese blauen Schluchten und grünen Hügel, und darüber einen Ozean aus Licht. So sehen die Dinge aus, die in einem Leben wirklich zählen und die einem niemand nehmen kann.«
Mutter schaut sich um, spannt ihren Körper an und weist mit einer Hand in die Ferne, die blau ist wie auf den Gemälden ihrer Urgroßtante. In einer allumfassenden Geste, als habe sie die Schöpfung der Welt gerade vollendet.
Agnes bewegt sich wortlos neben ihr her mit geradeaus gerichtetem Blick, bis sie auf Umwegen doch den Steg des unnahbaren Gewässers erreichen.
»Sieh dir auch den Mond an, er scheint heute bei Tage, das hätte ich nun auch nicht gewusst, und auf die Frag, ob deine Nabelschnur dich stranguliert habe, kann ich nur mit Nein antworten. Du warst weder blaulila noch in irgendeiner Weise deformiert, als du auf die Welt kamst. Nichts deutete darauf hin, dass du ein Geburtstrauma erlitten haben könntest und von der Theorie intrauteriner Früherlebnisse, nimm mir's nicht übel, halte ich nicht viel. Liebe Agnes, du musst da etwas durcheinander gebracht haben.«
Damit muss Agnes sich zufrieden geben.
Wie ist es meinem Vater nur gelungen, denkt sie in diesem Augenblick, mit Hilfe so begrenzter Mittel wie Papier, Bleistift und ein paar Farben der Unmenschlichkeit der Kriegstage entgegenzutreten und ihnen auf diese Weise sogar etwas wie eine Poesie des schönen Augenblicks abzuringen. In dem Punkt nichts als Bewunderung. Und während sie sanft gestimmt den blauen Augen und dem wehmütigen Lächeln nachhängt, ist ihre Mutter kräftig ausgeschritten und Agnes hört aus schon geringer Entfernung einem Bericht zu, der mit einer zufällig aufgelesenen Zeitungsnotiz über eine Kunstauktion in Nürnberg beginnt, sich über die Eigenheiten eines Telefongebots bewegt und mit dem erfolgreichen Zuschlag endet. »Waldlichtung«, dreitausend, ein lächerlicher Preis für so hochkarätige Kunst.
Erst jetzt wird die Tochter gewahr, dass es sich um ein anderes als das schon vor zwei Jahren erworbene Werk »unserer Malerin« handelte. *Schön, schön, trotzdem bleibe ich dabei, du und die anderen aus unserer weitläufigen Sippschaft, ihr habt unterlassen, die Geschehnisse auseinander zu nehmen und sie euren Nachkommen unpräpariert zur Ansicht vorzulegen.*
»In diesen Dorfgasthöfen«, meint die Wanderfrau, »gibt es nach zwei Uhr selten etwas Warmes zu essen.« Als sie eintreten, sagt die Pensionsinhaberin etwas von Pfifferlingen, Wildschwein und Rosinen und ein sehr alter Hund mit weißen Lefzen, die im Schlaf zucken, öffnet plötzlich erschrocken die Augen und bellt mit heiserer Stimme.
Pfifferlinge mit Semmelklößen. Schweigend essen sie, ihren Gedanken nachhängend. Hinter den Fensterscheiben blitzte die Sonne, brach sich auf irgendeinem glänzenden Gegenstand, der sich nicht zu erkennen gibt.
»Was ich noch wissen wollte«, beginnt Agnes einen Satz, der wieder einmal das

leidige alte Thema der vergangenen Zeiten zum Inhalt hat, »bitte erinnere dich noch einmal!«

»Es ist richtig«, sagt ihre Mutter müde, »dass so genannte einzige Söhne nur in heimatnahem Kriegsgebiet eingesetzt werden sollten. Aber erstens waren von dieser Bestimmung Offiziere ausgeschlossen, also auch dein Vater, und zweitens wurde sie in der letzten Kriegsphase aufgehoben. Im Übrigen waren nur Söhne betroffen, deren Väter bereits im Ersten Weltkrieg gefallen waren.« Jetzt war ihr Tonfall ziemlich verzweifelt: »Walther bekam nicht einmal Urlaub. Es war die Zeit, wo schon keiner mehr an einen guten Ausgang des Krieges glaubte. Allein mit dir nach Bunzlau zurückgekehrt dachte ich nur noch daran, ob ich ihn wohl noch einmal heil zu Gesicht bekommen würde. Dann breiteten die Alliierten ihre Bombenteppiche über Hamburg und Berlin aus, meine Schwägerin Helen zog zu uns und wir Frauen versuchten uns gegenseitig Mut machen, wenigstens waren wir für eine Weile vereint. Gerade war ein Brief von Walther eingetroffen, in dem er schrieb: »*Was ist besser nach deiner Ansicht, als guter Mensch draufzugehen oder als Verbrecher zurückzukehren und weiter zu leben?*« Und während Helen und ich uns noch darüber aufregen und uns fragen, was dieser Satz zu bedeuten hat, läutet es Sturm, ich glaube es war der zwanzigste Juli, und da steht Walther vor der Tür. Wir wussten gar nicht, was wir zueinander sagen sollten, stell dir vor, wir hatten uns ein Jahr lang nicht mehr gesehen. Wie ich diese Zeit erlebt habe, diese zwei Wochen, kann ich nicht mehr sagen. Nur dass er sich diese Tage hatte erkämpfen müssen ...«

Die Stimme wirkt plötzlich sehr müde, uralt.

»Ich glaube, wir haben kaum geschlafen.« Sie wendet Agnes ihr Gesicht zu, so als könne die weiterhelfen. »Zuerst waren wir nur damit beschäftigt, deinen Vater zu entlausen, dann, als das geschafft war, schlenderten wir hierhin und dorthin, im Park spielte an Abenden eine Militärkapelle, bis in die Nächte wurde gefeiert, obwohl es eigentlich nichts mehr zu feiern gab. Alle feierten das Wiedersehen. Es gab Küsse, Umarmungen, Diskussionen. Jeder wollte wissen, wie es da aussah, wo er herkam. Für ihn bedeutete es eine Weile Schluss mit dem Hundeleben, dem stinkenden Barackenalltag. Ein Lichtblick. Seine Mutter wollte ihn auch sehen, fast hätte ich gesagt, noch einmal sehen, aber der Bodensee, wohin die Eltern sich rechtzeitig abgesetzt hatten, liegt zu weit westlich, südlich. Das hat ihn sehr geschmerzt, glaube ich. Die Uniform trug er während dieses Bombenurlaubs täglich, nur am Anfang zum Entlausen und nachts legte er sie ab. Ja, und dann gab es ja jetzt dich!«

Ihre Mutter legt eine Hand auf ihre. »Du glaubst nicht, wie er sich über dich gefreut hat. Er nannte dich ›seinen Augenstern‹, lief mit dir auf dem Arm durch den blühenden Garten, übrigens fiel sein Geburtstag in diese Zeit, das Wetter war schön und wir spazierten mit dir als stolze Familie durch die verwinkelten Gassen der Stadt. Ich spürte dauernd, dass wir nicht mehr viel Zeit hatten, nachts mussten wir dich ausquartieren, weil du uns aus bleischwerem Schlaf holtest. In das Zimmer nebenan. Aber du ärgertest dich darüber, wolltest nicht allein liegen, schließlich hatte ich dich, bevor dein Vater kam, stets zu mir ins Bett genommen. Du brülltest dir die Seele aus dem Leib, so wütend warst du. Einmal bekamst du einen regelrechten Schreikrampf und dein Vater und ich wussten uns nicht anders zu helfen als ...«

»Als was?«

»Als dich kurzentschlossen unter die Wasserleitung zu halten, du warst ja fast am Ersticken.« Agnes spürt, wie sich ihr Herzschlag beschleunigt. Verdammt, das war wieder eine dieser Entdeckungen, analytisch gesehen: Die erste und einzige Erfahrung mit dem Vater ist verknüpft mit Angst, Einsamkeitsgefühlen, Wut und Ohnmacht. Schließlich kommt es zu dem bedrohlichen Schreikrampf, alles noch im Zusammenhang mit dem Vater, und das, was ihre Mutter als Erlösung beschreibt, den rettenden Kaltwasserstrahl, der einen sofortigen Stopp des Schreiens und des Krampfes zur Folge hat, ist in Wirklichkeit ein tödlicher Schock. Ja, so sieht die Wahrheit aus, das Kindergesicht in Tränen aufgelöst auf dem Arm des Vaters. Zum ersten Mal hatte sie sich ihm mitteilen wollen, *es ist verrückt, was ihr mit mir macht,* und er hatte es nicht verstanden, genauso wenig wie ihre Mutter.

Agnes öffnet und schließt die Augen und was sie sieht, immer noch mit um Atem ringendem Mund, sind ihre Eltern, ganz nah und riesengroß, alles wie durch ein Froschauge gesehen. Mit Entsetzen zum ersten Mal ihre Eltern. Eine wahre Karikatur des heroischen Paares, das sie einmal, ganz zu Anfang ihrer Therapiezeit nach einer Traumstunde Herrn Altvater beschrieben hatte. Jetzt weiß Agnes, was sie damals gesehen hat. Und plötzlich machen auch die aberhundert Paar Schuhe in dem damaligen Traum Sinn.

Wage nicht, mich jetzt zu trösten. »Ihr wart recht kaltblütige Eltern«, sagt Agnes leise.

»Das ist nicht richtig, wir waren nur ein junges Paar, das sich ein Jahr lang nicht gesehen hatte. Wir haben dich jeden Tag, den Walther Heimaturlaub hatte, gefüttert, gebadet, gewickelt und dein Vater hat dich stundenlang auf seinem Arm getragen.«

»Und ich habe euch dafür das bisschen Leben schwer gemacht«, sinniert Agnes.

»Es war anders«, sagt ihre Mutter, »wir waren nur dabei, die letzten Stunden unseres kurzen gemeinsamen Lebens zu erleben, das ist alles.«

Plötzlich rappelt sich der alte Hund hoch aus seinem Schlaf, als habe eine Stimme ihn gerufen, und schleppt seinen kläglichen Körper zu dem Tisch, wo die zwei Frauen sitzen. Ein ganz und gar menschliches Stöhnen und er lässt sich auf die Füße von Agnes fallen.

»Weißt du«, sagt Agnes zu ihrer Mutter, die sich die Rechnung bringen lässt, »irgendwann muss man, um sich von seinem Kummer zu befreien, alles in Worte fassen.«

Agnes blickt auf ihre gefalteten Hände, sieht ihren Vater in Uniform aus dem Raum marschieren, mit kurzen schnellen abgehackten Schritten, da hört sie die Stimme ihrer Mutter, die ausruft: »Das Geburtstagsgeschenk! Fast hätte ich es vergessen.«

Es dauerte eine Weile, bis sie die Verpackung abgestreift hatte.

Roter Einband, Seidenpapier, Jugendstilembleme im Prägedruck, Agnes setzt eine zeremonielle Miene auf. Ein Knabe in Militärstiefeln und einem enggeschnittenen

Matrosenanzug, der etwas stechende Blick, den Blauäugige manchmal besitzen. Daneben eine wachsbleiche Dame mit hoch gesteckten Haaren und wie erschreckt aufgerissenen Augen, die Statur vom Korsett senkrecht gestellt, die Urgroßmutter väterlicherseits, und noch weitere Bilder aus einer anderen Epoche, die man bei einer Tasse Tee bald einmal genauer in Augenschein nehmen möchte. Was haben wir denn da? Zwischen die Seiten gestreut ein paar druckfrische blaue Scheine, für jedes Jahrzehnt einen. Sie hört sich sagen: »Was für eine wunderbare Idee!«, während ihre Augen auf dem Seebild haften bleiben.

Ich werde an den Bodensee fahren, hat Agnes soeben beschlossen, dort lebt noch eine Zeitzeugin – Helen, die alte Dame, Vaters Schwester.

Eine wunderbare Idee.

Agnes schlägt vor, ihre Mutter bis zur nächsten Bahnstation mitzunehmen.

Die hat sich noch einmal der Tochter zugewandt und sagt, während sie ihr sehr behutsam über den Rücken streicht: »Wenn du Kummer hast, sag mir Bescheid, dann komme ich dich trösten.« Ergriffen verabschieden Mutter und Tochter sich voneinander an einem Ort mitten in Deutschland, der für beide keinerlei Bedeutung hat. Ein kleines Gesicht, das aus einem Abteilfenster winkt. Eine Frau, die vielleicht nur deshalb durchkommen konnte, weil sie ihre Gefühle tiefgefroren hat und ihre Geheimnisse unter Verschluss hält. Das sind so die Ideen, die man als Tochter solch einer Mutter bekommt. Und weil das Winken weit entfernt immer noch anhält, überkommt Agnes ein wenig Rührung und reichlich späte Tochterliebe.

12 Der Zug fuhr an und glitt fast lautlos hinaus ins Licht. Gewiss auf Grund vergünstigter Bahntarife ist er gefüllt, kein Platz, der unbelegt bleibt.

Mit lebenswütigen Paaren in mittlerem Alter, aus deren mit Erregung geführter Unterhaltung herauszuhören ist, dass sie unterwegs sind, um in Baden-Baden ihr Glück zu versuchen. Einer Reisegruppe bestehend aus dunkelhäutigen Menschen mit scheuen Augen, vielleicht Tamilen oder Bangladeschi, deren Kinder zuerst auf ein Pferd deuten, dann ein rotes Coupé, auf eine gigantische Werbefront mit Erfrischungsgetränken und anschließend auf das Plastikgepäck im Netz, aus dem ihre märchenhaft schöne Mutter ihnen Erfrischungsgetränke zaubert. Ob so die Flüchtlinge in unserer Zeit aussehen, fragte ich mich.

Hier kann man nicht entkommen. Weder den jungen Wanderern mit den eingecremten Gesichtern und den Schuhen meiner Mutter noch den Grüppchen einsamer Rentner, die mit ermäßigten Karten von Stadt zu Stadt die Zeit totschlagen, schon gar nicht dem Kindergeheul. Ich blickte der Neugier gegenüber ins Gesicht. Vielleicht sollte ich, um einer der gefürchteten Unterhaltungen zu entgehen, in denen es um Krankheiten, Kinder und banale Lebenseinsichten geht, lesen, denn die Gesellschaft der meisten Menschen liefert nach meinen Erkenntnissen keinen Anlass zu ausgedehnten Gesprächen.

Vielleicht sollte ich auch ein Stündchen schlafen. Aber diese Leute mit ihren Wanderschuhen, geländegängigen Rädern und dem unabwendbaren Bedürfnis voreinander ihre Leben auszubreiten, sind einfach zu nah. An ein Schlafen war gar nicht zu denken.

Hinter meinen Wimpern verborgen und mit ausgestreckten Beinen bewege ich mich in gemäßigter Geschwindigkeit über eine schatten- und sonnenfleckige Fläche, in der rote Dörfer, Brücken und Wolken in unregelmäßigen Abständen verteilt stehen, bald werden nur noch Bäume unseren Weg säumen.

Einem Ort entgegen, der in meiner Erinnerung ein Stück Paradies bedeutet, mit allen Einschränkungen. Wir hatten uns keineswegs zufällig dort eingestellt, sondern zum Zeitpunkt geringster Hoffnung am Ende einer wochenlangen Reise hinter herabgelassenen Vorhängen und unter dem Dröhnen alliierter Bomber. Wo auch immer dieses Dröhnen ertönte, war Leben unmöglich. Nicht, dass ich mich an diese allererste Reise erinnerte, ich weiß nur, dass meine Mutter sie als den Weg in eine unbekannte Zone der Freiheit betrachtete.

Das Ziel war der Ort, wo die Eltern ihres Mannes wohnten, dort hatte sie sechs Jahre zuvor ihre Hochzeit gefeiert, mit dem im Wind wehenden Schleier, in dem sich meine Mutter verfangen hatte und der sich im Nachhinein als Leichentuch entpuppte.

Wenn überhaupt, so musste es dort eine Zukunft geben.

Aber dann war in dem räumlich begrenzten Haus der Schwiegereltern kein Platz mehr frei, weil Tante Helen mit zwei und Tante Thea mit vier Kindern schon vorher Einzug gehalten hatten. Mein Bild war in späteren Jahren entstanden, als ich Sommerferien dort machen durfte.

Was ich hier tat, auf dieser teils von mir gewollten, teils von Umständen erzwungenen Reise, war wie eine Wallfahrt in vergangene Tage, deren einzelne Stationen aus verwirrend schönen Kleinigkeiten komponiert waren.

Den dunklen Ligusterhecken, die mit scharfem Duft die Gartenwege einrahmten. An deren Ende meine zweite Großmutter stand, mit dem Münchner Akzent, und mich wie eine alte Zauberin mit einem gebogenen Zeigefinger in die Küche lockte, wohin ich gewiss auch allein nur meiner Nase und meinem Heißhunger folgend gefunden hätte. Sie hatte einen Pfannkuchen gebacken, ein köstliches Ding aus gelbem Schaum und Zucker, das ich nicht auf den Steinboden fallen lassen sollte und es auch keinem anderen zeigen, weder meinem Vetter Bastian noch dessen älterer Schwester und schon gar nicht Großvater. Aus dem einleuchtenden Grund, weil dieses köstliche Teil eigentlich nicht zum sofortigen Verzehr bestimmt war, sondern in Form von Streifen der allgemeinen Familiensuppe zu mehr Fülle und Glanz verhelfen sollte. Die Nase umwehten Schwaden von süßem Vanilleduft.

Nichts konnte mich aus dieser Kochhöhle fortlocken, wenn die Münchner Oma darin tätig war. In Kittelschürze und Bluse herrschte sie hier und gab einem das Gefühl von Selbstständigkeit und Freiheit. In einem gewaltigen Herd konnte gleichzeitig gebacken, gebraten und gekocht werden. Dass sie mit Mitteln, die meiner armen anderen Großmutter nicht zu Gebote standen, zauberte, machte sie mir zu einem Wesen, dem ich von Anfang an verfiel. Wenn sie manchen Fischen die anmutig geschwungene Form gab, in der ihre Bläue noch mehr leuchtete. Oder einem gewickelten Braten gut zuredete, als sei er ein lebendiges Wesen, musste ich lachen. Wenn sie in einem Schneeflockenwirbel von weißen Federn stand, dachte ich eher an die Fleisch gewordene Frau Holle als daran, dass ein Suppenhuhn eben auch gerupft werden musste, bevor es in die Suppe sprang. Nie kam es vor, dass sie sich nach mir umwandte, ohne dass aus den Taschen ihrer wundersamen Schürzen Vanillekipferl, »Fingergulatschen« oder Mandelbällchen schwebten und mir wie im Schlaraffenland ins Maul flogen.

Wenn man nach nicht messbaren Zeiträumen der Küche den Rücken kehrte, trat man in ein Zimmer, wo gedämpftes Licht herrschte. Nur ganz vorn, Seeseite genannt, da spiegelt sich der glitzernde Sonnenreflex des Sees im Glas eines Spiegels – oder war es ein Bilderrahmen? Überhaupt glitzert hier vieles. Silberplatten, Gläser, die Glastüren der Vitrine und durch die Verandatür die weißen Spitzen der Schweizer Berge, allen voran ihre höchste, der Säntis. Man kann die Seeburg aus verschiedenen Schlupflöchern verlassen, was ein anregendes kitzeliges Katz-und-Maus-Spiel mit dem Vetter Bastian garantiert, der meist ganz unvermutet aus den kleeumwucherten Johannisbeersträuchern auftaucht, die er täglich plündert.

Sein Vater und meiner, das sind die Blutsbrüder im Lazarett, die sich Stunde um Stunde im Ringen um ein Soldatenleben abwechseln, nein, jetzt muss man sagen: Das waren sie.

Mein Vetter ist ein kleiner zerzauster Drache, mit dem ich um die Wette den Hang hinabfliege, bis zu dem See, der breiten geheimnisvollen Bahn Dunkelheit dort unten, über der immer eine weiße Dunstwolke schwebt. Hinter unserem Rücken noch die Spuren einer Stimme: »Vorsicht, auf Autos!« Kommt aber keines, in den Fünfzigern.

Zuerst durch die verborgene, fast zugewachsene Pforte, dann flugs über die stille Seestraße. Raschelnd teilt und schließt sich Schilf über den Kinderköpfen, die kantigen grauen Bodenseekiesel drücken kleine Löcher in die empfindlichen Fußsohlen. Die Zehen haben schon das Wasser geprüft, lauwarm ist es.

Der Vetter wartet, mit kleinen Ruderbewegungen konzentrische Kreise schlagend, auf die Cousine. Sie bleibt still, das Sommerlicht fasst sie ein, ganz versunken in das Mysterium der grauen Wasserfläche. Dann wendet sie sich um ohne Hast. Gibt es hier auch keine Seeungeheuer? Zweiköpfige Wesen, die einen umschlangen mit ihren glatten Schuppenleibern, um einen in die Tiefe zu ziehen. Den Grund, auf dem die Füße Halt gefunden haben, kann man nicht sehen. Nein, keine Seeschlangen, dafür aber jede Menge Schlingpflanzen, die in träger Bewegung ein paar Zentimeter unter der Oberfläche den unsichtbaren Kräften einer Strömung nachgeben, die man auch beim Schwimmen deutlich spürt. Ah, welches Gefühl aus Schauder und Lust, wenn diese lebendigen grünen Geschöpfe den kleinen Bauch umfächeln. Haben sie auch wirklich keine Saugnäpfe, mit denen sie sich an einem festsaugen, um einen endlich doch nach unten zu ziehen?

Es ist die Zeit nach dem Mittagessen und die Sonne hat das Ufer schon eine Weile angewärmt. Auf dem Rücken im Wasser liegend atmet man Birnenduft. Vor mir eine sonnenüberflutete Fläche und plötzlich die Vorstellung als Kind, dass so mein Leben aussehen soll.

Die Früchte des Baumes, mit deren Duft die ganze Luft erfüllt ist, kleine gelbe Birnen, schaukeln um unsere Köpfe herum und haben Bastian auf die Idee gebracht zu versuchen, sie ganz ohne Gebrauch der Hände aus dem Wasser zu schnappen, eine unsinnige, aber äußerst belustigende Angelegenheit, mehr als einmal schluckt man Bodenseewasser, während die Birne sich mit einem kleinen glucksenden Laut wie ein Gelächter schaukelnd entfernt. Viel Zeit vergeht in dem Bemühen, die kleinen Bojen so weit unter Wasser zu drücken, dass sie nicht wieder auftauchen, aber das Gegenteil ist die Folge: Sie schnellen wie Fische aus dem Wasser, kann mir einer sagen, woher das kommt?

Ganz hoch oben fliegt ruhig über unseren Köpfen ein schwarzes Flugzeug, automatisch verfolgt man mit den Augen seine Bahn. Frieden, sagen die Erwachsenen, jetzt ist endlich Frieden. Früher, weiß man als Kind, fielen aus Flugzeugen Bomben und legten ganze Städte in Schutt und Asche. »Siehst du es auch? Dass das Flugzeug ein rotes Kreuz aufgemalt hat?« »Quatsch! Ich habe genug vom Wasser, jetzt hätte ich Lust, in den Wald zu gehen.«

Aber zuerst durch das Haus. »Psst, die anderen schlafen.« Im Korridor brannte kein Licht und es war finster. Immer wieder an Stühle oder Sebastian anstoßend, folgte ich dem Lichtschein aus der Küche. Am Ende des Flurs stand die Tür eine Handbreit offen.

»Herzerl, was tust denn hier?« Die Oma steht im Gegenlicht, so sehe ich sie, und rührt sich nicht.

Vielleicht hat sie sich einen Augenblick ausgeruht, weil sie alt und traurig ist.

Heute weiß ich, dass meine Großeltern gebrochene Leute waren. Fünf, sechs Jahre nach Kriegsende müssen sie ihre Zukunft als beendet betrachtet haben, zwar ließe es sich hier gut leben im Südwesten, mit der Seefläche vor Augen, aber dazu fehlt etwas, der Schwung, der Lebenswille. Am liebsten wäre es ihnen, wenn man die Gardinen gar nicht mehr aufzöge. Was soll das viele Licht von draußen? Ihr Sohn ist tot, ihr einziger. Den Kindern wissen sie sehr gut zu verbergen, dass sie am liebsten auch sterben würden. Wozu sollten alte Eltern noch weiterleben? Außer dem einen Grund vielleicht, dass da noch die Enkel sind.

Oma zog die Tür hinter sich zu und legte einen Finger auf die Lippen. Hier drin war es hell, überall standen schmutzige Töpfe und Pfannen herum. »Die spülen wir nachher, wenn wir zurückkommen.«

Im Wald lebt die Oma auf, alle Großmütter scheinen das zu tun. Wenn es zu den verborgenen Plätzen geht, wo die Totentrompeten wachsen, unheimliche graue Wesen mit violetten Sprengseln, die man angeblich auch essen können soll.

»Aber ich nicht.«

»Und ich auch nicht«, sagt Bastian. Dann schon eher die riesengroßen Krauseglucken, die am liebsten auf vermoderten Baumstämmen wachsen.

Über so ein kiloschweres Exemplar mit seiner zerklüfteten Oberfläche kann sich die Münchner Oma wirklich und wahrhaftig freuen. Weil sie keinen Pfennig kosten und doch die ganze Familie ernähren. Man muss sie nur mit großer Sorgfalt wässern, sonst kann es vorkommen, dass man später eine Schnecke oder einen Laufkäfer auf dem Teller hat. Iih! Ich habe die Pilze als Kind nie gemocht, vielleicht hat keiner sie gemocht. Aber unter den strengen Blicken des Großvaters hat jeder eine Weile darauf herumgekaut und sie dann mit Todesverachtung runterrutschen lassen.

Bei Tisch, wo es nach meiner Kindermeinung viel zu still ist, hat das Paradies einen kleinen Knick. Merkwürdig unbehaglich ist einem manchmal zu Mute unter den fremden Blicken. Warum lächeln alle dich so komisch an, so verlegen? Ich spiele mit der Stoffserviette, die in einem Silberring steckt, ein merkwürdiges Ding, wie wir es zu Hause nicht haben. Und Messerbänkchen auch nicht.

Ich bin dabei, ein Lied vor mich hinzusingen. »*Maikäfer flieg, dein Vater ist im Krieg ...*« Nanu, Großvater singt auch mit, mit tiefem brummigem Bass wie ein Bär, zum Lachen. Und das spornt außerdem zu noch lauterem Singen an. Angelika, die große Cousine, tippt mir auf die Schulter. »He, bei Tisch singt man nicht, hat dir das noch keiner gesagt?«

»Wieso? Der Opa singt doch auch.«

»Weißt du, er wollte es dir nur auf diese Weise erklären.« Blödes Spiel, deshalb also die falschen Lachgrimassen.

Leider geht es nicht ohne Retuschen. Im Nachhinein betrachtet ist das Paradies auch kein lustiger Ort gewesen als der Ort, an dem ich den Rest der Zeit zubrachte, nur dass ein See dazugehörte und weißbeschneite Berge auf der andren Seite, die sich in ihm spiegelten. Manchmal hat die Großmutter rotverweinte Augen und klagt über Entzündung oder Anämie, aber mir kommt der Gedanke, dass Großvater sie vielleicht manchmal ärgert. Er muss ein ziemlich strenger Mann sein, dachte ich als Kind, heute denke ich, er konnte damals aus Kummer nichts ertragen.

Die Geräusche des fremden Hauses hielten mich am Abend wach.

Unter der Tür fällt ein heller Lichtstreifen auf, über den sich manchmal ein

Schatten legt, hin, her, ein andermal bildete ich mir ein, dass jemand draußen vor meinem Fenster sang. Ich kletterte aus dem Bett und öffnete leise die schwere Tür zum Balkon. Nichts. Niemand. Aber dafür ein Stück Land, das anstieg und abfiel, Silhouetten von Bäumen und der Mondschein, der vor mir auf den See fällt. So etwas Schönes hatte ich bisher noch nie gesehen. Auf dem See bewegte sich ein Schiff unter den Sternen.

Die vergangenen Tage, die Sommerwochen und Jahre legen sich übereinander, verschmelzen zu einem einzigen großen Seefest. Doch irgendwann ist es geschehen. Da ist auch Großvater gestorben, still und ohne ersichtlichen Grund. Überall bleiben nur Frauen übrig, Großmütter, Tanten, sonderbar, dass man fast nie mehr irgendwo ein Paar trifft.

Auch die betagte Frau, der ich jetzt entgegenreise, ist später eine Einzelne geblieben.

Auf der Reise gab es Regen, Graupel und Sonne. Ein Unwetter schien sich über den Schwarzwaldföhren anzubahnen. Die mitteilsamen Reisenden verstummten auf geheime Anweisung hin und blickten alle in eine Richtung. Windböen fegten über einen schwarzen See. Fahnen wölbten sich plötzlich und fielen ebenso rasch schlaff in sich zusammen. Wie lange hatte ich nicht mehr daran gedacht, dass es solch eine Welt von Bergen und Seen, Barockkirchen und weißen Schiffen noch gab. Auf einmal fielen mir auch die abenteuerlichen Schiffsüberfahrten mit meiner Großmutter zu den Kaffeegeschäften auf der anderen Uferseite ein. Kaffeeduft aus den Hügeln und die kleinen braunen Schokoladenläden dazwischen wie geöffnete Pralinenschachteln. Später dufteten wir, Großmutter und ich, auf unseren Plätzen an der Reling weiterhin nach Kaffee und dann und wann fütterte sie mich wie ein artiges Tier mit Schokoladenstücken. Doch ein Paradies.

Plötzlich spürte ich etwas von der Freiheit des Reisenden, und es gelang mir sogar, Verständnis aufzubringen für das Handhaben von Fotoapparaten. Mit der freien Wahl hat man es schwer, aus der Fülle des Dargebotenen das Wahre, Authentische herauszufiltern, möglichst alles soll es sein. Fotoaugenoralität – fotografierend wird alles gierig einverleibt, verschlungen.

Der Aufstieg zum Schloss auf schmalen steilen Pfaden, es war schon spät, der Abendhimmel über mir drehte sich ganz langsam, blau wie ein Saphir. Wärme strahlten die Mauern der engen altertümlichen Stadt aus, es war ganz ruhig, eine Stunde des In-sich-Gehens.

Als ich nach Jahren wieder vor der weißen Tür stand, sicherheitsverschlossen, fragte ich mich, was ich für die Blutsverwandten wohl empfinden würde.

»Ich bin nur gekommen, um dir einen Brief zu zeigen und zu hören, was du dazu sagst.«

Wann würde ich endlich einmal so weit sein, einen Abstand zwischen mich und die Ereignisse zu legen?

Weiße Mauern, davor die beschnittene Ligusterhecke, der nahe Wald. Die Zeit, die wie ein unlösbares Rätsel zwischen dem Damals und dem Jetzt lag, zog mir das Herz zusammen. Im Türspalt erscheinen gleich darauf die blauen Augen meines Vaters.

»Die Agnes ... wir haben es kaum geglaubt.«

Sie hat meine Blumen angenommen und ich habe auf ihren gebeugten Rücken, den weißen Pagenkopf und die gestutzten Äste der alten Magnolie gestarrt wie auf ein allseits bekanntes Bild von Gabriele Münter.
»Kaffeetassen? Wir hatten dich eher erwartet. Aber wenigstens ein Stück Johannisbeerkuchen, wie immer zu Fest- und Feiertagen, leider nicht mehr selbst gebacken. Schon lange nicht mehr.«
Über die Maria-Weiß-Tassen beugt sie sich nach vorn, um mir ein hilfsbereites Ohr hinzuhalten, in das ich mit sorgfältiger Artikulation meine Absichten flüstere.
Lautes Sprechen steigere nicht die Hörfähigkeit, hat sie mich wissen lassen. Daraufhin teilte ich mit, ich sei notgedrungen dabei, Schicht um Schicht meines Lebens abzuheben. Missglückte Lebensziele, Operationen, anfallsweise Todesangst haben mich dahingeführt, eine Therapie, die nun bald zu Ende gehe. »Schicht um Schicht wie beim Zwiebelschälen«, sagte ich, um eine humorvolle Note bemüht, »wie beim Zwiebelschälen, verstehst du, bringt einen das, was übrig bleibt manchmal zum Weinen. Entschuldigung wegen des banalen Beispiels.«
Ihr altgewordenes Gesicht kann noch lachen, zeigt überhaupt ein wechselhaftes und reges Mienenspiel, wie es bei so alten Menschen selten ist. Sie wirft mir einen klugen, gut gelaunten Blick zu.
Eine stattliche Frau kam die Treppe hochgestiegen und gesellte sich zu uns, herzlich streckte sie mir ihre Hände entgegen. *Du bist auch nicht mehr das dünne blonde Geschöpf meiner Erinnerung, das mir in einem Zimmer, in dem die Fensterläden zum See offen standen, eine Anstandsregel erteilt hat.* »Weißt du noch, wie ich gesungen habe? Übrigens singe ich immer noch oder endlich wieder, wie man's nimmt.«
Später kamen wir auf ihren musikalischen Sohn zu sprechen, die gute Position, die sie sich als Leiterin eines über die Grenzen hinaus angesehenen Sprachen-instituts erarbeitet hat. Wenn man die vergangenen Jahre betrachtet und all unsere kleinen Fluchten. Aix-en-Provence, die Kykladen, ein Jahr Paris, die Orte, wohin es uns zog.
»Nicht wahr, das Land an der Oder tauchte nie in unseren Träumen auf und wenn, dann nur wie eine kurze Bildstörung. Wir zogen unsere Jeans an, tranken Espresso und Perrier und wollten endlich Europäerinnen sein. Wir haben uns alle verändert.«

Was war das für ein Gefühl, inmitten einer Familie von Frauen aufzuwachsen, deren Leben sich in zwei so ungleiche Hälften teilte, eine Jugend wie in einem Kokon und eine Zeit danach, in der sie ihr Leben neu planten und wieder verwarfen, von einer Wohnstätte in die nächste zogen, Naturalien beschafften und Pfennig um Pfennig auf ein Konto zahlten, das sie mit keinem männlichen Wesen teilten. Was war das für ein Gefühl?
»Kein Zweifel, dass uns der Krieg selbstsicherer gemacht hat«, sagte Tante Helen, »nachdem der erste Schrecken überwunden war.« Ich hörte meine Cousine sagen: »Dafür fehlte es an Wärme, an Nachsicht und Geduld.«
Gewiss hatten beide Recht. Danach gab man einander die Schuld, jeder machte jeden zum Schuldigen.

Die Frauen, mit denen wir als Kinder leben mussten, darin stimmten meine Cousine und ich überein, waren reizbar, listig und erfinderisch und behandelten uns wie ihresgleichen, was auch heißt, dass sie uns nicht schonten, sich nicht scheuten, uns alles zuzumuten. Augenblicke der Ambivalenz.

Man könnte Geschichten erzählen, über die Neuanfänge im Schatten amerikanischer Kasernen, die erste Lampe, den ersten Teppich, das erste Auto. Aber dazu war ich nicht hier. Man kommt auf die entlegensten Nebensächlichkeiten, wenn man erst einmal anfängt.

»Glaubt uns nur«, sagte die alte Frau, »wir hätten euch auch lieber eine andere Welt vermacht, aber wir mussten nur Trümmer wegräumen, nach unseren Gefühlen hat doch keiner mehr gefragt.« Wir nickten alle drei.

Tante Helen stellte ihre Tasse ab und aus ihrem Gesicht verschwand schlagartig der Ausdruck von Lebensfreude. »Wir wussten wenig und fühlten uns uralt, wir waren gedemütigt worden und sollten uns trotzdem schuldig fühlen. Manche von uns sind vergewaltigt worden und über den Heldentod unserer Männer spottete plötzlich die Welt. Plötzlich wusste jeder etwas zu sagen über unser Unglück, für das wir keine Worte fanden. Über unseren Köpfen sammelten sich Berge von Unrat. Jetzt haben wir die Depression.«

»Die Zukunft unseres Landes«, fügte meine europäische Cousine hinzu, »hätte mit einer kollektiven Aufarbeitung beginnen müssen.« Das sagt sich so einfach.

»Und jetzt noch einmal zu den Briefen. Nein, eigentlich scheue ich mich, euch mit meinen Fragen zu belästigen. Jetzt, wo ich euch nach all den Jahren wiedergefunden habe, einen Rest meiner Familie. Eigentlich ist es schon zu spät, eigentlich bin ich zu müde. Vielleicht bin ich auch nur dem Wunsch nachgegangen durch dich, durch euch meinem Vater noch einmal nahe zu sein. Ich weiß nicht, ob ich ihn zu Unrecht verdächtigt habe, wenn es mir noch um etwas geht, dann um das Verstehen des Destruktiven.«

»Er war nicht destruktiv«, sagte seine Schwester, »er war ein gutherziger Mensch.«

»Aber hier in dem Brief, den ich mitgebracht habe, steht: »*Die Sondermeldung von den hundertdreitausend versenkten Tonnen hat dem Herzen richtig wohl getan.*«

Weiß der Himmel, wovon da die Rede ist, das tat auch nichts zur Sache.

»Er war ein treu sorgender Sohn und hat deine Mutter vergöttert«, sagte die alte Dame.

»Ich weiß, ich weiß, jede Woche ein Päckchen von der Front in die Heimat, Tubenkäse und Ölsardinen, ab und zu Kaffee, alles vom Munde abgespart. Und dazu noch all die wohlmeinenden Ratschläge, die er in seinen Briefen verteilte.«

Alles schon gehört, alles schon gelesen.

»Dabei hatte er doch gar keinen Überblick«, sagte meine Tante erschrocken, während meine Cousine auf ihre gepflegten Fingernägel schaute.

»Unsere beiden Väter«, sagte ich zu ihr, »deiner und meiner ...«

»Die besten Freunde«, sagte die alte Dame.

»Stimmt es, dass er Halbjude war?«

»Selbst der ist diesen Schurken auf den Leim gegangen«, gab sie mir zur Antwort. »Die Wehrmacht hat unsere Männer verwandelt, einer Gehirnwäsche unterzogen.«

Meine Tante zog die schmalen Schultern hoch und ich spürte plötzlich ein Gefühl der Schuld, dass ich sie mit meinen ewigen Fragen in die Vergangenheit gezerrt hatte, die sie vielleicht auch genau wie meine Mutter für immer ruhen lassen wollte. Da fällt ihr noch etwas ein, eine Banalität als Nachtrag: »Man stelle sich nur vor, drei Monate vor der Kapitulation bestellt mein Bruder sich Achselstücke für Sanitätsoffiziere, dazu Kragenspiegel, ein Dutzend Sterne und Äskulapstäbe. Die verdammte Wehrmacht, formvollendet ließ sie ihre Söhne untergehen.«

Ach Gott, das ist nicht zum Lachen. Sie machte eine erschöpfte Gebärde, dann stand sie auf und brachte noch einige Dokumente aus der Versenkung. Mit den dahinziehenden Minuten gerieten wir drei in eine immer tiefer in die Vergangenheit reichende Stimmung. Wie Schauspieler in einer Probe lasen wir uns mit verteilten Rollen Passagen aus den Briefen vor, die ich mitgebracht hatte und die meine Verwandten noch nie gelesen hatten.

Was heißt hier »*Vernichtung von Menschenmassen? Es gibt keine andere Lösung gegen das Riesenreservoir von Feindeskräften.*«

Meine Cousine las: »*Die Wehrmacht ist über allen Zweifel erhaben und ihre Führung ebenso, wir werden trotz der Stänker in der Heimat diesen Krieg gewinnen.*«

»Was glaubst du?«, fragte ich die alte Dame, »würde es an unserem Handeln etwas ändern, wenn man schon im Vorhinein wüsste, dass man nur ein paar Jahre und keinen Tag mehr hätte? Wäre man dann vorsichtiger, würde man etwas anders machen?«

Was sollte sie sagen?

»Wenn du deinen Vater meinst?« Die Frage blieb im Raum stehen. Was erwartete ich noch zu hören?

Da sah ich, wie meine Cousine erstarrte. »Hier, wenn du das hörst: ›*... diese ganze vertrackte Schicksalslage haben wir nur den Juden zu verdanken ...*‹«

Im Zimmer herrschte Totenstille. Als wir uns ansahen, hatte meine robuste Cousine Tränen in den Augen. »Was sagst du dazu?«

»Dabei waren Walther und Richard unzertrennlich bis zum Ende«, hörte ich meine Tante sagen. Bis zum Ende, über das keiner etwas Genaues zu sagen weiß, auch meine Tante nicht. Die allerletzten Briefe vom November 44, die habe sie verlegt. Ja, wo waren die bloß? Aber da bräuchte sie gewiss Stunden, um die herbeizuschaffen.

Die alte Frau rieb sich das Kinn. »Ich glaube, es war so«, sagte sie nachdenklich: »Die Russen griffen von allen Seiten an, dein Vater wusste das, als Offizier wurde er rechtzeitig informiert.«

Rechtzeitig? Um sich in aller Kürze auf den Tod vorzubereiten? Ein paar Minuten, eine halbe Stunde, drei Stunden? Was tat er in diesem kurzen Moratorium zwischen Leben und Tod? Setzte er sich hin und wartete ab? Und ließ dabei sein Leben Revue passieren. Eltern, Frau, Kind, ich grüße euch, ich denke an euch. Auf Wiedersehen. Betete er? Hat er geweint? Ist er gegangen, um seine Dienstwaffe zu holen oder neue Munition, um sie zu laden? Oder ist er in das anliegende Lazarett gegangen, wo die Verwundeten lagen, eingepuppt in ihre Verbände, manche stöhnten, einige schon still, nur noch Köpfe mit Leibern, die unter den Verbänden

wegfaulten. Manche hatten vielleicht das Glück, auf dem Wege der Besserung zu sein, sie liefen umher, spielten in einer Ecke Skat oder schrieben Karten.
Wie hat er denen die Hiobsbotschaft überbracht?
»Er hat ihnen befohlen ›davonzulaufen‹«, sagte meine Tante mit plötzlich lebhafter Stimme. »Auch seinen besten Freund jagte er davon, alle, die laufen konnten, ermunterte er sich zu retten.«
Wir sahen uns an.
»Es muss so gewesen sein. Mein Mann ist dann geflohen, vermutlich ist er beim Durchschwimmen eines Flusses ums Leben gekommen. War es der Dnjepr? Ich weiß nicht, ein Fluss eben im Winter, mein Gedächtnis setzt gelegentlich aus.«
Die alte Dame machte einen ruhigen Eindruck, ihr Mann war schon seit sechzig Jahre nicht mehr bei ihr und die Geschehnisse von damals mochten ihr heute erscheinen wie aus einem anderen Leben. Nachträglich sagte sie: »Ich glaube nicht, dass er erschossen worden ist. Und der, der mir von seinem Tod berichtet hat, konnte nichts Genaues sagen. Es gab zu viele Leute, die den Heimkehrern Bilder von ihren Söhnen, Brüdern, Verlobten vorlegten. Wer will sich schon an so viele Tote genau erinnern?«
Meine Cousine schob ihren Stuhl ein Stück zurück und streckte die Beine aus. Es verging ein Moment der Nachdenklichkeit. Ich sah, dass ihre Augen feucht waren, es ist ja auch von ihrem Vater gesprochen worden. Sie sah mich an und dachte wohl dabei: Sie weiß alles, sie kennt die Geschichte vom Ende ihres Vaters.
Natürlich kannte ich sie. Ich wusste auch, dass sein Ende nicht gerade friedlich gewesen sein kann. Nicht beigesetzt in einem Eichensarg, umgeben vom Blumenduft, kein Schlusschor aus dem Requiem, nicht im Beisein der Menschen, die einem im Leben wichtig waren. Ich bin mir sicher, dass meine Haut leichenblass gewesen ist, als Kind hatte ich davon geträumt. Ich sah sie. Ich sah die Panzer kommen wie riesige Tiere, eine ganze Front, die ohne Lücke fuhren, volle Kraft voraus. Ein ohrenbetäubender Lärm, Kaskaden aus Schlamm und Gestein spritzen hoch, ein paar Gestalten vor den Baracken stehen noch da wie versteinert, keiner schreit »Heil Hitler«, da fluppt das schaukelnde Monster schon in die Wände, das Holz bricht krachend auseinander, mitten hinein in ein einziges unmenschliches Schreien aus zerrissenen Gesichtern. Bruchteile von Sekunden, in denen der Menschenklumpen aus armlosen Gestalten, Leibern mit herausquellendem Gedärm und kopflosen Rümpfen sichtbar ist. Dann walzt die Todesmaschinerie alles Leben platt. Halt, es schreit noch etwas, lebt sogar noch, will raus aus dem Dreck, da zirpen Karabinergeschosse wie lästige Mücken und schießen das letzte bisschen Leben ab.
Das ist das Ende.
Ich weiß nur, dass ich jetzt noch einmal geweint habe wie nie zuvor in meinem Leben. Ich weiß auch, dass Hände mir über den Kopf strichen, mich bei der Hand nahmen. Aber ich wusste auch, dass ich es so gewollt hatte. Diese große Trauer. Diesen endgültigen Abschied. Zwischen genau diesen Menschen. Sie waren mir nah und doch weit genug entfernt, dass so ein Abschiednehmen möglich war.
Es war spät geworden und ich fühlte mich erschöpft. Deutlich sah ich nun, dass mein Besuch nichts an allem geändert hatte. Nichts rückte in einen anderen Blick-

winkel oder verschwand. Mein Vater hatte sich heute nicht zu einem Regimegegner gewandelt, er ist das geblieben, was er war: ein überzeugter Angehöriger der Wehrmacht und gewiss ein guter Arzt. Vermutlich hat er meine Mutter geliebt und hätte mich vielleicht auch geliebt, wenn er mich kennen gelernt hätte.

Dann war er mit seinen Überzeugungen untergegangen. Oder anders: vielleicht waren seine Überzeugungen schon vor ihm untergegangen und er hat noch ein Stück Leben in der Einsicht verbracht, dass alle Mühe sinnlos gewesen war. Aber das würde weiter ein Rätsel bleiben, ein weißer Fleck. Mein armer Vater. Arme Völker, in eurem Namen werden immer weiter Kriege geführt, und ihr habt keine Chance ein Veto einzulegen.

Was mich anging, wäre ich vielleicht irgendwann so weit, meine Melancholie anzunehmen oder meine Trauer in Worte zu fassen. Der Gedanke erleichterte mich etwas.

Und glaubt nicht, ihr Lieben, ihr müsstet weiterhin eure Gefühle mit so viel Zurückhaltung auf die meinen abstimmen und mir diese Geschichte erzählen, dieses Märchen aus Russland: Vom schönen blonden Mann aus Deutschland, der sich in ein liebes, russisches Bauernmädchen verknallt hat und mit ihrer Hilfe rechtzeitig abgetaucht ist, um von da an ein stillvergnügtes Dasein in der weiten Taiga zu fristen. Ein Gerücht. Eine Saga. Aber ich muss zugeben, dass der Gedanke an die russischen Schwestern und Brüder mir eine Schonfrist einräumte vor dem Ansehen der Wahrheit.

Wie würde es weitergehen? Eine Schwere, eine Last und ich, die Suchende weit entfernt von einem Glück. Manchmal ertappte ich mich bei dem Gedanken, dass etwas hereinbrechen sollte, ein kurzer elektrischer Sturm mit Blitzen, die in den Himmel schrieben: Alles soll untergehen. Und ich grübelte darüber nach, ob mein Vater mir diese Fantasie vererbt hatte. So war es also.

Ich hörte ihre freundlichen auffordernden Stimmen, doch noch zu bleiben, aber ich wollte gehen und verabschiedete mich für heute, um ins Hotel zu laufen und noch ein Weilchen mit mir allein zu sein.

Das alles hier war auch nicht mehr so wie früher.

Um die Pfarrkirche, in der wir meine Großmutter zu Grabe getragen hatten, brauste jetzt ein nicht abreißender Strom von Fahrzeugen und in der Unterführung, die wie alle Unterführungen nach Urin roch, fasste uns ein junger Mann am Ärmel und bettelte uns um Geld für sein Sprachenstudium an.

Das bunte Gewimmel von Eintagsausflüglern in den Gassen, die in die Unterstadt führten, riss uns sekundenlang auseinander, meine Cousine und mich, und wir winkten uns über die Köpfe der Fremden zu. Nur schwer begehbar, alle diese Wege zurück in die Vergangenheit.

Ich schaute um Aufklärung bemüht zu dem blonden Kopf mit den blauen Augen, der zu meiner Verwandten gehörte. Alles was mich persönlich betraf, erschien mir an diesem zweiten Tag im Lichte dieser kurzen Reise noch entrückter als zuvor.

Trotzdem schienen die zwei vergangenen Tage, die wir mit Erinnerungen, Mutmaßungen und Darlegungen über unsere verloren gegangenen Väter ausstaffiert hatten, uns etwas nahe gebracht zu haben, das nur uns beiden gehörte. Plötzliche Verbundenheit.

Waren wir uns ähnlich? Nicht sichtbar und wenn, dann nur in einem: dem gemeinsamen Augenblick tiefster Betroffenheit.

Von dem Kirchturm hinter mir schlug es unzählige Male. Ich wusste, dass ich noch viel Zeit bis zum Auslaufen der Fähre hatte. Schön, dachte ich, in einer Stunde blickst du von da draußen zurück auf die grün und rosabetupfte Leinwand, ziehst mit ein paar Strichen die Schlossfassade, den Droste-Hülshoff-Weg und die schwingenden vertikalen Linien hinein, mit denen sich alles im Wasser spiegelt. Blickst noch einmal auf ein paar reiche Stunden deiner Kindheit zurück, die du dort am Ufer und auf den besonnten Hängen abstreifst und zurücklässt wie eine alte Haut. Und auf das noch weiter zurückliegende Geheimnis der Hochzeit mit dem langen Schleier. »Eines«, sagte ich der Cousine, »werde ich nicht vergessen: diese wunderbaren Gespräche zu dritt, nennen wir sie Trialoge. Hoffentlich bleibt dir deine lebendige Mutter noch eine Weile erhalten.«

»Ich freu mich auch«, sagte meine Cousine, »und ich möchte dir auch noch etwas Schönes mit auf den Weg geben.«

Was ist das? Ein geknicktes Blatt Papier, das sie sorgfältig mit der flachen Hand glatt streicht. Schon gibt es sich zu erkennen. Essen, gegeben bei der Hochzeit von ... Die Karte mit dem Festtagsmenü, Spargelsuppe, Blaufelchen und Gänsebraten mit Rotkohl, es war schon Krieg, vielleicht deshalb auch Eisbombe. Ich musste gerade lächeln über dieses unwiederbringliche Zeitdokument.

Später, als wir schon getrennt waren, ist mir noch etwas eingefallen, was ich ihr hätte sagen wollen, aber da glitt der See schon hinter mich und nach kurzer Zeit war die blonde Gestalt mit dem winkenden Arm nicht mehr zu erkennen, stattdessen rückte die Uferlandschaft ins Zentrum meines Blickes. Die Rebhänge, da eine Schar nach rechts geneigter Segel und ihre schwingenden Reflexe im Wasser. Ich kannte nun das unsichtbare Land und wusste, was sich an seinen Ufern abgespielt hatte. Mit den Linien im Wasser ließ ich meine Gedanken treiben inmitten einer dösenden Gruppe von Urlaubern mit frischgeröteten Gesichtern. Noch bevor der von Ansichtskarten bekannte Turm die Einfahrt in den Zielhafen ankündigte, schob sich unerwartet ein anderer Gedanke vor alle Bilder. Ich weiß doch, dass in dieser Stadt ein alter Freund mit Sprachwissenschaft sein Geld verdient. Eine Art absurdes, für den Laien weitgehend undurchschaubares Theater, das Rhythmus und Intonation süditalienischer Umgangssprache zum Inhalt hatte, aber darüber nachzudenken war nun nicht die Zeit. Wir würden gleich da sein, und eigentlich war ich überrascht, dass mir der Freund eben erst eingefallen war. Nun suchte ich in meiner schwarzen Brieftasche nach seiner Adresse. Plötzlich schien es mir, als sei ein Wiedersehen unumgänglich.

Aufmerksam prüfte er mein Gesicht und öffnete vor mir eine Gartenpforte. »Ich werde dir vorschlagen, eine Zeit lang hier zu bleiben«, sagte er, »denn du hast mich mitten aus einer Besprechung geholt, du hast doch etwas Zeit?«

Hatte ich Zeit? Wofür, ich wusste es noch nicht. Ich erzählte erst munter drauflos und suchte dabei nach Spuren der Vertrautheit in seinem Gesicht. Ein Mann Mitte Vierzig, der nicht jung geblieben war, aber auch kein bisschen alt wirkte. »Immer noch die gleiche Liebe zur herben Sozialistin aus Lyon?«, fragte ich.

»Weniger Liebe als Solidarität«, meinte er. »Mehr Kalkül als Kick oder anders ausgedrückt: ihr Vater ist ein nicht unbedeutender Unternehmer.« Diesen Umstand hatte er früher unerwähnt gelassen. »Man sorgt eben doch ein wenig fürs Alter vor, Sozialismus hin oder her.«

»Muss das sein, solcher Zynismus? Lass uns lieber von schönen Zeiten reden. Weißt du noch? Unsere Ausflüge mitten ins Herz Frankens, ein Tal, das bald geflutet werden sollte, aber es bis heute noch nicht ist, an einem heißen Tag.«

Ich erinnerte mich an das Chaos meiner Körperglieder nach unserem Zusammensein.

Prüfende Augen. Ich sah auf. »Ja, ja, ich erinnere mich.«

Auch ich hatte mich auf die Suche begeben nach vertrauten Bildern. Aber irgendwie landete ich immer neben den Markierungen, mit denen ich mein Leben versehen hatte.

»Deine Haut hatte es mir damals angetan«, sagte er mit dem gleichen abgründigen leisen Lachen, mit dem er schon damals schlüpfrige Themen zu würzen pflegte, und während er eine Betrachtung über die Schönheit und Schutzfunktion der menschlichen Haut anstellte, erinnerte ich mich an seine Lampenschirmfantasie in einem Brief. Als Sechzehnjährige hatte mich der Einfall des Zwanzigjährigen berauscht, erst später öffnete mir das Grauen die Augen, als ich zum ersten Mal in einem Magazin über das Leben von Lagerkommandanten des Dritten Reiches las, wo erwähnt wurde, dass deren Gattinnen gelegentlich im milden Schein von Lampen ihre Abende verbrachten, deren Schirme aus der Haut vergaster Juden gefertigt waren. Nein, das sollte man sofort löschen und nicht noch der Nachwelt hinterlassen.

Alles in Ordnung?, fragen seine Augen. Jaja, so weit schon, wenn auch auf die unsäglichste Art und Weise. Eigentlich saß ich ja hier mit einem wildfremden Mann, den ich irrtümlicherweise zwischen zwei Übungen aus dem Saal geholt hatte. Ich ertappte mich dabei mir vorzustellen, wie er wohl das Gesicht zu einem Madrigal von William Byrd verziehen würde.

»Gibt es die Moto Guzzi noch?«

»Und ob es die gibt, gepflegt im Stall wie ein hochgezüchtetes Rennpferd.« Und während er die Münzen für zwei Café au lait auf die Tischplatte zählte, betrachtete ich ein wenig betört die Linien in diesem Gesicht, die von der Lust und der Mühsal des Lebens zeugten, und erklärte mich einverstanden mit einem weiteren Talk um fünf Uhr. Ohne Zaudern oder irgendwelche Einwände. Irgendetwas sagte mir, nicht den leisesten Zweifel am Sinn dieses halbzufälligen Treffens aufkommen zu lassen. Es musste einen Sinn haben, so wie die ganze Reise einen Sinn hatte. Wir blieben noch ein paar Augenblicke sitzen, bevor er ohne sich zu beeilen davonging. Nachdenklich blickte ich auf seinen Schlenderschritt und wie sich sein Hinterteil dabei um keinen Millimeter verschob, ich musste an eine Waage in seiner Körpermitte denken, aber das Bild stimmte dann auf irgendeine

Weise doch nicht, so wie jede Sekunde dieses angefangenen Abenteuers dicht neben dem wahren Abenteuer zu liegen schien, weil etwas daran, das ich noch nicht heraushatte, nicht stimmte.

Eine dreiste Taube setzte sich auf die Balustrade und ließ mich einen Augenblick an Ludwig denken, auch wenn zwischen ihr und ihm kaum ein Zusammenhang erkennbar war, außer vielleicht dem runden Auge. Ich sah auf die Uhr, die vor der Sonne hing, dann schweiften meine Gedanken ab auf ein schlesisches Mohnfeld, die Lineatur weißer Kreuze auf einer windigen Ebene bei Minsk und die an- und abschwellende akustische Form einer Motette von Bach, die wir gerade begonnen hatten uns zu erarbeiten.

Die Augenblicke hier sind nichts weiter, dachte ich, nichts, das dich überrascht oder dich veranlasst, den eingeschlagenen Weg noch einmal zu überdenken. Kein Wendepunkt, nur die willkürlich herbeigeführte Freiheit einer Reiseunterbrechung. Ein Sonnenstreif zwischen den flatternden Markisen, das Windgeräusch, du kneifst geblendet die Augen zusammen und denkst in diesem Moment nicht daran, heute auch nur eine Sekunde der Vernunft aufkommen zu lassen.

Auf dem Steg ließ ich eine Weile die Zeit verstreichen, fütterte Schwäne und zog die Luft tief ein, die nach Wasser, Teer und Sonnencreme roch.

Eine Stunde später bettete ich meinen Rücken auf ein Stück warmes Ufergras und gab mich einer Fantasie hin, die sich mir als glühendes Gewicht auf Brust und Bauch legte. Meine Sinne fingen sie auf und leiteten sie weiter zu den entlegensten Körperregionen. Ein Fieber ist die Folge, ein Schwindel – haben diese Augenblicke wirklich noch etwas gemein mit der Wildheit weit zurückliegender Tage? Als alles um dich herum, die stillstehende Luft, die versengten Felder und ein unberechenbarer Bienenschwarm dir den Weg zu einem Liebesabenteuer freimachten?

Er gab Gas, fuhr um eine Kurve und du hieltest die mitgebrachten Köstlichkeiten zwischen den Schenkeln und starrtest auf ein schwarzes Unterhemd und das öligglänzende Gekringel lange nicht gewaschener blonder Haare vor dir, mit einem Sturm im Bauch, der es an Kraft mit dem Fahrtwind aufnehmen konnte.

Warst du das? Mach dir keine Sorgen darüber, du hattest schon längst einen Entschluss gefasst. Alle Einwände an die Hitze jenes Tages weitergegeben, an die angewärmte Flasche Rotwein, die er mit dem Daumen öffnete, weil keiner an die Nützlichkeit eines Korkenziehers gedacht hatte. So etwas geht, alles geht auf die leichteste Weise, wenn die Hitze dich treibt. Du findest eine Stelle für dich und ihn und eure schmalen Gaumenfreuden, ein Stück weißer Käse, ölige Oliven, Brot, rote Italienersalami. Mit Kennermiene blickt der blonde Engel in die Runde und auf dich, schiebt sich dabei ein Stück nach dem anderen in den Hals, wobei die rote Zunge sichtbar wird. Dazu den Wein, eine feurige rote Blume, die euch beide auf die wohligste Art und Weise trunken macht. Du spielst noch eine Weile das erschütterte Kind, wedelst dir die Fliegen von Gesicht und Leib, die den Braten längst gerochen haben. Dann dauerte es nicht mehr lange und er saß auf dir, lass mich nur machen und du wirst sehen, dass alles gut gehen wird.

Was hältst du davon, ganz schön stark, was?

Und du ließest ihn einfach machen und sahst zwischen den Wimpern rötliche und ockergetönte Farbflecken tanzen hinter seinen Schultern, die sich in gleich bleibendem Rhythmus hoben und senkten. Was hast du noch gesehen? Wie der knallgelbe Sonnenschein auf dem Waldboden näherrückte und eine Fliege sich auf sein ruhendes Glied setzte und munter darauf herumspazierte. Fragen, die du noch loswerden wolltest, waren dir plötzlich entfallen.

Man kann Ereignisse nicht aus der Vergangenheit ziehen, ohne sie im Licht der Gegenwart neu zu sehen. Was ist bloß anders an dem Nachmittag? Unerheblich alles um ein paar Grad gedreht. Vielleicht, weil wir schon alles übereinander wissen oder wir die Ordnung hüten wollen, die wir unserem Leben gegeben haben? Woher kommt bloß von Anfang an die Gewissheit, dass es nichts werden wird. Ich war ein wenig nervös, in Gedanken, warum nichts so weiter existierte, wie du es in Erinnerung hast. Als er wieder kam, wirkte auch er nervös.

Noch bevor er mich aufsitzen ließ, lehrte er mich das Gerät betrachten, wie man ein Kunstwerk betrachtet – der Tank zwischen den Beinen liege im goldenen Schnitt und der Rahmen wie von Rodin, »du bist doch musikbegeistert?«

Das Ganze eine Komposition für acht Ventile und zwei Vergaser, oder umgekehrt? Beschleunigung von Null auf Hundert und Höchstgeschwindigkeit und wie viel PS und Hubraum bei soundsoviel Touren pro Minute, das sagte er alles auswendig her wie ein Gedicht, nur mir sagen Zahlen nichts und ich schaute mir während seiner Ausführungen geduldig den Bock an, der genauer betrachtet wirklich etwas von einer rasenden Skulptur hatte. Ich schlug die Beine übereinander und lächelte, aber nicht mehr lange. »Wollen wir fahren?«

Der Wind am Leuchtturm. Dann beim umständlichen Aufsteigen das Gefühl, dass man sich falten muss wie ein Fakir. Zum Luftschnappen machten wir rasch eine kleine Fahrt ins Hinterland. Zu einem Gasthaus, das hier jeder kennt, besonders im Sommer trifft man dort Bekannte. Dort soll es auch ein Biotop geben, durch das der alte Freund joggt. Ich hatte mich an dem verdammten Marterinstrument gerissen und überlegte, wie ich ein Pflaster auftreiben könnte. Gleich darauf legte ich meine schmerzende Hand um seine haltgebende Mitte und fragte mich ganz ernsthaft, warum es das sein musste, warum wir nicht in der Fußgängerzone wie alle normalen Menschen flanieren konnten?

Nun klammerte ich mich nur, um mein Leben bedacht, an ihm fest und konnte kaum verstehen, was er mir noch zuschrie: Dass er sich noch gut an Zeiten erinnern könne, da ich mich von einem Ritt auf dem Motorrad in Ekstase habe versetzen lassen. Nichts von dem stimmte. Damals hatte ich nur noch keine Empfindungen für das, was mir dienlich ist.

Wir sind bis zum höchstgelegenen Punkt gefahren, wo das Gasthaus lag, um mich eine Aura der Unantastbarkeit.

»Ein Gespritzter, auch für mich.«

Ich setzte mich ihm genau gegenüber und hörte mir die Geschichte an von einem Professor in Tennisschuhen und ohne Jackett, der wieder einmal, zum wiederholten Male, den Vorteil einer ordentlichen Professorenstelle nicht genießen könne, weil diesmal keine Quotenfrau, sondern ein geschniegelter, fünfzehn Jahre jüngerer Yuppie dem Trend mehr entsprach.

»Ja, du bist eben ein Fossil, eine Erinnerung an die guten alten Achtundsechziger Zeiten.« Er trank, wie mir schien in stiller Wut, noch ein zweites und drittes Glas. Dann wurde es dunkel, zu spät, um noch in das Biotop zu gehen. Die Frösche konnte man sogar bis zu uns herüber quaken hören.

»Es ist der Föhn«, meinte er und zeigte auf eine zerstreute Weise, dass er mich eigentlich gerade hatte küssen wollen, aber es war irgendwie danebengegangen, wir liefen nicht im Gleichschritt, vielleicht war auch nur der Bodenseewein dran schuld.

Noch einmal hob er an, sein fahrendes Klangobjekt zu rühmen, diesmal mit der Mitteilung, dass man schon eine CD mit den Klängen Dutzender Maschinen gepresst habe. Von mir aus.

Das Innere seiner Unterkunft betrachtete ich, wie ich eine Jugendherberge betrachtet hätte. Wo steht das Bett, wo ist das Klo?

Er stand mitten im Raum, einem Zimmer mit Ledersesseln, Bücherregal, einer Liege und heruntergelassenen Rollos und gab ein paar belanglose Erklärungen ab. Wie gesagt, das alles sei nicht seins, nur gemietet, er teile es mit einem Dozenten, der zurzeit in China weilte. Oder hatte ich das falsch verstanden und er sagte: Dozentin?

Jedenfalls keine Geliebte, es gehe nur um die Verringerung der Mietkosten, die in Konstanz ganz erheblich seien.

»Sollen wir noch etwas trinken?«

»Ja, eine gute Idee.« Und worüber sollten wir noch sprechen? Über ihn? Kann es sein, dass er immer noch seine Geliebte mit einer zweiten Geliebten betrügt? Darüber befragt gibt er zu, weiterhin ein Doppelleben zu führen. Dachte ich mir doch.

Seine Frage nach dem Wie und Warum meiner Partnerschaft läutet schließlich den Schlussteil des Abends ein. Wir wechseln noch ein paar belanglose Sätze. Keine Enthüllungen. Von meiner abenteuerlichen Suche nach mir selbst erzählte ich an diesem Abend kein Wort. Plötzlich bekam ich Niesanfälle.

Gib's zu, der Besuch war eine Krateridee, ein regelrechter Flop. Entstanden aus einer Nostalgie, die nirgendwo hingehört, aber jetzt ist es zu spät. Benebelt gab ich mich der aufkommenden Müdigkeit hin und nahm einen ungebügelten Bettbezug mit hässlichen exotischen Blumen aus seinen Händen entgegen. »Ich wünsche dir einen Traum!«

»Ich dir auch.«

13

Ich hatte die Zeit verloren. Es musste ein Samstag sein, denn Ludwig war zu Hause und stand auf einer Leiter. Und ich blickte, die Reisetasche noch in der Hand, zu ihm auf und dachte: Diesen Augenblick hast du schon einmal erlebt.

Seine Hände steckten wie beim ersten Mal in Gummihandschuhen und wie damals war er damit beschäftigt, Laub aus der Dachrinne zu schaufeln.

»Auf die Seite!«, bellte er mich an und schon klatschte eine faulige stinkende Masse vor mir zu Boden. Dann wandte er sich um, wischte sich mit dem Handschuhrücken über das Gesicht und sagte: »Ich hätte wirklich gern gewusst, was es mit dieser Reise auf sich hat?«

Die Leiter geriet ein wenig ins Schwanken.

»Oh das«, sagte ich, »sie war einfach notwendig.« Zum letzten Mal zog ich ein folgsames Gesicht. Ich blickte nach oben und sah seine wunden Augen. »Was denkst du, dass ich dich betrogen habe?« Ich stemmte mich gegen das Gefühl, ihm Rechenschaft schuldig zu sein. Ich konnte es einfach bei der Bemerkung bewenden lassen. Was zwang mich wohl dazu zu sagen: »Es ist leider nicht dazu gekommen?« Am liebsten hätte ich losgebrüllt.

Wir standen uns im matten Glanz eines Spätsommertages gegenüber, und während er ein wenig auf dem glitschigen Laub herumtrampelte, sagte er: »Langsam habe ich genug von deinen Notwendigkeiten. Deinen Befindlichkeiten, deiner Atemnot, deiner Singgruppe, deinen Geburtsängsten und Analysestunden.«

»Kann ich verstehen.« Ich nickte wieder und wieder.

»In meinen Augen besteht das Leben aus Wichtigerem, ein Haus muss schließlich instandgehalten werden, ein Haushalt organisiert, Garten, Wäsche ...«

Ich erstarrte. Der Augenblick war nicht eingebildet, sondern wirklich und Ludwig meinte es ganz ernst. Warum der Unglückselige immer die falschen Worte fand! Zum Glück taucht in solchen Situationen meistens Max auf, vielleicht war Max tatsächlich ein himmlisches Wesen und uns von oben gesandt. Und während ich schrie, dass auch ich einiges satt hätte, zum Beispiel Ludwigs Arbeitssucht, seine Humorlosigkeit und sein zum Himmel schreiendes Rollenverständnis, schleppte Max, als gelte der ganze Aufwand ihm, ein kräftiges Aststück herbei und ließ es zwischen uns fallen. Dann hielt er auf diese komische und rührende Weise den Kopf schief, die gleichzeitig ein Aufruf zum Friedenschluss und eine Aufforderung, doch etwas Schönes miteinander zu machen, war – und als ich damit endete, dass ich auf diese Art von langweiligem Leben unter Ludwigs bemoostem Dach und seinen finsteren Bäumen verzichten könne, veränderte sich des Mannes schmerzliche Miene, sein Gesicht nahm einen eher peinlichen Ausdruck an und er sah in den Himmel hinauf, einen blauen Himmel; wie als kleiner Junge schaute er einfach woanders hin, und da oben, ganz klein, zog ein winziges glitzerndes Flugzeug dahin. Obwohl es nicht gerade der Augenblick war zu denken: *für den Rest meines Lebens werde ich bei ihm bleiben*, unterdrückte ich doch den spontanen Wunsch, den Mann, der eben noch ein Kind war, in die Arme zu schließen.

Wir hatten noch Zeit. Genug Zeit, um noch etwas anderes zu tun als unter dicht wuchernden Gebüschen an der Hecke entlang zu gehen, immer weiter auf diesem schnurgerade verlaufenden Teerweg entlang, durch dieses Stück Ödland, das keine Landschaft ist. Mit seinen Menschen, zu denen ich nicht passte, weil sie zufällig oder in voller Absicht in diesem Teil der Welt, die zu Deutschland gehörte, gezeugt und geboren waren und ebenso wie ihre Eltern und Urgroßeltern immer auf Hügel wie Bärenrücken geschaut hatten.

Über einen umgepflügten Acker liefen mit müden Schritten ein Bauer und ein Kaltblüter, die auch nicht hierher passten. Wenn alles zusammenbricht, können wir ganz woanders noch einmal fast von vorn anfangen, dachte ich bei mir. Und weiter: wie schwer es doch ist, jemand, auch dem Nächsten, etwas von sich zu erzählen. Denn, das siehst du doch ein: Wie soll ich dir mit dem Ernst, den diese Geschehnisse für mich haben, von einem Menschen und einer Zeit berichten, die ich leider nur aus Briefen und Protokollen kenne? Wie über das Ereignis seines Todes, das ich erst jetzt wahrhaftig betrauere. Und das ist noch immer nicht alles.

Ich befürchte, dass ich noch einmal unsere gemeinsame Zeit verlassen muss, mich auf dunklen Strecken herumdrücken, mein Gesicht an der Brust meiner Mutter verbergen, die mich immer wieder weckt, wieder und wieder, obwohl ich doch weiterschlafen möchte.

Wenn ich nur an meinen letzten Traum denke ...

Wie war das doch?

Sie hatte sich, ohne viel Aufhebens zu machen, hinter mich gesetzt. Der Lufthauch ihres Schattens berührte dabei meine Stirn.

»Ich fühle mich heute alt und müde«, sagte ich, »und zu erschöpft, um über einen Traum nachzudenken.«

»Dann ruhen Sie sich doch einfach jetzt aus«, antwortete mir die Therapeutin, ohne die geringste Peinlichkeit aufkommen zu lassen. Ihre Reaktion gefiel mir, trotzdem befriedigte mich die Situation nicht, nur eine Therapiestunde lang hier herumzuliegen und einen Geldschein zum Fenster rauszuschmeißen.

»Ich werde es Ihnen jetzt doch erzählen!« Wie ich gestern in diesem eiskalten Haus gestanden habe mit all den in Packpapier gepackten und verschnürten Gegenständen im Schrank, bei deren Anblick ich an meine Mutter denken musste.

»Es war nicht zufällig etwas dabei, das die Form eines menschlichen Körpers besaß?«, fragte die Therapeutin ruhig. Das überraschte mich.

»Nein, keineswegs, erst dachte ich an Geschenke, später kam mir die Idee, dass es sich um verloren gegangenes Gepäck handeln musste. Fluchtgepäck.«

Meine Stimme klang matt. Solange ich mich erinnern kann, haben mich scheinbar sinnlose Träume voll unverständlicher Symbole und unergründbarer Bedrohungen heimgesucht. Doch im Augenblick spannte sich mein Rücken, ich war plötzlich hellwach.

»Natürlich, polternd eine Treppe hinabfallende Koffer, die schreiende Körper mit sich rissen. Vorbeirasende Gesichter, auf die momentlang ein Lichtschein fiel, zu ängstlichen Grimassen erstarrt wie auf Grafiken von Käthe Kollwitz. Daneben, dahinter ein Viereck im Schnee, in das sich schwarze Gestalten duckten. Ängstliches Geflüster. Und ein langer, dunkler Korridor, durch den ein eisiger Wind blies.«

Es ging noch weiter. Mit dem Dröhnen über unseren Köpfen, das von Sekunde zu Sekunde anschwoll als Bote eines sich schnell nähernden Unheils, bis zur Unerträglichkeit.

So haben Menschen zu allen Zeiten angstvoll in den Himmel gestarrt, aus dem sie nichts Gutes erwarteten. Blitz und Donner, Meteoriten, die die Erdachse ins Wanken brachten. Und schwarze Stecknadelköpfe, die in Bruchteilen von Sekunden aus dem Himmel fielen und sich rasend schnell vergrößerten, bevor Häuser, Kirchen und Paläste unter ihnen einstürzten und ganze Städte in ein brüllendes Flammeninferno aufgingen.

Plötzlich hörte sich meine Stimme an, als sei ich dabei gewesen: »Ein Damm, eine Böschung, eine Detonation, messerscharf rasieren Splitter über den Boden, Volltreffer in irgendetwas neben den Geleisen ...«

Was erzählst du da, Mädchen. Alles frei erfunden, nichts davon kannst du wissend gesehen haben.

»Zum Glück brannte kein Licht«, sagte ich noch, »sonst hätte es uns getroffen.«

Die Druckwelle reißt Mützen von den Köpfen. Ich weiß jetzt auch, wo ich den wie Kohle verglühenden Berg schon gesehen habe, das muss kurz davor gewesen sein, ich war nicht allein, Großmutter und meine Mutter waren bei mir und Tausende von anderen Frauen und Kindern, vermummt gegen die nadelscharfe Kälte.

Viele hatten schon ein paar Nächte in dieser dunklen Höhle kauernd zugebracht, aus der sie fortwollten, immer wieder zum Ausgang liefen, aber es gingen doch keine Züge mehr.

Es ist der Abend oder die Nacht vor dem dreizehnten Februar, zehn Grad unter Null und der Schmerz in meinem Ohr ein glühendes Messer, das in kurzen Abständen zusticht. Eine Mittelohrentzündung von dem eisigen Ostwind, der seit Tagen über die schlesische Ebene rast und Kinder und Alte sterbend in den Schnee schleudert. Sei froh, dass du noch Schmerz empfinden kannst, denn der bedeutet Leben, weiß Gott wie viele sind schon früher, im Scheidnitzer Park erfroren. Sie haben mich in ein Fell gewickelt, ein Stück Bärenfell, das mein Vater aus Russland nach Hause geschickt hatte.

Meine Großmutter bläst mir warmen Atem ins Ohr, dass es knistert, und wiegt mich auf ihren Armen hin und her. Bin ich nun in der eiskalten Unterführung, in der sie Bettnischen und provisorische Aborte eingerichtet haben, oder auf der Oberfläche und sehe wie ein heller Mond Wolkenschlieren über den Himmel fegt? Das Gesicht meiner Muster beugt sich mehrere Male über mich und ist danach für Ewigkeiten wieder verschwunden. Sie fragt zwischen Koffern, die sie andauernd um- und neupackt, »Verzeihung, wissen Sie, ob heute noch ein Zug geht?« Dann gleitet ein warmes Rinnsal durch meine Kehle. »Komm, sei ein liebes Mädelchen, mach den Mund auf und schluck es runter.«

Später entblößen sie mich gegen meinen Willen, das Kind muss doch mal müssen! Eisesfinger greifen an meine empfindlichsten Körperstellen. »Komm, mach schön Pullulu in den Becher!« Ich schreie laut und gellend, anders versteht man mich ja nicht, und um mich herum erhebt sich sogleich ein vielfaches Geschrei aus entsetzten Kinderkehlen.

»Mein Gott, Mimmelchen, wir können doch auch nichts dafür, wir haben den Krieg doch nicht gemacht, sei bitte endlich wieder stille, stille.«

Ich sehe meiner Mutter von unten ins Gesicht, sehe ihren Hals, Unterkiefer, den Mund öffnet und schließt sie. Ihre Fingerspitzen berühren meine Wangen. »Ich verspreche dir«, sagt sie, »dass ich dich und Mämmi hier heil rausbringen werde. Raus aus dieser Hölle.«

Von dem Schmerz und der Müdigkeit betäubt döse ich und spüre, dass es warm irgendwo in meinem Innern zu tröpfeln beginnt. Ich kann die Mechanismen in meinem Körper noch nicht kontrollieren, bin noch zu klein. Wenn ich älter wäre, würde ich wissen, dass wir jetzt wie alle um uns herum armselige Existenzen sind, Flüchtlinge aus Nieder- und Oberschlesien, aus den Sudeten, aus Pommern und der Lausitz. Ich weiß es schon, mit den Augen, den Ohren, durch die empfindliche Haut. Unterwegs in ein anderes Land, weg von unserer Stadt, weg vom Krieg, von den Russen, meinem toten Vater und den ganzen schönen Dingen, die einmal unser Zuhause ausmachten. »Sagen Sie, fährt noch einmal ein Zug?«

Manchmal lächelt sie und sieht mich zuweilen mit kurzen prüfenden Blicken an. Ich kann riechen, wenn sie da ist und bin dann beruhigt.

Gleich wird ein Lautsprecher, nein, natürlich kein Lautsprecher, es wird jemand bekannt geben, und wie ein Lauffeuer wird es die Runde machen, dass auf den dunklen Geleisen ein Zug wartet, nein, noch nicht da ist, aber bald kommt. Der letzte Zug, der aus dem mit Flüchtlingen überfüllten Dresden ausfahren wird. Wenn ich die Zeit voraussehen könnte, dann wüsste ich, dass morgen der Bahnhof, die ganze Stadt im Bombenhagel zusammenkrachen wird. Man ist ganz wehrlos, kann sich überhaupt nicht dagegen wehren, man kriegt das Ding auf den Kopf oder nicht. Hat Glück gehabt oder nicht. Und man weiß überhaupt nicht, ob man die nächste Minute noch lebt, oder morgen, oder ob man noch ein Leben vor sich hat. Das alles hab ich nicht gewusst, höchstens geahnt, durch meine Körperzellen.

Gleich nachdem gesagt wurde, dass noch ein Zug ausläuft, geht das durch bis in die hinterste Ecke und alle Käthe Kollwitz-Frauen rappeln sich auf einmal hoch, nehmen noch einmal alle Kraft aus sich zusammen, um ihre Kinder, ihre Mütter und Großmütter mitzuziehen. Dem Sog des Aufbruchs, dem Getrampel und Herumgestoße werden jetzt ein paar Kinder zum Opfer fallen, erdrückt, erstickt, losgerissen und zertrampelt. Und auch ein paar Alte.

Das ist ganz normal, es ist Krieg und nur die Stärksten kommen durch. »Ich habe nicht gemerkt, wie kalt es ist«, meint meine Mutter.

Sie lässt sich von meiner Großmutter den Rucksack aufhieven, in Sekundenschnelle ist er festgezurrt, die schlauen Frauen haben Löcher für meine Beine hineingeschnitten, wie hätte man mich auch sonst transportieren können. Alles schneidet irgendwo ein, alles kneift mich, ich fühle mich ganz wehrlos, kann nichtmal meinen Kopf drehen. Sehen kann ich auch nichts. Doch: die Schultern, den Kopf meiner Mutter.

»Es ist scheußlich kalt«, klagt Mämmi.

Einen Sack mit Zucker in der linken Hand, einen Koffer in der Rechten, setzt sich Mutter hoppelnd unter mir in Bewegung, andere Muttertiere um uns ebenso.

»Der Zug fährt erst in einer Stunde«, brüllt eine Männerstimme, »nun drängen Sie doch nicht so!« Ich sehe Metallknöpfe an der Uniformjacke. Ein Wogen von Köpfen und Leibern, ein Ächzen und Pfeifen aus überforderten Lungen, so bewegt sich das tausendfüßige Tier nach oben.

»Nun drückt doch nicht so, der Zug fährt doch erst in einer Stunde.« Denkste, wer drin ist, ist drin. Und die anderen, die nicht mehr reinkommen? Pech gehabt.

Gleich wird der Moment da sein, wo die Kofferlawine vom oberen Treppenrand polternd zusammenkracht und herabstürzt und dabei eine Schneise reißt in die nach oben drängenden Körper. Jemand hat mir in mein schmerzendes Ohr gebrüllt und ich brülle zurück. Jemand drückt mir die Kehle zusammen, keine Seele kümmert das. Die Weltkugel fällt auf meinen Rücken und presst mich gegen den Rücken meiner Mutter, ich kriege keine Luft mehr, ich ersticke! Ich muss jetzt abbrechen, Achtung, gleich bricht es ab.

Hab ich noch gesehen, wie Mämmi hilflos mit Gepäck jonglierte? Nein, ich habe nur gehört, wie meine Mutter mit flehender Stimme schrie: »So helfen Sie doch bitte der alten Frau dort! Meiner Mutter, sie schafft es einfach nicht allein.«

»Lassen Sie das Gepäck fallen!«

»Aber es ist doch nur das Nötigste.«

»Dann lassen Sie eben das Nötigste fallen.«

Flackerndes Licht, Geräusche, die plötzlich abbrechen, ein Riss. Dann bin ich wieder da. Aber wie! Die Toten aller Zeiten sehen mich an, aus einer Tür fallen Leiber, Menschen mit zerschlagenen Köpfen bleiben leise zurück, Hüte sehe ich fallen und Kinder, die sich an Hälse klammern, Schuhe, eine Hand. Alle die Schatten setzen sich für immer auf meine Brust und versuchen mich herüber zu ziehen. Wenn ich nur das Gesicht meiner Mutter sehen könnte. Jämmerliches Weinen. War ich das?

Jedenfalls musste ich mich jäh zusammenrollen in altem Schmerz und uralter Angst, gleich zu ersticken. Ich lauschte mit pochendem Herzen meinem Kinderjammer, das nun von jedem gehört worden ist, jedermann starrt mich nun an, manche böse, manche mit stumpfem Gesichtsausdruck. Schock, Erschöpfung, Trauer – alles zusammen. Auch Mämmi sehe ich weinen. »Können Sie dem Kleinen keinen Nuckel geben«, sagt eine Stimme, »dass es endlich still ist.« Dann hat jemand behutsam eine Hand auf meinen Kopf gelegt.

Mit dieser Hand auf meinem Kopf fange ich an, die Zusammenhänge zu verstehen. Dass ich hier und da schon einmal war, das ist nicht nur so dahingesagt.

Gewiss.

Von der Flucht habe ich nur Ausschnitte wahrgenommen. Den überfüllten Zug, eine Frau, die einen Jungen schlug, weil er sich weigerte, weiterzulaufen, die Angst in den Gesichtern, wenn Tiefflieger sich näherten, eine brennende Scheune.

Jahrelang habe ich kein Wort darüber fallen lassen, wie konnte ich auch, die Bilder hatten sich abgekapselt wie eine Geschwulst, die erst klein ist, dann aber wächst.

Auf diese Weise schmerzten sie mich unbemerkt über die Jahre, es entstand so etwas wie die ewige Wiederkehr.

Wo die Hand gelegen hat, blieb nun ein kühler Fleck, der Wind aus dem All strich darüber. Beim Aufstehen drehte sich alles vor meinen Augen und ich musste mich langsam bis zur Tür tasten. Aber ihre Hand, ihre haltende Hand zur rechten Zeit, die wird mir noch lange in Erinnerung bleiben. Mag sein, dass es doch eher die Frauen sind, die das Leben bewahren.

Gleich kommt der Moment, in dem es nicht mehr um Gedanken und Vermutungen geht, sondern einzig und allein um den richtigen Rhythmus der Atemzüge, mach dir das klar. Jemand hat dich belehrt, was genau es ist, das dein Leben so aus dem Rhythmus gebracht hat, negative Nahrung heißt das in Fachkreisen, wenn das Identitätsgefühl mit Leere, Schmerz oder Panik einhergeht und doch eine Sogwirkung hat, die immer wieder gesucht werden muss.

Nach dieser Zeit verschwand mein Vater aus meinem Leben und ich musste nun nichts mehr dazu erfinden, um ihn noch einmal lebendig zu machen. Er hat mich weder schützen können noch mir als Mädchen die Möglichkeiten männlichen Handelns verständlich machen. So blieb eine Lücke bis zum heutigen Tag. Es hat eine Zeit gegeben, da hatte jeder mich mitnehmen können, und jedem habe ich etwas geglaubt.

Meine Mutter ist zum Glück am Leben.

Aber gerade sie, die ich brauche, ist viel zu oft nicht da. Nicht, dass sie mich los sein wollte. Manchmal hat sie anderen Menschen nur den Vorrang gegeben, wenn diese in der Mühe des Neuanfangs nützlich waren und uns weiterhalfen. Sie erklärte mir dann, dass, was sie tat, notwendig sei, und ich musste das einsehen.

Diese Trennungen.

Einmal schickte man mich für Wochen in ein Kinderheim. »Wir glauben, dass eine Veränderung gut für dich ist«, hörte ich sagen.

»Ja«, sagte ich artig.

Auch diese Trennung blieb lange Jahre unbesprochen. Aber einmal, am Ende der Therapie, musste es möglich sein, das Netz von Fragen zu durchschneiden und den Blick auf die Wirklichkeit auszuhalten.

Zum ersten Mal seit Jahren war mir heute so leicht. Ich will mich gar nicht darüber beklagen, dass ich glaubte, man habe vielleicht jahrelang meine Gutgläubigkeit ausgenützt. Ich fühle mich nicht länger hinters Licht geführt und will auch nicht weiter die Beleidigte spielen. Alles, was ich mir jetzt wünschte, wäre die Offenbarung einer Liebe.

Du bist wahrhaftig ganz bescheiden.

Ich werde mir dort an der Ecke noch einen Café Creme genehmigen und danach vielleicht eine Freundin besuchen, von der ich annehme, dass sie jederzeit bereit ist, mit mir über Männer- und Frauensachen zu diskutieren. Über Schuld und Verzeihen, Heimatlosigkeit und das vorweggenommene Ende einer Psychoanalyse.

In dem Café legte man mir eine aufgeschlagene Zeitung auf den Tisch, bei deren flüchtiger Betrachtung mir gleich zwei Mal der Name »Altvater« ins Auge fiel. Ohne besondere innere Erregung. Einmal musste es sich bei der Person dieses Namens wohl um die Ehefrau meines einst vergötterten Therapeuten handeln, auf dem Rasterfoto hatte sie schneeweiße Haare und bewarb sich, wie gemeldet wurde, um den Posten einer Bürgermeisterin in dieser Stadt. Womöglich mit einiger Aussicht auf Erfolg, sonst wäre ihr Porträt gewiss kleiner ausgefallen. Alle Achtung, dass er solch eine Frau an der Seite hat.

Über meinen Ziehvater, Herrn Professor Doktor Helmut Altvater, las ich, dass er eine öffentliche Abschiedsvorlesung in der Aula der Alten Universität halten würde über ein Thema, das »Bewusstseinsänderung und Sexualverhalten im Zeitalter von Aids« hieß.

Unwillkürlich brachte mich das zum Lächeln. Beim Lesen des Artikels erfuhr ich, dass er nicht nur der Fakultät, der er mehr als zwei Jahrzehnte vorgestanden und zu Ruhm und Ansehen verholfen hatte, den Rücken kehrte, sondern auch der Stadt, mit anderen Worten: seinem ganzen bisherigen Leben. Überraschte mich das?

Er habe vor, einem Ruf nach Berlin zu folgen, wie es hieß, um sich neuen Herausforderungen zu stellen. Dabei musste ich es für heute bewenden lassen.

Mit arglosen Händen streichst du die frischen Laken über der zweigeteilten Matratze glatt, du hast auch die Geranien umgetopft, die dein ehemaliges Gefängnis schmücken, nun richtest du dich auf, ein wenig außer Atem, aber in dem Bewusstsein, endlich wieder einmal Ordnung in dein Leben zu bringen. Was schert dich ein dummer Anruf aus der Agentur mit der Aufforderung, du mögest bei Gelegenheit noch ein paar Sachen abholen. Aber das andere, das gibt dir zu denken, die Sache mit Verenas Freundin.

Nur ein harmloser Besuch und da rollt jemand vor dir die Geschichte einer Tragödie auf, angefangen vom allerersten kleinen Zweifel, etwas stimme nicht mit ihr, über die Schrecken der Untersuchungen bis hin zu jenem eiskalten Morgen, an dem die letzte Hoffnung, es handle sich um etwas so Gutartiges wie eine Zyste erlischt. Hör auf, hör auf, wolltest du ihr spätestens jetzt zurufen, aber sie legte nur eine kurze Pause ein, um dir dann Punkt für Punkt die nächsten Schritte zu erläutern, was du dir dabei gedacht hast, konntest du ihr nicht sagen: »Vielleicht ist der ganze verdammte Lesbenstress die Ursache.«

Natürlich war das Unsinn, und so sagtest du nur: »Ich kann mir eure Angst vorstellen«, und: »Meine Trauer wäre so groß wie die deine.« Sätze, die einem in solchen Fällen über die Lippen kommen.

Aber im Stillen dachtest du: *Mehr möchte ich heute nicht hören* und hattest es plötzlich sehr eilig. Draußen schien die Sonne, goldene Birkenschleier wehten im Wind, trotzdem hatte sich wieder ganz sacht in diesen Tag eine Ahnung vom Tod eingeschlichen.

Ganz kommst du noch nicht los von dem Gedanken, dass Krankheit und Unglück ein Geschwisterpaar seien, vielleicht trägst auch du schon längst den Keim in dir. Aber dein Bild im Spiegel sagt darüber nichts aus. Bin ich das? Wer weiß, vielleicht war's eine andere Frau, die annahm, Ich zu sein. Ein paar weiße Fäden ziehen sich durch das dunkle Haar, zwei Linien, die früher oft ein Lachen flankierten, haben sich unwiderruflich eingegraben.

Was hörst du? Ist das, was in deinen Ohren dröhnt, das Lied der Welt oder eine neue Erfindung deines Körpers für Protest? Lass das Geunke, alles hat einmal ein Ende.

»Wenn ich wollte, könnte ich vielleicht noch was aus mir machen«, sagte ich zu meinem Spiegelbild, »wenn ich das erstmal alles hinter mich gebracht habe. Ich bin ja dabei, einige Gewissheiten in meinem Leben zu akzeptieren, zum Beispiel die, dass niemals ein Kinderlächeln mir für eine Weile Wärme schenken wird.«

Ob das der Grund dafür ist, dass Paarungen in meiner Fantasie immer seltener vorkommen?

Ich habe die Vergänglichkeit nicht erfunden. Verliebt war ich schon längere Zeit nicht mehr. Trotzdem. Ich hatte noch was zu erleben.

»Bist du dir da sicher?«

Ich schüttelte die Haare und lächelte mir selbst aufmunternd zu.

Wer weiß, vielleicht lag sogar die Hälfte des Lebens noch vor mir, mit einem unvorhersehbaren Glück, das darin bestehen konnte, ein Stück Holz in die Hand zu nehmen und es mit einem Dreikantmesser so lange zu traktieren, bis es Gestalt annähme, ein Gesicht bekommen hatte, eine Pflanze geworden wäre oder eine Landschaft.

Oder die verbliebene Zeit würde gänzlich in Musik fließen – »*der Geist hilft unsrer Schwachheit auf*«, wenn ich wollte, könnte ich sogar ein Buch schreiben oder einfach nach Jamaica traveln. Ich wollte nur erst einmal etwas Vergangenes abschließen und auf die ernsthafteste Weise Abschied nehmen. »*In jedem Abschied liegt ein Neubeginn*«, hatte der Mann, dem ich eine Zeit lang nachgelaufen bin, einmal zu mir gesagt. Oder lautete der Satz anders? Hatte er gesagt: »*In jedem Anfang liegt ein Zauber*«? Ich weiß es nicht mehr.

Ein bisschen hat er meine Pläne durcheinander gebracht, denn eigentlich hatte ich etwas anderes vorgehabt. Aber der Wunsch, ihn noch einmal zu sehen, war stärker.

An diesem Freitagvormittag war der Zufahrtsweg zu den alten Gebäuden der Universität auf beiden Bordsteinen zugeparkt und ich sah mich gezwungen, mit ausgerenkter Halsmuskulatur das ganze verdammte Stück Weges im Rückwärtsgang zu fahren, weil es vor mir keine Möglichkeit zum Wenden gab. Eine Viertelstunde dauerte das, bis ich endlich einen Platz zum Parken gefunden hatte. Ich kam mit ein paar anderen zu spät, das Hauptportal war bereits verschlossen. Studenten wussten Rat und winkten mich in einen zugigen Gang, der zu einer verborgenen Seitentür führte und auch als Abstellplatz für Hunderte von Rädern diente.

Unten im Vortragssaal verstellten Ordner die Eingänge. Vielleicht sei oben noch Platz auf den Rängen. Ich nutzte jede kleinste Lücke, bohrte mir diskret einen Zwischenraum, bis ich endlich, nein, keinen Platz ergattert hatte, nur ein Stück Luft zwischen zwei Köpfen, um hindurch zu schauen und vielleicht etwas von dem zu sehen und zu hören, worauf hier anscheinend jeder mit Spannung wartete. Alles, was ich sah, sofern man es überhaupt so nennen konnte, war eine graublaue wogende Masse, die noch nicht zur Ruhe gekommen war. Sind alle diese großen jungen Leute, die mich wie Mitglieder einer Basketballmannschaft überragten, wie ich – gewesene Liebende oder Schüler des Meisters der gesprochenen Worte. Mit einem Sinn für Schönheit und Musik, der elegant der Linie der Gedanken folgt und dabei doch den Bogen findet, die Verbindungen zu den Lebensrealitäten und Problemen dieser Generation? Ich sah mich um, kein pubertäres Gekicher, die Stimmen ruhig, freundlich, jung. Täuschte ich mich, oder lag wirklich etwas Ehrerbietiges auf den Gesichtern um mich her? Er schien wohl wahnsinnig beliebt.

Dunkler Blazer, blaues Hemd, ein Haarschnitt von einem guten Frisör, dieses ganze Drum und Dran tat nichts zur Sache, aber der, der dort stand und den ich nun fast zwei Jahre lang nicht mehr gesehen hatte, erweckte immer noch eine Art Liebe ich mir, wie ich mir eingestehen musste.

Ein erschütternder Augenblick für mich. Dann legte sich das Gemurmel, ein kleiner Mann mit rundem rotem Kopf trat vor, gewiss ein Kollege, und begrüßte den Redner.

Gepflegte weiche Hände, die sich ineinander legen. Hat jemand ihm ein Zeichen gegeben anzufangen? Anfangen, das war nicht das richtige Wort. Was soll ich sagen – es wurde so still im Saal, dass, kaum wagt man sich an die abgedroschene Phrase, dass man die berüchtigte Stecknadel hätte fallen hören können.

Die Stimme, nach der sie gelechzt hat. Selbst das Mikrofon konnte ihr nichts nehmen. Kontrolliert, sanft, Worte, Sätze, die sich wie Bruchstücke aus einem Gedicht durch den Raum bewegen, stehen bleiben. Zuerst eine Danksagung an die zahlreichen Zuhörer. An den Bürgermeister, an die Freunde und Kollegen. Für die wunderbare Zeit in dieser Stadt und die Freiheit, Wissenschaft so zu betreiben, wie er es sich gewünscht hatte. Dann zu dem eigentlichen Thema, das ihn noch einmal, schon spät in seiner Berufslaufbahn, zu leidenschaftlichem Engagement bewegt habe. Der Immunschwächekrankheit, das sei jedem heute klar, habe die Wissenschaft zurzeit nichts entgegenzuhalten. Und auch, dass die Datenlage wenig hilfreich sei, da aussagekräftige Statistiken noch nicht vorlägen.

Ich hörte nicht mehr genau hin, beobachtete stattdessen die blonde Frau an seiner Seite, ein Kopf mit einer Allerweltsfrisur, die für ihn die Leselampe verstellte, ein Glas mit Wasser eingoss, mit jenem Eifer, der mir nur allzu vertraut war. Manchmal lächelte sie. Täuschte ich mich oder wandte auch er ihr seine Aufmerksamkeit zu? Es gelingt dir wieder, einen Satz aufzufangen, Not täte ein globaler interdisziplinärer Gedankenaustausch, Kolleginnen und Kollegen, um die Risse im sozialen Leben nicht unabwendbar werden zu lassen und nicht einer neuen Generation psychischer Erkrankungen Tor und Tür zu öffnen. Hat er das Wort Verschüttungsneurose gebraucht? Ich habe wohl nicht genau hingehört. Szenenapplaus.

Die Frau an seiner Seite hob die Hände beim Klatschen auffällig hoch in Kopfhöhe. Lachte, wie kein normaler Mensch lacht. Was ich spüren konnte, sehen, war eine Verzückung, diese Frau ist dem Manne auf eine leidenschaftliche Art zugetan. Ich war die Letzte, die dafür kein Verständnis hatte. Bei einem, der aussah wie Jesus im Tempel und sich mindestens ebenso anhörte. Plötzlich konnte ich nicht mehr, wollte ich nicht mehr zuhören. Und sein Anblick war mir fast nicht mehr zum Ertragen. Ich bin in Gedanken bei dem Augenblick, als ich seinen Brief und die Rosen in meinem Krankenzimmer fand. Sein Olivenhain versank für mich in einem Meer von Traurigkeit und ich musste mir erschüttert eingestehen, mit welchen Erwartungen ich den Gang hierher angetreten hatte.

Er ist nun schon bei einer praktischen Seite seines Vortrages angelangt. Sein Fünfjahresplan verdient Applaus, ebenso wie der leidenschaftlich in Aussicht gestellte Neubeginn an der Berliner Fakultät. Er habe gedacht, dies sei er der Universität hier noch schuldig. Vielleicht stimmte das gar nicht und er hatte es allein jener Fremden erzählt, die ihm mit einem Ausdruck von Vertraulichkeit ins Gesicht schaute, während sie ihm frenetisch Beifall spendete. Der große Redner verließ das Pult und wendete sich langsam einmal im Kreis, um alle die Hände zu schütteln, die sich ihm entgegen streckten. Da plötzlich ein Gong. Und diese Frau bat um die Aufmerksamkeit, noch einmal auf eine Broschüre des Professors aufmerksam zu machen, die hier erhältlich sei. Sie hielt das wissenschaftliche Glossar hoch, damit jeder es sehen sollte. Ich konnte es mir dann nicht verkneifen, den Basketballer, der mir am nächsten stand, zu fragen, ob er die Dame kenne, die sich von Anfang an in der Nähe des Redners aufhielt. Frau Doktor Soundso sei eine wissenschaftliche Mitarbeiterin, die sein Projekt und ihn nach Berlin begleiten würde, erklärte er mir. Der junge Mann lachte. »Mehr als eine Mitarbeiterin.« Dabei zwinkerte er mir zu.

Ich musste an das Foto seiner Frau in der regionalen Presse denken, er verließ sie also, und konnte meinen Blick nicht abwenden von dem Bild, das sich mir da unten bot: Eine Frau, wohl so etwa in meinem Alter, die diesen Mann mit einer Gebärde unendlicher Zuneigung, ja Zärtlichkeit hinausführte.

Ich war benommen. Kein Gedanke daran, mich in den Knäuel von Leuten zu begeben, die sich jetzt zu einer Diskussion zusammenfanden.

Ich gehörte hier gar nicht her, tatsächlich war mir die Immunschwächekrankheit ziemlich egal, ich hätte es auch nicht fertig gebracht, ihm die Hand zu drücken, viel Erfolg zu wünschen oder was immer man in solchen Momenten von sich gab. Das Einzige, was mich bewegte war, wie sie es geschafft hatte, sich den Mann zu grabschen. Meinen Analytiker, meine Vaterfigur.

Ich konnte nicht anders, ich musste sie hassen.

Warum ließ ich mich von meinen Gefühlen so hinreißen? Wieso hatte ich überhaupt solche Gefühle? Dachte ich doch, die Zeiten seien vorbei. Nur einer von vielen nachgetragenen Abschieden, bevor wir – und diesmal für immer – in vollkommen getrennte Welten auseinander gingen. Auf dem Kopfsteinpflaster des Vorplatzes standen noch kleine Gesellschaften in angeregter Unterhaltung. Es läutete von einer der Kirchen zu Mittag, aber ich fühlte mich, als läge ein langer anstrengender Tag hinter mir.

Dieses Zimmer hat sie während der vergangenen Wochen nur ein paarmal betreten.
Der Drehstuhl, eine elegante Konstruktion italienischen Spitzendesigns, hatte sie vor Monaten ein Vermögen gekostet, die abgeschliffene Platte des Zeichentisches, eine Ablage aus blitzendem Chrom für die Hochglanzbroschüren von Papierherstellern und Laserkopierern, dazu eine ultramoderne Telefontechnik und ein neuer Papierschrank – sie musste einräumen, dass die Unkosten für dieses Kleinod selbstständiger unternehmerischer Tätigkeit bei weitem die gegenwärtigen Einnahmen überstiegen.

Eine Ruhelosigkeit ist in ihr, die es ihr schwer macht, mit Zirkel und Rapidograph umzugehen, dabei ist das hier ein Klacks, eine Kleinigkeit und wirklich schnell verdientes Geld. In die Form eines Dreiecks, eines Ovals und eines länglichen Rechtecks das Firmenlogo, den Schriftzug und ein geeignetes Emblem platzieren, Blindform für Beschläge, die auf hochwertige Ledertaschen appliziert werden. Nur eine Frage der richtigen Proportionen, ein Glück nebenbei bemerkt, dass diese Firma noch nicht auf vollautomatische Fertigung umgestellt hat. Trotzdem ist das auf Dauer nicht das Wahre, überlegt sie und greift mit der Pinzette zwei kleine Geparden auf, um sie links und rechts des Schriftzuges und einer gedachten Mittelachse zu platzieren. Der Grund für ihre augenblickliche Unruhe sind zwei gelbe Briefumschläge, mit Poststempel von zwei aufeinander folgenden Montagen, an Ludwig adressiert, aber ohne Inhalt, die sie beim Ausleeren des Papierkorbs fand. Noch nie hat sie ernsthaft erwogen, dass Ludwig sie betrügen könnte. Der Spuk ging noch weiter, denn gestern Nacht ist Ludwig nicht nach Hause gekommen. Seit dem Augenblick, in dem sie diese bleischwere Tatsache hinnehmen muss, macht sie sich unaufhörlich Gedanken. Keine Nachricht. Nirgendwo. Nur der Duft seines Rasierwassers.

Der Vorfall gab Anlass zu Spekulationen, aber er stellte sie plötzlich auch vor die Frage, was wäre, wenn? Sie hatte doch keinerlei Rechte, frei und ohne jede Verbindlichkeit geht das nun schon so seit Ewigkeiten zwischen ihnen. Nicht einmal die Frage ihrer Altersversorgung ist bisher zufrieden stellend geregelt. Ein eheähnliches Verhältnis, so nannte man doch die Form ihres Zusammenlebens. Und sie nahm sich vor der Frage nachzugehen, ob sie einen Versorgungsanspruch geltend machen könnte oder nicht.

Der Gedanke an Flucht kam gleichzeitig mit der Angst verjagt zu werden. Wie ist das, wenn jemand einem die eigene Tür aufhält, »Raus!«, brüllt oder »Bitte geh!« sagt, je nach Temperament und Tagesform.

Und dann? Sie hat geduscht, mit Tante Helen, ihrer Mutter, einer jüngeren Cousine telefoniert, als müsse sie sich rückversichern, dass irgendwo sich eine Tür öffnen würde, wenn das nötig wäre. Sie versuchte sich an irgendetwas zu erinnern, aber sie konnte es nicht, alleingelassen entfiel einem alles.

Alles sah anders aus, die Stühle und Sessel im Raum, die Spiegel und Stehlampen, alles schien auf unangenehme Weise mit sich selbst zu tun zu haben und darauf aus zu sein ihr die läppischen Geschichten zu erzählen. Wie ist das? Würde sie ihn ganz förmlich zur Rede stellen? Sie versuchte sich gerade den Verlauf eines Gesprächs vor Augen zu führen, als auf dem Vorplatz Schritte ertönten. Dann hörte sie, wie der Schlüssel sich im Schloss umdrehte. Merkwürdig, dachte sie noch, wie auf geheimnisvolle Weise alles in ihrem Leben immer wieder mit Flucht und Vertreibung zu tun hat. Ihr Entschluss war gefasst, sie wollte ihm noch in der nächsten Stunde die Frage stellen, wie er sich seine Zukunft vorstellte, jedenfalls den Teil davon, der sie betraf.

Mit dem Ausdruck von jemand, der nichts zu verbergen hat, nicht das Geringste, begrüßte Ludwig sie. Er stank nicht nach Alkohol und war rasiert wie immer, was hatte sie denn erwartet. Ein ganz normaler Praxistag liegt hinter ihm, sechs Hausbesuche, die Jahreszeit macht keine Unterschiede mehr in der Verteilung saisonbedingter Epidemien. Er sagte: »Ich habe es gewiss schon erwähnt«, und erzählt von einer Hütte im nahe gelegenen Mittelgebirge, mit Holzfeuer und einfachen Schlafplätzen, die jedermann mieten kann, das Richtige für einen echten Herrenabend. Der Kollege feierte einen runden Geburtstag, der keine Spuren hinterlassen hatte. Wirklich? Nicht die geringsten.

Und was bedeutete dann ein Briefkuvert mit gelbem Seidenfutter, kein gewöhnliches Kuvert, und mit zwei betörend weiblich ineinander geschlungenen Initialen? Auch diese Frage versetzte Ludwig nicht in Verlegenheit.

»Von einer Patientin«, antwortete er ruhig und mit Bedacht, »wenn man bei einer Behandlung jemandem einmal wirklich helfen konnte, kommt es mal vor, dass er seine Dankbarkeit auf diese Weise zum Ausdruck bringt.«

Ein langer Satz für Ludwigs Verhältnisse. »Erstaunlich, so viel Dankbarkeit«, murmelte sie. Alles Weitere scheint jedenfalls für diesen Abend kein Gesprächsthema.

Aber das Misstrauen bleibt. Und während sie darangeht zur Beruhigung ein Glas mit einer kupferfarbenen Flüssigkeit zu füllen und sich in das Klanggewebe der dritten Mahler-Sinfonie einzuhüllen, ist sie weiterhin so gut wie überzeugt, einem Ärzteroman auf der Spur zu sein. Er legte sich früh ins Bett und las, das Haar mit Haarwasser wie drangeklebt. Sie legte sich neben ihn und betrachtete ihn, nun nicht mehr in Aufruhr, von der Seite, mit einem Ausdruck zwischen Verwunderung und Spott.

Musst du jetzt schon wieder lesen, dachte sie. Was hielt einen nur beisammen?

Damals hatte sie gedacht, er biete die letzte Chance auf ein wirkliches Leben, was immer man darunter verstehen mochte. Gewiss, Kinder und ein eigenes Haus. Und auch, zu jemandem zu gehören, mit ihm zu dieser Welt zu gehören, alles Blödsinn, wie sie heute weiß. Im Grunde genommen hatte sich doch ihre Einsamkeit eher verdoppelt.

Er musste ihren Blick gespürt haben, denn plötzlich streckte er, während er noch weiterlas, eine Hand nach ihr aus und tastete über ihre Schulter. »Woran denkst du?«, fragte er.

»An ein Leben, wie ich es mir gewünscht hätte, in dem auch gelegentlich ein Gespräch vorkommt.«

Bei ihnen herrschte eine unnatürliche Ruhe, die meiste Zeit schien jeder an einem tieferen Gedanken oder Problem herumzukauen. Sie versuchte sich zu erinnern, was sie in früheren Jahren miteinander gesprochen hatten, konnte sich aber nicht erinnern. Irgendwie waren ihnen die Worte abhanden gekommen, auf unmerkliche und deshalb auch bedrohliche Weise.

Nach einer Weile, gewiss war gerade ein Absatz oder ein Kapitel zu Ende, wandte er sich ihr zu. »Das Gleiche könnte ich dir vorwerfen, du bist da und doch wieder nicht da, und man weiß nie, wenn man dich ansieht, ob du einen auch wirklich siehst oder bereits den Blick wieder in das dunkle Land des Todes gerichtet hast.«

Zugegeben, etwas daran stimmte.

»Manchmal frage auch ich mich«, fuhr er fort, »ob dir das alles hier überhaupt noch etwas bedeutet.« Alles, was sie schon tausendmal gedacht hatte, längst zu einem festen Bestandteil ihrer Gewohnheiten gemacht hatte, und um das unangenehme Gefühl loszuwerden, ließ sie den Kopf nach hinten fallen und gab vor, sofort in einen tiefen Schlaf zu fallen.

»Ich will zu mir nach Hause.« Mit dem Empfinden, irgendwo unterwegs zu sein, war sie aufgewacht. Wo ist das, ihr Zuhause? Ein Bild ist soeben in ihr wachgeworden, es war Sommer, der weiße Straßenstaub hatte ihre Sandalen und die bloßen Zehen hellgepudert und sie musste vor einem Sprengwagen davonlaufen, der in kleinen schillernden Fontänen Wasser auf die Straße spie.

Durch eine Lücke im Zaun, die nur sie kannte, schlüpfte sie in den Krankenhausgarten und hüpfte die letzten paar Meter auf einem Bein einen Weg entlang, von Platte zu Platte, ohne dass der andere Fuß den Boden berührte.

Das Gebäude, in dem ihre Mutter untergebracht war, nannte sich Isolierbaracke, war efeubewachsen und es war Agnes verboten, es zu betreten. Irgendwo hatte sie eine Kiste gefunden, die, an die Barackenwand gelehnt, ausreichend hoch war um, wenn man sie erst einmal erklommen hatte, durchs Fenster zu spähen. »Hier bin ich!«

Sie hatte Büschel von Kamille am Straßenrand gepflückt, nein, abgerissen, von manchen nur die Blütenköpfe, weil die verdammten Stängel sich nicht pflücken lassen wollen. Nun waren ihre Hände ganz gelb und rochen nach Kamille.

In dem schwarzen Viereck tauchte der Kopf ihrer Mutter auf, ihre Köpfe waren auf gleicher Höhe und ein langausgestreckter Arm nahm Agnes die Blumen ab. Vorsicht, komm mir bloß nicht zu nah. Das ging nun schon seit Ewigkeiten so. Dass sie ihre Mutter nicht berühren darf, ihr keinen Finger reichen, keinen Kuss auf die Wange geben oder von ihr empfangen. Dass sie sich einmal am Tag zwar nahe sind und doch getrennt, wie durch eine unsichtbare Wand.

Agnes hielt sich am Blick der Mutter fest wie an einem Strick und wusste schon im Vorhinein, gleich, wenn die Viertelstunde um ist, und eine Schwester ihre Mutter vom Fenster wegzieht, das Fenster schließt, fällt sie in ein schwarzes Loch. Die Schwester hasst sie, auch wenn man ihr alles ganz genau erklärt hat, was eine ansteckende Krankheit ist, Diphtherie, komischer Name, dass man daran sterben konnte, »deshalb musst du mindestens einen Meter Abstand halten.«

Man hielt ihre Mutter hier gewaltsam fest, war ihre Überzeugung, dabei brauchte sie ihre Mutter doch, schließlich war sie erst sechs. Verstand das denn niemand? Ihre Mutter war das schmale Band, das sie mit der fremden Wirklichkeit verband. War ihre Mutter nicht da, erlahmten alle ihre Bewegungen, dann schrumpfte sie in sich zusammen und machte sich ganz klein in der Fremde.

Wenn ihre Mutter sie mit traurigem Blick wegschickte, glaubte Agnes, gleich selber zu sterben. Wahrscheinlich hatte sie die ansteckende Krankheit längst, es wusste nur noch keiner.

Ich wusste, wovon ich sprach, denn diese Zeit, in der ich keinen Halt hatte und eine Ewigkeit durch den leeren Raum fiel, hat ihre Spuren hinterlassen. Heute konnte ich zwar nicht mehr abstürzen, nicht vom Blitz getroffen werden oder Männern mit Beilen und Messern zum Opfer fallen. Trotzdem hat das drohende Empfinden von damals die Zeiten überdauert. Sieh mich nicht so an, ich weiß, du hattest die Probleme nicht. Du konntest die Jahre, auf die es ankommt, in der quirlenden Runde deiner Geschwister zubringen, warst oft ihre Anführerin. Alleinsein war für dich ein Fremdwort.

Du denkst gewiss nicht mehr, ich müsse dir in allem gleichen, ein Abglanz deines Selbst darstellen, trotzdem gibt es dir gelegentlich zu denken, wie anders die Bahnen verlaufen, die wir beide ziehen müssen.

Jetzt bin ich hier, diesmal habe ich den Bus genommen, warum nicht mal den Bus, es muss ja nicht immer das Gewohnte sein.

Aber selbstverständlich.

Dass ich nochmal und diesmal ganz überraschend auftauche, das wundert dich. Vielleicht denkst du, wir hätten uns gestritten. Aber das ist nicht der Grund. Der Grund ist – schwer zu sagen. Vielleicht, den Untergängen gewachsen zu sein. Zu rätselhaft in deinen Ohren?

Der Grund ist die ewige Wiederkehr einer Empfindung, in meinem Fall der drohenden Leere, des Verlusts, das dürfte dich nicht überraschen. Wer kann schon sagen, ob nicht auch die stete Wiederkehr des Aufbruchs mit hochgekrempelten Ärmeln und voll gepacktem Rucksack eine verwandelte Form der Flucht darstellt.

Du kannst mir getrost widersprechen, es geht mir gar nicht mehr ums Rechthaben. Nur ums Verstehen. Ich sehe dich vor mir sitzen, umgeben von den Bildern meiner Urgroßtante und muss lachen, denn das allein sieht schon verdächtig nach einer gewollten Komposition aus.

Ich freu mich, dich in diesem rein zufällig so glänzend passenden Terrain wiederzufinden, denn es gibt meinen Gedanken einen Halt. Wenn ich das Bild betiteln sollte, wär's völlig klar: es hieße »Heimat«.

Ja, gib mir einen Sherry. Was könnte die Augenblicke innerer Unruhe eher besänftigen als die Unterbrechung durch Essen und Trinken.

Wie ist das möglich gewesen? Eine Hand zu finden, die dir hilft, unsere Malerin noch einmal ganz groß aufleben zu lassen. Aber das bist eben du, die in einem Leben voller Umbrüche und Unmöglichkeiten ein klares Ziel vor Augen hat und dieses auch erreicht.

Ach, diese Bilder. Von Bäumen, Bächen und Wolken.

Weißt du, dass ich in letzter Zeit von einer Reise träume, zurück in diese Zeit, mitten hinein in ebendiese Bilder, die dir so malerisch Staffage geben.

Aber bevor wir ganz neu anfangen können, kommt noch das Ende, das unvermeidliche, und um auf deine Eingangsfrage zurückzukommen: Auch deswegen bin ich jetzt hier.

14

»Du sagst, es sei schön gewesen, noch einmal Weihnachten so richtig feiern zu können, dabei erzählte doch fast jeder schon Gruselgeschichten.«

»Das ist wahr, und trotzdem klammerten wir uns zu Hause an die Hoffnung, die Front würde irgendwann zum Stehen kommen. Bis zu dem Tag, an dem man die Russen zum ersten Mal hören konnte, da mussten sie schon vor Grünberg und Neusalz stehen.

Lautsprecherwagen schickten uns die gnädigen Herren, die uns verkünden sollten, es bestehe kein Grund zur Beunruhigung, und dass wir bleiben und unsere Arbeit tun sollten.

Das war Ende Januar 45. Gertrude und Sophie hatte ich schon dabei geholfen, nach Westen zu gehen, in Husum und in einem Dorf in Niedersachsen lebten entfernte Verwandte.

Im Wohnzimmer in Bunzlau stand noch der Weihnachtsbaum, den Paul besorgt hatte, in solcher Pracht, und etwas hinderte mich daran ihn abzuräumen, die Kerzen waren auch noch nicht runtergebrannt. Ich hatte die Teppiche darunter zusammengerollt und Stroh auf das Parkett geschüttet. Woher das stammte? Da fragst du mich zu viel.«

»Weshalb?«

»Um all den heimatlosen Leuten, die mir einen Quartierschein vorlegten, einen Schlafplatz zu bieten. Der Erste, der erschien, war ein Oberst der deutschen Wehrmacht mit seiner Gattin. Sein Adjutant schleppte körbeweise Wäschestücke, Geräuchertes und Sonstnochwas in unseren Keller, mit Sicherheit alles auf dem so genannten Rückzug ergattertes Beutegut.

In unserer kleinen Stadt dreißig Kilometer vor der Front sammelte sich alles, was von weiter östlich kam. Die Lokale am Ring, der Platz, der Bahnhof waren überfüllt. Eine Atmosphäre der Beunruhigung, des Aufruhrs überall wie das Geschrei eines Krähenschwarms.

Auch in unserem Haus tauchten jeden Tag neue Gesichter auf, bald eine Familie, die in Berlin ausgebombt worden war, bald ein Apotheker aus Schweidnitz. Dann ein junger Mann, der für eine ausgelagerte Kugellagerfabrik arbeitete. Herr Wehrhahn, ob er wohl heute noch lebt?

Manche Menschen blieben nur für eine Nacht und verschwanden dann wieder, andere richteten sich für ein paar Tage ein. Wollte ich in mein Badezimmer, traf ich auf lauter fremde Menschen im Gang. Und in meiner Küche kochten auf allen drei Gasflammen irgendwelche Töpfe.

Überall herrschte Chaos, Durcheinander. Heute versetzt das brave Bürger in sprachloses Erstaunen, hilft heutzutage mal wo irgendjemand einem anderen, so wird das von der Presse hochgespielt als besonderer Akt der Solidarität. Damals war diese Hilfe, wenn auch von oben verordnet, selbstverständlich, übrigens entgegen der herrschenden Meinung, die Nazizeit sei eine Epoche des Verrats am Nächsten gewesen, Klischees, wie sie die Nachwelt prägt.

Was für ein Gefühl, als Mämmi kam. Ein Führerbefehl hatte Breslau von heute auf morgen zur Festung erklärt, denn der Führer liebte Festungen. Und Schlesiens Gauleiter Hanke sah die Gelegenheit, sich als großer Reichsverteidigungskommissar wichtig zu machen. Seine Schuld war es, dass die Bevölkerung nicht rechtzeitig evakuiert worden ist. Nur weil er solchen Defätismus seinem Führer nicht antun wollte.

Mitte Januar, da rollten russische Panzer über Schlesiens Grenzen, am nächsten Tag sah man in Breslau verschneite Trecks beladen mit Hausrat und Kindern über die Oderbrücken in die Stadt ziehen. Bei beißendem Ostwind und zwanzig Grad unter Null. Und zur selben Zeit bellte es aus allen Lautsprechersäulen: Achtung, Frauen und Kinder verlassen die Stadt in Richtung Süden! Schon tags zuvor war das Gedränge auf den Bahnhöfen unbeschreiblich, keine Chance auf einen Platz in einem Zug. Da sind die Frauen bei Einbruch der Dunkelheit eben losgelaufen. Einen Fuß vor den anderen setzend, beladen wie Packesel. Mämmi auch, mit Hannes' Frau und ihrem Baby. Das alles kennst du längst.

Ein Todesmarsch. Kleine Kinder erfroren im Handumdrehen in den Armen ihrer Mütter. Als die Nacht um war, lagen im Südpark Dutzende toter Kinder. Ich hab sie nicht gesehen, aber Mämmi. Sie hat noch Glück gehabt und nach stundenlangem Warten in Oltaschin Platz auf einem Viehwagon gefunden.«

Mir kommen bei solcher Gelegenheit die Tränen, aber meine Mutter kann sich beherrschen. Nie habt ihr geweint, dachte ich. Und wenn, dann mit dem Rücken zu uns Kindern.

Ganz preußische Selbstbeherrschung.

Ich kann dich vor mir sehen, Mutter, vor den hohen Fenstern des Salons, wie du versunken dastehst in den Anblick des Weihnachtsbaums. Du bist viel jünger als ich, eine dunkelhaarige Schönheit, kein bisschen arisch-nordisch, wie es die Zeit verlangt. Das Lametta flimmert, die Kugeln leuchten so überirdisch und den Engel ganz oben an der Spitze, den hattet ihr schon in Breslau, als du selbst noch ein Kind warst.

Das Wort Abschied umschwebt dich, aber du kannst es noch nicht fassen. Die ganze Stadt nimmt Abschied und in dem Augenblick, in dem du drüber nachdenkst, ist es schon nicht mehr Heute, sondern bereits Vergangenheit.

Deine Augenbrauen zogen sich zusammen, du sahst durch die Leute, deine Mitbewohner, die immer wieder durch dein Blickfeld ziehen, hindurch und überlegtest dabei ganz nüchtern, was du eigentlich auf die Flucht mitnehmen solltest.

Flucht. Hat dir das Wort nicht einen eisigen Schauer über den Rücken gejagt?

In solchen Augenblicken fühle man ganz anders, sagst du. Ich kann das schlecht beurteilen. Du standest da ganz ruhig in dem Gewirbel, aus einer halb offenen Tür fiel ein Lichtschein, ein Streifen Wintersonne und floss über deine Füße.

Gerade kam dein Kind, kam ich um die Ecke gerannt und wollte dich sehen. Sah dich auch vor den Fauteuils stehen und begriff, du wolltest jetzt nicht gestört werden. Du schicktest mich zurück zu Mämmi. Ich glaube, du nahmst gerade Abschied, von allem, was dir lieb und heilig war. Auch von meinem Vater, von dem du bereits ein halbes Jahr keine Nachricht mehr erhalten hattest.

»*Einheit verlegt*«, mit diesem Vermerk waren die Briefe zurückgekommen, die du anfangs noch an ihn geschrieben hattest. Du wusstest gleich, was das bedeutete. Damals ist der ganze Mittelabschnitt zusammengebrochen. Erinnerung, Aufschub. Man verabschiedet sich nicht so leicht von seinem ganzen bisherigen Leben. Aber du denkst auch: Ich muss weg, ich bin jung und frei. Was soll ich einpacken? Rasch werden Entscheidungen fällig: Packe ich für vierzehn Tage oder für ebenso viele Jahre? Womit werde ich meinen Lebensunterhalt verdienen, gelernt habe ich nichts, gleich nach dem Abitur geheiratet. Wenn man doch in die Zukunft sehen könnte! Als Barfrau müsstest du die Abendkleider packen, als echtes Arbeitstier wären Stiefel, Strickzeug und Lederjacke eher angesagt. Du überlegst noch und während du dastehst und dir deine Zukunft auszumalen versuchst, komme ich schon wieder ins Bild gewimmelt, und das gibt dann den Ausschlag. Mich und Großmama sicher in den Westen zu bringen betrachtest du von jetzt an als deine dringlichste Aufgabe. Folglich entscheidest du, die Koffer mit solidem Zeug zu füllen. Im Nu ist alles voll gestopft mit Strickpullovern, Laken, Skihose und einer Fuchsboa, die Walther dir aus Russland mitgebracht hat, nicht zu vergessen die wundervollen Filzstiefel aus einem Stück, in die man selbst bei fünfzehn Grad unter Null einfach so, barfuß schlüpfen kann. Die ziehst du an, wenn es losgeht.

Luft holen, einmal tief durchatmen. Die Römer, böhmisches Kristall, Kamelhaardecken, zwei Seiden-Keschans und noch ein paar ganz wichtige, hoch geschätzte Dinge hast du weggesperrt, den Schlüssel versteckt. Und jetzt? Die Nacht würde man wohl noch bleiben. Bei Sonnenuntergang sind auch die Kampfgeräusche verstummt. Jenseits des verschneiten Gartens ziehen Pferdeschlitten vorbei mit trügerischem Gebimmel, als ging's auf einen Winterausflug mit Grog und Schneeballschlacht. Hoch aufgepackt, nebenher vermummte Gestalten mit unhandlichem Gepäck.

Deine zwei haben sich schon im Ehebett zum Schlafen gelegt, aber der Oberst mit dem Aussehen von Clark Gable schreit noch rum, lässt seinen Adjutanten die Hacken zusammenschlagen, von hinten schreit die Gnädigste, es sei gedeckt. Gerade hast du festgestellt, die Knobelbecher von den beiden Herren haben schon einen regelrechten Trampelpfad ins Parkett gehämmert, vom Klosett bis zum Herrenzimmer, wo der Oberst nächtigt.

Ob man überhaupt an Flucht denken muss? Vielleicht läuft sich die Kampflinie an der Oder tot, irgendwann müssen die doch auch zur Ruhe kommen.

Frau Hampel aus Berlin bittet dich um Haferflocken und Herr Wehrhahn hat keine Rasierklingen mehr und im selben Augenblick ist wieder jemand an der Haustür, der dir gleich seinen Quartierschein vorlegen wird.

Das Leben ist lächerlich, denkst du, lächerlich und tragisch in einem, aber das Leben geht weiter. »Bitte, bedienen Sie sich«, sagst du den Leuten, die ganz zufällig in deinem Haus sind, »bitte treten Sie doch ein«, zu dem Manne vor der Haustür. Du sagst es freundlich, fast beiläufig. Aber dieses Mal ist es nicht irgendjemand, sondern Paul. Er war in diesen Wochen mager geworden. »Ich komme nicht erst herein«, sagte er, »ich dachte nur, auf dem Wege fährst du bei der kleinen Frau vorbei, ein Platz im Sanka ist noch leer.«

Ein kurzer gehetzter Blick. »Ich kann nicht mitkommen, da drinnen sind mein Kind und meine Mutter, die schlafen schon.«

»Ich habe auch nur einen Platz«, erklärt er dir und gibt in aller Kürze seinen Bericht ab: von dem Befehl, ein Lazarett aufzulösen, das unter Beschuss lag und seiner abenteuerlichen Fahrt hierher. »Voll sind wir bis unters Dach mit Lazarettwäsche, die haben wir vor zwei Stunden feucht von der Leine gerissen.«

Er deutet auf die Ladefläche. »Worauf sollten wir die Verwundeten sonst betten, wenn das Lazarett weiter westlich wieder errichtet wird?«

Ob er noch mehr sprach? Ich weiß nicht, vielleicht durch Blicke. Er hätte dich gern mitgenommen, die Frau eines Freundes. Und außerdem, in diesen Zeiten eine hübsche Frau an seiner Seite zu haben, das tat schon gut.

Er sah nicht mehr so aus wie einer, der aus Spaß Soldat spielte. »Überlegen Sie sich's nicht zu lange«, sagte er, schon rückwärts gehend, »der Feind ist jetzt bei Liegnitz und außerdem, Sie wissen ja, die Russen machen keine Späße und eine hübsche Frau wie Sie ...«

Du wusstest, wovon er sprach. »Leben Sie wohl, ich muss mich nun beeilen.«

Eine Chance ist vorüber, dachtest du und wusstest noch immer nicht, wie und wann du von da wegkommen solltest. Liegnitz ist fünfunddreißig Kilometer entfernt, dazwischen liegt nur noch Haynau. Wie schnell bewegt sich so eine Front vorwärts? Russen müssen doch auch einmal schlafen.

Du hast es dir überlegt. Die Nacht noch, dann gleich am Morgen zu der Standortkommandantur. Da kennst du noch jemanden, von dem du annimmst, dass er dir weiterhilft.

Diesen Abend bringst du es nicht fertig schlafen zu gehen. In dem einzigen Raum, den die anderen nicht betreten, nimmst du in einem Sessel Platz, streckst die Beine aus und siehst dich um. Der letzte Abend in deinem schönen Haus. Wenn der Wind sich legt, hört man das Ticken der alten französischen Uhr, noch einmal fliegen deine Augen über die Vitrinen, die Kommode, das Klavier. Im Licht der Deckenbeleuchtung berührt dich das Zimmer merkwürdig, alles Reale ist schon so weit abgerückt. Walther, als er dort saß, die Hände auf die Tasten legte und sang. Eure Freude beim Einzug in dieses Haus, das so günstig gelegen war, nur zweihundert Meter bis zu Walthers Klinik. Dann fällt dir Hildes Tod ein, dein Bruder Hannes, dein Mann. Nein, daran soll jetzt kein Denken sein.

Mämmi kommt leise durch die Tür: »Das Mimmelchen schläft nun endlich.«

Und dann mit einem Hilfe suchenden Blick auf dich: »Was wird bloß werden, was wird morgen sein?«

»Morgen müssen wir weg«, sagtest du.

»Was meinst du, für wie lange?«

»Eine Woche, vielleicht auch länger.« Es macht dich unruhig, wenn sie dich weiter so anschaut. »Geh schlafen, Mutter, leg dich schon hin, wir werden morgen unsere Kräfte brauchen.«

Eines ist jetzt schon klar: Dass du es sein wirst, die die Entscheidungen trifft, deiner Mutter ist in der Beziehung wenig zuzutrauen, Entscheidungen trafen früher Ehemänner.

Im ersten Morgengrauen.
Der Oberst lauscht bei offener Tür im Herrenzimmer dem Wehrmachtsbericht. Über die Schulter weg gibt er die Informationen weiter. Der Popanz sei vergangene Nacht vorerst zum Stillstand gekommen. Und dass es da, wo er gewesen sei, aussähe wie beim Jüngsten Gericht. Als er die Kopfhörer weglegt, sieht der Rücken des Mannes trotz Uniform verrutscht aus. Verkaschelt, würde Mämmi sagen.
Warum ist er eigentlich hier? Sitzt hier rum, statt zu verteidigen. Wer kontrolliert eigentlich solche wie ihn?
Das Letzte, was du auffängst ist: »Wir steuern da in eine Riesenpleite.«
Defätist, Feigling, Drückeberger! Einen Blick wirfst du ihm zu: voller Verachtung.
Die Mitteilung über Frontbegradigungen in Niederschlesien bringt dich für einen Moment ins Zweifeln, ob es doch voreilig ist, so früh aufzubrechen?

Barfuß, wirklich barfuß in die Russenfilzer, darüber den schwarzen taillierten Mantel, sagt man schon Prinzessform dazu?, der Stoff stammt aus Paris, das Fransentuch um die Frisur geschlungen, und schon siehst du selbst aus wie ein Russenmädel.
Du willst dich umhören gehen und bist gleichzeitig froh, für eine Weile zu entkommen. Der Enge, den Fragen der Leute, ihren Ausdünstungen. Und stellst bei dir fest, dass auch in Zeiten der Gefahr wie Krankheit, Krieg, die Gedanken an das so genannte normale Leben weitergehen. Alles ist plötzlich in Bewegung. Überall hasten Menschen, Pferdeschlitten ziehen unausgesetzt an dir vorüber ihre Bahn. Das Wort Zusammenbruch, das hinter vorgehaltener Hand erst, jetzt immer lauter und ungenierter geäußert wird, ist gleichzeitig Aufbruch und Ausbruch. Ausbruch aus der Stagnation des langen Frontenkrieges und dem Stillstand in der Heimat.
Es wäre schön, man könnte so geschäftig und mit dem und jenem redend durch die winterliche Stadt ziehen, die gute Schneeluft und den guten Geruch der Tiere einatmen, die in der Kälte dampfen. Eine Zeit lang gibst du dich der Illusion hin, es sei herrlich, auf federleichten Sohlen durch den knirschenden Schnee zu stapfen. Aber gleich darauf holt dich die Wirklichkeit ein. Auf der Kommandantur erfährst du, wo der Mann zu finden sei, den du suchst: bei der Aufnahmestelle, die provisorisch am Stadtrand eingerichtet worden ist für die Tausende, die hier vorbeikommen auf ihrem schrecklichen Weg. Seine hagere aufrechte Gestalt kann man von weitem sehen. Kaminski ist hier wieder mal der Mann für alles, hilft, wenn es heißt einen Karren auf die Seite zu zerren, ein schreiendes Kind den Armen einer Helferin anzuvertrauen oder den Wehrmachtsfahrzeugen eine Gasse durch das Elendsheer der Flüchtlinge zu bahnen. Es ist nicht leicht zu ihm vorzudringen.
Du bist auch ganz benommen von dem Bild, das sich dir bietet. Es ist das erste Mal, dass du dem Krieg so direkt ins Gesicht schaust. Die Frauen, denen die Erschöpfung die Wangen ausgehöhlt hat, ihren hoffnungsleeren Blick. Mit Entsetzen siehst du zu, wie diese armen Weiber sich mit ihrer schwindenden Körperkraft in die Streben über den Rädern der Karren legen und wie die Kleinen hinterher stolpern. Und die Alten, die von Schwäche gezeichnet plötzlich vor deinen Augen um-

sinken. Du hörst erschüttert auf die Klagelaute derer, die nicht mehr weiterkönnen und möchtest plötzlich selbst schreien.

Eine Karawane von Frauen ohne Männer, so ein Bild hat man noch nie gesehen und wird's ein Leben lang auch nie vergessen.

»Eine so hübsche Frau, darüber freut man sich immer«, sagt Kaminski, als du zu ihm durchgedrungen bist, und die NSV-Frauen mit ihren Teekannen werfen dir schnelle scheele Blicke zu. Vielleicht haben auch sie ein Auge auf den Mann geworfen, da sollte sich eine unterstehen sich vorzudrängen. Noch dazu eine, die hier gar nichts schafft.

»Zum Zupacken könnten wir noch eine gebrauchen«, sagt dann auch ein freches Maul halblaut. Zum Teeausschenken, Deckenverteilen, Kommissbrotschneiden.

»Hab selber keine Zeit«, müsstest du denen sagen, lässt dich dann aber doch nach einigem Kalkül zur Helferin machen. Für ein paar Stunden lässt du dich herbei, auch Tee auszuschenken, verteilst an die Armen Pflaster, Aspirin und Lebertran und zeigst denen, die fragen »Wo kann man hier mal?«, den Ort für ihre Notdurft.

»Herrje, und zu Hause warten sie«, sagst du nach ein paar Stunden.

Kaminski sitzt im Notbüro und gibt dir seine Unterschrift. Nachmittags um halb fünf fährt ein Meldefahrzeug nach Görlitz, hat er dir anvertraut. Die Chance, die nicht noch einmal kommt. »Ich danke und auf Wiedersehen, Peter.«

»Alles Gute auch für Sie und Ihre beiden.«

Hoffentlich verliert man sich nicht aus den Augen, weißt du noch, als du und er und Lilo so ausgelassen waren an dem einen Abend? Und einmal bist du andächtig neben ihm her durch die Anlagen spaziert, im Sommer, er trug weiße Schuhe. Jedenfalls ein Mann, der einen nicht kalt lässt. Vielleicht hast du geseufzt auf dem Nachhauseweg und dir nicht eingestanden, wie gut das täte, wenn dich mal einer in die Arme nähme.

Am Nachmittag. Die Koffer stehen gepackt, alles andere liegt in den Kisten unten im Keller, hoffentlich ist man nicht zu lange fort und alles schimmelt.

Alles andere, was zu schwer war für jeglichen Transport, hast du in den Salon geschleppt. Meinen Sie, dass das noch Sinn macht?, hat die Frau Oberst spöttisch gefragt. *Mir wirst du vorschreiben, was ich zu denken oder zu tun habe! Es gibt Dümmeres.*

»Na schön«, sagte die Gnädigste, »soll jeder doch nach seiner Façon glücklich werden.«

Du hasst die arrogante Pute, es gab noch Nützlicheres, als sich ihr Geschwätz anzuhören. Das Kind ist schon gefüttert, mit einem Teller Suppe in der Hand gehst du auf einen letzten Kontrollgang. Findest noch einen Ring in der Nachttischschublade und reißt ein paar Fotos aus einem Album.

Alles unter Kontrolle?

Nein, eher Endzeitstimmung nach allem was zu sehen und zu hören ist. Alles ist in Auflösung. Deine Mutter, Mämmi ebenfalls. »Oh Gott«, schluchzt sie plötzlich auf, »das kann nicht gut gehen, wenn Hannes doch da wäre. Sind denn alle dem Wahnsinn verfallen?«

»Bitte Mutter.«
»Wir kommen doch nie wieder hierher zurück.«
»Das weißt du doch nicht.«
»Und – weißt du es?«
»Ich weiß es auch nicht.«
»Na also, warum dann so tun, als glaubtest du es.«
»Mutter, es ist jetzt nicht die Zeit, darüber zu diskutieren, wir müssen uns fertig machen, das Militärfahrzeug kann jede Minute hier sein.«
Mämmi setzte sich noch einmal auf das kleine bequeme Sofa neben dem Kachelofen, wo sie immer saß, wenn sie bei dir zu Besuch war. Und es lag etwas in der Geste, wie sie es tat, das den Anschein erweckte, als habe sie nicht vor, gleich aufzustehen.

In dem Moment, als das Fahrzeug vorfährt, hört man, wie in deinem Schlafzimmer jemand mit einem Hammer die Wand bearbeitet. Keine Zeit mehr dem nachzugehen, aber gewiss ist, der Oberst richtet sich für eine Weile häuslich ein, wer weiß, was er dir da erzählt hat von wegen es könne jederzeit hier losgehen. Reine Panikmache. Dieser hochnäsige Idiot, wie er da lässig an der Wand lehnte und gleichgültig deinem Auszug zusah. Der dachte gar nicht daran, euch mit den Koffern zu helfen. Hatte Vater nicht erwähnt, die Wehrmacht und ihre Vertreter seien über jeden Zweifel erhaben?

Nur das Kind scheint sich noch freuen zu können.

Mit dem weißen Fuchspelz um den Hals, die Puppe von Herrn Wehrhahn, die nun zum Dank seinen Namen trug, in den Armen, springt das Kleine, das schon gut laufen kann, euch ständig vor die Beine. Und während ein kindlich aussehender Soldat euch half, die vielen Gepäckstücke zu verstauen, einschließlich eines Kinderwagens, nahmst du es auf den Arm und wandtest dich noch einmal um.

»Wir kommen bestimmt wieder, Mämmi!«

Entsetzt lauschtest du dem Klang deiner eigenen beschwörenden Worte nach.

Während der Fahrt überlässt man sich schaukelnd seinen düsteren Gedanken. Das Wissen scheint sich auf die Wahrnehmung einzustellen. Im Augenblick kein Grund vorhanden, sich um die lebenden und toten Dinge zu scheren auf dieser Fahrt nach Görlitz durch das völlig lichtentleerte Land.

Der junge Fahrer blickt mit vorgerecktem Hals von rechts nach links, kratzt sich am Kinn, sichtlich nervös. »Hören sie das auch – die Detonationen?«

»Wo stecken eigentlich unsere Truppen?«, fragt Mämmi ihn, »wenn die Front so nahe ist, müsste man doch überall auf Soldaten stoßen?

Der Soldat macht einen Scherz: »Gleich fahren wir mittendurch, gnä' Frau.«

»Kein Wunder, wenn diese Russen hier so einfach einmarschieren«, setzt Mämmi ihren Gedankengang fort.

Wie wenig ihr wusstet, hattet keine Ahnung, weil euch euer Volksempfänger, diese wundersame Errungenschaft, seit Jahren konsequent belogen hatte.

Und der kleine Soldat, noch keine achtzehn, ein Glücksmensch! Hier hinter der Front so heiter herumzukutschieren mit Mutter und Kind, anstatt ordentlich zu kämpfen.

»Von da können sie kommen«, sagt er fast zu sich selbst und starrt dabei in Richtung Oels, nach rechts. Zwei Mal wird das Fahrzeug angehalten. Feldgendarmerie! »He, Gefreiter, können Sie nicht Haltung annehmen?!« Der zeigt stattdessen seinen Fahrbefehl vor. »Weiterfahren, in Ordnung.« Was so eine Kaminski-Unterschrift alles fertig bringt.

Da, ein paar kümmerliche Lichter, der Stadtrand von Görlitz. Erleichterung auf allen Gesichtern. Durch die leeren verdunkelten Straßen rattert der Militärwagen zum Rathaus, wo es den Quartierschein gibt. Fast hättet ihr die Sperrstunde verpasst.

»Wo sind wir denn hier gelandet?«, mault Mämmi. Bei Frau Studienrat.

Voller Sorge um ihre Sesselbezüge umkreist euch die Dame mehrere Male, misstraut vor allem dem Kind. Es ist wirklich so: Kaum bist du von deinem Lebensraum getrennt, trägst nur das Nötigste mit dir und auf dem Leib, schon wirst du anderen suspekt, zum Habenichts und fragwürdigen Objekt erklärt. Zur Schonung der Dame darf ab jetzt nur noch geflüstert und auf Zehenspitzen gegangen werden. Die erste Nacht fern von daheim wird unbequem und schrecklich. Das Kind scheint Zugluft bekommen zu haben, wimmert ständig, als habe es irgendwo Schmerzen. Bald ist es heraus: Ohrenstechen. Mämmi fällt die Aufgabe zu, die halbe Nacht über warmen Atem in das Kinderohr zu blasen. Für den Augenblick scheint das zu helfen.

Im Morgengrauen öffnete die Wirtin einen Spalt breit die Tür zum Herrenzimmer, wo ihr schlieft, nur um euch zuzuflüstern, dass die Front bei Haynau zum Stillstand gelangt war – welch ein Glück. »Das sieht ja gerade so aus, als seien Sie doch zu früh aus Ihrem Haus weggegangen.« Sie konnte nicht verhehlen, dass sie euch, Quartierschein oder nicht, gern wieder losgeworden wäre. Und du entschiedest von einer Sekunde auf die andere: Ich fahr noch mal zurück.

Aber ohne Mutter und Kind. Die wusstest du ja nun in Sicherheit.

Kleine Schluchzer, Seufzen, anklagende Blicke. Wie oft hat sich die Szene dann noch wiederholt! Deine Mutter sagte: »Und wenn es mit dem Kinde schlimmer wird?«

»Dann gehst du in eine Apotheke und holst Ohrentropfen, hier ist Geld.«

»Ich ganz allein in Görlitz ohne dich.«

»Mämmi, ich komm doch wieder.«

»Ich möchte hier auch nicht bleiben.«

»Es wird Zeit, dass ich mich um eine Fahrgelegenheit kümmere.«

»Was treibt dich das zu tun?«

»Mein Haus, die Leute machen mir Sorgen, vielleicht kann ich noch etwas retten.«

»Wann kommst du zurück?«

»Morgen, spätestens übermorgen.«

»Geh mit ihr spazieren«, sagtest du, »im Zimmer ist es kalt.«

Du blicktest noch einmal auf uns, lächeltest aufmunternd, drücktest mir einen Kuss auf die Wange, den ich nicht verstand und warst schon unterwegs.

Zum ersten Mal hast du unsere gemeinsame Zeit verlassen, was Großmutter nicht verstand, dir vielleicht auch übel nahm. Ich höre sie dir nachrufen: »Das musste ja noch sein.«

Du hattest guten Grund, noch einmal umzukehren. Du sorgtest dich um dein Haus. Wolltest noch einmal nachsehen, ob du auch nichts Lebenswichtiges vergessen hattest. Vielleicht gab es auch noch andere Gründe, die mir verborgen blieben.

Was immer es auch war, ein Reiz auf Abenteuer, der Geruch der Freiheit oder die gehegte Hoffnung auf ein Zusammentreffen, du hast ein Recht auf dein Geheimnis. Gut also.

Auf Anhieb gelingt es dir eine Mitfahrgelegenheit zurück zu finden. Diesmal ist es ein Melder, der zu wissen glaubt, dass fürs Erste die Russen liegen bleiben und auf Nachschub warten. Die Helden sind schon müde.

Die Fahrt ist lang genug um dir Geschichten zu erzählen, die du jetzt eigentlich nicht hören wolltest, dass er als Funker in der Gora war, das ist bei Zagreb ein Gebirgswalddschungel, um dort Partisanen zu erspähen – »Einmal begegnet uns 'ne Horde Ustascha auf kleinen zotteligen Pferden, im nächsten Dorf baumeln Frauen und Greise an den Bäumen und Vieh liegt sinnlos abgestochen herum« –, dann sei er in einem üblen Nest namens Bihac selbst in eine Schießerei geraten und schwer getroffen worden in Hinterkopf und Hals und er beugt sich beim Fahren vor und präsentiert dir einen verlängerten roten Halbmond zwischen blonden Stoppeln. »Es geht noch weiter«, sagt er, und du darauf, dass du ihm gerne glaubst, insgeheim wunderst du dich, dass die Straße hier voller Schlaglöcher ist, gestern war dir das gar nicht aufgefallen. Bis dahin hast du geschwiegen, aber wäre die Fahrt länger ausgefallen, wer weiß, dann hättest du aus deinem Leben ganz nebenbei auch manches preisgegeben.

Aber ihr seid schon da und seht in Hinterhöfe von Häusern, wo schon wieder aufgeladen wird. »Danke fürs Mitnehmen«, sagst du und überhörst die Frage, ob ihr euch noch einmal wiederseht.

Sie hatten dein Zimmer aufgebrochen, sich in dein Bett gelegt und aus den Kristallgläsern, die du so sorgfältig und sicher verstaut wusstest, den vorletzten Tropfen Wein getrunken.

»Wir haben Sie nicht mehr erwartet«, erklärte kurz und bündig der Unsympath von Oberst die Situation. Hättest du die Fahrt doch bloß gelassen. Nun musstest du mit eigenen Augen sehen, was du nur den Eroberern zugestanden hättest. Dass deine eigenen Landsleute die erste Generation von Plünderern stellte.

Sie fragten dich danach auch noch allen Ernstes, ob du etwa vorhättest, zu übernachten?

In deinem eigenen Haus. Du weißt nicht, sollst du heulen oder lachen, nur dass das Leben ein Chaos ist, weißt du jetzt, ein Gemisch aus Freuden und Verzweiflung, wobei gerade das Letztere überwiegt. Die Gattin sagt: »Hier haben wir noch eine Nachricht für Sie, von einem gewissen Wehrhahn.« Was, der ist noch da?, denkst du und freust dich. Ein Freund aus fernen Tagen, den du mit Lilo teiltest. Zu dritt habt ihr im Café Gallus diskutiert und getanzt.

Endlich erwachst du aus der Starre und reißt ihr den Zettel aus der Hand.

Später findest du den kleinen Mann, der ständig unterwegs ist zwischen Schweinfurt und Bunzlau, in der Badewanne von Frau Gallus und lässt durch die Tür fragen, ob er diesen Abend mit dir verbringen wolle. Natürlich wolle er, gibt er dir durch die Tür zu verstehen, wenn er noch eine arme Estin mitbringen dürfe, die er unterwegs aufgelesen habe, auf der Flucht, ganz durchgedreht und ohne Deutsch zu verstehen. Herr Wehrhahn ist zudem noch im Besitz eines gültigen Quartierscheins, der Witz des Tages, so erhältst du in seiner Begleitung auch noch das Recht, in deinem eignen Haus zu übernachten.

»Hier bin ich wieder«, sagst du nach einer Stunde zu dem Kopf des deutschen Heeres, »zwei weitere Personen mit Quartierschein kommen gleich noch nach.«

Das ist das Letzte, was die Herrschaften sich wünschten, die dein Haus so voreilig in Besitz genommen hatten.

Von Anfang an stand fest, dass diese Nacht verstreichen würde, ohne dass an ein Schlafen zu denken war. Nur die Estin, die so sterbensmüde war von wochenlangem Marsch und die sich mit Worten, die ihr nicht verstanden habt, auf Herz und Stirn deutete, legte sich mit einem Foto in der Hand aufs Bett und schlief gleich ein, um euch mit kurzen, zuckenden Bewegungen und kleinen Seufzern durch die Nacht zu begleiten.

Was für ein Gefühl ist geblieben von jener Nacht?

Es gibt im Leben Zeiten, die man nicht beschreiben kann als eine Folge von Ereignissen, die einen Anfang und ein Ende haben. Sondern als ein Feuerwerk von Bildern und Sinneseindrücken und übrig davon bleibt so etwas wie ein Aroma: von Schnee und der Kälte, dem Geruch der Ofenasche, einem Tropfen Honig auf den Lippen, den geflüsterten Geschichten, die ihr einander in aller Offenheit preisgabt in einem Augenblick, wo Vergangenheit und Zukunft zusammenflossen, von Ängsten, Hoffnungen, Freuden und dem Glück, das diese kurze Nähe euch gewährte. Es fand sich auch noch eine Kerze, ein Glas Wein, und immer wieder eine freundliche Hand, die der Estin die Albträume von der Stirn strich.

Der Raum, der sich um euch drehte; von Gott, Krieg, Liebe und dem Sinn, den alles haben sollte, war die Rede. Gibt es Gerechtigkeit und ein Leben nach dem Tod? Am Ende, an der tiefsten Stelle, als es nichts mehr zu sagen gab und auch die Kerze sich ihrem Ende zuneigte, blieb nichts mehr übrig, als die Hände ineinander zu verflechten und stumm mit Rührung auf das schlafende Mädchen zu schauen, das seine Geschichte mitnahm in die Morgendämmerung – ein Geheimnis, das ihr nicht erraten würdet.

Für den Augenblick dieser einen Nacht wurde der kleine Mann der wichtigste Mensch in deinem Leben, für eine kurze Weile durfte er die Arme um dich legen, seine Lippen auf deine Augen und sein Ohr an deine Brust.

Erschöpft, ernüchtert und trotz allem einsam wie im hintersten Winkel des Weltalls war das Erwachen. Dieser demütigende Augenblick mit einem schalen widerlichen Geschmack von neuerwachter Angst wird obendrein von tumultartigem Lärm und der Stimme des Oberst begleitet. Du hörst ihn durch den Korridor schreien: Die Russen sind bei Kotzenau durchgebrochen und ihr drei Nachtgefährten blickt euch schweigend an und gebt euch zum Abschied die Hand.

Da steht noch das Fahrrad. Dieses wunderbare schwarze Gerät, das dich schon durch Wiesen voller Kornblumen und Mohn getragen hat.

Diesmal siehst du dich nicht mehr um wie Frau Lot, nur dem rosa Winterhimmel über dir zwinkerst du abschiednehmend zu und radelst mit dem treuen Joseph über die festgefahrene Schneedecke davon. Noch heute wunderst du dich über das euphorische Gefühl, das du beim Fahren dieser Strecke hattest – *mein Herz: So leicht wie ein Vogel ...*

In einem Wäldchen auf einer Anhöhe stoppt dich Feldgendarmerie. »Sind Sie noch zu retten, junge Frau? Allein durch die Gegend zu fahren.« Ein Gendarm, der dich taxiert mit Blicken wie ein Bauer auf dem Kuhmarkt, macht eine große Armbewegung: Russen, überall, und der Fahrer lässt sich nicht davon abbringen, dich und das Fahrrad aufzuladen.

Wir haben dich mit Angst und Sorge schon erwartet.

Wie die Reise weitergeht, ist so gut wie bekannt. Von Görlitz nach Klotsche, und von da nach Dresden. Und weiter von Erinnerungsfetzen zu Erinnerungsfetzen, von Traum zu Traum. Nicht schnurstracks von A nach B, wie üblicherweise Reisen verlaufen. Sondern auf Abwegen, Irrwegen. Hinter uns ließen wir ein Trümmerfeld und einen Berg von bekannten und unbekannten Toten. Zehn Millionen. Juden, Kämpfer in Stalingrad, Widerständler, Deutsche, Russen, Sinti. Wie halten bloß die Sieger ihre Siege aus?

Ich sah meiner Mutter nach, die entschlossen aufgestanden war und im Hintergrund verschwand. Für einen Augenblick verharrte ich still auf der Schwelle.

Das ist ihre Fensterbank, wo sie einen Flügel immer offen stehen lässt. Dort sind ihre Blumen, die sie zum richtigen Zeitpunkt teilt oder in den Keller bringt. Ihr rosa Zimmer, ihre blauen Töpfe oben auf dem Schrank, die ungezählten Wanderrouten, die sie gegangen ist, seit sie hier Bürgerin in der Stadt geworden war und dieser unverwechselbare Duft nach Mirabellen, das alles gehört zu dieser Frau, der du dich so verbunden fühlst wie keinem anderen Wesen.

Den weiteren Abend verbrachten wir damit, unsere Augen über Küstenstreifen und Waldränder schweifen zu lassen. Ölskizzen, Kreidestudien unserer Vorfahrin. Zwei große Gemälde mit Wolkenballungen.

Ihre Augen hellten sich auf. »Das alles hab ich in ein paar Monaten zusammengetragen!« Ihr Finger folgt begrenzend der blauen Lineatur einer Schattenfläche. »Siehst du das? Es ist pastos gemalt. Wenn man es in von der Seite einfallendes Licht hält, wirft es so fast einen Schatten.« Nachdenklich betrachtet sie die untere Hälfte des Gemäldes. »Alles Hinzufügungen«, meint sie, »da bin ich mir sicher, eine Kriegsverletzung, wenn du willst, von polnischer Hand übermalt. Ein altes Bild. Ich kann mich noch gut erinnern, wie es einst entstand.«

15 Es hätte keiner Mühe bedurft, ihre Kontakte zu den Unternehmen zu nutzen, die ihr als Kunden noch von der Agentur vertraut waren. Mit Hilfe eines tadellosen Make-Ups, einiger vertraulicher Gespräche und der Zusicherung, etwa zwanzig Prozent unter dem üblichen Honorarniveau zu arbeiten, wäre es ihr leicht gelungen ein paar Aufträge mehr zu verbuchen.

Das Endergebnis aber wäre nichts, was sie in Leidenschaft versetzte. Das Allzu-Bekannte.

Mit dem zunehmenden Verlangen nach Besonderheiten und nach Abenteuer studiert sie Stellenangebote. Sie hatte sich vorgenommen so zu agieren, dass man den Eindruck gewinnen konnte, sie sei auf Arbeit aus Gründen des Broterwerbs nicht angewiesen. Sparsam mit Informationen umzugehen, die Ruhe zu wahren – übe Geduld, auch wenn du vor Interesse brennst!

Ein Versuch war schon gescheitert. Lass uns dem Misserfolg nicht lange nachhängen.

Beim zweiten Mal wurde es ihr kinderleicht gemacht. Eine örtliche Künstlergruppe sucht eine Assistentin, glänzende Umgangsformen, künstlerischer Werdegang, Preise, Auszeichnungen, Sprachkenntnisse erwünscht. Eine Halbtagstätigkeit.

Sie hatte sich schwarz angezogen. Die Galerie lag in einer stillen Seitenstraße, ein langer heller Raum mit Blick in einen Innenhof, darin ein Fliederbusch mit Spatzengezwitscher. Das Gespräch findet dann statt vor der Kulisse blauer Rechtecke in unterschiedlichen Größen, die unbeleuchtet einen kalten Eindruck machen.

Herr Rossmann, den es zu ersetzen gilt – selbst Künstler im Nebenberuf, Objekte, Installationen –, lehnte an einem Sekretär mit Aschenbecher, Salzgebäck und Kaffee. »Möchten Sie einen?« Aus irgendeinem Grunde wich das Lächeln nicht von seinen Zügen.

Es war unnötig sich den Kopf zu zerbrechen über kluge einfühlsame Formulierungen. Von Anfang an genügte es, auf Agenturerfahrung, die aufgeschlagene Grafikmappe und eine alte Liebe zur Kunst hinzuweisen. Während hinter seinem Rücken eine lange Bahn Papier aus dem Faxgerät quoll, die er ohne hinzusehen abriss, erläuterte er die Aufgabe: acht Ausstellungen pro Jahr, Austauschprogramm mit der israelischen Partnerstadt, Organisation von Atelierbesuchen, Vernissagen, das Übliche.

»Das Schöne an der Arbeit ist«, sagt er mit einer fliegenden Handbewegung, »man kann den Gang der Dinge weitgehend selbst bestimmen.« Sie ist brennend interessiert. Vielleicht liebt er einfach Schwarz.

Ein bisschen Tuchfühlung noch, ein Stück aus seiner Autobiografie, sie setzt ein interessiertes Gesicht auf. Dann fing er ein Gespräch über die charakterlichen Eigenheiten von Künstlerpersönlichkeiten an. Am Ende prosteten sie sich mit ihren Kaffeetassen zu. Seine Frage: »August, wäre das für Sie möglich?«, leitet den Abschluss des Gesprächs ein.

Er legt die Fingerspitzen aneinander und sagt: »Die blauen Bilder sind nicht etwa monochrom, wie Sie vielleicht denken.« Und sie findet es sinnvoll, sich jetzt auch noch für ein paar Erläuterungen zu interessieren, die ihm im Zusammenhang mit der Farbe Blau wichtig erscheinen. Im Zurückblicken auf die weiß gekästelte zweiflügelige Eingangstüre voll Ausstellungsplakate glaubte sie ihrem Leben eine neue Wendung gegeben zu haben. Ein Stück Entgrenzung, eine Expedition in Neuland.

»Jetzt bin ich dabei mich zu befreien«, sagt sie mutig in den blanken Abend hinein und entwirft Tonleitern, die gewiss noch keine Stimme gesungen hat.

Ein Programm für Fest- und Todestage soll heute eingeübt werden. Penderecki und *Fürwahr, er trug unsere Krankheit*.

Die Fenster in dem schummerigen Licht sind weit geöffnet. Die Sänger plustern grotesk die Wangen auf, strecken gleichzeitig die Zungen nach vorn und forschen mit den Augen entrückter Schamanen einem Klang in ihrem Inneren nach, den man nur nach langer geduldiger Suche wirklich findet.

Ein neues unverbrauchtes Gesicht schwebt vor dem violetten Maihimmel. Ein musisches Gesicht mit hohen Brauenbögen, schrägen Augen. Ihr Blick bleibt auf den roten Schuhen haften und beim Betrachten der wallenden Beinkleider kommt ihr gleich ein Stück aus dem Bischoff-Gedicht in den Sinn: »*Immer ist es noch derselbe braun gebrannte Bosniake, mit der buntbetressten Jacke, an den Füßen Samtgallons, alle Taschen voll Bonbons.*«

»Wenn etwa jemand wissen will, wer ab heute den Tenor im Falsett verstärken wird: Er heißt Janis, kommt aus Polen.« Wie bitte? Aus Brieg und hat ein Stipendium an der Musikhochschule. Noch mehr? Ein hoch Begabter, bald selbst Komponist, »nicht wahr, mein Junge? Zurzeit ist er aber noch einer der allerersten Nutznießer des Kulturabkommens, das unsere Regierung mit dem Nachbarland abgeschlossen hat.« Lieber Chorleiter, geht es nicht noch komplizierter? Nachbarland? Keiner in der Runde scheint zu wissen, wo Brieg liegt. Außer mir, denkt sie. Einige starren geistesabwesend auf die roten Schuhe von Janis.

Ihr war ein wenig schwindelig an diesem Abend, dem ersten wirklichen Frühlingsabend nach langen regnerischen Zeiten. Von einem Glas Sekt, das zu Ehren des neuen Sängers getrunken worden war oder von der schweren Süße des Chorsatzes, der jedem Neuankömmling als Willkommensgeste geboten wurde. Gemischt gesungen, wem sagt das schon etwas, Musik ist nun mal die Kunst, die am wenigsten mit Worten zu beschreiben ist.

Wie kann man es trotzdem tun? Keine tiefsinnige Theorie würde es treffen – Verschmelzung von Stimmen, eine Oberfläche von gemalten Tönen, ein rauschendes Klanggewebe?

Die Gläser, die gegeneinander stießen, machten eine schöne, nie gleichtönende Musik.

Die andere Hälfte des Abends. Ein Mann, dessen Gesicht sich zu keinem Lächeln verzieht. Er hatte sich angewöhnt, die wenigen Stunden zwischen dem Nachhausekommen und dem Lichtauslöschen in einem Meer von Papieren zu verbringen, mit einem Bodensatz aus Rioja im Glas, der so schwarz aussah und so roch wie Stierblut.

Sie gab ihm die Schuld. Sie dachte: Ich muss in Zukunft Acht geben, dass er nicht auf mich abfärbt. Er war da, zog sich aber immer zurück, bis in die Nacht füllte er mit einer schöngeschwungenen Schrift leere Zeilen auf einer Seite.

»Deine Fachkenntnis in Ehren«, sagte sie mutig, »erinnerst du dich noch an etwas, das Leben heißt?«

»Ob ich das gerade von jemand wie dir lernen kann?«, gibt er zweifelnd zur Antwort. »Wenn du dich sehen könntest, mit dem Blick nach innen und einem Seufzen auf den Lippen, jahraus, jahrein, und Nacht für Nacht eine Faust auf der Brust, die dir den Atem raubt. Nennst du das Leben?«

Schweigend sahen sie sich an. Wie lange wollten sie sich noch auf ihr gemeinsames Unglück berufen?

»Es wäre ja nicht so schlimm, wenn ich nicht auch noch immer auf das Gesicht deines Vaters starren müsste, sobald ich den Wunsch habe, dir etwas näher zu sein.«

Seine Antwort gab ihr zu denken. »Das ist vorbei«, sagte sie leise.

»Willst du ihn nicht endlich begraben und ihm die Ruhe gönnen, die er nach allem verdient hat?«

Erschüttert, mit dem Ausdruck größten Ernstes sah sie ihn an. »Das ist vorbei«, sagte sie noch einmal ganz automatisch. Er hatte wohl mit dem, was er sagte, Recht.

Einige Tage nach dieser Unterhaltung ließ sie die Fotografie ihres Vaters in Uniform, die seit Jahren auf dem Tischchen neben ihrem Bett gestanden hatte, verschwinden.

Die letzten Tage dieses Frühsommers schienen nie enden zu wollen. Tiefviolette Sonnenuntergänge und aprikosenfarbene Aufgänge. Wenig Schlafzeit. Die paar Stunden Nacht, in denen die Siebenschläfer einen Heidenlärm in der Isolierschicht aus Glaswolle vollführten und sie im Halbschlaf ihre warmen Seidendecken von den Gliedern streiften.

Vor Sonnenaufgang weckte ein kalter Lufthauch sie und trieb sie unter die Decken. Der Mond tauchte gerade noch die Geranienkästen und eine weiße Wand dahinter in blaues Licht. Agnes lag mit offenen Augen auf dem Rücken, schwer zu sagen, ob sie überhaupt geschlafen hatte. Etwas wie Reisefieber hatte sie seit gestern befallen.

Ludwig schläft noch, klammert sich an ein Kissen wie als Kleinkind, einen Haarkringel auf die Stirn geklebt.

Plötzlich wurde ihr warm, sie schwitzte. Leise machte sie sich daran, ihre Vorbereitungen zu treffen. Blusen, ein feierliches Kostüm, Sandalen. Mit einem hellen Klirren fiel ein Schmuckstück auf den Boden, das sich von einem Revers gelöst hatte. Sofort brummte Ludwig verärgert und wandte sich auf die andere Seite. Bevor sie weitermachte, wartete sie, bis er sich wieder beruhigt hatte. Vor dem Spiegel prüfte sie ihr Morgengesicht. Trotz der sehr frühen Stunden leuchtete es. Noch einmal fiel ihr Blick auf die schlafende Gestalt im Bett. Gestern hatte sie einen jungen Polen in den Armen gehalten, dessen Mutter nur fünf Jahre älter als sie selbst ist. Kaum zu glauben.

Sieh mich an. Kannst du verstehen, dass dieser Tag mir etwas bedeutet?

Seit Beginn der Fahrt bewegte sie das Stück Papier zwischen ihren unruhigen Fingern hin und her und er hörte sie irgendwelche Melodien vor sich hinsummen. In einer Welt, die ihr immer wieder den Atem nahm, hat sie sich angewöhnt, diese kleinen Fluchten anzutreten. Manchmal sang sie sich während einer längeren Autofahrt das gesamte Repertoire der Chorarbeit vor. Ein andermal wieder summte sie über die Dauer einer halben Stunde hinweg einen einzigen Ton. Ihr Nada Brahma nannte sie das oder auch schlicht ihren Körperton. Alles, um zu einem Gleichgewicht zu finden, erklärte sie ihm etwas pathetisch und auch, dass dazu nötig sei, die Herrschaft der Augen zu Gunsten des Hörens zu unterbrechen. Ach Agnes.

Sie hat ihn überredet, sie zu ihrem Familientreffen zu begleiten, obwohl ihm das keineswegs in den Kram passte.

Am Montagmorgen begannen seine Seminare und Arbeitsgruppen und eigentlich würde er sich gern in Ruhe etwas darauf vorbereiten. Er versucht sich zu erinnern, wann zum ersten Mal ihn der Gedanke bewogen hat, seine Aufmerksamkeit, die er stündlich mehrmals den Lebensproblemen wechselnder Personen zukommen ließ, auch einmal sich selbst zuzugestehen.

Vielleicht am Krankenbett seines Vaters, als er mit leise klopfendem Herzen gespürt hatte, dass dieser verwirrte Kopf und malträtierte Körper etwas mit ihm zu tun hatte.

Immer häufiger ist es in der letzten Zeit vorgekommen, wenn er einen Patienten vor sich hat, der ihm seine Symptome schildert und dabei auf Bilder seiner frühesten Kindheit zu sprechen kommt, dass er sich dabei ertappte, bei sich selbst zu verharren und erst wieder zu seinem Patienten zurückzufinden, wenn dieser verstummt war und ihn anstarrte.

Vielleicht hätte er gar nicht Arzt werden sollen, sondern Altertumsforscher oder Historiker, aber um sich solche Fragen zu stellen, war es jetzt eigentlich zu spät.

Er tröstet sich damit, dass Quartal um Quartal viel Geld in seine Hände fließt, mit dem er in angemessener Zeit sein Leben noch ein wenig umzuformen gedenkt.

Sie döst mit geschlossenen Lidern und aufrecht auf den Schultern sitzendem Hals. Auch in dieser Ruhepose, stellt er fest, sind ihre Sehnen so angespannt wie bei einem Raubtier vor dem Sprung. Ihm war längst aufgefallen, dass diese Frau sich niemals mit Hingabe in ein Kissen kuscheln konnte und eine bequeme Haltung einnehmen.

Keuchender Atem, alarmierte Augen, eine Hand auf der Brust, so kannte er sie seit Jahren, und meistens in einer Haltung, als wolle sie gleich fliehen.

Der angekündigten Wandlung traut er noch lange nicht.

Gewiss gibt es schönere Frauen, Frauen, die sich bereitwilliger hingeben und einem Mann mehr Bewunderung entgegenbringen, als Agnes es tut. Er denkt da an bestimmte Patientinnen. Warum er trotzdem weiterhin mit solcher Anhänglichkeit an dieser Frau festhält, gehört zu den Dingen, die er sich selbst nicht erklären kann.

Vielleicht würden ihn die Seminare demnächst etwas weiterbringen.

Ludwig schaltete den Autopilot ein, streckte einen Arm aus und ließ eine Hand auf ihrer ruhen. Ein zufriedener Blick glitt über die mattschimmernden Armaturen seines Wagens. Seine kleine Freude über dieses Stück käuflicher Bequemlichkeit hätte er Agnes gern mitgeteilt, hundertneunzig bei einem Verbrauch von sieben Liter, Diesel versteht sich, dafür stellt er doch jede andere Nobelkarosse in die Ecke. Rechtzeitig schlug Agnes die Augen auf und er fing ein ganz zufriedenes Lächeln ein.

Vier Fahrstunden.
Nachdem sie erst die Bahnüberführung hinter sich gelassen hatten, tauchte ihr Reiseziel vor ihnen auf, eine graugrüne Parklandschaft mit vereinzelten hohen Bäumen. Links der Straße lag die Tagungsstätte, von orangegelben Blumenrabatten und dunkelgrünem Lorbeer eingefasst. Das Haus, in dem das Schlesische Landesmuseum untergebracht war, glich ein wenig einem Domänenhof aus vergangenen Zeiten.

Fünf Uhr nachmittags. Vor den hohen sonnenbeschienenen Mauern schlenderten ein paar dunkelgekleidete Besucher. Gebeugte alte Männer, die von jüngeren Verwandten geführt wurden. Robuste alte Damen, die schon damit begonnen hatten, über die Jahrzehnte hinweg Brücken in die unendlich ferne Heimat zu schlagen. Agnes fängt auf, wie jemand sagt: »Es war im Sommer 41, als der Sommer bis in den Oktober hinein dauerte – da haben wir unseren Dichter das letzte Mal gesehen, er hatte damals gerade die junge Frau geheiratet, wie war ihr Name?«

Im Windschatten des Innenhofes ging das Jonglieren mit Fest- und Trauertagen weiter. Kleine Lacher, plötzliches Innehalten im Laufen, eine jäh aufgedeckte Gemeinsamkeit lässt die Gesichter der Vertriebenen und ihrer Angehörigen zu Masken des Staunens und der Betroffenheit erstarren.

Agnes balancierte vor Ludwig her auf roten Absätzen über die glattgetretenen Steine des alten Kopfsteinpflasters. »Wo sind meine Verwandten? Könnte uns bitte jemand erklären, wo geschlafen und gegessen wird und wo sich die Ausstellungsräume befinden?«

Ein von Hortensien gesäumtes Plakat weist zum ersten Mal auf die Malerin und das bevorstehende Ereignis hin. Gertrud Amalie Paar – 1859 – Breslau – 1938. Eine Künstlerin zwischen Tradition und Moderne. Noch mehr Leute um sie herum, die vor dem Hofbogen aus dem Auto stiegen und ausriefen: »Wie schön, wie schön!«

Über steile knarrende Stiegen bis unters Dach, wo sie ein bescheiden eingerichtetes Mansardenzimmer bezogen. Würde es gelingen, dieses abgeschlossene Stück Dasein noch einmal in die Hände zu nehmen und zum Leben zu erwecken?, fragt sich Agnes und legt bewegt für einen Augenblick die heiße Wange an die kühle Fensterscheibe.

Wenn ja, so wäre das einzig und allein ihrer Mutter zu verdanken. Jetzt ist der Augenblick, auch ihr Bewunderung zu zollen. Für die Hartnäckigkeit ihrer Nachforschungen in Archiven und Museen nach Spuren der verschollenen Kunst. Dann ihr resolutes Auftreten bei den Behörden. Und die Einforderung des Rechts auf Anerkennung einer Künstlerin, die durch die Wirren des Krieges und die Abspaltung der Ostgebiete in diesem Land vergessen worden ist. Verwirrende Augenblicke für Agnes, in denen private Berührtheit und ein Stück Kulturgeschichte untrennbar ineinander verwoben scheinen. Ob Ludwig das versteht?

»Du musst dich beeilen«, macht er ihr klar. »Jetzt ist nicht die Zeit in alten Gefühlskisten herumzuschnüffeln.« Dieser freundliche Mensch mit dem Gemüt eines Metzgerhundes, denkt sie noch und entdeckt tief unten ihre alte Tante Helen vom Bodensee.

Eine Viertelstunde später. An der Kopfseite in dem dunkelgetäfelten Raum sind lange Tische mit weißen Tüchern gedeckt. »Sind das deine Eltern? Ich träumte er wäre tot ... Und wir sind vergangenes Jahr zum ersten Mal in unserem Haus in Hirschberg gewesen, diese Polen, was haben sie nur aus unserer Stadt gemacht!«

Ein Vorhang aus Gesprächen, in den man eingehüllt wird. Dazwischen hasten große resolute Frauen, Kaffeekannen mit den Bunzlauer Pfauenaugen darauf in beiden Händen. Berauscht verschlingen wiedergefundene Freunde in Eintracht große flache Streuselkuchen und Stücke von gedrungenen Baben. »Darf ich vorstellen, Gymnasiallehrer Keller aus dem Riesengebirge, Ritter, Pastor in Erdmannsdorf.«

Im lauten Durcheinander wird ihr Name aufgerufen. »Ludwig, erschrick nicht, alle diese Menschen kommen aus dem Land, in dem auch ich geboren bin. Da ist meine Mutter, das ist Onkel Ernst. Die Tanten aus Bremen, Ratingen, Husum und aus Bonn. Wie schön, dass alle noch am Leben sind. Und dazu ein paar Cousinen mit ihren Ehemännern. Kannst du dich noch an mich erinnern? Friedrich, Atomphysiker. Ich war das wilde dreizehnjährige Bürschchen, mit dem du für eine Nacht ein Zimmer teilen musstest, als ihr auf der Flucht wart.«

»Und der uns seine Läuse hinterlassen hat?«

Jetzt, vierzig Jahre nach dem Ereignis, darf gelacht werden. Agnes musste sich aufrichten und ihre Augen suchten nach einem festen Punkt in diesem Raum. Ein Getöse um sie her. So ist das, all diese hervorgezerrten Erinnerungen. Alle diese tiefen Einschnitte in Leben und wieder ausgegrabenen Toten. »Was ist aus Michael geworden, dem Sohn von Ewald, der an der Newa gefallen ist? Und Max, wer hat von dem noch etwas gehört?« Ihre Rollen scheinen klar, ihrer Mutter fällt es immer wieder zu, die Stellen aufzuzeigen, wo die Geschehnisse ineinander laufen.

Die große, sanft aussehende Frau, die etwas abseits steht, etwa im gleichen Alter wie Agnes, ist Wilma, eine nahe Bekannte von Onkel Ernst. Übrigens würde er in etwa einer Stunde die Laudatio halten. Eine besondere Frau – öfters begegnen sich ihre Blicke.

So nah, denkt Agnes, war ich meiner Vergangenheit noch nie. Alle, die sich hier versammelt hatten, waren durch eine unsichtbare Nabelschnur mit einer fernen großen Mutter verbunden.

Hunderte von Therapiestunden, in denen geseufzt, geweint, geklagt und geflucht worden war, lösten sich in dieser einen Stunde auf. Man füllte ihre Tasse, ihren Teller noch einmal mit Stücken schlesischer Mundart, mit Episoden aus dem Hausschatz und einer offen gezeigten Freude. Diese Gesten der Bescheidenheit. Hände, die sich auf ihr Gesicht legten, Augen, die ihren Vater angeblickt haben. Auch das gehört zu den Geheimnissen, die sie alle Jahre mit sich herumgetragen hat.

Einmal begegneten ihre Blicke den Augen von Ludwig, der aussah, als denke er: Am besten gehe ich, was habe ich hier verloren?

Dann wurde es Zeit für sie in den Festsaal zu gehen.

Als das Gesumme wie in einem Sommerfeld langsam verstummte, würdigten ein Staatssekretär, ein Oberbürgermeister und der Direktor des Museums den Anlass, den Ort und endlich die Person, der zu Ehren heute nicht nur die auseinandergesprengte Familie, sondern auch über das Land verstreute alte Schlesier, Sudetendeutsche, Vertriebene, alle hochbetagt, erschienen waren.

Dann am Rednerpult Mutter. Auf ihrem Gesicht erschien ein aufrichtig ernster Ausdruck, als sie von Gerüchen und Stimmen, Plätzen und Tragödien berichtet, alles gesehen im Lichte dieser großen Frau, auf die sie immer wieder hinweist. Drei Jahre ist das her, als erste Spuren in ein polnisches Museum führten. Und jetzt: ein Lebenstraum geht in Erfüllung. Hinter dem noch zugezogenen Vorhang fünfzig Kunstwerke, fünfzig Gemälde von Leihgebern, Auktionen, Museen, die meisten von ihnen verschüttet, verschollen und jetzt und hier zusammengetragen. Und ganz am Rand muss noch gesagt sein: Der große Herr da drüben ein Pole, Repräsentant des größten Bildermuseums in Polen heute, auch er ist hier erschienen und das beweise wohl am besten die Freundschaft zwischen ehemaligen Opfern.

Kleine Seufzer, ein Raunen der Bewegung, wir sind in eine Stück Geschichte geraten. Hier und da weiße Tüchlein, die ein paar gerührte Tränen abtupfen.

Dann hat das Wort der Großneffe, der im Besitz akademischer Grade bestens geeignet scheint, Lebenslauf und Werk der Malerin ins rechte Licht zu rücken. Wer wusste schon bis heute, dass eines ihrer Bilder auf der Pariser Weltausstellung hing? Und wieder und wieder der Krieg, der allem ein jähes Ende setzte. Diesmal, den Ruhm der Malerin bis an die Grenzen des Vaterlands zu tragen.

Agnes konnte den Arm von Ludwig neben sich spüren. Langsam stellte sich Abstand ein zu den Worten, die wie Prozessionszüge an ihr vorüberziehen. Und Teile ihres Körpers begaben sich zu den Bildern. Sie streicht mit anderen ehrwürdig daran vorbei. Durch Ginster, Sand auf Diwenow, die Füße in Ostseewellen, und über dir einen der weiten hohen Himmel, die eine Spezialität der Malerin waren und deren Wirkung, wie Kluge hinter dir flüstern, auf dem goldenen Schnitt, zwei Teile Himmel, ein Teil Erde, beruhen. Blitze erhellten für Sekundenbruchteile den umnebelten Raum, Hintergrund bleibt Hintergrund, aber davor leuchten ganz kurz Gesichter wie Sternschnuppen auf bevor sie verschwinden. Als offizielles Ende des Tages wird eine Triosonate gespielt. Und als Agnes den Stuhl zurückschob und die Beine streckte, drängte sich eine große herzliche Frau zu ihr und umarmte Agnes, als seien sie alte, sehr gute Freundinnen.

»Ich schau mich derweil um«, sagte Ludwig mit erloschener Stimme.

»Wir waren schon fast Nachbarn«, beginnt die freundliche Person dann eine Erzählung, die drei Generationen weit zurückreicht, von Liebe, Fortpflanzung und Tod handelt und bei einer Reise mit Pferd und Wagen endet, die ihre Mutter und ihr Bruder bei Kälte Winter 45 antraten.

Und in deren Verlauf sie selbst das Licht der Welt erblickte, während ihr Vater, ein Pastor, in einer Kirche erschossen wurde. Wir kennen solche Geschichten.

»Und so wie du war ich noch niemals dort, ich wollte erst den rechten Zeitpunkt finden.«

Mir geht es ähnlich.

Sie füllten ihre Gläser auf und waren plötzlich Schwestern in ihren laut geträumten Träumen. »Jahrelang schiebe ich diese Reise schon vor mir her«, sagte Wilma. »Schön, wie wäre es jetzt also damit? Anfang Herbst, zu Ende des Sommers?«
Ein alter Caravan, der im Notfall auch als Schlafplatz dienen könnte, Gaskocher inbegriffen, ist vorhanden. Gerührt sah Agnes der neuen Schwester ins Gesicht, die ihr so offen ihre Begleitung auf eine nostalgische Reise anbietet. Würde uns noch jemand begleiten wollen? Sozusagen als Zeitzeuge? Agnes sah zu, wie ihre Reisegefährtin in großer Eile einen Plan ausarbeitete, in dem ihren Blutsverwandten schon ihre Plätze zugewiesen wurden. Reisende waren ja immer in Eile und hatten immer schon das nächste Ziel vor Augen und deshalb keinen Blick für den Moment. Ein Händedruck zur Bestärkung eines Vertragsabschlusses, dann hielten sie einander die Wangen hin und gingen auseinander.
Das Ende eines Feiertages und diese Idee am Horizont.
Später, als alle Hände geschüttelt, alle Fragen gestellt und schon beantwortet waren und der Trubel in ein Adagio überging, fragte sie sich in leichter Benommenheit, ob dieser Abendhimmel immer schon so ausgesehen hatte wie gerade heute: so leer, so hoch, so blau. War das nicht ein geliehener Himmel der Malerin, zwei Teile Blau, ein Teil grüne Erde?
Den sie versuchen will, nach Hause mitzunehmen.
Ihre Zukunft? Vielleicht ein weites Feld, das offen daliegt und nicht mehr deutschen Feinden gehörte. Nur Ludwig stöhnte am Ende etwas.
»Weiß Gott, ich fand das alles sehr anstrengend. Erwarte bitte nicht von mir, dass ich in einen Kanon einstimme. Bilder einer anderen Zeit, gewiss. Ein aufrechtes Familien-Porträt, aber wieso sollte ich etwas von dem berichtigen, was mir vernünftig scheint? Die Geschichte Deutschlands und die deinige decken sich halt nicht in allen Punkten.«
Er stellte noch den Wecker, öffnete weit das Fenster und sagte müde: »Wir konnten kein Wort miteinander wechseln, obwohl wir Gründe dafür gehabt hätten.« Agnes legte sich flach auf den Rücken und schob Ludwig friedfertig einen Arm unter den Kopf. Warum sollte sie jetzt noch gesprächig sein? Um zu trösten oder abzuwiegeln? Jetzt, wo die Vorhänge sich leise im Lufthauch blähten. *Wir haben ja noch Zeit vor uns und morgen steht es dir frei, ganz beruhigt zu verreisen.*
Einen Augenblick später war sie eingeschlafen in einer Stimmung, die gemischt war aus trotziger Fröhlichkeit und unerklärlicher Wehmut.

Jemand hat zu mir gesagt: »Warst du schon einmal in Manila?«
Über den Kopf dieser Person hinweg sah ich auf eine Stadt mit einem ummauerten Kastell, einem Hafen, in dem Schiffe lagen. Rätsel waren in die Wände geritzt, die erst nach Jahren zu entziffern wären. Die Stadt bewegt sich leise, wie in Trauer, Fahrzeuge, Tiere, wenige verhüllte Menschen. Abschied liegt in der Luft. Die ganze Stadt lebt im Abschied. Mir ist, als läge sie am Ende eines Kontinents, wie in den frühesten Menschheitsvorstellungen scheint hinter ihren Grenzen eine Scheibe abzubrechen, zu bröckeln, darunter Abgrund, dahinter in dem blassen bläulichen Licht. Nichts. Über meinen Kopf hinweg sagt jemand voraus, wie lange wir hier vo-

raussichtlich noch bleiben, mit welchem Zug wir am Abend zurückkehren werden oder mit welchem Schiff. Die Stimme ist ganz zögerlich und ich denke, er ist sich ja gar nicht sicher, er fürchtet sich. »Ist das hier Manila?«, fragte ich. Er nickt.
»Warst du schon hier?«
»Noch nie.«
»Ist das eine Stadt?«
»Es war einmal eine Stadt.«
Dann fuhren wir mit der Straßenbahn zum Bahnhof, jemand trug eine Aktentasche mit sich, die er fest umklammerte, die Tram war ganz leer, auf den Straßen bewegten sich langsam Menschen wie auf Bildern von Magritte.
Ein Traum. Der letzte, den die Analytikerin von ihr zu hören bekommt.
»Noch immer so viele Rätsel«, sagte sie, als Agnes schwieg. Sie sprach wie ein Mann, mit tiefer Stimme. Und es klang spöttisch, aber auch liebevoll.
»Aber der Traum scheint Sie nicht sonderlich zu beunruhigen.«
»Eigentlich nicht«, antwortete Agnes, »fürs Erste habe ich ganz reale Ziele.«
Und sie kam sofort zur Sache, auf die Künstlergruppe kam sie zu sprechen, die Galerie, ein wenig eng vielleicht, aber mit Licht von der Seite, auf den Reiz der Aufgabe, genau im richtigen Augenblick. Und als sie schilderte, was für ein Kinderspiel es gewesen war, diesen atemberaubenden Neuanfang zu machen, wurde ihre Stimme ganz fröhlich. Der Analytikerin fiel der neue Ton auf, auch als später noch von einer Reise die Rede war. Einer Reise zu dritt oder viert, »nach Manila«, darüber musste Agnes lachen.
Die folgerichtige Frage: »Warum lachen Sie?«, beantwortete die Klientin mit den einfachen Worten »Weil ich mich freue.«
Am Schluss der Stunde kamen sie überein, dass der Traum ganz leicht zu verstehen sei, wenn man ihn als ein verschlüsseltes Bild für eben diesen Neuanfang betrachten würde. Damit schien beiden gedient. Agnes war aufgestanden, hatte sich wie eine Katze gestreckt und Frau Jordan eine warme Hand gereicht. »Vielen Dank.« Und weil sie wie viele östlich beheimatete Naturen zur Bewegtheit neigte, drehte sie sich auf dem Absatz um und verließ diesen Raum vorerst für immer.

Die Stimmungen wechselten sich ab.
Den Aufschwung, den ihr Leben seit kurzem genommen hatte, nutzte sie auf verschiedene Weise. Es war nicht schwer, jemand zu finden, der vorzeitig in ihren Mietvertrag einstieg, in einer Stadt, die Jahr für Jahr mehr als zwölftausend Studenten beherbergt.
Ballast abwerfen. Noch etwas zu Ende führen. Dann in den folgenden Tagen hatte sie sich plötzlich dazu entschlossen, an die Kriegsgräberfürsorge zu schreiben. Sie glaubte, das ihrem Vater noch schuldig zu sein. Genaue Anschrift: Umbettungsdienst Sankt Petersburg.

Das bedeutete: sich aufs Tiefste noch einmal auf etwas einlassen.
Tagelang hat sie ihren Blick über schwarzweiße Fotografien gleiten lassen, auf denen die Landschaften abgebildet waren, die sie aus den Briefen ihres Vaters kannte.

Da ist ein lichter Birkenwald zu sehen, hinter Fedjkowo und du weißt, auf diesem Gelände liegen mehr als zweitausend deutsche Soldaten.

Eine Landkarte an die Holzwand gepinnt: Graugrüne und blassgelbe Farbflecken wie Ölschlieren auf einer Pfütze. Der abbröckelnde Rand des Kontinents, in einer Ausdehnung von zweitausend mal fünfhundert Kilometern und irgendwo da mittendrin eine von abertausend Grablagen, die zu ihm gehört. Sich vorstellen: wenn ein Sondierungsstab auf Steine trifft, gibt es einen ganz bestimmten Klang. Stößt er auf Gebeine, hört es sich anders an und wieder anders, wenn ein Lederstiefel getroffen wird. Es soll auch einen Handel geben mit Erkennungsmarken, Orden und gut erhaltenen Koppelschlössern. Von Goldplomben ganz zu schweigen.

Vor einem Jahr noch hätte das Wissen um diese realen Dinge ihr die Luft geraubt.

Wenn drei oder fünf Jahre vergangen sind, das Ereignis aus allen Blickwinkeln betrachtet worden ist, werde ich versuchen, meine Melancholie in Worte zu fassen um endlich zur Ruhe zu kommen. Wer wollte ihr das eine verwehren?

Und dann das andere – die Sache mit Janis, dem Polen?

Gleich von Anfang an, wenn sie ihn über den Notentisch hinweg anschaute, wandte er den Blick nicht ab. Träge Lieder, heitere Lieder. Jannequin, wie für Sommerabende gemacht. An einem Abend geht ihr jede Note wie Sirup von den Lippen, eigentlich singt sie ja für sich, aber ein wenig auch für ihn. Wie kann man sich das erklären, etwas wie Tanzen ohne Musik?

Während all der kleinen Handlungen an diesem Abend, welche die Leute um ihn herum ausführten, dem Plätzetausch der Sänger, dem Aufstehen und Niedersitzen, dem Getuschel und Geschichtenerzählen am Ende einer gerade einstudierten Phrase und auch dann, als die Flasche mit minderwertigem Weißwein die Runde macht und viel Gelächter erzeugt, fällt ihr auf, dass dieses Gesicht nie lacht.

War dieser Junge am Ende auch von Erlebnissen umgeben, düsteren oder abstoßenden, die seine Ernsthaftigkeit erklären?

Sie lächelte ihm über die Schulter hinweg zu und er zog als Reaktion die Augenbrauen etwas in die Höhe. Als sie sich wieder umschaute, war er verschwunden.

Was gab diesem Jungen mit den schlechtsitzenden Hosen und dem unbeirrbaren Blick nur solchen Zauber? Manchmal wurde sie Zeuge, wie er mit der eigenen Hautoberfläche spielte. Narziss. Und wie er sang. Wahrhaftig, in den höchsten Tönen, wie sie es noch nie von einem Mann vernommen hat. Einmal hörte sie seine Nachbarin ihn fragen: »Wann kommen deine Eltern nach Deutschland?«, und sah, wie er sich ihr zuneigte, um leise zu antworten.

Ist es schon so, dass du berechnend darauf achtest, wohin er seine Sympathien verteilt? Ihr Neid auf dieses Stückchen Intimität. Lass ihn!

Lass ihn mit den Jüngeren ziehen, die zu ihm passen.

Aber er schließt sich niemand an, und sie vermutete, dass sich sein Leben in ähnlich grandioser Einsamkeit abspielte wie das ihre.

Woran erkennt eine Nachtigall die andere?

Einmal, in der vorletzten Probe vor der Sommerpause und sie hatten zum Ausklang und zur Vorschau auf das kommende Programm Revolutionslieder gesungen, da holte er sie am Fuß der Treppe ein und fragte sie, in welcher Richtung sie laufe. Sie sah sich eine unbestimmte Armbewegung machen und der Junge sagte ohne Zögern: »In die Richtung muss ich auch.« Darauf waren sie wie Schlafwandler nebeneinander durch die Gassen gelaufen, als gerade die Lichter der Stadt angingen. Mit verzögerten Schritten und erhitzten Wangen.

Und da erzählte er ihr in allem Ernst, er habe schon zu Beginn des Abends gewusst, dass er mit ihr zusammen gehen würde. In allem Ernst. Wie meinte er das bloß?

Und sie? Ist ratlos neben diesem jungen Unbekannten, der sich schon im Gehen so anders anfühlte als alles da Gewesene. Dazu noch die Sonnenwärme, die der Asphalt an die Nacht zurückgibt und ringsum dunkle Standbilder, die sich aneinander klammerten.

Womit beginnt man? Bei dem Chorgeist, dem Wir-Gefühl dieser Sängervereinigung? Beim Umblättern von Noten, beim Programm? In ihrer Verwirrtheit fragt sie noch nach dem Beruf und wo er wohne.

Und sie versucht, nicht Acht zu geben auf die aneinander drängenden Leiber um sie her, das Geschnurre und Geseufze.

Musste es so weitergehen? Der Junge hatte sie mit Bedacht gewählt, um seine Lebensgeschichte anzuhören. Von einer polnisch-jüdischen Mischpoche ist die Rede, die irgendwann von Lemberg nach Brieg übersiedelte. Von Mutter und Vater, die früh starben und einem Jungen, der mit sechs Jahren die Oper *Rotkäppchen* komponiert, sie werde immer noch in Schultheatern aufgeführt.

Sie lächelte, nickte, lauschte.

Als wiederhole er, was sie schon kannte: Ein kleiner Junge, der in einem leeren Haus umherirrt, bis Nachbarn ihn in ein katholisches Heim bringen. Der keine Ahnung zu haben schien von dem größten Bevölkerungsaustausch, der nach 1945 weltweit stattgefunden hatte.

Junge, wo du geboren bist, lebten vor dem Krieg sechshundertdreißigtausend deutsche Bewohner, unter anderem auch ich.

»Du, eine Polin?« Jetzt lächelte er, als ob er das auf die selbstverständlichste Art in Ordnung fände. Was scherte es ihn, wenn dieses Land, von dem sie sprachen, siebenhundert Jahre lang deutsch gewesen ist. Nützte es etwas, in dieser Stunde geschmolzenen Silbers seine abweichenden Geschichtskenntnisse mit den ihren in Gleichklang zu bringen?

Lassen wir endlich das Nationale. Hör auf damit, mir jetzt von einem Polenkönig Jan Sobieski zu erzählen, als wenn es dein Großvater wäre, selbst wenn er Wien und noch ein paar deutsche Städte vor der Türkenherrschaft bewahrt hat.

Erzähl mir lieber das Märchen vom Zauber deiner Stimme.

Natürlich entdeckte man: Das Kind hat ja das absolute Gehör – und von den wächsernen Marienbildern um dich her, den Gebeten und Kniefällen, die dich am Leben hielten.

Wer kam noch vor?

Die Nonne, die ihn die Musica Sacra gelehrt hat und die Anfänge des Violinspiels. Eine russische Gesangslehrerin. Ein strenger, aber väterlicher deutscher Komponist, der Janis drängt, das Abitur zu machen. Also doch: jede Menge multikultureller Austausch trotz Sprachbarriere und Kommunismus. Zum soundsovielten Male waren sie stehen geblieben, um mit offenem Munde einander zu bestaunen. Und sind am Ende fast im Kreis gelaufen und schon am Bahnhof angekommen. Dort hatten sie sich endlich geküsst.

Das war's, mehr war nicht. Vielleicht hat sie im letzten Augenblick Ludwigs ferner Blick zurückgerufen. Oder sie traute sich die folgende berauschte Stunde nicht mehr zu. Vielleicht war's auch der tiefe Ernst in seinen Augen, der diese Grenze setzte.

Nun saß ihr wie immer der junge Mann gegenüber, vielleicht ein musikalisches Genie, dessen Name nachfolgenden Generationen noch bekannt sein würde, wenn ihrer längst erloschen war. Und er sah sie an, als sähe er einen Geist.

Auch heute war der Mond da, aber nun hatte sich die Empfindung, die sie noch vor ein paar Wochen bereit gewesen war zu Liebe zu erklären, im Schein unbestimmbarer Ereignisse gewandelt. Während sie sich in auseinander laufenden und wieder überschneidenden Linien zusangen, sah sie gerührt, wie unendlich jung der Pole war.

Schau mich nicht so an, es ist ja nichts geschehen, was uns unglücklich machen könnte. Wir haben viel gemeinsam und das bleibt auch durch den Sommer so. Du kommst da her, wohin es mich immer drängender zieht. Wir sind ohne darüber nachzudenken neulich in eine Art Theater gegangen, in dem wir beide unsere Rollen spielten. Aber das hier ist kein Theaterstück, wo durch Kunstvorführung Ergriffenheit erzeugt wird. Und wenn wir dabei blieben, würden wir schon sehr bald durch die Wirklichkeit betrogen. Lass dir's gesagt sein, denn ich bin zehn Jahre älter als du. Deine Stimme ist deine Gegenwart, deine Musik ist die Zukunft.

Schon wieder Gesualdo, Byrd und alle, die eine Ahnung haben von Leidenschaft und Traurigkeit. *Hast du gewusst, was für ein Verbrechen dieser Mann begangen hat? Nein? Dann lass dir's mal erklären.*

Und jetzt zwischen den vielen schönen Stimmen, das unmögliche Wort, fühlte sie sich wieder allein. Und erinnerte sich daran, sich schon einmal so leer, so bis zum innersten Punkt in sich gefühlt zu haben.

Dann, noch bevor die Zeit zum Gehen gekommen war, zum Reihum-Abschiednehmen, versenkte sie ihre Lieder in der schwarzen Mappe und in Vorwegnahme der allernächsten Schritte eilte sie in Gedanken dem Ausgang zu genau in dem Moment, als seine Augen so etwas wie eine Erklärung von ihr forderten. Die Augen nach vorn gerichtet und mit energischen Schritten.

Kurz nach eins kam sie herein, eine große kräftige Blondine, deren Haar beginnt sich vor der Zeit weiß zu färben. Auch die Geschichte dieser Frau sollte Agnes an diesem Tag zu hören bekommen.

»Seit meine Mutter tot ist und ich die Dinge, die ihr gehörten, aufbewahre, ist mir bewusst, dass nichts mehr von meiner Familie übrig ist als ein paar armselige Kleinigkeiten: zwei Klavierleuchter, die Fotoalben, eine gewebte Decke aus dem Kaukasus mit schönen blauen Vögeln.«

Zum zweiten Mal näherte sich ein Ober. Agnes sagte: »Wollen wir zuerst bestellen, sicher hast du Hunger.«

Wilma ergriff ihre Hand und drückte sie mit Herzlichkeit. »Ich freu mich richtig«, sagte sie, »seit unserem Gespräch habe ich unausgesetzt an unsere gemeinsame Reise gedacht, kannst du das verstehen?«

Eine Karaffe mit Württemberger Trollinger und sofort nahm keine von ihnen mehr die schwäbische Wirklichkeit wahr.

Womit sollte man beginnen? Vielleicht bei der Abstammung der Großmutter und ihren kräftigen weißen Gänsen, die auf einer Wiese an der Glatzer Neiße weideten? Oder dem Pastorenhaus neben der klassizistischen Fassade der Marktkirche, wo der Vater predigte und in dem Seitenschiff Religionsunterricht erteilte. Und von wo die Mutter dann, schon neun Monate schwanger, aufgebrochen ist. Mit dem Bruder an der Hand und einem Karren. Von Wilmas Vater ist nur noch die Erkennungsmarke geblieben. Ihre Geburt fand auf der Flucht statt, fast biblisch, könnte man sagen. Wenn schon nicht in einem Stall, so doch bei Bauern in der Gesindestube. Agnes kannte das alles. Die Bilder eines Überlebenskampfes. Das Erschrecken bei der Wiederkehr eines ganz bestimmten Traums.

Auch den beschwörenden Tonfall, in den Menschen verfallen, die zum ersten Mal über das verleugnete Leben und ihre verlorene Identität zu sprechen beginnen.

»Ich will nicht weiter halb blind auf dieser Erde herumlaufen«, sagte Wilma erregt, »hätte ich meiner Mutter nur rechtzeitig Fragen gestellt, nun ist es zu spät.«

Einen Augenblick lang hielt die Frau vor Bewegtheit inne und Agnes half ihr aus dem Schweigen, indem sie sachliche Fragen stellte.

»Wann wollen wir aufbrechen? Ist ein Visum nötig? Welches soll unser Treffpunkt sein?«

Noch in derselben halben Stunde, bei Kaffee und Keksen, zerbrachen sie sich die Köpfe über die einzig richtige Reiseroute und Wilma fragte Agnes, ob sie einverstanden sei, auch der Gedenkstätte des Widerstandes einen Besuch abzustatten.

Am Ende dieses Nachmittags stand fest, welchen Weg sie nehmen würden, und Agnes konnte das Gefühl der vergangenen Stunden nur mit dem Wort Dankbarkeit umschreiben, dafür dass Wilma ihr ein Gebiet zeigte, das ihr bis dahin verschlossen war.

Es hatte nicht viel Mühe gekostet, die alten Damen zu überreden.

Sie redeten einander ein, den Untergängen gewachsen zu sein, die wir noch einmal auferstehen lassen wollten. Und uns Nachgeborenen etwas von den Ungereimtheiten entwirren zu helfen, denen wir nach ihrer Meinung durch die offizielle Berichterstattung ausgesetzt seien. In aller Ruhe traf auch ich meine Vorbereitungen, kümmerte mich um Landkarten und Reiseführer, praktisches Schuhwerk, eine eiserne Ration, Regenkleidung und Rucksack.

Bis zum allerletzten gemeinsamen Abendbrot tat Ludwig so, als sähe er meine Vorbereitungen nicht. Dabei muss dieses Hin und Her zwischen Schlafsack, Thermoskannen und Wanderkarten ihm ganz schön zugesetzt haben. Ich finde das nicht schlimm, er muss ja nicht alles verstehen.

Die letzten Minuten, und unwillkürlich sprechen wir leiser. Es fehlte nur noch, dass wir auf Zehenspitzen gehen. Als das Taxi kam, nahmen wir uns ohne Umschweife in die Arme. Ich breche jetzt auf in das Land meiner Väter, Max darf nicht mit. Dann nahm ich meinen Rucksack, den Schlafsack, den Schirm und drückte mich an ihm vorbei. In dem Bewusstsein, dass mir zwei Augenpaare hinterher sahen, stieg ich in mein Taxi.

16

Ein Fluss, der eine Stadt in zwei Kontinente teilt. Ein Gewässer, so düster wie der Styx, worin sich in zitternden Linien zerfallendes Gemäuer und Fassaden mit leeren Fensterhöhlen spiegeln. Die Augen verfolgen ein Stück seinen Lauf, als erwarteten sie um die nächste Biegung ein Totenschiff. Durch verrammelte Toreinfahrten sickert das Tageslicht so weg, dahinter Höfe voll von Unrat und abermals dahinter Höfe.

Wie gnädig doch der Abend ist, helles Licht kann sich die Stadt wie eine alte Frau nicht leisten. Wir standen miteinander in der Nähe von Leuten, die ganz stumm waren, auf einem Söller inmitten der Neiße, Mutter mit starrem Blick auf die gespaltene Spur tief unter uns in den Farben Blut und Gold. Dann rissen ihre Augen sich los und ihr Arm wies in vager Richtung über den Fluss hinüber auf polnisches Gebiet. »Da drüben, in einem dieser schwarzen Häuser, wenn ich nicht irre, kann ich es sogar von hier aus sehen: Die Studienrätin, die Angst um ihre Möbel auszustehen hatte, und uns so schnell wie möglich loswerden wollte, als die Russen nicht kamen und doch kommen würden oder auch nicht.«

Ihre Stirn war im Widerschein des Abendlichts rot. Der Platz vor der Kirche schon im Dunkel, er ist den Geistern gewidmet und, wie ich vor kurzer Zeit entdeckt habe – dem Komponisten Penderecki. Ein Kirchenplakat zeigt ein Konzert des Leipziger Gewandhausorchesters am nächsten Sonntag an. Vielleicht als Folge der Lektionen in Geschichte, die ich heut schon zu lernen hatte, begann der Luftraum um meinen Kopf sich zu drehen: Es ist nun gar nicht sicher, ob es dieselbe Neiße, über der wir stehen oder die andere, die Glatzer Neiße ist, die im Dekret der Alliierten über territoriale Abtretungen an Polen tatsächlich gemeint war. Vermutlich weiß auch heute noch kein Amerikaner, dass es mehr als eine Neiße in diesem Land gibt.

»Die Festlegung der deutsch-polnischen Grenze«, sagte die Frau an meiner Seite, »beruht nach allem Hin und Her auf einem Missverständnis.«

Ich hörte verblüfft zu.

Eine farblose Pension fing uns auf mit muffiger Gemütlichkeit. Im Licht einer Stehlampe eine kleine Person, die Kreuzworträtsel löst und mit ihrer Umgebung verschmolzen scheint. Hinter ihr her auf knarrenden Dielen. Außer uns kampierten hier nur Lastwagenfahrer.

Ich lauschte überrascht ihrem Tonfall, Lausitzer Dialekt. »Hast du gehört, Mama?«

Es ist die gleiche Sprache, in der Mämmi sich unterhalten hat, das letzte Schlesisch, das heute noch gesprochen existiert, breit, friedfertig und auf eine hörbare Weise selbstgenügsam. Hier auf diesem einen kleinen Punkt der Landkarte.

Diese Lieben, diese Luft und dann die Schatten der Vergangenheit, die uns hier überall umgeben. Ich glaube, bald platzt mir noch der Schädel.

Es ist so weit! Eine heitere Fahrerin nahm uns nacheinander in die Arme und ließ uns ohne Eile das ganze sperrige Gepäck im Hinterteil des Wagens verstauen.

Tante Sophie hatte sie in Weimar aufgelesen. Mutters dünne Schwester mit den wasserblauen Augen und dem silberblonden Haar, das »Silberfischel« aus dem dunklen Garten der Vorfahrinnen, heute eine gemütliche Person, die breitbeinig dasteht, im Kreis ihrer abwesenden Nachkommen. Der einzige fruchtbare Zweig aus dem Ahnenbaum.

»Macht es euch recht bequem, der Grenzübergang kann zum Geduldspiel werden.«

Noch eine Trümmerecke und von da auf eine Straße, die in Windungen mitten durch die Stadt eine Grenze nachzeichnet. Wer legt Wert auf den Platz neben der Fahrerin? Die Älteste.

Es hatte einen Unfall gegeben. Ein polnisches Fahrzeug mit zwei platten Hinterreifen wird von Zöllnern und einem Mann in Uniform mit ruckartigen Stößen von der Fahrbahn gestemmt.

Wir duckten uns hinter einen westdeutschen Reisebus und warteten darauf, dass diese Zöllner mit den verschlossenen Gesichtern, die mich an meinen Musikus erinnerten, uns gnädig wären und nicht zu lange warten ließen.

Nach einer halben Stunde ließ das Grenzervolk uns ziehen und ich war bereit, die Bilder dieser Reise in mich aufzunehmen: Collage einer abgebrochenen Wand mit Ofenrohr und Tapetenmuster, viel dunkles Grau und Grün, eingezäunte Trümmerfelder mit Brennnesselumsäumung. Dann aber raus in die flache Felderlandschaft, eine sonnenüberflutete Fläche, von der Teile sich übereinander schoben, sich dehnten und ganz auflösten, ein Teil lichter Ocker, vier Teile Coelinblau. Niederschlesien gleitet vorbei, mit Schleiern darüber, deren beißender Geruch daran erinnert, dass hier verbrannt wird, was niemand nützt. Wolken von Staub wirbelten hinter Pferdefuhrwerken und Treckern ältester Bauart auf. Extreme Trockenheit und Brandgeruch. Die Tante, die schon hier gewesen ist, weiß, dass es längst ein Gesetz gibt, was das Abfackeln untersagt – doch niemand hält sich daran und niemand kontrolliert es. Wilma hielt indes dagegen, dass weite Teile des von Russen einst leergeräumten Landes schon groß aufgeforstet seien.

Reiseeindrücke. Über einen Marktplatz mit Fassaden aus der Schinkelzeit, mit einem Plastikbecher voll sehr bitteren Kaffees. Grünberg heißt das Städtchen. Schreie der Schwestern.

»Wo ist die einst berühmte Weinlage geblieben?«
»Weißt du noch? Aber der Grüneberger, der ist noch viel viel ärger.«
»Ihr seid verrückt.«
»Und wenn schon.«

Und danach wieder Felder unter der Sonne bis Boleslavia.

Hier haben wir vorbestellte Zimmer, hier in diesem geschmacklosen grauen Plattenbau.

Männer mit müdem Blick tranken vor einer blaugestrichenen Imbissbude Bier.

»Wenn es euch nicht kränkt«, sagte Wilma, »will ich euch jetzt allein lassen und noch einen kleinen Ausflug in den Abend hinein in das Dorf meiner Väter unternehmen.«

Wir hatten uns weit gehende Freiheiten zugesagt.

Hat sie keine Sprachschwierigkeiten? Wilma spricht Russisch.

Wir Zurückgebliebenen schlenderten durch die Dämmerung.

»Das ist die Kulisse, vor der ein paar Akte deines und meines Lebens spielten«, sagte meine Mutter. »Da kauften wir den Wein, dort die ›kleinen Russen‹ mit Pappmundstücken, unser Rathaus früher war rot.«

Manchmal, wenn sie im Gespräch ihr altes Leben rekonstruierten, konnten sie ihre Erinnerungen nicht mehr in Einklang bringen. Dann stritten sie ein bisschen herum. Dann ließ ich mich für eine Weile in meine Träume fallen.

Wo ist der Schwibbogen, das Café Gallus mit Herrn Wehrhahn in der Badewanne? Wo ist der Fluss, der Bober? Ich brauche immer einen Fluss, um mir eine Stadt vorstellen zu können.

Am Rand des Platzes aßen wir sehr fette Würste und tranken dazu Bier. Unter unseren Tischen balgten sich Spatzen und einige junge Leute erhoben sich von den Stühlen, hielten einander in Schnapslaune fest und schwankten dann hinaus auf den dämmerigen Marktplatz.

»Es gab keinen richtigen Weg zum Fluss«, sagte meine Mutter nachdenklich, »nur zwei ausgetretene Fahrspuren mit Pfützen, über die man springen musste.«

Von einer Ecke des Platzes verstreute Akkordeontöne und in der Dämmerung ein einzelnes Paar, das in der Mitte mit schleppenden Schritten zu tanzen beginnt.

Mutter weckte mich. Es war bereits warm. Ich hatte schlecht geschlafen, erregte Szenen geträumt. Durch einen hallenden Saal, vorbei an hundert betagten Schlesiern, der Reisegruppe aus dem Bus und hinter einer Schankmaid her in ein Nebenzimmer, wo für uns vier gedeckt war.

War ich hier in der Stadt, die ich so oft in betörenden Bildern heraufbeschworen hatte? Mit Gärten, in denen man sich verlor. Gartenpforten, die von Löwen gesäumt waren, und Veranden mit gestreiften Markisen.

Ich sah die Zeit für gekommen, von allen Bildern Abschied zu nehmen.

Dann luden sie mich ein, eine Straße zu gehen zwischen alten Bäumen. Eine Katze, die auf drei Beinen sehr geschickt humpelte, zeigte uns mit verschwörerischem Blick, in welche Richtung wir gehen sollten.

Über den Hotelparkplatz – »Sind auch noch alle Reifen vollständig? Ihr wisst ja: Diese Polen finden für alles Verwendung. Und die Radkappen, sind die auch noch dran?«

»Seht hin, so sieht ein Polenmarkt aus.« Armselige Verkaufsbuden, an Pflöcken angekettete, gespenstische Tiere, altes Gerümpel, Unrat, an den in Deutschland keiner eine Hand legen würde. Hat jemand eine Erklärung für das, was das Auge sich weigert zu betrachten?

»Eben Polenmarkt«, bemerkte Tante Sophie.

»Bitte keine Vorurteile«, sagte Wilma.

Überall dieser Geruch von An- und Abgebranntem. »Hört ihr? Dort drüben wird gelacht, gefeilscht und geschwätzt genau wie auf allen Märkten der Welt.«

Eindrücke von der Löwenberger Straße, von der gesagt wird, dass sie früher eine Villenstraße war. Jetzt schlagen lose Gartenpforten gleichgültig vor rußgeschwärzten Fassaden im Wind. Bei aller Nostalgie: Vorsicht vor polnischen Autofahrern, sie scheinen Fußgänger auf Zebrastreifen für erlegbares Wild zu halten. Bekamen sie etwa Prämien, wenn sie einen Deutschen erwischt hatten?

»Unsinn.« Wilma lachte und hängte sich bei mir ein.

»Was sind deine Eindrücke?«

»Bilder, die mich traurig stimmen.«

»Ich bitte dich, sei nicht enttäuscht.«

Und sie, was hat sie erlebt, gestern ganz für sich?

»Das kann ich gar nicht beschreiben. Ich war dorthin gegangen um etwas zu suchen. Etwas Bestimmtes, das in meinem Gedächtnis Spuren hinterlassen hat. Tiere hinter einem Gatter, Pflaumenbäume, eine Bank, die früher neben der Eingangstür gestanden haben muss, einen sehr schönen alten Baum, von dem meine Mutter immer erzählt hatte: eine Robinie. Aber von alldem war nicht die Spur, keine Spur, nichts zu sehen.«

Dann verlieh sie ihrer Stimme einen anderen Tonfall: »Ich fand dann trotzdem etwas Schönes. Ein Pastorenpaar. Sie haben mich anfangs amüsiert betrachtet und mich dann in das Haus meiner Eltern eingeladen. Mit Hingabe wurde ich verpflegt. Am Ende ließen sie mich einen Blick in das Kirchenbuch tun. Es stammte aus dem Jahre 1839 und war das Gleiche wie zu Zeiten meines Vaters. Darin habe ich die Eintragung seiner Trauung und der Taufe meines Bruders gefunden – in Deutsch.«

»Das ist es!«, rief meine Mutter.

Von hier aus begann also das, was du die Flucht genannt hast, ein abenteuerlicher Ausflug erst und später dann ein kopfloser Reißaus, ein Hin und Her zwischen Städten und hinter der Front. »Mein Gott!«, sagte meine Mutter leise, »mein Gott!«

Natürlich war es nicht wieder zu erkennen, wer hatte das schon erwartet. Hinter den Fenstern bewegten sich Vorhänge.

»Wir sollten uns anmelden«, meinte Wilma.

Zwei ältere Frauen mit zwei jüngeren im Gefolge, die sich zögernd einem Haus nähern – natürlich mussten wir Aufsehen erregen.

Augen, die das unerwartete Ereignis in jeder Phase festhielten, begleiteten uns. Endlich ging ein Fenster auf und umrahmte ein misstrauisches Altfrauengesicht.

Gedankenverloren nahm ich am Rande wahr, was sich hier vor meinen Augen und Ohren abspielte: Wilmas Ansprache in Russisch, einer für polnische Ohren verhassten Sprache, die das Misstrauen keineswegs verringerte, aber den einzigen Weg zu einer Verständigung darstellte. Prüfend zusammengezogene Augenbrauen, schließlich eine Tür, die sich uns öffnete und durch die meine Mutter und Tante Sophie andächtig schritten.

Dann ein bedächtiges Händedrücken, dank Wilmas vieler Erklärungen: »Dies ist die Mutter, das da die Tochter, sie haben hier gewohnt, hier in diesem Haus.«

Staunendes Starren, es fehlen einem ganze Teile aus dem gelernten Wortschatz. War es verwunderlich, wenn meine Mutter ihren Orientierungssinn verloren hatte? Die Damenzimmer, Salons, Damastvorhänge, Vitrinenschränke – waren sie hier oder da? Sie eilt da und dorthin und stößt immer wieder gegen Wände. Sie haben das ganze Haus mit Wänden durchzogen, wo einst große Räume sich aneinander reihten: Jetzt zwanzig Löcher für vier Familien. Die Villa meiner Eltern ist heute ein Armenhaus.

Ich wollte nicht mehr bleiben, ich wollte weg.

Anstatt in der Mittagshitze in unserem früheren Haus herumzuirren, in dem sich nacheinander immer mehr Türen und Fenster öffneten, hätten wir unsere Beine unter den Bäumen im Park ausstrecken sollen. Mit dem Blick ins Grüne, durch das in kleinen Dreiecken und Vierecken das helle Licht fiel.

»Agnes, nur noch ein Foto, auf der Treppe, wo einst dein Vater dich im Arm hielt.«

Und zum soundsovielten Male erzählte uns heute ein alter Mann seine Lebensgeschichte, die auch eine Flüchtlingsgeschichte wie die unsere war, das hatten wir mit diesen armen Menschen gemeinsam, und alte Frauen nickten dazu.

Was empfindet man? Kummer? Ein altmodisches Wort, das kaum noch jemand kennt. Eher Benommenheit, Befremden, Abstand von etwas, das schon lange der Vergangenheit angehört. Das Haus, die Straße, diese ganze Stadt gehörten nicht zum Heute und plötzlich kam mir die Erinnerung an das Manila aus meinem letzten Traum. Vorweggenommener Abschied von allem, was über die Jahre weg meine Gedanken bewegt hatte.

Nichts wird hier mehr lebendig, Mutter. Eine Schwere, die auf unsere Schultern gefallen ist, ich will weg, auch von dem Krankenhaus, vor dem wir anhielten und wo mein Vater praktiziert hatte.

Auf verwahrlosten Wegen liefen Menschen mit qualmenden Zigaretten in den Händen, dumpf starrten andere in gestreiften Schlafanzügen uns an. Das hatte etwas Surreales.

Glaubten wir, alte Bekannte hier zu finden? Vaters Patienten, die uns von weitem wiedererkannten? Plötzlich dachte ich an den Tod, ich konnte mir nicht erklären, weshalb. Ich fürchtete nur umzusinken.

Lasst uns jetzt rasch und unter geringster Kraftaufwendung von hier verschwinden.

Für immer.

Hilfe suchend sahen meine Mutter und ich einander an, dann flohen wir wie vor einem Erdbeben. Schicksal, Vertreibung, Enteignung, auf Schritt und Tritt – und meine erschrockene Einsicht, dass ich mich hierher niemals und sei es nur für Augenblicke hinwünschen konnte. »Aber die Alleen sind doch noch die gleichen!«, rief jemand in einem Ton der Verzweiflung. Wahrhaftig, die alten Kastanien und Platanen hatten Krieg und Neubesiedelung spurlos überstanden. Stämme wie aus dem Urwald, die vielleicht zu viel Arbeit machen würden, um sie so einfach umzuschlagen.

Ortswechsel. Es war bereits später Vormittag und ein Anruf beim Museum Narodowne in Breslau hatte ergeben, dass man bereit sei uns die Türen zu öffnen, hinter denen ein paar der größten, glanzvollsten Gemälde unserer Malerin aufbewahrt wurden.

Jetzt heißt es: Die Zeit im Auge behalten. Hundert Kilometer werden zu einer Ewigkeit auf einer Straße, die einen Weltkrieg überdauert hat. »Adolfs fortschrittlichste Errungenschaft«, sagte Tante Sophie – »die Autobahn nach Osten.« Verfluchte Haltbarkeit! Diese Betonplatten griffen die Achsen und die Bandscheiben in gleicher Weise an. Breslau liegt weit weg.

Heute nur Knäckebrot und Trockenkäse wie auf der Flucht, über uns hinweg rollte die Sonne. Während ich Einzug hielt in meiner Geburtsstadt, suchte ich Ordnung in das Chaos in meinem Kopf zu bekommen. Mal sah man sinnlos freie Flächen, mal ein paar viel zu bunt bemalte Fassaden, heiß war es in der Stadt und ein zähgelber Glost überzog Dächer, Türme und Mauern. Ich sah zum Fenster raus mit geschwollenen Lidern. *Ich fürchte, auch hier wirst du nichts von dem finden, was dir den Ort vertrauter machen könnte.*

Nur ein einziges Mal, auf einer Brücke über die Oder, glaubte ich zu sehen, wie Vorstellung und Wirklichkeit sich übereinander schoben, eins wurden in einer Ansicht, der Zeit und Menschen nicht viel hatten antun können.

Dann das Museum, endlich.

Unter den hohen Türflügeln ein hoch gewachsener Mann, den wir flüchtig kannten.

Ein Blick auf das vollbepackte Fahrzeug und der Direktor gab Zeichen zu wenden und öffnete eigenhändig ein eisernes Tor. Alles, was fährt und aus dem Westen kommt, muss hinter Schloss und Riegel. Ein Thema, das man nicht gern zum Thema macht.

Wie gesagt, wir wurden erwartet und tauchten ein in die kühle Dämmerung mit Bildern und Skulpturen, nach links mussten wir durch sparsam beleuchtete Flure, ein Treppenhaus und fanden uns am Ende wieder in einem fast quadratischen Raum, in dem die Bilder gegen die Wand gelehnt standen. Er kam und ging auf leisen Sohlen und brachte ein Bild nach dem anderen, damit wir es im rechten Lichte sehen sollten, bevor es wieder unseren Blicken entzogen in Holzkisten verpackt auf Reisen gehen würde, diesmal nach Warschau – unsere Malerin. »Meine Güte, sieh dir diese Bilder an!« Selbst meine Blutsverwandten konnten sich nicht erinnern, sie je gesehen zu haben.

Die Ideen und Wahnideen im Kopf, die krasse Wirklichkeit der neuen Zeit, die die vertrauten Züge dieser Stadt verwischt hatten – und dann das hier. Ich begriff: Der Raum und diese Bilder darin, das ist das dünne Band, das die Vergangenheit mit meiner Gegenwart verbindet. Gottlob, dass Kunst nichts mit dem Abstecken von Grenzen zu tun hat, darin waren wir uns einig.

Höfliches Abschiednehmen. Der bescheidene Mann ließ durchblicken, dass es uns jederzeit freistünde hierher zurückzukehren, um unserer Blutsverwandten nahe zu sein. Danach sackte die Sonne weg in den gelben Nebel. Stadtpläne führten uns in die Irre, auf Baustellen, unter denen ganze Straßenzüge verschwanden, und die uns zäh fest zu halten schienen.

Ich wünschte mir Wälder, stille Winkel, Abgeschiedenheit.

Die bot das »Monopol« gewiss nicht, dafür war es aber eine Institution, die wie durch ein Wunder Festungszeiten, den Einmarsch der Sowjetarmee und andere Ereignisse überdauert hat. Geschichten, denen man nur mit halbem Ohr lauscht, weil alle Sinne mit anderen Wahrnehmungen zu tun haben. »Weißt du noch, wie Onkel

Max unter der Tür fast einmal mit Goebbels zusammengestoßen ist? Und Ernst sich während Sophies Verlobungsfeier die Fliederbeersuppe übers Hemd geschüttet hat?« Sich das vorzustellen; wie sie mit ihren kurzen Kleidern und langen Schleppen, ihren Cleo-de-Mérode-Frisuren und Spitzenjabots über diese Schwelle geschwebt waren. Für eine Nacht in diesem großen Zimmer, das nach Chlor und Putzmittel roch, würde ich ihnen nahe sein. Zu öffnen waren die Fenster nicht, dafür besichtigte ich von oben einen langen schwarzen Wagen mit dunklen Vorhängen an den Seitenfenstern, der vor dem »Monopol« zum Halten kam und aus dem eine schöne blonde Frau und ein Mann mit schwarzem Hut und Lackschuhen stieg.

Heinrich und Hedwig, die Reformation, Tauentzien und Langhans, mir schwirrte der Kopf von Namen, die ich alle schon oft gehört hatte, und die zu dieser Stadt gehörten.

»Erinnerst du dich, Sophie, an die Villa gegenüber der Johanniterkirche? Ich sehe noch im Geiste die grünen Zweige auf ihren Balkons zum Laubhüttenfest.«

Die Stadt und ihre jüdische Geschichte, die Stadt und ihre deutsche Geschichte und heute hatte sie ihre eigenen neuen Probleme. Wer scherte sich schon groß um einen kranken trunkenen Derwisch, der tanzend vor die Füße von Passanten stürzte oder die mageren dunklen Frauen aus Rumänien mit den zerzausten schlafenden Kindern, die auf den Bürgersteigen der einstigen Prachtstraße zusammengerollt wie Hunde lagerten? Um sie machte jeder einen Bogen.

»Unser Haus in der Kaiser-Wilhelm-Straße gibt es nicht mehr«, sagte Tante Sophie.

Eine Brandbombe soll es kurz vor Kriegsende bis auf die Grundmauern niedergebrannt haben. Fast auf den Meter genau deckt ein Hotel heute die Fläche, ein Riesenbau mit achthundert Betten.

Ein paar Meter entfernt von uns standen die Schwestern und hatten uns für eine Weile vergessen, noch einmal teilten sie ein paar vergangene Erlebnisse miteinander und ihre Hände malten Bilder in die Luft. Meine Mutter führt ihre Schwester an der Hand wie in Kindertagen. Um die Stille zwischen uns, die herzergreifenden Erkenntnisse und das Gefühl, uns in alldem zu verlieren in den Griff zu bekommen, bedienten Wilma und ich uns in stillem Einverständnis einer bewährten Methode: Wir sangen. Ich hatte damit angefangen, ein paar Choräle zu singen, und Wilma hatte bald mit eingestimmt. »Das Schlimme bei mir ist«, teilte Wilma in vertraulichem Ton mit, »dass ich bei tragischen Anlässen immer lachen muss, besser also ich singe.«

»Nicht wahr, das ganze Unternehmen bleibt, was es zu Anfang war: ein Geheimnis, voller Rätsel. Du scheinst ihm näher zu kommen, aber dann doch wieder nicht, im Schlaf kannst du es manchmal berühren. Du weißt auch: Es ist ein Prozess im Gang, der dich verändert, und doch bleibst du am Ende allein. Die Wahrheit ist, dass wir nichts finden werden, nichts von dem, das unsere Träume durchzieht.«

Wilma schüttelte lächelnd den Kopf. »Ganz so fatal ist es nicht, wir haben andere Väter, die hier zu Hause waren. Eichendorff und Hauptmann, Opitz und Holtau, ist das nichts? Und zehn Nobelpreisträger, die dieses Heimatland hervorgebracht hat.«

»So gebildet wie du würde ich gern sein.«

Dann mussten wir unser Gespräch abbrechen.

»Kommt, nur noch ein Blick in die Magdalenenkirche.« Backsteingotik, ein himmelhohes Schiff. Aber was mir dann den Atem nahm, war diese Brandung aus Orgelmusik, die uns überschüttete mit neuen, nie gehörten Klängen. Bewegt verteilten wir uns in die Seitenschiffe, wo auf den herrlichen Epitaphen tatsächlich alle deutschen Namen ausradiert waren, nein, nicht alle, ein paar waren dem jüngsten Bildersturm entgangen. Mein Blick richtete sich nach oben auf die Empore.

Und da kam mir mein Vater noch einmal ganz nah, plötzlich sah ich ihn dort auf der Empore stehen, jung und empathisch und begeistert in den Raum zu seinen Füßen singen. Es hätte einiger Kraft bedurft, ihn noch länger bei mir zu behalten, so war es nur ein Augenblick, der sich verflüchtigte, als die Orgel abbrach. Um mich her wurde es nun wieder still wie in den Weiten des Weltalls und der erhebende Moment trieb mir die Tränen in die Augen.

Dann begann auch noch für uns die Glocke zu schlagen, fast zu viel auf einmal, und die Älteren blieben stehen und richteten die Augen nach oben in den Turm.

»*Das ist der Glocken Krone, die er gegossen hat ...*«, begann Tante Sophie, die gute Seele, zu zitieren.

»*... die Magdalenenglocke zu Breslau in der Stadt*«, vollendete die Schwester.

Mutter und Tante Sophie hatten eben in solchen Dingen Übung, und Wilma und ich sahen uns ganz betroffen an. Als die einbrechende Dämmerung begann, den Blick zu trüben, verabschiedeten wir uns und mit einem Geräusch wie ein Knall aus einer Luftpistole erhob sich ein Schwarm Tauben plötzlich von der Pflastermeile am Ring und schoss mit atemberaubender Geschwindigkeit und in geringer Höhe dicht über den Köpfen der Passanten hin.

Ein Lehrer zeigte mitten auf dem Platz seiner Schulklasse das Haus zu den Sieben Kurfürsten. Und Mutter sagte: »Sehen sie nicht aus wie unsere Kinder?«

»Oh, diese arme Stadt«, seufzte Tante Sophie, »es ist und bleibt eine Tragödie.«

Dann eine stille Seitengasse, in der letzte Ruinengrundstücke wie Zahnlücken klafften.

Auf einem Abfallhaufen ein Schwarm flügelschlagender Vögel. Dahinter liegt ein Palast, die Universität, aber leider waren wir zu spät dran, die berühmte Aula verschlossen und eine blonde Wächterin legte den Zeigefinger auf die Lippen und erklärte, dass es erst ein paar Tage her sei, dass alle Porträts der Rektoren aus ihren ovalen Rahmen verschwunden seien. Von Verbrecherhand fachkundig und sauber herausgetrennt. Ein Millionenschaden für die Universität, sagte sie und betrachtete uns misstrauisch, als seien wir die Diebe.

Unser Bus hatte die Hitze des Tages gespeichert und alle träumten wir von einem Platz unter Bäumen, wo man ein blaues Tuch ausbreiten und darauf unsere Vorräte verteilen konnte. Wir machten uns auf in den Süden der Stadt, es wurde schon dunkel, wir hatten also nicht mehr viel Zeit. Die Frauen sahen auf und hatten schon wieder ein Denkmal entdeckt, die Augustastraße – »hier stand unsere alte Schule – Hohenzollernplatz, das Eckhaus haben wir auch fünf Jahre bewohnt. Und da, die Kürassierkaserne und unser Reitweg.«

Diese Spurensuche, und immer wieder dieses Verharren vor den Schlacken der Zeit, die hier abgebrochen war, das kostet Kraft. Es war unterdessen kühl geworden, eine breite Bahn Dunkelheit lag schon über allem. Hier breitete man keine blauen Tücher aus und saß auch nicht unter Bäumen, nur Narren würden so was tun. Alle Liebespaare, Arbeiter, alten Leute und auch alle anderen mieden die dunklen Schattenteiche, wo einem wer-weiß-was widerfahren konnte. Bis ans Ende ihrer Erinnerungen hatten sie uns fahren lassen.

Alle Stationen in dieser Stadt hatten nun ein Gesicht, auch die allerletzte, genannt Scherbelberg. Und was verbirgt sich hinter diesem Namen?

»Ein Kinderparadies, ein sanfter Hügel, auf dem wir Schlitten fuhren, wir Großstadtkinder.«

»Wirklich nichts weiter als ein Mückenschiss«, sagte ich ermüdet.

»Für uns Großstadtkinder war es ein Berg, die Freiheit, ein Abenteuer, das bis in die Dämmerung dauerte.«

Jetzt glich das Ganze einer schwarzen Rampe mit der Verheißung, von ganz oben ins Nichts geschleudert zu werden. Wir Jüngeren wollten uns gern von diesem mörderischen Spielplatz verabschieden.

Überhaupt haben wir jetzt alle Namen und Orte verbraucht und können nun endlich alles streichen. Dann hakten wir uns beieinander ein, um uns im Dunkel nicht zu verlieren. Warum war es bloß überall so unbelebt?

»Ich kann mir nicht helfen«, sagte ich, »ich habe schon Schöneres gesehen, vielleicht nicht gerade unseren schnurgeraden Teerweg …«

»Wir hatten auch immer aufgeschürfte Knie«, sagte Tante Sophie versonnen.

Ich musste lachen. »Was ist mit dir los, Mutter? Nimmst du mir's übel, wenn ich jetzt sage, hier wär ich nicht gern Kind gewesen?«

Darüber musste Wilma herzlich lachen.

Komm, nimm für heute den Ausdruck gleich-werd-ich-dir-ein-Wunder-zeigen aus deinem Gesicht und sag uns lieber, wo wir endlich essen können.

Wir fuhren zwei Mal um die Ecke in eine dunkle Seitenstraße ohne Verkehr, kein Licht, keine Laterne. Vor einem stockdunklen Haus, in dem die Bewohner entweder gestorben waren oder sehr sparsam mit Elektrizität umgingen, hielt Wilma an.

»Ich glaube, dies ist die Gartenstraße«, begann Tante Sophie.

Beim Licht der Weisen, dies war ein Abenteuer. Instant-Bouillon im Dunkeln, Kommissbrot, ein Glas Wein gefällig oder von dem Käse, dessen Trockenmasse immer trockener wird, je länger die Reise dauerte.

Wir klopften einander auf die Schultern, entkorkten knallend einen Württemberger, und wünschten uns mit vor Müdigkeit kleinen Augen guten Appetit beim Licht der Standbeleuchtung. Wilma jonglierte mit Pappbechern, Servietten und Frischhaltebehältern. Wirklich ein ausgetüftelter Standort für ein Picknick. Ich war von einer Fröhlichkeit besessen, der ich bisher immer ausgewichen war. »Was für ein Drama, diese Reise!«, rief Wilma ganz vergnügt, »und was für eine Freude!«

»Auf die Vergangenheit!«, sagte Tante Sophie ganz ernsthaft.

»Und auf unsere reibungslose Zusammenarbeit«, meinte meine Mutter.

Darin konnte man ihr nur Recht geben.

Umringt von immer mehr Katzen und immer mehr Fahrradlampen beendeten wir das Souper.

Als die Älteren sich verabschiedet hatten, setzten wir Jüngeren uns mit dem Rest des Württembergers noch einmal zueinander. Ich sah Wilma an, dass sie über etwas nachdachte, das sie mir noch anvertrauen wollte.
»Es ist seltsam«, sagte sie, »die anderen hatten alle immer eine Geschichte. Ob es die Russen waren, die sie hatten einmarschieren sehen, oder einen Lastwagen, auf dem Kriegsgefangene transportiert wurden, ein Haus, das vor ihren Augen zusammengefallen war oder einen Spätheimkehrer, der nach Jahren plötzlich vor der Tür stand, wenigstens einen Brief ... aber ich hatte nichts, gar nichts. Nicht eine Erinnerung, und trotzdem habe ich den Krieg um mich herum immer als Kind gespürt, ist das nicht verrückt? Immer habe ich meinen Vater suchen und finden wollen, wenigstens eine Spur von ihm.«
Und dann noch, als Abschluss: »Weißt du, dass ich Russisch als Studienfach nur gewählt habe, um meinem Vater näher zu kommen?«
Ich sah zu wie sie weinte, dann weinten wir beide etwas und legten einander die Arme um die Schultern.

Die zweispurige Straße, die durch die flache Felderlandschaft läuft. Aus dem Graben plötzlich wild gackernd und mit hysterischem Flügelschlagen große braune Hühner, den Zobten ließen wir links an uns vorüber gleiten. Wir wollten eine weltberühmte Holzkirche sehen und eine Ukrainerin besuchen. Vielleicht auch noch ein Schloss, eines von dreihundert.
Ich fühlte mich seit ein paar Tagen friedlich, auf eine bescheidene vertraute Art miteinander verbunden. Langsam fahren, die Landschaft bestaunen, an einem Bach, bei einem Dahliengarten anhalten und Wilma dabei zuhören, wie sie mit einer alten Bäuerin Russisch spricht. Aber nein, sie sei doch keine Polin, gab sie uns mit einem energischen Kopfschütteln zu verstehen, »ich bin Deitsche so wie ihr, nur mit einem Polen verheiratet.«
Stirngerunzel, nachdenkliches Hin- und Herwiegen des Kopfes: Ein guter Mann, aber eigentlich habe sie auch Pech mit ihm, denn der polnische Staat zahle ihr keine Pension. So ist das. Sie schaute von meiner Mutter zu Tante Sophie. Ein freundliches Paar Augen, die einer Landsmännin von mir gehörten. »Ihr habt zwar alles, ein Auto, Geld – aber ihr habt keine Heimat.« Mit einer ruhigen Armbewegung drehte sie sich um, deutete auf ein bescheidenes Haus, einen Bauernstall und ein paar Ziegen davor. »Und ich, ich hab nischt, bin ock daheeme.«
Wir schauten uns den Garten an. Blaue Wäschestücke lagen wie beiläufig verstreut zum Trocknen auf dem Gras. Astern und Zinnienbüsche, Knoblauch, Kohl. Sie nickte fortgesetzt ihrem Garten zu, dann fragte sie: »Und eure Männer?«
»Ein schöner Garten«, sagte meine Mutter und dass wir leider weitermüssten.
Auf dem Weg Schlösser, hier ein weißes, da ein rotes. Beide spiegelten sich in blauen Teichen. Im roten Schloss fand eine Schulung statt für polnische Wirtschaftsexperten auf dem Weg hin zum Kapitalismus.

Zu Mittag aßen wir zwei frisch gebackene Kuchen, von Magdalena, der Ukrainerin für ihre Freundin Wilma. Draußen zog ein Gewitter auf. Plötzlich fuhr weißes Licht aus tintenblauen Wolkenbarren und ein heftiger Windstoß warf morsche Äste in den Friedhof und vertrieb zwei junge Künstler, die mit gekreuzten Beinen die Kirche malten.

Die berühmte Kirche, die ganz aus Holz erbaut ist, wollte uns aus Gründen der Baufälligkeit keiner öffnen. Magdalena erbot sich, uns stattdessen durch das bekannte Kreisau zu führen. Es hatte kurz und heftig geregnet. Als es aufhörte, sprangen wir zwischen Pfützen, groß wie Ententeiche, und nassen Strohballen durch einen Hof, der hundert mal hundert im Quadrat misst. Das Moltkeschloss mit Ställen, Scheunen und Remisen soll eine Begegnungsstätte des Friedens zwischen den Kulturen werden, der Anfang sei schon gemacht. Es regnete noch einmal und Magdalena, die nicht einen Meter wich und auch kein Dach zum Unterstellen suchte, erklärte uns mit nassen Haaren: Das Haus, das man von hier nicht richtig sehen könne, dort drüben unter den hohen Bäumen, sei der berühmte Ort, wo sich die Männer und Frauen des Widerstandes getroffen hätten, die Moltkes, Stauffenbergs und so weiter. Auch ihre Geschichte sei damit verbunden. Mehr nicht.

Diesmal verlangte das Thema eine ernste ruhige Aussprache. »Noch etwas Gutes«, meinte Magdalena: »Das kleine Torwärterhaus wird zum Kindergarten, ein Geschenk des deutschen Staates für die Kinder von Kreisau.«

Sie hatten Rotznasen und an der Art, wie sie uns bestaunten, war abzulesen, dass selten hier Besucher vorbeikommen mussten.

Gleich hinter den Toren, zwischen Hühnern, die sich mit Magdalena in den Pfützen spiegelten, reichte sie uns vier die Hände zum Abschied, mit stillem Gesicht. »Wir sehen uns gewiss wieder«, versprach Wilma ernsthaft.

Draußen die Abenddämmerung, das Gewitter hatte die Atmosphäre abgekühlt und ein kalter blauer Dunst stand über den Wiesen. Diesmal war es Wilma, die anstimmte: »*Der Wald steht schwarz und schweiget, und aus den Wiesen steiget der weiße Nebel wunderbar.*« Heute war es für uns alle mehr als nur der Refrain eines vielgesungenen Liedes.

In großen Kehren durch schwarze Wälder. Polnische Ortsnamen, die keiner aussprechen kann und bei deren Anblick manchmal Ratlosigkeit bei meinen Verwandten zu erkennen ist.

Dann erreichten wir Krummhübel, heute Karpacz. »Und weißt du, was das Beste ist«, sagte ich zu meiner Mutter, »dass ich hier schon einmal gewesen bin.« Gewiss, wir waren hier alle schon, in den farbenfrohen Erzählungen der Großmütter und der Mütter. Wer kennt nicht Oberschreiberhau, Agnetendorf und Jannowitz, das Stumpehaus, die ewig zweite Heimat. Mit Heuhaufen, in die man barfuß sprang und einem Bach voll Kaulquappen.

Wir waren alle Kehren bis zum Ende gefahren, bis an die höchste Stelle, man konnte ruhig sagen: Passhöhe. Hier, wo es nach Wasser und Wald riecht, wo der Horizont sich weit ins Land zurückzieht und ein schneller Wind über die Kanten und Höhen streicht – hier wollte ich heute schlafen. Noch ein streunender Hund, noch ein paar vereinzelte Häuser, eine in die Landschaft gestellte Telefonzelle, dahinter ist es.

»Schau dir bloß das Bachtal an, die Büsche wie Gnome, die ebenholzschwarzen Wälder und stell dir vor, was darin alles umherschleicht.«

Die Wege lagen verlassen »Hallo, ist hier außer uns noch jemand?« Unsere Schritte hallten.

»Echo! Hast du das gehört?«

Rübezahl antwortete.

Zwei lachende Gesichter, die uns hilfsbereit die Zimmer zeigten. Mit Blick auf die Gnome, auf den Berg, auf die schwarzen Vögel, die mit langsamen Schlägen zu ihrem Nachtquartier flogen. Ein Kerzenhalter und eine ebene Schale mit Pfauenaugenmuster und zwei rührend roten Äpfeln, gemacht wie für ein Stillleben.

»Hast du gesehen: Das Kind der Wirtin schläft in einer Wiege?«

Nur diese eine Szene von heute Nachmittag hängt einem immer noch nach.

Als sie auf einer kurzen Rast im Park von Schloss Erdmannsdorf vor diesen lächerlichen Zillertaler Häusern von ein paar Kindern überrascht wurden. So um die dreizehn, abgerissen und mit kurzgeschorenen Haaren, wer dachte sich schon was dabei? Wie war das, du hast sie noch aus dem Augenwinkel mit etwas Weißem winken sehen, und als sie nah genug herangekommen waren, schleuderten sie das weiße Ding. Einen Stein, eingewickelt in ein Stück Papier. Er flog um Zentimeterbreite an Wilmas und Mutters Kopf vorbei. Die anderen Geschosse trafen Kotflügel, Reifen, Tür und prasselten aufs Dach. Dann raste die Bande von Heckenschützen mit fliegenden Jackenzipfeln davon. Eine Verschwörung. Gegen uns Frauen? Gegen Deutsche? Gegen Erwachsene oder doch nur die gähnende Langeweile.

Vorbei. Hier war keiner außer uns, da fährt kein Wagen in die Auffahrt, kein Hund schlägt an, kein Schritt hält mehr auf der Straße. Nur zwei Mädchen mit schläfrigen Gesichtern zählten Besteck und falteten mit geschickten Fingern weiße Tücher zu Schwänen.

Unter dem hölzernen Giebel legte ich mich ausgezogen auf das Bett und sah durch das geöffnete Fenster auf einen mystischen Berg, bis das Zimmer sich nach und nach mit kalter Luft gefüllt hatte. Noch einmal fiel mir eine Zeile aus einem Gedicht ein, die ich von den Familienfrauen gehört hatte: »*Was groß und menschenfremd in dir, du Weltgebirge, lob ich mir.*« Von wem stammte die Zeile? Ich wusste es nicht mehr. Gryphius, Hauptmann, Opitz? Vielleicht war das die Welt, die einen zum Dichter werden ließ. Auch Onkel Hannes und mein Vater hatten gedichtet. Dann musste ich zum ersten Mal an Ludwig denken, herzlich und großmütig. Hatte ich doch einen Mann, sechshundert Kilometer weit von hier.

Es gibt eine Zeit des Abstandnehmens und eine Zeit der Annäherung, Ebbe und Flut in unserer Empfindung.

Noch vor dem Frühstück lief ich munter die Straße entlang, in der Richtung des Telefonhäuschens, das ich gestern im Vorbeifahren gesehen hatte. Zehn vor acht. Vielleicht würde es mir gelingen, mittels dieser ausgeklügelten Technik, die selbst in dieses Waldtal Einzug gehalten hatte, seine Stimme zu hören. Dann würde ich ihm auch erzählen, was ich geträumt hatte: Wie mich eine Woge im Schlaf durchflutet hat und gleich darauf Angst in mir aufgestiegen war, die altbekannte abgenutzte Angst zu ersticken und ich wartete, wartete dass etwas geschähe. Doch das Erwartete trat nicht ein. Ich lag bloß da und atmete Wasser wie Luft ein. Selbst unter Wasser konnte ich leben.

Ich klapperte mit den Münzen. Der Wind zerrte an meinen Haaren. Da stand das rote Häuschen und roch penetrant nach Zigarettenqualm. Höhnisch zeigte es mir sein Innenleben: einen Schlitz für Telefonkarten.

Es war nur da um mich zu ärgern.

Nun schreibe ich dir eben ein paar Zeilen.

Drei Tage trieben wir Frauen uns in den umliegenden Wäldern herum. Ließen uns von einer Traumgewalt leiten, die an entlegene Orte führte. Durch Felder blauen Enzians, über sinnestäuschende Flächen von Schatten und Licht. Bergwärts, an Bachrainen entlang, die allesamt aussahen wie auf der Leinwand unserer Malerin. *Frühling im Melzergrund*, heißt ein Bild und meine Mutter verbrachte eine Stunde damit, genau die Stelle ausfindig zu machen, wo die Malerin gestanden haben musste. Ein polnisches Studentenpaar, dem Wilma sich in den Weg stellte, ließ erschrocken Wanderstab und Karte fallen und hielt vier lachende, etwas verdrehte Frauen auf Findling mit der Kamera fest, die man ihnen in die Hand drückte.

Einträchtige selbstgenügsame Stunden, unterbrochen nur durch eine Einkehr ab und zu in einer Baude. Blaubeeren mit aufgeschäumter Milch, vorher Djuvec, ein ziemlicher Fraß, aber wen schert das schon bei Ausblicken wie diesen.

Eine Regenwand eines Morgens über dem Kamm setzte dem Umherstreifen ein krasses Ende. Sturm über der Schneekoppe, Wolkengespenster, die wüst zwischen Tal und Ebene dahinjagen. Meine Güte, was für eine schreckliche Einöde, ganz in blauviolettes Licht getaucht, von einem Tag auf den anderen. Welchen Tag haben wir eigentlich?

Es war Sonntag, ich verschränkte die Hände hinter dem Kopf und fühlte, dass ich von jetzt an kein Geheimnis mehr haben wollte. Die Frauen warteten schon abfahrtsbereit.

Fünf vor zwölf. Zurück in der Lausitz, von wo aus wir vor zehn Tagen gestartet waren.

Da sind wir schon! Nach den verträumten Tagen kam es mir vor, als müsse hier alles doppelt schnell gehen. Zuerst zum Bahnhof, wir hatten uns am Grenzübergang verspätet, Zickzacklauf zwischen grauuniformierten Jungen, mit denselben Gesichtern wie damals vor vierzig Jahren. Küsse auf die kühlen Wangen. Tante Sophies Zug wartete bereits.

»Es war sehr schön mit euch allen, vielleicht wiederholen wir das Ganze eines schönen Tages.« Schnell noch mit einem Taschentuch um die Nase gewischt und ein paar verschämte Tränen getrocknet, bevor sie richtig geweint waren.

»Nun zu dir, Wilma, du fährst also über Weimar.«

Die große Frau lehnte mit dem Arm an ihrem Fahrzeug.

»Darf ich euch am Ende noch sagen«, begann sie ein intimes Geständnis, »dass ich immer ein wenig Angst vor eurer Familie hatte, Ernst machte solch ein Geheimnis darum. Und nun kehre ich zurück in dem Gefühl, als hätte ich neue Verwandte gefunden.«

Eine andere Art von Rührung, mit der sie sich nur kurz über die Wange streicht.

»Das hast du wirklich Wilma, lass dir's gesagt sein.«

Mehr als jedes intime Gespräch hatte ihre freundliche, unkomplizierte Art dazu beigetragen.

Ach, vieles kann man nicht so sagen in einem letzten Augenblick.

Die kleine und die große Frau hielten einander eine Weile ganz fest. Dann stieg Wilma in ihren orangefarbenen Bus, lehnte den Arm aus der Fensterfassung und während sie startete, fiel ihr noch ein zu sagen: »Nächstes Jahr ist Russland dran, Agnes, überlegst du dir's?«

Ich wollte sie nicht belügen, aber ich mochte ihr auch jetzt nicht sagen, dass ich das nicht vorhatte. Ich war mir inzwischen ganz sicher, dass meine Reise hier ein Ende hatte, nicht noch einmal wollte ich in ein dunkles Land sehen, das von Panzerketten aufgewühlt und gnadenlosen Wäldern eingefasst ist. Alle Orte und Stationen, die mich persönlich betrafen, hatte ich nun verbraucht, auch die Menschen, die darin vorkamen und die Träume, vor allem die Träume. Nun bin ich da gewesen und habe mit eigenen Augen die Schnittpunkte gesehen, durch die mein Leben markiert ist.

Ich habe mich verletzt gefühlt durch die Abwesenheit meines Vaters, durch Krieg und Heimatlosigkeit. Doch weiß ich, dass ich nun aufhören muss, weiter nach Vater zu fragen und weiterhin nach einem Land zu suchen, das längst untergegangen ist.

Du kannst im Nachhinein die Geschichte nicht verfälschen.

Ich schaue also zwischen meinen Augenlidern durch und nehme das Wahrnehmbare in mir auf. Unbegrenzt folge ich Vaters Spuren in mir. Musik, die noch zu entdecken ist, Bilder, die neu zu sehen sind. Kunst als eine andere Form von Leben.

Meine Zukunft? Nichts Besonderes, aber: eher ausprobieren als betrachten, eher machen als nur träumen. Wem erzähle ich das? Jetzt, wo Wilma abgefahren ist. Dir Mutter? Oder Ludwig, auf den ich mich freue, oder einfach nur mir selbst.